aus Chemnitz an wie vor Jahren Planungen auch in anderen sächsischen und thüringischen Gemeinden wie in Glauch und Werdau betreffen. Im Vordergrund steht zunächst die Überwachung der Fernwärmeleitung für die Wärmebasis bestehender Anlagen hinzuwesen, damit zur Zeit die Grundstücke zu nutzen, in einem Zustand für Wärme sind.

Anett Klose ist im vogtländischen Plauen geboren und aufgewachsen. Für ihre Romane recherchiert sie akribisch und verknüpft die Leben ihrer fiktiven Hauptpersonen mit wahren Begebenheiten der Zeitgeschichte. Mit der Spitzen-Saga Reihe veröffentlicht sie eine bewegende Familiensaga im Plauen des 19. Jahrhunderts. Sie lebt und schreibt in einem kleinen Ort am Ammersee.

ANETT KLOSE

DER STOFF DER HOFFNUNG

DIE SPITZEN-SAGA

Erstausgabe Juni 2025

Copyright © 2025 dp Verlag, ein Imprint der
dp DIGITAL PUBLISHERS GmbH
Made in Stuttgart with ♥
Alle Rechte vorbehalten

Der Stoff der Hoffnung

ISBN 978-3-69090-010-2
E-Book-ISBN 978-3-98998-683-1

Covergestaltung: Anne Gebhardt
Umschlaggestaltung: Christin Peulecke
Unter Verwendung von Abbildungen von
stock.adobe.com: © WavebreakMediaMicro, © SDF_QWE,
© deagreez, © Adobe Firefly
© Sammlung Vogtlandmuseum Plauen
Lektorat: The Write Spirit
Satz: dp DIGITAL PUBLISHERS GmbH
Druck und Bindung: Books on Demand GmbH, Norderstedt

Für Bert

Kapitel 1,
Juli 1881,
Gut Hohenlinden

Helene

Es war eine fast vergessene Beschwingtheit, die Helene zu Hohenlinden in diesen prallen Sommertagen aufhorchen ließ. Mit aller Macht schien ein Gefühl hervorzubrechen, das tief in ihr geschlummert hatte. Sie wähnte es verloren, traute ihm noch nicht, doch sie wagte ein Lächeln.

Die Unbeschwertheit ihrer Kindheit kam in einem neuen Gewand daher. Es fühlte sich nicht so leicht an wie früher, über allem lag dieser Hauch von Erfahrung, den sie nun hatte. Es war erfreulich, nicht mehr ausgeliefert zu sein, abwartend und passiv die Tage zu durchträumen. Das neue Gefühl, gebraucht zu werden, der Friede, der sich einstellte, wenn sie ein Spitzenmuster fertiggestellt hatte, beruhigte und belebte sie gleichermaßen. Staunend gestand sich Helene ein: Die trüben Tage im Advent und in den ersten Monaten dieses Jahres könnten endgültig vorbei sein.

»Ich muss mir nur mehr zutrauen«, murmelte sie vor sich hin.

Erleichtert stellt sie überdies fest, dass sich die angespannte Atmosphäre in ihrem Elternhaus aufzulösen schien. Ihre Schwester Johanna war nach ihrem Unfall vollständig genesen, nur manchmal bereiteten ihr die tauben Fingerkuppen noch Probleme. Die Ehe der Älteren hatte durch das unseriöse Geschäftsgebaren ihres Schwagers gelitten, doch Johanna nannte es eine Prüfung und stellte sich dieser mit großer Entschlossenheit. Stirnrunzelnd erinnerte sich Helene an die Verlorenheit ihrer Schwester in diesen Tagen des Zweifelns.

»Scheitern ist für mich keine Option«, hatte sie ihr an Silvester anvertraut und mit einer für sie untypischen Bemerkung geschlossen: »Vielleicht ist es ein Kompromiss, der uns weiterbringt, so hoffe ich wenigstens.« Johanna hatte geklungen, wie jemand, der sich nur schwer aufraffen konnte, zweifelte und schien ihr abgestumpft. Manchmal erkannte sie sie gar nicht wieder, wollte sie schütteln und anschreien, fragte sich, wohin ihr Esprit verschwunden war. Wie war es möglich, dass die leidenschaftliche Johanna, die Frau mit dem Vorwitz und dem kehligen Lachen, betäubt durchs Haus lief? Nun, ein halbes Jahr später, war ihre Schwester mit ihren Entscheidungen zufrieden. Obwohl Helene mit diesen Zugeständnissen haderte, war sie froh, sie so zu sehen. Gelöster und nach vorn schauend.

»Wir werden alles hinter uns lassen, neu anfangen, ich will nichts aufkochen und zerreden. Was soll das bringen? Jetzt kann August beweisen, wie wichtig wir ihm sind. Er weiß, was auf dem Spiel steht«, hatte sie mit Bestimmtheit gesagt.

»Vergeben und vergessen, das ist es, was du möchtest?«, hatte Helene flüsternd nachgefragt und war über die aufbrausende Antwort noch immer erstaunt.

»Was denkst du denn von mir? Ich kann nicht vergessen, aber gibt es eine Wahl? Darf ich unsere guten Zeiten einfach so verdrängen, ich habe ihn ja geliebt. Davon muss irgendwo etwas übrig sein.«

»Bist du dir nicht sicher?« Für Helene hatte das alles flehend geklungen, voller Angst und so hatte sie ihre Schwester provoziert. »Ich meinte, du wüsstest es besser.«

Doch Johanna hatte sie nur angestarrt und wortlos den Raum verlassen. Dass sie danach für einige Tage nur das absolut Notwendigste mit ihr gesprochen hatte, war ein Novum für sie beide gewesen.

Bei diesen Gedanken an ihre große, einst mutige Schwester, schauderte es Helene und obwohl sich ihr Schwager August seither um einen liebevollen Umgang mit Johanna und der kleinen Esther bemühte, gar seine Besuche in den Gasthäusern der Stadt einschränkte, nahm sie ihm den geläuterten Mann für keine Sekunde ab. *Er könnte nach außen als treu sorgender Familienvater durchgehen*, resümierte Helene und schüttelte angewidert den Kopf. In manchen Momenten öffnete sich hinter seinem zugewandten Blick jedoch ein dunkler Abgrund für sie, gab ihr Zugriff auf sein berechnendes Wesen. Ob er wollte oder nicht, sie durchschaute ihn. Doch sie war genötigt, sich mit ihm zu arrangieren. Wegen Esther und um Johannas Willen.

Vater und Mutter waren profaner zufriedenzustellen als sie selbst. *In der Ehe der ältesten Tochter scheint rein äußerlich alles erfreulich*, bemerkte ihre Mama neulich und Details wollte sie nicht wissen. Nachdem im vergangenen Jahr mehrere Erpresserbriefe im Hause zu Hohenlinden auftauchten, war die Familie in Aufruhr gewesen und mit dem tätlichen Angriff auf Johanna erreichte die unheilvolle Stimmung einen unschönen Höhepunkt. Helene stellte Augusts Machenschaften offen an den Pranger, Johanna spionierte ihren Mann aus, doch der Vater hatte sich erst spät dem Problem gestellt. Dann war er rücksichtslos vorgegangen, hatte versucht, aufzuklären, was schon so lange im Argen lag. August konnte nicht mehr umhin, sich vor der gesamten Familie zu erklären, und war genötigt, endlich mit seinen Spielchen aufzuhören.

Es war ein unschöner Abend gewesen. Der Schwager wand sich, hatte sich in Ausflüchten versucht und man hatte Johanna angesehen, wie sie unter dieser Situation litt. Zusammengekauert saß sie auf ihrem Stuhl und sah niemanden an. Die Schultern eingezogen, hielt sie den Kopf gesenkt und der Anblick ihrer in sich verlorenen Schwester trieb Helene noch immer die Wut in die Adern.

Ihre liebevolle Johanna, bis vor dem Unfall unerschrocken und auf der Suche nach der Wahrheit, hatte sich für ihren Mann geschämt, anstatt sich aufzulehnen oder ihn anzuprangern. Die nicht zu übersehende Abgebrühtheit ihres Gatten, der einen ehemaligen Angestellten hatte niederschlagen lassen, verletzte ihre geliebte Schwester in ihrer reinen Seele. Was August in seiner Hinterlistigkeit sonst noch angerichtet hatte, war keinem klar und niemand in dieser Familie hatte die Courage, es herauszufinden. Für ihre Eltern war der berühmte Mantel des Schweigens auch hier probates Mittel für den Frieden unter ihnen. Man war peinlich darauf bedacht, alles ruhen zu lassen, hoffte auf Normalität und ging zur Tagesordnung über.

Ich hatte damals mit mir zu tun, kaum dass ich meine eigenen Gefühle einschätzen und leiten konnte, grübelte sie und griff nach dem Bernstein, der sie seit ein paar Jahren begleitete und schützte.

Helene bezweifelte, ob es Johanna gelingen würde, zu einem leichten, beschwingten, ja erfüllten Eheleben zurückzufinden, doch sie wünschte ihr nichts mehr als das. Mehr noch, sie war sich ihres ureigensten Interesses bewusst, dass sie antrieb, auf einen erfreulichen Ausgang für die beiden zu hoffen.

Was würde sonst aus ihr und Esther, wenn sich Johanna und August nicht arrangierten? Diese Frage hatte sie in den vergangenen Monaten viele Nächte beschäftigt, doch das Schlimmste schien abgewendet. Ihre Schwester erwartete endlich ein eigenes Kind. Nun würde alles gut werden.

Gedanklich verweilte sie kurz beim Antlitz der kleinen Esther, erinnerte sich an den gestrigen Ausritt mit ihr. Es schien, als könne sie die Wärme des schmalen Körpers verspüren. Einzig zu sehen, wie sie danach aufgeregt auf Johanna zugelaufen war und freudig mit ihr geplappert hatte, ließ sie jetzt zusammenfahren.

»Mama, schau. Tante Lene hat mich mitgenommen. Oben auf Gold durfte ich sitzen und sie hat mir die Kürbisbäume gezeigt, die tief im Wald wachsen«, hatte sie mit geröteten Wangen gesagt und sich dabei an ihre Schwester geschmiegt und mit den kleinen Fingerchen auf den Hengst gedeutet. Johanna hatte fragend die

Stirn gekräuselt, doch Helene schüttelte kaum merklich den Kopf. Von Nale, der Maus, Lulu, dem Küken und deren Behausung in den verwunschenen Bäumen der Sternengalaxie würde sie ihrer Schwester später erzählen. Dieser Moment aber, wenn sich die Kleine zu ihrer nicht leiblichen Mama rettete, fiel ihr selbst nach zwei Jahren noch schwer. Und doch lächelte sie über den unbeholfen ausgesprochenen Namen des Pferdes.

»Er heißt Golden, mein Schatz«, hatte sie geduldig erklärt und nichts als ein entwaffnendes Lächeln bekommen. Und doch war das eine Menge. Sie war gesegnet, ihr uneheliches Kind in solch unmittelbarer Nähe aufwachsen zu sehen und der gesellschaftlichen Schmach entgangen zu sein. Das war so viel mehr, als sich andere Frauen in ihrer Situation wünschen durften.

Und doch haderte sie mit ihrer Rolle als Tante. *Du bist selbst schuld*, schalt sie sich, verfluchte ihre Dummheit, die sie in die Arme des talentierten, aber untreuen Stargeigers Curt Blasewitz getrieben hatte. Die Frucht dieses amourösen Abenteuers war über zwei Jahre alt und ihre Schwester für Esther eine liebevolle Mutter geworden.

Obwohl sie das Kind täglich sah, mit ihr sprach und spielte, sie hochnahm, an sich drückte und jeden Moment genoss, war sie nicht ihre Mutter, sondern nur Tante Helene. Der Tag, an dem ihr bewusst wurde, dass sie für immer ein Zuschauer bleiben würde, keine Entscheidungen für ihr Kind treffen würde, war hart gewesen. Es hatte ihr den Boden unter den Füßen weggezogen, ihn buchstäblich in ein Eisfeld verwandelt. Sie würde ein Leben lang darauf schlittern, ausrutschen, sich die Knie blau schlagen und immer am Rand stehen. Denn das Geheimnis um Esthers wahre Herkunft musste gewahrt werden. Ihr Verstand packte all das in eine luftdichte Kiste, sie zog den Schlüssel ab, doch bevor sie ihn wegwerfen konnte, meldete sich ihr kindisches kleines Herz. Es klopfte nicht an, es schrie so laut, dass es jeder hören sollte. Wenn sie es mit Erpressung versuchte, verbündete es sich mit ihrem Magen, schoss Verzweiflung als stärkste aller Emotionen in alle Fasern ihres Körpers.

Sie blieb gelähmt zurück, außerstande, die Kiste für immer zu schließen. Sie würde den Schlüssel niemals wegwerfen, das hatte sie mittlerweile verstanden.

Mit all dem könnte ich mich langsam arrangieren, schoss es ihr durch den Kopf, *wäre da nicht Mutters permanente Nörgelei*. Sie streckte sich ausgiebig auf der Bank und rückte in die Sonne. Die ständige Erwähnung ihres heiratsfähigen Alters und der vielen Vorteile, die eine standesgemäße Bindung für sie hätte, betrübte Helene. Auch ihr Vater war mittlerweile von Mutter auf den Plan gerufen und bedrängte sie.

»Ich werde mich nicht mit deinen Fabrikantensöhnchen treffen, Papa«, hatte sie ihm erst vor wenigen Tagen an den Kopf geworfen und sich sogleich für ihr ungestümes Verhalten gescholten.

»Ich bin mir nicht sicher, mein Kind, wie das zu verstehen ist. Du bist eine hervorragende Partie und das sage ich nicht, weil du aus unserem Hause stammst«, hatte er seine Phrase sofort abgemildert. »Aber deine Weigerung, am Leben teilzunehmen, ist für Mutter und mich gelinde gesagt, schwer auszuhalten.«

Helene war sich nicht sicher gewesen, worauf er hinauswollte, denn anders als noch vor ein paar Monaten ging sie derzeit fast täglich aus. Sie spazierte ausgiebig im angrenzenden Park, hinauf zum Schloss oder hinüber in die Auen unterhalb des Streitsberges. Sie stattete der Fabrik jeden Tag einen Besuch ab und das ließ sie ihn auch wissen.

»Aber das ist ja das Problem, Lenchen, du musst nicht arbeiten. Ich bin mir sicher, Stickmeister Gröber wird über kurz oder lang den Trick für die neue Spitze raushaben. Wir würden es begrüßen, wenn du ausgehst, auf Bälle, Einladungen annimmst.« Seine Gesichtszüge wurden weich, als er ihr davon erzählte, wie Mutter und er sich kennengelernt hatten, wie er wochenlang um sie warb und sie sich als Paar fanden.

»Das wünsche ich mir so für dich. Genieße deine Jugend«, schob er leiser hinterher und nahm ihre Hand.

»Jetzt da alles geregelt ist, kannst du wieder unser quirliges, lebenslustiges Hottehü sein.« Ihr Vater hatte sie erfreut angesehen, so als ob ihm gerade der Coup des Jahrhunderts eingefallen wäre.

Helene hasste es, wenn er von *alles geregelt* sprach, meinte, sie könne mir nichts, dir nichts alles vergessen. Er verstand sie nicht, und sie antwortete ihm harsch und aufmüpfig. »Du meinst, das gefallene Mädchen solle zur Tagesordnung übergehen, endlich den richtigen Schritt tun, damit man mit alldem abschließen kann? Hast du Angst, dein angeschlagenes Porzellan käme in die falschen Hände, wenn du zu lange wartest, es abzutreten?« Er war schockiert gewesen und hatte sie sanft an der Schulter gefasst. Etwas in ihr versteifte sich, glaubte gar, er wollte sie schütteln und so machte sie sich frei. »Wie viel Zeit bekomme ich? Gibt es eine Schonfrist im Umgang mit gefallenen Mädchen oder habe ich die schon überschritten?« Damit hatte ihr Vater nicht gerechnet, sein Gesicht schien wie eingefroren und man sah ihm an, wie unangenehm die Situation für ihn war. Doch Helene konnte nicht aufhören. »Wollt ihr mich loswerden, solange ich stabil erscheine?«

»Nein, mein Kind, niemand will dich loswerden. Wir gingen davon aus, dass du dich arrangiert hast. Deine Zukunft liegt offen vor dir, du brauchst unsere Einwilligung nicht, kannst tun, was dir beliebt, heiraten, wen du willst, ich ...« Er stockte und schloss für eine Sekunde die Augen. Aufmerksam beobachtete sie ihn und war sich nicht sicher, wohin das Gespräch sie führen würde. Hatte er einen passenden Heiratskandidaten im Sinn oder sprach er nur hypothetisch? Sie musste ihm zuvorkommen.

»Es ist schwer vorstellbar, mit meinem Geheimnis eine Ehe einzugehen, Vater. Unbeschwert tanzen, flirten, mir einen Mann aussuchen, das ist so weit weg.«

Sie hatte gehofft, ihn zum Schweigen zu bringen, oder nachdenklich zu stimmen, aber er hatte sich nicht mit ihrem wütenden Ausbruch zufriedengegeben. Ihr Papa, ihr lieber Papa, hatte mühsam versucht, sie davon zu überzeugen, dass das Leben noch viel für sie in petto hatte. Dass es nicht vorbei war und schon gar nicht für sie – seine talentierte, kluge Tochter.

»Es ist undenkbar für uns, dich allein zu wissen, mein Kind. Sollte ich einmal nicht mehr sein, wer wird sich dann kümmern? Du unverheiratet und ...«

»Du willst mich beschützen und das ehrt dich, Papa. Aber ich habe Johanna, Gustav, Hannelore. Ich bin nicht allein, werde es nie sein und außerdem kann ich gut auf mich selbst aufpassen. Und wer weiß, vielleicht kommt irgendwann der Prinz auf einem Schimmel am Gut vorbei und reißt mich von den Füßen.« Sie hatten gelacht und Vater hatte ihren humorigen Einfall als Zeichen gedeutet.

»Wenigstens glaubst du noch an Prinzen und das einer auf dich wartet, du scheinst also nicht ohne Hoffnung zu sein«, hatte er in ihr Ohr geflüstert.

Das Abstruseste daran waren ihre eigene Gefühle, denn sie war ganz und gar nicht unglücklich. Gerade lüftete sich der Schleier der Schwere, der Ausweglosigkeit. Dass sie auf die anderen so wirkte, betrübte sie und dass ihr Papa darunter litt, umso mehr.

Es scheint, meine Schonzeit ist vorbei, sann Helene missmutig und rieb den goldfarbenen Bernstein an ihrer Halskette. Wie so oft, wenn sie auf dem Landgut erwachte, hatte sie den Stein am Morgen auf ihr Fensterbrett gelegt und sich vorgestellt, wie er die Kraft der Sonne einfing und sie tagsüber an sie abgab. Die Vorstellung, so mit der Natur verbunden zu sein und die Stärke des gleißenden Lichts in sich zu spüren, erfüllte sie mit einer tiefen Ruhe.

Einer Ruhe, die anders als vor Monaten einen beschwingten Gleichmut in ihr auslöste. Ach, wenn sie doch in der Lage gewesen wäre, diese Gefühle in Worte zu fassen. Ihr Papa wäre weniger verzagt aus ihrem Gespräch gegangen.

Sachte bemerkte sie Goldens Maul an ihrem Arm. Der Hengst, ihr seit Kindertagen vertraut, stupste sie an und Helene riss ihm ein Büschel frisches Gras ab. Sie hielt es dem Braunen vor die Nüstern, der schnaubte zufrieden, öffnete sein Maul und schon zupfte er ihr das Grün aus der Hand und man hörte seine kräftigen Zähne mahlen.

Ihr Blick schweifte in den Himmel über ihr und mit einem tiefen Atemzug sog sie die frische Luft ein, zog dabei die Schultern hoch und krauste genüsslich ihre Nase. Die Wölkchen im endlosen Blau tanzten eine wilde Choreografie und schienen ihr eine Geschichte erzählen zu wollen.

Doch Helene war nicht bereit fürs Wolkenkuckucksheim, ihre neu gewonnene Sicherheit war fragil. Deutlich spürte sie die Narben und Blessuren an Körper und Seele, die sie erfahren hatte.

Eben erst war sie aus einem tiefen Tal herausgestiegen und verstand zaghaft, dass ihre Schwester etwas Unglaubliches für sie getan hatte. Johanna hatte die kleine Esther aufgenommen und umhegte diese wie ihr eigen Fleisch und Blut, bemutterte und hütete sie und gab ihr Bestes, um Helene mit einzubeziehen. Der Schwager hatte ihrer beider Unterbringung in der Abgeschiedenheit der Schweizer Berge arrangiert, unbehelligt hatte sie entbinden können und August und Johanna gaben die Kleine seither als ihr Kind aus.

Es war schwer gewesen, die Gefühle beider Seiten in Einklang zu bringen. Wäre es nur um die Schwestern gegangen, hätten sie ein anderes Zusammenleben arrangiert. Doch August, die Eltern, die Gesellschaft hatten einen gewissen Abstand eingefordert, der Helene an die Grenze ihrer emotionalen Belastbarkeit gebracht hatte. Der tiefe Riss, der seither in ihr war, teilte ihr Leben in Vorher und Nachher, wobei sich die Zeiten vermischten, verwoben und aneinander aufrieben. Narbengewebe hatte sich gebildet, war über die Risse gewandert, zog und zerrte an ihr, denn geheilt war sie nicht.

Zum Wohle aller, verstand sie heute, musste sie ihre Narben schützen, sie pflegen, jedoch nicht an ihnen reißen. Denn sie durfte dem fragilen Glück ihrer Schwester und somit ihrer Tochter nicht im Wege stehen.

Ich bin die mit den unsichtbaren Narben, die zusieht, an der Seite steht und ab und an ein wenig Tante spielen darf. Mehr nicht. Das hatte sie auswendig gelernt. Wie ein Mantra wiederholte sie diese Sätze: *Ich bemühe mich, dankbarer zu sein, atme den Frieden meines kleinen Glücks und höre auf, alles zu wollen.*

Grübelnd bestieg Helene ihren treuen Hengst und ritt hinunter zum Gut. Sie murmelte das Mantra vor sich hin und die gleichförmige und vertraute Bewegung versetzte sie wieder in eine abgeklärte Ruhe. Entspannt schaute sie zum Haus, bemerkte offene Fenster, wehende Gardinen, hörte Rufe aus dem Innenhof. Doch kurz vor dem Tor schweifte ihr Blick hinüber zum Weiher und ganz spontan lehnte sie sich leicht seitlich in den Sattel, zog die Zügel an und wendete. Der Gaul trottete genügsam unter dem Druck ihrer Schenkel und wackelte sachte mit dem Kopf.

Kurz darauf sah sie die glänzende Oberfläche des Weihers, bückte sich unter herabhängenden Ästen hindurch und ein Lächeln zog in ihre Mundwinkel. Die

Sonne beschien die hiesige Seite des glitzernden Wassers, der hölzerne Steg lag grau und ausgebleicht im güldenen Licht. Es war perfekt wie immer, nichts schien diesen Ort jemals aus dem Takt zu bringen. Hier waren alle Narben einfach nur Teil ihrer Geschichte. Sie fühlte die Zerrissenheit, doch sie vertraute ihrem Gefühl. Mit einem Sprung ins kühle Nass würde sie heilen.

Schwungvoll stieg sie ab und geleitete das Pferd unter den Weiden entlang, bis sie aus dem Sichtfeld des Gutes heraus war. Dann band sie das Tier fest und beobachtete, wie es sofort von dem saftigen Gras fraß. Schnell sah sie nach, ob noch immer der kleine Eimer am vorderen Pfosten des Steges angebunden war und schöpfte damit frisches Wasser für Golden.

Leichtfüßig raffte sie ihre Röcke und überlegte nur kurz, bevor sie sich ihrer Schuhe und Strümpfe entledigte. Barfüßig tapste sie über die warmen, wettergerbten Holzplanken, krümmte die Zehen und ohne es herbeizusehnen, kamen die Eindrücke ihrer unbeschwerten Kindheit zurück.

Die Wellen erzählten Geschichten, wie kurz zuvor die Wolken. Doch im Unterschied zu vorhin empfand sie die rauschenden Blätter, die sacht übers Wasser strichen und die Libellen, die tanzend ihre durchsichtigen blauen Flügel bewegten, als sehr poetisch. Es schien ihr wie ein Gedicht, vorgetragen mit leiser, zärtlicher Stimme, das in ihrer Erinnerung die Geschichte ihrer Jugend spann. Deutlich spürte sie den Riss, der ihre unbeschwerten Jahre vom Heute trennten, und sie schüttelte missmutig den Kopf.

Tief seufzend ließ sie sich am Rand des Steges nieder und tauchte zuerst nur ihre Zehen in das kühlende Nass. Das Wasser war lauwarm und samtig. Wie ein pflaumenblauer Seidenschal, der sich wellenförmig um ihre Füße schlang und ihre Haut kitzelte. Aufgeheizt von einem warmen Sommertag, lockte es sie und sofort überkam sie diese unbändige Lust.

Sie schaute prüfend zurück, blickte nach rechts und links und versicherte sich, dass niemand draußen vor dem Gut auf den Feldern arbeitete. Dann entledigte sie sich kurz entschlossen ihres Rockes und der Bluse. Nur in ihren Unterkleidern stieg sie langsam Schritt für Schritt durch das moorige, glibberige Ufer und glitt schnell in das kühlende Nass. Das Wasser umspülte ihren aufgeheizten Körper, die Tropfen webten jede Faser ihrer Haut wie in ein erfrischendes Laken aus gestärktem Batist. Dann war da kein Boden mehr unter den Füßen, sie schwamm einige zaghafte Züge und merkte zu ihrer Freude, dass sie getragen wurde.

Eine langvergessene Schwerelosigkeit, die Körper und Geist gleichermaßen erfasste, beschied ihr ein sachtes Kribbeln auf der Haut und sie prustete vor Freude. Fast gleichzeitig entströmte ihren Muskeln eine versteckt gewesene Kraft. Mit jedem Meter, den sie schwamm, empfand sie mehr Energie. Wassertropfen spritzten auf ihr Gesicht. Vor ihr verwandelten Sonnenstrahlen die Wasseroberfläche in eine silberne Scheibe. In wildem Reigen vereint, schwangen sich einige wenige Mücken andächtig auf und nieder. Es schien Helene, als würden sie von unsichtbaren Fäden gezogen und sie tanzten einzig für sie.

Sie lächelte, angetan von der Virtuosität, tat ein paar kräftige Züge, drehte sich herum, legte sich auf den Rücken und tauchte verwegen ihren ganzen Kopf mitsamt ihrem Haar in das kühlende Wasser. Es war fulminant, so prustend und erfrischt wieder aufzutauchen. Das hatte sie vermisst. *Warum habe ich das aufgegeben?*, fragte sie sich erschrocken, um mit jedem Atemzug intensiver und klarer das Bild ihrer Tochter vor sich zu sehen. Für sie lohnte es sich, tüchtig und robust zu werden, mit den Gezeiten zu kämpfen und den Wassergeistern zu widerstehen. Für sie allein würde sie das Beste dieser beiden Welten suchen, in denen sie lebte. Sie würde sie an die Schönheit der Natur heranführen, ihr zeigen, wie sie alles bestimmt und wie unerlässlich es war, sie zu bewahren. Doch über dem stand ihre Begeisterung für die aufregende Welt in der Stadt. Die wachsenden Metropolen, Technik, die es zu beherrschen und zu gestalten galt, Fortschritte in der Wissenschaft, die man nutzen und beeinflussen konnte. Kultur, die unseren Geist nährt, das Arsenal an Möglichkeiten war unendlich und sie wollte für ihre Tochter nichts mehr als das Beste aus beiden Welten.

Sie lachte befreit und mit ausgebreiteten Armen paddelte sie, nur leicht mit den Füßen schlagend, dahin. Ihr Blick glitt nach oben, an den Weiden und den Bäumen, die das Ufer säumten, entlang, hinauf in den kristallblauen Himmel. Kein Wölkchen war mehr zu sehen. Nicht wie vorhin oder damals, als auf dem Fest auf einmal die Wolken aufzogen und dann ... Nein, darüber wollte sie jetzt nicht nachdenken.

Sie schüttelte den Gedanken an den Tod ihrer Großmama Karoline ab und paddelte weiter. Immer auf dem Rücken. Atemzug für Atemzug sog sie die warme Sommerluft ein, presste sie wieder heraus und dann drehte sie sich erneut. Sie schwamm mit der Nase kurz über dem Wasser und entdeckte abermals tanzende Mücken. Sie glitten auf und ab, wie tausend glitzernde Sternchen schwebten sie vor ihr über die Wasseroberfläche, spiegelten sich in den kleinen Wellen, die durch ihre Bewegung vor ihr aufsprangen.

Ein warmes Gefühl durchströmte sie. In diesem Augenblick war ihr Leben atemberaubend. Auf einmal mutmaßte sie, wie Freiheit schmeckte und wie sie mit den Zwängen, den Erwartungen umgehen konnte. Sie wollte sie selbst sein, ihrer Arbeit nachgehen, neue Muster entwerfen und für ihre Familie da sein. Ein Leben ohne jegliche Ambition auf dem Landgut kam nicht infrage.

In ihrem Traum aus Schwerelosigkeit drang ein Rufen. Nur leise, zögerlich und anfangs kaum wahrnehmbar. Sie reagierte mit einem Stirnrunzeln, tastete mit den Fingern nach ihrem Bernstein, der seit Jahren an der goldenen Kette um ihren Hals hing und beruhigte sich. Er war da, würde sie beschützen, nichts konnte geschehen.

Das Rufen wurde lauter und panisch drehte sie sich um ihre eigene Achse, suchte auszumachen, woher die Stimme kam. Tastete mit ihrem Blick die Wasseroberfläche ab. Doch in Richtung Steg blendete sie die Sonne, Fische sprangen in unmittelbarer Nähe zu ihr auf und schon war sie kurz abgelenkt. Dann begann sie zurückzuschwimmen. Leise hörte sie von dort drüben die Stimme. Und jetzt erkannte sie, wem sie gehörte.

»Bleib stehen«, rief sie Esther in heller Aufregung zu und sah, dass das Kind durch das Rufen auf dem Steg in ihre Richtung lief.

»Lene, wo bist du? Esther hört Lene.«

Das kleine Mädchen rief nach ihr, tapste immer weiter. Schon ging sie in die Knie und robbte über die blanken Bohlen. Sie war allein, hockte auf den Knien und streckte ihre Ärmchen aus. Helene hörte sie wieder rufen: »Tante Lene, Tante Lene.« Helene atmete ein paarmal hintereinander schnell ein und aus, strampelte energisch gegen das Gewicht ihrer nassen Unterkleider an. Sie meinte, ihr versage das Herz. Sie rief, sie prustete, sie tauchte unter, kam zurück an die Oberfläche und schwamm. Sie schrie Esther zu, stehen zu bleiben, nicht weiterzugehen. Paddelte hektisch und Zug um Zug kam sie näher ans Ufer. Ihre Muskeln spannten sich verzweifelt, sie setzte alle Kraft frei, die sie in sich hatte.

Doch Esther hörte nicht, blieb nicht stehen. Helene sah, wie sich das Kind jetzt am Ende des Steges angekommen, hinkniete und nach vorn beugte. Sie zeigte mit ihren kleinen Fingern auf irgendetwas, was sie im Wasser entdeckt hatte, und schon verlor sie das Gleichgewicht.

Das Kind, das bar jeder Angst zu ihr gelaufen war, fiel kopfüber in den Weiher. Ihr rosa Röckchen bauschte sich auf und Helene erkannte schemenhaft den Tüll, die Füßchen, dann nichts mehr.

Mein Kind hängt an dem rosa Rock, schoss es ihr verzweifelt durch den Kopf. Ein Ärmchen kam aus dem Wasser heraus und verschwand wieder. Ein Strudel entstand um das Röckchen und Helene presste ihre Augen zusammen, um genauer zu sehen, wo das Mädchen jetzt war. Jede ihrer eigenen Bewegungen schien hölzern und kraftlos, sie hatte den Eindruck, als käme sie kaum vom Fleck. Hartnäckig rief sie laut um Hilfe, während sie schwamm.

Nach einem weiteren kräftigen Zug war sie dann bei Esther. Sie griff in das dunkle Nass, erwischte ihr Kind bereits beim zweiten Mal am Arm, zog daran, bekam sogleich den Rumpf zu fassen, packte sie grob und hob sie hoch. Soweit sie konnte, schob sie das Mädchen aus dem tödlichen Wasser. Sie strich Esther die Haare aus dem Gesicht und qualvolle Millisekunden lang, fürchtete sie um das Leben ihrer Tochter.

Sie drückte sie an sich, während sie verzweifelt einen Krampf unterdrückte. Die überbordende Anstrengung ließ sie japsen und dennoch schob sie ihre Arme wieder von sich. Esther war nicht bei Bewusstsein. Selbst hektisch mit den Beinen strampelnd und mit den nassen Kleidern kämpfend, ruderte sie gen Ufer. Das Mädchen hatte sie unter den Armen gefasst, hart an sich gepresst und peinlich darauf geachtet, dass ihr kleines Gesicht über dem Wasser blieb. Auf einmal öffnete Esther die Augen und sah sie erschrocken an. Dann atmete sie endlich und schrie krächzend.

Helenes nächster tiefer Atemzug flutete sie nicht nur mit dem lebensnotwendigen Sauerstoff, sondern mit Energie und unbändigem Kampfgeist. Sie presste die steife Esther fest an sich, klopfte ihr auf den Rücken und watete auf das Ufer zu. Schon spuckte die Kleine Wasser. Sie hieb weiter auf den schmalen Oberkörper ein und sie spie noch immer. Mittlerweile waren sie durch den sumpfigen Morast auf die Wiese hinausgestiegen und sie legte Esther vorsichtig auf den warmen Holzbohlen des Steges ab. Sie schrie nicht mehr, sondern begann vor Aufregung wie Espenlaub zu zittern. Ihre unnatürlich weit geöffneten Augen sahen sie verblüfft an und schienen etwas zu fragen. Doch Helene rollte sie auf die Seite und rieb ihr instinktiv den Rücken. Dabei lief noch einmal Flüssigkeit aus dem Mund des Kindes. Von da ab beruhigte sich Esther und reckte Schutz suchend ihre Ärmchen nach ihr. Dann lächelte sie und sagte: »Tante Lene schwimmen im Wasser. Wie das Hupsilein.«

Wieder und wieder hatte Helene in den vergangenen Wochen der Kleinen das Märchen vom hässlichen Entlein vorlesen müssen. Zwar verstand Esther die ernsten Hintergründe in Andersens Geschichte noch nicht, doch rührte sie der einsame Schwan. Und sie drängte darauf, ihm diesen Namen zu geben.

»Warum denn Hupsilein?«, hatte sie vor nicht allzu langer Zeit wissen wollen, doch Esther hatte nur gemeint: »Wenn etwas dumm ist, sagt Oma Doro immer Hups, und schaut ganz lustig und bei dem Entlein geht viel schief.« Die aufgeweckte Zweijährige hatte bei der Erklärung angestrengt in Helenes Gesicht nach einer Reaktion gesucht, doch die hatte sie nur an sich gedrückt und gesagt: »Dann nennen wir ihn Hupsilein.«

Seither nutzten den Begriff alle Erwachsenen im Hause der zu Hohenlindens bei Missgeschicken oder anstatt von Flüchen in Gegenwart von Esther. Und siehe da, ein kleines *Hupsilein* hatte schon so manche Situation entschärft. So geschah es auch heute. Helene lächelte, als sie es hörte und konnte kaum glauben, dass

Esther in Ordnung war, atmete. Sie lachte nervös auf und betrachtete das nasse Kind vor ihr, die sie aus blitzenden Augen ansah. Ewige Sekunden lang zog sie sie in ihre Arme und eine Welle großen Glücks durchflutete sie, bis sie realisierte, wie pitschnass sie beide waren.

Hektisch zerrte sie sich Rock und Bluse über die nassen Unterkleider, ohne den Blick von der Kleinen zu lösen. Ihre Finger hatten Mühe, die Knöpfe an ihrem Reitrock zu schließen. Ihr Puls raste auf einmal einen wilden Galopp, als sie sich barfüßig aufmachte, sie auf den Arm zu nehmen.

Erst jetzt wurde ihr schlagartig bewusst, dass Esther ohne sie den heutigen Tag nicht überlebt hätte. Ihrem eigenen Mut war es zu verdanken, dass sie noch bei ihr war. Diese Erkenntnis spülte unbändige Kraft in sie und sie dachte an die Wassergeister, denen sie insgeheim für diese Rettung dankte. In ein paar Jahren würde sie Esther von ihnen erzählen. Jetzt hieß es, die Kleine ins Haus zu bringen.

Auch sie selbst begann nun am ganzen Leib zu zittern, sie presste Esther fest an ihr Herz und lief schnellen Schrittes die Wiese hinauf. Und wie sie so mit ihr auf dem Arm, patschnass und völlig durcheinander, durch die Obstplantage hastete, dachte sie: *Ich habe ihr das zweite Mal das Leben geschenkt. Das ist ein Zeichen. Esther braucht mich. Ich muss für sie da sein, auf sie aufpassen. Denn wie es aussieht, wird das sonst keiner tun. Ich kann und will mich nicht hier auf dem Landgut verkriechen und sie in der Obhut der anderen lassen.*

»Wäre ich nicht bei dir gewesen, wärst du, mein süßes kleines Mädchen, ertrunken. Dann hätte ich dich verloren, einfach so«, flüsterte Helene zärtlich.

Und so fasste sie einen einsamen Entschluss. Sie würde für Esther da sein. Ob als Mutter oder Tante, völlig egal. Eines war ihr klar geworden: Esther kann ohne sie nicht überleben. Ihr allein oblag die Aufgabe, für das Mädchen stark zu sein. Was immer notwendig war, um ihr beim Leben zu helfen, sie würde es tun. Wenn das hieß, dass ihre Narben reißen könnten oder sich ihr Schmerz ab und an bis zu ihrem Herzen zog, dann war das eben so. Und so gab sie ihrer Tochter ein Versprechen, als sie gedankenverloren an ihrem Bernstein rieb.

Kapitel 2,
August 1881, Plauen

Wilhelm

Seine Mädchen machten Wilhelm zu Hohenlinden, dem Zweitgeborenen eines alten Gutsherrengeschlechtes, Sorgen. Zwar beteuerte Johanna immer wieder, sie fühle sich wohl, dennoch schien der Hausarzt Doktor Merk bei ihnen ein- und auszugehen. Das war kein gutes Zeichen.

Leider hielten die Frauen der Familie die Details der erneuten Schwangerschaft seiner Ältesten vor ihm geheim und er selbst traute sich nicht nachzufragen. Eines jedoch war sicher. Die Ruhe, und er meinte damit Bettruhe, die Johanna einhalten sollte, schien sein Kind nicht zu bekommen. Trotz der Kinderfrau verbrachte sie viel Zeit mit seiner Enkelin Esther, aß mit ihr und las ihr vor, ja ging sogar hinaus in den kleinen Garten am Hang. Zwar hatte sie aufgehört, sie ständig herumzutragen, und er sah, dass Helene die Spaziergänge in den Park übernommen hatte, dennoch war das Mädchen zu oft auf den Beinen. Er musste wohl oder übel mit seinem Schwiegersohn August darüber sprechen.

»Papa, hast du kurz Zeit für mich?« Es war Helene, die ihn in seinen mürrischen Gedanken unterbrach und auf der Schwelle zu seinem heimischen Arbeitszimmer stand. *Wie adrett sie heute wieder aussieht*, dachte er. Es ist mir ein Rätsel, warum sich kein Freier in diesem Hause blicken ließ, um seiner Jüngsten den Hof zu machen. *Dass sie nicht will, kann ja die Männer nicht abhalten, woher sollten sie das wissen?*, fragte er sich und richtete die Papierstapel auf seinem Schreibtisch.

»Papa?« Schon wieder drang ihre Stimme an sein Ohr und er schüttelte die Gedanken an Schwiegersöhne und Schwangerschaften ab.

»Komm herein, mein Kind. Was kann ich für dich tun?« Er war aufgestanden und deutete Helene auf dem Sofa Platz zu nehmen, das vor den umfangreichen Bücherregalen aufgestellt worden war. Von dort hatte man einen unverbauten Blick nach draußen und er vermochte durch den Sonneneinfall, jede Regung im Gesicht seiner Kleinen zu sehen. Er selbst plumpste fast in den schweren Sessel und stöhnte leicht.

»Ist dir nicht wohl, Papa?« Ihre Stimme war besorgt, das hörte er. Er wusste, sie meinte es ehrlich und so nahm er sich vor, offen zu sein und sie nicht mit einer Floskel abzuspeisen.

»Es ging mir schon besser, Hottehü«, sagte er und lächelte sie entwaffnend an. Der Kosename war Helenes erstes Wort gewesen und lange das Einzige. Als Baby hatte er sie mit in den Stall genommen, ihr die Pferde gezeigt und seit sie laufen konnte, war das ihr Zufluchtsort. Auch in diesem Sommer verbrachte Helene die meiste Zeit auf dem Gutshof, der in vierter Generation von den zu Hohenlindens bewirtschaftet wurde. Er war froh, dass sie nach dem rechten sah, nun, da ihre Schwester in der Stadt ans Haus gefesselt war und er selbst nur zweimal für ein paar Tage mit Dorothea hinausgekommen war.

Schade eigentlich, dachte er. *Das Stadtleben saugt uns förmlich auf, immer gibt es etwas zu tun. Wenn es nicht die Firma ist, die meine Aufmerksamkeit braucht, dann ist es ein gesellschaftlicher Anlass, bei dem wir laut Dorothea nicht fehlen dürfen.* Ob mein Vater wohl wusste, worauf er sich einließ, als er vor Jahrzehnten die Spitzenmanufaktur gründete? Er beantwortete sich die Frage sofort mit einem ausdrücklichen Ja. Sein Vater, zu früh gemeinsam mit seinem Bruder, Opfer eines grausamen Unfalls, war ein talentierter Tüftler gewesen. Als kreativer Ökonom schien ihm das Landleben zu trist, die Möglichkeiten zu Reichtum zu gelangen, in der Stadt mannigfaltiger. Er witterte gute Geschäfte, als sich das Verlagswesen unter den Plauener Weißwarenproduzenten etablierte. Er kaufte die Rohware, bot den unzähligen eigenständigen Stickereibetrieben überall im Vogtland Arbeit an und bearbeitete die fertigen Stickwaren dann weiter. Sie mussten gebleicht, gespannt und für die Konfektion vorbereitet werden. Dies eröffnete einer neuen Sparte ein lukratives Geschäft, die Bleich- und Appreturanstalten schossen wie Pilze aus dem Boden.

Der Verkauf der fertigen und weltweit begehrten Ware wurde Quelle großen Reichtums, den sich auch der Vater erschloss. Er wurde Verleger und Produzent in einem, vermengte die gewinnbringendsten Teile dieser aufstrebenden Industrie und war bald ein angesehener Geschäftsmann. Das Gut ist seither nur noch

Sommerfrische und Nebenerwerb, versorgte den städtischen Haushalt mit allem, was der Acker hergab, und blieb für seine Mutter der Hauptwohnsitz.

»Ich warte Papa, oder muss ich es aus dir herauspressen?« Helene wackelte ungeduldig mit den Beinen und spielte mit dem großen Bernstein, der an einer glänzenden Goldkette um ihren Hals baumelte. Sie schwor auf die heilenden Kräfte des gepressten Harzes und ging nie ohne ihn aus dem Haus. Zwar sprach sie nicht gern davon, doch seit dem Badeunfall der kleinen Esther beharrte sie mit Vehemenz darauf, dass nur der Stein ihr die Energie gegeben hatte, ihre Nichte zu retten. Bei diesem Gedanken schauderte es ihn und er versuchte, sich auf etwas anderes zu konzentrieren.

»Es ist meine Konstitution, mein Kind. Ich habe ein paar Pfunde zu viel auf den Rippen und der Leib schmerzt ab und an. Doktor Merk meint, ich habe einen nervösen Magen und müsse mich mehr ausruhen, auf die Ernährung achten. Aber wie macht man das, frage ich?!«

»Ich dachte mir schon so was, Papa. Nie kannst du nein sagen und dich zurückzuhalten. Doch Gustav ist nun an unserer Seite und er kann helfen, ganz sicher.«

»Der große Durchbruch ist endlich da, die Tüllspitze steht kurz vor der Massenproduktion, da kann ich mich doch nicht zurücklehnen.« Wilhelm war aufgebracht, schon setzte er sich wieder in Bewegung und lief vor dem Fenster hin und her.

»Aber ja, gerade jetzt könntest du die Zügel abgeben. Dich auf deinen Erfolgen ausruhen. Wir haben es geschafft. Zugegeben, bei Mammen & Co. waren sie schneller und sind mit den Mustern schon vor uns in

England bei den Großhändlern gewesen. Aber Vater, wir können mithalten. Der Markt wird uns die Sachen aus den Händen reißen, ganz sicher. Jede Frau wünscht sich, diese wunderschönen Motive zu tragen. Filigraner kann man Blüten heutzutage nicht abbilden. Unsere Tüllspitze wird es an die Weltspitze schaffen. Ich weiß das.« Sie hatte eindringlich gesprochen und Wilhelm beruhigte sich langsam.

»Du hast recht, die ersten Muster, die Gustav von der Tüllspitze mitgenommen hat, sind wirklich gut angekommen.«

»Wir haben so unablässig an der Vervollkommnung der Schablonen gearbeitet, Vater, das wird sich auszahlen. Ich kann nicht mehr sagen, wie viele Muster ich gezeichnet habe, um den perfekten Entwurf zu erstellen, aber jetzt wissen wir, worauf es ankommt. Die Tüllspitze wertet unser Sortiment immens auf und Gustav wird sie verkaufen.«

Wilhelm wackelte mit dem Kopf und strich sich den Bart. Sie hatte ja recht, sein Mädchen, besann er sich und lächelte.

»Du könntest dir die Zeit nehmen und öfter nach Freiberg fahren. Man vermisst dich auf dem Gut. Unternimm Spaziergänge, geh fischen, reiten, jagen ...«, zählte seine Tochter auf und zog dabei fragend ihre Brauen hoch.

»Alles Dinge, die deine Mutter hasst, wie du weißt.«

»Und wenn schon, es geht um deine Gesundheit. Das versteht sie. Ziehst du in Erwägung, nach Bad Elster zu gehen? Für ein paar Wochen nur? Du könntest dich im Badehaus erholen, die Quellwasser genießen, Mama flaniert im Kurpark, besucht Konzerte oder ist mit ihren Freundinnen im Café. Das sollte ihr Ablenkung genug verschaffen.«

Wie klug mein Kind doch ist, dachte Wilhelm und lächelte. »Sicher hast du recht, Helene. Ich sollte uns für den Frühling in Elster einmieten. Entschuldige, aber das neumodische Bad kommt mir noch immer nicht über die Lippen, obwohl sich das Städtchen diese Ehre verdient hat. Mit etwas Vorlauf sollte es möglich sein, in einem Hotel unterzukommen.«

»Nicht nur das, Papa. Einen anständigen Arzt musst du finden. Wart ihr nicht letzten Sommer auf einer Soiree bei Ferdinand Flechsig, dem berühmten Badearzt? Er ist doch der hochgelehrte Kopf hinter dem Wissen um die heilende Kraft von all den Wässerchen, habe ich gehört.«

»Du meinst Hofrat Flechsig, den allseits bekannten Balneologen?«, mahnte Wilhelm und Helene stöhnte auf.

»Meinetwegen auch Hofrat, Papa. Ich bin da nicht so bewandert wie du und was genau Balneologie ist, weiß ich nicht, aber es hat wohl mit der heilenden Wirkung der Wässer in Bad Elster zu tun. Flechsig ist dort seit der Gründung Badearzt und du könntest sicher von seinem Wissen profitieren.« Wilhelm winkte ab und schon setzte seine Tochter zur nächsten Tirade an. *Bald wird sie wie ihre Mutter ständig an mir herumkritteln*, nahm er verdrossen zur Kenntnis und lehnte sich in seinem Stuhl zurück. »Hast du in Erwägung gezogen, Doktor Merk zu fragen, was du sonst tun kannst? Ich meine, er ist bewandert, ihm fallen sicher irgendwelche Kuren ein, die der alte Fincher nie verordnet hätte.«

Wie immer, wenn ihr etwas wichtig war, sprudelte es aus Helene heraus, konnte man sie kaum bremsen. In letzter Zeit war seine Tochter agiler und aufgekratzter, bemerkte er erstaunt.

Sicher hat sie recht, seine Hottehü, dachte Wilhelm und machte sich gedanklich eine Notiz. Er würde Hofrat Flechsig schreiben und Doktor Merk noch mal zu dieser neuartigen Pflanzenkost befragen, mit der er auffallende Erfolge bei seinen Patienten zu haben schien.

Gleichzeitig bedauerte er, seine Tochter nicht öfter in seine Überlegungen mit einzubeziehen. Missmutig sah er ein, dass ihm dabei seine konservative Erziehung im Weg stand. In Firmenfragen war das für ihn selbstverständlich, doch wenn es um Privates ging, benahm er sich manchmal wie sein eigener Vater. Er beschwichtigte Helene, sich bald schon an die Planung für einen Kuraufenthalt zu machen und erntete Zustimmung. Sie schien sich damit abzufinden und drangsalierte ihn nicht weiter.

»Nun, Papa, jetzt traue ich mich fast nicht, dich zu bitten … und doch. Ich muss. Kann ich ein paar Tage nach Dresden reisen? Gustav hat so geschwärmt und ich habe ihm mit großem Erstaunen zugehört, als er von den Museen sprach. Ich möchte die Kunstkammer des sächsischen Kurfürsten gerne selbst besuchen, die Architektur der Stadt bestaunen.«

»Auf keinen Fall, was denkst du dir, Helene? Nie und nimmer lasse ich dich dorthin. Du darfst allein nach A-dorf, also nach Freiberg aufs Gut. Schon das ist ein Zugeständnis.«

Sie sah ihn stirnrunzelnd an. Sie wusste, dass ihre Mutter noch immer Aufheben machte, wenn sie ohne

Begleitung zum Hof fuhr. Sie konnte es ihr nicht verübeln. Denn immerhin hatte sich das Unfassbare damals unter ihren Augen im Dunstkreis des Gutshauses abgespielt und sie vertraute Helene noch immer nicht. Egal, was sie tat, wie sittsam sie sich benahm, Dorothea hätte sie am liebsten im Haus eingesperrt.

»Aber Papa, lass gut sein. Immerhin helfe ich auf dem Gut, ohne mein Zutun wäre es in diesem Sommer schwierig. Du warst nie oben, hast all deine Zeit in Gustavs Einführung in die Manufaktur gesteckt. Und Johanna ... du weißt selbst, dass sie hier nicht wegkonnte. Also musste ich übernehmen.«

»Ich bitte dich mein Kind, das weiß ich alles. Aber Dresden ... die Großstadt. Du kennst dich doch gar nicht aus.«

Sie lächelte, jetzt endlich verstand sie. »Ich würde nicht allein fahren, wo denkst du hin. Tante Hannelore hat geschäftliche Termine und bat mich, sie zu begleiten. Ihr Mann ist unabkömmlich, irgendeine neue Maschine, die er bestellt hatte, kommt an. Als sie letztens hier war, fragte sie Mutter, ob sie mitkommt.«

»Und Dorothea hat abgelehnt?« Helene nickte. »Warum um Gottes Willen?« Wilhelm verstand seine Frau nicht. Seit Jahren lag sie ihm in den Ohren und nun eröffnete sich ihr die Möglichkeit und sie lehnte ab?

»Nun, Mutter findet es unschicklich, ohne dich in eine Stadt zu reisen und sich zu vergnügen. Ohne männliche Begleitung in einem Hotel abzusteigen, das gehört sich nicht für eine Frau ihres Standes. In ein Ostseebad würde sie fahren, da dort viele Ehefrauen allein mit ihren Kindern sind, aber in eine Metropole? Das ist ihr dann doch zu modern ... Also, darf ich?«

Wilhelm tat sich schwer abzulehnen. Warum sollte er dem Mädchen verwehren, sich etwas zu amüsieren? Sie hatte im vergangenen Jahr so hart in der Manufaktur gearbeitet, ja, ein Wunder vollbracht und ohne ihre Hilfe auf dem Gut, hätte er nicht ein noch aus gewusst. Sie war ihm eine große Stütze gewesen. Johanna, die sonst im Sommer viel Zeit auf dem Gut zubringt, hütete hochschwanger das Bett. Und so war alles an Helene hängen geblieben.

Warum also sollte er seinem Mädchen nicht die Freude machen? Hannelore würde ein Auge auf sie haben und außerdem wusste er, dass sie bald keine freie Minute mehr haben würde. Sobald der zweite Säugling im Haus wäre, gäbe es für Tante Helene jede Menge zu tun.

August

Es ist beachtlich, was mein Schwager da so schreibt, höchst erstaunlich, dachte er und faltete das Kabel, das der Postbote heute Morgen im Kontor abgegeben hatte, zusammen. Nachdem der Schwiegervater einen Termin beim Familienadvokaten hatte, war es an ihm, sich um das Tagesgeschäft zu kümmern und so hatte er die seltene Post geöffnet.

Gustav bat um neue Muster für die Tüllspitzen im bretonisch-maurischen Stil und teilte ihnen die Adresse des Hotels mit, wohin man das Päckchen schicken sollte. Ausdrücklich erbat er sich, dabei nicht die Kreationen von Helene zu vergessen, da die vielfältigen Blumenarrangements, Körbchen und Füllhörner, die sie verwandt hatte, bestens Anklang finden könnten.

Er hätte wohl Zeichnungen dabei, diese schienen der Kundschaft aber nicht auszureichen.

Für August war es schwer einzuschätzen, ob der Schwager auf das richtige Pferd setzte, hatte er doch die Stadt seit Monaten nicht verlassen, um in den Metropolen nach der neuesten Mode Ausschau zu halten. Der Schwiegervater hatte dem Drängen Johannas nachgegeben, ihn nicht mehr so lange auf Reisen zu schicken und sich im Frühjahr höchstselbst mit seinem Filius auf den Weg gemacht. Seither ging er täglich ins Kontor und schon jetzt, langweilte ihn die monotone Arbeit.

Er verstand Johannas Besorgnis, denn immerhin war sie seit nunmehr vier Jahren endlich wieder schwanger und sie wollten nichts riskieren. *Dennoch, auch andere Frauen gebären Kinder ohne diesen ganzen Zirkus*, dachte er und lehnte sich mit einer Pfeife in seinem Sessel zurück. Er genoss diesen kleinen Luxus allzu gerne im Büro, obwohl sein Schwiegervater darauf bestand, einzig und allein daheim in der Bibliothek zu rauchen. Was solls, er konnte nicht auf alle Annehmlichkeiten verzichten.

In den letzten Monaten hatte er sich zurückgenommen, sich voll und ganz auf sein Verhältnis zu Johanna konzentriert. Er hatte seine Frau ausgeführt, war mit ihr in Konzerte und Theaterstücke gegangen, nahm an allen Vergnügungen teil, die die Familie unternahm.

Anfangs beanspruchten ihn die langen Abende, gingen ihm auf die Nerven. Die immer gleichen Themen langweilten. Doch es hatte ihnen gutgetan, stellte er fest. Zwar war es ihm schwergefallen, mindestens jede zweite Zusammenkunft mit Freunden abzusagen, sich tagsüber weniger in den Wirtschaften aufzuhalten als sonst und doch hatten ihnen die gemeinsamen Erlebnisse mit Frau und Kind rückblickend mehr geholfen als geschadet.

Mit Esther war er schon vorher in einem festen Band verwoben gewesen, doch wie schwer es sein würde, Johannas Respekt zurückzugewinnen, hatte er unterschätzt. Sie war misstrauisch und ihre ausgezeichnete Intuition erlaubte es ihm nicht, das sorgsam gewebte Lügengebilde um die Vorfälle beim Bau der Fabrik weiter zu spinnen. Sie mutmaßte, dass etwas an seiner sogenannten Beichte nicht gestimmt hatte, doch sie wusste nicht was, und er würde einen Teufel tun und ihren abstrusen Gedanken neues Futter geben. Die Sache war hoffentlich ein für alle Mal erledigt und er konzertierte sich darauf, seine Frau wieder als die devote und liebevolle Gattin hinzubekommen, wie sie es vor dem Zwischenfall gewesen war.

Er war auf einem guten Weg und hatte mittlerweile kein schlechtes Gewissen mehr, verbrachte er doch einmal einen Abend im Weinlokal. Ja, Johanna forderte ihn sogar dazu auf, seine Treffen mit den Männern des Industrievereins wieder aufzunehmen. Sie hatte jovial gelächelt, während sie das sagte. Als ob er ihre Zustimmung gebraucht hätte! So weit käme es noch.

Zuhause war alles in bester Ordnung, es gab keine Animositäten mehr. Der Schwiegervater schien sich beruhigt zu haben, Johanna hatte aufgehört, Fragen zu stellen, und sich im Sinne ihrer guten Kinderstube wieder ihrem Leben als brave Ehefrau und Mutter hingegeben. Einmal mehr zog er den Hut vor Dorothea, die sicher ihren Anteil an dieser erfreulichen Entwicklung hatte.

Mit dem zweiten Kind hätten endlich auch ihre Ausflüge ins Kontor ein Ende. Ja, er würde darauf bestehen. Es war sein gutes Recht, seiner Frau das Arbeiten zu verbieten, obwohl er wahrscheinlich seine Wortwahl in dieser Familie ein wenig anpassen müsste.

Als Gustav ins Geschäft eingestiegen war, hatte August anfangs skeptisch jeden seiner Schritte beobachtet. Insgeheim bangte er um seine Stellung, doch die offene, ja fast freundschaftliche Art des Schwagers zerstreuten seine Bedenken schnell. Der Junge war harmlos, musste noch so viel lernen und darin sah August seine große Sternstunde. Wenn er ihm alles beibrachte, würde Gustav dankbar sein und seine Erfolge würden auch als die Seinen gefeiert. Und so hatte er ihn unter seine Fittiche genommen, gar in seine Herrenrunden in der *Erholungsgesellschaft* eingeführt.

Nun aber, schien sich sein Erfolg schneller einzustellen als vorstellbar gewesen wäre. Mit einem Stirnrunzeln sah er sich wieder das Telegramm an und suchte den Brief von vorgestern heraus. Dieser hatte eine gewisse Zeit gebraucht, ehe er hier angekommen war, doch der Bruder seiner Frau hatte seitdem nicht auf der faulen Haut gelegen. Anscheinend arbeitete er in jeder Minute des Tages und nutze sogar die Abende, um in den Gaststätten und Hotels Englands Kontakte zu knüpfen.

Ihr werdet es nicht ahnen, verehrter Papa und August, aber die Lager in London bei Higgins, Eagle & Co. sind voll mit feinster Tüllspitze aus Plauen. Sicher wisst ihr, wem

wir diesen Hype zu verdanken haben, denn du, lieber Va-
ter, hattest ja von Anfang an dein Ohr am Puls dieser
neuen Zeit. Im Real Lace Departement von Ortion und
Higgins ist die Dentelles de Saxe DAS magische Wort.
Doch sie kaufen nicht mehr, sind mit dem Vorrat, den sie
haben, vollends zufrieden.
Nun denn, wir müssen reagieren, die Lager in Plauen sind
voll und hier werde ich nichts von all der edlen Ware ab-
schlagen können. Aber ich bin frohen Mutes, denn jetzt
kommt unsere Stunde. Wir sind bereit, kreativ zu werden
und dem englischen Markt alles zu geben, was die fleißi-
gen vogtländischen Hände und Maschinen hergeben.

Bei diesen Zeilen schlug sein Herz merklich schneller, das hatten der Schwiegervater und er nicht erwartet. Jeder in Plauen wusste, dass es eine kleine Revolution war, was Theodor Bickel mithilfe von Helene und den erfahrenen Musterzeichnern da ausgeklügelt hatte. Schablonen von Musterentwürfen herzustellen, die man dann auf den feinsten Tüll ohne jeglichen anderen Musselineuntergrund stickt, das ist eine Revolution. Mittlerweile wurde in allen Manufakturen von Lorenz bis Berkling, bei Poppitz und auch Seidel eifrig an der Nachahmung getüftelt, doch keiner hatte geahnt, dass einer von ihnen den alleinigen Auftrag für die *Dentelles de Saxe* bei Higgins, Eagle & Son erhascht hatte. Und es waren nicht die zu Hohenlindens. Das war ein Pauken-schlag.

»So eng scheint der alte Knabe dann doch nicht mit seinem Busenfreund zu sein«, murmelte August in seinen mittlerweile stattlichen Bart.

Der nächste Brief, der nur wenige Tage später eintraf, zeigte die Lösung für ihr Problem auf und sorgte für Erleichterung auf der Kontoretage. Denn der Schwager schien die Krux in einen Vorteil für sie umzumünzen und seine Bemühungen waren von Erfolg gekrönt.

Das alles soll mir Ansporn sein, unseren Lagerbestand auf andere Art und Weise abzuschlagen,

hatte er voller Tatendrang in seiner schwungvollen Jungmädchenschrift aufs Papier gebracht und August fragte sich, woher der Bursche seinen Optimismus nahm.

Unsere kostbare Ware biete ich den Spitzen EnGros Händlern in mehreren anderen Städten an. Deren Abhängigkeit von Higgins wäre damit beendet. Ich habe meinen Besuch in Birmingham, Sheffield und Manchester avisiert. Und was soll ich euch sagen, man erwartet mich ungeduldig. Der Markt ist riesig, die Engländer haben vorzügliche Kontakte sogar bis nach Übersee und ich kann mich des Eindrucks nicht erwehren, dass man gar froh über unsere Offerten sein wird. Direkt zu ordern, den Zwischenhändler zu umgehen, nicht mehr von Higgins abhängig zu sein, treibt die Kaufmänner an, große Mengen bei mir zu bestellen. Alle meine Bestellungen werde ich per Telegramm an euch absetzen und hoffe inständig, wir bekommen all unsere Kostbarkeiten verkauft.

August hatte sich bisher auf den einfachen Absatzweg konzentriert, sich einzig und allein an Großhändler wie Higgins & Co. gehalten. Das Klein-Klein Geschäft mit Dutzenden Firmen in allen Ecken Englands hatte er anderen überlassen. Zu mühsam war es gewesen, landauf, landab an diverse Türen zu klopfen. Er hatte seine Kontakte bei Higgins gepflegt und damit die Absatzziele des Schwiegervaters noch immer übertroffen. Doch genau dieses Klinkenputzen schien dem Schwager den Respekt des Vaters einzubringen. Ganz nebenbei ließ es ihre Absatzprobleme über Nacht verschwinden.

Innerlich zog er vor dem Jungspund den Hut, aber es kochte Wut in ihm hoch. Dieser phänomenale Erfolg war allein Gustav zuzuschreiben, das würde auch Wilhelm auffallen. Das ursprüngliche Absatzziel hatte er nach nur wenigen Wochen geschafft und nun landete heute Morgen schon wieder ein Telegramm auf seinem Schreibtisch, dessen Orderumfang bei weitem das, was sie mit den bisherigen Kapazitäten leisten konnten, überstieg. Der Junge war ein exzellenter Verkäufer, konnte umschmeicheln und verhandeln, sich in der Sprache der Engländer frei bewegen und ab und an, wenn es angezeigt schien, sogar auf Französisch parlieren. Und er war umtriebig, mehr in den Geschäftsetagen als in den englischen Pubs, gestand sich August ein.

Doch was heute auf seinen Schreibtisch geflattert war, überstieg bei weitem, was sie leisten konnten. Jetzt musste erst einmal Schluss sein. Er würde mit Wilhelm reden und den Schwager zurückholen.

Bei Tisch ergab sich die Gelegenheit, über Gustav zu sprechen, recht schnell. Johanna verbrachte den Tag auf ihrer Chaiselongue, hatte wenig Appetit und seine Schwiegermutter lag mit Migräne im Bett. Nur sein Schwiegervater und er selbst sind zu Tisch erschienen.

Ungestört ließ sich so übers Geschäft plaudern, während sie genussvoll die Rippchen verspeisten, die Josefa für sie zubereitet hatte.

»Du meinst, wir sollen ihn zurückbeordern? Ich weiß nicht, August, solch eine Gelegenheit kommt so bald nicht wieder. Diese Aufträge könnten uns dabei helfen, die Kredite für die neuen Maschinen in Rekordtempo abzubezahlen und einen beachtlichen Batzen für uns selbst übrig zu haben.«

»Mir wird angst und bange, wenn ich daran denke, wie wir die kurzen Lieferfristen einhalten sollen«, gab August zu bedenken. Doch Wilhelm beschwichtigte ihn.

»Lass uns nachdenken. Vielleicht ist es möglich. Die Entscheidung, Gustav zurückzuholen, schieben wir um, sagen wir zwei Tage auf. Fällt uns bis dahin nichts Passables ein, holen wir ihn zurück, ohne Wenn und Aber. Was hältst du davon?«

»Nun gut, ich habe schon darüber nachgedacht, wie wir die Liefer- und Produktionskette etwas straffen könnten. Es gibt da eine Idee.«

Wilhelm, dem der Saft der schmackhaften Rippchen aus dem Mundwinkel lief, merkte auf. Er legte das Stück Fleisch auf seinem Teller ab und wischte sich ausgiebig mit der Leinenserviette den Mund, bevor er August mit einem gemurmelten: »Sag schon, was geht dir durch den Kopf« zum Reden aufforderte.

»Dutzende unserer aushäusigen Lohnsticker kommen täglich zu Fuß ins Kontor, um fertige Ware zu bringen und neues Gewebe mitzunehmen. Diese Zeit könnten sie besser verwenden, wenn sie sticken würden und nicht durch die Gegend laufen müssten.«

»Das stimmt, daran habe ich auch schon gedacht. Aber was schwebt dir vor«, reagierte sein Schwiegervater sofort mit Interesse.

»Ich habe angefragt, ob wir feste Fahrten pro Woche buchen können.«

»Natürlich, Mietkutschen und Droschken gibt es jede Menge, aber auch Conrad könnte Fuhren übernehmen«, sagte Wilhelm, ohne von seinem Teller aufzusehen. Den beiden Männern sah man an, wie ihnen die Möglichkeit beim Essen über die Geschäfte sprechen zu können, behagte. Sie mussten keine Rücksicht auf die Damen nehmen, sondern konzentrierten sich einzig auf ein saftiges Stück Fleisch und auf die Arbeit. Das war im doppelten Wortsinn ganz nach ihrem Geschmack.

»Wir bieten unseren Stickern den Transport an, nehmen die Ware vorübergehend zum gleichen Preis ab wie bisher. Sie können mehr produzieren, wenn sie nicht herkommen müssen. Das wird ihnen Ansporn genug sein, denn damit verdienen sie besser.«

»Das wird nicht reichen, aber es ist ein Anfang. Kannst du mit den Direktricen einen Plan erarbeiten? Ich habe da noch eine Idee, aber dafür muss ich erst hinüber in die Schützenstraße zu Gottlieb Hornbogen.«

August hatte nur noch halb zugehört. Er war zufrieden mit dem Essen und der Lösung, die er kurzfristig umsetzen konnte. Allzu gerne hätte er dabei Johannas Hilfe in Anspruch genommen, die im Kontor oft die Fleißarbeiten übernahm, die er ungern verrichtete. Zwar war ihm ihre Mitarbeit generell ein Dorn im

Auge, doch bei diesen Dingen hätte er gerne darauf zurückgegriffen. Auf sie konnte er heute leider nicht zählen.

Und so ging er nach dem Essen zurück in die neue Fabrik an der Wilhelmstraße. Alban Neumeister schickte er eine große Stadtkarte und eine Lagekarte der umgehenden Dörfer im Verlagshaus Neupert zu kaufen und dann machten sie sich gemeinsam daran, einige Routen für die Droschkenunternehmen zusammenzustellen.

Bis spät in die Nacht saß er an seinem Schreibtisch und war am Ende zufrieden mit dem, was er erarbeitet hatte. *So könnte es gehen, jedenfalls für den Anfang*, dachte er ermüdet und genehmigte sich ausnahmsweise ein Bier im Goldenen Löwen.

***

In den kommenden Tagen arbeiteten sie fieberhaft an den Berechnungen, die Order des Schwagers betreffend. Doch es nütze nichts. Alles Kalkulieren hatte am Ende immer das gleiche Ergebnis.

»Wir holen Gustav nach Hause. Die Abarbeitung der eingegangenen Aufträge muss unser Hauptaugenmerk sein. Ich konnte in der Maschinenfabrik Hornbogen nichts erreichen. Alle Maschinen, die er in den nächsten Wochen, ja Monaten baut, sind vorbestellt und anbezahlt. Selbst wenn ich eine geeignete Lokalität auftreiben könnte, hätten wir nichts zum Hineinstellen«, hatte Wilhelm realistisch einschätzen müssen.

»Er wird an uns denken, sollte jemand eine Order nicht abnehmen und ich werde vorsorglich mit der

Bank sprechen«, sagte Wilhelm, doch sein Ton war wenig optimistisch.

»Gustav wird das nicht gefallen, aber wir müssen ihn zurückholen.« August setzte das Telegramm an den Schwager am selben Tag ab.

Kapitel 3,
September 1881, Plauen

Dorothea

Als Gustav mit vollen Auftragsbüchern von seiner Reise aus England zurückkam, brachte er allerlei Neuigkeiten mit und seine Pläne machten Mut für die Zukunft. Selbst Dorothea war beim Abendessen offen für eine Ausnahme. Sie erlaubte ihrem stolzen Sohn, von seinen beruflichen Erfolgen zu parlieren.

»Die Überfahrt von Dover war diesmal ziemlich schaukelig, kann ich euch sagen. Nichts für schwache Mägen, wenn ihr versteht, was ich meine«, hatte er lächelnd gesagt und sich dabei einen weiteren riesigen Happen Fisch in den Mund geschoben. Bevor er gekaut und hinuntergeschluckt hatte, ließ er sie weiterhin an den Schauergeschichten der magenkranken Mitreisenden teilhaben. Seine zu langen blonden Locken rutschten ihm dabei immer wieder in die Stirn.

»Das reicht jetzt junger Mann«, stoppte ihn Wilhelm und konnte damit verhindern, dass es auch dem Letzten am Tisch den Appetit vergrätzte.

»Erzähl uns lieber, wen du kennengelernt hast. Wichtige Kontakte geknüpft? Damenbekanntschaften?«, grätschte ihr Schwiegersohn sofort dazwischen und lächelte süffisant. August hatte keinen Anstand, dessen wurde sie sich wieder einmal bewusst. Wie pietätlos bei Tische nach den Fräuleins des Sohnes zu fragen. Das passte Dorothea nicht. Aber sie mischte sich heute nicht ein, sondern hoffte auf Gustavs Kinderstube.

»Für die Damen war keine Zeit, August. Doch ich habe Solomon Guggenheim kennengelernt. Er logierte in London im selben Hotel wie ich. Formidabler junger Mann und wenn ich recht verstanden habe, stammt er aus einer wohlhabenden amerikanischen Familie und war für den Vater auf Europatour.«

»Einer dieser Junggesellen, der auf Kavalierstour ist, also. Sind diese Zeiten nicht vorbei?«, mischte sich Johanna in das Gespräch ein. Seit ein paar Tagen hatte sie die Müdigkeit und ein beständiges Ziehen in ihrem immer größer werdenden Leib überwunden und nahm wieder regelmäßig an den gemeinsamen Mahlzeiten teil. Die Ruhezeit hatte ihr gutgetan. Ihr Teint war rosig und ihre Augen wach.

»O nein, Schwesterlein, keine Kavalierstour«, ließ Gustav verlauten. »Er prüft für seinen Vater rentable Geschäfte und ich hoffe für uns, dass meine Einschätzung falsch ist.«

Gustav schob bei diesen Worten den Teller von sich, wischte sich umständlich den Mund an der Serviette und griff nach seinem Weinglas. Die fünf Augenpaare, die sich auf ihn richteten, amüsierten ihn sichtlich.

»Mein Sohn, deine Unterhaltungskünste in allen Ehren, aber komm endlich auf den Punkt«, mischte sich Wilhelm ein, der am Kopfende ungeduldig mit den Fingern auf den Tisch trommelte.

»Er erwägt, als Verleger nach Plauen zu kommen.«
Die Nachricht verblüffte. Ihr Mann und August ließen sich in die Stühle fallen und riefen fast gleichzeitig aus: »Ich hoffe, du konntest es ihm ausreden?« Dorothea schmunzelte. Beide Männer hatten gleich reagiert und gaben das Bild zweier begossener Pudel ab. Natürlich war auch ihr die Tragweite bewusst. Ein weiterer Verleger in der Stadt konnte das Geschäft ihrer Familie nachhaltig beeinträchtigen. Einer, mit den besten Kontakten auf dem amerikanischen Markt, der zudem jede Menge Kapital zur Verfügung hatte, wäre eine ernst zu nehmende Bedrohung. Mit Geld konnte man leicht um die geschicktesten Stickmeister buhlen. Das war wenig erfreulich.

»Er will sich als Verleger niederlassen? Das heißt, er muss Sticker rekrutieren und es gibt so schon zu wenige gut ausgebildete Arbeitskräfte. Wir selbst werden uns bald auf die Suche machen müssen und konkurrieren dann mit einem Mann, der weit mehr zahlen kann als wir.« Dorotheas Gatte atmete angestrengt, strich sich durchs Haar und schüttelte den Kopf. Sie war alarmiert.

»Unsere gestickten Tüllspitzen sind in den USA ein Importschlager, man ist draufgekommen, dass man damit Geld verdienen kann. Mittlerweile hat sich herumgesprochen, dass sich die Anzahl der Stickmaschinen in den letzten acht Jahren quasi verdoppelt hat. Schau doch in Neuperts Adressbuch und du wirst staunen, wie viele neue Geschäfte, Gebäude, ja gar Straßen jährlich ...« Gustav wurde von Johanna unterbrochen, die ergänzte: »Über dreihundert Baugenehmigungen wurden allein im letzten Jahr erteilt, die Stadt platzt aus allen Nähten. Es ist unvorstellbar, dass in acht Jahren zehntausend Menschen nach Plauen gezogen sind.«

Darauf erwiderte niemand etwas, jeder hing seinen Gedanken nach. Dorothea spürte das Schweigen am Tisch fast körperlich, vernahm die tiefen Atemzüge ihres Mannes, der die Tragweite dieser rasanten Entwicklung zu fassen versuchte. Dann sagte August in die Stille hinein: »Es wird schon nicht so tragisch werden und ehrlich gesagt, wir können es nicht ändern. Es ist doch gut, dass Gustav diese Neuigkeit mitbringt, dann sind wir diesem Guggenheim einen Schritt voraus.«

»Wie meinst du das, August?« Dorotheas Mann sah von einem zum anderen und schien nicht zu verstehen.

»Nun Wilhelm, wir werden so viele Lohnsticker wie möglich vertraglich binden, bevor dieser junge Mann einen Fuß auf Plauener Boden setzt.«

Kapitel 4,
Oktober 1881,
Plauen und Dresden

Helene

Seit Stunden schon quälte sich Emma durch die Wehen und Helene wusste kaum noch, wie sie sie ablenken sollte. Zu sehr war die Gebärende in ihre eigene Welt abgetaucht und schien nur bei Conrads Erscheinen etwas wacher.

»Geh arbeiten, der gnädige Herr braucht dich doch«, presste sie hervor, wenn ihr Mann mittlerweile im Abstand von zehn Minuten seinen Schopf durch den Türspalt schob und sie fragend ansah. »Es wird nicht schneller kommen, nur weil du hier herumstehst. Geh schon«, presste die schnaubende Emma ungeduldig hervor und Conrad trollte sich.

Die kleine Selma war heute bei Esthers Kinderfrau gut aufgehoben und so konnte sich Conrad ohne schlechtes Gewissen auf seinen Kutschbock setzen. Arbeit gab es derzeit ausreichend. Zwischen seinen Fahrten steckte er zwar immer wieder den Kopf in die kleine Schlafkammer unter dem Dach, sah aber jedes Mal kopfschüttelnde Gesichter.

Emma quälte sich mit diesem zweiten Kind, lief ungeduldig herum und schwor, entgegen dem Anraten der herbeigerufenen Hebamme, dass ihr die Bewegung guttäte.

»Ich spüre es, es bewegt sich in mir. So, als ob es nicht richtig liegen würde«, erklärte sie ein ums andere Mal ihre Unruhe.

Libby Schlagk, examinierte Hebamme, die ganz in der Nähe der F. A. Mammen & Co. Fabrik an der Äußeren Neundorfer Straße wohnte und dort Sprechstunden abhielt, war herübergekommen und half den beiden jungen Frauen. In ihrer Anwesenheit fühlte sich Helene sicherer und Emma schien ihr zu vertrauen. Nur das Herumlaufen quittierte die Hebamme mit einigem Stirnrunzeln.

»Ich fühle, dass sich das Kindchen bewegen möchte und sie haben doch gesagt, es liegt nicht perfekt im Geburtskanal. Vielleicht dreht es sich, wenn ich nicht untätig herumsitze«, presste Emma zwischen zwei Wehen heraus. Mit der Gartenlaube, einem wöchentlich erscheinenden illustrierten Familienblatt in der Hand, fächelte Libby sich Luft zu und verzog den Mund.

»Hauptsache zur Niederkunft setzt du dich hin«, bemerkte sie lax und hörte nicht auf, die Gebärende zu beobachten. Als die heftig die Luft zwischen den Zähnen einsog, sprang sie auf, schleuderte die Zeitschrift aufs Bett und griff Emma beherzt unter die Arme.

»Atmen nicht vergessen, meine Liebe und nun bitte hinlegen. Ich denke, es geht in die letzte Phase.« Mit geübten Handgriffen schob sie Emma die Kissen in den Rücken, zog sich den Schemel heran, raffte ihr Nachthemd und verschwand darunter. Helene hielt derweil die schwitzige Hand von Emma und lächelte ihr aufmunternd zu. Das Gesicht der Hebamme kam unter dem Hemd hervor und dann ging alles schnell.

Conrad strich seinem Sohn nur wenige Stunden später mit dem Handrücken über die Wange, küsste seinen Kopf und sog den unvergleichlichen Säuglingsduft genüsslich ein. Der Kleine lag in einem Kokon eingewickelt auf den Armen der Hebamme, die ihn zufrieden dem Vater präsentierte.

»Nun habt ihr ein Pärchen. Wie soll er denn heißen, euer Nachwuchs?«, fragte sie neugierig.

»Jonas, der Friedliebende«, meldete sich Emma, die glücklich, aber müde in den Kissen lag.

»Jonas, so soll es sein«, hörte sich Conrad sagen und lächelte seiner Frau zu.

Die aufregenden Stunden bei Emmas Geburt hatten Helene kurzzeitig zurück an einen dunklen Ort gebracht. Glücklicherweise war sie noch am selben Abend mit Reisevorbereitungen beschäftigt gewesen und schon am nächsten Morgen nach Dresden abgereist. *Die Reise wird mich hoffentlich von den Bildern wegholen, die mich immer beschleichen, wenn ich an meine Zeit in der Schweiz denke,* hatte sie gedacht und den Schauer, der ihr dabei durch den ganzen Körper lief, so gut es ging ignoriert.

Es funktionierte, Helene genoss die Zeit fernab der Einsamkeit, die sie in den letzten Wochen auf dem Gut beschlichen hatte. Denn obwohl sie unablässig beschäftigt gewesen war, den Vater auf dem Gut vertreten und dem Meister in der Manufaktur immer neue Muster und Stickvorlagen geschickt hatte, so war sie innerlich doch vereinsamt. Ohne Ansprache oder auch Zwiesprache hatte sie sich durch die Tage bewegt. Esther war bei der Familie in der Stadt geblieben und ihr fehlten die ausgelassenen Stunden mit ihr. Das Kinderlachen war mit nichts aufzuwiegen, die Zeit in den Märchenwelten oder beim Zeichnen waren reicher und bunter als alles andere in ihrem Leben, dies zu leugnen wäre ein Vergehen an ihrer langsam gesundenden Seele.

»Ich vermisse Esther, kannst du sie nicht hierlassen«, hatte sie Johanna angefleht, als diese für eine Woche hinausgekommen war, und noch heute erinnerte sie sich mit Entsetzen an den erschrockenen Ausdruck im Gesicht ihrer Schwester.

»Esther gehört zu ihren Eltern, das hatten wir besprochen«, hatte sich August eingemischt, der ihre Unterhaltung belauscht haben musste, und Johanna hatte vergeblich versucht, ihn zu überreden.

»Ich nehme sie euch doch nicht weg, es wäre gut für sie hier draußen, die frische Luft, der Garten, das ist perfekt für ein kleines Mädchen«, hatte sie alles aufgeboten, was ihr einfiel. August blieb uneinsichtig. Mit gestrenger Miene war er nah an sie herangetreten und redete auf sie ein. Seine kraftvolle physische Präsenz war bedrohend und so trat sie einen Schritt von ihm weg und musste sich zwingen, ihn trotz ihrer aufkeimenden Panik offen anzusehen.

»Wo soll das alles hinführen? In eine noch größere emotionale Verstrickung deinerseits? Willst du uns entfremden?« Spätestens an diesem Punkt hatte Johanna eingegriffen und sie verteidigt, doch ohne Erfolg. Er war bei seiner Meinung geblieben, hatte sich brüsk umgedreht und sie stehenlassen. Er hatte ihren Schmerz nicht sehen wollen. Es war ihm einerlei.

»Ich werde sie nicht aufgeben, egal was er sagt, ich arrangiere mich, aber werde nicht an die Seitenlinie treten.« Johanna hatte zustimmend genickt, sie fest in die Arme genommen und gewiegt wie ein Kind. Flüsternd sagte sie: »Wir sind beide für sie da, heute, morgen, für immer und daran wird sich nichts ändern. Du und ich, wir müssen uns absprechen und ...« Sie atmete angestrengt, schob Helene von sich, ließ ihre Hände aber nicht von ihren Armen. Es fühlte sich an wie ein kleines Schütteln, ein Aufrütteln.

»Wir müssen zusammenhalten, für Esther. Versprichst du mir, mich in deine Gedanken zu lassen, mir zu sagen, wenn es dir bescheiden geht, du dich außen vor fühlst?«

»Du musst keine Angst haben, Johanna, ich mache keinen Unsinn mehr. Ich habe jetzt etwas gefunden, woran mein Herz hängt. Die Arbeit tut mir gut. Aber du hast recht, manchmal zerreißt es mich und ich kann kaum an mich halten. Dann vermisse ich sie so sehr, obwohl sie mir am Tisch genau gegenübersitzt. Ich weiß ja, dass sie abends zu ihm hinauf geht und seinen Märchen zuhört.« Mehr hatte sie nicht offenbaren wollen. Dass sie oft am Treppenabsatz saß und lauschte, wenn sie vorlasen oder dass sie durch den Türspalt linste, und ihnen beim Spielen zusah, musste Johanna nicht wissen.

Ihre eigenen gemeinsamen Stunden mit Esther fühlten sich manchmal regelrecht gestohlen an, doch sie spürte instinktiv, wie wichtig sie waren. Vorrangig für sie selbst, aber auch für die Kleine. Wenn in diesen Wochen auch wenig Ruhe zum Nachdenken geblieben war, so merkte sie, dass diese Leere in ihr nicht mit Routine angefüllt werden konnte.

»Ich habe das Beste aus beiden Welten erlebt«, hatte sie dann ihrer Tante Hannelore in Dresden bei einem Abendessen gestanden und deren Nachfragen gerne beantwortet. »Unser Landgut war lange Zeit ein Ort der Ruhe und vollkommenen Einheit zwischen mir und der Natur für mich. Natur steht für Leben, einen beständigen Kreislauf und Wiederkehr von Altvertrautem. Doch die Widrigkeiten, mit denen man dort draußen in Berührung kommt, sind an mir als Kind und Jugendliche vorbeigerauscht. Ein Gewitter war Abenteuer, das rauschende Wasser auf dem Dach eine Sintflut, in der Wassergeister hausten. Nun weiß ich, dass bei Blitz und Donner Bäume getroffen werden und ich dafür sorgen muss, dass der Baum gefällt wird. Heute überlege ich, ob die Dachrinne frei von Blattwerk ist, wenn sich eine Wolke über dem Gut entleert.« Hannelore hörte ihr aufmerksam zu, lächelte und nickte bestätigend.

»Das Landleben hat nicht nur schöne Seiten, jetzt wo du erwachsen bist«, warf sie ein und Helene nickte.

»Es ist genau wie in der Stadt. Auch da mischt sich Fortschritt mit stickiger Luft, offensichtlicher Reichtum mit Armenvierteln. Ich habe so viel gelernt in den letzten Wochen, ich hätte nie gedacht, wie viele kleine Entscheidungen ein Landwirt am Tag fällen muss und wir haben sogar einen Gutsverwalter.«

»Du musstest nur einen Bruchteil von dem erledigen, was deine Vorfahren noch taten?« Ihre Frage war rhetorisch, verstand Helene und stimmte ihr zu.

»Ja, und es hat mich herausgefordert. Das hat mir gefallen, es zeigte mir aber auch, dass ich ähnlich wie mein Großvater denke. Das Leben als Landwirt ist mir nicht genug, ich möchte nicht in der Vergangenheit feststecken, denn so fühlt es sich an. Jahrein, jahraus die gleichen Arbeiten verrichten. Strikt nach den Jahreszeiten leben, nie verreisen. Vielleicht führt man hier und da eine Neuerung ein, kauft einen neuen Pflug oder legt Wasserleitungen in die Küche, aber das reicht mir nicht. Für mich ist die Stadt, die Arbeit in der Manufaktur, Theater, Ausstellungen, das brodelnde Leben eben, das Richtige. Versteh mich nicht falsch, ich liebe das Gut und die Tiere. Beim Ausreiten kann ich durchatmen wie sonst nie. Wirklich brodeln tut es in Plauen auch nicht. Aber für immer auf dem Gut leben? Diese Frage würde ich heute mit nein beantworten.«

Die Zeit in der ihr unbekannten Stadt verging rasend schnell. Zwar war Tante Hannelore einen Großteil des Tages ohne sie unterwegs, doch Helene wusste sich zu beschäftigen. Die schiere Größe der Residenzstadt beeindruckte sie und schon nach zwei Tagen war sie sicher, niemals auch nur einen Bruchteil dessen besichtigen zu können, was sie sehen wollte. Die Stadt Dresden zog sie in ihren Bann. *Wann und wie wird sie mich wohl wieder ausspucken,* dachte Helene bei sich und stürzte sich auch heute Morgen in das bunte Treiben.

Gleich nach dem Frühstück im eleganten Hotel de Sax gegenüber der Frauenkirche, nahm sie ihr Tagebuch und machte sich daran, akribisch all ihre Eindrücke aufzuschreiben. Sie genoss die Zeit an den kleinen Tischen außerhalb des Hotels in besonderem Maße, als dass es sich hier vortrefflich beobachten ließ.

Vorbeihastende Botenjungen, Marktfrauen oder Geschäftsmänner, die zu Terminen eilten, beeindruckten sie genauso wie die Kinderfrauen, die mit geschäftigen Mienen ihre kleinen Schützlinge über den Platz schoben. Gestandene Damen schlenderten am Arm eines Kavaliers oder junge Frauen stolzierten beieinander eingehakt laut lachend an ihr vorbei. Sie alle schienen ein Ziel zu haben, die meisten von ihnen gingen einer Aufgabe nach, ob nun gewollt oder aus der Not heraus. Auch wenn sie wusste, dass sich die Menschen hier ihre Arbeit selten aussuchten, so konnten sie doch stolz sein, selbst für sich und die ihren zu sorgen. Unabhängig zu sein von den Zwängen einer Landwirtschaft oder auch einer Ehe, schien Helene nirgends offener gelebt als in der Stadt.

Die Altweibersommersonne wärmte sie, doch der Wind, der über den Platz fegte, ließ sie an die dünnen Jäckchen denken, die sie an manchem Kind hier gesehen hatte. Auch das war eine Auswirkung dieser viel gepriesenen Freiheit, resümierte sie und kritzelte gedankenverloren in ihr Heft.

Oft nahm sie die Klänge der Kirchenglocken nicht einmal mehr wahr, die von der Frauenkirche herüberschallten. Brummend rollten sie übers Pflaster, um in den Gassen rund um den gepflasterten Markt zu versickern. Sie gehörten dazu wie der straffe Wind der von der Elbe heraufdrängte. Helene trank eine Schokolade und notierte sich, worum ihre Gedanken kreisten. Manchmal waren es Gebäude, die sie bestaunte oder sie beschrieb ihre Erinnerung an das Glitzern der Elbe, die sich behäbig durch die Stadt schlängelte. Sie kritzelte Muster von Gehwegplatten in ihr Buch und kopierte Reliefs der stattlichen Häuserfassaden am Neumarkt. Insgeheim knobelte sie an neuen Stickmustern und freute sich darauf, sie dem Vater zu präsentieren.

Lange einsame Spaziergänge führten sie in die schmalen Gassen der Stadt. Auch das war ein Novum, gab man ihr in Plauen doch noch immer gerne eine Begleitung an die Seite, wenn sie weiter als bis in die Manufaktur unterwegs war. Hier in der Innenstadt Dresdens waren die Gassen rund um den Neumarkt seit einigen Jahren samt und sonders gepflastert, weder litten die Rocksäume, noch musste man um sein Schuhwerk bangen. Selbst an Regentagen, wo es in anderen Teilen der Stadt schlammig und unwirtlich war, kam man hier fast trockenen Fußes an sein Ziel.

»Passen Sie doch auf«, rief sie einer jungen Frau zu, die sich mit zwei prall gefüllten Körben an ihr vorbeischob und sie anrempelte. Sie lief in Richtung Schloss davon. Ohne sich umzudrehen, ruckte sie an der Kiepe, die ihr voll beladen schwer auf dem Buckel lastete und schon war sie hinter der nächsten Häuserecke verschwunden. *Wie daheim auf dem Gut*, fiel es Helene ein. Da war nichts von dem weitläufigen Charme der Großstadt, das waren die normalen Leute, die mit ihrer Hände Arbeit ihr Brot verdienten. Das gab es hier auch.

Bei genauerem Hinsehen machte sie die junge Frau nur wenig später an einem kleinen Marktstand gegenüber der Semperoper aus, der sich windschief an eine Mauer schmiegte. Noch packte das Mädchen ihr Angebot an Backwaren aus, aber über den Tisch war ein leuchtend buntes Stück Stoff gespannt, dass schon aus der Ferne ihre Käufer anzog. Neugierig schlenderte Helene hinüber zum italienischen Dörfchen.

Die Auslage war überschaubar, doch das Backwerk, das die junge Frau anbot, sah ansprechend und frisch aus. Helene entschied sich für ein Stück Streuselkuchen, fragte nach dem Preis und zählte das Geld passgenau ab. Nachdem sie das runde Teilchen entgegengenommen hatte, biss sie sofort hinein und war erstaunt. Sie brummte anerkennend.

»Fast so gut wie die von unserer Josefa«, sagte sie betont freundlich und schalt sich sofort. Sie hatte sich zu erkennen gegeben, zu dumm. Und richtig, das Mädchen lächelte schief.

»Haben gnädige Frau eine Köchin, die selbige Küchlein backt und die ebenso munden?« Sie sprach eindeutig gestelzt, fast etwas herablassend, doch wer war Helene, ihr das übelzunehmen oder es gar anzusprechen und so nickte sie nur.

Irgendetwas hielt sie hier, sie blieb abseits stehen und beobachtete die junge Frau, die vollmundig ihre Waren anpries, mit den Käufern sorglos plauderte und für jeden einen flotten Spruch hatte. Manche von ihnen kannte sie wohl, denn sie begrüßte sie mit Namen, war auf du und du mit Schauspielern und Opernsängern, die auf dem Weg zur Probe waren oder polterte mit dem Bierkutscher.

»Wollen sie noch was, sonst packe ich ein«, sagte sie nach einer guten halben Stunde und sah Helene auffordernd an. Die fühlte sich ertappt, hier so rumzustehen und einer Fremden bei der Arbeit zuzusehen. Verlegen trat sie von einem Fuß auf den anderen. Warum ging die junge Frau weg, es gab ja noch einige Teilchen?

»Nein, danke, ich habe keinen Hunger mehr, wo gehen sie jetzt hin, ich meine, sie haben nicht alles verkauft.« Sie kam sich dumm vor, war von der Antwort aber überrascht.

»Ich gehe mit dem Rest hinüber zur Kunstakademie, dahin kommen um die Zeit immer ganze Gruppen von Studenten, denen das Geld locker in der Tasche sitzt. Da verkaufe ich alles und kann schneller wieder nach Hause. Die Geschwister warten auf meinen Einkauf.«

Helene begleitete die junge Frau auf der Terrasse hinüber zu dem Gebäude mit der beispiellosen Kuppel und sie erzählte ihr von sich. Von dem Hof, den der Vater führte und den Backkünsten der Mutter, die sie brauchten, um Salz und Zucker, Seife oder Stifte für die Kleinen zu kaufen.

»Öl für die Lampen oder Wachs für die Kerzen wachsen nicht auf dem Feld. Für Soda zum Wäschewaschen oder Schuhe für meine Geschwister verkaufe ich Mutters Gebäck. So halten wir uns über Wasser, aber davon verstehst du nichts«, sagte sie eher abschätzig. Helene erschrak. Ihr war klar, wovon das Mädchen sprach, doch sie hatte nie mit den Konsequenzen leben müssen, die sie beschrieb. Gut Hohenlinden hatte immer genügend abgeworfen, es war nicht bedrohlich, wenn eine Ernte mal nicht so gut ausfiel, dafür hatte der Vater die Gewinne aus der Fabrik. Von solchem Luxus konnte die junge Frau nur träumen. Am liebsten hätte sie sie etwas gefragt, doch eigentlich kannte sie die Antwort. Das Mädchen würde sofort mit ihr tauschen, bekäme sie die Wahl. Ihr eigenes Leben musste einem Außenstehenden vorkommen wie ein Tanz. Und da war es wieder ... *Warum übertreibst du immer so, wenn es um banales Gedöns geht*, schalt sie sich innerlich. Ihr Tagwerk war für die wenigsten Menschen ein Tanz, für die meisten eher eine Aneinanderreihung von Missständen, die sie irgendwie aushielten.

»Entschuldige, ich will mich nicht aufdrängen, dich nicht länger aufhalten. Warum auch immer habe ich nicht damit gerechnet, inmitten dieser Pracht das normale Leben zu sehen, so wie daheim.« Sie nickte und verabschiedete sich, die junge Frau sah ihr kurz nach, war aber schon bald mit den Studenten in einem lebhaften Gespräch vertieft.

Am Abend erzählte sie Hannelore von dieser zufälligen Begegnung. Sie gab sich ganz natürlich, scheute sich nicht, ihre Zerrissenheit zu zeigen, denn das war sie. Hin- und hergerissen zwischen ihrer verträumten Vorstellung vom simplen Landleben, das in jüngster Zeit eine gewisse Korrektur erfahren hatte und ihrem Wunsch nach Freiheit, inspirierendem Stadtleben, eigenen Entscheidungen.

»Die große Stadt ist nicht nur Glamour und reizvolle Ablenkung. Was also ist besser? Das, was du kennst, wo du dich sicher fühlst oder die vermeintliche Freiheit, das selbstbestimmte Leben?« Helene verspürte, dass die Fragen einer Prüfung gleichkamen, und sie scheute sich, ihr von dem heimeligen Gefühl zu erzählen, das sie beim Anblick der jungen Frau gehabt hatte, und so schwieg sie betreten.

»Willst du mich nicht in deinen Kopf lassen oder weißt du nicht, was du fühlen sollst?«

»Wieso fühlen sollen, das ist ja genauso wie heiraten müssen oder einen Bräutigam endlich aussuchen. Entweder man empfindet etwas oder nicht. Das kann man nicht erzwingen.« Konfus wäre das richtige Wort, um ihren inneren Kampf zu beschreiben, doch gleichzeitig wurde sie dieser Klarheit gewahr, die sich über alles breitete. Aber wie immer traute sie ihren eigenen Gefühlen nur bedingt.

»Nun gut, ich habe mich missverständlich ausgedrückt und versuche es noch einmal. Wie fühlst du dich, wenn du hier durch die Straßen schlenderst, den Menschen beim Leben zusiehst? Wenn du tatsächlich hinsiehst, ist da mehr als nur der schöne Schein. Das ist dir heute bewusst geworden. Hinter all der vermeintlichen Freiheit steckt für die meisten ein enorm brutaler ökonomischer Zwang. Für die Frauen, die keinen guten Ehemann gefunden oder irgendeine Ausbildung haben, durch die sie sich ernähren könnten, ist es dramatischer als für Männer. Eine Schneiderin wird sich über Wasser halten, wenn sie ihr Handwerk versteht. Ein Mädchen aus ärmlichen Verhältnissen, deren Arbeitskraft daheim gebraucht wird und man sie deshalb nicht gehen lässt, wird entweder heiraten müssen oder ewig den Haushalt der kranken alten Eltern führen.«

»Oder auf der Straße landen«, fügte die Tante noch schnell hinzu und sah in Helenes erschrockene Augen.

»Das ist gar nicht so selten, wie man glauben mag«, murmelte Hannelore und mühte sich redlich mit der

Schlaufe an ihrer Bluse, die sich gelöst hatte. Nachdem sie sie unwirsch neu gebunden hatte, legte sie die Hand auf den Tisch und schob Helenes hinein. Sie drückte fest zu. »Nun, Kind, bist du fasziniert von den Möglichkeiten? Ist die Erwartung, selbst in die Anonymität einzutauchen, überwältigend aufregend, oder macht es dir Angst?«

Die Antwort entwich ihr, ohne dass sie darüber nachdachte. »Nein, ich habe keine Angst. Ich glaube, ich mag, was ich sehe, und verstehe, dass die große Freiheit erkauft werden muss. Dafür braucht es in meinem Fall keinen Ehemann, ich denke, ich kann mich allein durchschlagen.«

Sie sah, wie ihre Tante schmunzelte und sich etwas wand, bevor sie ihr leise antwortete. »Du hast das große Glück, dass du dich nicht allein durchschlagen musst, dir ein kleines Barvermögen als Rückendeckung zur Verfügung steht. Und was die Heiratsbestrebung deiner Familie angeht, so wünschte ich, du wärst etwas nachsichtiger. Sie wollen dich lediglich beschützen. Eine unverheiratete Frau hat es in unseren Zeiten noch immer schwer, im Besonderen in unserem Stand werden Frauen viele Dinge verwehrt. Ich glaube nicht, dass es dir gefiele, wenn Gustav als dein Vormund entscheidet, was aus dir wird. Dorothea und Wilhelm wünschen dir einen guten Menschen an der Seite, einen, mit dem du wieder unbeschwert sein kannst.« Hannelores Stimme klang auf einmal samtig, ihre Worte drangen in sie wie ein harmonischer Ton, umhüllten sie wie ein weiches Plaid. Sie glaubte ihr.

***

64

Als sie nach fünf aufregenden Tagen eigentlich die Heimreise antreten sollte, konnte Helene nicht anders, als Hannelores Angebot anzunehmen und den Aufenthalt zu verlängern. Die Freundin ihrer Mutter, die ihr wie eine Tante war, hatte einige geschäftliche Termine wahrnehmen müssen und danach keine Lust gehabt, ins beschauliche Oelsnitz zurückzukehren.

»Es tut mir so leid, mein Kind, ich hatte viel zu wenig Zeit für dich«, sagte Hannelore mit dieser Wärme in der Stimme, die Helene schon als kleines Mädchen gemocht hatte. Ihre Herzlichkeit war ehrlich und nie aufgesetzt, das wusste sie. Verschwörerisch lehnte sich die Tante über den Tisch und ergriff Helenes Hand. »Jetzt machen wir es uns schön. Meine Geschäfte sind abgeschlossen, nun genießen wir die Stadt, gehen essen, in die Oper und ich habe eine Überraschung für dich.« Allem Anschein nach erwärmte sich Hannelore dafür, den vielfältigen Amüsements in der Großstadt etwas länger zu frönen. Sie musste nicht lange bitten, es wurde nach Plauen gekabelt und sie verlängerten die Hotelbuchung. Helene freute sich unbändig darüber, nicht mehr allein durch die Stadt zu streifen. Und wer würde schon einem Besuch der Semperoper widerstehen?

»Der heutige Tag gehört einem ausgedehnten Spaziergang entlang der berühmten *Brühlschen Herrlichkeiten*. Ich wollte schon immer mal dort sitzen und im Sonnenschein einen Kaffee trinken. Zeigst du mir den Stand deiner kleinen Freundin, wir kaufen ihr einen riesigen Berg an Hefeteilchen ab. Wer hätte gedacht, dass wir mit dem Wetter solches Glück haben«, sprudelte Hannelore vor Begeisterung und zeigte enthusiastisch nach rechts und links.

»Und was machen wir mit all dem Gebäck?« Hannelore stutzte und meinte, irgendwo wird es schon ein Waisenhaus geben, das damit etwas anfangen kann, verwies auf den Concierge des Hotels und war gleich darauf beim nächsten Thema. Sie erklärte, mutmaßte, schien bewandert in der Geschichte der Kirchen, des Zeughauses am nördlichen Ende der Terrasse und auf dem Rückweg blieb sie vor Entzückung ausrufend an einem prächtigen Haus stehen.

Das Polizeihaus schien sie zu beeindrucken und Helene traute sich fast nicht zu fragen, was es damit auf sich hatte. Amüsiert wand sich Hannelore ihr zu.

»Dieses Schätzchen gehörte ehemals dem Sohn von Gräfin Cosel. Sie ist schon über einhundert Jahre tot, aber ich glaube, ihre Geschichte wird noch viele Generationen bewegen.« Noch immer im Dunkeln tappend besah Helene die imponierenden Reliefs und Fenstersimse am Haus. Selbst die Türknaufe zeugten von hoher handwerklicher Schule. *Die Eigentümer haben Geschmack bewiesen*, dachte sie und lauschte Hannelore.

»Die Cosel war eine geschäftstüchtige Frau«, fuhr sie fort und erzählte von den Legenden, die sich um die Mätresse von August dem Starken rankten, dem Mann, der so vieles hier erschaffen hatte.

Helene war hingerissen. »Was für ein Leben sie geführt hat, formidabel. Mutter, Ehefrau und dann geschieden am Anfang des 18. Jahrhunderts?« Helene hatte Probleme, sich das vorzustellen.

»Doch, glaube mir. Diese Frau war beachtenswert. Sie residierte mit einem schriftlichen Eheversprechen des Sonnenkönigs von Sachsen im Taschenbergpalais und investierte ihr Vermögen sehr weise in Immobilien. Und das alles um 1720 herum.«

»Das Taschenbergpalais? Ist das nicht drüben beim Residenzschloss, ganz in der Nähe des Zwingers?« Helene war sich fast sicher und sah die Tante schon nicken. »Ja, du hast recht. Doch zu Zeiten der Cosel war der Bau wesentlich kleiner. Erst nachdem sie in Ungnade fiel, begannen die umfangreichen Erweiterungsbauten, die wir heute sehen können.«

»Ungnade?«

»Sie wollte zu unabhängig sein, forderte zu viel und so sollte sie die letzten 50 Jahre ihres Lebens auf Burg Stolpen eingesperrt, dahinvegetieren. Intrigen und Eifersüchteleien beendeten ihr glamouröses Dasein von einem Moment auf den anderen.« Helene riss ungläubig die Augen auf.

»So ist das, wenn man sich mit den falschen Männern einlässt, da haben wir Frauen kaum eine Chance.« Hannelore seufzte und streichelte sanft Helenes Arm. So, als ob sie ihr etwas sagen wollte. Doch dann schüttelte sie sich fast unmerklich, lächelte und klatschte in die Hände.

»Jetzt kommen wir erst einmal zu meiner Überraschung«, wechselte Hannelore nonchalant das Thema und zog Helene über die Straße.

»Hefeteilchen kaufen? Aber nein, schau, sie ist heute nicht da.« Helene zeigte auf den Platz, an dem sie das

Mädchen vor ein paar Tagen getroffen hatte. Der Stand war verwaist.

»Nun denn, meine Liebe, ich habe anderes im Sinn. Wir können unmöglich in unseren Provinzroben in der Oper erscheinen«, erklärte sie und Helene erahnte, was sie vorhatte.

»Ich habe uns einen Termin in einem Modesalon hier um die Ecke machen lassen und um ehrlich zu sein, schon etwas für uns ausgesucht. Ich freue mich, mit einer Frau einzukaufen, sonst bin ich meist allein oder Moritz treibt zur Eile. Er hat so gar keine Geduld bei diesen Sachen.« Tante Hannelore hing an ihrem Arm, als sie ihr von den Vorzügen ihres Mannes erzählte, zu denen Einkaufen jedoch nicht zu zählen schien. Sie war immer für eine Überraschung gut.

Eine Stunde später drehte sich Helene in einem opulenten Abendkleid vor dem Spiegel eines Modesalons und bewunderte den ausgefallenen Geschmack ihrer Tante. *Woher wusste sie nur so genau, was zu ihr passte,* fragte sie sich und wirbelte herum.

»So wirst du alle Blicke auf dich ziehen, Kleines«, hörte sie von der Eingangstüre einen bewundernden Ausruf und sah hinüber. Tante Hannelore strahlte sie verschmitzt an und lächelte dann über das ganze Gesicht.

»Woher kommst du auf einmal?«, war alles, was ihr beim Anblick von Robert Arnstädt einfiel. Hannelores Sohn umarmte erst seine Mutter und reichte dann ihr formvollendet die Hand. Eine leichte Verbeugung kam ihr doch etwas steif vor und so trat sie auf ihn zu und hauchte ihm zur Begrüßung einen Kuss auf die Wange.

»Seit wann bist du so förmlich, Robert. Früher hast du mir Sand über den Kopf geschüttet und dich dabei köstlich amüsiert«, bemerkte sie und sah in sein etwas angestrengt aussehendes Gesicht.

»Früher saßen wir als Kinder am Strand und haben Verstecken zwischen den Strandkörben gespielt. Heute bist du eine betörende junge Frau, und ich würde es niemals wagen, dich mit Sand zu bewerfen, liebste Helene.«

Sie war erstaunt. Erst nannte er sie *Kleines*, nun in Gegenwart seiner Mutter sogar *Liebste* und *betörend*. Das fast intime Kompliment schickte ihr die Röte auf die Wangen. Sie wusste nicht, was sie darauf sagen konnte. Zum Glück schritt Hannelore ein.

»Für Galanterien ist später Zeit, mein Junge. Vorerst sollten wir die Kleider abstecken lassen, sonst schafft die Schneiderin die Änderungen nicht mehr.« Sie zupfte hier und da an der Robe, gab ein paar wenige Anweisungen und schickte Helene dann zum Umkleiden. Die hörte, wie sich Mutter und Sohn unterhielten, während sie sich wieder in ihr Tageskleid helfen ließ.

»Hast du die Karten bekommen? Morgen Abend, das ist fein. Hat dir Moritz die Post von zu Hause mitgegeben? Etwas Wichtiges? Kannst du dich freimachen und uns heute ins Museum begleiten?«

»Viele Fragen auf einmal, liebe Mama.« Er lächelte und versicherte seiner Mutter, die Post warte im Hotelzimmer auf sie und ja, gerne würde er ihnen Gesellschaft leisten.

»Nur am späten Nachmittag habe ich einen Termin, aber bis dahin bin ich gerne euer Galan. Wohin soll es gehen?«

»Bitte zuerst in den Zwinger«, rief Helene aus der Kabine tretend. »Wir könnten dort vorn gleich durch das Kronentor hinein und die kurfürstlichen Sammlungen ansehen.« Ihr Ausruf unterbrach die Unterhaltung der beiden abrupt, doch sie sahen sich kurz an und stimmten zu.

»Ganz nach meinem Geschmack«, meinte Hannelore und hakte sich bei ihrem Sohn ein. Der bot Helene den anderen Arm und schon schob sich die kleine Gruppe aus der Tür hinaus in den milden Herbsttag. Sie plauderten über Roberts Anreise, die Oper, besuchten die Gemäldeausstellung im Zwinger.

»Und wann kann ich mir deine Arbeiten ansehen, Helene?«, fragte Robert, als sie versonnen vor dem wohl berühmtesten Raffael stand. Sie war eingetaucht in die ernsten Züge der Sixtinischen Madonna und deren Schmerz war fast greifbar für sie. Mit Wehmut dachte sie an Esther. Unwirsch ließ sie sich von ihm aus ihren Gedanken holen.

»Was meinst du mit meinen Arbeiten? Ich verstehe nicht, Robert«, antwortete sie erstaunt und drehte sich abrupt zu ihm um. Er stand mit verschränkten Armen vor ihr und sah sie aufmerksam an. Sie druckste herum, nicht sicher, worauf er hinauswollte. Sein Blick war ihr unangenehm, ohne jegliche Zurückhaltung schien er mitten in ihr Innerstes vorzudringen. Nervös sah sie an ihm vorbei und suchte in dem Raum etwas, womit sie von sich ablenken könnte.

»Helene, ich weiß um deine Begabung, dein Vater hat mir Zeichnungen und Mustervorlagen von dir gezeigt. So ein Auge zu haben und technisches Verständnis dazu, das ist eine herausragende Gabe. Ich kann mir gut vorstellen, dass du zauberhafte Gemälde anfertigen könntest, wenn du dir nur Zeit dafür nimmst. Hast du es noch nie mit Landschaften, Porträts, Ölfarben oder Aquarellen versucht?«

Helene war sich nicht sicher, was sie darauf antworten sollte. Denn selbstverständlich hatte sie insgeheim ein paar Zeichnungen angefertigt und sie koloriert. Aber sie war nicht zufrieden damit und hatte sie deshalb niemandem gezeigt. Woher konnte er nur wissen, was sie beschäftigte? Sie war skeptisch, ob sie preisgeben sollte, was in ihr vorging. Aber er war heute so zugewandt und nett. Ein durchaus galanter Begleiter. Es schien ihr unangebracht, nicht auf seine Frage zu antworten.

»Du hast recht, Robert«, sagte sie leise und zog ihn am Arm weg von dem großen Gemälde und der kleinen Gruppe von Menschen, die sich davor gebildet hatte. In der Mitte des Saales ließen sie sich auf einem gepolsterten Sofa nieder.

»Ich habe schon gemalt, mich in verschiedenen Techniken ausprobiert, Öl und Wasserfarben. Die vielschichtigen Spektren jedoch, die die Natur birgt, vermag ich nicht einzufangen. In meinem Kopf ist alles da, aber sobald ich anfange, Farben zu mischen, sieht es unnatürlich aus. Es gefiel mir nicht und deshalb ist es in einer Schublade verschwunden. Auf nimmer Wiedersehen. Woher weißt du, dass ich male?« Sie war gespannt auf seine Antwort.

»Du bist kreativ, an so vielen Dingen interessiert, da fand ich es folgerichtig, dass du es schon probiert hast. Aber mal ehrlich, Deine Muster –«

Jetzt wurden sie von Hannelore unterbrochen, die mittlerweile in den Saal gekommen war. Sie schien müde zu sein. »Ach Kinder. Ich glaube, wir sollten für heute unseren Ausflug abbrechen, ich bin etwas erschöpft«, erklärte sie und so brachen sie auf, ein leichtes Essen einzunehmen. Sie flanierten an der Semperoper vorbei und standen später verzückt vor dem großen Wandrelief mit den Herzögen und Königen des Fürstenhauses Wettin. Die Kacheln aus Meissner Porzellan schimmerten und Helene war fasziniert von den Details und der makellosen Ausfertigung. Allzu gerne hätte sie mehr über deren Entstehung erfahren und nahm sich vor, den Concierge nach Literatur dazu zu befragen. Hinter ihnen spielte ein Leierkastenmann lustige Weisen und von der Hofkirche hörte man leises Orgelspiel herüberdringen.

Was für ein Leben, welch reiche Kultur, dachte Helene. Sie konnte die Eindrücke des Tages kaum verarbeiten und war in Gedanken wieder bei den formidablen Gemälden, die sie gesehen hatten.

Noch einmal zog es sie die große Freitreppe der Brühlschen Terrasse hinauf und schweigend genossen sie den herrlichen Blick auf die Elbe.

»Venedig des Nordens, sagt man«, hörte sie die Tante murmeln und stimmte ihr zu. Zwar fehlte ihr der Vergleich, die Stadt in Italien kannte sie nur von Bildern, aber sie hatte nie Schöneres gesehen. *Es wird ein Leichtes sein, Mutter und Schwester zu überreden, im nächsten Jahr wiederzukommen.*

Während des vorzüglichen Essens, das mit sächsischen Kartoffelklößen, Fleisch und Quarkkäulchen als süßer Nachspeise halb so leicht ausgefallen war wie geplant, schwiegen sie genießerisch. Müde und voller betörender Eindrücke zogen sich alle drei nach einem guten Schlückchen an der Hotelbar in ihre Zimmer zurück.

***

Am nächsten Morgen strahlte der Himmel über der Stadt wieder in einem satten Blau. Doch es war kälter geworden, wie Helene erstaunt bemerkte, als sie vor dem Frühstück kurz vor das Hotel trat. Sie fröstelte und entschied, heute den warmen Umhang zu tragen. Sie aßen gemeinsam und die Zeit verflog, während sie sich angeregt unterhielten. Sie diskutierten drauflos, der Ton war entspannt, das Themenspektrum unkonventionell, ganz nach Helenes Geschmack.

»In den Dresdner Nachrichten habe ich heute gelesen, dass man in Berlin einen öffentlichen Fernsprechapparat aufgestellt hat. Ist das nicht famos? Ich hoffe, wir können auch bald einen Apparat anmelden. Mutter, was meinst du?« Robert nutzte die Gunst der entspannten Unterhaltung, um ihr wohldosiert diese technische Neuerung nahezubringen.

»Denk nur, Tante Hannelore, du könntest mit Mama sprechen oder deine Geschäftspartner anrufen«, sprang Helene in die Bresche und stupste Robert unauffällig unter dem Tisch ans Bein.

»Du hast ja recht, mein Kind. Ich glaube, dass das die Zukunft wird. Denk nur, wie viele Reisen ich mir sparen könnte, wenn man eine Frage durch ein Hörrohr oder über eine Leitung stellen könnte ... Nun ja, wie das alles technisch funktioniert, davon habe ich keine Ahnung ...« Sie verhaspelte sich kurz, ehe sie fortfuhr. »Der Gedanke, deine Mutter öfter zu sprechen, gefällt mir.«

»Es geht ja nicht nur um private Telefonate, Mama. Man könnte schneller einen Arzt rufen, wenn etwas passiert, oder die Feuerwehr ...«

»Lieber Gott, bewahre mein Junge! Mal den Teufel nicht an die Wand. Aber du hast recht, wir sollten einen Anschluss legen lassen, sobald sie verfügbar werden. In der Firma und zu Hause. Hat dein Vater nicht auch daran gedacht, Helene?«

»Ich glaube schon. Er sprach davon, als er das Stadthaus bauen ließ. Es würde vieles vereinfachen.«

Die *Dresdner Nachrichten* lag auf dem Tisch und verführte Helene dazu, die mannigfaltigen Inserate zu durchforsten. Sie fand es amüsant zu lesen, wer welche Dinge offerierte, war irritiert, wie offen *diskrete Plätze für werdende Mütter* bei Hebammen angeboten wurden und fragte sich, wie verzweifelt ein *gebildetes Mädchen aus gutem Hause mit einigem Vermögen* sein musste, dass zwecks *Verheiratung* annoncierte. Wie beschämend war das denn?

Dann legte sie ihren Finger auf eine Annonce, in der *Pariser Artikel* beworben wurden.

»Warum schreibt man nicht, Spitzen, Kleider, Wäsche oder Posamenten? So kann man doch nicht entscheiden, was der gute Mann da anbietet«, sagte sie und reichte die Zeitung den anderen zur Ansicht. Tante Hannelore lief rot an und Robert beschwichtigte sie mit einem Seitenblick auf seine Mutter.

»Diese Pariser Artikel sind für Männer, die genau wissen, was der Händler anbietet.« Er bemüßigte sich nicht, der vagen Erklärung etwas hinzuzufügen und Helene entschied, es müsse sich um irgendetwas Anzügliches handeln, denn die Tante wechselte augenblicklich das Thema.

Nachdem sie über dieses und jenes geplaudert hatten, entschuldigte sie sich. Als sie zurückkam, konnte sie ihre Begleitung nicht mehr am Tisch ausmachen. Dann sah sie die Silhouette der Tante draußen vor der Tür. Robert hatte am Tresen auf sie gewartet. Er hielt sich nicht mit Floskeln auf, sondern sagte: »Ich habe heute Termine, aber können wir uns am Abend sehen? Du bist mir Antworten auf viele Briefe schuldig.«

»O nein, mein Lieber, das ist schuftig. Du hast mich hängen lassen, nie eine Adresse angegeben, an die ich hätte schreiben können ...« Sie war laut geworden und die ersten Hotelgäste sahen zu ihnen herüber. Da erkannte sie in seinem Lächeln den Schalk, den sie so sympathisch fand und boxte ihn auf den Oberarm.

»Sehen wir uns beim Essen? Wenn es das Wetter zulässt, würde ich dich auf einen Spaziergang einladen. Hättest du Lust, Helene?«

Sie war nicht darauf vorbereitet gewesen, unschlüssig, wie sie reagieren sollte. Immerhin hatte sie von zu Hause klare Anweisungen mitbekommen. Doch sie beschloss, diese galten nicht für einen alten Freund, einen aus Kindertagen. Und so willigte sie gerne ein. Das warme Gefühl bei dem Gedanken an einen abendlichen Spaziergang mit Robert ignorierte sie geflissentlich.

»Melde dich doch bei mir, wenn du von dem Termin zurückkommst. Wir werden heute die Kleider noch einmal anprobieren und dann etwas bummeln. Mehr ist nicht geplant. Ich freue mich.«

Stunden später standen sie wieder auf der Brühlschen Terrasse. Der Abend war lau. Ein leichter Wind
kräuselte das Wasser der Elbe, stob verwelkte Blätter
auf. Helene sah vereinzelte Stromschnellen, die um die
Brückenpfeiler herum eine anmutige Choreografie
tanzten. Breit, dunkel und schwer lag der Fluss vor
ihnen, die Lichter der Stadt spiegelten sich darin. Nur
ein einziger Lastenkahn trieb um diese Stunde behäbig
flussabwärts dahin.

»Lass uns über die Brücke gehen, ich habe die Stadt
noch nie von dort drüben gesehen. Es muss phänomenal sein.« Bevor sie zu Ende sprechen konnte, ergriff
Robert ihre Hand und zog sie schnellen Schrittes mit
sich fort. Sie ließ es geschehen, gewahrte eine spontane
Beschwingtheit, erkannte, wie geborgen sie sich bei
ihm fühlte. Er war in diesen Tagen so anders als sonst.
Nicht aufdringlich oder laut. Sogar seine komischen,
manchmal etwas halbseidenen Witze hatte er abgelegt.
Vernünftig und liebevoll hatte er ihr gestern dies und
das erklärt. Er hatte sie auf Denkmäler hingewiesen,
deren Geschichte beschrieben, künftige Bauprojekte in
der Stadt erläutert.

Er lief ihr ein wenig zu schnell und sie musste die Röcke raffen, um auf der Freitreppe nicht zu stolpern.
Schon waren sie unten auf dem Kopfsteinpflaster der
Straße angelangt und bogen rechts auf das stattliche
Viadukt, das nach seinem Erbauer August dem Starken
benannt worden war. Die Gaskandelaber waren angezündet und tauchten die große Brücke in gelblich warmes Licht. Lachend liefen sie hinüber, ohne sich umzudrehen. Helene musste ihren Hut halten, der gefährlich

auf ihrem Kopf hüpfte, und vereinzelt wichen sie Paaren aus, die der Oper zustrebten und hastigen Schrittes in ihr Abendvergnügen liefen.

»Venedig des Nordens. Welch zutreffende Beschreibung. Deine Mutter hatte recht«, sagte sie zu Robert, als sie auf der anderen Seite ankamen und staunend die Altstadt betrachteten. Kunstakademie, Schloss, Hofkirche, italienisches Dörfchen und die Semperoper dahinter lagen aufgereiht wie auf einem Band am breiten Strom.

»Maler müsste man sein«, entfuhr es ihr und sie lehnte sich an das steinerne Brückengeländer. Unvermittelt ergriff Robert ihre Hände, drehte sie zu sich um und trat erschreckend nahe an sie heran. Sein Gesicht war nur Zentimeter von dem ihren entfernt. »O warte, was soll das?«, raunte sie atemlos und überrascht. Augenblicklich versteifte sie sich unter seiner Berührung. Das hatte sie nicht erwartet.

»Entschuldige Helene, ich meinte, dass ... dieser Augenblick ... es tut mir leid, es überkam mich ... ich habe die Zeit mit dir so genossen.« Er stammelte und sie machte sich los, wandte ihm den Rücken zu, um sich zu sammeln. Doch er ließ nicht von ihr ab. Seine Hand ruhte auf ihrer Schulter und sie gewahrte seine Wärme durch ihr Cape. »Du hast mich überrumpelt, Helene. Auf einmal habe ich dieses aufregende Geschöpf vor mir. Ich meine, du bist kein Mädchen mehr, du bist jetzt eine Frau.«

Sie sah, wie sich seine Augen fragend verengten, als sie sich ihm wieder zuwandte und sie konnte nicht anders. Sie musste lachen. »Ja, das bin ich. Da hast du recht. Und du bist nicht mehr der kleine Junge, der mit seinen verschmierten Händen meine Puppen angrabscht.«

Jetzt begann auch sie zu stottern, bemüht, die passenden Worte zu finden. Die Situation war eindeutig. Er hatte sie küssen wollen. Sie fragte sich, wie es wohl sein würde, seine Lippen auf den ihren zu schmecken. Sie meinte den leichten Tabakgeruch zu riechen, der manchmal von ihm ausging und stellte sich vor, wie es sein würde, wenn er sie an sich zog und umfing. Die Wärme seiner Stimme, das sanfte Timbre, das auf einmal darin schwang, so holzig wie sein Duft und doch auch mild wie die Abendluft, ließ sie erschaudern. Es war ein außergewöhnlicher Moment, der sie verführte, ihr einredete, es könne öfter so sein.

Doch dann zog eine Horde grölender Studenten an ihnen vorbei und der Zauber war verflogen. Sie waren zu so früher Stunde schon merklich angeheitert, schwangen die Mützen ihrer Studentenvereinigung und ihre Bierflaschen in lauter Fröhlichkeit. Gefährlich nah kam ihr einer der beschwipsten jungen Männer, als er stolpernd kurz vor Helene wieder auf die Füße sprang.

»'Tschuldigung«, lallte er und schon trat Robert vor sie und wollte ihn abwehren.

»Passen Sie doch auf, Sie Trottel«, reagierte er erbost und hatte mit dieser unbedachten Bemerkung blitzschnell die ganze Horde auf dem Hals. Kurzerhand wurde Helene beiseitegeschoben und schon sah sie einen den Arm zu einem Faustschlag ausfahren. Sie bekam es mit der Angst zu tun. *Eine Schlägerei ist das Letzte*, dachte sie, und ohne einen zweiten Gedanken an die Auswirkungen zu verschwenden, griff sie beherzt ein. Mit nur einem Schritt war sie wieder inmitten der Gruppe, reckte sich nach der ausgestreckten Hand und riss sie so kraftvoll sie konnte herunter. Der Angreifer war so überrascht, dass er den Arm sofort sinken ließ und sie entgeistert anstarrte. Sie überlegte einen Moment, ob sie ihn beschimpfen sollte, doch sie entschied sich für eine Fratze, die ihr Gegenüber, wie früher die Jungs beim Spielen, ohne Probleme aus der Fassung brachte. Er grinste und sah sich um. Nachdem sich ein anderer nun über den Weichling, der *seine Frau zum Beistand brauchte*, lustig machte, trollte sich die angeheiterte Gruppe in Richtung Neustadt.

Robert war verblüfft und ihr selbst lief ein Schauder über die Arme. »Das war brenzlig, aber ein Mädchen vom Land ...« Sie konnte ihren Satz nicht beenden, denn er stand wieder so nah bei ihr, dass sie die Pupille in seinen Augen sehen konnte.

»Siehst du, ich kann nicht einmal ausgehen, ohne dich zu brauchen.« Robert lachte und schaute sie bedröppelt an.

»Lass es gut sein, das war nicht witzig, das hat mich erschreckt.« Sie sah den Männern argwöhnisch hinterher und wagte nicht, ihn anzusehen. *Wie nur kann mich seine pure physische Nähe so fahrig machen? Was passiert mit mir?*

»Bitte, lass uns den Moment genießen. Es ist ein berückender Abend. Ich meine, hast du jemals solch einen Himmel gesehen? Die Sterne sind zum Greifen nah und die beleuchtete Stadt erst ...« Er ergriff wieder ihre Hand und diesmal ließ sie es geschehen. Wortlos standen sie für eine Weile nebeneinander und bestaunten, was geschah. Die Sonne war hinter der Semperoper längst untergegangen, hatte den Himmel in ein dunkles Orange getaucht, das sich in der Elbe spiegelte. Der Fluss schien aus Flammen zu bestehen, die durch die Bewegung des Wassers züngelten und nach den kleinen Kähnen griffen, die sanft am Ufer schaukelten.

Schlieren von Blau, über Grau und Orange zogen am Abendhimmel entlang, die Wolken wurden angeleuchtet und Helene an die Sommerabende auf dem Gutshof erinnert. An Nächte unter Apfelbäumen und schreiende Raben, die der Dunkelheit davonflogen. Auch hier ließen sich Spatzen auf der Brücke und den Gaskandelabern nieder, zwitscherten verhalten und sehnten sich wie sie nach dem neuen Tag.

»Es ist mystisch«, sagte er nach einigen Momenten der Ruhe und blickte sie unverwandt an.

»Ich wünschte, die Zeit bliebe stehen und du würdest hier mit mir bleiben. Dann könnte ich dich küssen und herumwirbeln, wir feiern Hochzeit, bekommen Kinder und ...« Sie legte ihm einen Finger auf den Mund und er verstummte.

»Wo würden wir leben? Hier in Dresden, in Oelsnitz oder Plauen? Was meinst du?«, fragte Helene und war willens mitzuspielen. Ein Leben außerhalb dessen, was sie bisher gewohnt war, machte ihr keine Angst mehr, es inspirierte sie sogar. Doch spätestens bei gemeinsamen Kindern schoss Esthers Bild in ihre Gedanken, wurde sie an ihre Vereinbarung mit Johanna erinnert. Sie schluckte, wenn sie es zuließ, an das Mädchen zu denken, das ihre Hilfe beim Leben brauchen würde und wegen der sie nie weggehen würde aus der Kleinstadt im Vogtland.

Es verwirrte sie vollends, als er sie näher an sich heranzog und sie wurde panisch. Könnte sie je eigenständig sein, ihr Kind verlassen? Er spann noch immer am gemeinsamen Leben, als sie langsam zurückgingen. Helene hörte nur mit halbem Ohr hin. Er plauderte, träumte, und sie verzagte fast. Wie oft hatte sie schon mit Johanna über eben diesen Moment gesprochen?

»Du kannst dir nicht verwehren, einen Mann zu finden und ein eigenes Haus zu führen, Helene. Das hieße, du gäbest dein Leben für Esther auf. Das solltest du nicht tun«, hatte die Schwester damals gesagt und es erschien ihr zwar logisch, aber schwer umsetzbar.

»Ich muss einen Mann finden, der es begrüßt, im Hause der Schwiegereltern zu wohnen, so wie August. Die Wahrscheinlichkeit, dass das passiert, ist gering, meinst du nicht?«, erinnerte sie sich an ihre Antwort. Damals hatten sie Szenarien entworfen, bei denen Helene einen mittellosen Künstler heiraten könnte und sie war noch heute geschockt darüber, wie nahe die Schwester der Wahrheit damit gekommen war. Curt hätte in dieses Schema gepasst, doch wäre sie mit ihm zusammen, müsste sie über all das nicht nachdenken.

Aber im Ernst, wie sollte sie es aushalten, Esther zurückzulassen, um fern von ihr andere Kinder großzuziehen? Es würde ihr das Herz brechen. Davon war sie überzeugt. *Was tue ich nur mit diesem Zwiespalt, meinen Gefühlen für ihn und der Verantwortung für Esther*, brütete sie in sich gekehrt.

Arm in Arm schlenderten sie langsam zurück. Es tat wohl, ihn an ihrer Seite zu wissen, seine Wärme zu spüren, die Zugewandtheit zu genießen und nicht daran zu denken, was ihre Eltern dazu sagen würden. In der Anonymität der fremden Stadt und des lauen Herbstabends ließ es sich vortrefflich träumen.

Im Foyer des Hotels erwartete sie zu ihrer Überraschung Tante Hannelore. Ein Blick in ihr Gesicht und Helene schwante nichts Gutes. Schon erhob sie sich ungewöhnlich schwerfällig und da bemerkten sie ein Telegramm in ihrer rechten Hand. Sie reichte ihr das Papier.

»Es tut mir leid, mein Kind. Die Oper muss warten, wir reisen morgen in der Frühe ab, ich habe alles arrangiert.«

Mit einem Seitenblick hinüber zu Robert gab sie ihm zu verstehen, dass jetzt nicht der richtige Moment für Fragen sei, und schob sich an Helenes Seite.

»Aber sie kommt doch wieder auf die Beine, oder? Was genau ist ein Schlag?«, hörte sie sich murmeln und dankbar ergriff sie Hannelores Arm. Robert sandte sie einen entschuldigenden Blick, bevor sie mit dessen Mutter zu ihrem Zimmer ging.

Dorothea

Dorothea erinnerte sich zwei Wochen später, wie sie sich gewünscht hatte, ihr Gatte und August würden endlich aufhören, von Geschäften zu sprechen. Helene war damals seit Tagen in Dresden gewesen und sie hatte nichts sehnlicher begehrt, als ebenso dort zu sein. Wie unklug, die Einladung der besten Freundin abzulehnen, schmollte sie mit sich selbst.

Danach verließen sie die Erinnerungen. Was sonst an diesem Tag geschah, verschwand hinter einer Wand aus Traum und Wirklichkeit. Auf einmal hatte sie sich, um es mit den Worten ihrer verstorbenen Schwiegermutter zu sagen, *blümerant* gefühlt. Eine diffuse Unruhe war in ihr aufgestiegen und im selben Moment begann sich der Tisch vor ihr zu drehen und die Welt hatte sie in ein schwarzes Tuch gewebt.

Nun standen Wilhelm und ihr Sohn in ihrem Schlafzimmer und stritten wieder um ein geschäftliches Thema.

»Wozu habt ihr beiden eigentlich ein Büro?«, hörte sich Dorothea leise sagen und sah ihren Mann erschrocken einen Schritt von Gustav zurücktreten. Dann kam er zu ihr ans Bett.

»Da bist du ja wieder, meine Liebe. Dein Nickerchen hat sich heute in die Länge gezogen. Ich habe immer Angst, es könnte dir etwas passiert sein, wenn du so tief schläfst und dich dabei hin und her wirfst.« Er tätschelte liebevoll ihre Hand und sah sie aus seinen hellen grünen Augen forschend an. Diese Geste war so bezaubernd wie ungewöhnlich und malte ein erstauntes Lächeln auf ihr Gesicht. Sein Blick fuhr noch immer durch sie hindurch, mitten in ihr Herz hinein, stellte sie amüsiert fest und fragte sich, wann sie aufgehört hatten, einander so anzusehen.

»Es geht mir gut, Wilhelm. Ich musste mich nur von dem Spaziergang erholen, den mir Helene heute verordnete. Und dieser vermaledeite Husten, der mich seit Monaten plagt, raubt mir den Rest meiner Kräfte.«

»Hilft denn der Hustensaft nicht? Du hast dir doch aus der Apotheke ein richtiges Mittel bringen lassen und vertraust nicht nur auf Josefas Kräutergebräu?« Wilhelm forschte in ihrem blassen Gesicht, konnte aber nicht erkennen, ob sie ihm die Wahrheit sagte. Seine Frau war die Inkarnation an Contenance und so darauf trainiert, immer den Schein zu wahren, dass ihr Lügen ohne ein Zwinkern über die Lippen kämen.

»Natürlich, die Apotheke im Schloss hat ein anständiges Sortiment an verschiedenen Tinkturen und man hat mir die Brustbonbons von Stollwerck bestellt. Der Mann war Hoflieferant von Friedrich von Preußen, musst du wissen«, schickte sie erklärend hinterher.

Wilhelm war sich nicht sicher, woher sie diese Information hatte und ob es nur ein Verkaufstrick des Apothekers war, aber er beließ es dabei.

»Trotzdem erscheinst du mir abgeschlagen und stets müde.«

»Papperlapapp, Wilhelm. Nur nach der Einnahme des Hustensaftes fühle ich mich vollkommen ermattet und dann schlafe ich tief, wenn auch äußerlich unruhig.« Etwas echauffiert verzog Dorothea den Mund. Diese Erklärungen erschienen ihr unwürdig.

Ihr Sohn trat ans Bett heran und hielt der Mutter die Post hin. »Die wollte ich dir eigentlich bringen, aber dann schliefst du so fest, hast nicht reagiert. Entschuldige, ich war in Sorge und habe den Vater geholt.« Dorothea rutschte an das gepolsterte Kopfteil ihres Bettes und zog sich ein Kissen heran. Ohne ihre Aufforderung abzuwarten, half Gustav und schob es ihr hinter den Rücken. »Gut so, Mama?«

»Ja, natürlich, mein Lieber, bestens. Es ist tröstlich, zu wissen, dass ihr euch um mich sorgt, dennoch –« Sie vermochte nicht zu Ende sprechen, denn Gustav unterbrach sie.

»Mama, glaubst du, du kannst zum Dinner hinunterkommen? Wir erwarten Hannelore mit Familie und es gibt deine Leibspeise.« Er schaute sie schelmisch an und sie erinnerte sich, wie er schon als Bub immer versucht hatte, sie mit Essen zu locken. Obwohl das eher ein Ansporn für ihn selbst war als für sie. Dennoch, sie freute sich auf den Abend mit Kindern und Freunden und hatte sogar darauf bestanden, alle im Haus an der Syra unterzubringen und nicht Deils Hotel zu bemühen.

»So ist es doch für alle bequemer, meinst du nicht, Wilhelm?«, hatte sie ihn vorige Woche gefragt, als die Zusage ihrer Freundin für das Essen und ein paar Tage in Plauen ins Haus geflattert war. Zu lange hatten sie sich nicht gesehen, mal von der Stippvisite kurz nach ihrem Zusammenbruch abgesehen. Damals war Dorothea nicht ganz bei sich gewesen und noch immer dachte sie nur mit Unbehagen daran, in welch derangiertem Zustand die Freundin sie angetroffen hatte.

Wilhelm hatte wie erwartet reagiert. »Ich bin deiner Meinung, Dorothea, warum haben wir all die Gästezimmer. Und außerdem, wer weiß, wie es ums Hotel steht. Man munkelt, die Witwe Jäckel suche einen Käufer und spare schon am Personal.« Das hatte sie damals gar nicht in Betracht gezogen und seine Bemerkung bestätigte sie einmal mehr in ihrer Planung.

Es war Zeit aufzustehen und sich zurechtzumachen.

»Ich lasse nach Frau Leonhard rufen, du kleidest dich in Ruhe an und dann melde ich mich, sobald die Tandells eintreffen.« Die letzten Worte sprach Wilhelm schon fast auf dem Flur und er hatte Gustav mit sich hinausgezogen.

Als sie später im Wohnzimmer eintraf, sah sie Robert, den Sohn ihrer ältesten Freundin, in ein intensives Gespräch mit Helene vertieft. Sie trat leise näher und die beiden jungen Leute schienen sie nicht einmal zu bemerken. Erst ein Räuspern schreckte sie aus ihrer Unterhaltung auf. Ihre Tochter schaute betreten und Robert war eine Spur zu höflich, zu zugewandt. Nun ja, was auch immer da vor sich ging, sie würde es herausbekommen.

»Geht es dir besser, Dorothea? Du hast uns einen ziemlichen Schrecken eingejagt«, sagte Robert nach einer höflichen, doch herzlichen Begrüßung und schien aufrichtig an ihrem Wohlergehen interessiert.

»Es war nur ein Schwächeanfall, mein Lieber, nicht der Rede wert«, wiegelte sie ab und versuchte, das Thema zu wechseln.

»Schwächeanfall? Mama! Du kannst Robert doch nicht mit solch einer Lüge abspeisen. Es war ein Schlag. Nicht mehr und nicht weniger.« Sie bemerkte, wie Hannelores Sohn, erstaunt über diese Information, die Brauen hochzog. Musste ihre Jüngste immer so spontan und laut sein?

»Nun denn, wenn man es vorzieht, aus einer Mücke einen Elefanten zu machen, kann man es einen Schlag nennen. Doch ich bevorzuge es, heute Abend nicht mehr von mir und meinen Wehwehchen zu sprechen. Ob das möglich wäre?«

Der Ton, in dem Dorothea dies vortrug, verbat eine Erwiderung und die jetzt eintretenden Gäste hatten mitbekommen, dass sich die Gastgeberin kein Bohei um ihre Gesundheit ausbat. Höflich würde jeder in der Runde dem nachkommen.

Dorothea selbst fragte sich beständig, wie es zu ihrem Schwächeanfall hatte kommen können. Ihre Töchter meinten, es läge an fehlender Bewegung, sie säße zu viel daheim.

»Du solltest öfter ausgehen, in den Park hinüber, oder eine Gondelfahrt an der frischen Luft, draußen in Chrieschwitz, täte dir gut. Jedenfalls musst du dich mehr bewegen, deine Konstitution verbessern. Im Winter sitzt du fast jeden Tag nur hier im Haus herum«, hatte ihr Johanna erklärt, als es ihr etwas besser gegangen war. Dorothea wusste, dass dies die neumodischen Einfälle des jungen Arztes waren, von dem die Töchter schwärmten. Gut, er hatte ihr durchaus geholfen, aber von den Befindlichkeiten einer Dame ihres Alters hatte er wohl keine Ahnung.

»Denkst du, meine Mutter wäre draußen herumgelaufen und hätte sich im Park auf die Wiese gesetzt? Oder soll ich unsere Besorgungen auf dem Markt ab sofort selbst machen, Frau Leonhard entlassen und Emma diesen Stuhl hier anbieten? Ach, Kind«, hatte sie ausgerufen und sich erschöpft den Schweiß von der Stirn gewischt. Johanna war entsetzt gewesen, wie schnell sich die Mutter echauffierte, und hatte das Thema gewechselt.

In den ersten Tagen nach ihrer Unpässlichkeit hatte sie sich unendlich müde und erschöpft gefühlt. Jeder Knochen im Leib erschien ihr schwer, ihre Gelenke und der Kopf schmerzten in einer nie da gewesenen Intensität. Sie hatte dem Doktor nur einen Bruchteil davon erzählt, sich lieber ihrer alten Freundin anvertraut, die sich bereit erklärt hatte, ihr ein Stärkungsmittel zu besorgen.

Soweit Dorothea im Bilde war, hatte sie sich höchstselbst in eine Apotheke aufgemacht und diese Angelegenheit nicht einmal ihrer Zofe überlassen. Nun ja, man musste anmerken, dass der Gang zur Apotheke mittlerweile nichts Unschickliches mehr war. Schließlich wollte man die Nase des Personals aus einigen Belangen seines Lebens raushalten. Und so verstaute sie ihr Fläschchen mit dem Hustensaft, der auch ihre Kopfschmerzen so vortrefflich heilte, im Nachttisch in dem von ihr selbst bestickten Beutelchen mit den Spitzentaschentüchern.

Das vermaledeite Wort Schlag *will mir nicht über die Lippen kommen*, dachte sie bitter. Sie fand, spräche sie es einmal aus, würde es an Belang zunehmen. Sie mochte dieser Unpässlichkeit keinen Platz in ihrem wohlgeordneten Leben einräumen.

»Dorothea, hörst du mir zu?«, verwundert sah sie in das jugendliche Gesicht von Robert, der neben ihr auf dem Kanapee Platz genommen hatte, und sie blickte verlegen auf ihre Hände, verzog die Lippen zu einem schmalen Strich. Sie hatte ihn wahrhaftig nicht gehört, seine Stimme erst wahrgenommen, als er insistierte, sie solle ihm zuhören. *Wie anstrengend es doch ist, sich zu konzentrieren*, dachte sie und sah Robert auffordernd an.

»Entschuldige, ich war in Gedanken, das passiert mir in letzter Zeit öfter. Was war es, dass du mir erzählen wolltest?« In dem fein geschnittenen Gesicht, mit den klugen Augen und den markanten Wangenknochen ihres Gegenübers arbeitete es. Sie konnte sehen, wie der Sohn ihrer Freundin nach den richtigen Worten suchte.

»Raus mit der Sprache, komm schon.«

»Tante Doro, ich habe eine ungewöhnliche Frage und wäre dir verbunden, wenn du kein Aufheben darum machen würdest.« Sie merkte auf. Ihre Neugier war geweckt und sie hörte aufmerksam zu.

Währenddessen versammelten sich die Gäste des heutigen Abends langsam im Vestibül um einen heute angelieferten alten Sekretär. Dorothea sah durch den Türspalt, wie alle drum herumstanden, Wilhelms Ausführungen zu dessen Herkunft und Stil lauschten. Schon wieder war sie abgelenkt. Gerade zog Moritz die Schubladen auf, bestaunte ein Geheimfach, fuhr gar mit den Fingerspitzen die eleganten Schnitzereien und Intarsien nach. Ihr Mann war sichtlich stolz auf diese Neuanschaffung, die sein Arbeitszimmer schmücken sollte.

Der Tischler würde noch einen Tag für ein paar Umbauten an den Regalen brauchen, bevor das gute Stück eingepasst werden konnte und bis dahin musste man im Flur darum herumlaufen. Früher hätte dieses Durcheinander einen riesigen Streit zwischen ihnen provoziert. Dorothea bestände darauf, das Monstrum wegzuräumen, denn so etwas könne man Gästen ja nicht zumuten. Diesmal hatte sie nicht mit Wilhelm gestritten, ja, sie ermunterte ihn, die Neuanschaffung stolz zu präsentieren. Sie war milder, umgänglicher, seit ihr der Tod so nahegekommen war.

Der Gedanke daran, wertvolle Zeit mit Streit über Nichtigkeiten zu vertrödeln, war ihr auf einmal unerträglich. Angestrengt zog sie die Schultern hoch und wandte sich von der Szenerie im Flur ab.

»Meinst du, dieser Doktor Merk hat ernsthafte Absichten bei Helene? Und glaubst du, sie mag ihn? Ist er nicht zu alt für sie?« Der junge Mann neben ihr flüsterte und sie war sich nicht sicher, ob er nur aus Neugier fragte oder etwas anderes dahintersteckte. Auf jeden Fall war es ungewöhnlich und sie überlegte, wie sie antworten sollte. Wie immer, wenn sie unentschieden war, spitze sie die Lippen und biss dann darauf herum. Eine unschöne Angewohnheit, aber sie konnte es nicht lassen.

»Nun Robert, ich weiß ehrlich gesagt nicht, was ich sagen soll. Doktor Merk geht in unserem Hause als Arzt ein und aus, wenn er Interesse an Helene haben würde, wäre mir das aufgefallen.« Ausweichender, aber auch konkreter zugleich konnte sie nicht antworten, fand sie verzagt und hoffte, Robert würde sich damit zufriedengeben.

War ihr etwas entgangen, hatte ihre Tochter ein Auge auf den jungen Arzt geworfen, oder hatte er gar seine Besuche dazu genutzt, sich in ihr Herz zu schleichen?

»Das heißt, er hat sich nicht erklärt? Und sie verbringt keine Zeit mit ihm? Gab es Einladungen, Theater, Konzerte, Spaziergänge?« Robert hatte sich, noch immer vornübergebeugt, vergewissert, dass ihnen niemand zuhörte und Dorothea fiel siedend heiß ein, worum es ihm ging.

Der junge Mann hatte ernste Absichten, die er nicht vortragen würde, wenn es einen Konkurrenten gäbe. Sie war zwar überrascht, doch eine Verbindung ins Haus ihrer besten Freundin schien ihr durchaus passend für Helene. Sie dachte aber auch daran, dass Han-

nelore als einzige Person außerhalb der Familie eingeweiht war. Sie war im Bilde darüber, wie es um ihre
Jüngste bestellt war. Die ungewollte Schwangerschaft,
ihre Probleme, die Melancholie, ihr Engagement in der
Firma. All das konnte man nicht verbergen und es war
ihr schleierhaft, wie Hannelore es ihrem Sohn erklären
würde.

»Wissentlich Josefas Klöße kalt werden lassen,
kommt nicht infrage«, hörte sie nun Wilhelm von draußen rufen und sie war glücklich um die momentane Er-
lösung.

»Lass uns nach dem Essen sprechen. Ich glaube, mein
Mann nähme es uns übel, wenn die Klöße kalt würden.« Sie lächelte gewinnend und reichte Robert ihre
Hand. Er half ihr auf, nickte verstehend und folgte ihr
hinüber ins Speisezimmer. Als Dorothea an Hannelore
vorbeikam, murmelte sie ihrer Freundin etwas ins Ohr,
darauf bedacht, es diskret zu tun.

Es war einer dieser Abende, die man nicht beenden
mochte. Die Gespräche rankten sich um das Geschäft,
die Entwicklungen in der Stadt, Literatur und auch um
Johannas und Dorotheas Gesundheit.

»Passen Sie doch auf«, rief Dorothea aus, als Emma,
die heute Abend beim Servieren aushalf, Johanna eine
Tasse heißen Tee reichte. Während Johanna nach der
Zuckerdose griff und sie heranzog, glitt die zierliche
Porzellantasse bereits aus ihren Fingern. Seit ihrem
Unfall hatte sie mit Missempfindungen in der linken
Hand zu kämpfen. Der Mittelfinger war manchmal
taub und reagierte empfindlich auf Hitze.

»Es fühlt sich an wie tausend Ameisen, die auf einmal in meiner Fingerspitze umhermarschieren«, wusste Johanna das Gefühl zu beschreiben, dass sich zum Glück nicht immer einstellte. Und so entschuldigte sie Emma, die ihr die heiße Tasse gereicht hatte.

»Es ist jeden Tag anders, zugegebenermaßen ist es schlimmer geworden, seit ich guter Hoffnung bin. Alles ist entweder heißer, salziger oder kälter. Meine Zunge scheint mir auch manchmal einen Streich zu spielen«, fügte sie erklärend hinzu, um Emmas Missgeschick etwas abzumildern. Doch dann wurde Dorothea Zeugin einer eigenartigen Stimmung, die sich zwischen Johanna und ihrem Mann auftat.

»War das bei eurem ersten Kind auch so?« Die Frage kam von Robert, der sich bisher nicht an den Gesprächen beteiligt hatte. Alle sahen erwartungsvoll zu Johanna, die sich um die Antwort zu drücken schien und ihren Mann ansah. Aber dann antwortete Helene für sie.

»Ja, das war so. Johanna verspeiste die salzigsten Heringe und die Luxemburgerli in der Schweiz waren gerade süß genug.« Sie übertrieb, jedem am Tisch war das klar, doch ihre herzliche Erklärung kam gut an. Sie lächelte ihre Schwester an und toastete der kleinen Gesellschaft zu. Sofort nahm man die Unterhaltung wieder auf und die beiden jungen Frauen bemühten sich ausgelassen, den Anwesenden einen Zirkusbesuch schmackhaft zu machen.

»Schon vor Weihnachten beginnen die Vorstellungen und bis in den Januar hinein kann man im Zirkus Wulff die exotischsten Tiervorführungen, Clowns und Akrobaten bewundern. Sogar eine eigene Kapelle hat das Ensemble dabei. Es wäre sicher ein großes Vergnügen. Auch für dich, Papa«, versuchte Helene ihren Vater davon zu überzeugen, für alle Karten zu kaufen.

»Ihr könntet aus Oelsnitz herüberkommen, es sind sogar Sonderzüge geplant, hörte ich«, redeten sie auf die Tandells ein, um ihnen die Entscheidung zu erleichtern.

Robert war kaum zu bremsen und erzählte, er habe den Zirkus vor zwei Jahren in Leipzig gesehen. »Ihr müsst alle mitkommen, die Darbietungen sind höchst amüsant und die Kostüme könnte man getrost exotisch nennen«, sagte er mit einem schelmischen Blick an die Männer am Tisch. Dorothea wollte schon etwas erwidern, doch sie sah, wie alle sofort Feuer und Flamme waren. Liebend gerne hätte sie sich herausgeredet, aber ihr Versuch scheiterte kläglich. »Im Winter in einem Zirkuszelt zu sitzen, kommt mir absurd vor, zumal die Kälte meiner Gesundheit nicht zuträglich sein wird«, versuchte sie ihr Bestes. Doch ihr Argument wurde abgeschmettert. Man versicherte ihr, es gäbe sogar eine Heizung für das Zelt.

»Nun denn, was soll ich dann noch dagegen haben, ihr habt wahrscheinlich recht. Ein wenig Amüsement nach einem ereignisreichen Jahr tut uns allen sicher gut.« Wilhelm quittierte ihr Einlenken mit einem Nicken und wandte sich Robert und Gustav zu. »Ich möchte euch morgen nach dem Frühstück drüben in meinem Büro sehen, Robert und Gustav.« Dann nickte er Hannelores Mann Moritz zu, der zu wissen schien, worum es ging.

»Haben wir was angestellt?« Robert sah sich lachend um und Gustav zuckte mit den Schultern, andeutend, dass auch er nicht ahnte, was sie erwartete.

»Nun, Hannelore und Moritz haben einen vernünftigen wie lukrativen Vorschlag gemacht, wie wir unsere beiden Geschäfte miteinander verflechten und voneinander profitieren könnten. Ich möchte das gerne mit euch besprechen.«

»Und warum sind wir nicht eingeladen?«, sprudelte es aus Johanna heraus.

»Jetzt ist es aber genug, mein Kind. Du weißt, dass ich es nicht sonderlich schätze, wenn bei Tisch von Geschäften gesprochen wird«, ging Dorothea für ihre Verhältnisse ziemlich laut dazwischen. Augenblicklich legte sich bleierne Ruhe über die Gesellschaft. Sie gewahrte das Unbehagen unter den Anwesenden und bereute ihr harsches Einschreiten. Um es abzumildern, wandte sie sich an ihre Älteste. »Denk doch an dein Wohlbefinden, deine Zeit in der Firma ist sowieso vorbei, der Vater will dich lediglich schonen.« Oje, was hatte sie da nur angerichtet. Johanna schnappte förmlich nach Luft und sie sah, wie ihr August beschwichtigend die Hand auf den Rücken legte. Die Salve aber, die ihre Tochter abzufeuern bereit war, konnte er nicht aufhalten. »Ich soll mich zurückziehen, weil ich unser Kind bekomme, habe ab jetzt nichts mehr in der Firma zu suchen? Darf ich um deine Meinung bitten, wenn man dir das angetragen hätte?«, fragte sie sichtlich um Fassung ringend an die Tante gerichtet. Auch in Helenes Gesicht konnte man sehen, dass sie nicht bereit war, kampflos aufzugeben. Wenn es eines gab, dass durch alle Zeiten Bestand hatte, so war es das Bündnis der Schwestern, ahnte Dorothea und schalt sich, die Töchter gegen sich aufgebracht zu haben.

»Ich bin mir sicher, Mama, das meinst du nicht so«, hörte sie von ihrer Jüngsten und sie konnte die Empörung, die in ihrer Stimmlage mitschwang, spüren. Erstaunt, von den anwesenden Männern nichts zu hören, überhaupt keine Unterstützung zu erfahren, quittierten ihre Töchter deren Reaktion mit einem missmutigen Ausdruck auf ihren lieblichen Gesichtern.

»Ich ... nun, mein Kind«, stammelte Hannelore etwas verlegen und sagte dann resignierend: »Ich habe nicht von Beginn an mitgearbeitet. Zugegeben, rückblickend muss ich sagen: Ich hätte es tun sollen. Erst als Robert aus dem Gröbsten raus war, habe ich meinen Platz in der Firma gefunden und nicht mehr verlassen. Ich war mal mehr, mal weniger stark ins Geschäft einbezogen, doch es gab nie eine weitreichende Entscheidung, bei denen meine Ehemänner auf meinen Rat hätten verzichten wollen. Entschuldige Dorothea, aber so ist es.«

Sie sah ihre Freundin Abbitte leistend an, doch es war klar, dass sie den jungen Frauen keine Lügen auftischen wollte. Eine betretene Ruhe hatte sich über die Anwesenden gelegt und man sah vor allem Wilhelm und Moritz unruhig auf ihren Stühlen hin- und herrücken. August hatte sich nicht geäußert und so stupste Johanna ihn unter dem Tisch auffordernd an.

»Natürlich sollten wir dabei sein, doch dein Vater wird seine Gründe haben, erst einmal mit Gustav und Moritz vorsondieren zu wollen«, versuchte der diplomatisch eine versöhnliche Stimmung anzubahnen. Es gelang ihm nicht.

»Nun sitzen wir schon mal alle zusammen, außer Mama ist jeder an den Geschicken der Firma interessiert, warum können wir nicht jetzt darüber sprechen?« Helene ließ sich nicht einschüchtern, war unbeirrt vorgeprescht. Mit einer Hand hielt sie ihren Bernstein umfangen, so als ob sie Halt bei ihm suchte, und diese Geste rührte Dorothea. Gab sie ihr doch die Gewissheit, dass das Mädchen keineswegs so dreist war, wie sie gerne erscheinen würde.

Sie sah auch, wie wenig es Wilhelm gefiel, von seiner Tochter so in die Enge gedrängt zu werden. Trotz allem bewunderte sie ihren Mann für seinen Großmut und die Geduld, die er mit ihr aufbrachte.

Wie sehr er doch in den Jahren an den Problemen gewachsen ist und wie ich ihn dafür verehre, dass er Situationen wie diese stets zu meiner Zufriedenheit auflöst, dachte sie.

»Ihr Lieben, lasst mich Folgendes sagen: Ich schätze euer aller Einsatz, den ihr für die Firma zeigt. Die Leidenschaft dieses Gespräches bekundet eindrucksvoll, wie sehr euch unsere Geschicke nahegehen. Ihr könnt gewiss sein, dass ich auf jeden baue, wenn wir die Manufaktur in den kommenden Jahren vergrößern und ich bedaure keine Stunde, in der ich Euch, meine lieben Töchter, mit einbezog. Auch in Zukunft wird das so sein und liebe Johanna, wir werden einen Weg finden, wie du als Mutter weiterhin Teil des Kontors sein kannst. Morgen bespreche ich mich mit Robert und Gustav und genau wie August schon bemerkte, informieren wir euch danach.«

Er machte deutlich, dass er keine weitere Diskussion über dieses Thema wünschte. Seine Töchter tauschten verstohlene Blicke aus, wussten aber, wann sie sich zurückziehen mussten.

An Hofstetter gewandt, der sich während des hitzigen Disputes diskret im Hintergrund aufgehalten hatte, orderte der Vater den Nachtisch. Wieder einmal hatte er für Ruhe und Besonnenheit gesorgt. Dorothea griff nach seiner Hand und sah, wie erstaunt er ob der offen bekundeten Vertraulichkeit war.

Es war Moritz, der den Faden der leichten Unterhaltung aufnahm, den sie vorher so sorgsam gewebt hatten und man bewegte sich sogleich wieder auf sicherem Terrain.

»Ich habe mich gefragt, wie es bei Böhler & Sohn weitergeht, Wilhelm? Sicher ist es schwierig nach dem Brand in der mechanischen Weberei. Hast du Näheres gehört? Wie steht es um die Firma?«, wandte er sich an den Patriarchen, der bereitwillig Auskunft gab. Die jungen Damen sprachen mit Hannelore über neue Muster, an denen Helene seit der Ankunft ihres Bruders aus England unentwegt arbeitete und die ihr nicht gelingen mochten. Sie beklagte fehlende Inspiration und schien Dorothea verzagt. *Was sie nur wieder hat*, dachte sie.

»Gustav ist überzeugt davon, dass er mit neuen Mustern in Frankreich überzeugen könnte und er will schon in ein paar Wochen reisen. Möchte die Händler direkt besuchen, nicht nur deren Vertreter hier in Plauen treffen. Ich arbeite mit unserem Stickmeister verzweifelt daran, sowohl einzigartige als auch problemlos herstellbare Mustervorlagen zu entwerfen. Das ist schwerer als anfangs geglaubt.«

Dorothea hörte den Ausführungen ihrer Tochter diesmal zu, ohne sie zu unterbrechen. Sie war es leid, die

Einzige zu sein, die an dieser Art Gespräch kein Interesse zeigte. Selbst Hannelore war aufmerksam und stellte die eine oder andere Frage. Auch August schien es brennend zu interessieren, wie Helene und Gustav in der Vorbereitung der Frankreichreise vorankamen. War sie ehrlich zu sich selbst, interessierte sie das Gespräch heute sogar. Das waren die Dinge, die ihre Kinder bewegten, für die sie brannten. Warum nicht genauer zuhören und ein wenig mitfiebern?

Nur Robert schien in Gedanken und sie bemerkte, wie er auf die blütenweiße Tischdecke starrte. Als alle mit dem Nachtisch fertig waren, dem exquisiten Geschmack der Hausherrin bei der Auswahl der Speisen Respekt gezollt worden war und sich die Herren in die Bibliothek zurückziehen wollten, ergriff Dorothea die Gelegenheit und nahm ihn zur Seite.

»Nun hast du einen Eindruck davon bekommen, wie Helene in all diesen technischen Dingen aufgeht, dieses ständige Tüfteln und Zeichnen, ihr ewiges Klagelied nach Inspiration – das ist beispiellos. Um nicht zu sagen, wenig damenhaft. Hast du noch immer Interesse?« *Meine Bemerkung klingt härter, als sie gemeint ist*, rügte sie sich selbst und legte eine Hand auf Roberts Arm. Der sah sie stirnrunzelnd an und schien über ihre Worte nachdenken zu müssen.

»Entschuldige, ich wollte nicht respektlos sein, es ist mir manchmal nur fremd.« Sie wand sich vor diesem jungen Mann, den sie seit Kindertagen kannte und war erstaunt über sich selbst.

»Ich mag ihre zupackende Art, Dorothea. Das ist es nicht. Ich weiß nicht, ob sie sich mich als Ehemann vorstellen könnte. Wir kennen uns schon eine Ewigkeit. So lange, dass sie von mir mehr weiß, als mir lieb ist, und da wollte ich wissen, ob es jemanden gibt, der besser für sie wäre. Und der Einzige, der mir in diesem Zusammenhang einfiel, ist Doktor Merk.«

Wie er so vor ihr stand, ehrlich bemüht herauszufinden, ob eine emotionale Verstrickung zwischen ihm und seiner Sandkastenfreundin sinnvoll wäre, tat er ihr fast leid. Und obwohl sie von seinen wechselnden amourösen Geschichten wusste, mochte sie ihn auf einmal ein Stückchen mehr.

Dorothea schloss für einen kurzen Augenblick die Augen und sammelte sich. Wäre ihre Tochter unbefleckt, würde sie anders denken, aber so ... Und so sagte sie leichthin: »Ich glaube, du solltest mit Wilhelm sprechen und nicht zu lange warten, mein Lieber. Doktor Merk ist keine Konkurrenz, er hat sich lediglich um ihre Gesundheit bemüht. Es besteht seinerseits kein Interesse, denke ich.«

Sie war sich zwar nicht sicher, aber der Gedanke an eine familiäre Bindung an die Familie ihrer Busenfreundin war ihr sehr recht. Besser könnte Helene es in ihrer Situation nicht treffen, resümierte sie erleichtert, bevor sie sich im Wohnzimmer zu den Frauen gesellte.

»Endlich sind wir unter uns. Wie geht es dir, Doro?« Sie hatte gehofft, dieser Kelch würde an ihr vorbeigehen, doch da war sie – die unausweichliche Frage nach ihrer Gesundheit.

»Ich bin es müde, davon zu sprechen, Hannelore. Es scheint in meiner Gegenwart kein anderes Thema zu geben ...« Dorothea wedelte sich mit einem kleinen Seidenfächer Luft zu und sah demonstrativ aus dem Fenster. Draußen waren nur noch Schemen zu erkennen, die geringe Anzahl an Gaslaternen konnte dem Dunkel der hereinbrechenden Nacht nur wenig entgegensetzen. Schwärze legte sich über die Stadt.

»Ach Dorothea, lass mich doch nicht betteln. Ich möchte wissen, wie es dir geht, wie belastbar meine Freundin ist, ob ich mit ihr ausgehen kann. Oder muss ich die Weihnachtssoireen allein besuchen?« Hannelore lächelte und schenkte sich Wein nach. Als sie davon auch Helene anbot, hörte man von draußen ein lautes Greinen und ihre Töchter verließen entschuldigend den Raum.

»Wahrscheinlich sind die Mädchen froh, dieser Konversation zu entkommen, und sie stehlen sich später hinüber zu den Männern«, versuchte sie launisch das Thema zu wechseln. Dorothea überlegte, ihre Freundin abzuweisen. Doch dann erinnerte sie sich an das befreiende, warme Gefühl, dass sich einstellte, wenn Hannelore und sie ihre innersten Ängste miteinander teilten. Es kam zwar selten vor, was einzig an Dorothea lag, doch öffnete sie sich, fühlte sie danach eine große Befreiung. Es war ein Loslassen, das ihr Gewicht von der Seele nahm und so entschied sie, ihr zu berichten.

Sie teilte ihre Ängste mit Hannelore. Nicht zu wissen, was mit ihr passierte, warum ihr Körper ihr nicht gehorchte, machte sie schwermütig. Sie beklagte die unendliche Müdigkeit, die sich ihrer so oft bemannte und erwähnte ihre schlechte Allgemeinverfassung, die ihr vorher nicht so bewusst gewesen ist. Sie schien amüsiert von den Vorschlägen Merks, durch Bewegung wieder mehr Kraft zu bekommen. Doch die sonstige ironische Art, mit der sie Probleme wegredete, blieb heute aus.

»Und dennoch, Hannelore, ich lebe nicht auf dem Lande, wo man unbemerkt durch die Felder streift«, sagte sie, um dem Ganzen die Schwere zu nehmen. Sie hoffte, damit wäre das Thema beendet, hatte jedoch nicht mit ihrer Freundin gerechnet.

»Nun, meine Liebe, das zwar nicht, doch wie wäre es, sich dorthin zurückziehen, bis es dir besser geht? Du könntest auf dem Hof arbeiten, jeden Tag an der frischen Luft spazieren und würdest dich nicht der verräucherten winterlichen Stadtluft aussetzen. Deine Familie käme an Weihnachten zu dir hinaus und ich bin sicher, die eine oder andere Woche zu erübrigen und dir Gesellschaft leisten zu können.« Aufmunternd tätschelte Hannelore ihr die Hand, sie war nicht fertig mit ihren Vorschlägen. »Im Frühjahr fahren wir dann nach Bad Elster, erholen uns im Königlichen Staatsbad, genießen Kunst und Kultur. Meinetwegen trinken wir sogar von dem scheußlichen Wasser, ich würde es tun. Für dich, nur für dich«, sagte sie lachend und fuhr fort: »Spätestens im Sommer bist du ganz die Alte. Ach was, besser als das.«

Sie war sichtlich begeistert von ihrem grandiosen Einfall, Dorothea aufs Land zu verschicken, doch die stutzte. *Auf dem Gut mitarbeiten? Hannelore ist ja noch schlimmer als meine Töchter*, dachte sie.

»Ich weiß nicht, was ich davon halten soll, Hannelore. Bad Elster klingt vernünftig für mich, aber allein aufs Gut kommt nicht infrage. Außerdem steht Johannas Niederkunft bald an und da muss ich hier sein. Ich werde die Ankunft meines zweiten Enkelkindes keinesfalls verpassen«, spielte sie auf die Entbindung Johannas in der Schweiz an. Bei dem Stichwort schien ihrer Freundin etwas einzufallen.

»Was wolltest du mit mir wegen Robert besprechen?« Nun, da sie Robert schon ermutigt hatte, wusste Dorothea nicht so recht, was sie sagen sollte. Doch sie beschloss, offen zu sein.

»Ich glaube, dein Sohn und Helene könnten ein Paar werden ... also, wenn es nach Robert geht.« Ein Blick in Hannelores Gesicht zeigte ihr, dass die Freundin im Bilde schien. Vollkommen unaufgeregt, erzählte sie ihr von dem Abend, an dem die beiden jungen Leute, ohne ihr Wissen, einen langen Spaziergang in Dresden unternommen hatten und bei ihrer Rückkehr sehr vertraut miteinander schienen.

»Was erwartest du, die beiden kennen sich schon ein Leben lang. Es war nur eine Frage der Zeit, bis sich mein Sohn endlich klar darüber wird, was er will. Ich weiß, er war nicht immer nur redlich, doch in den letzten Monaten hat er sich verändert. Es gibt keine Frauengeschichten, er erscheint jeden Tag in der Fabrik, er bringt sich ein, ist begierig zu lernen und ja, er scheint ein Auge auf eure Jüngste zu haben. Nicht die schlechteste Wahl, denke ich.« Sie prostete ihr zu und auch Dorothea erhob ihr Wasserglas.

»Wenn du das so siehst, sehe ich der Verbindung mit Freude entgegen.« Es war alles gesagt und als Dorothea am selben Abend nicht in ihr eigenes Bett stieg, sondern es sich bei Wilhelm gemütlich machte, dachte sie mit Wehmut an die Wochen und Monate, als er vor Jahr und Tag um sie geworben hatte.

Kapitel 5,
November 1881, Plauen

Conrad

Selbst für Ende November war es Conrad zu stürmisch und zu kalt. Schon am späten Nachmittag hatte sich die Dunkelheit bleiern über die Stadt gelegt und die Gaslaternen schienen den Kampf gegen die Schatten der Nacht zu verlieren. Sein Gaul trabte unaufgeregt und stoisch auf dem rutschigen Kopfsteinpflaster und fand ohne sein Zutun den Weg in den Stall, zu seinem Hafer.

Sein mühsamer Arbeitstag hatte früh am Morgen noch in der Dunkelheit mit dem Greinen des Säuglings begonnen, davon war die kleine Selma aufgewacht. Nuckelnd und verschlafen hatte sie in ihrem Gitterbett gesessen. Emma hatte ungeniert gegähnt, als sie sie aus dem Bettchen zog.

»Kannst du mir helfen? Ich stille den Kleinen und Selma sollte wenigstens etwas Warmes trinken, bevor wir gehen. Josefa macht ihr später ein Brot, aber bis dahin begleitet sie mich auf meiner Runde im Haus. Von Ofen zu Ofen wird sie sonst quengeliger, ist hungrig und vor allem gelangweilt. Ich hoffe, die neue Magd fängt bald an. Hofstetter hat mir versprochen, dass sie jemanden suchen«, hatte sie ihm heute Morgen mit offensichtlichem Verdruss in der Stimme erzählt.

Er verstand die Launen seiner Frau mittlerweile immer besser. Oft half es, ihr nur zuzuhören, um sie zu beruhigen. Viel hätte er eh nicht tun können. Wäre Sommer und die zu Hohenlindens auf dem Land, könnte sie mit den Kleinen auch dorthin. Dann würde Selma mit der Enkelin der Herrschaft im Garten spielen oder tagsüber bei der Schwiegermutter im Nachbardorf gut aufgehoben sein. Aber im Winter brachte sie die Versorgung der Kinder manchmal an ihre Grenzen.

Doch Emma gab nicht nach. Noch konnte sie den Jungen für ein paar Monate auf dem Rücken ständig mit sich herumtragen, doch dann? Sie weigerte sich, allein Hausfrau und Mutter zu sein. Seine Frau wollte arbeiten, nicht den ganzen Tag auf ihn warten. Ihr Heim war die kleine Mansardenwohnung unterm Dach oder im besten Falle das Kutscherhaus auf Gut Hohenlinden. Leider würde er seine Familie dann nur selten zu Gesicht bekommen. Das wollte Conrad nicht.

Gerade jetzt, wo er fast jeden Tag von früh bis spät zu den Lohnstickern hinausfuhr, und stundenlang auf dem kalten Bock ausharrte, war Selma bei ihrer Mutter im Haus besser aufgehoben. Er konnte sie nicht mitnehmen, so wie er es manchmal in den Sommermonaten tat.

Dann erzählte er ihr in bestem Dialekt die Geschichten, die er schon von seiner Großmutter gehört hatte. Selma war noch klein, doch sie verstand die Sage vom Moosmännlein, den Erdgeistern und Beschützern des Waldes. Wann immer sie durch dichte Baumreihen fuhren, begann sie dorthin und hierhin zu zeigen, legte oft den kleinen Finger an den Mund und lauschte angestrengt. Zu gerne hätte sie einmal das vogtländische Fabelwesen mit dem Umhang aus Moss gesehen, doch nur Conrad wusste, dass das nie passieren würde.

An Tagen wie heute, hätte er sich gerne die Zeit mit Sagen und Märchen vertrieben, doch er war allein hinausgefahren. Der kleine heiße Kohletopf aus Eisen, den ihm Emma am Morgen unter den langen schweren Kutschermantel gestellt hatte, hielt ihn nur ein paar wenige Stunden warm. Wenn er niemanden fand, der ihn bereitwillig auffüllte, konnte so ein Tag im Winter im Vogtland dann ungemütlich werden. Das war nichts für ein kleines Mädchen.

Wieder flogen seine Gedanken zu seiner Emma. Der jungen Frau, die für ihn unerreichbar schien, als er vor wenigen Jahren auf dem Gut angeheuert hatte. Sie war reizvoll, dunkelhaarig, mit verwegenen Locken und blitzenden Augen, anmutig fast und ihre kesse, manchmal laute Art hatte ihn beeindruckt. So ein Mädchen hatte er bis dahin noch nie getroffen, so selbstsicher und lustig. Nach ihrer zugegeben überstürzten Heirat hatte sie darauf bestanden, weiterhin zu arbeiten. Selbst nach der Geburt ihres zweiten Kindes wollte sie nichts von einem Hausfrauendasein hören. Sie hing an der Herrschaft. Die zu Hohenlindens waren die andere Familie in ihrem Leben.

Sie war mit den Töchtern des Hauses aufgewachsen, der Hof ihrer Eltern lag in unmittelbarer Nachbarschaft zum Gutshof und über die Kindheitssommer kam es zu einer engen Freundschaft zwischen den drei Mädchen. Später dann trat sie in die Dienste der Familie, denn sie wollte unter keinen Umständen in der

Perlmutterei ihres Vaters enden, wie sie immer wieder betonte. Doch das war nicht der eigentliche Grund, wie er mittlerweile wusste.

Seine Emma träumte von einem selbstbestimmten Leben, das Vorbild der reichen jungen Frauen hatte in ihr etwas ausgelöst. Und dem strebte sie unablässig zu. Sie wollte reisen, fantasierte davon, irgendwann ein eigenes Geschäft zu führen. Dies war ihr Ansporn genug, eine Heirat im Dorf ihrer Eltern abzulehnen, wie es ihrem Vater vorgeschwebt hatte.

In dunklen Stunden fragte sich Conrad manchmal, warum sie sich ausgerechnet mit ihm eingelassen hatte. Nichts von alledem konnte er ihr bieten.

Für seine Tochter Selma war das Leben im Haus an der Syra aufregend. Sie verbrachte das erste Jahr, genau wie ihr Bruder jetzt, auf dem Rücken der Mutter, in der Obhut der gutmütigen Köchin oder mit der kleinen Esther, für die eine Kinderfrau beschäftigt wurde. Emma hatte nicht nur ein gutes Verhältnis zu den Töchtern des Hauses, sie verstand sich auch prächtig mit Rosalia. Wann immer sie Zeit hatte, half sie der Kinderfrau mit dem herrschaftlichen Nachwuchs aus, übernahm die Betreuung an deren freiem Tag. Sie unternahm ausgedehnte Spaziergänge oder ging hinüber in den Park. Und das Beste daran war, sie wurde dafür bezahlt, was gab es Besseres. Die Enkeltochter der zu Hohenlindens würde ein ähnlich enges Verhältnis zu seiner Tochter entwickeln, wie damals Emma mit Frau Johanna.

Immer, wenn die kleine Esther ein paar Stunden mit Tante oder Mutter allein verbrachte, schickte man Selma zwar in die Gesindeküche, doch auch dort war sie gerne gesehen und die Köchin Josefa versorgte sie mit Leckereien. Seine Tochter war ein Sonnenschein und bei allen beliebt.

Doch wie lange konnte das so weitergehen, jetzt, da der Junge auf der Welt war? Der familiäre Umgang mit der Herrschaft schickte sich in seinen Augen nicht und Conrad hatte ein wenig Angst, seine Kinder könnten Ansprüche entwickeln, die er ihnen nicht erfüllen könne.

Er zermarterte sich den Kopf darüber, wie ihre Zukunft aussähe. Mit zwei Kindern würde die Ausbildung zur Kammerzofe für Emma schwer werden. Zurzeit hatte sie die wöchentlichen Besuche der Schule des Ausbildungsvereines für junge Frauen unterbrochen, hatte um eine Freistellung gebeten, solange sie den Kleinen stillte. Doch Emma war fest entschlossen, den Abschluss nachzuholen und irgendwann den Posten der Leonhard einzunehmen. Zwar war die viel zu jung, um sich zur Ruhe zu setzen, doch seine Frau hielt an diesem Gedanken fest.

Eigentlich hatte er sich einen freien Abend gewünscht, mit einem Blick in den Himmel, entschied er anders. Es hatte einen kleinen Husch gegeben, dann wieder schien die Sonne und drüben im Westen zogen gar Gewitterwolken auf. Und so fuhr Conrad entgegen der Anweisung hinüber in die Elsteraue zur Gösselschen Fabrik. Er würde Wilhelm zu Hohenlinden von der Beerdigung Carl Wilhelm Weisbachs abholen.

An der Bleichstraße angekommen, waren alle Fenster bei Weisbachs hell erleuchtet, das ständige Kommen und Gehen zeugte von der Anteilnahme der Plauener.

Mehrere Kutschen warteten am Straßenrand. Es dauerte nicht lange und Conrad sah Wilhelm zu Hohenlinden aus dem Haus treten. Er sprang vom Bock und winkte ihm, freudig überrascht schwenkte dieser seinen Zylinder und ging auf ihn zu.

»Welch eine Freude, Sie zu sehen, Leitner. Ich dachte schon, mich würde der Regen erwischen. Lass mich drinnen Bescheid geben, der eine oder andere wird sicher gerne mitkommen«, sagte er und verschwand für kurze Zeit noch einmal im Inneren des Gebäudes.

Als sie dann warteten, hatte Wilhelm zu Hohenlinden nachdenklich seinen Gedanken freien Lauf gelassen. »Es ist schwer, die Begleiter deiner Jugend gehenzulassen, Conrad. Mit Weisbach verband mich die Liebe zu Pferden. Geschäftlich hatte er mir einiges voraus, war älter, erfahrener und wartete mit so manchem taktischen Rat auf. Wird sein Sohn, Carl Bernhard, nun seinen Lebensmittelpunkt in Schlesien verlassen, die Porzellanfabrik in Königszelt aufgeben, um hier das Vermächtnis des Vaters weiterzuführen? Man weiß es nicht, doch ich wünsche es mir. Vielleicht gelingt ihm gar ein Spagat wie seinem eigenen Vater, der zwischen Plauen und Flöha pendelte.«

»Welchen Geschäften ging er denn in Flöha nach? Davon habe ich noch nichts gehört«, unterbrach Conrad das monotone Selbstgespräch und zog die Kappe vom Kopf, als weitere Gäste das imposante Haus an der Bleichstraße verließen.

»Er führte dort mit Schwager und Bruder eine erfolgreiche Baumwollspinnerei. Nicht zu vergessen sein Engagement für das Stadttheater, ohne dass wir in Plauen wohl als hinterwäldlerisch gegolten hätten. Er verwaltete es nicht nur für die Löberingschen Kinder, sondern schuf einen musischen Tempel, wenn ich so sagen darf.«

Davon verstand Conrad nichts, aber etwas anderes interessierte ihn. »Woher kam sein Instinkt für Technik? War er es, der den Dampfantrieb hier einsetzte, Steinkohle nutzte anstatt Wasser aus dem Mühlgraben?« Da hatte er die richtige Frage gestellt. Wilhelm ergoss sich ausführlich über das technische Verständnis, das Tüftlergen, das Weisbach innegewohnt hatte, die wechselvolle Geschichte der Baumwollspinnerei, der Kattundruckerei und Conrad schwirrte bald der Kopf.

»Wilhelm Weisbach war ein Getriebener, kein Tag verging, an dem er nicht in den Mühlen oder der Spinnerei unterwegs war, reparierte, tüftelte. Außerdem verwaltete er riesige Ländereien. Daneben war er ständig auf Reisen, brachte immer neue Ideen von seinen Unternehmungen mit.« Der Alte zu Hohenlinden wurde nachdenklich und resümierte: »Manchmal hatte ich den Verdacht, er lenke sich damit vom Verlust seiner Kinder ab. Unvorstellbar, wie man drei Söhne in drei Jahren begraben kann, ohne den Verstand zu verlieren. Alle waren sie erwachsen, Mitte zwanzig, als sie aus dem Leben gingen. Er sprach nicht davon, sondern konzentrierte sich auf den jüngsten Sohn Bernhard, verheiratete seine einzige Tochter mit einem Mammen und kümmerte sich aufopferungsvoll um die Neffen seiner Frau. Er war ein gütiger Mann, hatte immer auch das Gemeinwohl im Fokus.« Nachdenklich verstummte Wilhelm zu Hohenlinden wieder und sank hinter Conrad in die Polster seiner Kutsche.

Conrad wollte die Gelegenheit nutzen, seine eigenen Probleme anzusprechen, denn er schätzte den Rat seines Arbeitgebers und so sprach er frei von der Leber weg. »Wenn ich das so höre, scheint mein kleines Leben fad und ereignislos, so ganz ohne Herausforderungen ... also solche, die die Welt bewegen.«

»Nun stell mal dein Licht nicht unter den Scheffel, Conrad. Der liebe Gott hat jedem von uns seinen Platz zugewiesen und an eben jenem erfüllen wir unsere Aufgabe. Nur so kommen wir als Ganzes voran.« Wilhelm zu Hohenlinden zog die Uhrenkette aus der Weste und schüttelte missmutig den Kopf. »Hoffentlich kann sich der gute Bickel bald losreißen, sonst fahren wir ohne ihn«, sagte er und sah Conrad unumwunden an.

Der wertete das als Aufforderung. »Wollen Sie gleich los?«

Sein Gegenüber schüttelte den Kopf. »Nein, ein paar Minuten warten wir noch. Was hast du auf dem Herzen?«

Erstaunt sah Conrad auf, doch er fasste sich ein Herz. »Ich habe da eine Frage. Meine Familie macht mir Sorgen. Ich weiß nicht, wie das mit nun zwei Kleinkindern gehen soll. Sie brauchen eine Mutter, die den ganzen Tag für sie da ist, und manchmal denke ich, wenn sie in Ihrem Haus mit aufwachsen, dann verziehe ich sie. Mal davon abgesehen, dass Emma ihrer Arbeit nicht so nachgehen kann, wie sie gerne möchte. Sie redet mir ein, dass das alles geht, aber ich glaube nicht daran. Wir kommen an unsere Grenzen, doch ich will sie auch nicht aufs Gut verbannen.« Jetzt war es raus.

Wilhelm hatte ihm zugehört und seine Miene verdüsterte sich etwas. Insgeheim musste er daran denken, dass er die junge Frau schon immer für ein wenig verschlagen und berechnend gehalten hatte. Als dieser Bursche ihr dann aber den Hof machte und sie so schnell und ohne jegliche Vorbehalte zugestimmt hatte, seine Frau zu werden, hatte Wilhelm gehofft, sie wäre erwachsen geworden.

Doch dann hatte ihn Dorothea in Abgründe eingeweiht, deren Kenntnis er lieber weit von sich schöbe. Die kleine Selma sei das Produkt eines Schäferstündchens mit seinem Schwiegersohn. Der Gipfel, kaum zu glauben. War Conrad diese Peinlichkeit bewusst? Insgeheim mutmaßte Wilhelm, dem Jungen hatte man ein Kuckuckskind untergejubelt.

Er atmete hörbar ein und aus und schalt sich, solange mit der Antwort gezögert zu haben. Conrad war solch eine treue Seele, arbeitsam, loyal und von einer seltenen Aufrichtigkeit, er hatte anderes verdient. Deshalb wägte er jeden Satz genauestens ab.

Die Antwort von Wilhelm zu Hohenlinden war nicht das gewesen, was Conrad hatte hören wollen. Im Gegenteil. Sein Dienstherr hatte sich verständnisvoll gezeigt, Emma gar den Rücken gestärkt. Er sah ihrer beider Lebensmittelpunkt im Hause an der Syra. Auf keinen Fall wolle er sie als loyale Vertraute seiner Töchter verlieren.

»Bald werden wir eine weitere Kinderfrau benötigen. Wenn erst Johannas zweites Kind auf der Welt ist, kann Rosalia die Arbeit nicht allein bewältigen«, hatte zu Hohenlinden gesagt und ihn lächelnd angesehen. Conrad war erstaunt. Insgeheim hatte er gehofft, der erfahrene Ehemann und Vater hätte ihn ermuntert, seine Familie auf dem Gut unterzubringen und dafür zu sorgen, dass seine Frau ihren Pflichten als Ehefrau und Mutter nachkäme. Doch weit gefehlt. Und so hatte er eingeworfen: »Die Ausbildung, die sie macht, ist aber nicht zur Kinderfrau, gnädiger Herr.«

»Und wenn schon, was sie da beigebracht bekommt, all die Benimmregeln, die Umgangsformen, Etikette, wie man sich kleidet, Wäsche pflegt, einen Haushalt organisiert, kann im Umgang mit meinen Enkelkindern wahrlich nicht schaden. Und nun weiter, ich habe noch viel vor.«

Conrad war verblüfft. Doch die uneingeschränkte Unterstützung, die sie durch die zu Hohenlindens erfuhren, hatte natürlich auch etwas Gutes.

Aber da war noch mehr, was ihm auf seinen einsamen Fahrten durch die trübe Landschaft beschäftigte. Er brütete über ein zwielichtiges Angebot nach, dass ihm August Bader gemacht hatte.

Der Schwiegersohn des gnädigen Herrn, Spross einer Eibenstocker Stickerfamilie, verbrachte in den letzten Monaten mehr Zeit in Plauen als in den Jahren zuvor. Seit Frau Johanna guter Hoffnung war, schien er die langen Reisen an den kürzlich in die Firma eingetretenen Herrn Gustav abgegeben zu haben. Man sah ihn öfter als früher in Begleitung von Frau und Kind, und allzu gern nahm ihm jeder in der Familie seine Wandlung hin zum treu sorgenden Vater und Ehemann ab. Doch Conrad blieb skeptisch.

»Mein Vater arbeitet derzeit viele Überstunden, wissen Sie«, hatte Bader ihn vor Tagen angesprochen. »Er will den Seinen ein wenig mehr Komfort bieten, einen

Anbau mit Bad und separaten Schlafräumen für die Familie meines Bruders errichten. Endlich würde dann die letzte Stickmaschine die Küche verlassen. Dafür braucht es mehr als die Aufträge aus unserer Manufaktur. Und so hat er zusätzliche Arbeiten angenommen. Nun klagt er, keine Möglichkeit zu haben, diese Waren zu versenden. Die Fahrt ins nächstgelegene Postamt, das auch Sendungen über den Großen Teich abwickelt, gestaltet sich schwierig.«

»Ich habe von den Problemen mit dem lahmen Gaul gehört, Ihr Vater sprach davon«, hatte Conrad höflich geantwortet.

»Oh, dann hat er mit Ihnen gesprochen, gut. Worauf ich hinaus will: Ab der nächsten Woche würde ich Sie bitten, einige Pakete meines Vaters mit zur Hauptpost nach Plauen zu nehmen. Der Wagen hat doch genügend Platz. Der Bruder wird sie kennzeichnen, die Adressaten und das Porto bekommen Sie von mir. Es wird wenig Aufwand sein und ich entlohne Sie großzügig für Ihre Zeit auf dem Amt. Eventuell kommen bald mehr solcher Fahrten auf Sie zu, ich habe Anfragen von einigen Lohnstickarbeitern aus dem oberen Vogtland, die selbige Dienstleistung suchen.«

Conrad war erstaunt gewesen. Es ist nicht üblich, dass sich die Lohnsticker direkt an Kunden wandten. Die Meisten von ihnen bedienten sich eines Verlegers, der Kontakte zu den großen Zwischenhändlern hat.

Diese lieferten den Stickern die Grundstoffe und Garne sowie die Muster und übernahmen im Anschluss die Appreturarbeiten, die vonnöten waren. Dabei wurden die Stoffe an den Hängen des Mühlbachs beim Malzhaus gebleicht. Mal auf Rahmen gespannt, mal auf den Wiesen liegend sah man zwischen Frühjahr und Herbst ein weißes Band entlang der alten Stadtmauer. Es wurde gestärkt und veredelt, die Waren erhielten in vielen Arbeitsgängen ihren unverwechselbaren Glanz. Zurück beim Verleger wurden sie wieder kontrolliert, ausgebessert oder vernäht, wenn nötig. Und dann in die ganze Welt verkauft.

So blieb das Risiko für die Lohnsticker überschaubar. Zwar war ihr Verdienst schmaler, aber sie erhielten trotzdem noch immer einen angemessenen Lohn, von dem sich angenehm leben ließ. Die so entstandene Mittelschicht hatte sich in den letzten Jahren einen erklecklichen Wohlstand erarbeitet.

Dass Baders Vater jetzt allein ins Risiko ging, unbehandelte Weißwaren direkt an einen Abnehmer schickte, auf einmal Kontakte in die große weite Welt zu haben schien, fand Conrad gelinde gesagt, sonderbar. Dass ausgerechnet dieser Betrieb am Alten zu Hohenlinden vorbei arbeitete, war noch ungewöhnlicher. Es war kein Geheimnis in der Stadt. Die Auftragsbücher seines Dienstherren quollen über. Die Plauener Verleger fanden derzeit nicht ausreichend Stickereien, um alles abzuarbeiten.

Warum nahmen die Eibenstocker dann fremde Aufträge an, gingen ins Risiko, wo sie mit der Manufaktur zu Hohenlinden ebenso mehr arbeiten konnten? Ohne ein Wagnis einzugehen?

Ihm war nicht wohl bei dieser Angelegenheit und so suchte er auszuweichen. »Mein Wagen ist so voll, wenn ich von den wöchentlichen Abholfahrten komme und laut Ihrem Herrn Schwiegervater wird das Aufkommen in den nächsten Monaten steigen. Er bat mich, gar über einen Aufbau nachzudenken. Eine neue Plane soll angeschafft werden, um die kostbaren Stoffe zu schützen. Also, ich kann mir kaum vorstellen, dass ich Platz und Zeit haben werde.« Er strich sich verlegen über seine Kappe und wich dem starren Blick von August Bader, so gut es ging, aus.

»Stellen Sie sich nicht so an, der alte Herr ist nicht immer voll im Bilde. Ich bin verantwortlich für die Routen und deren Auslastung, das wissen Sie. Ich kann dafür sorgen, dass Ihre Fahrten nicht so früh beginnen und diese nicht mehr in die entlegenen Winkel des Vogtlandes gehen«, lockte er.

Conrad runzelte die Stirn, ihm war mulmig bei dieser Sache. Konnte er sich dieser Anweisung entziehen? Ihm fiel nur eines ein. Es war riskant gewesen, doch das Einzige, was ihm in dem Moment eingefallen war: »Wie Sie wünschen, ich werde das mit Ihrem Schwiegervater besprechen. Vielleicht fällt ihm ja ein Lohnfuhrunternehmen ein, das derzeit nicht ausgelastet ist. Wenn er keines kennt, übernehme ich die Fahrten.«

Augenblicklich war August Bader nervös geworden. Die selbstbewusste Art, mit der er sein Anliegen vorgetragen hatte, verflog und machte einem Stirnrunzeln und verkniffenen Augen Platz. Conrad hatte die Luft angehalten und einen weiteren Vorschlag erwartet, den er nicht abschmettern könne. Doch Bader hatte seinen Hut aufgesetzt und ihn kalt und durchdringend angesehen. »Nicht nötig, ich kläre das selbst mit ihm. Sie haben recht.« Kurz und knapp, wie aus der Pistole geschossen, war diese Antwort gekommen und der Ton war eisig gewesen. Dann hatte der Schwiegersohn nachdenklich seinen Bart gezwirbelt und schien angestrengt zu überlegen.

»Sicher, wie Sie wünschen, Herr Bader. Ihr Schwiegervater hat gute Kontakte über den Verein der Naturfreunde. Ich glaube, mich zu erinnern, dass der Schwager des Vorsitzenden, der Gymnasiallehrer Dr. Bretschneider ein Fuhrunternehmen sein Eigen nennt. Ich fuhr ihn erst letztens zu dessen Wohnung und davor parkte eine Mietdroschke mit der Aufschrift –« Doch August Bader hatte sich brüsk abgewandt und zeigte keinerlei Interesse an Conrads Erklärungen.

Conrad sann schon länger darüber nach, ob er seinem Dienstherren über diese eigenartige Begebenheit berichten sollte, ließ es aber sein. Ungern wollte er zum Spielball zwischen den beiden Männern werden. Und eigentlich hatte das Gespräch nichts Handfestes ergeben.

Meinen Standpunkt habe ich klar gemacht, dachte Conrad und schüttelte unmerklich den Kopf.

Johanna

Von wem stammt die Aussage, dass sich junge Mütter nur selten an die Stunden der Geburt erinnern, fragte sich Johanna spöttisch und dennoch, das Spektrum der Gefühle und Schmerzen, die sie durchlebt hatte, war weit weg. Sie verspürte einzig tiefste Ruhe, während der kleine Thomas friedlich in ihren Arm lag und an ihrer Brust saugte. Das Ziepen war nur ein Nebengeräusch im Nebel der Glückseligkeit, in dem sie sich aufhielt.

Die Hebamme säuberte derweil beflissentlich das Zimmer und rieb verzweifelt an einer Blutspur auf dem

Teppich, als sie sie wegschickte. »Lassen Sie das, Frau Keil. Das ist nicht Ihre Aufgabe. Ich bin dankbar, dass Sie so gut für mich gesorgt haben, aber ich bin erschöpft und muss bald etwas schlafen.«

Pauline Keil, erfahrene Hebamme, wusste, dass jede Wöchnerin anders ist. Die junge Frau wollte so schnell als möglich allein sein, vernahm sie aus deren Worten und fragte sich nicht mehr, warum sich die Geburt, obwohl es ja schon die zweite war, so unendlich in die Länge gezogen hatte. Johanna Bader hatte sich gewunden und angstvoll an ihre Schwester geklammert, gerade so, als ob sie nicht wusste, was geschehen würde. Doch jede Niederkunft war anders und vielleicht war die kleine Esther ja eine Spontangeburt gewesen, in der die junge Frau weniger gelitten hatte.

Sie packte ihre Sachen, sah sich nochmals prüfend im Raum um und versprach, morgen wieder zu kommen. Bis dahin übergab sie die Wöchnerin in die Hände ihres Zimmermädchens und der besorgten Schwester.

»Ist auch wirklich alles in Ordnung mit ihr, Frau Keil?«, hatte die mehrmals gefragt und erst als sie vorschlug, einen Arzt hinzuzuziehen, damit die Damen beruhigt wären, ließ das die beiden verstummen. Auf einmal hatten sie ihr vertraut.

Der Junge hatte sich Zeit gelassen, war blau angelaufen zur Welt gekommen und wollte anfangs nicht schreien, aber letzten Endes war doch alles gut gegangen. Kein Anlass zur Besorgnis. Mutter und Kind wohlauf. Die Umgebung, in die es hineingeboren war, war wohlhabend und man würde sich kümmern.

»Ich lasse dir etwas Brühe bringen«, sagte Helene und sah ihre Schwester besorgt an. Johanna war die Anstrengung der letzten Stunden anzusehen, sie war erschöpft und so bleich wie ein Bogen Papier. Und doch schien sie zu leuchten. »Du warst sehr tapfer, Johanna.« Helene drückte ihr die Hand, sah sie mitfühlend an und zupfte hier und da am Bettzeug. Jetzt verabschiedete sich Emma, die frische Nachthemden für Johanna bereitgelegt hatte. »Ich bringe meinen kleinen Jonas ins Bett. Und dann teile ich mir mit Helene die Nachtwache bei dir und dem Jungen. Sicher wird er bald wieder hungrig sein.« Mit einem liebevollen Seitenblick auf das Kind im Körbchen neben Johannas Bett, strich sie ihr über den Arm und fuhr fort: »Mach dir keine Sorgen, er wird das fehlende Gewicht bald aufgeholt haben. So schmal, wie du bist, war ja nicht zu erwarten, dass das Baby ein Wonneproppen wird. Sei beruhigt und schlafe ein wenig.«

Johanna fühlte sich rundum wohl. Gerade eben hatte sie keine Schmerzen, ihr Körper schien endlich nachzugeben, entkrampfte sich nach der schier endlosen Anstrengung. Ihr Sohn war gesund, die ihr wichtigsten Menschen kümmerten sich liebevoll und sie würde sich jetzt ausruhen.

August hatte vorsichtig angeklopft und mit stolzer Miene ihren Sohn betrachtet, sich aber nicht getraut, das winzige Bündel zu halten.

»Oh, nein. Was, wenn ich ihn kaputtmache, die Hebamme sagt, er ist schmal und zerbrechlich. Bevor ich mich traue, ihn auf den Arm zu nehmen, muss der kleine Mann etwas an Babyspeck zulegen«, hatte er witzelnd gesagt und ernst dreingeblickt. Die Frage nach dem Gesundheitszustand von Thomas hatte er sich verkniffen, sie stand dennoch unausgesprochen im Raum. Ihr Verhältnis zueinander hatte sich in den Monaten ihrer Schwangerschaft zum Guten gewendet. Fragen dieser Art jedoch und zur Vergangenheit ließen sie noch immer verstummen. So mancher Gedanke blieb ungesagt. Sie hatte keine Kraft für ausufernden Schlagabtausch, ständiges Hinterfragen und Zweifeln. Es brachte sie nicht voran. Und sie wollte um jeden Preis nach vorne sehen. Mit dem Tag, als die Schwangerschaft bestätigt worden war, hatte sie all ihre Bedenken in eine Kiste verbannt, aus der sie sie nie wieder herausholen würde.

Johanna wertschätzte Augusts Bemühung, sich zu ändern. Er verbrachte fast seine gesamte freie Zeit mit ihr und Esther, schwänzte kaum eine Familienfeier, hatte sich sogar auf dem Landgut passabel angestellt. Sicher war sie kein verliebtes junges Mädchen mehr, das nicht, doch sie war froh, ihrer Ehe eine richtige Chance gegeben zu haben. Selbst aus dem Kontor drangen nicht die geringsten Klagen an ihr Ohr. Er arbeitete erfreulich effektiv mit Gustav zusammen, der sich nur lobend über ihn äußerte.

»Ich hätte nicht erwartet, dass es sich mit August so mühelos arbeiten lässt«, hatte ihr Bruder schon vor Wochen gesagt und sich bei der Unterhaltung in Johannas Zimmer lässig auf dem Fußende ihres Bettes niedergelassen. »Ich dachte immer, deinem Gatten eilt ein bestimmter Ruf voraus. Doch mir gegenüber wurden keinerlei Andeutungen gemacht. Als ich bei unseren Kunden unterwegs war, bevorzugte ich zwar andere

Hotels als er, aber auch in den einschlägigen Restaurants, in denen sich die Kaufleute so rumtreiben, habe ich nichts Negatives gehört. Er sei trinkfest und gesellig, das schon, aber das ist normal unter Handelsreisenden. Ich hoffe, das beruhigt dich ein wenig, Schwesterlein?«

Das tat es wahrlich und sie erinnerte sich, wie sie Gustav bat, ihre unguten Ahnungen zu ignorieren.

»Deine Beichte ist bei mir gut aufgehoben, Johanna. Ach was, ich hab sie schon vergessen. Was hast du noch mal offenbart?«, hatte er ihr witzelnd beteuert. Sein Gesichtsausdruck zeugte davon, dass er dennoch ein Auge auf den Schwager haben würde. Johanna bemerkte es mit Missmut, doch die alte Vertrautheit zu ihrem jüngeren Bruder flammte wieder auf. Das war wohltuend.

Gustav hatte seine große Schwester von jeher verteidigt. *Es begann im Sandkasten und würde nie aufhören*, dachte sie, während sie versonnen ihr Baby betrachtete. Ihr Bruder konnte ein Fels in der Brandung sein, wenn sie neben Helene einen Verbündeten brauchte. Anders als mit ihr teilte sie mit ihm auch düstere Momente und konnte sicher sein, dass es ihn nicht allzu arg belastete. Helene hatte sie schon in Kinderjahren keine schaurigen Märchen vorlesen dürfen. Denn sie war schnell erschrocken, des Nachts in Albträume verfallen und die Mutter hatte sie, die Ältere, gescholten.

Jetzt, so viele Jahre später, vertraute sie Helene zwar, überlegte jedoch nach ihrem Zusammenbruch auf der Brücke an Neujahr, welche Gedanken sie mit ihr teilte.

Vielleicht sollte ich aufhören, sie in Watte zu packen, gab sie ihren Gedanken nun eine andere Richtung. Immerhin ist es Helene zu verdanken, dass im Stadthaus und auf dem Gut alles seinen gewohnten Gang ging. Sie allein war seit Mutters Schlag für die reibungslosen Abläufe in ihrem Haus zuständig. Zwei Kranke mussten mitversorgt werden und anerkennend stellte Johanna fest, dass ihr Schwesterlein, das alles mit Leichtigkeit bewältigte.

Selbst Mutter, die wochenlang kaum Kraft für die Vorgänge im Haus hatte, bewunderte ihre kleine Schwester für die Umsicht, mit der sie alles regelte. Das musste sie Helene lassen, Doro zu beeindrucken, war eigentlich fast unmöglich. Kein Aspekt ihres Lebens hatte gelitten, seit Mutter und sie bettlägerig waren. Die Einkäufe und Menüs plante sie mit Josefa, die Putzpläne und Wäsche mit Minerva Leonhard, den Terminkalender mit Hans Hofstetter. Wie von Geisterhand fehlte es nie und nirgends an Vaters Zeitungen, den Zigarillospitzen und das Konfekt in Mutters Bonbonniere war stets nachgefüllt. Sogar die Arzttermine koordinierte sie und mit sicherer Hand hatte sie ihre Babyausstattung vervollständigt sowie das Haus für die Adventszeit geschmückt. Helene war über sich hinausgewachsen, hatte, ohne zu fragen übernommen und sich sichtlich wohl dabei gefühlt.

Thomas schmatzte im Schlaf und Johanna konnte nicht anders als einen leichten Seufzer der absoluten Zufriedenheit auszustoßen. Welch großes Glück war ihnen doch widerfahren. Schwanger zu werden, das Kind auszutragen, das hatte sie fast nicht mehr gehofft und nun war es Wirklichkeit.

Sie hangelte umständlich nach ihrem Morgenrock, immer darauf bedacht, das Baby nicht zu wecken, und stand unter einiger Anstrengung auf. Als sie aus dem

Bad zurückkam, musste sie beim Anblick des Stuben-
wagens aus Weidengeflecht sofort wieder lächeln.

Er war mit Spitze aus dem Hause Hohenlinden ausge-
kleidet und sogar das Duvet war damit eingeschlagen.
Schon für Esther hatte ihr Vater damals diese Kostbar-
keit anfertigen lassen und nun schlummerte Thomas
darin. Ein Himmel aus zartesten Tüllspitzen war darüber gespannt und schützte das Kind vor kühlen Luft-
zügen. Johanna schob den Wagen an ihr Bett, legte sich
wieder hin und schlief augenblicklich ein. Es konnten
nur Minuten vergangen sein, als sie jemandes Berührung spürte.

»Wo kommst du auf einmal her, ich habe dich nicht
gehört«, hörte sie sich sagen und rieb sich die trockenen
Augen. Emma lächelte sie freudig an, machte sogleich
auf dem Absatz kehrt und rief auf dem Flur nach
Helene und August.

»Was soll das? Kann ich etwas zu trinken haben, ich
bin furchtbar durstig«, sagte sie unter Anstrengung
und fuhr sich mit der Zunge über ihre spröden Lippen.
Zu mehr war sie nicht in der Lage. Auf einmal war jede
Bewegung nur unter immensem Kraftaufwand möglich. Sie versuchte, ihre Gedanken zu sammeln, und
hielt Emmas Hand fest, als die Türe aufschwang und
Doktor Merk in ihr Zimmer trat. Gefolgt von Helene
und August, sowie dem Vater, der sich ebenso über die
Schwelle drängelte. Sie wollte schon fragen, was hier
los ist, als Doktor Julius Merk die aufgeregte Familie
aus dem Raum komplementierte.

»Bitte sorgen Sie sich nicht, es wird alles gut. Lassen
Sie Johanna etwas Zeit, zu sich zu kommen. Und je-

mand muss nach Ihrer Frau sehen, Herr zu Hohenlinden«, wandte er sich an Johannas Vater, der betreten und sichtlich verängstigt sofort auf der Treppe in den unteren Flur verschwand.

Jetzt war Johanna beunruhigt und sah an der Wanduhr, dass sie doch mehr als nur ein paar Minuten geschlafen haben musste. Fragend sah sie den Arzt an.

»Du weißt gar nicht, wie ich mich freue, dich so lebendig zu sehen.« Sie verstand beim besten Willen nicht, was er damit sagen wollte, doch sie suchte ewig nach den richtigen Worten. Ihr Geist schien auf Sparflamme zu arbeiten, ihre Gedanken überschlugen sich, machten aber keinen Sinn.

Julius Merk kramte in seinem Köfferchen, er holte das Hörrohr heraus, bat sie, sich aufzusetzen und lauschte angestrengt an ihrem Brustkorb und Rücken. Dann klopfte er darauf, betrachtete ihre Augen und tastete ihren Puls. Johanna begriff noch immer nicht, was los war und langsam wurde ihr mulmig.

»Was ist mit meiner Mutter, Julius?« Der hochgewachsene Mann, mit dem Johanna seit einigen Jahren ein fast freundschaftliches Verhältnis verband, setzte sich auf den kleinen Sessel neben ihrem Bett und sah sie prüfend an.

»Es hilft wohl nichts, dir etwas vorzumachen, Johanna, obwohl ich glaube, du solltest dich auf dich selbst konzentrieren ... aber was soll's. Dorothea hatte einen Herzinfarkt. Diesmal war es de facto ihr Herz, kein Schlag. Als man ihr von deiner fragilen Konstitution erzählte, regte sie sich so dermaßen auf, dass sie hyperventilierte, und dann ging alles außerordentlich schnell. Seither ist ihr linker Arm fast gelähmt und ich weiß nicht, ob sie sich erholen wird.«

Bestürzt versuchte Johanna ihre Gedanken zu sortieren. Sie ahnte, dass so etwas hatte geschehen können. Merk hatte sie alle gewarnt. Aber halt: »Was ist mit mir passiert?« Sie verschwieg ihre Verwirrung nicht und setzte sich unter Anstrengung gerader in den Kissen auf.

»Du bist in der Nacht der Geburt in ein hohes Fieber gefallen. Als man dich wecken wollte und dir deinen übrigens entzückenden Sohn zum Anlegen brachte, hast du nicht reagiert. Du blutetest stark. Deine ...« Er zögerte einen Moment, doch Johanna bedeutete ihm weiterzusprechen. »Deine Brust war entzündet. Die Hebamme erwähnte ein Stück Mutterkuchen, das erst in der Nacht vom Körper ausgeschieden wurde. Du bist nur knapp an einer Sepsis vorbeigeschrammt. Sicher sind auch noch andere Keime die Ursache für das hohe Fieber. Dein Körper hat sich gegen etwas gewehrt, meine Verehrteste. Ich kann sagen, dass es einem Wunder gleicht, dich jetzt so zu sehen.« Noch einmal fühlte er ihre Stirn und lächelte. »Du bist fast fieberfrei, Johanna. In deinen lichten Momenten haben dir Helene und Emma unablässig Holunderblütentee und Brühe eingeflößt. Sie rieben dir Schafgarbenessenz auf die Brust. Eure Köchin holte gar die Geheimrezepte ihrer Großmutter hervor und es wurden Kräuter gehackt und gemischt. Sie hat dir ihr *Einemmich* höchstselbst heraufgebracht«, erklärte er lächelnd.

»Ihr Einemmich hast du gesagt? Das klingt wirklich nach Josefa.«

»Nun, ich bin mir nicht sicher, ob man nicht auch die Strahlkraft des gestrigen Vollmondes um Hilfe bat«, erklärte er grinsend, als er sah, wie Johanna an ihrem Hals Helenes Bernstein hervorzog.

»Sie hat sich nicht davon abbringen lassen, dir den Stein zu deinem Schutz umzubinden. Heute Morgen musste er gar in Sonnenlicht baden.« Vielsagend kniff er seine Lippen aufeinander, als er angestrengt die Lider schloss. Johanna sah ihm das Unbehagen an, freute sich aber über diesen Liebesbeweis ihrer Schwester. Egal wie irrwitzig es der Arzt fand, sie liebte es.

»Sicher wird man dir in den kommenden Tagen mehr von all den Wunderkräutern ins Essen mischen, aber es kann nicht schaden. Schön wäre es, wenn wir so auch deiner Mutter helfen könnten ...«

Sie sah, wie sich Julius Merk im Sessel zurücklehnte und sich besorgt die Stirn rieb. Sie wartete, was er noch zu sagen hatte. Aber er schwieg.

»Kindbettfieber also.« Das musste sie erst einmal auf sich wirken lassen.

»Ja, leider. Heutzutage ist die Sterblichkeit zwar gesunken, aber noch immer muss man vorsichtig sein. Hygiene ist das A und O.« Merk war in seinem Element und so sehr, wie sie es sonst liebte, seinen wissenschaftlichen Ausführungen zu lauschen, so sehr wollte sie heute davon nichts wissen.

»Ich möchte jetzt zu meinem Baby, Julius. Ist das möglich?« Er schüttelte bedauernd den Kopf und erklärte ihr die Gefahr, die von ihr ausging. Für die Erwachsenen sah er kein Risiko, doch für ein zugegebenermaßen zierliches Neugeborenes wäre die Ansteckungsgefahr zu riskant.

»Außerdem kann deine Milch mit Keimen behaftet sein und du wirst zum Stillen zu kraftlos sein. Du musst reichhaltig essen, dich erholen, viel trinken und dann schauen wir in ein paar Tagen, ob der Milchfluss zurückkommt.« Er erläuterte ihr, dass Helene sich schon nach einer Amme umgesehen hatte, und sie war vorerst beruhigt. Nur eines wollte ihr nicht aus dem Kopf. »Kann ich Mutter besuchen? Meinst du, das wäre eine zu große Aufregung für sie?«

»Nein, im Gegenteil. Ein enger Kontakt wird ihr sogar bei der Genesung helfen, Johanna. Sobald du kräftig genug bist, die Treppen zu steigen, solltest du so viel Zeit wie möglich mit deiner Mutter verbringen. Wie auch jeder andere in der Familie. Ich glaube, eure Frau Mama braucht etwas Zuspruch, irgendetwas, dass sie aus ihrem Bett holt ... sonst sehe ich schwarz.«

Seine Ausführungen erschreckten Johanna und der Gedanke an eine bettlägerige Mutter raubte ihr kurz den Atem. Immerhin war die stolze Matriarchin ihr Lebtag lang Kopf und Seele dieses Hauses gewesen. Immer adrett gekleidet und keinen Tag ihrer 51 Jahre nachlässig oder über Wehwehchen klagend. Und nun?

»Auf ständige Hilfe angewiesen zu sein, wird ihr das Herz brechen. Sie weigert sich, aufzustehen, obwohl nur der linke Arm taub ist«, erzählte ihr Helene später und teilte jedes bekannte Detail des erneuten Zusammenbruches der Mutter mit ihr.

»Ich hatte Angst, Johanna, sie wand sich und rutschte vom Sofa auf den Teppich. Sie hielt sich den Bauch, als ob ein Krampf sie quälte, und dann wieder fasste sie sich an den Kopf. Schlussendlich hat sie sich mehrfach übergeben, bevor Julius hier eintraf.« Helenes Schilderungen waren dramatisch.

»Und was war dann?«, fragte Johanna sichtlich erschüttert.

»Sie konnte sich nicht auf den Beinen halten, ständig rutschte sie weg, die Knie gaben ihr nach. Oder sie driftete nach links. Es schien, als konnte sie keine Balance halten. Julius erklärte mir später, dass das Gleichgewichtsorgan oft betroffen ist, wenn jemand einen Schlaganfall oder Herzinfarkt erleidet.«

Nach diesen verstörenden Begebenheiten war es allen ein Rätsel, wie schnell sich die Mutter dann doch erholt hatte. Schon zwei Tage später waren ihr die Worte wieder flüssig über die Lippen gekommen, schienen die anfänglichen Wortfindungsstörungen verflogen zu sein. Nur ihre Mobilität machte allen große Sorgen.

»Erst schien alles in Ordnung. Doch als Merk ihr aus dem Bett helfen wollte und ihren linken Arm dabei stützte, merkte er, dass dieser kraftlos am Oberkörper hing. Mutter weigerte sich, darauf einzugehen, hatte es mit keinem Wort erwähnt. Du kennst sie ja. Seitdem isst und trinkt sie ausschließlich mit ihrer rechten Hand«, erläuterte Helene den Fortgang der Krankengeschichte ausgiebig.

Johanna begriff, wie froh die Schwester sein musste, endlich mit jemandem offen über alles sprechen zu können.

»In den letzten Tagen habe ich mich manchmal verzweifelt im Keller in die Vorratskammer geschlichen und dort an die kühle Wand gelehnt. Ich musste meine

Gefühle in den Griff bekommen. Die Aussicht, euch beide zu verlieren, war grausam.«

Die Schwestern sahen sich verstehend an, hielten sich bei den Händen und grübelten dann gemeinsam, wie man der Mutter helfen könne. Verzweifelt suchten sie nach Beispielen im Bekanntenkreis, die Ähnliches erlebt hatten und hilfreich sein könnten. Aber Fehlanzeige, es wollte ihnen niemand einfallen. Sprach keiner über so etwas?

»Wie geht es Esther und unserem kleinen Thomas?«, lenkte Johanna das Gespräch in seichtere Fahrwasser und war hocherfreut, zu hören, dass sich selbst August in den letzten Tagen um die Kinder bemüht hatte. Er sorgte nach der Arbeit im Kontor dafür, dass vor allem Esther genügend Ablenkung hatte, um nicht ständig nach der Mutter oder der Großmutter zu fragen. Laut Helene hatte er ein Puppenhaus aufgebaut, das sie als Weihnachtsgeschenk besorgt hatten. Für dessen Einrichtung war er selbst losgelaufen und hatte die fehlenden Möbel für das Wohnzimmer gekauft. Nun fiel Esther jeden Abend über ihn her und sofort, nachdem er sich umgezogen hatte, saß August wohl auf dem Boden und übernahm die männliche Puppe.

»Er spielt den Vater, sie die Mutter? Aber nicht doch, das kaufe ich dir nicht ab.« Johanna war genauso überrascht wie Helene und sehnte sich danach, den beiden beim Spielen zuzusehen.

Bei ihrem freudig ausgerufenen Zweifel über Augusts neues Engagement klopfte es hastig und jemand schob die Tür auf. Esthers Schopf war zu sehen und schon riss sie sich von der Hand der Kinderfrau.

»Du musst sie mitnehmen, Helene, sie darf nicht hier bei mir sein«, rief Johanna panisch und setzte ein gezwungenes Lächeln auf. Ganz entgegen ihrer Vermutung, lief Esther aber auf Helene zu, winkte Johanna lediglich zu und forderte ihre Lesestunde von der Tante.

»Das Märchen von den Streuhölzern, das hast du mir für heute versprochen, Lene«, hörten sie Esther sagen, die ohne Zögern mit ein paar schnellen Schritten ins Zimmer gekommen und auf Helenes Schoß geklettert war. Die stand auf, hielt das Kind sanft an ihren Oberkörper gepresst, gab ihr einen Kuss auf den Scheitel und brachte sie zurück zur Kinderfrau.

»Mama ist zu schwach, um mit dir zu spielen, kleine Maus und das Märchen von dem Mädchen mit den Schwefelhölzern lese ich dir heute Abend vor, versprochen.« Sie sah in zweifelnde Kinderaugen und gab der Kleinen noch einen Kuss auf die Stirn, bevor sie die Kinderfrau bat, den Raum zu verlassen.

»Ihr seid euch nähergekommen, seit du im Haus das Regiment übernommen hast«, entfuhr es Johanna und noch im gleichen Moment schalt sie sich. *Wie dumm das doch ist, Helene kann ja nichts dafür, dass ich keine Zeit für die Kleine habe, und Märchen kann Lenchen allemal besser vorlesen als ich*, dachte sie schon weit weniger ärgerlich. Helene wand sich einen Moment, streckte dann aber sichtbar die Brust raus, stellte sich an Johannas Bettpfosten und schien wenig beeindruckt von ihrer Entgleisung.

»Soll ich sie abweisen? Sie spürt, wem sie sich anvertrauen kann. August spielt abends mit ihr, aber wenn sie Sorgen hat, kommt sie zu mir, verkriecht sich in meinen Schrank. Das macht sie, seit sie laufen kann, und ich werde einen Teufel tun, ihr nicht die Wärme zu geben, die sie gerade vermisst.« Johanna war geschockt, denn dass sich Esther noch immer im Schrank versteckte, wusste sie nicht. Sie hatte geglaubt, das war eine kurze Phase gewesen, als sie Versteckerle für sich entdeckt hatte. Helene sah, wie ihre Schwester mit sich rang und ihre Gedanken sammeln musste. Sie lenkte ein. »Entschuldige Johanna, ich wollte dir keinen Vorwurf machen, aber die letzten Wochen waren für Esther nicht einfach. Erst die Oma kaputt –«

»Sie hat kaputt gesagt? O Gott, was muss sie nach Mutters Schlaganfall gerätselt haben.« Siedend heiß fiel ihr ein, wie entsetzt sie selbst beim ersten Mal gewesen war, als sie ihre Mutter nach dem Schlaganfall gesehen hatte. Und nun noch der leblose Arm. Warum hatte sie nicht daran gedacht, die Kleine behutsam an das Problem heranzuführen? *Ich war zu sehr mit meiner Schwangerschaft beschäftigt, alles habe ich der damals untergeordnet, Esther fast nur Rosalia und Helene überlassen.* Nun kamen Zweifel in ihr hoch, ob sie beiden Kindern je wirklich gerecht würde.

»Genau, sie war auffallend verstört und der Arm hängt noch immer. Ich konnte ihr nicht erklären, dass wir das reparieren wie das ausgefallene Auge bei ihrem Teddy. Sie hat tausend Fragen und kommt damit eben auch zu mir. Ich kann und will sie nicht wegschicken. Verstehst du mich?« Helene lief mittlerweile vor Johannas Bett auf und ab, hatte einen kleinen Rosenquarz aus ihrer Rocktasche genommen und rieb ihn gedankenverloren zwischen ihren Fingern. Die Szene sah lächerlich aus, doch Johanna wusste, es beruhigte ihre Schwester. Sie konnte sehen, wie sehr sie sich bemühte, stark und klar zu wirken, wie sie verhindern wollte, auch nur im Geringsten als unsicher dazustehen. *Sie hat sich gemausert und unserer Kleinen einen großen Dienst erwiesen*, dachte Johanna und wünschte sich, ihre Tochter würde ihr Leben lang Antworten, Liebe und Fürsorge in Helenes Schrank finden.

Kapitel 6,
Advent 1881, Plauen

Gustav

Der Tag kann nicht besser beginnen, schoss es Gustav durch den Kopf, als er die Tür öffnete und die junge Frau aus dem Waisenstift erblickte. Seit seinem ersten Besuch dort war kein Tag vergangen, an dem er nicht an diese gottgleiche Seele dachte. Heute holt ausgerechnet Tabea Schuster das jährliche Stiftungsgeld bei ihnen zu Hause ab. Sein Herz tanzte Polka, seine Augen flogen über ihre ebenmäßigen Züge und suchten in den ihren die Zuneigung, die er für sie empfand.

Doch sie spähte verschämt an ihm vorbei in den Hausflur. Als sie niemanden gewahr wurde, leuchtete ihr ganzes Gesicht und sie schenkte ihm das verführerischste Lächeln, das er je gesehen hatte.

Was für eine hinreißende Frau und bald schon, ja bald ..., dachte er versonnen und bat sie umständlich haspelnd in den Flur. »Komm herein, es ist kalt geworden.« Wie einfältig das in ihren Ohren klingen musste. Er würde so gern einfach seine Hand auf ihre Wange legen und sie nie wieder fortlassen. Doch er trat beiseite und benahm sich steif wie ein Stock.

Tabea folgte ihm wortlos zu dem kleinen Tisch unter einem Gemälde von Rudolf Schuster, dessen Sujet den eisigen Tag perfekt spiegelte. Kantige Berggipfel erhoben sich über einem Eisfeld und aus dem darüber gespannten Winterhimmel fielen winzige Sonnenflecken auf die Kulisse. Sein Vater liebte dieses Gemälde, das seiner Meinung nach so viel über den Einfluss von Schusters Lehrer Ludwig Richter preisgab.

»Mein Vater verehrt Herrn Richter, musst du wissen. Ich behaupte sogar, er würde die Ausgabe der *Volksmärchen der Deutschen* von ihm, die hinter Glas in seiner Bibliothek steht, nicht einmal seinen geliebten Enkelkindern in die Hände geben. Ganz zu schweigen mir. Mein Großvater hat das Buch vor langer Zeit erstanden und wir durften als Kinder nur die wundersamen Illustrationen von Richter darin bestaunen.« Er war ins Schwärmen gekommen und Tabea hörte ihm wortlos zu, trat aber von einem Fuß auf den anderen.

»Sicher gibt es neuere Bücher dieser Art. Mit einem Hans-Christian-Andersen-Märchenbuch, das vom Vogtländer Hermann Vogel illustriert ist, kann man jedem Kind auch eine große Freude machen. Es ist dieses Jahr erschienen, kennst du seine Märchenillustrationen?« Gustav sah, wie Tabea kurz die Luft anhielt und schüchtern den Kopf schüttelt.

»Ich müsste jetzt wirklich.« Mein Gott, er hatte sich verplappert. Immer wenn er mit ihr zusammen war, schwadronierte er ausgelassen. Und dann suchte er sich auch noch Märchenbücher aus, um sie zu beeindrucken. Erbost über seine Unbeholfenheit ergriff er sofort den Umschlag, den die Mutter parat gelegt hatte.

Sie nahm ihn entgegen und ihre Fingerspitzen berührten sich, keineswegs scheu oder zufällig. Ihr darauffolgender Knicks kam ihm so hölzern wie unnötig vor, doch er wusste nicht, was er hätte dagegen tun können. Nun vernahmen sie Schritte. Als sie Hofstetter gewahr wurde, schickte sich Tabea an, schnell den Flur zu verlassen, und war augenblicklich aus der Tür.

»Richten Sie Ihrer Frau Mama unsere besten Genesungswünsche aus, ich hoffe, sie bald wieder bei uns zu sehen. Und danke, dass Sie sich um das Einsammeln der Gelder gekümmert haben«, hörte er noch und dann war sie schon weg. Gustav schimpfte sich, nannte sich insgeheim einen Trottel und streckte den Rücken durch, als Hofstetter auf ihn zutrat. »Kann ich etwas für Sie tun, Herr Gustav? Ich war im Souterrain beschäftigt, muss die Glocke überhört haben.« Verlegen drehte der Majordomus des Hauses eine Pfeife in den Händen, die er für den Vater gereinigt hatte. Doch Gustav sah noch immer durch das schmale Fenster neben der Tür. Tabea verschwand auf der gegenüberliegenden Straßenseite im Park, als er sich endlich zu Hofstetter umdrehte.

»Ihre Mutter ist sicher erleichtert, dass Sie sich so fürsorglich um die Sammlung für die Osten'sche Stiftung gekümmert haben«, merkte der Butler an.

Jeder in der Stadt kannte die Geschichte des Waisenhauses, das bei Gründung im Jahre 1767 im Gebäude des Elisabeth Hospitals an der Elsterbrücke untergebracht gewesen war. In diesem Jahrhundert war man in ein größeres Haus mit Garten mitten in der Stadt umgezogen. Möglich war dies durch eine großzügige

Schenkung geworden. Die Gönnerin war die Witwe Johanna Frederike Haas, die aus einer der bedeutendsten Manufaktur- und Fabrikantenfamilien Plauens stammte und nach zwei Ehen als vermögende Frau verschieden war.

»Seit Frau Haas 1835 dem Waisenhaus diese enormen 5000 Taler vermachte, engagierte sich mein Großvater Erwin auch für die Stiftung. Er fand, man dürfe den Facilides in ihrer Großzügigkeit nicht nachstehen.«

Hofstetter runzelte die Stirn und Gustav ahnte, worauf der hinauswollte.

»Ich weiß, was Sie denken. Mein Großpapa huldigte der Herkunft der Witwe Haas. Obwohl sie mit dem Reusaer Rittergutsbesitzer und später mit einem respektablen Zollinspektor verheiratet war, zählte für ihn einzig ihre Abstammung nach Geburt.«

»Sie stammte aus der berühmten Societät Facilides. Einflussreiche Baumwollhändler und ein Stadtvoigt, der in deren ersten Geschäftsjahren für eine Abgabenbefreiung sorgte. Was für eine Kombination an Innovation, Geist, Vermögen und Verbindungen«, schob Gustav hinterher.

»Er war ein Opportunist, Ihr Herr Großvater, wenn ich das so sagen darf«, warf Hans Hofstetter ein und man sah ihm an, dass er die Bemerkung sogleich bereute. Auch Gustav fand es etwas despektierlich, gab dem Älteren aber insgeheim recht.

»Die Kattunhändler um den Stadtvoigt Facilides haben mit ihrer Societät im 18.Jahrhundert fürwahr Geschichte geschrieben. Mein Großvater verehrte diese Männer und wäre zu gern mit ihnen in einem Atemzug genannt worden.«

Wie schon ihre Ahnen, kümmerte sich seine Mutter seit Jahren, sammelte Gelder und Kleidung, verteilte Weihnachten Geschenke an die Kinder in der Gartenstraße 1, dass das Waisenhaus nun beherbergte.

»Johanna kann man das nicht zumuten, wie Sie wissen, ist sie von der Geburt geschwächt«, murmelte er an den älteren Hausangestellten gewandt und fragte sich zum wiederholten Male, warum derartige Aufgaben nicht an seine jüngere Schwester gegeben wurden. Tatsächlich aber war es ihm einerlei, hatte ihn die Bitte seiner Mama doch zu Tabea geführt.

»Die Osten'sche Stiftung tut so viel Barmherziges für diese armen Seelen und wir das Unsrige, um den Waisenvater zu unterstützen. Das sind wir den Knaben und Mädchen als gute Christen schuldig«, hatte Dorothea ihm nach ihrem ersten Schlag im Herbst erklärt und hinzugefügt: »Ich kann selbst nicht hinübergehen, mein Junge, aber du wärst eine würdige Vertretung.« Dorothea hatte ihm geschmeichelt und er konnte der Mutter nichts abschlagen. Alle Familienmitglieder mühten sich damals redlich, ihr nach ihrem Zusammenbruch, jeden Wunsch von den Augen abzulesen. Doch in diesem Fall hatte er sich selbst den größten Gefallen getan. Die junge Frau war ihm schon kurz nach seiner Ankunft in Plauen aufgefallen, als er das Haus des Waisenstiftes das erste Mal mit Dorothea besuchte.

Tabea hatte wie eine Göttin vor ihm gestanden, erinnerte er sich, denn sie war als solche gewandet gewesen. Die Gönner der Stiftung waren damals geladen, um sich ein Singspiel anzuhören, das beim alljährlichen Sommerfest als Dank der Kinder aufgeführt wurde. Und die schöne Tabea war als Göttin verkleidet gewesen. Das Kostüm hatte ihre elegante Erscheinung auf subtil erotische Art unterstrichen. Aber es war der Gedanke an ihre geheimnisvollen Augen gewesen, der ihn auf seine Reise nach England begleitet hatte. Zu ihnen wollte er zurückkommen.

Seit dem Singspiel war kaum ein freier Tag vergangen, den sie nicht zusammen verbracht hatten. Er freute sich heute schon auf den Mittwoch vor dem dritten Advent, für den sie sich zum Besuch des Weihnachtsmarktes verabredet hatten.

Sicher ist sie sich ihrer Ausstrahlung nicht einmal bewusst, dachte er, als er mit einem Brief und einem kleinen Päckchen in der Hand durch das Foyer auf das Wohnzimmer zusteuerte. Er öffnete die Tür, ohne anzuklopfen, und trat ein.

Seine Mutter hatte geweint, das konnte er sofort sehen und er eilte zu ihr, vermied jedwede Anstandsfloskel und gab auch nicht vor, ihre Tränen nicht zu bemerken. Er lief zu ihr, öffnete den Knopf an seiner Weste, ging vor ihrem Sessel auf die Knie und ergriff ihre schmalen Finger. Zärtlich presste er sein Gesicht dagegen. Langsam beruhigte sie sich. Er fühlte es, ohne dass er sie ansah. Der Druck ihrer Hand nahm ab und sie begann sein Haar zu streicheln.

Die Innigkeit zwischen ihnen ließ seine Gedanken an Tabea wieder aufflammen. Deren Schönheit und der imaginäre Glanz, der sie umfing, ließ ihn nicht los und ihr Blick vorhin hatte ihn vollends verwirrt. Sie schien verblüfft gewesen, dass nicht der Hausdiener öffnete, hatte offensichtlich geglaubt, ihre Botschaft bei einem

Angestellten abgeben zu können. Und als er sie herein-bat, wie es sich gehörte, war Unglauben über ihr makel-loses Gesicht gehuscht. Unsicher darüber, wie sie rea-gieren sollte, hatte sie versteinert dagestanden und kein Wort herausgebracht. Sein Redeschwall hatte das Ganze nicht besser gemacht. Dann war Hofstetter auf-getaucht und der Zauber war verflogen.

»Woran denkst du, mein Junge? Und wer war an der Tür?«, zerstörte seine Mutter den Moment perfekter Harmonie zwischen ihnen und er löste sich sacht von ihr.

»Die hübscheste Kinderkrankenpflegerin der Stadt hat einen Brief für dich und dieses kleine Päckchen ab-gegeben. Sie bat mich, dir auszurichten, man gedenke deiner und bete mit den Kindern für baldige Gene-sung.«

So oder ähnlich muss ihre Botschaft gewesen sein, erin-nerte er sich, gestand sich aber auch ein, dass das Meiste von dem, was sie gesagt hatte, an ihm vorbeige-rauscht war. Er hatte sich in einem Taumel befunden, war in einen Strudel warmen Lichts eingetaucht, als sie so unerwartet vor ihm gestanden hatte.

Hin- und hergerissen zwischen dem, was er fühlte, und dem, was der Anstand gebot, hatte er mit einer Ent-scheidung gerungen. *Soll ich sie jetzt sofort der Mutter als meine Verlobte vorstellen, oder warten? Einen offiziellen Moment abpassen?* Doch dann war sie so schnell gegan-gen, wie sie gekommen war und er schalt sich seiner Unentschlossenheit. Was hielt ihn nur davon ab, sei-nen liebsten Menschen endlich von diesem großen Glück zu erzählen?

»Gustav, wo bist du mit deinen Gedanken, gib schon das Päckchen her.« Seine Mutter wedelte ungeduldig mit ihrer gesunden Hand und forderte ihn auf, neben ihr Platz zu nehmen.

»Entschuldige Mama, es gehört sich nicht, aber ich bin hingerissen von einem gar übermenschlich schönen Wesen«, schmachtete er und grinste Dorothea belustigt an. Die musste lachen, wurde aber von ihrem Mann gestört, der den Kopf durch den Türspalt hereinsteckte.

»Kann ich dir Gesellschaft leisten, meine Liebe?«, fragte er, sah Gustav auf dem Kanapee und winkte ab.

»Wie ich sehe, wirst du bestens unterhalten, dann ziehe ich mich kurz zurück, um die heutige Post durchzusehen. Danach geselle ich mich zu euch.« Ohne eine Antwort abzuwarten, war sein Vater wieder verschwunden und Gustav nahm es zum Anlass, die Mutter etwas zu fragen.

»Wie steht es um dich, Mama? Du hast geweint … Hast du dich arrangiert? Machst du Fortschritte? Was kann ich tun, damit es dir besser geht?« Sehr viel unspezifischer konnte er nicht fragen, dennoch war es ihm gelungen, das Wort Schlag oder Herzinfarkt zu vermeiden, und darauf war er ein bisschen stolz. Doch sie ließ sich nicht von ihm einwickeln.

»Du Schlingel! Du bist zwar ein gestandener junger Mann, mit Abschluss und beruflichem Erfolg, versuchst dennoch deine arme Mutter mit den gleichen Spielchen zu locken wie vor zwanzig Jahren.« Dorothea lächelte verschmitzt und schlug Gustav mit einem Kopfschütteln spielerisch aufs Knie. »Von welcher

Krankenschwester reden wir?«, änderte sie abrupt das Thema.

Er war verdutzt. »Tabea Schuster, Mama. Ich bin ihr verfallen.« Selbst erschrocken über die Heftigkeit seiner Emotion, riss er kurz die Augen auf, versuchte etwas hinterherzuschieben, die Aussage abzumildern. Doch er kam nicht dazu. Seine Mutter konnte nicht an sich halten und lachte schallend. *Allein dafür hat es sich gelohnt, aufrichtig zu sein,* dachte Gustav erfreut und ging hinüber zur kleinen Anrichte, um sich einen Cherry einzugießen.

»Ich scheine dich zu belustigen. Das freut mich, Mama. Aber im Ernst, sie geht mir nicht mehr aus dem Kopf, seit ich sie im Sommer gesehen habe. Ich kann nicht schlafen und morgens ist sie mein erster Gedanke. Es ist ungewöhnlich. Bisher hat mich kaum eine Frau aus der Reserve locken können. Sie sind alle so einfältig und langweilig und, ach Mama. Das verstehst du nicht ...«

»Begreifst du es denn, mein Junge? Ich bin nicht für Sentimentalitäten, wenn es um die Ehe geht, um die Verbindung zwischen einem Mann und einer Frau. In unseren Kreisen ist es oft ein Geschäft, eine Abmachung, eine gewisse Übereinkunft zweier Menschen, die ... nun ja ... sich hoffentlich wenigstens freundlich gesinnt sind und die gleichen Werte vertreten, ein gemeinsames Ziel verfolgen. Manchmal wird im Laufe des Kennenlernens mehr daraus. So wie bei mir und deinem Vater. Und mancher hat das Glück, von Anfang an eine innige Bindung zu spüren. Es würde mich von Herzen freuen, wenn dem bei dir so wäre.«

Erstaunt ob der Offenheit und Empathie seiner Mutter, die in solchen Angelegenheiten sonst eher zuhaltend reagierte, sah er zu ihr hinüber und wähnte einen guten Moment für ein freimütiges Wort.

Doch sie kam ihm zuvor. »Aber Gustav ... Tabea Schuster ist nicht die richtige Frau für dich.«

Alle Zugewandtheit war aus ihrer Stimme gewichen. *Ja, dem ganzen Raum scheint mit einem Mal der Sauerstoff entzogen*, dachte er und schnappte kurz nach Luft. Mit leicht geöffnetem Mund stand er zweifelnd vor ihr. Sein Herz raste. Knirschend mahlten seine Backenzähne aufeinander. Sekunden zuvor hatte der ihr sonst eigene spöttische Umgangston vollends gefehlt. Sie verzichtete seit geraumer Zeit darauf. Doch nun schien seine Mutter kalt und berechnend.

Tabea Schuster war ein Rohdiamant. Ungeschliffen, wunderschön, charmant und gebildet. Von dieser gewissen Intelligenz, die man nicht durch den Besuch einer höheren Töchterschule kaufen konnte. Die junge Frau, die nach dem Tod ihrer Mutter bei der Großmutter aufwuchs, erlebte als Kind den schmerzhaften Verlust ihrer letzten Bezugsperson. Die Ahne, Halt und Wärme gebend, verstarb 1866 an der Cholera und einzig der Bruder stand ihr seither nahe.

Sie war als Kind in sich gekehrt, doch mit wachen Augen und mit einer seltenen Gabe ausgestattet in das Waisenstift gekommen und schnell unverzichtbarer Bestandteil der Gemeinschaft geworden. Die Schwestern, Waisenvater Martin und die anderen Kinder liebten sie. Sie litt mit allen mit, redete mit den Verstummten, wiegte die Ängstlichen in den Schlaf und schützte die Kleinen.

Doch sie war nicht nur mütterlich und einfühlsam. Sondern auch rebellisch und fordernd, wenn es um die Rechte der Kinder ging. Sie organisierte Zirkel, brachte den Mädchen Lesen und Schreiben bei. Sie las ihnen vor, lehrte sie als Jugendliche alles, was ihr die Großmutter oder die Schwestern des Waisenhauses in Hauswirtschaftsfragen beigebracht hatten. Von dem Tag an, als sie ihre Oma zu Grabe trug, wusste sie, tief in ihrem Inneren, dass nur sie selbst für sich sorgen könne. *Du bist deines Glückes Schmied*, dröhnte seither die Warnung ihrer Oma in ihrem Kopf.

Durch Vermittlung des Waisenstiftes und mithilfe des Stipendiums eines Gönners der Stadt, stellte sie sich in den Dienst des Albertvereins und genoss eine der ersten nicht konfessionell gebundenen Krankenpflegeausbildungen in Sachsen. Sie lernte in der Loschwitzer Heilstätte alles, was eine junge Frau für den Dienst am Kranken brauchte, und war danach wie selbstverständlich zurück in die Stadt an der Elster gekommen, die sie ihr Zuhause nannte.

»Hörst du, was ich dir sage, mein Junge?«, insistierte Dorothea zum wiederholten Male. Gustav war nicht in der Lage, auf ihre Ungeheuerlichkeit zu antworten. Zu sehr hatte ihn ihre Kälte geschockt und zu klar sah er Tabea in diesem Moment vor sich. Sie sah ihn aus ihren hellbraun gesprenkelten Augen an und schien ihn anzuflehen.

»Ich höre dich Mutter und doch höre ich nichts. Wie kannst du über sie urteilen, ohne sie zu kennen? Ich bin konsterniert.«

»Was redest du da, Gustav. Natürlich ist mir Fräulein Schuster bekannt. Schließlich haben wir alle dafür gesorgt, dass sie eine der vortrefflichsten Ausbildungen bekommt, die eine Frau ihres Standes sich nur wünschen kann. Sie hatte niemanden außer uns. Kein Vater, Großeltern oder sonstige erwachsene Bezugsperson. Mal von dem Bruder abgesehen, der in den sozialdemokratischen Kreisen der Stadt zu Hause ist und ja schwerlich als Vorbild gelten mag.«

Gustav wollte sie unterbrechen, ihr von dem gescheiten jungen Mann erzählen, den er auf einer Kundgebung im *Prater* kennen und schätzen gelernt hatte. Keineswegs waren die Arbeiter, die sich derzeit um Richard Schuster und August Bebel scharten, alles aufwieglerische Zeitgenossen. Doch seine Mutter schien noch mehr Argumente gegen Tabea vorbringen zu wollen. »Mit ihrer Ausbildung und der Arbeit im Waisenstift kann sie Gutes tun, sich selbst ernähren, muss nicht als Weberin schuften oder von Almosen leben. Du weißt, was mit solch Waisenmädchen sonst passiert, wie schnell sie auf die schiefe Bahn geraten, im schlimmsten Falle an die falschen Männer. Tabea Schuster hat ein rechtschaffenes Auskommen, sie sollte zufrieden sein und nicht nach Früchten haschen, die ihr nicht zustehen.«

»Was, wenn ich es bin, der nach ihr hascht, Mama?« Bemerkenswert kalt stellte Gustav diese Retourkutsche in den Raum und Dorothea war für einen Augenblick erstaunt. Ihr Sohn, ein zwar gefühlsbetonter, aber sonst vernünftiger junger Mann, schien einer kleinen romantischen Verwirrung erlegen zu sein.

»Mach dich nicht lächerlich, du hast dir schlicht einen Flirt geleistet und dich ein wenig amüsiert, das ist wohl annehmbar. Aber gefühlsduselige Schwärmereien kannst du dir als Nachfolger einer der bekanntesten Spitzen-Manufakturen der Stadt nicht leisten. Das verstehst du doch? Gustav, du bist mein Sohn, hast unsere Schule durchlaufen. Die Werte deines Vaters und der Familie wirst du kaum verleugnen wollen, nicht wahr?«

Sie war so kalt wie immer, wenn es um Etikette und Anstand, gesellschaftliche Reputation und Anerkennung ging. Es gab keinen Platz für Gefühle oder Gedanken und Benehmen außerhalb ihrer Norm. Gustav sah sie lange an und seine Mutter widerstand seinem durchdringenden Blick.

»Wie du meinst, Mama«, murmelte er, als er eilig und ohne Erwiderung das Zimmer verließ. Kurz danach schloss Gustav die Haustür hinter sich.

Kapitel 7,
Weihnachtsabend 1881,
Plauen

Die Familie

»Der Herr segne diese Mahlzeit und jeden hier in diesem Raum und in seinem Angesicht heißen wir dich, lieber Thomas, in unserer Mitte willkommen. Auf deine erste Weihnacht!« Fast melancholisch blickte Wilhelm dem Enkelsohn in das rosige Gesicht, küsste ihn auf die Wange und gab das kleine Bündel an seine Mutter zurück.

»Ist er nicht bezaubernd? Welch ein Sonnenschein. Ich bin ganz verzückt.« Ein allgemeines Raunen folgte, Johanna legte den Jungen in einen Korb neben der Anrichte und freute sich, dass selbst ihre Mutter nichts dagegen hatte, die Kinder beim Essen am Heiligen Abend dabeizuhaben. Sie quittierte Dorotheas Hilfe mit Esthers Lätzchen mit einem Lächeln und sah erfreut in die Runde.

Sie waren vollzählig und es freute sie, alle so vergnügt zu sehen. Sogar Gustav schien den Abend zu genießen und erinnerte mit keiner Bemerkung an das Zerwürfnis im Vorfeld. Sowohl Vater als auch Mutter und natürlich August, den die ganze Sache ja eigentlich nichts anging, hatten ihm die Einladung Tabea Schusters zum Heiligabenddinner verwehrt. Seine Bitte wurde mit allgemeinem Unverständnis quittiert. Und bei den vagen Erklärungen, die er abgegeben hatte, war das kein Wunder. Es tat ihr leid für den Bruder.

Um ehrlich zu sein, verstand sie sein Zögern nicht. Noch immer hatte er den Eltern nicht gesagt, dass er längst um Tabeas Hand angehalten hatte. Wie musste ihr heute Abend zumute sein? Ausgesperrt und allein gelassen vom eigenen Verlobten. Welche Ausrede hatte er sich wohl für sie zurechtgelegt, rätselte Johanna und suchte in Gustavs Zügen nach einer Antwort.

Warum nur stand er nicht zu seiner Entscheidung und feierte den Abend mit Tabea im Waisenhaus? Ihm, dem einzigen männlichen Erben würde man eines Tages nachgeben und wenn die Eltern die junge Frau erst einmal näher kannten, wären ihre Bedenken bald zerstreut.

Dorothea sah sich in der Runde um, als sie ein ums andere Mal das Lätzchen der Enkeltochter gerade zupfte. Mit Freude erhaschte sie vertraute Blicke zwischen Helene und Robert Arnstädt, der heute am Festmahl teilnahm. Wenn ihre Vorahnung sie nicht täuschte, würde er seiner Jüngsten bald einen Antrag machen. Oh, wie begrüßenswert wäre es, das Mädchen in guten Händen zu wissen und ihr Geheimnis endlich vergessen zu können. Robert Arnstädt war es egal, dass Helene nicht unbefleckt in die Ehe kam und, ach herrje, würde sie einmal JA gesagt haben, kümmerte das wahrhaftig niemanden mehr.

Helene fing den Blick ihrer Mutter auf und fand ihn bedenklich. *Was geht nur hinter ihrer Stirn vor sich*, fragte sie sich, wurde aber schnell von Robert abgelenkt. Er war in den Wochen nach ihrer gemeinsamen Reise nicht von ihrer Seite gewichen. Jede freie Minute hatte er genutzt und war mit der Bahn aus Oelsnitz herübergekommen, um ihr beizustehen. Sie war sich sicher, dass nicht alle geschäftlichen Treffen, die er als Grund für seine Besuche anführte, auch stattfanden, und es hatte sie gerührt, ihn so liebevoll und zugewandt zu sehen. Manchen Abend hatten sie mit dem Vater und Gustav vor dem Kamin gesessen und dann gewährte man Robert ganz selbstverständlich im Gästezimmer Unterschlupf.

So wird es sein, wenn ein Ehemann immer um mich wäre, hatte sie sich vor Augen geführt und innerlich doch den Kopf geschüttelt. Denn sie konnte sich nicht vorstellen, dass er hier an der Syra mit ihr und ihrer Familie wohnen würde. Robert besaß ein eigenes Haus und in der Firma in Oelsnitz war seine Anwesenheit täglich gefordert. Zwar hatten sie die Zusammenarbeit der beiden Firmen ausgeweitet, und die Korsettfabrik der Arnstädts sorgte nun mit Unikaten der Plauener Spitzen auf ihrer feinen Unterwäsche für Furore, doch dafür musste er nicht hier vor Ort sein. Sie wusste, all das war Geplänkel um das Geschäft, Äußerlichkeiten. Es ging aber um ihre Gefühle für ihn und die waren frei von Fragen, sie liebte ihn. Und doch ... *Was mache ich nur? Schon seit Nikolaus wartet er geduldig auf eine Antwort.*

»Erst wenn du dir ganz sicher bist und dich vorbehaltlos in unser gemeinsames Leben stürzen willst, erst dann werde ich offen werben, liebes Lenchen«, hatte er gesagt und ihr versprochen, nichts Offizielles zu unternehmen, bevor sie beide sich ganz sicher und einig wären.

So gerne würde ich ja sagen, grübelte Helene. Eine definitive Entscheidung scheiterte aber an dem vordringlichsten ihrer Probleme: Sie würde sich ihm öffnen müssen, ihm alles offenbaren oder ihn abweisen. Letzteres wollte sie nicht einmal denken, es kam nicht infrage. Sie hatte eine Schwäche für ihn, mochte seine flapsige Art, die sekundenschnell in Seriosität umschlug, sein helles Lachen und den verschmitzten Zug um seine einladenden Lippen, wenn er sie ansah. All das wollte sie nicht missen.

Nur ihm konnte sie von schlaflosen Nächten erzählen. Er hörte ihr aufmerksam zu, wenn ihr ein technisches Problem nicht aus dem Kopf ging oder die neuartige Luftschablone nicht gelingen wollte. Selbst ihre ewigen Tiraden über die Kniffligkeit der Muster für die zusammenhängenden Vorlagen, oder die endlosen Ausführungen darüber, dass sich die Sticktechnik so sehr von allem bisher da gewesenen unterschied, störten ihn nicht.

Er schien vorbehaltlos zu ihr zu stehen. Für ihn war es das Normalste auf der Welt, dass Frauen arbeiteten. Wie liebevoll hatte er sie bei Mutters Herzanfall und in den Wochen ihrer Pflege unterstützt. Selbst nach der

Geburt des kleinen Thomas zeigte er immer Verständnis, wenn sie nicht mit ihm ausgehen wollte. Er brachte sie zum Lachen, ließ sie vergessen, warum manche Tage dunkel blieben, und manchmal schien es gar, als könne mit ihm die Melancholie aus ihrem Leben verschwinden.

Auch sein Geschäftssinn war ihr in den letzten Tagen wichtig geworden, denn er bot sich an, all ihre Ideen mit ihr durchzuspielen, schienen sie auch noch so verrückt. Sie brauchten umgehend eine Entscheidung, um die Firma in ruhigere Fahrwasser zu bringen, darin waren sie sich einig. Was sie da vorhatte, würde nicht einfach werden, doch er unterstützte sie. Für heute jedoch hatten sie darüber Stillschweigen verabredet. Johanna, Robert und sie selbst wollten die Feiertage nicht mit geschäftlichen Dingen belasten.

Helene atmete tief ein und aus und spürte Roberts Hand auf der ihren. Fragend sah er sie an und sie schüttelte mit geschlossenen Lidern kaum merklich den Kopf. Wie immer war er verständnisvoll und wandte sich wieder dem allgemeinen Geplapper am Tisch zu.

Als sie später beisammen unter der Tanne saßen, mit Esther und ihren neuen Spielsachen beschäftigt waren, die kleinen und großen Gaben auspackten, steckte Robert ihr einen Umschlag zu.

»Ich hoffe, du hast noch nichts vor, meine Liebe«, raunte er ihr ins Ohr und sah sie aufmunternd an.

Es ist kein Ring, zum Glück, dachte sie und schalt sich in derselben Sekunde. Sie öffnete das schwere Papier mit dem Wappen seiner Familie und entnahm dem Umschlag zwei Eintrittskarten für den großen Silvesterball der *Erholungsgesellschaft*, der seit Wochen ausverkauft war. Tanzen gehen, ja das konnte sie mit ihm und sie freute sich aufrichtig.

Für Wilhelm war der Abend mit Sorgen überschattet. Er kam nicht umhin, sich zu fragen, wie es mit der Familie und dem Geschäft weitergehen würde. Kaum, dass er den ersten Schock über Dorotheas Schlag im Herbst verwunden hatte, war sie von einer weiteren Attacke heimgesucht worden. Diesmal mit weitaus schwereren Folgen. Mit einem Herzinfarkt hatte der Arzt ihm gesagt, ist nicht zu spaßen. Bliebe ihr Arm für immer gelähmt, die Trägheit Bestandteil ihres letzten Lebensabschnittes? Er mochte sich das nur ungern vorstellen.

Sein Enkelsohn Thomas, vor zwei Wochen zur Welt gekommen, war zart und schmal. Wilhelm hatte insgeheim Sorge, dass dieser gebrechliche neue Erdenbürger seine Johanna überfordern könne.

Und da war Helene, die all ihre Kraft in die Pflege von Mutter und Schwester steckte, jede freie Minute oben in der Manufaktur zugange war und mit bisher unbekannt strenger Hand den großen Haushalt führte. Kaum einen freien Nachmittag gönnte sie sich und wenn, dann verbrachte sie den mit Esther oder manchmal mit Robert Arnstädt. Er hoffte inständig, sein Mädchen verlöre sich nicht wieder aus den Augen.

In der Manufaktur war er bemüht, mit den rasanten Veränderungen Schritt zu halten. Vor Jahren hätte er sich selbst ausgelacht, lamentierte er über zu viele Aufträge. Doch er gestand sich ein: Die Geschäftstüchtigkeit seines Sohnes hatte ihnen einen Absatzboom beschert, dem sie nicht gewachsen waren. Wilhelm schloss die Augen, um sich zu sammeln. Er hoffte inständig, dass er den einen oder anderen Abnehmer jetzt zwischen den Jahren noch vertrösten konnte. Meist waren selbst die hartgesottensten unter ihnen in dieser Zeit milder gestimmt und würden ihn verstehen.

Gustav, sein einziger Sohn, machte ihm nicht weniger Sorgen. Sein Umgang mit diesem Sozialdemokraten, dem Bruder von Tabea Schuster, stieß ihm auf und er fragte sich, was er sich dabei dachte. Wieso war er in diese Kreise geraten und schien sich deren Gedankengut nahe? Immer öfter las er ihm aus einschlägigen Zeitungsartikeln vor, erklärte die Hintergründe, heischte um seine Meinung dazu.

In den Ideen des ehemaligen Handwerkers August Bebel sah Gustav einen tieferen Sinn. Wilhelm selbst sprach dem Abgeordneten des Kaiserreiches dessen hehre Beweggründe nicht ab, im Gegenteil. Beleuchtete er sie aber näher, kamen ihm Zweifel. Lange Zeit war er mit Bebel konform. Als dieser 1870 das erste Mal nach Plauen kam, sozialdemokratische Versammlungen abhielt, hatte sogar Wilhelm die Neugier gepackt. Er war nicht hingegangen, nein, natürlich nicht. Doch alle Informationen, derer er habhaft werden konnte, hatte er einer Prüfung unterzogen.

Er ging offenen Auges durchs Leben und glaubte, die mannigfaltigen sozialen Konflikte, die sich mit der rasanten politischen und wirtschaftlichen Entwicklung im Lande auftaten, zu verstehen. In Plauen schien sich die Arbeiterbewegung nur langsam zu formieren. Die vielen selbstständigen Lohnsticker waren Nutznießer der ausgezeichneten Konjunktur und verdienten passabel. Unter ihnen hatten die Sozialdemokraten keine große Anhängerschaft finden können.

Und die abhängigen Arbeiter? Er war sich sicher, dass man Ungerechtigkeiten lösen konnte, ohne den Thesen von diesem Marx oder Engels zu folgen. Die beiden Philosophen saßen gemütlich in England und infizierten mit ihren übertriebenen Forderungen solch liberale Sozialdemokraten wie Wilhelm Liebknecht und August Bebel.

Mittlerweile machte Wilhelm keinen Hehl mehr aus seiner Ablehnung. Die Aufmärsche und lauten Parolen, die man seit der Gründung der Radikaldemokratischen Sächsischen Volkspartei in Chemnitz aus den Wirtshaussälen gehört hatte, bestärkten ihn in seiner Ansicht, es wäre besser, sich von diesen Kreisen fernzuhalten.

Als dann mit der Sozialistischen Deutschen Arbeiterpartei der Begriff des genossenschaftlichen Eigentums immer deutlicher in den Thesen und Wortmeldungen von Bebel und seinen Anhängern zu hören war, hatte er sich vollends von ihnen abgewandt. Mittlerweile wurden Menschen davon beeinflusst, die früher nie an solchen Kundgebungen teilgenommen hätten. Selbst Lehrer und niedere Beamte stellten sich neben Lohnarbeiter und Handwerker, wenn die SDAP zu Versammlungen aufrief. Für Wilhelm ging das alles zu weit. *Anschläge auf den Kaiser und Bismarck, wo sollte das denn noch hinführen*, dachte er. Kein Wunder, dass die Regierung zu drastischen Maßnahmen gegen die Partei und ihre Anführer griff.

Deren Gebaren hatte nichts mehr mit seinem Verständnis für soziale Gerechtigkeit zu tun, dem er durchaus offen gegenüberstand. Er hatte sich schon immer für gute Arbeitsbedingungen und halbwegs faire Löhne eingesetzt, aber die jetzige Entwicklung ging Wilhelm zu weit. Er konnte nicht verstehen, wie sich die politischen Ideen Bebels mit den Interessen eines zugegeben erfolgreichen Fabrikanten in Einklang bringen ließen.

Und nun machte sich sein Sohn mit einem der Anführer dieser Bewegung im Vogtland gleich. Man hatte ihm zugetragen, dass sich Gustav an den Veranstaltungen beteiligte, die der Bruder von Tabea Schuster trotz Versammlungsverbot als Plattform nutzte. Das würde nicht gut ausgehen, denn die Durchsetzung des Sozialistengesetzes könnte ihn ins Gefängnis bringen. Es hatte gar den Anschein, dass er diesen Mann bewunderte. Und was noch prekärer war, sein Sohn schien vernarrt in diese Frau, die Schwester des Anführers. Wilhelm raufte sich innerlich die Haare und beschloss, sich in Ruhe mit Gustav zu besprechen. Es musste ihm gelingen, etwas Sinnhaftigkeit in die Gedanken des Jungen zu bekommen. Immerhin stand ihrer aller Reputation auf dem Spiel.

August saß observierend in dieser geselligen Runde, probte sich in unverfänglicher Plauderei mit Dorothea, lächelte Esther beim Spiel mit den Bauklötzen zu. In den Augen seiner Frau registrierte er erfreut einen neuen Glanz. Seitdem der Junge auf der Welt war, schien sie weicher zu sein. Sie war harmoniebedürftig und ja, sicher lag das an ihrer ermatteten Konstitution, doch es ließ ihn hoffen.

Hätte er letztes Jahr um diese Zeit all seine Spielschulden darauf verwettet, dass sich die Schwierigkeiten um die Erpressung und ihr dadurch angespanntes Verhältnis in Wohlgefallen auflösen würde, wäre er heute ein sorgenfreier Mann. Er war sich damals sicher, bald gänzlich aufzufliegen, und nur die absolute Irrwitzigkeit der ganzen Geschichte hatten Johanna davon überzeugt, dass selbst er sich so etwas Verrücktes nicht ausdachte. Seine Erklärungen müssten wahr sein, hatte sie in einer der ermüdenden Unterhaltungen gesagt. Ihm war ein Stein vom Herzen gefallen.

Er konnte sich nicht daran erinnern, dass sie das Thema während der Schwangerschaft je wieder aufgegriffen hätten, und schwor sich, es von sich aus nie zu tun.

Mehr als der Zustand seiner Ehe bereitete ihm die Manufaktur Sorgen. Er hatte den Schwiegervater in den letzten Tagen vor dem Fest auf die scheinbar ausweglose Lage angesprochen. Noch immer war nicht geklärt, wie man dem Auftragsvolumen Herr würde und Wilhelm schien sich nicht damit beschäftigen zu wollen. Seit Dorotheas erneutem Herzanfall steckte er all seine Kraft in die Familie.

»Er benimmt sich wie Vogel Strauss«, hatte er zu Gustav gesagt und ein resigniertes Lächeln erhalten. Der Sohnemann hatte großmütig erklärt, Helene kümmere sich, alles wäre mit Breuer besprochen. Nun denn, dann müsste er ja nur warten, bis man ihn einweihe, hatte er sarkastisch geantwortet, von dem Jüngeren jedoch nur ein Schulterzucken geerntet. *Sarkasmus liegt mir, er bringt mich aber bei diesem Problem nicht weiter,* dachte August und griff nach seinem Glas.

Er selbst hatte einem Dutzend Lohnstickern in und um Plauen großzügige Angebote unterbreitet, um mit dem Volumen Schritt zu halten, dass die Nachfolgeaufträge des Schwagers ihnen abforderten. Nicht alle waren darauf eingegangen, der eine oder andere hatte sich schon anderweitig verpflichtet und somit keine Kapazitäten frei.

Zu seinem Unbehagen fiel in den wenig erquicklichen Gesprächen immer wieder der Name Guggenheim. Der Amerikaner wedelte mit Papas Scheckbuch und die vogtländischen Heimstickbetriebe konnten es gar nicht erwarten, mit ihren blutenden Fingerchen die Muster für den Überseemarkt herzustellen. Er war mehrfach unverrichteter Dinge abgefahren und würde bald wieder in den Hinterhöfen der Stadt an Türen klopfen müssen. Wie ein Bittsteller kam er sich vor, doch das Ganze war Chefsache. Um den gewünschten Erfolg zu erreichen, blieb ihm nichts anderes übrig.

Dem Lackaffen aus Übersee war er bei seinen Akquise-Rundgängen noch nie begegnet. Über kurz oder lang würde er sich in den einschlägigen Wirtschaften wohl sehen lassen. August konnte es nicht erwarten, sich den Knaben einmal näher anzusehen. Ob dies seinem Problem half? Wohl kaum. Da bedarf es einer neuen Ausrichtung der Manufaktur. Sie platzten aus allen Nähten, Überstunden waren normal, dennoch konnten sie nicht pünktlich liefern. Auch wenn er mittlerweile an Maschinen kommen könnte, die in Kappels aus einer Geschäftsauflösung auf einen Abnehmer warteten, wusste er nicht, wohin damit. Ganz zu schweigen vom nötigen Kapital und dem Tüll, der selbst auf dem englischen Markt nur noch schwer in ausreichender Menge zu haben war. Es war zum Verzweifeln.

Sie hatten volle Orderbücher, doch deren Erfüllung gestaltete sich schwierig. Der Schwiegervater hatte zuletzt sogar davon gesprochen, Aufträge gegen Kommission an Konkurrenten abzugeben. Zu seiner Erleichterung widersetzten sich auch die Töchter der Familie dieser hanebüchenen Idee. *Die Schwestern ...* grübelte er. Sie würden sich auf ewig in die Geschäfte einmischen, nicht einmal im Kontor hatte man seine Ruhe vor den Weibsbildern. Dennoch musste er umgehend mit Helene reden.

»Wo bist du mit deinen Gedanken, Schwager«, nahm er nun Gustav wahr, der ihm ein großzügig gefülltes Glas Whiskey überreichte. Die goldene Flüssigkeit schaukelte behäbig im böhmischen Kristallglas und verströmte einen holzigen Duft.

»Den habe ich aus Schottland mitgebracht. Ein Single Malt aus den Highlands, gebraut mit Moorwasser. Ich glaube, es ist die kleinste Brauerei dort oben. Ist der Geschmack nicht phänomenal?«, schwärmte Gustav. August nickte versonnen und ging nicht auf das Geplauder ein. Er kam sofort auf den Punkt.

»Es ist immer das gleiche Thema, mein Lieber. Wohin ich mich recke, welche Idee ich auch ausbrüte, an den großen Sticksälen mit den Kölnschen Rippendecken eines Guggenheim komme ich nicht vorbei. Vor Jahresfrist nahm ich an, wir sind mit unserer neuen Manufaktur gut für die Zukunft aufgestellt, aber schau dich um. Die Säle werden größer, man erfindet Techniken, um die Traglast der Saalböden zu erhöhen. Mit den

Korbbodenabschlüssen ist man uns die berühmte Nasenlänge voraus. Und mit Papas Vermögen im Rücken kann man uns das Leben anständig schwer machen.« Gustav verstand den Seitenhieb auf den amerikanischen Geschäftsmann sofort und schien dennoch erschüttert, ob des resignierten Vortrages seines sonst immer abgeklärten Schwagers und fragte bestürzt: »So schlecht ist es um uns bestellt? Ich meinte bisher, du hast das im Griff. Vater war nicht oft im Kontor, ich weiß, aber gleich von Kopf in den Sand sprechen? Das ist nicht deine Art und so weit wie du, wäre ich in meiner Einschätzung nicht gegangen. Was zum Teufel sind Korbbodenabschlüsse?« August verzog den Mund, griff sich angestrengt in den Nacken und lehnte sich erklärend zurück.

»Die Gewölbebögen in den Sticksälen werden immer breiter, man kann mit diesen neuen elliptischen Bögen, diesen sogenannten Korbbodenabschlüssen, große Kraft auf die Grundpfeiler ableiten, verstehst du? Damit wird die Stellfläche für die massiven Maschinen erheblich vergrößert. Man braucht weniger tragende Säulen im Saal. Und erhält den Platz, um die neuen langen Stickmaschinen aufzustellen«, versuchte er dem Schwager kurz und knapp die architektonischen Besonderheiten zu erklären. Mehr als ein *Aha* kam nicht von Gustav.

»Du solltest dich weniger mit deinen sozialdemokratischen Freunden und Fräulein Schuster abgeben und mehr der Manufaktur zuwenden.« August versuchte nicht, seine ungehaltene Bemerkung leise vorzubringen, und handelte sich einen strafenden Blick seiner Schwiegermutter ein. *Das kann sie noch immer*, stellte er fest und wandte sich dem Whiskey zu. Gustav blieb erstaunt zurück.

Kapitel 8,
27. Dezember 1881, Plauen

Helene

Als Helene mit Johanna und Frederike Baumgärtner am Mittwoch nach Weihnachten den verlassen daliegenden Wettiner Hof verließ, war sie es, die ihre Hände zu Fäusten ballte und einen Freudenschrei unterdrückte. Sie trat vor das Gebäude und schaute hinauf zu den Fenstern im ersten Stock der Wettinstraße 27. Das Vergnügungsetablissement hatte seine besten Tage hinter sich, die Konkurrenz war in den vergangenen Jahren größer geworden. Gegen einen *Prater* konnte sich der alternde Eigentümer nicht durchsetzen. Er hatte vor, sich auf seinem Altenteil zur Tochter aufs Land zurückziehen und das Haus zu verkaufen. Helene stellte sich vor, wie sich das Firmenschild der zu Hohenlinden an der Backsteinfassade machen würde.

Als Doktor Wilhelm Baumgärtner kurz darauf in der Tür erschien und selbst er schmunzeln musste, konnte sie sich nicht mehr zurückhalten. Sie fiel ihm um den Hals, drückte erst Johanna und dann Frederike einen Kuss auf die Wange und rieb sich wieder vergnügt die Hände. Sie strahlte übers ganze Gesicht, als der Anwalt und Schwiegervater von Frederike sie eindringlich ansah und sagte: »Lassen Sie sich nichts einreden, Helene. Ihr Herr Vater wird darauf bestehen, als Ihr Vormund Eigentümer der Immobilie zu sein. Doch Sie haben das Recht, als Frau selbstständig zu agieren. Mit der heute getätigten Anzahlung, Ihrer Unterschrift auf dem Vorvertrag und einer Überweisung von Ihrem Konto ist dies dann eindeutig Ihr Besitz.«

Helene gewahrte, wie sich Freude und Zweifel in ihr abwechselten. Der kleine Kobold in ihrem Kopf machte Purzelbäume, lachte unverschämt und ihr Bernstein schien ein Loch in die Bluse zu brennen. Sie griff danach und schloss ihre Finger kurz um den lieb gewonnenen Talisman. Prompt flutete sie eine eigentümliche Ruhe.

Der Vater war ihr Vormund und konnte ohne sie über ihr Vermögen entscheiden, in diesem Fall hoffte sie, erkannte er die Möglichkeit, endlich allen Schwierigkeiten ein Ende zu bereiten. Und außerdem: Dieser bekannte Anwalt würde doch wissen, wovon er sprach, nicht wahr?

»Gerne agiere ich als Ihr Makler, Helene, und unterstütze Sie nach Kräften«, schloss der sachlich und machte Anstalten zu gehen.

Da dachte Helene an Gräfin Cosel, die als gerissene Geschäftsfrau und Immobilienbesitzerin schon hundert Jahre vor ihr in der Männerwelt Fuß gefasst hatte. *Dann kannst du das auch schaffen*, sagte der kleine Kobold in ihrem Kopf und sie lächelte.

»Sorge dich nicht, Helene. Durch das Reichsgesetz von 1875 ist man im Deutschen Reich mit 21 Jahren volljährig. Das Glück der Geburt ist dir hold, liebste Freundin. Außerdem hat mein Schwiegervater mit dem Eigentümer fest vereinbart, dass er einzig an dich verkauft. Nur wenn dein Name im Kaufvertrag steht und es auch so im Katasteramt eingetragen wird, stimmt er dem Verkauf endgültig zu. Ansonsten tritt er zurück, die Frist dafür hat ihm der Vater meines Mannes im Vertrag zugestanden. Damit er im Fall der Fälle trotzdem an sein Geld kommt, würde mein Schwiegervater einspringen, selbst kaufen und an euch vermieten«, fasste Frederike einen wichtigen Teil der Vereinbarung zusammen.

Diese wagemutige Textpassage im ansonsten standardmäßigen Kaufvertrag war Johanna eingefallen, als sich die Schwestern akribisch mit dem Text vertraut gemacht hatten. Lange hatten sie nach einem Ausweg gesucht, sollte der Vater aus Sturheit nicht einwilligen und sie waren fündig geworden. *Zusammen sind wir unschlagbar und werden der Firma damit einen großen Dienst erweisen*, fand Helene.

»Weißt du, wie sehr ich mir wünschte, August hätte Großmutters Geld nicht verspielt? Dann könnten wir zusammen diesen wagemutigen Schritt gehen. So wie früher als Kinder ...«, hatte Johanna versonnen und ein wenig traurig zu ihr gesagt, als sie in Esthers Kinderzimmer sitzend, die Papiere durchgegangen waren.

»Du meinst, so wie damals, als wir unser Taschengeld zusammenlegten, um diese anzüglichen Badekleider zu kaufen, mit denen wir Mutter schockieren wollten?« Die Schwestern hatten bei dieser Erinnerung laut los-

gelacht und Johanna hatte sich vor Schmerzen ge-
krümmt, denn so kurz nach der Entbindung tat ihr sitzend noch immer alles weh.

Die erste Besprechung mit Frederikes Schwiegervater
hatte Helene allein, ohne Johanna, absolvieren müssen
und beim Gedanken an diesen Tag im Advent, wunderte sie sich noch immer über ihr kühnes Auftreten.
Zwar war Robert an ihrer Seite gewesen, hatte sich aber
dezent im Hintergrund gehalten. So, wie sie es sich gewünscht hatte. Ihr war mulmig zumute, sich so in die
Hände des Anwalts zu begeben. Doch Frederike hatte
sie beschwichtigt. »Doktor Baumgärtner begleitet euch
in den Wettiner Hof. Er kennt jeden in der Stadt und
kann sicher ein gutes Wort für dich einlegen. Er hat
nicht einen Moment gezögert, als ich ihn darum bat«,
hatten dessen Schwiegertochter und Johannas älteste
Freundin versucht, Helene zu beruhigen.

Seit Wochen stand der Tanzsaal rechts der Bahnhofstraße am Albertplatz leer. Die Lichter waren ausgegangen und der Eigentümer suchte einen Käufer. Gemeinsam mit Robert und einem befreundeten Architektur-
studenten hatten sie sich das Gebäude angesehen und
kurz darauf freudig erregt ihrer Schwester davon erzählt.

»Es ist wagemutig, fürwahr. Aber in dem großen Saal
lassen sich problemlos Stickmaschinen aufstellen. Im
Obergeschoss kann die Kontrolle stattfinden, Platz für
Nähmaschinen und Packstationen ist dort auch. Selbst
ein kleines Kontor wäre vorhanden. Und wenn die Sti-
ckerinnen Durst haben, lässt sich sogar noch ein Bier
zapfen«, hatte sie versucht, dem Ganzen eine unnötig
heitere Note zu geben.

Doch Johanna hatte genervt abgewunken, auf die umfangreichen Kreditverpflichtungen des Vaters durch den Bau der neuen Manufaktur hingewiesen. Und dann wurde sie von einem der Kinder abgelenkt. Tage später kam Helene erneut auf das Thema zu sprechen, denn das Ganze erlaubte keinen Aufschub und sie wollte nicht lockerlassen.

»Was, wenn wir keinen neuen Kredit brauchen, Johanna? Ich könnte das Gebäude kaufen. Ich habe das Geld aus Omamas Erbschaft. Karoline würde das sicher gutheißen.« Sie hatte es nicht als Frage formuliert, sondern geradeheraus ihre Meinung gesagt. So, als ob sie nie etwas anderes getan hätte. Johanna und Robert hatten sich erst gegenseitig und dann sie erstaunt angesehen. *Wenigstens hören sie mir jetzt zu*, hatte Helene an jenem Abend gedacht und sofort weitergesprochen.

»Ich habe es satt, immer nur die Kleine zu sein, die die entzückenden Muster zeichnet, die ach-so-süßen-Blumenkörbchen in eine Musterschablone wandelt. Nur weil ich nicht lockergelassen habe, sind wir heute in der Lage, die Schablonen für die neuartige Sticktechnik zu entwerfen. Selbst Anton Falke, Schüler des berühmten Meisters Stern, macht uns nichts mehr vor und hat den Hut vor den neuen Mustern gezogen, die ihm der Vater neulich präsentierte. Ich kann aber mehr.« Am liebsten hätte sie mit dem Fuß aufgestampft, als sie die beiden an ihren innersten Gedanken teilhaben ließ.

»Schon gut, wir verstehen ja, was du für die Firma tust. Es wird allerdings schwer, den Vater davon zu überzeugen, die Erbschaft zu investieren, und nur er kann darauf zugreifen, oder sehe ich das falsch?«

Johanna erwähnte damals den 21. Geburtstag ihrer kleinen Schwester und dass sie dann volljährig wäre und ja, der Vater konnte sich noch immer in ihre Geldgeschäfte einmischen, denn sie war nicht verheiratet.

»Aber, wer nicht wagt ...«

»... der nicht gewinnt. Wie recht du hast.« Johanna hatte gelächelt, noch immer nicht überzeugt, dass es funktionieren könnte.

»Da wüsste ich Abhilfe, Helene. Ich als dein Ehemann hätte ganz und gar nichts gegen dein Engagement in der Firma.« Roberts Einwurf hatte sie kalt erwischt, daran hatte sie nicht gedacht und sie war sprachlos. Schlug er ihr tatsächlich als Allheilmittel gegen diese ungerechte Bevormundung eine kalkulierte Ehe mit ihm vor? Sie blickte zu Boden und hatte verzagt geantwortet: »So habe ich mir einen Antrag nicht vorgestellt, Robert. Da war dein erster romantischer.« Das war alles, was sie erwiderte. Johanna merkte erstaunt auf und verließ damals auf leisen Sohlen den Raum.

Die Tür fiel hinter ihrer Schwester ins Schloss und die Ruhe im Zimmer war gespenstig gewesen. Die Geschäftsprobleme auf einmal sehr weit weg.

Helene stand abgewandt am Fenster, hielt ihren Talisman umfangen und lehnte ihre Stirn an das kalte Glas. Ihr Blick war starr nach draußen gerichtet. Sie zermarterte sich das Hirn, doch wieder drehte sich alles nur um die Frage, wer der Richtige für sie war. Nicht einmal ein wichtiger geschäftlicher Entschluss gebot eine Trennung zwischen ihrem Vermögen als Geschäftsfrau oder ihrem sozialen Status. Konnte sich niemand vorstellen, dass eine Frau ihren Kopf nicht nur zum Putzmacher trug, sondern ihn benutzte wie ein Mann? Sie war es leid und klopfte versonnen mit den Fingerspitzen auf das polierte Holz der Fensterbank.

Robert war zögernd auf sie zugetreten und fasste sie leicht an den Schultern. Ohne zu zögern, ließ sie sich zu ihm umdrehen. Doch der Blick in ihren Augen musste ihm wehgetan haben.

Er ergriff dennoch Helenes Hände und die Worte, die er dann für seine Gefühle und ihre Beziehung, ihre gemeinsame Zukunft fand, berührten sie tief. Sie wusste um seine künstlerische Ader, aber so poetisch aus dem Nichts heraus zu sprechen, ohne Vorbereitung, frank und frei aus dem Herzen, das war überwältigend gewesen. Und es beruhigte sie auf seltsam natürliche Art.

»Du musst mir nicht sofort antworten, denke darüber nach. Ich kann warten und werde dich nicht mehr drängen. Mit deinem Vater spreche ich erst, wenn wir uns einig sind, mach dir keine Sorgen. Du hast alle Zeit der Welt. Und noch einmal, ich bin bereit, dein trojanisches Pferd zu sein, solltest du dieses geschäftliche Wagnis eingehen wollen«, fügte er schelmisch hinzu und nahm so dem Gespräch seine grundtiefe Ernsthaftigkeit.

Helene und er hatten im weiteren Verlauf des Abends nicht mehr darüber gesprochen und sie war froh darum gewesen. Bei aller Liebe für ihn, eine Frage war unbeantwortet geblieben: Wie würde er auf ihre Beichte reagieren? Was würde er zu Esther sagen. Ihr war eines klar: Sie musste unbedingt ehrlich zu ihm sein. Unmöglich wollte sie ihr gemeinsames Leben mit einer solch großen Lüge beginnen.

Im Nachgang dieses Abends studierte Helene wieder ausführlich die Bücher. Noch einmal ließ sie sich bestimmte Zusammenhänge von Johanna erklären und die Schwestern konnten nicht umhin zu begreifen, dass dem Vater das Wasser buchstäblich bis zum Hals stand.

Die Vertragsstrafen, die er hätte zahlen müssen, wenn er nicht lieferte, würden den Banken, bei denen er die bisherigen Kredite bediente, nicht gefallen. Auch würden sie ihm kein weiteres Geld vorstrecken, das bestätigte auch Breuer zögernd. Der kannte die Geschäftszahlen genauso wie Johanna. Nach nächtelangen Diskussionen hatten die Schwestern dann beschlossen, Helenes Plan in die Tat umzusetzen. Frederikes Schwiegervater wurde als Anwalt engagiert.

Dass der auf einen derartigen Zufall, der Familie Hohenlinden eines auszuwischen, nur gewartet hatte, konnten die beiden jungen Frauen nicht wissen. Doktor Baumgärtner freute sich diebisch auf den Spott und den Hohn, dem der Alte zu Hohenlinden ausgesetzt sein würde. Bekäme man in den Schenken der Stadt erst einmal Wind davon, dass er sich des Geldes der Tochter bediente, um das Geschäft am Laufen zu halten, wäre dessen blitzblanke Weste beschmutzt. Erfuhr man dann noch, dass die jüngste, unverheiratete Tochter Anspruch auf einen offiziell notarverbrieften Anteil an der Firma stellte, würde er Gesprächsstoff Nummer eins in allen Salons sein.

Kapitel 9,
Silvester 1881, Plauen

Gustav

Der kühne Coup, den Helene vor Neujahr unter Dach und Fach gebracht hatte, rang Gustav Respekt ab. Das Band seiner Schwestern schien mit den Jahren enger geworden, als es schon in ihrer Kindheit war. Aber es war anders als früher. Johanna war nicht mehr die Tonangebende, die beiden waren auf eine seltsam natürliche Art ebenbürtig.

Er selbst hatte nicht gewusst, wie schwierig es sein würde, entsprechendes Kapital für die Erfüllung aller Aufträge aufzutreiben, die er im Sommer abgeschlossen hatte. Er war losgezogen, als gehöre ihm die Welt. Er freute sich, dass er die vollen Lager hatte abschlagen können und überdies so viele neue Order mitbrachte, dass man sich keine Sorgen mehr machen musste. Die Firma hatte ausgesorgt, hatte er angenommen.

Dass es weit mehr war, als man abarbeiten konnte und die Vertragsstrafen immens, bedachte er erst später. Wie viel man investieren musste, um den Tüll vorzufinanzieren, hatte er noch kalkuliert, überheblich angenommen, die Banken würden gerne Geld vorstrecken. Als er dann gewahr wurde, wie überlastet der englische Markt war, wie schwer es sein würde, genügend Grundmaterial zu bekommen, da war ihm mulmig geworden. *So viel zum freien Unternehmertum,* dachte er verzagt und hüllte sich fester in seinen Mantel.

Seine kleine Schwester war losgezogen und hatte sich furchtlos daran gemacht, einen Ausweg zu suchen. Sein Vater war anfangs wütend gewesen, als er erfuhr, mit wem Helene das alles vorbereitet hatte. Warum sowohl August als auch Papa so aufgescheucht auf den Kontakt zum Anwalt Baumgärtner reagiert hatten, war ihm noch immer nicht klar. Immerhin war er der Schwiegervater von Johannas ältester Freundin und seit Jahren mit ihnen bekannt. Jegliche Fragen seinerseits hatte man mit Ausflüchten beantwortet. Eines war ihm klar geworden: Doktor Wilhelm Baumgärtner schien für den Vater wie ein rotes Tuch, obwohl er ihm gegenüber immer jovial und zuvorkommend agierte.

Der Streit innerhalb der Familie, der von Helenes Bestehen auf einen Firmenanteil befeuert wurde, ließ ihn nicht los. Egal wie sehr der Wind an seinem Schaltuch zerrte oder die Droschken seiner Aufmerksamkeit beim Überqueren der Straße bedurften, er war in Gedanken weit weg.

Ich bin der einzige männliche Erbe, bekommt sie jetzt einen Anteil, ist es mit meiner sorgenfreien Zukunft vorbei. Muss ich mich dann immer mit ihr besprechen, wenn ich etwas entscheiden möchte? Werden wir die Dinge zivilisiert regeln? Wie sehr wird sich Arnstädt einmischen, wenn die beiden erst einmal verheiratet sind? Denn dass sie ein Paar werden, stand für ihn außerfrage.

Gustav hatte sich aus der Diskussion innerhalb der Familie bisher herausgehalten. Vorgegeben, der Vater müsste entscheiden, was mit seiner Fabrik passierte. Doch Wilhelm zu Hohenlinden hatte dem Drängen seiner Tochter binnen zwei Tagen nachgegeben. Die Dringlichkeit der Angelegenheit ließ ihn nur kurz zögern, beim Notar vorzusprechen und dabei zuzusehen, wie Helene ihren Namen unter die Besitzurkunde für den Wettiner Hof setzte. Danach hatten Vater und Schwester gemeinsam bei der Bank vorgesprochen. Dort nahm man den Avis sofort vor und dann telegrafierte der alte Herr nach Kappel und bestellte die Maschinen aus der Firmenliquidation, die August reserviert hatte. Das Personal zu finden, würde ebenso nicht leicht, doch lernwillige junge Menschen aus dem Umland ließen sich immer irgendwie anheuern, das hatte sein Vater oftmals unter Beweis gestellt.

Im Saal des alten Wettiner Hofes würden nun die Nadeln tanzen und von dort aus filigrane Spitzen en gros in die ganze Welt geliefert werden. Seiner Schwester Helene sei Dank.

Jetzt tanzen wir erst einmal ins Neue Jahr, schüttelte er trübe Gedanken ab und betätigte den Klopfer an der Eingangstür zum Waisenstift an der Gartenstraße. Man würde ihn erwarten. Das kleine Fensterchen in der Tür wurde augenblicklich geöffnet und Tabeas blitzende graue Augen kamen dahinter zum Vorschein. *Sie hat auf mich gewartet,* flutete es ihn erfreut.

»Ihr verspätet euch, mein Herr«, flüsterte die junge Frau heiter und schob die schwere Tür auf. Er reichte ihr seinen Arm und wenig später betraten sie das Foyer der *Gesellschaft Erholung* an der Äußeren Neundorfer

Straße. Die alte Casinogesellschaft hatte das stattliche Klubhaus im frühen Biedermeierstil erbauen lassen. Die wohlhabenden Bürger der Stadt frönten hier allerlei Tanzveranstaltungen und geselligem Vergnügen.

Rechts vom Foyer gab Gustav seinen Mantel in die Garderobe der Männer und geleitete Tabea hinauf in den ersten Stock. Aus den Gesellschaftszimmern hörte man ausgelassenes Lachen, die Festgesellschaft schien schon angeheitert den letzten Tag des Jahres zu feiern. Unter dem Oberlicht des Foyers glänzten Kerzenleuchter auf Stehtischen und tauchten den Vorraum des Saales in sanftes Licht. Staunend betrachtete Tabea das Ambiente.

Nachdem sie ihren Umhang in die Verwahrung einer Garderobenfrau gegeben hatten, reichte er ihr seinen Arm. Sie lächelte und er hakte sie unter. Fast unmerklich aneinandergeschmiegt gingen sie hinüber zum Speisesaal, in dem man mit dem angrenzenden Rauchzimmer heute zu Speis und Tanz einlud. Ein lebhaftes Plappern schlug ihnen entgegen. Die Luft war erfüllt von ausgelassenem Lachen, Essensgerüchen und freudigen Ausrufen, wenn sich Paare begrüßten. Er sah sich nach Helene um.

Verdutzt schaute er über die rechte Schulter, als er seinen Namen hörte. Neben ihm stand Robert Arnstädt und hielt sehr vertraut seine Schwester im Arm.

»Willst du uns nicht vorstellen, Gustav?« Helenes Begleiter wies forsch auf Tabea und er fühlte sich überrumpelt. Was sollte er sagen? Erwartete sie, als seine Braut präsentiert zu werden? Er wand sich, es dauerte zu lang und er sah Helene an, wie sie sein Zögern irritierte. Da stand Tabea auch schon mit ausgestrecktem

Arm vor Robert und reichte ihm ihre Hand. Formvollendet nahm er sie und stellte sich vor: »Robert Arnstädt. Ich bin so etwas wie der Verlobte von Helene«, sagte er schmunzelnd und Tabea sah ein Lächeln in der Miene von Gustavs Schwester.

»Gleichfalls ...«, antwortete sie schlagfertig und schob hinterher: »Tabea Schuster, aber das wissen Sie wahrscheinlich.« Es entstand eine peinliche Pause, die Helene zu füllen wusste. Die Damen begrüßten sich und dann trat sie nah an Robert heran. »Ganz richtig, du bist *so etwas wie*, du alter Schlawiner.« Sie knuffte ihn in den Arm und zog den adretten jungen Mann mit sich fort. Nicht jedoch, ohne den beiden anderen zu bedeuten, ihr hinterherzugehen. Sie führte sie an einen Vierertisch in der Ecke, von wo aus man den ganzen Saal im Blick hatte.

»Wie kommt man an so eine Reservierung?«, fragte Gustav verdutzt und setzte sich. Tabea stand unentschlossen dabei und sah sich um. Verlegen legte sie ihre Stola ab und rückte sich ihren Stuhl selbst zurecht. Gustav war unangenehm berührt, das konnte man sehen, doch er schritt nicht ein. Dann bemüßigte er sich unbeholfen, Tabea Schuster richtig vorzustellen. »Fräulein Schuster – Tabea – hat beeindruckende Arbeit beim diesjährigen Weihnachtssingen im Waisenstift geleistet und ich bat sie, mich heute zu begleiten. Als Dankeschön, sozusagen.« Der Blick seiner Schwester sprach Bände, doch sie erwiderte nichts. Jeder in der Familie wusste, wer sie war und dass sie ihm so viel bedeutete, dass er sie sogar zum Weihnachtsessen eingeladen hatte. Er hatte Helene gestanden, die junge Frau um ihre Hand gebeten zu haben. Warum er sich jetzt so anstellte, wusste er selbst nicht. Gustav schalt sich innerlich und wurde zunehmend verschlossener. Wieso fühlte er sich in Tabeas Gesellschaft sonst so wohl? Er mochte ihre offene, zupackende Art. Wie sie sich bewegte, sprach, wie sehr sie an allem teilhatte, was in ihrer kleinen Welt vor sich ging, all das liebte er. Ihre unverhohlene Bewunderung für ihn machte ihn stolz. Doch hier, auf gesellschaftlichem Parkett hatte er sie zur Angestellten degradiert, die man für ihre Verdienste ausführt. *Das wird kaum gut für mich ausgehen*, schalt er sich, denn er befürchtete, dass Tabea klare Worte finden würde.

Als er seinen Blick zu ihr über den Tisch schickte, fand er sie in einem angeregten Gespräch mit Helene. Ihr Antlitz war weich und ihre Augen wohlwollend auf seine Schwester gerichtet, sie schien in ihrer Unterhaltung gefangen. *Zum Glück, ich entschuldige mich und dann wird schon alles gut*, dachte er zögerlich und prostete Robert zu.

Im Laufe des Abends bemühte sich Gustav inständig, sich als formvollendeter Gentleman zu geben. Er führte Tabea an die Bar und brachte sein ganzes Können auf dem Tanzparkett zum Einsatz. In den Pausen begleitete er sie nach draußen, holte ihr die Stola, als es empfindlich kühl wurde, und ließ ihre Gläser nie leer werden. Doch es entging ihr nicht, dass er seinen anwesenden Geschäftspartnern geflissentlich aus dem Weg ging und sie abgesehen von ein paar wenigen Freunden niemandem vorstellte.

Tabea war verwirrt und Gustav konnte das spüren. Er selbst kam sich einigermaßen dumm vor und schalt sich, diesen offiziellen Abend für ein erneutes Wiedersehen mit ihr gewählt zu haben. Bisher hatten sie sich im Rahmen seiner Aufgaben für das Waisenstift gesehen und danach waren sie regelmäßig miteinander ausgegangen. Mal ins Weinlokal, mal zu einem Konzert in die Kirche. Auch hatte er versucht, ihren Bruder für sich zu gewinnen. Er ahnte, es war ihm gelungen. Die Tage mit dem Wanderverein, die Stunden in Kaffeehäusern und letztlich ein Abend im Prater hatten ihm genügt, um zu wissen, wie sehr er sie brauchte.

Und da hatte er sie gefragt, rundheraus, einfach so. An einem freien Samstag, als sie hinaus in die Neundorfer Vorstadt gelaufen waren, sprachen sie über Familie, Kinder und er ging vor ihr auf die Knie. Er war einem Impuls gefolgt, hatte sich mit ihr und einer Kinderschar dort draußen in einem aparten Häuschen gesehen und wollte nicht mehr warten. Nicht prüfen oder zweifeln, nicht lange nachdenken, sondern einmal im Leben seinem Bauchgefühl, seinem Herzen folgen.

Sie hatte Ja gesagt und erst Tage danach vorsichtig nach seinen Eltern gefragt. Ihn um ein Treffen gebeten. Für Gustav war klar gewesen, das Weihnachten der richtige Zeitpunkt wäre, die ganze Familie von seinem Entschluss zu informieren. Doch dann war das Unaussprechliche geschehen. Mutter hatte gelacht, ihn auf seine Verantwortung hingewiesen, nicht den kleinsten Raum für seine wahren Gefühle gelassen.

Fast die gesamte Familie hatte sich gegen Tabeas Anwesenheit am weihnachtlichen Familienessen ausgesprochen. Seine Mutter hatte ihre offensichtliche Ablehnung in wenige Worte gekleidet. »Du bringst das arme Mädchen in Verlegenheit mit solch einer nicht standesgemäßen Einladung.« Damit war für sie das Thema erledigt gewesen, was Gustav erstaunt zurückließ. Seit sie kränklich war, verzichtete sie auf lange Tiraden, ihr einstiges Markenzeichen.

»Du wirst sie ja wohl nicht heiraten wollen, mein Junge. Und somit finde ich einen Platz an unserer Tafel als unschicklich. Wir kommen den gesellschaftlichen Verpflichtungen nach, unterstützen das Waisenstift, wo wir können, aber Tabea Schuster zu verköstigen steht nicht zur Debatte«, hatte sein Vater gebrummt, als er ihn darauf ansprach. Selbst die ungelenk vorgetragenen Erklärungen Gustavs, wie sehr er die junge Frau schätzte und mochte, sowie sein vorsichtiger Appell an des Vaters eigene Jugend, hatten nichts genutzt.

»Sie ist nicht die Richtige für dich. Geh mit ihr aus, tanzt, trinkt. Das alles ist in ihren Kreisen ja mittlerweile nicht mehr unschicklich, doch suche dir zum Heiraten jemanden, der zu uns passt«, hatte Wilhelm hinzugefügt und war schnell zur Tagesordnung zurückgekehrt. Den verdutzten Sohn blickte er nur prüfend von der Seite an, so als wollte er sich vergewissern, dass sein Appell nicht noch eindringlicher werden musste.

Gustav war eingeknickt, hatte gezweifelt. Sich einlullen lassen, sich eingeredet, man müsste ihnen Zeit geben und alles würde sich finden. Doch nichts würde sich ändern, verstand er heute Abend.

Missmutig erinnerte er sich an Johannas Worte, die ihn nach seinem Rückzug auch nicht mehr unterstützt hatte. Unumwunden und offen, hervorpreschend und ohne Vorbehalte beschwor seine Schwester ihn damals ungewohnt eindringlich. »Das arme Mädchen kann einem leidtun, wenn du jetzt schon Manschetten bekommst, Gustav. In diesem Fall kann ich nur raten, dir zuallererst klar darüber zu werden, ob du mit all den Anfeindungen und Ressentiments klarkommen kannst. Und das nicht nur für zwei Wochen oder ein Dinner, nein für euer ganzes Leben. Bevor du die Welt dieser jungen Frau völlig auf den Kopf stellst, musst du dir selbst bewusst darüber sein, ob du stark genug für die gesellschaftliche Ausgrenzung sein wirst, die ihr unweigerlich erfahren werdet. Nicht durch unsere Familie. Keine Angst, die lenken irgendwann ein, wenn du nur beharrlich bist. Aber da draußen, da gibt es genug Menschen, die eine Heirat solch unterschiedlicher Stände nicht gutheißen. Tabea würde eine Menge Gewisper, Spott und ja, lästernde Zungen ertragen müssen.« Sie musste das Erstaunen in seinem Blick gesehen haben, als sie fürsorglich seine Hand genommen hatte.

»Du meinst, ich bin das Ganze völlig falsch angegangen?«, hatte er gefragt. Johanna hatte fast unmerklich mit dem Kopf gewackelt, sich auf die Unterlippe gebissen und tief Luft geholt. Sie überlegte wohl genau, was sie sagen wollte.

»Nicht falsch, Gustav, man kann Gefühle ja nicht planen. Aber als du gemerkt hast, dass es mehr werden könnte, hättest du erst einmal tief in dich selbst hineinhören sollen. Du beschwörst Hoffnungen herauf, die du vielleicht nicht erfüllst. Du malst ihr eine Zukunft, die du ihr so nicht bieten kannst. Wenn sie dich wirklich liebt, wird deine Unentschlossenheit für sie die Hölle.«

Sie hatte Hölle gesagt und heute Abend verstand Gustav, was sie damit meinte. Er war nicht der, auf den die

Leute herabsahen. Es würde Tabea sein, der man unlautere Absichten unterstellte, die immer das Mädchen aus dem Waisenhaus sein würde, egal wie teuer ihre Kleidung wäre oder welch großes Haus sie in der Zukunft führte. Diese wunderbare junge Frau war trotz seines kläglichen Benehmens mit ihm hierhergekommen und er hatte sich abscheulich verhalten.

»Hast du auch Augen für mich, mein Lieber? Oder wirst du den Rest des Abends versunken hier in der Ecke sitzen? Soll ich dich um Mitternacht wecken?« Ihre Stimme war neckend, ihr Tonfall spöttisch und sie lächelte ihn an. Strahlend wie immer, erwärmte sie sofort sein Herz. *Wie kann ich nur zweifeln*, fragte er sich und hielt ihr seine Hand hin. Gemeinsam schritten sie aufs Parkett und zwischen Walzerschritten und ausgelassener Polka vergaß er für ein paar Stunden die Dringlichkeit seiner Entscheidung.

Helene

»Ich hoffe, er weiß, was er tut.« Helene trommelte im Takt der Polka mit ihren Fingern auf dem Tisch und sah ihrem Bruder versonnen nach, wie er sich mit Tabea auf die Tanzfläche zubewegte.

»Sie hierher einzuladen, ohne den Eltern endlich reinen Wein einzuschenken, ist sträflich, oder? Sie tut mir leid, denn man kann sehen, wie sehr sie ihn mag.«

Dann bemerkte sie, wie sich Roberts Hand über die Tischplatte schob. Er verschränkte seine Finger in die ihren und auf einmal schien all der Tumult, die laute Musik um sie herum, zu verstummen. Sie schwebte in einer Blase. Sein Blick fing den ihren, sein Mund formte weiche, liebevolle Worte und seine Fingerspitzen zeichneten ihre Lebenslinie auf der rechten Handinnenfläche nach. Dann hauchte er einen Kuss auf ihren Handrücken und hielt sie für eine Sekunde an seine Wange. Innig vereint erlebten sie inmitten all der vielen Menschen einen magischen Moment.

»Ich werde ja sagen, Robert. Ja zu einem Leben mit dir, ja zu gemeinsamen Kindern. Ja zu einer Beziehung auf Augenhöhe. Doch bevor ich vor der ganzen Welt deine Frau werden kann, muss ich mit dir reden. Es gibt da etwas ...« Die Worte glitten ihr leicht und ohne viel nachzudenken von der Zunge, doch es fiel ihr schwer, ihn ein weiteres Mal zu vertrösten. Schon an Nikolaus hatte er einen beschaulichen Moment in der Bibliothek ihres Vaters für einen Antrag genutzt und am 4. Advent hatte er ihn erneuert und gemeint, er würde sie nicht drängen. Sie solle in Ruhe darüber nachdenken und sich ausmalen, wie ihr Leben an seiner Seite sein könnte.

Dieses *an seiner Seite* hatte sie aufmerken lassen. Er ließ sie glauben, sie sei ihm ebenbürtig. Und sie könne ihre Träume leben, auch als verheiratete Frau. Er ermunterte sie gar, verwegen zu denken und Dinge zu tun, die manch anderer Frau vom Ehemann verwehrt blieben. Niemals hatte er nur im Entferntesten eine Bemerkung gemacht, die sie daran zweifeln ließ, ihm nicht vertrauen zu können.

O ja, es macht mich verwegen, zu wissen, dass da jemand ist, der an mich glaubt, in mir eine starke Frau sieht und bedingungslos zu mir steht. Dafür liebe ich ihn, komme, was wolle, dachte sie und betrachtete ihre Hand, auf der ihr sein Kuss wie ein Versprechen vorkam.

Die letzten Wochen ihres Lebens waren herausfordernd und so außergewöhnlich gewesen, dass ihr bei dem Gedanken daran manchmal schwindelte. Die Helene, die sie kannte, zögerlich und oft grübelnd, schien verschwunden. Von einem Moment zum anderen hatte sie in sich eine leidenschaftliche Kraft erkannt.

Hat mich seine Liebe so gestärkt, so verändert? Sie biss sich auf die Unterlippe und zog die Stirn kraus. Es hatte sie anfangs Überwindung gekostet, Vater und Schwager nicht die Wahrheit über ihre kühne Idee zu erzählen. Doch dann hatte sie die Dinge in die Hand genommen, nicht mehr darauf gewartet, dass die Männer eine Lösung für ihr Problem fanden. Sie war losgegangen, unerschütterlich hatte sie ihren Weg beschritten und manchmal konnte sie es selbst nicht fassen, wie weit sie gekommen war.

Jetzt war Umkehr undenkbar. Es stand fest: Helene zu Hohenlinden war Geschäftsfrau, mit Grund und Boden, Hausbesitzerin gar und wenn alles wie gewünscht lief, bald schon Anteilseignerin an der Spitzenmanufaktur.

Sie hatte sich mit ihrem Vorpreschen nicht nur Freunde gemacht. Keiner außer dem Vater hielt Anteile an der Firma. Und ja, ihr Schwager hatte deutlich zu verstehen gegeben, was er von dieser Entwicklung hielt. Ihr Vater jedoch hatte schnell eingelenkt und pragmatisch von: *Es bleibt ja in der Familie* gemurmelt.

»Das allein wird nicht ausreichen, um Gustav und August zu beschwichtigen«, hatte Robert ihr geantwortet, als sie ihn nach seiner Meinung fragte. »Mit einer Frau in der Geschäftsetage tun sich viele Männer schwer, denk an meine Mutter, welch Kämpfen sie ausgesetzt war. Aber es könnte gelingen, wenn du das richtige Fingerspitzengefühl einsetzt.«

Aus seinem Mund hatte es kinderleicht geklungen, für ihn schien es nie einen Grund zu geben, an ihr zu zweifeln. Immer fanden sie ein Gesprächsthema, dass sie beide faszinierte. Kaum je waren sie unterschiedlicher Meinung. Sie kannte keinen Mann, der so weit weg von Konventionen dachte und handelte. Der am liebsten barfuß über die Wiesen lief und sich nicht um die anderen scherte. Selbst flirten war einfach mit ihm, sie musste sich nicht verstellen, ihm nicht gefallen. Augenscheinlich mochte er sie so, wie sie war. Alles mit ihm war ungefiltert und echt.

Dennoch blieb da Esther, ihr kleines Mädchen. Ihre große Liebe. Würde er sie verstehen? *Noch heute werde ich mit ihm reden*, nahm sie sich vor, schob den ersten Satz aber ein weiteres Mal vor sich her.

»Du entschuldigst mich, ich bin gleich zurück, Robert. Bestellst du uns noch ein Glas?« Er sah sie verwundert an, denn normalerweise beließ sie es bei ein, manchmal zwei Gläsern Champagner, doch er nickte und gab dem Kellner ein Zeichen. Helene verschwand zwischen den Tischen und manövrierte ihr ausladendes Kleid geschickt durch den Saal in Richtung der Puderräume.

Die Musik der ausgelassen spielenden Kapelle drang im Untergeschoss nur vage an ihr Ohr und sie eilte, um schnell zurück zu Robert zu kommen. Der Händedruck und der Ruck, der sie in eine Türöffnung presste, kam ungeahnt und nahm ihr kurz die Luft. Ihre Augen versuchten, im Halbdunkel des Ganges zu erkennen, wer da vor ihr stand, und sie bedrängte, doch ein Lichtstrahl aus der gegenüberliegenden Tür blendete sie.

Schon hatte sie sich gesammelt und versuchte mit einem Ruck und einem kurzen Aufschrei aus der Umklammerung zu kommen. Da erkannte sie die Stimme, hörte vergessen geglaubte Worte: »Darf ich bitten, Fräulein zu Hohenlinden? Sie schenken mir doch diesen Tanz?« Genauso hatte er sie damals angesprochen. Nicht mit diesem unflätigen Unterton, sondern formvollendet und wie ein wirklicher Gentleman. Davon hatte dieser Überfall jetzt nichts.

Sie musste tief atmen, um nicht in die Knie zu sinken und dem Impuls zu folgen, lauthals zu schreien. Doch diese Demütigung würde sie ihm nicht gestatten. Nicht ihm.

Im trüben Schein der Gaslaternen im Souterrain wurde Robert Zeuge einer unwirklich scheinenden Szene. Als der Mann vor ihm, nur wenige Meter entfernt, seiner zukünftigen Braut einen leidenschaftlichen Kuss gab, blieb ihm die Luft weg. Sogleich stieg der unbändige Impuls in ihm auf, hinzurennen und sie zu beschützen, doch es überlief ihn ein eisiger Schauer, als er sah, dass sie sich nicht zu wehren schien. All das hatte nur eine Millisekunde gedauert.

Robert drehte sich um und ging weg. Auf den wenigen Stufen zum Tanzsaal hinauf erfasste ihn eine unsagbare Traurigkeit, die seine Gedanken in Watte hüllte und seinen Schritt seltsam hölzern erscheinen ließ. Benommen drängte er sich durch die Menge, nahm Hut und Mantel mechanisch entgegen, drückte die schwere Saaltür auf und stürzte in die kalte Nacht hinaus.

Wenig später krallte sich Helene in den Stoff der samtenen Vorhänge, die dem Puderraum etwas Elegantes gaben. Sie glaubte für einen Moment, die Besinnung zu verlieren, aber ein spitzer Ruf holte sie zurück.

»Da bist du ja. Ich suche euch verzweifelt. Weder Robert noch du sind zu finden und es ist bald Mitternacht. Gustav möchte mit uns allen anstoßen.« Erst jetzt bemerkte Tabea, wie aufgewühlt und verwirrt Helene dastand.

»Helene? Was ist geschehen? Bist du in Ordnung? Ich meine, geht es dir gut?« Sie stammelte und hob hilflos die Hände.

Was habe ich verbrochen, dass mir nicht eine Sekunde Ruhe gegönnt wird, dachte Helene völlig ermattet. Die Szene im Flur erschien ihr wie eine Fata Morgana, in ihrem Kopf wirbelte es wie nach einem Schneesturm, kein Gedanke ließ sich wirklich zu Ende denken. Mühsam rang sie sich zu einer beschwichtigenden Antwort durch.

»Alles gut, Tabea. Gib mir einen Moment.« Mit zittrigen Fingern zog sie die Bänder ihres kunstvoll bestickten Pompadours auseinander und klaubte ein Spitzentaschentuch heraus. Fahrig benetzte sie es mit Wasser und legte es sich in den Nacken. Eine Angewohnheit, die Unsicherheit überspielen sollte und die sie von ihrer Mutter übernommen hatte. Fliehend suchte sie mit der linken Hand nach ihrem Talisman. Wo war der Stein? Hatte sie vergessen, ihn anzulegen? Panik kroch in ihr hoch.

Tabeas Blick war sorgenvoll auf sie gerichtet. *Was soll ich nur tun*, fragte sich Helene schwer atmend. Sie kam nicht dazu, irgendetwas zu erklären oder einen vernünftigen Gedanken zu fassen. Die Tür wurde geöffnet und drei laut lachende und schwatzende Damen stolperten in den Raum. Tabea griff zögernd nach Helenes Arm und zog sie beherzt mit sich fort.

Zurück im schummrigen Gang, lehnte sie sich ängstlich um sich blickend an die Wand. Hier, im Halbdunkel erfasste sie die grausige Gewissheit mit eisiger Hand und ließ ihren Puls rasen.

Curt Blasewitz, der leibliche Vater ihrer Tochter, hatte ihr aufgelauert, sie brutal gegen die Wand gedrückt und geküsst. So als ob er ein angestammtes Recht dazu hätte. Sein Atem hatte abstoßend nach Bier gerochen und seine Stimme so herablassend und erniedrigend, als ob sie eine Verflossene wäre, derer er sich ohne Zwang bedienen könne.

Er war aus dem Nichts aufgetaucht und doch musste er den ganzen Abend auf diesen einen Moment gewartet haben. Sie fühlte sich schmutzig und kraftlos, auf einmal kamen all die verzweifelten Gedanken wieder hoch, die sie vor Jahren in eine Starre befördert hatten, derer sie gerade eben erst entflohen war. Ihr Atem ging stockend und die völlig hilflose Tabea bemühte sich redlich, ihr über den Rücken zu streichen und beruhigend auf sie einzureden. Doch die Worte, die sie sprach, drangen nicht zu Helene durch, denn sie hatte nur einen Gedanken: *Was hatte Robert gesehen? Und warum war er weggegangen?*

Als die Turmglocken von St. Johannis das neue Jahr einläuteten, lag Curt Blasewitz angetrunken auf einer Chaiselongue in der Garderobe des Orchesters. Sie hatte ihn angewidert weggestoßen, ihm eine Ohrfeige verpasst und etwas Undefinierbares gezischt, bevor sie mit schnellem Schritt im Puderraum verschwunden war. *Wie damals schon, ist sie kaum zu bändigen, das kleine Luder.* Er lächelte versonnen, strich sich einen Speichelfaden aus seinem Bart und machte Pläne für seinen morgigen Besuch bei den zu Hohenlindens.

Robert Arnstädt hatte die kühle Luft gutgetan. Er schalt sich, so ungestüm reagiert zu haben, denn wer war er, dass er richten dürfte? Immerhin verfolgte ihn selbst ein gewisser Ruf und so manche Tochter aus besserem Hause ging ihm geflissentlich aus dem Weg. Das wusste er.

Auch, dass er nicht der erste Mann war, für den sich Helene erwärmte, hatte er den Gesprächen seiner Mutter mit Dorothea zu Hohenlinden entnommen. Die Freundinnen waren nicht immer diskret in ihren hitzigen Debatten gewesen. Und so kannte er zwar keine Details, doch bei dem, was er aufgeschnappt hatte, schienen sich die beiden Frauen darüber einig zu sein, dass Helene einen Schritt zu weit gegangen sein musste. *Bei den moralischen Standards ihrer Mutter fiel schon ein Kuss oder eine unziemliche Umarmung in diese Kategorie,* dachte Robert, um dennoch gleich zu verspüren, dass ihm all das nicht egal war.

Er liebte Helene. Ja, das gestand er sich offen ein. Sie in den Armen eines anderen zu sehen und anzunehmen, sie könne es gar genießen, machte ihn rasend. Zum ersten Mal in seinem Leben war er eifersüchtig.

Er zog den Mantelkragen um seinen Hals und blickte zurück auf das hell erleuchtete Vereinshaus der *Erholungsgesellschaft*. Hinter den Fenstern bewegten sich Menschen im Reigen der Musik, sah er Gruppen plaudernd und lachend das neue Jahr erwarten. *Was soll ich tun?*, grübelte er und setzte dabei langsam einen Fuß vor den anderen. An der Hausecke gewahrte er ein Pärchen, innig ineinander verschlungen, die Welt vollkommen ausblendend. *Das könnten wir sein*, dachte Robert und sein Herz tat einen Sprung. Schnell wand er sich ab und fasste einen Entschluss. Er würde sich nicht wie ein Duckmäuser davonstehlen, wenn es brenzlig wurde. Das hatte Helene nicht verdient.

Sofort, als er den schweren Samtvorhang zwischen Garderobe und Vestibül auseinanderzog, streifte ihn ihr Blick. Sie stand lächelnd im Kreise ihrer Bekannten und hielt ein Glas in der Hand. Von dem Mann aus dem Kellergeschoss war nichts zu sehen. Ihr kunstvoll aufgestecktes Haar glänzte im Licht der Kronleuchter und als ihr perlendes Lachen zu ihm herüberdrang, überkam ihn eine tiefe Sehnsucht.

Ich werde Helene nicht kampflos aufgeben, was auch immer heute Nacht dort unten im Souterrain geschehen ist, ich werde es herausfinden und damit leben. Er trat an die kleine Gruppe heran, griff sich ein Glas Champagner und gratulierte, nahm selbst Wünsche für ein erfolgreiches 1882 entgegen, tauchte in das lebhafte Gespräch ein.

»Ich bin dir eine Erklärung schuldig«, hauchte Helene ihm ins Ohr und er konnte die Angespanntheit mit Händen greifen, die in diesen wenigen Worten lag. Ihre Augen waren dunkel, wie die kalte See im Winter und auf einmal schien das unerfahrene Mädchen von früher neben ihm zu stehen.

Er wollte wissen, was passiert war, doch hier und jetzt war weder Zeit noch der richtige Platz, um das Ungewisse zwischen ihnen beiden ein für alle Mal zu klären.

»Später, meine Liebe. Wir haben ein ganzes Leben vor uns. Jetzt würde ich dich gerne nach Hause bringen, mit deinen Eltern anstoßen und dann sehen wir uns in den nächsten Tagen.«

Helene wusste nichts zu erwidern. Einerseits war sie unendlich erleichtert, dass er zurückgekommen war, andererseits erschien ihr ihr eigenes Verhalten unverzeihlich. Er war für eine halbe Stunde verschwunden gewesen und sie konnte es ihm nicht verübeln. Fast hatte sie damit gerechnet, ihn nie wieder zu sehen.

Doch nun half er ihr in den Mantel, erfand für Gustav eine halbherzige Erklärung für ihren frühen Aufbruch und schon standen sie in der dunklen Neujahrsnacht. Sie schritten um Abstand bemüht, nebeneinanderher. Ihrer beider Angespanntheit schien greifbar. Erst, nachdem sie einen Umweg nehmend, fast am Altmarkt angekommen waren, wagte Helene einen ersten Vorstoß.

»Was du da gesehen hast, Robert ...« Um Fassung ringend, blickte sie ihn an. Sein Profil war in der Dunkelheit kantig und abweisend, er heftete seinen Blick auf die Kopfsteinpflaster vor ihm und schritt schnell aus. Sie konnte kaum mithalten und flüsterte: »So warte doch, ich kenne diesen Mann.« Der Rest ihrer Erklärung ging in einem ohrenbetäubenden Schnauben und Hufeschlagen, Krachen, Splittern von Holz und einem verzweifelten Schrei unter.

Kapitel 10,
Neujahr 1882

Gustav

Noch immer hatte er den Geruch von Blut und verbranntem Holz in der Nase. Doch weitaus abscheulicher war das Gefühl der Ohnmacht, dass ihn beschlich, als er die Augen aufschlug. Es musste schon mitten am Tag sein, denn selbst durch die schweren Übergardinen drang helles Tageslicht in sein Zimmer.

Ein sonniger Neujahrstag also, dachte Gustav erstaunt. Langsam, aber unaufhaltsam tröpfelten die Bilder der vergangenen Nacht in sein Bewusstsein.

Tabea hatte ihn gedrängt, seiner Schwester und Arnstädt zu folgen. Sie hatte aufgebracht von Helene berichtet, die abwesend und zitternd im Bad gestanden hatte und aufgedreht und übertrieben fröhlich dem Sekt zusprach. Helenes Verlobter hätte sie stehenlassen und dann mahnend auf sie eingeredet, bevor sie zögerlich mit ihm gegangen wäre.

Plausibel waren ihre Erklärungen nicht, was sie konkret alarmiert hatte, war ihm verborgen geblieben, doch sie bestand darauf, Helene nicht allein nach Hause gehen zu lassen. Zögernd und frustriert war er ihr gefolgt, denn sie hatte sich nicht von ihrem Vorhaben abbringen lassen. Selbst seine Drohung, er würde sie nicht begleiten, jetzt, da er endlich so ausgelassen feiere, hatte sie nicht zurückgehalten.

»Du musst mir glauben, irgendetwas ist zwischen den beiden passiert. Ich kann mir nicht helfen, aber Helene ist nicht wohl. Sie war so verstört und Robert sah so verzweifelt, ja fast erzürnt aus. Hast du das nicht gesehen?« Natürlich war ihm aufgefallen, dass Robert kurz den Saal verlassen und danach kaum ein Wort über die Lippen gebracht hatte, aber was scherte ihn der Liebeskummer seiner Schwester.

»Tabea, du übertreibst, lass uns zurückgehen. Wir werden sie nicht einholen.«

»Doch, das werden wir, hier entlang.« Schon griff sie seine Hand und zog ihn in die Königsstraße. Dann liefen sie hastig in eine kleine Gasse, die auf der anderen Seite auf den Altmarkt mündete. Sie hatten Helene und Robert in die Herrenstraße abbiegen sehen, es wäre ein Leichtes sie auf dem Altmarkt einzuholen, bevor sie den Schulberg abwärtsgingen.

»Und außerdem, ich übertreibe nicht, sondern beobachte. Genau wie ich den ganzen Abend sah, wie du dich windest, wenn man dich auf uns ansprach. Was sollte das? Bist du dir nicht mehr sicher, hat deine Familie mich gänzlich abgelehnt?« Sie hielt kurz inne, sah zu ihm hoch und kräuselte die Stirn. Dann wandte sie sich wieder ab und hatte ihn weiter mit sich gezogen.

Ihren Redeschwall konnte er noch heute Morgen hören, es war die reinste Tortur.

»All die Schwüre und Einladungen, die kämpferischen Ansagen, war das nur Gerede? Irgendwie scheinen dich die Tage mit deiner Familie verändert zu haben. Seit du mir beichten musstest, dass sie mich an Weihnachten nicht dabeihaben wollten, bist du unnahbar.«

Sie war mitten im Bänkegäßchen stehen geblieben. Dunkel und verlassen standen die Tische der Fleischermeister, die hier ihre Waren feilboten, hell hob sich ihr Gesicht dagegen ab. Im Schatten der hohen Hauswände hatten ihre Augen geblitzt. Er sah ihre ebenmäßigen Züge vor sich, wenn er die Lider schloss. Im Dunkel der Nacht war ihm die Schamesröte hochgekrochen, dachte er daran, wurde ihm ganz übel.

Sie hatte recht gehabt. Er hatte gezögert, mit sich, seiner Entscheidung gehadert. Und wenn er ehrlich zu sich war, waren es die Worte seiner Schwester gewesen, die ihn aufgeweckt hatten. Doch wie hätte er ihr das klarmachen sollen. Konnte er Tabea bitten, zu warten, nochmals über alles nachzudenken? Genau das hatte er in dieser dunklen Gasse gedacht, doch er hatte den Mund nicht aufbekommen.

»Dein Schweigen ist unerträglich, Gustav«, war es monoton und verzagt aus ihrem Mund gekommen und ihr Arm hatte an der Backsteinwand des Hauses Halt gesucht, an dem sie zum Stehen gekommen waren. Er war besorgt, aber unfähig gewesen, ihr zu Hilfe zu eilen. Jetzt, wie heute Nacht, war er wie gelähmt und sah vor seinem geistigen Auge, wie sie sich abstützend weiter vorwärtsbewegt hatte. Schon schien Licht vom Platz vor ihnen in die letzten Meter der kleinen Gasse und die Rufe von feiernden Betrunkenen hallten in seinem Kopf, so als ob es gerade geschehen würde. Er vernahm das Geräusch von Droschken, die sich spät in der Nacht über die holprigen Fahrwege bewegten.

Als sie aus dem Dunkel getreten war, rann eine Träne über ihr Gesicht. Es hatte ihm unendlich leidgetan, noch immer fühlte er die Verzweiflung des Augenblicks und er wollte jetzt, wie vor Stunden, nichts mehr, als sie in seine Arme ziehen. Er würde ihr über ihrs Haar streichen, beruhigend auf sie einreden und all das Misstrauen nehmen, das sie so schmerzte. Forsch war er auf sie zugetreten, doch zu seinem Erstaunen war sie erschrocken aufgefahren, hatte sich von ihm fortgerissen, stolperte in den Fahrweg und dann war alles unendlich schnell gegangen.

Die Droschke war aus dem Nichts gekommen. Pferde scheuten, Hufe schnellten in den Nachthimmel, Passagiere schrien. Der Kutscher riss die Arme mit der Peitsche in die Luft und schon war Tabea inmitten splitternder Wagenräder verschwunden. Ihr Cape bauschte sich über ihr und verfing sich in den Speichen. Mit Getöse und ohrenbetäubendem Krachen kam das Gefährt zum Stehen und kippte augenblicklich zur Seite.

Gustav erinnerte sich des hellen Scheins, der aus der Petroleumlampe quoll und sich züngelnd an den Vorhängen des Kutschenfensters emporgefressen hatte. Der Lichtschein spiegelte sich in den aufgerissenen Augen einer Frau mit einem hellblauen Umhang im Inneren der Kutsche. Im selben Moment riss jemand den Wagenverschlag auf und schob sie in seine Arme. Er war überrumpelt und wusste nicht wohin mit ihr. Doch er fasste sich schnell und half der Fremden in die nahe

Gasse. Mit zwei weiteren Schritten war er zurück bei Tabea gewesen.

»Kann ich hereinkommen, ich klopfe schon seit einigen Minuten«, vernahm er nun Helene, die langsam die Tür öffnete und vorsichtig an sein Bettende trat. Sie hatte ein Tablett mit Kaffee dabei, doch selbst sein Lieblingsgetränk konnte ihn nicht von seinen düsteren Gedanken befreien. Er schüttelte mit Blick auf die Kanne seinen Kopf und sie stellte den Muntermacher beiseite.

»Ich habe dich nicht gehört.« Seine Stimme klang tonlos und er sah ihr an, wie verzweifelt sie um einen Einstieg in ihr Gespräch rang. Normalerweise würden sie einen Witz machen, sich irgendetwas Absurdes vorwerfen, um das Eis zu brechen, doch heute fiel ihm nichts ein.

Und so saßen sie eine Weile. Sie strich sich den Rock glatt, zupfte am Korsett und stand vor Verlegenheit schließlich auf, um ihm doch eine Tasse dampfenden Kaffee einzugießen. Er trank schweigend, seufzte und sie rückte näher an ihn heran. Ein Blick, ein tiefes Einatmen und schon lagen sie sich in den Armen. Sie hielt ihn wie ein kleines Kind, wiegte seinen Oberkörper hin und her, strich über seinen warmen Rücken und nahm dann sein Gesicht zwischen ihre Hände.

»Sie hat es nicht geschafft«, presste sie hervor und sah ihn lauernd an. Es schien fast, als wollte sie eine Erklärung nachschieben, aber sie schwieg.

»Nicht geschafft, was meinst du?« Gustav konnte das Gehörte nicht einordnen. Er schien aus der Welt zu fallen. Er sah, dass Helene sprach, ihre Lippen öffneten sich, aber es kam nichts bei ihm an. Alles drehte sich.

»Man hat mir heute Nacht versichert, es wären lediglich Abschürfungen und sie käme sicher bald zu Bewusstsein.« Seine Stimme war tonlos und gestelzt.

»Ich weiß, die Oberschwester ist untröstlich, dass sie dich nach Hause geschickt hat.«

»Sie haben sie hinter diesen Paravent geschoben und beteuert, ihre Verletzungen wären nicht bedenklich. Selbst der Kutscher ist mit einem Armbruch davongekommen. Was soll das?« Er schrie, wehrte sie ab, als sie versuchte, ihn in den Arm zu nehmen. Er griff sich an den Hals, japste nach Luft. Sein Atem ging flach und sein Blick irrte unstet im Raum umher, als er schluchzend die Fäuste in seine Bettdecke schlug. Es dauerte eine ganze Weile, bis er wieder aufsah und in die besorgten Augen seiner Schwester blickte.

»Du hättest nicht mehr tun können, Gustav. Der Kutscher hat ausgesagt, ihr wärt unvermittelt aus der Gasse getreten und Tabea unaufmerksam auf die Straße gelaufen. Sicher musst du das alles noch mal dem Schutzmann erzählen.« Sie hätte sich ohrfeigen können, dass sie ihm jetzt mit diesen unsinnigen Details kam, die nichts am Geschehenen änderten.

Sie selbst erinnerte sich ungern an die gestrige Nacht, die so berückend begonnen hatte und dann auf dem Heimweg solch dramatische Wendung nahm. Sie war aufgeputscht durch Wein und Champagner und dabei fast verstörend klar durch das surreale Aufeinandertreffen mit Blasewitz hinaus in die Nacht gelaufen. Der perfekte Moment war gekommen, um Robert ihr Zögern zu erklären. Auf keinen Fall wollte sie am Morgen einem Blasewitz die Möglichkeit geben, ihr Leben ein weiteres Mal zu zerstören. Sie war so sicher gewesen, sie könne sich Robert nun endlich offenbaren und ihren inneren Kampf beenden.

Doch die verzweifelten Rufe, die sie vom Altmarkt gehört hatten, der grausige Anblick verletzter Menschen, die brennende Kutsche und dazwischen ihr Bruder, der wie betäubt an Tabeas Rocksaum zerrte und völlig von Sinnen schien, hatten ihr Vorhaben abrupt beendet. Sie war mit gerafften Röcken hinter Robert zu ihnen geeilt.

Noch im Laufen rief der laut und eindringlich nach dem Nachtwächter, dessen Institut gleich hier um die Ecke lag. Die sechs Nachtwächter der Stadt hatten an Neujahr alle Hände voll zu tun, wollten sie die Straßen und Kneipen sicher halten und gleichzeitig die Feuerwache aufrechterhalten. Doch einer von ihnen war sofort herbeigelaufen und hatte besonnen alles veranlasst, was nötig gewesen war. Ihr war nur geblieben, sich um den Bruder zu kümmern und ihn zum Spital zu begleiten.

***

»Sie hatte sich von mir losgerissen, wollte nur noch weg. Ich habe sie so maßlos enttäuscht. Es ist meine Schuld, dass sie tot ist«, erklärte Gustav hemmungslos weinend einige Stunden später dem erstaunten Polizisten, der sich geflissentlich Notizen in seinen kleinen Block machte. Er leckte ungelenk an seinem stumpfen Bleistift herum und strich sich verlegen den imposanten Schnurrbart, bevor er antwortete. »Aber Sie haben die junge Krankenschwester doch nicht gestoßen, Herr zu Hohenlinden. Die Aussage des Kutschers erscheint mir plausibel.« Hilfesuchend schaute sich der Mann im Raum um und nickte dem Familienoberhaupt untergeben zu, um sich dann auch schon zu empfehlen. Bevor Hans Hofstetter die Tür hinter ihm zugezogen hatte, wetterte Wilhelm bereits los. »Was ist das für ein Unsinn, Junge? Du redest dich um Kopf und Kragen. Schau dir deine Mutter an, sie ist blass und sie kann wahrlich keine Aufregung gebrauchen ...« Offensichtlich tat sich Wilhelm mit dieser Situation nicht leicht, räusperte sich verlegen und suchte abzulenken. Doch es gelang ihm nicht. Zum Erstaunen aller war Dorothea sehr wohl in der Lage, das Durcheinander selbst in die Hand zu nehmen.

»So packt mich doch bitte nicht in Watte. Das Leben hatte in den letzten Monaten so manches für uns parat und es hat ihm gefallen, mich einiges zu lehren.« Sie war aufgestanden und trat mit einem warmen, liebevollen Blick auf Gustav zu. Sie erhob ihre Arme und zog ihn an ihre Brust. Ihr Lächeln verschwand. Traurige Minen und verzagtes Schluchzen einten Mutter und Sohn in dieser Stunde des Verlusts. Keiner der Anwesenden sagte ein Wort oder rührte sich auch nur. Die Zeit schien im Stadthaus an der Syra für einen Moment stillzustehen.

Kapitel 11,
Frühjahr 1882, Plauen

Emma

Das Fieber der kleinen Selma ängstigte sie. Wie nun schon seit Tagen lag das Kind schnaufend und weinend im Bett und wollte weder essen noch trinken. Emma musste ihrer Tochter jegliche Nahrung aufdrängen. Wenn sie dann stundenlang geweint hatte, fiel sie in einen unruhigen Schlaf. Selma warf sich wimmernd hin und her, der kleine Kopf schweißnass und die Fingerchen in die Bettdecke verkrampft, war sie dem Tod näher als dem Leben. Manchmal wachte sie plötzlich auf, rang nach Luft und wand sich unter Emmas Händen. Das glühende Kind schien im Delirium und die Angst um sie lähmte sie fast.

Mal um Mal wickelte sie feuchte Tücher um die schmalen Waden und versuchte so, das Fieber zu senken. Bei jeder Berührung klagte Selma mit zittrigem Stimmchen. Heiser und matt klang das Mädchen. Der Rachen der Kleinen war entzündet und von zähem Schleim überzogen, Schlucken bereitete ihr Höllenqualen. Und doch flößte sie ihr unablässig den Holunderblütentee ein, den sie auf Zimmertemperatur gekühlt

hatte und dessen getrocknete Blüten vom Gut herbeige-
schafft worden waren.

Emma verbrachte die endlos scheinenden Tage allein
mit ihr im Schlafzimmer unterm Dach, Conrad und
den kleinen Jonas hatte sie aus der gemeinsamen Dach-
wohnung verbannt. Wenn sich jemand anstecken
sollte, dann sie selbst, sonst keiner.

Die Diphtheritis hatte sich langsam ausgebreitet. Anfangs hörte man in Plauen nur hier und da von einem
Fall. Hinter vorgehaltener Hand wurde auf dem Markt
vom Würgeengel der Kinder gesprochen, doch Emma
war sich sicher gewesen, sie würden verschont. In diesem eleganten neuen Haus, mit dem neumodischen
Abort, dem frischen Wasser und den sorgsam einge-
führten Hygienemaßnahmen, die Doktor Merk ihnen
allen bei Aufflammen der Epidemie in der Stadt vorgeschlagen hatte, glaubte sie sicher zu sein.

Doch sie blieben nicht verschont. Panisch wurde die
Abreise der Familie für den nächsten Tag organisiert
und der Neugeborene isoliert. Auf dem Landgut wären
sie fern der Keime, die durch das Haus schwirrten,
hatte die Gnädige verlauten lassen und allen Familienmitgliedern anheimgestellt, sich anzuschließen. Sie
nahmen ihren kleinen Jonas mit und hatten ihn in die
Obhut von Emmas Mutter gegeben. Dort war er bestens
aufgehoben.

Seither war sie mit Conrad und Josefa, die einen kränkelnden Neffen versorgte, allein im Haus. Auf ihre
Dienste konnte die Familie für eine Weile verzichten,

gab es doch auf dem Gut ebenfalls eine Köchin, die sich um das leibliche Wohl der Landarbeiter kümmerte.

Conrad war seit Tagen außer sich vor Sorge, ja, er war nicht er selbst. Reagierte gereizt und fahrig, verrichtete seinen Dienst mit stoischer Gleichgültigkeit, doch sein einziges Ansinnen war es, nach Hause zu kommen. Er hatte ihr immer und immer wieder vorgeschlagen, selbst bei Selma sitzen zu wollen, aber Emma hatte abgelehnt. Wie würde das aussehen, wenn sie sich nicht um ihr Kind kümmerte. Es gab so schon genügend Stimmen, die ihre Eigenständigkeit beklagten und nicht verstanden, warum sie als verheiratete Frau und zweifache Mutter arbeitete.

Ihr Blick wanderte von ihrem Flickzeug hinüber zur Kleinen. Selma schlief tief und fest und sie erwog, schnell hinunter in die Küche zu laufen. Josefa hatte versprochen, für sie und das Kind zu kochen. Zwei Portionen Auflauf standen zum Warmhalten im Backofen und Emma entschied, in der Leutestube zu essen.

Die Holzstufen knarzten unter ihren flinken Schritten, doch das waren die einzigen Geräusche, die im sonst so lebhaften Haus zu hören waren. Vorsichtig zog sie die heiße Auflaufform aus dem Rohr und füllte sich eine Portion auf den Steinguteller. Dann schob sie sich in der Nähe des kleinen Kohleofens auf die Bank am Esstisch.

Das monotone Malmen ihres Kiefers, die Wärme, die vom Ofen ausging und die vertraute aufgeräumte Umgebung in der Leuteküche gaben ihr Halt. Langsam stellte sich eine bleierne Trägheit ein und Müdigkeit machte sich in ihren übernächtigten Knochen breit.

Auf dem Kalender gegenüber las sie den Segensspruch, der den heutigen Tag hätte erleuchten sollen. *Welch groteske Vorstellung, dass ich mich einmal an so etwas festhalten würde*, dachte Emma, als sie Schritte im Flur vernahm.

Zu ihrem Erstaunen tauchte August Bader im Türrahmen auf. Schon schob sich sein massiger Körper ihr gegenüber auf die zweite hölzerne Bank und sein Blick suchte den ihren. So nah war er ihr lange nicht mehr gekommen. Während er sich abwandte und nach dem Wasserkrug griff, betrachtete sie ihn.

Er hat zugenommen, die Ehe, das erlesene Essen hat ihn aufgehen lassen, bewertete sie seine Erscheinung mit einem prüfenden Blick. Er war nicht mehr der athletische junge Mann, in den sie sich einst verguckt hatte, und doch ging noch immer eine merkwürdige Anziehungskraft von ihm aus und er schien sie lautlos etwas zu fragen. Emma antwortete unhörbar. Er nickte und sie fragte sich, ob dies der Moment sei, den sie sich in den letzten Jahren so oft ausgemalt hatte.

Und schon flossen zögernd die ersten Worte, dann ganze Sätze aus ihrer verzweifelten Seele, grub sie tiefer und tiefer, bis die Wahrheit und ihr ganzer Schmerz über das dahinsiechende Kind zwischen ihnen auf dem Tisch lag. Erst als sie ohne Worte war, bemerkte sie sein bestürztes Gesicht.

Sie erzählte ihm alles. Nichts hatte sie ausgelassen. Nicht ihre anfängliche Schwärmerei, die aufkeimende Verliebtheit, die Folgen der eisigen Nacht im Dezember vor drei Jahren und auch die überstürzte Heirat mit Conrad blieb nicht unerwähnt. Sie hatte tief gegraben und dabei in ihrem Innersten die Liebe für dieses Kind gefunden, die sie so lange verleugnet hatte. Jetzt, da es dem Tode näher als dem Leben war, bereute sie ihre emotionale Distanz zu ihrer Tochter, die einzig aus dem Gefühl seiner Verschmähung rührte. Dafür hasste sie ihn.

August Bader atmete angestrengt, als er seinen Kopf in seine teigigen Hände lehnte. Schwer stützte er die Arme auf dem Tisch ab und sie wähnte, ihn schniefen zu hören. Doch der Moment verflog, wie er gekommen war. Er schickte ihr einen langen, nichtssagenden Blick über die Tafel, stand schwerfällig von der Bank auf und strich sich die Weste glatt. Als er sich umdrehte und wortlos den Raum verließ, hörte man Emma weinen. Wie damals fand er keine Worte, war aufgestanden und hatte sie allein gelassen. Wieder.

***

Tage nach dieser Nacht erschien ihr der Moment unwirklich, wähnte sie gar einem Traum aufzusitzen, doch August Baders Blick sprach Bände. Er hatte verstanden. Er war sich darüber bewusst, dass sie ihn jahrelang im Ungewissen gelassen hatte und dass es sein Kind war, das hier zwischen Leben und Tod schwebte.

Als einziger der Hohenlindens blieb er im Stadthaus in Plauen, gab wichtige Geschäfte im Kontor vor und erkundigte sich jeden Abend nach dem Befinden der kleinen Selma. Mal fragte er Josefa, mal steckte er sogar seinen Kopf in ihre Stube im Dachgeschoss, in das sich sonst keiner verlief. Auch Conrad sprach davon, wie freundlich der sonst so abweisende Bader ihm gegenüber gewesen wäre.

Nach ein paar Tagen schon bereute sie ihre Schwäche und wünschte, sie hätte sich besser im Griff gehabt. Doch es ließ sich nichts mehr daran ändern. Was geschehen war, konnte sie nicht rückgängig machen.

Nun galt es dem Kind alle Fürsorge zukommen zu lassen, die sie aufbringen konnte. Und die man mit Geld kaufen konnte. Das Geld, das sie damals von Dorothea zu Hohenlinden angenommen hatte, kam ihr sehr zu pass. Damit zahlte sie jetzt Doktor Merk, der sich fast liebevoll um ihr Mädchen kümmerte. Selma fieberte tagelang und nahm kaum Essbares zu sich, es war beängstigend, wie sie immer weniger wurde und ständig im Schlaf fantasierte. Doch der Doktor war sich sicher, sie würde durchkommen.

»Halten sie alles penibel sauber, Emma, solange sich die Entzündung jetzt nur auf den Nasenbereich beschränkt, gehe ich von einer positiven Prognose für die Kleine aus. Auf keinen Fall darf ihr Rachen wieder anschwellen, dann scheinen sich die gesamten oberen Atemwege zu infizieren und die Kinder ...« Er stoppte, wischte sich angestrengt über die Stirn und fragte sogleich nach frischem Wasser.

Umständlich wusch er sich, beendete seinen Satz dabei nicht, strich ihr danach lediglich beruhigend über die Schulter.

»Egal wie sehr sie sich sträubt, nahrhaft und voller Vitamine sollte die Kost sein. Auch wenn sie lange braucht, ehe sie hinunterschlucken will, sie muss essen und trinken.« Emma hatte genickt und nicht nachgebohrt, irgendwie hatte sie eine Ahnung, dass es nichts Gutes war, was Doktor Merk ihr verschwieg.

Helene

Die Aufregungen um den Tod von Tabea Schuster und die kühle Distanz, die nach dem Neujahrsfest zwischen Robert und ihr aufgekeimt waren, beunruhigten Helene. Zwar hatte sie ihm geschrieben und um Aufschub und Verständnis für die Situation im Haus zu Hohenlinden gebeten, doch seine Antworten waren sachlich und zurückhaltend gewesen.

Am Morgen nach Tabeas Tod war sie ihm ausgewichen, froh über die Ablenkung von ihren eigenen Problemen. Die geplante Aussprache hatte sie immer wieder aufgeschoben. Rückblickend wusste sie, wie schofel das von ihr gewesen war. Immerhin hatte sie ihm gesagt, sie möchte ihn heiraten, müsse ihm aber etwas Wichtiges erklären. Dazu war es nie gekommen und er würde sie sicherlich nicht drängen. Das war nicht seine Art. Dieses Schweigen stand seither zwischen ihnen.

Was war es nur, dass sie davon abhielt, sich zu ihm und ihr, zu einem wir zu bekennen und ihm endlich alles zu erklären? Was konnte denn passieren? Dass er sich umdrehte und wortlos das Haus verließ? Undenkbar, Robert war nicht solch ein Mann. *Aber was hält dich dann ab*, befragte sie sich fast täglich und nun, nach Wochen, konnte sie die Wahrheit nicht mehr ignorieren.

Sie hatte Angst, Angst vor diesem Schritt, der sie von Esther entfernen könnte. Jetzt, da sie endlich eine engere Bindung zu ihr aufbaute, sie sich näher waren als je zuvor, schien es undenkbar, sie wieder zu verlieren.

Sie selbst hatte im Januar tagelang bei jedem Besucher im väterlichen Hause gebangt, ob es Blasewitz sei, der bei ihren Eltern vorstellig werden würde. Doch er kam nicht. Wie eine Fata Morgana war er am Silvesterabend aufgetaucht, um dann wieder zu verschwinden. Sie hatte sich eine Geschichte für die Eltern zurechtgelegt, hätte auch jetzt seine Identität nicht preisgeben. Ob ihr das gelungen wäre? Sie bezweifelte es.

Seither erstarrte sie, wann immer die Türglocke schellte. Hatte Blasewitz die Courage verlassen? Sie hoffte es; tief drin jedoch, bangte sie.

Aber es gab noch mehr, das sie umtrieb. Auf einmal fand sie sich zwischen Vater, Bruder und Schwager, die ständig über ihren Kopf hinweg Entscheidungen trafen. Sie war Anteilseignerin, doch niemanden schien das zu kümmern. Weitaus aufreibender war es, dass ihr Umfeld nicht im Entferntesten verstand, welche Umwälzungen für die Stickereiindustrie anstanden. Nun, da Robert ihr als Gesprächspartner fehlte, war es einzig Johanna, die sie in ihre Gedanken einbeziehen konnte.

Die Tüllspitze war etabliert, sie hatte einen warmen Regen lukrativer Aufträge in ihre Bücher gespült. Die Stadt war wie im Fieber, täglich erreichten riesige Ballen Tüll aus England den Bahnhof und beinahe täglich verließen große Mengen fertiger Ware das Vogtland.

Vom Lohnsticker bis zum Kartonagenhersteller profitierten alle von dem Segen, der mit dem Spitzengeld in die Stadt geschwemmt wurde. Ob Maschinenhersteller oder Ziegelei, ob Druckereien, Vermieter, Anwälte, Gasthäuser oder Hotels, sie alle lebten erfreulich angenehm von dem Geld, das durch die Weißwarengeschäfte verdient wurde. Es war für die meisten unter ihnen ein komfortableres Leben als noch im letzten

Jahrzehnt. Und die Stadt wuchs. Schulen wurden errichtet, Straßen neu geplant und selbst die Gasanstalt wurde erweitert.

Doch keiner in ihrer Familie schien zu sehen, wohin die Entwicklung nun gehen müsste. Schlimmer noch: Ihr Schwager verhöhnte die Musterzeichner der Innung, die sich mit der luftgerechten Schablone für zukünftig trägerfreie Spitzengebilde abmühten. Aber eine Spitze, die man nicht mehr auf einen Trägerstoff sticken musste, war ihrer Meinung nach die Zukunft.

»Wohin soll das führen?«, hatte August ihrem Vater nach einem Kaffeehausbesuch gefragt und sich breit lächelnd auf die Schenkel geschlagen. »In den Gasthäusern der Stadt nennt man sie die Luftikusse. Denk nur, Wilhelm, wie kann man sich derart der Lächerlichkeit aussetzen?«, hatte ihr Schwager gesagt. Papa hatte zwar nicht geantwortet und schien tief in Gedanken, aber er wies ihn auch nicht zurecht. Das oblag wieder einmal allein ihr und sie wusste, August hasste nichts mehr, als wenn sie sich einmischte.

»Hast du genauer nachgefragt, wie weit sie schon gekommen sind? Ich meine, dir wird doch bewusst sein, wohin das alles führen wird, August?«

Sein Blick war erst gelangweilt und dann fragend zwischen ihr und dem Vater hin und hergewandert. Die Antwort kam widerwillig und seine Stimme unterstrich, wie sie ihn langweilte. »Wo soll das schon hinführen? Es ist unnütze Zeitverschwendung, darauf zu hoffen, man könne eine Schablone erfinden, nach der Spitze maschinell ohne jeglichen Tüll hergestellt wird. Das ist unmöglich. Man braucht den Trägerstoff.«

»Zeitverschwendung ist es nur dann, wenn sie den Tüll nach der Aufbringung der Spitzenmuster nicht entfernen könnten. Das ist es doch, wonach Anton Falke wirklich strebt, du Dummkopf.« Ihr Temperament war mit ihr durchgegangen und sie schlug sich augenblicklich die Hände vor den Mund, bevor sie beschwichtigend einlenkte. »Entschuldige, August, es ist ... ach ...« Sie suchte nach Worten, wollte ihn besänftigen, um mehr aus ihm herauszubekommen. Denn was ihr fehlte, waren die Informationen, die er bei seinen Abenden in den Wirtshäusern der Stadt bekam. Dann saßen die talentierten Musterzeichner und Spitzenfabrikanten zusammen, tauschten sich aus, tüftelten. Für sie gab es solche Stammtische nicht. Wie gebannt hing sie deshalb an seinen Lippen, aber heute machte er sich nur lustig, wo sie selbst tausend Fragen hätte. Doch sie kam nicht dazu, sich zu erklären.

»Ich hoffe, du hast dich besser im Griff, verehrte Schwägerin, wenn deine Mutter dir heute Nachmittag beim Tee, Frau Münzing vorstellt.« August lächelte süffisant und suchte mit einem Blick die Unterstützung des Vaters. Das Wohlwollen stand Wilhelm zu Hohenlinden auf die Stirn geschrieben.

»Das nenne ich mal gute Zusammenarbeit, meine Lieben. Die Bleicherei Münzing arbeitet seit Jahren schon mit Falke und deren Reputation bedarf keiner Erklärung. Mancher nennt sie auch die Alchemisten.«

»Genau, Papa. Wenn Helene mutmaßt, ich habe kein Interesse an der Entwicklung der Spitze, dann –«

August atmete tief und schloss dramatisch seine Augen, bevor er entnervt fortfuhr: »Ich höre so dies und das und stelle Verbindungen her. Vor einigen Wochen zum Beispiel gab es da diesen Mann. Mitte dreißig, hochgewachsen, drahtig und nicht auf den Kopf gefallen. In jungen Jahren war er Bleichereigehilfe, kam aus Untertriebel in die Stadt und hat sich bei Münzing in der Bleicherei einen Namen gemacht. Johann Kolmar hat heute zehn Gehilfen unter sich, arbeitet dem Vorsteher zu und ist sozusagen sein Meister für die komplizierten Tüfteleien.«

»Meinst du Johann Christian Kolmar? Ist seine Frau Antonie nicht Emmas Cousine?«

»Gut kombiniert, Schwägerin. Als wir damals nach ein paar Bier darauf kamen, dass sich unsere Familien, sagen wir weitläufig kennen, begann er aus dem Nähkästchen zu erzählen. Nansoc will Falke für die neue Spitze verwenden. Feinster, feinfädiger Nansoc wird es sein, auf den man die bündigen Muster überträgt.« August war sichtlich von sich selbst beeindruckt, strich sich über den Bart und nippte an seinem Whiskey.

»Anton Falke ist begabt. Er bringt alles mit, was ich gerne gelernt hätte. Als Weber hat er sogar Zeichnungen erstellt, deren Endprodukte auf der Leipziger Messe reißend Absatz fanden«, erklärte Helene schwärmend.

»Komm auf den Punkt, Kind«, unterbrach sie der Vater und schloss: »Jeder weiß, dass der Mann erst ein Zeichen- und dann ein Stickereigeschäft sein Eigen nannte. Und jetzt tüftelt er also wieder.«

»Nicht einmal ein noch so kleines Fitzelchen wird auf seinen Mustern in der Luft hängen, oder keinen Anschluss haben. Alle Hörnchen, Blumen, Muscheln oder Stäbchen werden aneinander anschließen, hat der

junge Kolmar mir vorgeschwärmt und dabei genüsslich von dem von mir spendierten Bier getrunken«, fiel
ihm August wieder ins Wort.

»Und von der so gestickten Spitze will man bei
Münzing den Grundstoff wegätzen?« Helene war faszi-
niert und folgte ungläubig den Ausführungen ihres
Schwagers.

»Noch versuchen sie es mit Chlor, doch das greift die
Stoffe an.« August sog an der Pfeife und sah hinüber zu
seinem Schwiegervater, der sich Notizen gemacht
hatte und aufmerksam vornüber gelehnt auf einem
Sessel saß.

»Und das hast du alles von diesem Kolmar?«, fragte
Wilhelm in die Runde.

»Ja, aber ich weiß nicht, wie weit sie schon gekommen
sind. Das ist das Problem. Kolmar hat nur erzählt, dass
es wahrscheinlich funktioniert, Münzing aber derzeit
nicht daran arbeitet. Die Spitzenfabrikanten der Stadt
sind alle durchweg mit der Tüllspitze beschäftigt. Volle
Auftragsbücher überall, kein Ende abzusehen, genau
wie bei uns. Somit ist auch die Bleicherei gut im Geschäft und konzentriert sich ausschließlich auf die Ver-
edelungen.«

»Das heißt, es wird nicht weiter experimentiert? Man
muss doch sehen, wie aufregend dieses Produkt ist.
Überlegt doch, eine Spitze ohne Trägerstoff wäre eine
Weltneuheit.« Helene war aufgebracht. In ihrem Kopf
wirbelten die Gedanken hin und her. Sah man denn
nicht, welch Potenzial da schlummerte? Sie war verstummt und sinnierte darüber nach, wie sie an noch
mehr Informationen von diesem Johann Christian
kommen könnte.

»Ich sehe, wie es in dir arbeitet, mein Kind.« Wilhelm schüttelte sacht seinen Kopf und machte sich eine weitere Notiz. »In Mamas Teestunde könntest du Frau Münzing fragen, wie es vorangeht, ob sie daran arbeiten. Es wird dir schon ein unverfänglicher Grund einfallen, Helene. Nimm eines deiner Muster mit. Darüber lässt sich immer gut erzählen.« Ihr Vater sah sie an und sein Vorschlag schien mehr eine Anweisung zu sein. Sie nickte.

»Und du August, solltest dich öfter im Tunnelsalon sehen lassen. Die Chemiker der Stadt haben begriffen, dass es eine Möglichkeit geben muss, sich des Unterstoffes zu entledigen, und tüfteln dort Abend für Abend bei Wein und Bier, wie man hört. Die Resultate sind derzeit nicht vielversprechend und Neubauers Beizanstalt ob der abscheulichen Gerüche in Verruf geraten, doch man kann nie wissen. Also haltet Augen und Ohren offen.«

Damit war für ihren Vater das Thema vorerst erledigt gewesen, doch Helene lag nachts stundenlang wach und überlegte, was sie tun könne. Der Nachmittag hatte keinerlei neue Erkenntnisse gebracht. Einzig ihre Neugier war allen aufgefallen und der Besucherin befremdlich vorgekommen.

»Sie müssen meine Jüngste entschuldigen, Frau Münzing, sie hat diese Leidenschaft für die Spitze mit der Ammenmilch aufgesogen«, hatte ihre Mutter versucht, sie in Schutz zu nehmen und ihr einen strengen Blick zugeworfen. Dennoch hatten die Damen das Thema Spitze, die daraus hervorgegangenen wohlhabenden Familien, begierig aufgenommen und allerlei

Tratsch zum Besten gegeben. Gelangweilt hatte sie dabeigesessen, doch eine Geschichte hatte sogar sie aufhorchen lassen.

»Wie viel Wahrheit steckt wohl in dieser bizarren Begebenheit?«, hatte sich die Lehrergattin Weise vernehmen lassen und sich mit einem opulent bestickten Taschentuch die Nase getupft. Helenes Mutter unterbrach ihre Unterhaltung mit ihrer Nachbarin und bemüßigte sich um Aufklärung.

»Nun, ein Jugendfreund meines Schwagers erzählte ihm davon. Dessen Eltern waren höchstselbst an dem Abend an der Elsteraue zugegen«, sagte sie nachdrücklich und entkräftete den leisen Vorwurf, Lügen zu verbreiten.

»Geld, Macht und Einfluss zu haben ist eben nicht nur eine Freude, sondern auch Bürde«, hörte Helene Frau Stadtrat Schiller sagen.

»... und eine Verpflichtung«, schob die Gattin von Seminaroberlehrer Weise hinterher. Beifall heischend schaute sie dabei in die Runde eifrig nickender Damen.

»Dieser Verpflichtung wird Conrad Gössels Entscheidung, seiner Frau einen jüngeren Mann auszusuchen, zugrunde gelegen haben. Man mag den alten Herren töricht schelten, irgendwie finde ich nobel, was er getan hat.« Helene konnte sich noch immer keinen Reim auf diese Geschichte machen. Sich umblickend erkannte sie auch in anderen Gesichtern Unverständnis. Ihre Mutter mühte sich daher, den Damen die Geschichte etwas ausführlicher zu erzählen:

Vor circa 45 Jahren wurde, den Klatschbasen der Stadt entsprechend, im Hause des wohlhabenden Kaufmanns und Spinnereibesitzers Ernst Wilhelm Conrad

Gössel, an der Bleichstraße ein opulenter Empfang ausgerichtet. Die reichsten und namhaftesten Plauener Geschäftsleute, Honoratioren und Beamte samt Gattinnen waren geladen und eine elegante Tafel war hergerichtet worden.

Der Abend sollte an Brisanz alles in den Schatten stellen, was vorherige Feierlichkeiten in der Stadt bisher geboten hatten. Gössel, einstiger Kommis in der Kattunfabrik Facilides & Co. hatte 32-Jährig die vermögende Witwe des Eigentümers geheiratet und führte das bedeutende Geschäft erfolgreich weiter, bis zum Ableben seiner Frau. Nun war er in zweiter Ehe mit der fünfzig Jahre jüngeren Wilhelmine Caroline verheiratet. Die lebenslustige junge Dame konnte ihm leider keine Kinder gebären. Sollte er aber sterben, käme deshalb all sein Vermögen in die Hände eines Vormundes seiner Caroline. Die Eheleute waren sich zugetan und respektierten einander, und so hatte Gössel einen Plan für sein Ableben ausgeheckt.

»Seiner Frau sollte es an nichts fehlen, er war sehr um ihr Wohl bemüht«, erklärte Dorothea und hatte nun die Aufmerksamkeit aller Damen sicher.

»So etwas hört man nicht oft von älteren Herren, die an der Seite jüngerer Frauen noch einmal aufblühen. Immerhin wissen sie sogleich eine geeignete Pflegerin an ihrem Krankenbette«, warf Frau Schiller ein und erhielt allgemeine Zustimmung.

»Im Falle von Gössel weiß man, er war darauf bedacht, sein Vermögen zu sichern und außerdem seine Frau glücklich zu machen. Ihm ging es weniger um sein Wohl als um das, was er hinterlassen würde. Und so holte er seinen Neffen aus Paris nach Plauen, nahm ihn ins Geschäft auf und übertrug ihm auch die Galanterie.«

»Was meinst du damit, Mama?«, ließ sich Helene vernehmen, die die ganze Erzählung mittlerweile aufregend fand. Wer hatte denn so etwas schon einmal gehört?

»Nun, Ernst Carl Heinrich Löbering, der Neffe, ging mit Caroline aus. Er begleitete sie auf Einladungen und übernahm gesellschaftliche Verpflichtungen, die dem alten Conrad Gössel Unbehagen verursachten. Der Freund meines Schwagers beschrieb ihn zwar auch als despotischen Kauz, wenn man so will, aber nun ja ...« Dorothea erwartete Widerspruch, der nicht auf sich warten ließ.

»Man sollte seine Verdienste nicht unerwähnt lassen, liebste Freundin. Er war ein wahrhafter Gönner der Stadt, sogar Sachsens, so weit ich mich erinnere. Allein unser Theater wäre eine Gedenkbüste für ihn wert. Wir alle haben es während seines Bestehens mehr als genossen«, schloss Frau Weise leicht resigniert und in mattem Ton.

»Wie recht du hast. Ohne sein Zutun hätte es das Theater wohl nicht gegeben. Und trotz all seiner Verdienste war Kammerrat Gössel eben auch als verschrobener Alter bekannt. Wer sonst würde den nächsten Ehemann seiner eigenen Frau in Geschäft und Haus holen? Und dann die Scheidung auf einer großen Festivität vollziehen lassen und nicht im stillen Kämmerlein?« Die Damen nickten allesamt und tuschelten untereinander.

»Wenn ich recht erinnere, hat er noch am selben Abend die Vermählung der ahnungslosen jungen Leute durchgesetzt, richtig?« Die Lehrergattin rümpfte die Nase, als sie dies hörte und keine der anwesenden Damen ließ das pikante Detail unkommentiert.

Helene war schockiert. Ging so etwas? Eine Ehe auflösen und am selben Abend eine neue schließen? Ihre Mutter schien die Frage zu ahnen.

»Es scheint dir absurd, mein Kind. Ich weiß und heute ist solch Vorgehen undenkbar. Doch vor einem halben Jahrhundert hatte ein Mann mit den besten Beziehungen an den sächsischen Hof und zu seinem obersten Herrscher alle Möglichkeiten.«

Die Damen in Dorotheas Salon diskutierten das Für und Wider dieser obskuren Begebenheit noch für eine ganze Weile. Sie hinterfragten die rechtliche Grundlage der landesherrlichen Verfügung, nach der der geladene Plauener Justizamtmann die Scheidung vollzogen hatte. Nach einigem Zögern wohl, aber da auch der Superintendent der Kirche der Trauung zugestimmt hatte, wurde Caroline mit Löbering verehelicht. Damit war Gössels Nachlass gesichert, denn die Neuvermählten wurden von ihm als Universalerben eingesetzt. Als man begann, von der Hochzeitsreise des Paares zu schwärmen, hatte sich Helene verabschiedet.

***

Die kommenden Tage verbrachte sie am Zeichentisch, in der Bibliothek und bei ihrem hauseigenen Musterzeichner. Sie entwarfen, verwarfen, probierten und resignierten. *Die Ablenkung ist zwar formidabel,* dachte sie an einem Freitagabend, *aber die Arbeit bringt mich bei meinem persönlichen Anliegen nicht weiter.* Sie sah vergnügten Pärchen im Park gegenüber dabei zu, wie sie den Lokalen zustrebten, ausgelassen lachend und auf einen netten Abend hoffend. Sie saß hier allein, ohne den Mann, den sie doch so sehr wollte.

Ich muss mich endlich wieder um Robert bemühen. Er fehlt mir, dachte sie. *Zu viel Zeit ist verstrichen. Was, wenn er glaubt, dass ich ihn nicht mehr will?* Außer Johanna hatte sie niemanden, mit dem sie über ihr inneres Zerwürfnis reden konnte. Doch auch ihre Schwester war mehr und mehr mit den Kindern beschäftigt, immer seltener kam sie ins Kontor. Das führte dazu, dass Helenes Hilfe mit Esther nicht so gefragt war wie vor Jahresfrist. Die gemeinsamen Nachmittage mit der Kleinen waren weniger geworden. *Auch daran muss sich schnellstens etwas ändern*, dachte sie an jenem Freitagabend.

Spontan entschied sie sich, Robert zu telegrafieren. Sie bat ihn frank und frei, ihr zu verzeihen, und versicherte, dass sie alles erklären würde. Die Tage nach dem Telegramm verbrachte sie in angespannter Erregtheit, aufgekratzt erwartete sie einen Boten mit einer Nachricht. Doch erst nach zwei langen Wochen erhielt sie einen Brief von Hannelore, in dem die ihr mitteilte, dass Robert verreist wäre und sie ihn erst in ein paar Wochen zurückerwarte.

Helene war erstaunt und enttäuscht. Er hatte sich nicht bei ihr abgemeldet oder ihr ein Lebenszeichen gesandt, wie im letzten Jahr. Kein Brief, keine Karte. Noch immer stand eine Aussprache aus, hatten sie den Vorfall auf dem Silvesterball nie geklärt. Sie würde ihm nachreisen, entschied sie aufgekratzt und sann nach

Wegen, ihren Vater von der Dringlichkeit ihres Vorhabens zu überzeugen.

Doch ihre Pläne waren durchkreuzt worden. Eine weitere Epidemie erschwerte die Zusammenkunft mit ihrem Liebsten. Selbst wenn sie gewollt hätte, ihn zu sehen, die grassierende Diphtheritis zwang sie, aufs Gut zu fahren. Sie würden für eine Zeit lang auf dem Gut bleiben, mussten sich und die Kinder unbedingt schützen. Sie wurde zurückkatapultiert in ihr Leben als Tante Helene. Die junge Unternehmerin ließ sie in der Stadt zurück.

Kapitel 12,
Frühjahr 1882,
Gut Hohenlinden

Johanna

Seit zwei Wochen harrten sie nun schon auf dem Gutshof aus. Die grassierende Diphtheritis hatte sie aus der
Stadt getrieben und die Schwestern versuchten an die
Sommer anzuknüpfen, die sie mit Omama Karoline im
Tetterweinbachtal verbracht hatten. Sie verbannten
den Gedanken an die grausame Krankheit und taten so,
als ob sie freiwillig hier zur Sommerfrische wären.

In ihren Träumen von damals mischten sich Bilder
von flachsgelben Feldern mit dunklen Tannenwäldern,
deren mit Nadeln übersäter Boden so weich wie der
Quark einer Eierschecke war. Hoch oben drehten
Raubvögel elegante Runden, schwerelos segelten sie
dahin, um dann mit atemberaubender Schnelligkeit
hinab auf die Wiesen zu stoßen. Im Tau eines satten
Pappnschtocks – eines Löwenzahns, tummelten sich
winzige Spinnen, sein grünes Blattwerk reckte er in einen endlos blauen Himmel.

Doch die Kindheit war vorüber, die Sonne weniger
strahlend und die liebevolle Matriarchin lebte nicht

mehr. Das Gut war nach Großmutter Karolines Tod ein anderes geworden und auch sie hatten sich verändert. Die Kindertage schienen weit weg. Wenn Omama sie hier in der Gesindeküche in den Arm genommen hatte, Johanna auf dem Tisch sitzend saftige Pflaumen in den Mund schob oder sie Marmeladen probierte, war Sommer gewesen. Dann hatte sie ihre Nase in Karolines Dutt gesteckt und Sonne, Heu und Kamille gerochen. Das war Heimat, Geborgenheit, so schmeckte bedingungslose Liebe, wie man sie nur als Kind empfand.

Trotz der überstürzten Abfahrt hatten sich die Schwestern mit den Kindern, so gut es ging, eingerichtet. Wie in jedem anderen Sommer verfolgte Johanna ihr Tagwerk, sprach sich mit dem Verwalter ab, plante mit ihm die Fruchtfolgen auf den Äckern, beauftragte den Tierarzt zu Routineuntersuchungen beim Vieh, orderte das Kleinmädchen den Frühjahrsputz zu beginnen.

Helene half mit den Salatsetzlingen, fuhr mittwochs auf den Markt, bewegte die Pferde und spielte mit den Kindern. Besonders Esther klebte mit einer Vehemenz an ihr, die Johanna manchmal aufhorchen ließ. Zu oft begab sich das Mädchen in die Hände ihrer Tante, doch sie selbst war mit dem kleinen Thomas beschäftigt, er forderte mehr, als Esther es jemals getan hatte, ihre Aufmerksamkeit, zart und gebrechlich, wie er war. Sie gab also vor, alles sei so wie in jedem anderen Sommer, doch das war es nicht. Die Sorge um Selma, Esther und Thomas saß ihr im Nacken, beherrschte ihre Gedanken.

August hatte sie nicht ein einziges Mal besucht. Lediglich ein paar Zeilen hatte er hastig auf Firmenpapier gekritzelt und sie wissen lassen, dass seine Abwesenheit nur dem Schutz der Familie diente. Er war in Plauen geblieben und selbst im großen Haus an der Syra, der Krankheit stetig ausgesetzt, wollte nicht riskieren, sie anzustecken. Sie verstand seine Beweggründe, doch sie vermisste eine kleine persönliche Note, einen Gruß nur an sie, seine Frau. Fast geschäftlich schien sein Schreiben und es hätte auch vom Sekretär kommen können, so kalt kam es ihr vor.

Tief atmend legte sie die Zeilen achtlos beiseite und sah durch die geöffneten Flügeltüren hinaus in den Garten. Frisches Grün blitzte an allen Büschen und Bäumen und der Anblick böte einem Auguste Renoir genügend Vorlage für ein Dutzend prachtvoller Zeichnungen. Der französische Impressionist begeisterte sie mit seinen authentischen Bildern. Die Lebensfreude darin, die Farben, die Noblesse und Leichtigkeit erinnerte an freudvolle Sommertage, ausgelassene Picknicks. Sie verkörperten die pure Heiterkeit und seit einigen Jahren waren die Gemälde in vielen Salons gerne gesehen.

Die in ein Buch vertiefte Helene, die mit den Kindern auf einer Decke unter den Apfelbäumen saß, erinnerte sie an *Das lesende Mädchen* von Renoir. Ein übergroßer Strohhut thronte auf ihrer Haarpracht und er war wie beim großen Meister mit Frühlingsblumen geschmückt. Margariten und wilder Salbei steckten am Hutrand und strahlten mit Gänseblümchen und Kamille um die Wette. Selbst eine erste Kornblume erkannte sie und sie fragte sich, wo Helene heute Morgen all diese Schätze gefunden hatte.

Nun stand Esther neben ihrer Schwester, steckte ihr Stupsnäschen in den Blumenkranz auf dem Hut und gestikulierte, fasste sich an die Nase und nieste. Laut lachend zog Helene ihre Tochter auf den Schoss und begann sie zu kitzeln, sodass ihr Lachen bis hier herüber zu hören war. Ausgelassen strampelte Esther mit den Beinen, fuchtelte wild mit den Armen, als Helene sie weiter neckte und ihr mit einem Grashalm in den Nacken fuhr. Die aufgedrehte Szene brachte Johanna ins Grübeln. Solch fröhliche Momente waren selten zwischen ihr und Esther, vielleicht war doch etwas an diesem speziellen Mutter-Tochter-Band. Denn das da etwas war, konnte man nicht verleugnen.

Erst heute Morgen hatte sie von Helene gehört, dass die Kleine seit ein paar Tagen wieder jede Nacht in ihrem Schrank saß.

»Sie scheint nicht durchzuschlafen, irgendwann wacht sie auf, schiebt sich durch die Gitterstäbe und tapst in mein Zimmer. Anstatt sich ins Bett zu legen, versteckt sie sich in meinem Schrank und ich bin jedes Mal froh, wenn ich sie überhaupt ertappe. Was, wenn sie einschläft und die ganze Nacht unentdeckt in ihrem Versteck hockt? Rosalia wäre am Morgen sicher außer sich vor Sorge.«

»Ich würde es auch bemerken, ich sehe in der Nacht nach ihr und bisher war sie ja immer wieder zurück.« Johanna versuchte das Ganze herunterzuspielen, versagte sich eine tiefere Analyse und nur an Tagen wie heute, gestand sie sich ein, dass es sie fast neidisch machte.

Helene hatte nicht von dem Thema abgelassen. »Ich frage mich, was sie ängstigt, warum sie all diese befremdlichen Fragen stellt. Irgendetwas ist da.«

»Was denn für komische Fragen«, hatte sie unwirsch geantwortet und hörte noch jetzt ihre unnatürlich schneidende Stimme. Unwohlsein war in ihr hochgekrochen und entgegen ihrer sonstigen Natur, schlug sie die Augen nieder und würgte es weg. Niemals würde sie zeigen, wie sehr sie davon getroffen war, Esther mit ihren nächtlichen Angstträumen in Helenes Armen zu wissen. *Jetzt fang doch nicht mit Eifersüchteleien an*, rief ihr ihr Gewissen zu und sie sah hoch. *Missgunst steht dir nicht, vor allem nicht, wenn es um Schwester und Tochter geht.* Sie nahm sich zusammen und hatte Zugewandtheit geheuchelt. »Entschuldige, ich bekomme etwas wenig Schlaf, Thomas ist ständig wach und ruft nach mir, ich bin praktisch am Schlafwandeln«, hatte sie lächelnd gesagt und sich Helenes Erklärungen angehört.

»Esther hat Albträume, ich weiß nicht, ob die Märchen gut für sie sind, vielleicht sollten wir ihr selbst erdachte Geschichten erzählen, ohne alte Hexen und sprechende Bäume, dunkle Wälder und Gnome. Sie kann das nicht verarbeiten.« Sie hatten sich darauf geeinigt, Grimms Märchen für eine Weile wegzulassen, und ja, Johanna wusste, dass Helene wundervolle Geschichten von kleinen Entenküken auf Lager haben würde, die dem Mädchen genauso gefielen. Hoffentlich beendete das ihre nächtlichen Ausflüge.

Es war ihr nicht vergönnt, sich ihren Gedanken weiter hinzugeben. Helene gestikulierte ihr rufend und winkend, hinüberzukommen und Esther, die ihren kleinen Bruder in ihrem Schoß wiegte, fuchtelte wild mit den Armen.

»Mama, so komm doch. Helene liest aus ihrem Buch vor, es ist vergnüglich«, schallte es von der Wiese. Sie konnte sich ein Schmunzeln nicht verkneifen. *Wenn dieses Kind eines konnte, so ist es, sich gewählt auszudrücken.* Schmunzelnd ergriff sie ihren Hut.

Zu viert verbrachten sie den Vormittag unter den Bäumen. Mit eingeschlagenen Beinen saßen die Schwestern einträchtig nebeneinander und ließen sich von den Reimen Eichendorffs verzücken, die Helene aus einem kleinen Gedichtband rezitierte.

Esthers Plappern verstummte nach einer Weile. An Helene geschmiegt, rollte sie sich zusammen wie ein Kätzchen, schloss die Augen und schlief ein. Beseelt von der Schönheit des Augenblicks und der Ruhe dieses Frühlingstages waren die Schwestern mit ihren eigenen Gedanken beschäftigt.

Zwar blätterte Johanna in Thekla Gumberts *Töchter Album*, das wie in jedem Jahr unter dem Christbaum gelegen hatte, doch konnte sie heute keine der Geschichten fesseln. Viele davon waren mit erhobenem Zeigefinger geschrieben und entlockten ihr nur ein geringschätziges Prusten. Andere waren unterhaltsam, seicht und ja, manchmal auch lehrreich. Heute sah sie sich nur die Bilder an, studierte die Atlanten und reiste mit dem Finger auf der Landkarte durch das norddeutsche Tiefland.

»Musst du auch so oft an unsere Reisen an die Ostsee denken, Helene? Es kommt mir so vor, als wäre das in einem anderen Leben gewesen. Schau hier, in der Neustädter Bucht, da waren wir schon«, sagte Johanna leise und stupste ihren Finger auf die Karte. »Und da oben ist Kopenhagen, Schweden oder da: Memele, am kurischen Haff. Was hatten wir für Pläne, wollten die Welt bereisen.« Johanna beobachtete, wie sich die Gesichtszüge ihrer Schwester verspannten, als sie den Gedichtband aus der Hand legte und ihrem Zeigefinger folgte, der immer auf der Karte hin und her wanderte. Dann griff sie nach dem Almanach und klappte ihn mit einem lauten Klatschen zu. Eine Millisekunde der Stille stand zwischen ihnen und Johanna sah Helene sprachlos an. Bevor sie etwas sagen konnte, erwachten die Kinder gleichzeitig und der kleine Thomas greinte augenblicklich.

»Komm, kleiner Mann, alles nicht so schlimm. Ist nur die Tante Helene, laut wie immer ...«, sprach Johanna auf ihn ein und nahm ihn hoch. Sie wiegte den Jungen behutsam, doch bald schon verströmte das süße Bündel einen unangenehmen Duft und die kleine Gemeinschaft löste sich auf.

»Ich gehe mit Esther zum Weiher«, ließ sich Helene vernehmen und Johannas Augen weiteten sich. Sie sah, wie ihre Schwester das Kinn reckte, aber nichts erwiderte. Im vergangenen Jahr hatte sie ihr verraten, dass der Weiher ihr heiliger Platz sei, ihr geheimer Ort, an dem sie sich Esther am nächsten fühle. Es sei die Umgebung, die sie brauchte, um sich ihrer Bestimmung als Esthers Schutzengel zu vergewissern. Johanna war bei dem Wort aufgeschreckt, hatte gefürchtet, Helene redete sich etwas Übersinnliches ein und eingedenk ihrer seelischen Verfassung, hatte sie damals erschrocken reagiert.

Doch mittlerweile war ihre kleine Schwester in eine erstaunliche innere Ruhe gekommen. Manchmal fand sie es beängstigend, wenn ihr wissender Blick sie streifte und sie fürchtete die Abgeklärtheit, mit der sie Dinge neuerdings anging. Aber zum Glück war der wirre Ausdruck in ihren Augen ganz verschwunden. Eine gewisse Melancholie würde ihr wohl immer anhaften, doch wer konnte es ihr verdenken.

Seit sie Esther als nasses, wimmerndes Bündel aus dem Weiher gezogen hatte, ihr quasi ein zweites Mal das Leben schenkte, hatte sich bei ihrer Schwester etwas grundlegend geändert. Ihre Arbeit in der Manufaktur war mehr als ein therapeutischer Zeitvertreib, die Stunden mit Esther nicht mehr gestohlen und heimlich und in Robert Arnstädt hatte sie einen klugen, wenn auch unkonventionellen Gefährten gefunden. Das alles änderte aber nichts an dem festen Band, das sie miteinander geknüpft hatten. Im Gegenteil, es ließ sie in sich ruhend und ausgeglichen sein. Ihre Verbundenheit schenkte ihr Hoffnung.

Johanna atmete tief durch. Die Erkenntnis, nicht mehr für das Wohlergehen ihrer kleinen Schwester verantwortlich zu sein, nahm ihr eine unsichtbare Last. *Sie hat schwer gewogen*, dachte sie und drückte ihr frischgewickeltes Baby an sich. Sie küsste den zarten Jungen, der noch immer mit Untergewicht kämpfte und rückte das Bündel in ihrem Arm zurecht, bevor sie ihn an ihre Brust anlegte. Muttermilch stärkt ihn, hatte Doktor Merk empfohlen und so hatte sie, allen Gepflogenheiten im Hause zu Hohenlinden zum Trotz, darauf bestanden, ihren Sohn selbst zu nähren. Sie genoss diese Zeit sogar, denn sie gehörte ihnen beiden allein.

In diesen Minuten konnte nicht einmal August mit seiner kräftigen Stimme oder seinen scherzenden Grimassen den Jungen ablenken. Er war dann ganz bei ihr, saugte, schmatzte und strahlte sie an.

Als sie kurz vor dem Essen wieder hinaus auf die Freitreppe hinter dem Wohnhaus trat, sah sie in der Ferne Helene mit Esther an der Hand in Richtung Kapelle schlendern. Sie sangen etwas, der Wind trug Wortfetzen herüber und nun auch das glockenhelle Lachen ihrer Tochter, die jetzt vor Helene her tanzte und mit einem Stock auf die Wiesengräser eindrosch. Es schien wie im Takt zu dem Lied, das sie schmetterten, und nun hob ihre Schwester die Arme und dirigierte.

Die beiden hielten inne, sie sangen anscheinend einen Refrain und dann sprang Esther mit einem verwegenen Satz auf Helenes Rücken. Wie ein Pferd lief sie davon und Johanna sah nur noch Esthers braunen Pferdeschwanz wippen. Kleiner und kleiner wurde das Paar, bis man sie schlussendlich oben an der Kapelle an der Bank sah. Helene erschöpft und Esther glücklich auf ihrem Schoss. Diese traute Zweisamkeit war es, die an ihr nagte und schon zuckte ein Riss in ihrer Magengrube.

Schluss jetzt, ermahnte sie sich, *die beiden gehören nun mal zusammen. Ich frage mich nur, was werden soll, wenn Helene ihren Robert ehelicht.* Sie hatte ihr anvertraut, ehrlich mit ihm reden zu wollen, aber die kleine Schwester schob dieses wichtige Gespräch immer wieder hinaus. Ist sie sich nicht so sicher, wie sie vorgab? War er wirklich der Richtige?

Manchmal wünschte sich Johanna, alles könnte so bleiben wie jetzt. Ihre kleine Schwester bliebe im Stadthaus, würde mit ihr in der Fabrik arbeiten, die Manufaktur voranbringen und sie könnten das Mädchen gemeinsam aufziehen. Ihr Verständnis für Zahlen und Helenes Kreativität waren unschlagbar, das Beste, was der Familie passieren konnte. Und ihr Einfühlungsvermögen, das sie bei den Kindern an den Tag legte, war ihr so hilfreich. Helenes angeborene Empathie fehlte Johanna manchmal. Es fiel ihr schwer, sich ein Leben ohne die Hilfe ihrer kleinen Schwester vorzustellen.

Sie bemühte sich redlich, eine liebende Ehefrau und Mutter zu sein, dem Bild zu entsprechen, das erwartet wurde und das sie selbst für sich von der perfekten Familie entworfen hatte. Doch sie zweifelte nicht selten. Sie hasste die Tage, an denen sie sich am liebsten aus dem Haus schleichen würde, um im Kontor in der Vorhersagbarkeit von Zahlen und Analysen zu versinken. *Größen und Mengen sind berechenbar, sie ergeben ein Muster, sind schlicht, klar, und der Umgang damit so erfüllend*, grübelte sie verzweifelt. Ihr Dasein als Mutter jedoch war jeden Tag neu, voll von Unwägbarkeiten. Hatte sie anfangs gehofft, es würde bei Thomas, ihrem eigenen Fleisch und Blut besser werden, so gestand sie sich heute ein, dass ihr diese gewisse Leichtigkeit fehlte, wenn es um die Bedürfnisse von Kleinkindern ging. Anders als Helene, die ihrer Meinung nach intuitiv alles richtig machte, fühlte sie sich oft hölzern und reagierte so viel mehr mit dem Kopf als mit dem Herzen.

»Schau nicht so bedröppelt, Johanna. Mutter kommt heute Abend aus Oelsnitz herüber und dann bist du nicht allein mit den Kindern.« Irgendetwas musste ihr entgangen sein, denn Helene erschien neben ihr, stupste sie an die Schulter. Rote Flecken zeigten sich an ihrem Hals und sie sprach nun mit der kleinen Esther, die ihr aufmerksam lauschte, wissend mit dem Kopf nickte und sagte:

»Lauf, Tante Helene, der Großpapa sagt immer, der Zug wartet nicht, und du musst Koffer packen und ...« Schon röteten sich vor lauter Aufregung die Wangen des kleinen Mädchens, die sich an Johannas Rock festhielt.

»Ich verstehe nicht, Helene, was soll das? Wohin willst du? Zurück in die Stadt? Das ist viel zu gefährlich ...«

»Ich will nicht, ich muss. Ich habe einen Entschluss gefasst und werde Robert hinterherreisen, endlich alles mit ihm besprechen. Dieses Gezerre und Gewarte macht uns unglücklich«, rief sie schon laufend und gleich darauf war sie im Haus verschwunden. Johanna sah sich stirnrunzelnd um und brauchte einen Moment, um zu verstehen, was gerade passierte.

»Das ist doch verrückt«, murmelte sie.

»Können wir auch mit zu Onkel Robert fahren?«, hörte sie die piepsige Stimme der kleinen Esther und ging in die Hocke, um mit ihr zu sprechen. Dem Mädchen war eine Locke aus dem dicken Zopf gerutscht und sie strich sie ihr sanft hinter die Ohren. Dann nahm sie sie in den Arm. Das Kind roch nach Sommer, Sonne und Limonade. *Zuckersüß, mein Mädchen*, dachte Johanna und drückte sie noch etwas fester.

»Aua, das tut Esther weh.«

»Entschuldige, mein Liebes. Ich glaube, Tante Helene muss etwas Wichtiges mit Onkel Robert besprechen, da würden wir nur stören. Verstehst du das?«

»Sie hat gesagt, der Weiher hat mit ihr geflüstert und dass er das schon mal gemacht hat, als ich reingefallen bin. Bin ich in den See gefallen, Mama?«

Die entzückende Schnute, die Esther bei dieser Frage machte, ließ Johanna erschaudern. Dieser Gesichtsausdruck verhieß nichts Gutes. Entweder würde sie sofort weinen, weil sie unsicher war und Angst hatte, oder sie würde losschreien. Johanna war auf beides gefasst, als sie die kleinen Hände in die ihren nahm und Esther in die Augen sah. »Hab keine Angst, Schätzchen. Ja, du bist in den Weiher gefallen. Da warst du noch ganz klein, konntest gerade erst laufen und ...« Doch sie konnte den Satz nicht zu Ende führen.

»Und Tante Helene hat mich gerettet, sie ist mein Schutzengel, nicht wahr, Mami? So wie der Engel auf dem Christbaum«, sagte Esther strahlend, machte sich los und hüpfte davon. Kurz vor der schweren Hoftür drehte sie sich noch einmal um.

»Jetzt fährt sie mit der großen Lok und rettet Onkel Robert.« Johanna war sprachlos.

Kapitel 13,
Frühjahr 1882, Oelsnitz

Dorothea

Dorothea zu Hohenlinden war in den vergangenen Monaten durch tiefe Täler gewandert. Mühevoll hatte sie vermeintliche Höhen erklommen, um danach nur noch weiter abzustürzen. Ihre Genesung hatte sich hinausgezögert, ein Herzinfarkt hatte auch bei ihr die Erkenntnis reifen lassen, dass ihr Leben endlich sein könnte. Mehr noch: Ihr bisheriges Dasein, bestimmt durch die Moralvorstellungen ihrer eigenen züchtigen Mutter und die eines um Anerkennung buhlenden Vaters, hatten es ihr verwehrt, ihren Kindern und dem geliebten Mann genügend Empathie zu schenken. Diese Erkenntnis hatte Dorothea qualvolle Stunden bereitet und brannte seither in ihrer Seele wie eine offene Wunde.

Wovon redest du da? Empathie! Es geht um Liebe, um bedingungslose Hingabe. Die sollte ich meinen Kindern geben können, schalt sich Dorothea insgeheim selbst, bevor sie ihre Freundin in all ihre Zweifel einweihte. »Ich habe mich an die Vorstellungen von einem perfekten Leben geklammert und wollte nicht sehen, dass es das nicht gibt. Da kann man sich abmühen, wie man will, das

Schicksal geht eigene Wege. Und ich habe zu oft ignoriert, was genau vor mir lag. Ich habe meinen Kindern
mehrfach wissentlich den falschen Rat gegeben.«

Stille umgab die beiden Freundinnen, die in Reiseklei-
dung im Salon von Hannelore Tandell saßen. Eigentlich wollten sie den Zug nach Adorf nehmen, um ein
paar unbeschwerte Tage gemeinsam in der Sommerfrische zu verbringen. Zu lange war ihnen das verwehrt
gewesen, zu angeschlagen Dorotheas Gesundheit. Doch
nun wartete der üppige Garten des Gutshofes und Ausflüge in die Kaiserbäder vergebens auf die beiden Damen.

Dorothea hielt Hannelore zurück, als diese die Anweisung gab, ihrer beider Gepäck auf die Droschke zu
spannen, und forderte die Freundin auf, bei ihr sitzen
zu bleiben. In dem zugegeben kleinen, doch überaus be-
haglichen Salon hatten die Frauen mehr als einmal
ihre geheimsten Gedanken ausgetauscht, sich ihrer
Freundschaft versichert und selbst ernste Themen
nicht ausgespart. Und so widersetzte sich Hannelore
nicht, denn schon in den beiden Tagen zuvor, hatte sie
das Gefühl beschlichen, die Freundin bedrückte etwas.

»Ich bin eine schreckliche Mutter, Hannelore. Und
ich bin so froh, dass meine beiden Töchter so ungehor-
sam und eigenwillig sind.« Jetzt verstand sie gar nichts
mehr, legte Dorothea beschwichtigend die Hand auf
den Arm und sagte: »Störrische Töchter? Ich weiß ja
nicht, warum du das sagst, doch ich hoffe sehr, dass es
nicht um Helenes Engagement in der Firma geht. Offen
gestanden war und bin ich eine große Befürworterin
ihrer erfolgreichen Bemühungen. Das Mädchen hat
Weitblick und der Manufaktur wahrlich einen Dienst

erwiesen.« Sie stoppte und gab der Freundin die Möglichkeit, sich zu erklären. Doch Dorothea schnaubte nur geräuschvoll in ihr Taschentuch.

Sie blickte starr geradeaus auf ein verschwenderisch gebundenes Märchenbuch. Sie hatte darin gelesen und eine liebevolle Illustration des vogtländischen Malers Hermann Vogel war zu erkennen. Hannelore, vernarrt in Sagen und Märchen, sammelte Ausgaben mit kunstvollen Ausstattungen und dieses hier, mit den Märchen von Hans Christian Andersen, war ihr neuestes Exemplar.

Dorothea kniff die Augen zusammen und streckte dann ihren Rücken durch, ehe sie die Hand der Freundin ergriff. »Johanna haben wir mit diesem Emporkömmling verheiratet. Ob sie glücklich mit ihm ist? Man mag es bezweifeln. Ich habe unbeteiligt dabei zugesehen, wie man Helene die Tochter nahm, und dann rate ich meinem einzigen Sohn, die Liebe seines Lebens zu vergessen und als kurzes Intermezzo zu sehen. Das ist keine Lebensleistung, liebste Freundin. Nicht mehr und nicht weniger bin ich an all den großen und kleinen Wunden in den Seelen meiner Kinder schuld. Helene wurde geisteskrank und Gustavs Liebe endete auf dem Pflaster, unter den Hufen eines Pferdes. Johanna kämpft um den Erhalt ihrer Ehe, obwohl ich ihr sagen müsste, dass August auch ein Kind mit Emma hat.«

Hannelore schlug sich die Hand vor den Mund und starrte sie ungläubig an.

»Aber Doro, das ist …«

»Ja, ich verstehe, das verschlägt einem die Sprache. Ich lag so viele Wochen in meinem Bett und alle kamen sie und mühten sich redlich, mir von ihren mustergültigen Leben zu erzählen, um mich glücklich zu sehen. Sie versuchten, mich glauben zu machen, alles sei vortrefflich in unserer kleinen gutbürgerlichen Welt.« Dorotheas Mund war verkniffen und die feinen Fältchen in ihrem hellen Teint schienen tiefer als noch vor Jahresfrist. »Es war, als sähe ich sie damals das erste Mal. Oder ich habe sie mit einer gewissen Distanz betrachtet. Egal, im Hinterkopf pochte die Frage, was bleibt von mir bei ihnen, in ihnen, wenn mich der Allmächtige zu sich holt? Was wäre ich für sie, würde der dritte Schlag mein Ende bedeuten. Und da war es auf einmal klar.«

»Ich lasse es nicht zu, dass du dir all diese Umstände anlastest, Doro. Deine Kinder sind erwachsen, sie machen Fehler. Ihr Leben ist nicht vollkommen, doch du bist nicht dafür verantwortlich.« Abrupt erhob sich die Hausherrin und trat an die Anrichte heran, holte eine kleine Karaffe mit dunkelroter Flüssigkeit und zwei Likörgläser aus dem Inneren des Schrankes hervor. Sie schenkte ein, kippte ihr Glas mit einem Zug hinunter, um sogleich nachzuschenken, und trat dann auf Dorothea zu.

»Das ist lieb von dir, Hannelore, doch unnötig.« Sie wehrte mit der Hand den dargebotenen Likör ab und nestelte gedankenverloren an ihrem Armband. »Ich verstehe nun, wie meine Umwelt unter mir gelitten haben muss. Es ist kaum zu glauben, in welches Korsett ich uns alle geschraubt habe. Doch damit ist jetzt Schluss. Ich werde endlich das Richtige tun, denn es scheint, dass mein Zögern ein weiteres Mal der Grund dafür sein könnte, eines der Kinder unglücklich werden zu lassen.«

»Du sprichst in Rätseln, liebste Freundin. Kann ich etwas für dich tun, Dorothea?«

Die beiden Frauen saßen auf dem mit Chenille bezogenen Diwan und Dorothea zu Hohenlinden ließ ihre engste Vertraute ganz und gar ehrlich an ihren geheimsten Gedanken teilhaben. Sie öffnete ihr Herz. Offenbarte ihr all das, was sie bisher nicht einmal sich selbst eingestanden hatte. Es brach buchstäblich aus ihr heraus.

Sie sprach von ihrer Jugend, der gestrengen Mutter, dem Vater, der immerzu nach Aufmerksamkeit geheischt hatte. Sie skizzierte ihre geheimen Träume von einem Leben an der Seite des erfolgreichen Wilhelm zu Hohenlinden. In einem standesgemäßen Haus, auf einem Gut in der Sommerfrische hatte sie leben wollen, hatte von Ausflügen in die Kaiserbäder geträumt und sich die perfekten Kinder herbeigesehnt.

»Wollen wir das nicht alle, meine Liebe?«

»Natürlich. Aber es sagt uns keiner, wie schwer es sein würde. Der moralische Kompass unserer Eltern begleitet uns ein Leben lang. Doch ich habe versäumt, einen eigenen für meine Familie aufzustellen.« Hannelore war erschüttert.

»Was hast du vor?« Sie erkannte Dorotheas Zerrissenheit und mutmaßte, dass die Freundin Zeit bräuchte, um sich vollständig zu öffnen. Sie zu bedrängen, fiel ihr nicht im Traum ein. Und so beorderte sie das Gepäck zurück in die Schlafzimmer, und beauftragte ihren Hausdiener, für eine kleine Erfrischung zu sorgen. Dann lief sie in die Manufaktur und holte ihren Sohn.

»Ich glaube, sie ist hier, um mit dir zu sprechen. Komm bitte mit hinüber ins Haus. Ich weiß, du hast Termine, doch das Gespräch mit Dorothea könnte dein Leben verändern.« Es war ihr unbehaglich, den Sohn in diese Angelegenheit hineinzuziehen. Und sie war sich nicht sicher, ob die Freundin darauf eingehen würde. Doch bisher hatte Robert im Umgang mit ihrer Freundin ein glückliches Händchen bewiesen. Er war verdutzt, unterbrach aber seine Arbeit sofort und folgte ihr.

Hannelore Tandell hatte bisher gemutmaßt, alles über das Leben ihrer besten Freundin zu wissen. Selbst die kleinsten Ärgernisse mit den Kindern, Angestellten oder Freunden hatten sie über die Jahre miteinander geteilt. Es machte sie traurig, dass Dorothea all diese schmerzhaften Gefühle so lange für sich behalten hatte.

Helene

Wenige Stunden später läutete ein unerwarteter Gast an der Tür des Hauses Tandell/Arnstädt. Als der Hausdiener Helene ankündigte, entfuhr ihrer Mutter ein ungläubiges Stöhnen. Doch Hannelore beschwichtigte schnell.

»Das ist ein Zeichen, meine Liebe. Ich denke, wir lassen die Kinder allein und schauen, ob es in der Küche eine Leckerei für uns gibt. Ich für meinen Teil bin hungrig, nach all deinen Enthüllungen.« Hannelore versuchte der ganzen Situation die Schwere zu nehmen und umarmte Helene mit einer Vehemenz, die diese mit einem fragenden Gesicht quittierte.

»Wolltet ihr nicht im Zug nach Adorf sitzen?«, war das Erste, was die Besucherin über ihre Lippen brachte.

»Und wolltest du die beiden nicht dort abholen?« Helene fuhr herum, das Erstaunen über Roberts Anwesenheit war ihr ins Gesicht geschrieben und sogleich kroch eine sanfte Röte ihren Hals hinauf. Er war aufgestanden und etwas zögerlich auf Helene zugetreten. Sie konnte in seinem Gesicht nicht lesen, ob er erstaunt oder erfreut war, sie zu sehen. Augenblicklich verließ sie die Entschlossenheit, die sie auf dem Weg hierher verspürt hatte. Doch dann umarmte er sie ohne Aufforderung, wiegte sie kurz in seinen Armen und sie wünschte, sie könnte für immer so stehen bleiben. Die Herzlichkeit, mit der er sie umfing, gab ihr Trost und die Courage, die sie für ihre Offenbarungen brauchte. Ihre Mütter verschwanden auf leisen Sohlen in die Küche.

Sie sah Robert mit großen Augen an, tauchte tief in seine dunklen Pupillen, sah das Glitzern darin und ein leises Stöhnen entfuhr ihrem Mund. Erstaunt über sich selbst wanderte ihr Blick zu den kleinen Grübchen, die tiefer wurden, je mehr er schmunzelte. Dann bemerkte sie seine fragende Miene und sie gewahrte, wie sich die roten Flecken auf Hals und Dekolleté weiter ausbreiten. Am liebsten hätte sie sich die unbequeme Tournüre ihres Reisekostüms vom Leib gerissen. Sie wandte sich von ihm ab und tat ein paar tiefe Atemzüge, zerrte an ihrem Kleid und entledigte sich ihrer Handschuhe, dem Beutelchen, das von ihrem Handgelenk baumelte und sogleich nestelte sie an ihrem Hut.

Robert trat auf sie zu und legte beruhigend eine Hand auf ihren Arm, nahm ihr Hutnadel und den dunklen Kopfputz ab und wies auf den Diwan.

»Nein, danke, ich stehe lieber. Mit dieser grauenvollen Riesentournüre werde ich auf der kleinen schmalen Bank keinen Platz finden«, murmelte sie und trat einen Schritt in Richtung Fenster. Dann wirbelte sie herum. »Das Ganze ist eigenartig, nicht wahr? Ich habe nicht erwartet, dich hier zu treffen. Eigentlich wollte ich herausfinden, wo du dich gerade aufhältst und zu dir reisen. Ich kann keinen Tag mehr warten.« Atemlos waren die Worte aus ihrem Mund geflossen und schon schalt sie sich ob des ungestümen Vortrages. Sie hatte das Ganze doch wie eine Erwachsene angehen wollen.

»Verzeih mein unerwartetes Erscheinen, Robert.« Ihr Blick ruhte liebevoll auf dem Gesicht des Mannes, mit dem sie sich ein ganzes Leben vorstellen konnte und der heute beweisen musste, wie sehr er sie liebte. Die Ungewissheit grummelte in ihrem Magen und die Anspannung ließ sie die Schultern nach oben ziehen. Ihr Nacken verkrampfte sich und das Korsett nahm ihr die Luft.

Robert kam auf sie zu, und als er ihr ein Glas mit hellrotem Inhalt reichte, sehnte sie sich plötzlich in seine starken Arme. Die Anziehung, die von seiner anmutigen Gestalt ausging, konnte sie nicht verhehlen. Schübe von Verlangen krochen wellenartig durch ihren Körper, die Nähe vernebelte ihr den klaren Blick, den sie für ihr Gespräch brauchte.

»Deine Frau Mama hat in den letzten Tagen wohl einiges durchgemacht, ich habe ihr zugehört und ich glaube, sie braucht –« Verstört sah sie ihn an.

»Bitte Robert, lass uns nicht über meine Mutter sprechen. Ich bin hier, um dir eine Antwort zu geben. Eine, die ich uns schon seit mindestens drei Monaten schulde.« Helene sah zu ihm auf und die Angespanntheit in seinem Ausdruck ließ sie hinzufügen: »Ich schäme mich dafür, dich so lange habe warten zu lassen. Es gibt einiges, das du nicht von mir weißt. Und ich überlege seit geraumer Zeit, wie ich dir das alles erklären soll. Wie ich beichten kann, dass ich bereits ein Kind habe.« Hier stockte sie und sah prüfend zu ihm auf. Seine Miene blieb ausdruckslos, es war ihr unmöglich, darin zu lesen. Mit geschmeidigen Schritten gelangte er zu einem der Sessel und nahm Platz. Noch immer beherrscht und gleichmütig.

»Ich muss dir außerdem gestehen, dass ich dieses Kind nie im Stich lassen könnte. Auch nicht für dich, oder uns. Jetzt ist es raus.«

Sie hatte die letzten Sätze mit gesenktem Blick gesprochen, denn sie wollte nicht unterbrochen werden. Doch nun sah sie auf und war erstaunt. Seine Augen waren freundlich, sie leuchteten. Er lächelte gar. Helene verstand nicht, was hier vor sich ging. Er musste nicht richtig zugehört haben, denn welcher einigermaßen vernunftbegabte Mann würde auf eine Offenbarung wie die ihre mit einem Lächeln antworten?

»Hast du mir zugehört Robert? Ich habe dir gesagt, dass ich bereits ein Kind habe. Es lebt im Haus meiner Eltern. Doch sie wissen nichts davon. Sie glauben, dass es Johannas Tochter ist. Es geht um Esther. Wir halten das jetzt seit drei Jahren geheim.« Er schwieg weiter.

»Vor einigen Monaten habe ich geschworen, Esther

niemals wieder allein zu lassen. Ich könnte sie für niemanden verlassen. Egal, wie sehr ich dich auch liebe, der Umgang mit ihr ist mein Lebenselixier geworden und ich bin ihr Schutzengel. Ich kann sie nicht zurücklassen.« Sie hauchte die letzten Worte und stöhnte auf.

Robert hatte sich im Sessel zurückgelehnt, schien vollkommen entspannt. Mit den Fingern trommelte er auf seinem Knie, das war die einzige sichtbare Regung. »Und der Mann an Silvester? Nur eine kleine Ablenkung?« Seine Stimme tönte kühl. Die Frage war grob und er klang nicht wie Robert. Aber sie verstand das. Sie musste jetzt stark bleiben und ihm schonungslos alles beichten. Tat sie es nicht, stünde immer etwas zwischen ihnen.

»Sag schon. Du meintest, du kanntest ihn? Es hat mich verletzt, dich so zu sehen.«

Es fiel Helene schwer, auf diese Fragen zu antworten. Sie hatte zwar geahnt, dass er sie stellen würde. Mehr noch, er musste das tun, wenn sie endlich alles klären wollten. Dennoch fühlte sie eine eigenartige Beklemmung. Ihr Innerstes hatte sie bisher nur ihrer Schwester offenbart.

Blasewitz war aus dem Nichts aufgetaucht und ebenso wieder verschwunden. Manchmal wünschte sie sich, ihre Begegnung wäre nur ein Traum gewesen, doch Roberts Fragen machten allzu deutlich, dass sie sich seiner Existenz stellen musste. Ob sie wollte oder nicht, würde sie offen alles beantworten, das war sie ihm und ihrer beider Zukunft schuldig.

»Er heißt Curt Blasewitz. Er ist ein bekannter Musiker vom Leipziger Gewandhausorchester. In den Sommermonaten spielte er die Geige in der Bäderkapelle. Ich habe ihn vor ein paar Jahren kennengelernt und mich ziemlich töricht verhalten und auf ihn eingelassen. Als wir dann in die Sommerfrische aufbrachen, befürchtete ich, dass ich guter Hoffnung bin. Ich habe ihm geschrieben, aber er ist verschwunden, hat sich nie wieder bei mir gemeldet. In meiner Angst und absoluten Verzweiflung habe ich mich an Johanna gewandt. Sie und August machten mir einen Vorschlag, den ich nicht ablehnen konnte.«

Jetzt war es raus, so oder ähnlich konnte man ihr kindisches Verhalten wohl zusammenfassen und es fühlte sich fast gut an, endlich einmal alles ausgesprochen zu haben. Die Worte lagen greifbar in der Luft und zum ersten Mal erschien ihr das Erlebte wahr. Es war ihre Geschichte. Sie selbst hatte all das durchgemacht. Kein Traum, keine Buchseiten waren damit gefüllt, nein, es war ihr Leben. Ihr Mund wurde trocken und sie schluckte ergriffen.

»Ich weiß, meine Liebe. August und Johanna gaben vor, selbst ein Baby zu erwarten. Ihr habt noch ein paar Wochen nach der Geburt in der Schweiz gewartet und kamt als Tante und glückliches Elternpaar zurück. Deine Eltern wähnten Esther lange in der Obhut freundlicher Schweizer Adoptiveltern.« Ungläubig sah Helene ihn an. »Wähnten? Wie meinst du das?« Sie war elektrisiert. Die Gedanken schwirrten und sie trat impulsiv auf ihn zu.

Er hob beschwichtigend die Hand. »Deine Mutter muss dir das selbst sagen, doch ...« Er rang mit sich, schloss die Augen und schüttelte den Kopf, schien hin - und hergerissen. »Ich habe Aufrichtigkeit von dir erwartet und deshalb sollte ich dir auch alles erzählen.

Also, Doro erkannte, wie ähnlich Esther dir ist. Es war anfangs nur eine Ahnung, aber je älter die Kleine wurde, desto sicherer wurde sich deine Mutter. Die Augen, die ungewöhnlich lockigen Haare. Sie ahnte, dass sie nicht von Johanna sein konnte, doch sie hat geschwiegen, euch jahrelang etwas vorgemacht. Das tut mir unendlich leid, mein Liebes. Ich ahne, wie schwer es dir gefallen sein muss.«

Er stand auf und trat auf Helene zu. Sie war zu schockiert, um zu reagieren, und ließ sich von ihm widerstandslos in die Arme nehmen.

Kapitel 14,
Frühsommer 1882, Plauen

Emma

Stirnrunzelnd hatte Emma die Zeitung in der vergangenen Woche weggelegt und sich damals gefragt, was der Autor wohl genau meinte? *Plauen erblüht*, hatte dort gestanden und erst heute beschlich sie eine Ahnung, worauf er abgezielt hatte. Die neuen Grünanlagen waren hübsch anzusehen, die gesäumten Alleen und gepflasterten Fahrwege beeindruckend.

Emma liebte die glanzvollen Geschäfts- und Wohnhäuser, die überall aus dem Boden schossen. Sie stellte sich vor, darin zu wohnen, Personal zu befehligen, Gäste zu empfangen. Wenn sie eintönige Arbeiten verrichtete, überlegte sie manchmal, welche Möbel und Tapeten sie aussuchen würde, um ihr Zuhause einzurichten. In den Magazinen, die die gnädige Frau abonnierte, sah sie Annoncen zu feinem Porzellan oder wohlfälligen Teppichen aus dem Orient. Manches von dem, was da geschrieben stand, konnte sie sich kaum ausmalen.

Jedes Mal, wenn eine der jungen Frauen sie auf Einladungen bei wohlhabenden Familien in Plauen mitnahmen, freute es sie. Auch die Besuche, die so manches

Mal für deren Mutter erledigt werden mussten, brachten sie in die feinsten und reichsten Häuser der Stadt. Dort ging es vornehm zu und die Salons, in die sie spähte, waren ausgestattet mit dem Neuesten, was aus Paris, Mailand oder London herbeizuschaffen war. Man mochte nicht glauben, wie viel Reichtum die Weißwarenproduzenten, Verleger, Spinnereibesitzer, Bleichereifabrikanten, Rechtsanwälte oder Apotheker in dieser Kleinstadt angehäuft hatten.

Seitdem sie mit den zu Hohenlindens nach Plauen gekommen war, hatte sich etliches verändert. Kaffeestuben, Konditoreien und Restaurants luden zum Verweilen ein, Hotels öffneten ihre Pforten und Gaststätten für jeden Geldbeutel bestimmten das Straßenbild. Allein in den letzten sieben Jahren waren wohl fünfhundert neue Gebäude gebaut worden, hatte der junge Herr Gustav gestern am Mittagstisch erzählt. Tausende Menschen hatten Arbeit und Wohnung hier gefunden. Auch er sprach davon, dass die Stadt erblühte.

Natürlich war ihr aufgefallen, wie sich alles veränderte, die ehemaligen Vorstädte näher rückten und sich das Stadtgebiet ausdehnte. Das Mädchen, das am Waschtag zu ihnen kam, hatte letztens von ihrer neuen Wohnung in der Bahnhofsvorstadt geschwärmt. Heute nun hatte sie sie besucht und war beeindruckt von der Anzahl der Häuser, deren Größe und Eleganz. Hier, in der inneren Stadt, wie der gnädige Herr die Altstadt um Schloss und Kirchen nannte, hatte sich zwar auch viel getan, war Neues entstanden, aber weitaus weniger als in den Vorstädten. Die Stadt streckte ihre Straßen und Gassen aus wie eine Krake, die sich die Wiesen und

Äcker erobert, um den Menschen Wohnungen und Restaurants, Arbeitsstätten und Kneipen zu geben.

»Hoppla, junges Fräulein, sie sind ganz in Gedanken, fallen sie nicht.« Die kleine Selma klammerte sich fest an ihren Rockzipfel und Emma sah erstaunt in die gütigen Augen eines Mannes mit ungewöhnlichem Akzent.

»Sie sind aber nicht von hier«, erwiderte sie, ohne nachzudenken und nahm Selma auf den Arm. Die Kleine hatte sich erfreulicherweise von ihrer Erkrankung erholt, war dem Würgeengel der Kinder entkommen und sie nutzte jede Möglichkeit, um mit ihr an die frische Luft zu gehen.

Und so hatten sie sich heute, an ihrem freien Nachmittag, gemeinsam zu ihrer Bekannten in der neuen Bahnhofsvorstadt aufgemacht. Auf ihrem Rückweg, wäre sie hier in der Bergstraße, unaufmerksam und abgelenkt durch ihre Gedanken, fast in eine Baustelle gelaufen. Überall um sie herum war geschäftiges Treiben, baute man neue Fenster in Bodennähe ins Gebäude, wurden Gewebeballen durch die imposante Eingangstür geschoben und Anweisungen schallten von den Mauern in der engen Straße.

Sie trat vom Gehweg zurück und erwartete eine Antwort, doch ihr Gegenüber war abgelenkt, schrie eine weitere Anordnung, gestikulierte, fluchte und steuerte auf einen Wagen mit Ware zu, der sich durch das Gedränge in der Straße einen Weg bahnte. Da schien er sich an sie zu erinnern und rief: »Sorry, ich werde hier gebraucht. Kommen Sie oft hier vorbei?« Was er noch sagte, wurde vom Lärm einer Wagenladung Kohle geschluckt, die auf den Gehsteig prasselte. Schnell lief sie mit Selma auf die andere Straßenseite, damit sie dem Staub entkamen. *Diese Augen*, dachte sie lächelnd und zog ihre Tochter ohne eine Antwort mit sich fort.

***

Es dauerte keine zwei Wochen, bis sie ihn wiedersah. Er stand am schwarzen Steg und sah hinunter ins Wasser, als sie mit den Kindern und Rosalia im Schlepptau die Tür des Wohnhauses an der Syra hinter sich zuzog. Er sah sie sofort, lüpfte seinen schicken Hut und beobachtete sie. Blitzschnell erkannte sie, er könnte glauben, sie würde zum Haus gehören, also zur Herrschaft, ginge mit den Kindern in den Park und hätte das Mädchen dabei.

Zum Glück habe ich heute Johannas blaues Kleid gewählt, das ihr in der Taille zu schmal geworden ist, dachte sie und lächelte ihn an. Schon waren sie über die Straße und Rosalia mahnte die Kinder, sich am Wagen festzuhalten.

»Lauf doch vor, Rosalia. Ich bin gleich bei dir«, instruierte sie die erstaunte Kinderfrau und machte ihr mit einer Kopfbewegung klar, sie würde bald folgen. Selma blieb bei ihr und sah den hellhaarigen Mann mit der großen Nase staunend an. Er nahm nochmals seinen Hut ab und verneigte sich kurz vor Emma. Sie nickte leicht mit dem Kopf, machte aber keine Anstalten, ihm ihre Hand zu reichen.

»Welch Freude sie zu sehen, gnädige Frau«, presste er leise hervor und sah sie eindringlich an. Seine hellen Augen hatten etwas Gütiges, das war ihr schon bei ihrer ersten Begegnung aufgefallen und sie musste sich konzentrieren, ihn nicht anzustarren. Und wieder war da dieser Akzent, den sie noch nie gehört hatte.

»Ganz meinerseits, Herr ...« Emma stockte einen Moment und lächelte ihn auffordernd an.

»Aber ja, ich habe mich Ihnen nicht vorgestellt. Mein Name ist Solomon Robert Guggenheim. Nennen Sie mich Rob, oder Sol, wie meine Freunde. Ich bin neu in Ihrer schönen Stadt. Wie sagt man?« Kurz kam er ins Stottern, suchte nach dem richtigen Wort, um dann lächelnd fortzufahren. »Ich bin Ihr amerikanischer Import, auf der Suche nach guten Geschäften in diesem prosperierenden Teil Deutschlands.« Noch immer stand Emma abwartend vor ihm. Sie war fasziniert von seiner sonoren Stimme, der Art, wie er das R rollte, wenn er sprach und der Vorstellung, sie kannte jemanden, der den großen Ozean auf einem Schiff überquert hatte. Ganz davon zu schweigen, dass dessen Familie so viel Geld besaß, um ein Geschäft zu eröffnen.

Solomon Guggenheim hatte sich geschworen, ein bedeutender Verleger in der Stadt der Spitzen zu werden. Er überzeugte seinen Vater von den Vorteilen einer eigenen Dependance in der sächsischen Metropole und tat alles dafür, dass sich seine überaus positiven Prognosen bewahrheiteten.

Er trieb nicht nur den Umbau der Manufaktur und des Kontors in der Bergstraße voran, sondern wollte so schnell wie möglich ein veritables Mitglied der hiesigen Gesellschaft werden. Man konnte ihn in den besten Restaurants mit den Honoratioren und Kaufmännern der Stadt speisen sehen und traf ihn auf den wichtigsten Vereinsabenden an. Wo man Kontakte knüpfen konnte, war Solomon vor Ort. Wo Spenden das Ansehen polierten, war er freizügig. Wo man mehr bieten musste als die Konkurrenz, um die besten Lohnarbeiter und Muster zu erstehen, sah man Guggenheim das Vermögen seiner Familie dafür einsetzen. Ihm war kein Weg zu weit, kein Abend zu lang, keine Verhandlung zu mühselig für den ersehnten Erfolg.

Emma schüttelte sich fast unmerklich, denn sie musste weiter, konnte nicht ewig hier mitten in der Stadt unter den Augen ihrer Herrschaft auf der Straße stehen und mit einem Fremden sprechen.

Conrad war unterwegs, er war nicht das Problem, doch die Kinderfrau würde sich bald bemerkbar machen. Sie konnte es fast körperlich spüren, dass der alte Hofstetter gegenüber hinter der Gardine stand. Wenn nicht er, dann lauerte Minerva Leonhard irgendwo, um ihr das Leben schwer zu machen. Außerdem war ihr gerade bewusst geworden, dass sie den Kleinen im Tragetuch auf dem Rücken hatte, und schalt sich. So würde eine Gnädige nie aus dem Haus gehen.

»Ich muss leider weiter, das Mädchen wartet. Es war nett, sie wiederzusehen.« Verlegen wusste sie nichts mehr zu sagen, doch Solomon übernahm für sie.

»Es ist wohl ...« Wieder musste er eine Sekunde nach dem passenden Wort suchen, doch es war schnell gefunden. »Ich glaube, unschicklich ist die richtige Vokabel, wenn ich Sie frage, ob man ... ob wir ...« Er atmete tief aus und schien selbst verwirrt und etwas beklommen. Doch Emma wartete geduldig.

Wenn er dich jetzt einlädt, egal ob schicklich oder nicht, dann sagst du ja, sagte ein tief in ihrem Bauch pochendes Gefühl.

»Können wir uns wiedersehen? Auf einen Kaffee, zu einem Spaziergang? Morgen, hier im Park?« Er sah sie herausfordernd an, knetete seinen Hut in den Händen und blickte hinüber zu Rosalia.

Emma zögerte nicht. »Morgen um elf auf dem Altmarkt. Da drüben.« Sie deutete mit dem rechten Arm in Richtung Nonnenturm und fuhr fort. »Am Wagen mit den Kartoffeln können Sie mich finden, der Bauer hat rote Haare. Ich gehe dort jeden Donnerstag hin«, sagte sie und hastete, ohne sich noch einmal umzudrehen, in den Park.

***

Am nächsten Morgen ging sie zwar hinüber auf den Markt, doch sie holte ihre Kartoffeln und die Petersilie, um die sie die Köchin gebeten hatte, schon vor elf Uhr. Dann verschwand sie im Hauseingang eines angrenzenden Hauses und beobachtete den Platz vor ihr. *Ob er kommen würde?*

Wie immer an Markttagen ging es laut zu, große Karren mit allerlei Gütern standen neben windschiefen kleinen Verkaufsständen, die sich aneinander lehnten und deren Dächer nur bedingt Schutz vor Regen oder Wind boten. Die Pferde vor den Wägen wurden aus Eimern getränkt oder hatten eine provisorische Kiepe mit Heu am Hals baumeln. Ein gelenkiger Junge schob sich unter ihnen hindurch und klaubte die Pferdeäpfel auf, um sie drüben an den Häusern der Geldigen für den Dung der kleinen Gemüsegärten anzubieten.

Die Bauern und Händler überboten sich mit ihrem Geschrei, dennoch eilten die meisten Frauen gezielt auf einen der wenigen Verkaufsstände zu oder schauten sich nach dem Viehwagen um, von dem sie wie jede Woche immer die gleichen Dinge erstanden. Einzig beim Brot gab es heute eine lange Schlange, denn die Roggenpreise waren hoch in diesem Jahr. Und so kaufte man gerne auf dem Markt, hier wurde der Preis dafür, anders als in den Außenbezirken, akribisch kontrolliert.

Emma fiel eine junge Frau in aufwendiger Robe auf. Um nicht allzu sehr herauszustechen, hatte sie sich ein Tuch um den Kopf gewunden, doch man sah sofort, dass sie nicht hierhergehörte. Auffallend schüchtern bewegte sie sich auf den Wagen mit den Kartoffeln zu und fragte leise nach den Preisen. Der Bauer antwortete mürrisch und beäugte sie. Sie hatte keine Kiepe dabei, kein Korb baumelte an ihrem Arm, lediglich ein Pompadour war zu sehen. Sie nickte verstehend den Kopf und ging weiter. Das Schauspiel wiederholte sich ein paar Mal. Der Gemüsehändler, die Frau die Eier und Hühner verkaufte, wurden genauso von ihr befragt wie der Bürstenmann am Ende des Marktes. Da fiel Emma auf, dass eine junge Bedienstete der Dame folgte und unauffällig dafür sorgte, dass ihr niemand zu nahekam. Bald schon waren die beiden aus Emmas Gesichtsfeld verschwunden. Da sah sie ihn.

Der Amerikaner stand beim Kartoffelbauern und war in ein Gespräch mit ihm vertieft. Er sah sich einige Minuten lang um, ging um den Wagen herum, schaute, wer sonst noch Erdäpfel feilbot, um erneut auf den rothaarigen Mann einzureden. Diesmal hatte dieser mehr Zeit, kratzte sich am Kopf, um dann ausschweifend in die Richtung zu zeigen, in der die junge Dame verschwunden war. Er gestikulierte und sprach auf Solomon ein, der hastig in eben jener Gasse verschwand.

Emma versuchte, ihm unauffällig zu folgen, doch sie stolperte, raffte ihren schweren Rock und den vollen Korb hektisch hoch, um Solomon doch aus den Augen zu verlieren. Dann nahm sie all ihren Mut zusammen, sah sich überhastet um, ob ihr ein bekanntes Gesicht auffiel, und folgte ihm in die Gasse.

Sie sah, wie er die junge Frau erreichte und sie an der Schulter berührte. Als diese erschrocken auffuhr und sich an die Hauswand drückte, zückte er formvollendet den Hut, murmelte eine Entschuldigung und kehrte um. Er musste geglaubt haben, sie wäre da vor ihm gelaufen.

Nun kam er direkt auf sie zu. Noch konnte er sie nicht gesehen haben, denn sie stand im Dunkeln der Gasse, in die nur von vorn ein Lichthauch schien. Wohin konnte sie ausweichen? Sachte drückte sie die Klinke in ihrem Rücken, doch der Hauseingang war verschlossen.

Flucht nach vorn oder zurücklaufen und hoffen, er erkennt mich nicht? Emma zweifelte, was besser wäre. Sie hatte sich auf das Zusammentreffen gefreut, war sich aber bewusst, dass sie mit dem Feuer spielte. Nun hatte sie zu lange gezögert und hörte ihn schon rufen.

»Fräulein, gnädiges Fräulein, nun warten sie doch. Ich bin auf der Suche nach Ihnen. Was machen Sie in dieser verwinkelten, dunklen Gasse? Kein Platz für eine Dame.« Er hatte sie erreicht und trat, erfreut sie zu sehen, näher. Formvollendet deutete er einen Handkuss an und reichte ihr seinen Arm. Da wurde ihr schlagartig bewusst, wie absurd diese Situation war. Sie, eine verheiratete Frau, konnte unmöglich an seinem Arm über den Markt schlendern. Selbst wenn sie alleinstehend wäre, schicklich wäre dies nicht.

»Sie müssen verzeihen, Solomon, ich kann nicht mit Ihnen ...« die passende Erklärung fiel ihr nicht ein, die Wahrheit wollte sie ihm nicht sagen und so schob sie ein verzagtes: »Wir leben hier in einem kleinen Städtchen, jeder kennt jeden«, hinterher.

»Eine Stadt mit Weltruf und dann solche Konventionen?« Er schien amüsiert, trat jedoch einen kleinen Schritt von ihr weg. Innerlich hin- und hergerissen, was sie sagen oder tun sollte, stellte sie den schweren Korb ab. Er nahm dies als Aufforderung und strahlte.

»Sicher wird man es einem Gentleman nicht verwehren, einer jungen Dame diesen überaus klobigen Korb nach Hause zu tragen«, sagte er, griff sich den Henkel und lief vor ihr her. Sie musste sich eilen, wenn sie mit ihm schritthalten wollte und war verwirrt, als sie in den hellen Sonnenschein auf dem Marktplatz traten.

»So warten Sie doch, Solomon. Das geht nicht. Ich habe mich geirrt, wir können uns nicht sehen und Sie meinen Korb nicht heimtragen. Entschuldigen Sie, ich war dumm und einfältig.« Sie griff nach dem Weidenkorb, hängte ihn energisch in ihre Armbeuge und lief schnell davon. Er blieb verdattert zurück.

August

August sah Emma auf den Dienstboteneingang zuhalten und ihm war ihr hektischer Schritt aufgefallen, der untypisch für sie war. Er erkannte das überaus schicke Tageskleid, das noch vor Monatsfrist im Kleiderschrank seiner Frau gehangen hatte, und wunderte sich. Der Weidenkorb voller Erdäpfel passte nicht zu ihrer Aufmachung und er fragte sich, was das zu bedeuten hatte. Gleichzeitig schalt er sich der Gedanken, die er sich um eine Angestellte machte. Besonders um eine, von der er sich fernhalten musste, wenn er sich um seine Ehe sorgte.

Emmas Geständnis in besagter Nacht im Frühjahr dieses Jahres hatte ihn gelinde gesagt erstaunt. Bis dahin war er sich sicher gewesen, dass sie mit dem gutmütigen, aber langweiligen Conrad einen Gefährten gefunden hätte, bei dem sie sich wohlfühlte. Und nun das. Behauptete gar, ihre Tochter wäre in dieser einen vergnüglichen Stunde im Winter 1878 entstanden. Wenn er nachrechnete, konnte es die Wahrheit sein, aber hatte er sie nicht damals schon mit Conrad gesehen? Hatte der sie nicht kurz danach Knall auf Fall geehelicht? Doch würde sie ihn in einer Situation völliger Verzweiflung anlügen?

Dumme Gedanken, schalt er sich und legte die Seidenkrawatte an, die ihm Johanna zum letzten Weihnachtsfest geschenkt hatte. Er würde heute einen formidablen Eindruck machen müssen, nicht herausgeputzt, aber elegant wollte er erscheinen. Sein Kontakt zu einem englischen Tüllfabrikanten, mit dem er vor Jahren so manche Nacht bei Bier und Whiskey gefeiert hatte, sollte der Manufaktur die entscheidenden Ellen Tüll bescheiden, die sie so dringend brauchten. Und einen vernünftigen Preis erhoffte sich sein Schwiegervater ebenso. Jetzt, da die Nachfrage nach ihren Spitzen so in die Höhe geschnellt war, schien es fast unmöglich, den Bedarf am begehrten Unterstoff zu befriedigen.

Von den Preisen dafür, die in den vergangenen zwei Jahren um knappe vierhundert Prozent gestiegen waren, ganz zu schweigen. Er kratze sich im Nacken und versuchte den steifen Kragen etwas zu lockern.

Gestern Nacht hatte er lange wach gelegen und über die Möglichkeit sinniert, den Tüll selbst zu produzieren. Derzeit verbrauchte man gut 96 Prozent des gesamten deutschen Imports aus England im hiesigen Landstrich. Würde man den dringend benötigten Stoff hier im Vogtland herstellen, könnten sie durch die kurzen Handelswege gute Profite erzielen. Außerdem wären sie endlich unabhängig.

Und ich könnte ein sehr lukratives Geschäft mein Eigen nennen, philosophierte August und kniff die Augen zusammen. Es musste einen Weg geben, sich von der teuren Einfuhr zu lösen. Noch heute würde er sich erkundigen, ob überhaupt deutsche Tüllwebstühle hergestellt wurden.

Ja, das wäre ein Anfang, brütete er und versuchte wieder vergeblich, seinen Kragen zu weiten. Frustriert zog er an der Krawatte. *Bis dahin*, ging es ihm durch den Kopf, *muss ich vorteilhaft verhandeln und Bristol einen unvergesslichen Tag bescheren.* Er hatte im ersten Haus am Platz einen Tisch zum Mittag reserviert und sah sie danach schon durch die einschlägigen Etablissements der Stadt ziehen. *Doch ich werde einen kühlen Kopf behalten müssen*, ermahnte er sich und prüfte sein Aussehen ein letztes Mal im Spiegel. Bristol hatte es faustdick hinter den Ohren, auch er wollte mit einem lukrativen Geschäftsabschluss nach England zurückkehren.

Auf seinem Weg zur Eingangshalle kam ihm Johanna entgegen. Sie schien aufgebracht und dennoch zerstreut. Rempelte ihn gar an und hauchte nur eine flüchtige Entschuldigung.

»Was ist denn los?«, rief er ihr hinterher, doch sie winkte nur ab und verschwand ohne ein Wort in den Wirtschaftsräumen.

»Versteh einer die Frauen«, murmelte er und ging hinüber zur Garderobe. Wie aus dem Nichts erschien Hofstetter und August fragte sich ein weiteres Mal, wie es der gute Mann anstellte, immer zur rechten Zeit am rechten Fleck zu sein. Er würde es wohl nie herausfinden.

»Danke Ihnen, Hofstetter, wird sich das Wetter halten? Ich wollte meinem alten Freund ein wenig die Stadt zeigen und ungern mit matschigen Galoschen in die Wirtschaft einkehren.«

»Ich kann Ihnen eine Droschke vom Neustadtplatz rufen lassen«, bot er beflissentlich an, doch August winkte ab.

»Nein, danke. Noch scheint die Sonne, ich gehe zu Fuß zu Deils Hotel hinauf, ist ja nur ein Katzensprung.« Hofstetter verbeugte sich leicht, hielt die Tür auf und schloss sie nach ihm leise. August verweilte einen kurzen Augenblick am Abtritt und sein Blick schweifte die Straße hinunter. Ja, dort standen Droschken bereit, doch er blieb bei seiner Entscheidung.

Der Tag verlief ganz in seinem Sinne. Nachdem er seinen Freund vom Hotel abgeholt hatte, schlenderten die beiden Männer bestens gelaunt und in ihr Gespräch vertieft bis hinüber zur neuen Fabrik. James Bristol ließ sich alles zeigen, bewunderte hier, fragte da und machte schnell klar, dass er ihren Geschäftsabschluss noch heute erledigen wolle.

»Ich habe einen Bärenhunger, mein Lieber. Gestern Nacht habe ich mit knurrendem Magen euer gehaltvolles deutsches Bier getrunken und schon das Dritte hat mich von den Beinen geholt.« Bristol lächelte vielsagend und hakte seinen Daumen in der Kopfleiste seiner aufwendig bestickten Weste ein.

»Dann wollen wir mal zur Tat schreiten, mein Bester.« August öffnete die Tür des Sticksaales und ging ins Kontor voran. Dort wartete Anton Breuer dienstbeflissen und hatte für Tee, Kaffee und Törtchen gesorgt. Die Verträge, die er im Vorhinein aufgesetzt hatte, lagen auf seinem Schreibtisch bereit.

»Gut, gut. Das scheint alles so wie immer zu sein«, meinte Bristol nach kurzer Durchsicht, strich einen kleinen Zusatz und zog die Augenbrauen hoch. Dann zeigte er August den betreffenden Abschnitt und der nickte einverständlich.

»Jetzt zu den Zahlen, die wir einfügen müssen. Wie viel von meinem feinen Bobinet-Tüll braucht ihr, wann, und was gedenkst du zu zahlen?«

Das läuft besser, als ich es mir ausgemalt habe, freute sich August und besprach die Ordermengen mit seinem Geschäftsfreund. Unaufgeregt und beflissen, fast etwas herablassend, argumentierte sein Gegenüber bei den Preisverhandlungen, doch sie einigten sich. Er war nur wenig besorgt, als der englische Tüllfabrikant den Vertrag nicht sofort unterzeichnete, sondern sorgsam gefaltet in den Untiefen seines Jacketts verschwinden ließ.

»Ich unterzeichne nie sofort, mein Lieber. Das ist dir ja bekannt. Eine Nacht über Geschäftsabschlüsse zu schlafen, hat mir mein alter Herr beigebracht. Außerdem kann ich dann morgen früh noch die Bekanntschaft deiner Gattin machen, die du mir ja leider bisher vorenthältst.« Bristol grinste schief und August wusste sehr wohl, dass dies eine bedeutungslose Floskel war.

Nachdem die beiden Männer bei einem erlesenen Mahl und genügend Wein ihren Abschluss gefeiert hatten, verließen sie das noble Speise-Etablissement und pilgerten den ganzen Abend durch die Schenken der Stadt. August führte ihn dahin, wo man aufspielte oder sich andere Fabrikanten vergnügten. Er unterhielt seinen Geschäftsfreund in alter Manier und in einer ruhigen Minute sprach er ihn sogar auf seinen nächtlich geschmiedeten Plan an.

»Das kommt nicht infrage, August.« Augenblicklich war James stocknüchtern, noch irrte sein Blick etwas wirr und seine Augenlider schienen schwer, doch er legte ihm die Hand auf die Schulter, zog ihn zu sich heran und sagte: »Du bleibst mal schön bei deinen Spitzen. Bist ja jetzt kein Stickerei-Fachmann mehr, sondern ein Spitzenmagnat. Den Tüll überlässt du uns. Ihr habt hier nicht mal ordentliche Webstühle, wenn ich mich nicht irre.«

Die Aussage war keineswegs als Frage formuliert und resigniert musste ihm August recht geben. Es gab keine guten deutschen Tüllwebstühle, man würde sie für viel Geld importieren müssen.

»Wir haben da so ein Sprichwort in England: Cobbler stick to your last. Mach das, wovon du was verstehst. Verzettle dich nicht.« James Bristol war ungehalten, das konnte August sehen und so versuchte er ihn auf der persönlichen Schiene einzufangen.

»Da hast du recht. Doch ich möchte so nicht weitermachen. Ewig in der zweiten Reihe, jetzt, da der Sohn meines Schwiegervaters zurück ist, sogar in der dritten Reihe. Und mittlerweile hat die kleine Blage, die jüngere Schwester meiner Frau mehr zu sagen als ich. Ich brauche etwas, das mich unabhängig macht. Ein eigenes Geschäft, ja, das wäre das Beste.«

August nahm einen großen Schluck Bier und sah sich suchend um. Der Schankraum war voll mit jungen Männern, die Stimmung ausgelassen. Es schien, als wäre er der Einzige hier, der mit irgendetwas haderte. Er setzte das Glas vor sich auf dem Tresen ab und sah den Freund an, der sich wieder zu ihm beugte, um in dem lauten Raum nicht schreien zu müssen.

»Etwas Eigenes, oder etwas, was dir den Respekt des Alten zu Hohenlinden einbringt?« August sah ihn mit hochgezogenen Brauen an und antwortete sogleich: »Komm mir nicht mit illegalen Geschäften, ich habe meinen Vertrauensvorschuss in der Familie aufgebraucht. Es muss was Seriöses sein.« Er klang resigniert und sein Gegenüber verstand.

»Ich dachte an etwas überaus Solides. An die neuen Schiffchenstickmaschinen, die im nächsten Jahr zu Hunderten die Dietrich'sche Fabrik verlassen werden. Morgen wollte ich mich dort umsehen, herausfinden, an wen er die Maschinen verkauft. Das sind meine potenziellen neuen Großabnehmer, die ich in Zukunft vorrangig beliefern werde.« August machte große Augen und war schlagartig nüchtern.

»Vorrangig? Was soll das heißen? Du glaubst also an diese sogenannte maschinelle Revolution? Meinst du, dass Dietrich im Geschäft bleiben wird?« James prustete etwas, als er sagte:

»Du etwa nicht? Der Mann weiß, was er tut. Nicht umsonst ist er von Anfang an dabei. Hat der nicht damals für euch die erste Maschine aus der Schweiz geholt? Und dann jahrelang für andere welche entwickelt? Warum würde er sich sonst, jetzt wo er sich endlich einen Namen gemacht hat, selbstständig machen?« Er sah August fragend an, wartete aber nicht auf dessen Erwiderung. »Eure Spitze wird über kurz oder lang vollständig von Maschinen hergestellt, darauf kannst du wetten. Und wer zuerst umstellt, produziert schneller und mit größerem Gewinn. Vor den anderen.«

Als August etwas erwidern wollte, hatte sich James Bristol seinem Tresennachbarn zugewandt und ein angeregtes Gespräch begonnen. Er selbst schwenkte sein abgestandenes Bier nachdenklich im Glas und grübelte über das Gesagte nach.

Um Maschinen zu kaufen, bräuchte er Kapital, eigenes Geld, das er in diesem Umfang nicht besaß. Zuviel vom Erbe seiner Frau hatte er falsch investiert und die Bank würde ihnen derzeit nichts leihen. Die neue Manufaktur war mit Darlehen belastet und Helene hatte für den alten Wettiner Hof und die darin befindlichen Webstühle fast ihr gesamtes Erbe aufgebraucht.

Seine kleine Gaunerei mit den Stickwaren seines Vaters, die er an Wilhelm vorbei verkauft hatte, hat ihm nur wenig eingebracht und die Weigerung Conrads, dabei behilflich zu sein, das seine dazugetan. Er war damals nicht sicher gewesen, ob der Kutscher seinen Schwiegervater informieren würde, und hatte das kleine Nebengeschäft schnell und stillschweigend auslaufen lassen. Keiner hatte etwas bemerkt, viel zu viele Stoffe waren derzeit bei Dutzenden Lohnstickern im Umlauf, wer konnte da genauen Überblick behalten?

Wenn ich Bristol doch nur zu einer Kooperation überreden könnte, sann er verzweifelt und sah den Freund heftig mit einer jungen Frau flirten, die gebannt an dessen Lippen hing. Die Brünette hatte ihren Ausschnitt lasziv heruntergezogen und präsentierte schamlos das helle Fleisch ihrer prallen Brust.

Gegen Mitternacht waren sie auf dem Nachhauseweg. August hatte sich geweigert, den angetrunkenen James Bristol in eine Droschke zu verfrachten und seinem Schicksal zu überlassen. Nun standen sie schwankend auf dem Trottoir vor Deils Hotel an der Bahnhofstraße und James sang laut und schwankte an seinem Arm dem Hoteleingang entgegen. Da strauchelte er, knickte mit dem Fuß um, riss August fast mit sich fort und landete auf den Knien. Mit beiden Händen stützte sich der junge Mann auf dem Gehsteig vor ihm auf und begann zu kichern. Laut und völlig hemmungslos erschallte wenig später sein unbändiges Lachen und wurde von der Hauswand wie ein Echo weitergetragen. August konnte nicht verstehen, was James lallte, versuchte, ihn hochzuziehen, doch der Kerl war schwer wie ein Sack Kartoffeln.

Da hakten ihn zwei kräftige Hände am anderen Arm unter und mithilfe des, wie aus dem Nichts aufgetauchten Mannes, konnte August den Betrunkenen zur Eingangstür führen. Sie schoben ihn mehr, als er selbstständig lief, doch sie kamen gut voran.

»Können Sie mir helfen, ihn die Treppe hinaufzubringen?«, fragte er im Foyer und erkannte im trüben Licht des spärlich erleuchteten Treppenhauses, Christian Kolmar. Der nickte einverständlich und so hievten sie den Geschäftsfreund hinauf in den ersten Stock. Der Nachtportier stellte sich ihnen empört entgegen, machte dann aber seinen Gast aus und ließ sie ziehen. Im Zimmer angelangt, sahen sie sich kurz an und legten James gemeinsam auf das breite Bett. Vollständig angekleidet, rollte der sich auf die Seite, zog die Beine an und schien augenblicklich einzuschlafen. August zog ihm noch die Schuhe von den Füßen, stellte sie ordentlich vors Bett, legte eine Decke über den Schlafenden und trat aus dem Zimmer. Leise schloss er hinter sich die Tür.

Der dicke Teppich auf dem Flur dämpfte die Schritte der beiden Männer, die, ohne ein Wort zu sprechen, das Hotel verließen. Im Vorbeigehen legte August einen Schein auf den Tresen und der ältere Mann nickte verstehend, als er ihn in seiner Westentasche verschwinden ließ. Auf der Straße gab er auch dem erstaunten Kolmar einen Geldschein. Der winkte ab.

»Nein, lassen Sie gut sein. Ich habe gerne geholfen. Wir sind ja fast Familie.«

»Na ja, das ist etwas weit hergeholt«, antwortete er spöttisch und sah im Gesichtsausdruck des Mannes sofort eine Abwehrhaltung.

»Natürlich, gnädiger Herr. Mein Fehler. Emma spricht von ihrer Frau immer wie von einer alten Freundin, da verwischen schon mal die Grenzen. Sie wissen ja, wie Frauen so sind, schwärmerisch und so. Also, meine jedenfalls, die Antonie. Und jetzt mit dem Kind, da ist sie so sensibel geworden.« Kolmar verhaspelte sich und bemerkte, wie August angestrengt die Straße hinunterblickte und ihm schon nicht mehr zuhörte.

Was treibt den Mann nur, mitten in der Nacht von seiner Frau zu erzählen, dachte August. Als sich Kolmar wegdrehen und gehen wollte, hielt er ihn dennoch auf. »Entschuldige, du hast ja recht. Ich bin nur ein bisschen durcheinander. War ein langer Tag und ein weinseliger Abend mit einem schwierigen Geschäftspartner. Danke noch mal und wenn ich mal was für dich tun kann ...« Dann schob er hinterher: »Ach ja, wenn du Lust hast, komm doch mal zu einem unserer Vereinsabende. Da geht es immer lustig zu, man kann sich austauschen und ... na ja ... man bekommt mal ein bisschen Abstand zu den Frauen, sentimental, wie sie manchmal sind.«

Ihm war nicht klar, ob diese Einladung ehrlich rübergekommen war, doch er war sich sicher, ein direkter Draht in die Bleicherei Münzing konnte nicht schaden.

»In welchem Verein bist du denn?«, erkundigte sich Kolmar interessiert.

»Hey, was du willst, komm zur Schützengesellschaft oder in die *Freundschaft* an der Straßberger Straße oder wenn dir der Männergesangsverein lieber ist ...«

Kolmar war erstaunt. »Ich bin nur im Verein der Naturfreunde, meine Frau hat mich dazu gedrängt. Aber es ist ganz nett, wir unternehmen viel am Wochenende und so.«

»Ich muss jetzt ins Bett, Christian. Überleg es dir, die *Harmonia* trifft sich freitagabends in der *Freundschaft*.« Er hoffte, Kolmar würde sich aufraffen, denn zu wissen, wer bei Münzing was bearbeiten ließ, woran bei ihm so getüftelt würde, wäre sicher nicht schädlich. Und ihn würde es ein, zwei Bier kosten. Eine vortreffliche Investition, wie er sich eingestand. Johann Christian Kolmar überlegte kurz, verabschiedete sich mit festem Handschlag und einem Kopfnicken und beschied, sich das einmal anzusehen.

Helene

Sie tauschten belanglose Nettigkeiten aus und gingen die Vorschläge für die Einladungskarten durch, die Robert von der Druckerei Neupert mitgebracht hatte. Perlgraues Büttenpapier lag zwischen ihnen auf dem Esstisch. Doch je mehr er sich bemühte, ihr eine Entscheidung abzuringen, desto unwirscher konterte Helene.

Der Termin für ihre Hochzeit war auf die Adventszeit gelegt worden. Einen Monat, in dem kaum andere gesellschaftliche Ereignisse die Hautevolee der Stadt von einer Teilnahme abhalten würden. Ihr Vater drängte auf einen großen Ball. Er wollte zeigen, dass es keinerlei Zerwürfnisse in der Familie gab und er wie eh und je auch seine jüngste Tochter fest an seiner Seite hatte.

Sie musste zugeben, der Tratsch über ihre Firmenbeteiligung und wie es dazu gekommen war, hatte ihn belastet und manchmal tat er ihr fast leid. Im selben Moment rief sie sich aber in Erinnerung, wie lethargisch er während Mutters Krankheit auf die Komplikationen in der Manufaktur reagiert, und was für sie alle auf dem Spiel gestanden hatte.

Nur ihr beherztes Eingreifen, das Bündnis der Schwestern, hatte Schlimmeres verhindert. Die Firma würde es weiterhin geben, doch ihre makellose Reputation, auf die der Vater immer so viel Wert legte, wäre beschädigt gewesen, hätten sie nicht gehandelt. Zum Glück hatten Johanna und sie das zu verhindern gewusst.

Nun war sie Anteilseignerin der Manufaktur und seitdem Robert offiziell um ihre Hand angehalten hatte, bezog sie der Vater ins Tagesgeschäft ein. Es schien ihr manchmal, als übergab er ihr extra viele Aufgaben, signalisierte, dass mit Besitz auch Verantwortung einherginge. Nun, das gefiel ihr, sie scheute Arbeit nicht. Einer sinnvollen Tätigkeit nachzugehen, die Stunden des Tages mit Kreativität zu füllen, machte sie heiter und ließ sie besser schlafen. Kaum vorstellbar, wie sie noch vor zwei Jahren unbedarft und naiv ihre Zeit verbracht hatte. *Ohne Ziel und ohne Sinn lebte ich in den Tag hinein,* gestand sie sich ein.

Jetzt wusste sie manchmal kaum, wo sie ein paar freie Stunden für Robert abknapsen sollte. Denn da war ja auch noch Esther, mit der sie so viel Zeit wie möglich verbrachte. Das kleine Mädchen tappte schon mit ihr in die Manufaktur hinauf, um in einer Ecke des Sticksaales zu spielen, zu malen oder zwischen den Webstühlen und Mustertischen herumzustreunen. Wie

Helene war sie aufmerksam und zeichnete bereits erstaunlich gut. Zwar ging es in ihren Bildern meist um Blumen und Wolken, schiefe Häuser und Strichmännchen, doch hatte sie auch eine Vorliebe für Zahlen entwickelt.

Genau wie früher bei seiner Tochter Johanna nahm auch ihr Vater das kleine dreijährige Mädchen ab und an mit ins Kontor. Er gab ihr Stifte und ein Blatt Papier, übte das Aufzählen und Addieren mit ihr. Kindlich und verständlich und mit ungeheurer Geduld ging er dabei vor. *Ganz anders als bei uns damals*, lächelte Helene bei dem Gedanken und lehnte sich in ihrem Stuhl zurück.

Just in diesem Moment empfand sie Roberts Blick als Aufforderung, ihre Gedanken mit ihm zu teilen. Sie hatte ihn wie so oft vollends ausgeblendet und fühlte sich schrecklich dabei. Er bemühte sich nach Kräften, ihr vieles von den Vorbereitungen der Hochzeit abzunehmen, doch es war nun einmal Brauch, dass die Braut bestimmte Dinge organisierte. Sie tat einen tiefen Atemzug und legte ihre Hand auf seinen Arm.

»Es tut mir leid, Liebster. Ich bin mit meinen Gedanken schon wieder woanders. Seit Vater von der wahren Abstammung Esthers erfahren hat, fühle ich eine neue Zerrissenheit in ihm und eine fast fanatische Hingabe zu ihr. Er straft Mutter noch immer für ihr Schweigen ab und Esther überfordert er, denke ich. Sie ist etwas über drei Jahre alt und zählt schon bis zehn. Ich kann nicht abschätzen, ob sie weiß, was sie da tut, aber sie tut es –«

»Und hat sichtlich Spaß daran, also lass sie«, erwiderte Robert und schob sachte die Einladungen wieder in die Mitte des Tisches.

»Wir müssen weiter als bis zehn zählen können, wenn ich unsere Mütter recht verstanden habe und doch umfasst die Liste, die du erstellt hast, noch nicht mehr als dreißig Gäste. Soll ich lieber Doro hinzu bitten?«

»Um Gottes willen, nein, Robert. Den ersten Entwurf der Gästeliste müssen wir selbst machen, sonst lädt sie Doktor Fincher mit ein ...« Sie prustete leicht und sah, dass ihm ihre Ausgelassenheit gefiel. *Er hat eine dicke Haut, macht ganz schön viel mit mir mit,* fand Helene und lächelte ihren Verlobten an.

»Ich verspreche meinen Teil bis morgen fertigzustellen und habe auch konkrete Vorstellungen für die Einladungskarte. Das Muster habe ich vor Monaten gezeichnet und gerade heute die neue Schablone dafür fertiggestellt. Ich glaube, sie würde sich fabelhaft als Hintergrund eignen. Das wäre doch ein wahrlich stilvoller Bezug zur Familie und unserer Stadt. Meinst du nicht?« Sie sah uneingeschränkte Zustimmung in seinen glänzenden Augen und freute sich.

»Dann müssen wir nur noch die Petit Four und Torten probieren, die zum Kaffee gereicht werden. Darauf freust du dich doch schon den ganzen Tag.«

»Und wie. Und ich glaube auch Esther und Johanna schleichen in der Küche vor der Kühlkammer herum. Gut, dass Josefa ein Auge darauf hat«, schloss Robert schmunzelnd und ging hinüber zur Tür. Sie hatten sich im Esszimmer niedergelassen, wissend, dass bald jeder Hausbewohner auftauchen und kosten wollen würde. Als die Köstlichkeiten am Morgen von der Konditorei Trömel aus der Syrastraße 2 herübergebracht worden waren, gingen sogar dem alten Hofstetter die Augen über.

»Mein Vater ist Stammkunde bei Trömel, die beiden sind per Du. Ich glaube, er ist Kunde der ersten Stunde, so verrückt das auch klingen mag. Mutter schwört, er wäre der erste Plauener mit einem geheimen Abonnement bei Trömel gewesen.«

»Was meinst du mit geheim?« Robert runzelte die Stirn und Helene schickte sich an, die Geschichte in aller Ausführlichkeit zu erzählen. Ihre Augen blitzten vergnügt, als sie schloss: »Zu allem Überfluss war er sich sicher, dass Mutter nichts davon mitbekam und sein Geheimnis bei Conrad gut aufgehoben sei. Der aber nahm die übrig gebliebenen Teilchen immer mit in die Gesindestube und Josefa war nicht begeistert. Immerhin hieß das für sie, mein Vater verschmähte ihre Backkunst, derweil ist ihr Aschkung der Beste.« Helene fiel auf, wie verrückt es war, über Kuchen und Torten zu sprechen, als hinge davon ein Geschäftsabschluss ab, und sie lachte auf. Doch dieses Gebäck war wirklich etwas Besonderes.

»Wie sprichst du das aus, Asch...?«

»Kung, ein langes U und dann musst du das *NG* fast verschlucken, hör doch: Aschkuuuun, ganz einfach.« Sie kringelten sich und Helene erging sich darin Robert in Josefas vogtländische Wörter wie Schmiech oder Hiedrochbrettl zu unterrichten.

Es gelang ihm schnell, sie korrekt auszusprechen. »Dann werde ich wohl auch in Josefas Augen dazu passen, oder?«

Helene nickte begeistert und ging zur Tür. »Bist doch selbst ein waschechter Vogtländer. Nur mit dem Dialekt hapert es ein wenig.«

»Daran ist mein alter Herr schuld, er war da pingelig«, erklärte Robert und sah Helene nach. Sie drückte die Türklinke hinunter und sagte aufgeräumt: »Ich bin nur froh, dass Vater sich ausreden ließ, mit der Hochzeit zu warten, bis der Bau des neuen Kaffeehauses Trömel am Postplatz fertiggestellt ist. Von nichts anderem schwärmte Wilhelm, als wir nach einer geeigneten Lokalität suchten. Prunkvolle Säle würden dort entstehen, in denen man vorzüglich feiern könne, hatte er immer wieder betont.« Helene gluckste vergnügt und spielte dabei versonnen mit ihrem Verlobungsring. Auf ihre Familie wartend, schaute sie in den Flur.

»Ich glaube, wir können von Glück reden, dass Emil Trömel ihm nicht vorschlug, auf Saalmiete oder Sonstiges zu verzichten, wenn die erste große Veranstaltung im neuen Haus die Hochzeit eines angesehenen Spitzenfabrikanten sein würde. Ein Pfennigfuchs wie dein Herr Papa, hätte schwerlich verzichtet«, fügte Robert abgeklärt hinzu und führte sie zurück zum Tisch. Er drückte dabei sanft Helenes Hand.

»Ich möchte keine neun Monate darauf warten, deine Frau zu werden, mein Lieber. Gratistörtchen hin oder her.« Sie wusste, wie sehr er es liebte, wenn sie so liebevoll mit ihm sprach, und sie gab sich redlich Mühe, ihm eine zugewandte Verlobte zu sein.

Wie dumm ich doch bin, schalt sie sich und schüttelte den Kopf. *Er hätte es verdient, dass ich ihn mehr beachte, wenn er bei mir ist. Doch meine Gedanken sind ständig im*

Kontor oder in den Sticksälen. Ich frage mich, ob alle Liefe-
rungen ordnungsgemäß verschifft wurden oder ob die gute
alte Direktrice ihren Husten losbekommen hat. Wie sehr
habe ich früher den Vater vermaledeit, wenn er wieder mal
nicht abschalten konnte und unseren Gesprächen bei Tisch
nur unaufmerksam folgte. Nun geht es mir genauso.
Kaum, dass ich die Zeit finde, am Morgen mit meinem
Kind zu frühstücken. Esther machte ihr Sorgen. Seit Johanna so viel Zeit mit dem kränkelnden Thomas zu-
brachte, war sie fast den ganzen Tag nur mit Rosalia zusammen. Nichts gegen die Kinderfrau, sie war entzü-
ckend, aber eben doch nicht Familie. Wenn sie Esther
am Abend aus ihrem Schrank zog, war ihr jedes Mal
schwer ums Herz. Dann drückte sie sie an sich, hob sie
ins Bett, und die Kleine schlief oft fast augenblicklich
an sie geschmiegt wieder ein. Wenn sie redeten, dann
ganz leise, darauf bedacht, dass niemand sie hörte, und
sie ließ sie in ihre Welt.

Da war es voll von Geistern, die so sprachen wie ihr
Vater, Wölfen, die das gleiche Fell hatten wie Wilhelms
Hund und kaum ein Abend verging, an dem sie ihr
nicht vom wütenden Geheul eines Raubvogels erzählte,
der im Dachfirst des Gutshofes nach den Küken Ausschau hielt. Sie hatte eindeutig zu viel Fantasie.

Befeuert wurde das Ganze von all den Märchen und
Schauergeschichten, die Rosalia so liebte. Sie hatte sie
gebeten, damit aufzuhören, doch es musste wohl noch
einmal sehr deutlich angesprochen werden. Die Sache
mit den Geistern, die wie August sprachen, beunruhigte sie seit Tagen. Irgendetwas war da vorgefallen,
doch sie wusste nicht recht, wie sie Genaueres aus ihr

herausbekommen konnte, ohne sie noch mehr zu verstören.

Abrupt stand sie auf. Sie musste diese Gedanken loswerden und sich endlich auf die Vorbereitungen konzentrieren. Wie aufs Stichwort klopfte es an der Tür und Hofstetter kam mit einer Kanne duftenden Kaffees herein. Ein Hausmädchen hinter ihm balancierte ein Tablett voller Geschirr. Sie verteilte die Tassen und Teller sowie die feinen Gabeln, legte frisch gestärkte Servietten dazu und empfahl sich. Versonnen roch Robert an dem Leinen und Helene blickte ihn fragend an.

»Du musst entschuldigen, aber irgendetwas haben diese Servietten, das mich an Frankreich erinnert, an die Provence. Es ist nur ein Hauch ...«

»Lavendel, da hast du recht. Die Leonhard lässt Öl aus den Büschen vom Gut herstellen und versetzt damit das Plättwasser. Ich rieche es schon gar nicht mehr.«

Aus dem Augenwinkel sah sie, wie der gute Hofstetter anerkennend mit dem Kopf nickte. »Darf ich Ihnen ein Fläschchen mitgeben, Herr Arnstädt«, fragte er Robert, doch der wehrte ab.

»Nein, danke, ich verbinde damit das Stadthaus und so soll es auch bleiben. Aber Sie können schon einschenken, meine Schwiegermutter wird sicher gleich hier sein.«

Formvollendet beugte sich Hans Hofstetter zu Helene. »Gerne. Für Sie mit Sahne, wie immer?«

»O ja, nur zu. Das wird guttun. Bringen Sie dann bitte das Gebäck und rufen Mama und Johanna dazu?«

Nach der Verköstigung der Trömelschen Törtchen hatten sie sich schnell geeinigt, dass fast alle davon auf der Hochzeit gereicht würden. Die Damen waren ausnahmslos begeistert gewesen von Roberts Auswahl und mit Mutters Hilfe waren sie sogar noch bei einigen anderen Entscheidungen für den großen Tag vorangekommen.

Kapitel 15,
Juli 1882, Plauen

Robert

Seit der großen Offenbarung, wie er den Nachmittag in Oelsnitz insgeheim nannte, hatte Robert Arnstädt so manchen Abend in stiller Zwiesprache mit sich und dem einen oder anderen Glas Whiskey verbracht. Dass ihm erst seine zukünftige Schwiegermutter und dann auch Helene reinen Wein eingeschenkt hatten, sorgte für eine kurzzeitige Überforderung seinerseits, doch Zeit für langes Nachdenken war ihm verwehrt geblieben. Er hatte eine schnelle Entscheidung treffen müssen. Und doch ...

War er bereit, ihren Fehltritt zu ignorieren? War es ihm egal? War Helene die Frau, der er alles vergab? Konnte er seine eigenen Frauengeschichten früher bereits am nächsten Morgen vergessen oder spätestens bei einem der nächsten Treffen beenden, so hatte Helene von Hohenlinden etwas in ihm ausgelöst, das er nicht von sich kannte. Ja, er hatte es bei ihr auch nicht erwartet. Immerhin kannte er sie schon fast sein ganzes Leben lang. Doch diese kleine, unsagbar begabte Frau, der die Melancholie manchmal aus hellgrauen Augen troff, hatte seinen Beschützerinstinkt geweckt.

Und dann diese Offenbarung. Selbst so jung an Jahren hatte sie ein Kind geboren. Sich geweigert, den Vater preiszugeben, weil sie sich an seiner Seite in ein Leben hätte begeben müssen, dem sie sich nicht fügen wollte. Als sie das Kind trotz aller Widrigkeiten mit in ihr Elternhaus brachte, versagte ihr der Schwager den täglichen Umgang und sie schien fast daran zu zerbrechen.

Doch dann schöpfte sie wieder Kraft aus ihrer eigenen Kreativität, arbeitete sie sich heraus, aus dem tiefen Tal ihrer verletzten Muttergefühle und stellte die Manufaktur der Familie dabei noch ganz nebenbei auf solide Füße.

Braucht diese Frau einen Mann an ihrer Seite? Robert schüttelte vehement seinen Kopf, lachte in sich hinein und erinnerte sich an Helenes Tiraden gegen Verkuppelungen und arrangierte Ehen. So manchen Abend hatten sie in seinem Kaminzimmer verbracht und diese Themen besprochen. Er war daran gewöhnt, eine Frau offen über diese Dinge reden zu hören. Bei ihm zu Hause war das immer schon gang und gäbe. Und Helenes Anblick, wenn sie sich in Rage redete oder mitsamt Händen und Armen gestikulierte, angestrengt im Zimmer hin und her wanderte, faszinierte ihn. Sie war so aufbrausend, so engagiert und er konnte sich vorstellen, sie würde für ihn und ihre Familie kämpfen wie eine Löwin, wenn es darauf ankam.

Ihre Arbeit in der Manufaktur und die Gewissheit, dass sie in ihrem Leben etwas wahrhaft Auserlesenes schaffen und Großes bewirken könne, hatte dieser jungen Frau ein neues Selbstbewusstsein, eine Stärke gegeben, mit der nicht jeder Mann umgehen konnte. Und wahrscheinlich auch nicht wollte.

Konnte er damit leben, dass seine Angebetete ihn nicht vergötterte, sich ihm nicht zu Füßen warf? Seine Wünsche und Anschauungen nicht immer über die eigenen stellte? Er musste nicht lange darüber nachdenken. Robert Arnstädt bejahte all diese Fragen für sich.

Ohne Helene wäre er Junggeselle geblieben. Er hätte sich ein-, zweimal im Jahr auf Reisen begeben, seine Körperlichkeit ausgelebt und wäre zurückgekehrt in sein beschauliches Leben in Oelsnitz, um seine Pflicht zu erfüllen. Mit ihr jedoch erhoffte er sich alles. Liebe und Leidenschaft, ein Miteinander auf Augenhöhe und das selbst hier in der sächsischen Provinz. Wenn er daran dachte, sie endlich zu liebkosen, sich in schwärmerischen Fantasien verlor, musste er an sich halten, sich zur Raison rufen. Dann konnte er den Dezember kaum erwarten.

Er war seit zwei Wochen nicht in Plauen gewesen und freute sich, Helene auf einen Spaziergang zu entführen, gleich nachdem er im Stadthaus an der Syra angekommen war. Sie zierte sich nicht und stimmte zu. Der Tag war verhältnismäßig kühl und so schmiegte sie sich leicht fröstelnd an ihn, als sie eingehakt in seinen Arm, die Stufen zur Straße hinunterstiegen.

»Soll ich dir doch noch ein Cape bringen lassen«, fragte er besorgt, doch sie winkte ab.

»Ich bin keine Mimose, gleich wird mir warm«, entgegnete sie leichthin und strahlte ihn an.

Wie schön sie ist, dachte er und schalt sich, ihr keine Blumen mitgebracht zu haben. *Beim nächsten Mal,* versprach er sich.

Sie überquerten die Bahnhofstraße, ließen Postplatz und Gottesacker hinter sich und nahmen den Fußweg an der Syra entlang in Richtung Schiefsberg. Kurze Zeit später erblickten sie links die Gebäude der Actienbrauerei. Doch sie flanierten weiter zum Streitsberg und dann hinunter in die grünen Auen. Hier waren sie fast allein und Robert hoffte, endlich das Gespräch zu führen, dem sie beide seit Wochen aus dem Weg gingen.

»Es tut gut, einmal herauszukommen aus der ewigen Schleife zwischen daheim, dem neuen Kontor und der alten Fabrik in der Fürstenstraße. Manchmal nehme ich mir vor, anstatt den schnellsten Weg über Hradschin und Forstrasse, die Bahnhofstraße aufzusuchen, ein wenig zu flanieren. Doch meist bin ich dann zu konzentriert, habe zu viele andere Dinge im Kopf und vergesse mein Vorhaben.«

»Ich sollte dich nach Leipzig entführen. Wir könnten das Neue Theater am Augustus Platz besuchen, einem Orgelkonzert in der Paulinerkirche lauschen oder eine der berühmten Putzmacherinnen aufsuchen«, reagierte Robert sofort mit einem Vorschlag, doch Helene konterte: »Ja, eine schöne Idee. Wie wäre es mit der Rennbahn am Scheibenholz und dann schauen wir, ob es neue Reitkostüme gibt. Aber eigentlich würde ich am liebsten auf unser Gut nach Freiberg und einfach nur ausreiten. Würdest du mich begleiten?« Sie sprudelte vor Ideen und er hatte Mühe, ihre Gedanken auf das ernste Thema zu lenken.

Doch es half nichts. Die nächste Bank, die ihren Weg flankierte, nutzten sie für eine kleine Pause. Sie lehnte sich an ihn und er hörte, wie sich ihr Atem langsam beruhigte. Ein Hauch ihres Parfüms lag in der Luft und er dachte an den entzückenden Laden in Paris, wo er es für sie hatte mischen lassen. Der Moment war so perfekt, dass er fast bereute, ihn zu zerstören.

»Helene, der Moment ist nicht ideal, aber wir müssen über unser gemeinsames Leben reden.« Weiter kam er nicht. Sie richtete sich auf, rückte ein wenig von ihm ab und kräuselte äußerst charmant ihre Stirn. Der Schalk sprang aus ihren Augen und sie tastete nach dem Bernstein. *Dieses Ritual wird sie wohl auch am Altar nicht vergessen*, dachte er und lächelte sie an.

»Was gibt es da zu reden, Robert? Ich möchte dich heiraten und für Esther da sein und das geht nur, wenn wir hier in Plauen bleiben. Es wäre nicht ungewöhnlich, unter einem Dach mit meinen Eltern zu wohnen. Viele Familien leben so, zumal wir alle miteinander arbeiten.«

»Und genau das ist der springende Punkt. Ich bin nicht Teil eurer Manufaktur.«

»Das kann man ändern. Vater wäre glücklich, dich neben Gustav im Familienunternehmen zu haben«, sprudelte es aus ihr heraus. Doch sie bemerkte sofort, dass sie zu impulsiv war.

»Du tendierst dazu, dir das Leben so zu malen, wie es in deinen kleinen sturen Kopf passt, Helene. Du vergisst, ich habe ein eigenes Unternehmen zu leiten.«

»Ja, ich weiß«, lenkte sie kleinlaut ein, doch er wehrte ab.

»Meine Mutter zieht sich immer mehr aus dem Tagesgeschäft zurück und ihr Ehemann ist weit älter als dein Vater und wird mir über kurz oder lang die Geschäfte übertragen. Ich habe nicht vor, das auszuschlagen, denn immerhin arbeite ich seit Jahren an der Profilierung unserer Marke.« Sie sah ihn nachdenklich an.

»Und du besitzt ein eigenes Haus. Ja, es steht neben dem Kontor, auf dem Firmengelände, aber es ist dein Haushalt ...«

»Den ich nicht für den eines Schwiegervaters aufgeben werde.« Seine Worte klangen strenger und kälter, als er beabsichtigt hatte. Helene wägte ihre Erwiderung ab, das konnte er sehen.

»Du willst heiraten und dann leben wir getrennt? In unterschiedlichen Häusern und sogar Städten?«

»Dein Sarkasmus bringt uns nicht weiter«, war diesmal leise von Robert zu vernehmen, der betreten auf den Boden blickte. Er wollte sie auf die Dringlichkeit einer Entscheidung aufmerksam machen und wie es den Anschein gehabt hatte, ging das bei Helene nur mit harten, kalten Fakten. Die Ratlosigkeit in ihren Augen bedrückte ihn und schon schalt er sich, nicht anders an das Thema herangegangen zu sein. Er hatte sie doch nicht verletzen wollen.

»Es sollte nicht sarkastisch klingen, ich weiß nur keinen Ausweg.«

Robert rückte an sie heran und zog sie in seine Arme, leise murmelte er ein: *Ich liebe dich* an ihrem Hals und schob sie dann vorsichtig von sich. Sie schlug die Augen nieder und sagte:

»Ich habe keinen anderen Vorschlag. Ich bin immer davon ausgegangen, dass du zu uns kommst. Es tut mir leid, ich habe deine Wünsche nicht beachtet. Verzeih, Robert.«

Er nahm ihre Hände und sah sie eindringlich an. »Ich liebe dich, Helene zu Hohenlinden. Wenn es nach mir ginge, würde ich jede Stunde mit dir verbringen. Mein größter Traum ist es, Kinder mit dir zu haben, jeden Tag beieinander zu sein, gemeinsam einzuschlafen und aufzuwachen.« Der Gedanke an sie in seinen Armen befeuerte wieder seine Fantasien und er musste kurz durchatmen. Helene schien zu spüren, wie es um ihn stand, denn sie schmiegte sich seufzend an ihn, als er fortfuhr: »Ich sehne mich nach Zweisamkeit und möchte auch mit dir arbeiten, doch dafür müsstest du bereit sein, einen Teil deiner Zeit bei mir zu sein.« Er vermutete, dass es egoistisch klang, aber es war ehrlich gewesen. Er liebte sie und er konnte sich vorstellen, jeden Tag mit ihr zu arbeiten, zu essen, zu lachen, zu schlafen. Mit ihr war er ein freier Mann, er fühlte sich leicht und angekommen. Und doch war da Esther.

Helene hatte ihre Bedingung für eine Verbindung zwischen ihnen nie verheimlicht, hatte ihm geschworen, ihn zu lieben, aber niemals auf Esther verzichten zu können. Manchmal hatte er gehofft, sie würde es sich anders überlegen, mit gelegentlichen Besuchen leben können, die Feiertage oder Sommerwochen auf dem Gut mit dem Kind würden ausreichen. Doch sie war keineswegs zu Kompromissen bereit. Am Ende dieser Gedankenspirale schalt er sich jedes Mal gefühllos.

»Du bist wundervoll. Jetzt verstehe ich, Robert. Zusammen arbeiten ... in deiner Firma. Daran habe ich noch gar nicht gedacht. Ich war so mit den Spitzen beschäftigt ... Doch du hast recht, es gäbe so viele Symbiosen. Ich könnte in ein neues kreatives Feld eintauchen. Aber wie soll das gehen?« Verzagt atmete sie wiederholt tief ein und aus und schlug mit der Hand auf die verwitterten Bretter der Bank. »Dir muss doch klargewesen sein, dass ich nun, als Anteilseignerin der Manufaktur, präsenter als früher sein muss.«

»Du *willst* präsenter sein.« Er sprach aus, was sie gedacht hatte, und sie fühlte sich ertappt. Als Robert sein Kinn hob, blickte er in gütige, bittende Augen. Die Kälte und Abgeklärtheit, die er fast erwartet hatte, war nicht da und augenblicklich schöpfte er Mut. »Es wird einen Weg geben, meine Liebste. Ich weiß, wie viel dir an der Manufaktur liegt, deiner kreativen Arbeit, dem Leben mit der Familie und natürlich Esther. Ich kann mir vorstellen, vorerst mit zu dir in die Syrauer Straße zu ziehen. Ein, zwei Tage die Woche wird man in Oelsnitz auf mich verzichten können. Doch ich werde auch darauf drängen, dass du mich dorthin begleitest ...« Er sah sie fragend an und sie nickte verstehend.

»Die Wochenenden verbringen wir da, wo unsere gesellschaftlichen Verpflichtungen es verlangen und so oft es geht, nehmen wir den ganzen Nachwuchs mit hinaus aufs Gut. Hoffentlich sind wir selbst bald Eltern, dann können wir alle um uns scharen und Esther wird dazugehören.« Er konnte sehen, wie erleichtert sie war.

»Ich schwöre, dass ich so oft es geht, bei dir in Oelsnitz sein werde und meinen hausfraulichen Pflichten nachkomme.« *Der kokette Unterton passt nicht zu ihr*, dachte Robert, nahm ihre Hand und drückte sie fest.

Gustav

Gustav strich sich über seinen mittlerweile stattlichen Schnurrbart und kräuselte die Lippen. Er wusste, dass ihn der schwarze Bart mitten in seinem jugendlichen Gesicht nicht stand, ließ ihn aber genau deshalb weiterhin sprießen. Er wollte das Antlitz, das ihn jeden Tag an sein unbeschwertes Leben vor Tabeas Tod erinnerte, nicht mehr erkennen. Am liebsten hätte er es ganz vermieden, in den Spiegel zu blicken. Mit dem Bart sah er wenigstens nur den griesgrämigen älteren Zeitgenossen, der er langsam wurde.

Noch einmal zwirbelte er die Haarspitzen und leckte sich den letzten Krümel von den Lippen, den die vorzüglichen Teilchen, die er zum Kaffee genossen hatte, hinterließen. Die Konditorei Trömel, gleich in der Nähe seines Elternhauses, hatte um einen Kaffeeausschank erweitert und war auch seine Lieblingsadresse für zuckersüße Köstlichkeiten geworden. Neuerdings hatte er es sich zur Gewohnheit gemacht, seine Mutter dorthin auszuführen.

Es hatte eine Weile gedauert, ehe sie seinen Argumenten folgen wollte, die Petit Four oder Torten nicht in ihrem eigenen Salon, sondern im Café ein paar Häuser weiter zu genießen. Ihr Arm, der seine volle Beweglichkeit noch immer nicht zurückhatte, fiel ihr als Ausrede ein und so manch andere Anstandsfloskel hatte sie bemüht. Hofstetter wurde zitiert, der das Ausgehen der Gnädigen in ein Café nicht guthieß, schlussendlich hatte Gustavs wiederholtes Bitten gefruchtet.

Anfangs mutmaßte er, sie wollte ihn nur nicht allein lassen, doch nun genoss sie es. Die ganze Stadt ging aus, man wollte flanieren, genießen und dabei gesehen werden. Und Gustav war mehr als froh, seine Mutter an seiner Seite zu wissen. Sie hatte sich seit ihrem Herzinfarkt verändert, war weicher und entgegenkommender geworden.

»Wo bist du mit deinen Gedanken, mein Junge?« Dorothea beugte sich leicht über den runden Tisch und sah ihn an. Ihre Hand lag mit der Innenseite auffordernd zwischen ihnen und er erfasste sie beglückt. Wann hatte sie ihm das letzte Mal in der Öffentlichkeit eine solche Geste gezeigt? Er musste ein kleiner Junge gewesen sein.

»Ach, nichts Wichtiges, Momie.« Die französische Aussprache war seit jeher eine vertrauliche Liebeserklärung zwischen ihnen beiden und Dorothea lächelte. Erstaunt betrachtete Gustav die kleinen Schweißperlen, die sich auf ihrer Stirn gebildet hatten und er registrierte ihre fahrige, etwas ungelenke Bewegung, diese abzutupfen.

»Geht es dir gut? Du wirkst auf einmal so blass. Sollen wir gehen?« Seit dem Schlag und dem darauffolgenden Herzinfarkt klagte seine Mutter immer wieder über Kopfweh und Schwindel. Herzrasen begleiteten die Anfälle und die Aufbaukost, die Doktor Merk ihr verordnet hatte, schenkte ihr zwar mehr Kraft, doch das Unwohlsein, das sie während der Hitzeattacken überfiel, konnte sie nur durch Josefas Kräutertränke bekämpfen.

Dorothea schüttelte den Kopf, er sah ihr die Unruhe an und schon bestellte sie einen Likör. Gänzlich gegen jede Etikette trank sie ihn in einem Zug und verlangte nach mehr.

»Lass uns gehen, Josefa hat dir von ihrem Kräutergemisch einen neuen Sud bereitet, das hilft dir doch besser, oder?« Ungeduldig winkte er dem Kellner und drückte ihm, ohne eine Rechnung abzuwarten, einen Geldschein in die Hand und bat um den Umhang seiner Mutter.

Als sie wenig später in ihrem Salon saßen und Dorothea schon zwei weitere der kleinen Likörgläser geleert hatte, läutete die Türglocke und zu ihrer aller Erstaunen meldete Hofstetter den jungen Doktor Merk. Der hielt sich nicht mit Förmlichkeiten auf, grüßte fahrig und kam sofort auf den Punkt. »Ich muss mit der gnädigen Frau sprechen. Allein.«

»Ich habe keine Geheimnisse vor meinen Kindern, lieber Herr Doktor. Was hat Sie denn so aufgebracht?« Dorothea lächelte verzagt. Die Unruhe, die sich nicht gelegt hatte, zeichnete ihr rote Flecken an den Hals.

»Ich komme von einer Konsultation bei einer mir nahestehenden Patientin. Und was ich dort hören musste, liebe Frau zu Hohenlinden, macht mir Sorge, gelinde ausgedrückt. Ich bin unsicher, ob wir dieses Thema besprechen sollten, wenn Ihr Sohn im Raum ist.« Doktor Merk hatte seine Tasche auf der Chaiselongue abgestellt und sah Dorothea ungehörig herausfordernd an.

Sie schien unbeeindruckt. »Kommen Sie auf den Punkt, Herr Doktor.«

»Gut. Wie Sie wollen, verehrte gnädige Frau. Mir ist zu Ohren gekommen, dass Sie neben mir, auch meinen Kollegen, Herrn Doktor Fincher konsultiert haben. Grundsätzlich habe ich nichts dagegen, dass Sie sich eine zweite Meinung einholen, doch Sie sollten ehrlich mit mir darüber sein, welche Medikamente Sie einnehmen. Wenn das, was ich glaube, zutrifft, dann haben Sie ein schwerwiegendes Problem.«

Dorotheas Miene zeigte keinerlei Reaktion. Einzig ihr prompter Augenaufschlag mit erschreckend stechendem Blick verriet Gustav, dass Merk ins Schwarze getroffen hatte. Was ging hier vor sich? Seine Mutter als Komplizin des alten Fincher? Wobei? Er konnte sich beim besten Willen nicht vorstellen, worum es hier ging.

»Ich glaube, du solltest uns allein lassen, mein Junge«, hörte er sie nun flüstern und für einen kurzen Augenblick war er geneigt, sich der unangenehmen Situation zu entziehen.

Doch dann dachte er daran, wie die Mutter ihn vor wenigen Wochen zur Seite genommen und beschwörend auf ihn eingeredet hatte. Fast manisch schien ihm damals ihr Gerede von Offenheit und familiärem Zusammenhalt. Sie hatte ihn gedrängt, endlich seinen Gefühlen den Tod Tabeas betreffend nachzugeben und sich auf eine Erholungsreise einzulassen. Nun schien sie selbst in Not und er würde ihr beistehen. »Ich erinnere mich einiger Gespräche, du wolltest Offenheit und Ehrlichkeit. Mama? Liege ich richtig? Fahren Sie fort, Herr Doktor Merk, wir hören Ihnen zu.«

Der Arzt zog sich einen Stuhl heran. »Haben Sie von Herrn Doktor Fincher eine Medikation bekommen, die Sie gut schlafen lässt? Sie fühlen sich erfrischt, ohne Ängste? Nehmen Sie es nach wie vor ein? Wenn ja, dann muss ich Sie bitten, mir genau zu sagen, wie viele

Tropfen Sie von dem Schlafmittel einnehmen und ob Sie Josefas Aufguss dazu trinken?«

Dorothea war verblüfft. Ja, sie nahm sowohl das Mittel, das Fincher ihr gegeben hatte, als auch den Kräutertrank von Josefa. Aber was hatte das eine mit dem anderen zu tun? Sie fragte den jungen Arzt und der antwortete verwundert.

»Was das eine mit dem anderen zu tun hat, fragen Sie? Nun ja, die Kombination eines Morphins mit Alkohol und das regelmäßig ist ...« Der junge Arzt stoppte kurz und schien nachzudenken, wie er seine Ausführung beschließen wollte. »Wenn Sie zu viel von diesem Cocktail einnehmen und über einen zu langen Zeitraum, dann werden Sie davon abhängig. Sie dürften mittlerweile die ersten Anzeichen dafür spüren. Oder wollen Sie mir sagen, dass die Schweißperlen auf Ihrer Stirn von einem zu warmen Sommernachmittag herrühren?« Merk war deutlich geworden und Gustav zog die Augenbrauen hoch.

Er sah seiner Mutter an, wie unangenehm ihr das Ganze war. Sie schien sich unter dem Blick des Arztes zu winden. Doch dann streckte sie ihren Rücken und atmete tief durch. Es war Doktor Merk gewesen, der Mutter nach ihrem Schlag wieder auf die Beine gebracht hatte und er vertraute ihm. Dorothea blickte zu Boden und knetete das Taschentuch in ihren Händen. Allein Gustav konnte sehen, wie sie verlangend einen Blick zur Anrichte hinüberschickte. Dort stand wie immer der Kirschlikör. An jedem anderen Tag, mit jedem anderen Hausgast wäre es ihm nicht aufgefallen. Er erschrak bei seinem Gedanken. Konnte Doktor Merk recht haben?

»Fincher gab dir das Schlafmittel anfangs nur zum besseren Durchschlafen?«, fragte Gustav mit einem Seitenblick auf den Arzt. Dorotheas Augen huschten zwischen Sohn und Doktor hin und her. Ihr Mund war verkniffen und ihre Brust hob sich aufgeregt im Korsett. »Ja, er gab mir zwei Spritzen und ließ ein Fläschchen hier, von dem ich jeweils nur ein paar Tropfen mit Josefas Likör einnehme. Das hilft meinen flattrigen Nerven.« Ihre Stimme war leise geworden und fast entschuldigend.

»Der Kräutersud ist stärkend, Frau zu Hohenlinden, aber sie nehmen mit jedem Schlückchen hochprozentigen Alkohol zu sich. Und in der ständigen Kombination mit dem Morphin ... nun ja, ich habe es schon erwähnt. Es wird eine Abhängigkeit entstehen. Davon wieder loszukommen, dürfte problematisch sein.«

»Morphin? Sie meinen, in dem Schlafmittel ist Morphium?« Gustav erschrak. Die Wirkung dieses Mittels war ihm bekannt. Es kursierten, vorzugsweise in den Großstädten Europas, überall Gerüchte über luxuriöse Lokalitäten, in denen sich die sogenannten Morphinisten trafen, sich das entspannende Fluid spritzten und den Rausch zelebrierten. Er hatte selbst in Dresden von Ärzten und Künstlern gehört, die dieser Soldatendroge verfallen waren. Aber seine Mutter?

Kapitel 16,
August 1882,
Gut Hohenlinden

Johanna

Wie glücklich war sie gewesen, als sie im Frühling der Diphtheritis ein Schnippchen geschlagen hatten und weder Thomas noch Esther erkrankten. Lange hatten sie auf Selmas Genesung gewartet, gebangt und fast resigniert, doch das robuste Mädchen hatte sich zurück ins Leben gekämpft. Die Entzündung ging zurück und mit stärkender Kost und durch die liebevolle Pflege ihrer Mutter Emma, war sie ganz gesundet. Jetzt war endlich Sommer und sie hatten die Grauen des Frühlings vergessen. Die Familie war auf ihrem geliebten Gutshof, die frische Landluft tat ein Übriges. Schon spielt Selma wieder mit Esther und den Kindern aus dem Dorf.

Lächelnd zog Johanna die Gardine vor das Stubenfenster, aus dem sie die Kinder und Helene beobachtet hatte, die gemeinsam mit Robert im Obstgarten Blinde Kuh spielten. Es schien ein normaler Sommer auf dem Land zu werden.

Sie erfreuten sich an den trägen Tagen im Schatten der Obstbäume, schwammen im Weiher und genossen ausgiebige Spaziergänge mit Vaters Hund. Den hatten sie trotz seiner Einwände mit herausgenommen und sie sah, wie der altersschwache Zottelbär aufblühte. In der Stadt bekam er nicht genug Auslauf, der Vater ging selten mit ihm in die Auen, aber hier war er den ganzen Tag auf den Beinen. Wenn ihm danach war, verschnaufte er für eine Weile im Schatten im Hof und beobachtete von dort das Treiben. War es ihm zu bunt, zog er sich in eine der leeren Pferdeboxen zurück und machte ein Nickerchen. Die Kinder liebten ihn, streichelten sein Fell, nickten nach ausgelassenem Spiel an seinem warmen Bauch ein. Dann blieb er liegen, schnaufte und bewachte die Kleinen.

Johanna war entspannt. Für Helene und sie roch hier alles wie Kindheit, schmeckte jeder Bissen aus der Gutsküche nach längst vergangen geglaubten Zeiten. Der Griegeniffte-Kartoffelkloß mit Bratensoße mundete hier wie die bloße Verheißung. Bambes mit frischem Apfelmus, wie gestern Mittag, ausgebacken in Butterschmalz mit extra Zucker obenauf, entlockten jedem in der Familie wohlige Geräusche. Danach hatten sie alle ermattet im Schatten der Bäume gedöst und beschlossen, nie wieder etwas anderes zu essen. Doch schon als die Köchin am Nachmittag ein Blech Hefekuchen mit Johannisbeeren und Butterstreusel zum Abkühlen in den Hof stellte, war es mit diesem Vorhaben vorbei. Verhungert hatte sich die ganze Meute darauf gestürzt, kaum, dass er ausgekühlt gewesen war.

So fühlt sich Himmel an, dachte Johanna und war froh, ihren Kindern dieses Vergnügen bieten zu können.

Ihre eigenen Erinnerungen an die alljährlichen unbeschwerten Sommermonate auf dem Gut waren so berauschend, das wollte sie weitergeben.

Einzig Augusts Abwesenheit trübte ihre Gedanken, machte die Tage weniger leuchtend. Noch immer waberten in ihrem Kopf all seine Erklärungen, mischten sich die Bilder vom Erpresserbrief, dem blutverschmierten Taschentuch und dem, was Emma ihr erzählt hatte, mit Helenes Ausführungen. Der Nachmittag im Hof der Fabrik, die grobe Auseinandersetzung Augusts mit dem Polier, all das war ihr so präsent, nicht abgeschlossen. Für ihn war die Sache erledigt, auch Vater erwähnte den Vorfall mit keinem Wort mehr. Die Männer machten einfach weiter.

Johanna war tief in sich drin in Alarmbereitschaft. In den ersten Monaten des letzten Jahres hatte sie versucht, alles wegzuschieben. Sie freute sich daran, wie aufmerksam ihr Mann war, wie sehr er sich um ihre kleine Familie bemühte. Dann kam ihr großes Glück, Thomas. Doch nun waren die kreisenden Gedanken, die Zweifel, zurück.

Warum ist das nur so? Was ist es, das mich misstrauisch macht, grübelte sie verwirrt und schalt sich insgeheim. Die Mutter würde ihr raten, endlich abzuschließen. Das war alles so lange her. Doch es gelang ihr nicht.

Aus dem Obergeschoss hörte sie Kindergreinen. Rosalia war mit Thomas nach oben gegangen. Dem Kleinen war unwohl, den ganzen Morgen schon war er quengelig und hatte sich nicht beruhigen lassen. Selbst Esther, der er sonst überall hin mit den Augen folgte und die ihn mit ein paar wenigen Sätzen oder Kitzeleien zum

Quietschen brachte, hatte heute nichts ausrichten können.

»Er ist störrisch und seine Augen schon ganz rot vor Wut. Ich weiß nicht, was er hat, Mama«, hatte Esther zu ihr gesagt, als sie nach dem Frühstück hinaus unter die Obstbäume gekommen war. Auch Rosalia schien am Ende ihres Lateins.

»Ich bringe ihn hinauf, vielleicht stören die Gräser, oder er hat einen Stich irgendwo, der juckt. Ich wickle ihn neu und sehe ihn mir genau an, gnädige Frau«, hatte sie gesagt und war gleich nach dem Frühstück mit dem Säugling zurück ins Haus gegangen.

Johanna war besorgt, ließ Rosalia aber gewähren und schlüpfte aus den Schuhen. Grashalme kitzelten ihre Fußsohlen und vorsichtig tapste sie auf eine Decke zu.

Schwer atmend kam Helene neben ihr zum Stehen und stemmte sich die Hände in die Hüften. Sie raffte ihren Rock und wischte sich wenig kultiviert mit dem Saum des Leinenkleides ihren schweißnassen Nacken.

»Lass das nicht unsere Mutter sehen. Auch wenn sie letztlich eingesehen hat, dass ihre ständige Meckerei allen auf die Nerven geht, das ...«, sie zeigte neckend mit dem Finger auf Helenes Hände, »... würde sie dennoch missbilligen.« Johanna hörte sich an wie die alte Dorothea und nahm den liebevollen Knuff ihrer Schwester lachend an. Sie sah sich nach Esther um und schon wieder schallte Thomas' Schreien aus dem offenen Schlafzimmerfenster herüber.

»Ich werde hineingehen und nach dem Kleinen sehen. Es beunruhigt mich, wie verstört er heute wirkt.«

»Entspann dich ein wenig. Du hast eine großartige Kinderfrau. Rosalia weiß, was zu tun ist und ruft, wenn sie deine Hilfe braucht. Bis dahin verordne ich dir eine Runde *Blinde Kuh*.«

Johanna zögerte, doch als Helene ihr einen weiteren harten Knuff auf den Oberarm gab und lachend davonlief, wehende Röcke unter den Bäumen verschwanden, war sie glücklich über diesen Moment. Die Liebe in Helenes Blick machte alle trüben Gedanken wett. Augenblicklich wusste sie, dass jede Weigerung in einer Tirade von Vorwürfen enden würde, und so hob sie das verschwitzte Halstuch ihrer Schwester auf, band es sich um den Kopf, zählte bis zehn und drehte sich im Kreis.

Sie hörte die anderen flüsternd heraneilen und spürte ihre Gegenwart, das Gras raschelte unter ihren Füßen und über Johanna wirbelte der Himmel. Blau und wolkenlos. Und dann begann die wilde Suche nach einem Rockzipfel, einem unaufmerksamen Kind. Das Quietschen von Esther und Selma wurde von einem ausgelassenen Robert angefeuert, der sich nicht zu fein war, mit ihnen durch die Obstplantage zu laufen. Es waren vergnügliche Spiele mit Gejauchze und strahlenden Kinderaugen, die nach einer halben Stunde von einem Rufen unterbrochen wurden.

Schneidend gellte Dorotheas Stimme durch den lauen Sommertag. Behäbig drangen ihre Worte wie ein langsam fließender Strom an ihre Ohren. »Johanna, komm sofort herein und bitte, lasst Esther im Garten. Sag Selma, sie soll ins Kutscherhaus hinüber, Emma ist im Bilde.«

Die Stimme ihrer Mutter beunruhigte sie. Johanna sah sich fragend nach ihrer Schwester um, die die kleine Esther im Lauf stoppte und Mühe hatte, sie zu umfangen. Quengelnd wand sich das lockenhaarige Mädchen mit den Grübchen in Helenes Armen. Es kostete sie Kraft, sie zu beruhigen. Die Blicke der Frauen trafen sich und sofort bedeutete Helene ihr, sich nicht um die Kleine zu sorgen, sondern hinüberzugehen. Schon hörten sie ihre Mutter weitere Anweisungen treffen.

»Robert, ich lasse eure Sachen packen. Ich wünsche, dass du Esther und Helene noch heute mit dem Abendzug zu deiner Familie nach Oelsnitz bringst und dann so schnell als nur möglich Doktor Merk bittest, sich am Morgen in den ersten Zug zu setzen. Ein Wagen wird ihn am Bahnhof erwarten. Sag ihm, ich vermute ...«

Die angestrengte Miene ihrer Mutter machte Johanna Angst und sie rief im Laufen flehentlich: »Mama, was ist geschehen, wo ist Thomas?«

***

Als der junge Doktor Merk mit düsterer Miene und verschlafen am nächsten Tag aus dem qualmenden Zug stieg, erwartete ihn Conrad, der aussah, als ob er zu wenig Schlaf bekommen hätte.

»Wie geht es Ihrem Mädchen, Herr Leitner? Irgendwelche Symptome?« Merk verzichtete auf Floskeln und kam gleich auf den Punkt.

Conrad war froh darum. »Nein, nichts. Unserer Kleinen geht es gut. Wir haben sie sofort zu meinen Schwiegereltern gebracht. Im Gutshaus kümmern sich die junge gnädige Frau und Rosalia. Frau Johanna konnte ihre Mutter überreden, mit in die Stadt zu fahren. Nun hoffen alle, dass keiner infiziert ist.« Conrad blickte hinüber zum Doktor, der eingefallen auf seinem Kutschbock saß. »Sie hatten eine anstrengende Nacht?«

Nickend beantwortete dieser ihm seine Frage und nahm einen großen Zug aus der Kanne, die er ihm wortlos gereicht hatte.

»So ein Schluck Kaffee bewirkt Wunder, danke. Ja, in der Stadt ist die Scharlachepidemie in vollem Gange. Wenn ich die Ausführungen von Robert Arnstädt richtig deute, glaube ich, den kleinen Thomas hat es auch erwischt. Aber lassen sie uns nachsehen. Vielleicht haben wir Glück und ich irre mich.

Gerade erst ist er der Diphtheritis entkommen und nun das. Ich mag mir gar nicht ausmalen, woher er es bekommen hat. Aber es hilft nichts. Nun müssen wir sehen, was ich für ihn tun kann.« Der Arzt hatte leise gesprochen, fast wie zu sich selbst, während der Wagen mit den beiden Männern gemächlich den Hügel zum Gut der zu Hohenlindens hinauf zuckelte.

Johanna sah die Kutsche schon von weitem und lief dem Arzt aufgeregt entgegen. Sie hatte sich, dessen Anweisungen folgend, akribisch die Hände mit Kernseife geschrubbt und erwartete ihn jetzt im Foyer des Gutshauses. Dort stoben Hausmädchen und Saisonmagd auseinander, die strikte Anweisung hatten, sich nicht in der Nähe von Johanna oder Rosalia aufzuhalten. Man wollte niemanden unnötig in Gefahr bringen.

»Guten Morgen, Julius, ich bin so froh, dich zu sehen«, begrüßte sie den dunkelhaarigen Mann, der anders als sonst salopp gekleidet, vor ihr stand. Ein kurzer Blick zwischen den beiden genügte, um zu verstehen, was in ihnen vor sich ging und ein kräftiger Händedruck besiegelte das Band, das sie im Dämmerlicht der Eingangshalle für Thomas Genesung knüpften.

»Lass uns keine Zeit vertun, Johanna, bring mich zu ihm.« Kaum, dass er den Gürtel seiner Norfolk-Jacke abgelegt hatte, schlüpfte er aus selbiger und reichte ihr auch seinen weichen Filzhut. *Sicher hat er aus Bequemlichkeit auf den Reisegehrock verzichtet*, dachte Johanna und rügte sich sofort der überflüssigen Gedanken. Sie ging vor ihm hinauf in den ersten Stock und öffnete behutsam die Tür zu ihrem Zimmer.

»Ich habe ihn hier mit mir untergebracht, so kann ich immer ein Auge auf ihn haben.« Sie flüsterte, als sie den Raum betraten. Es war stickig in dem Zimmer und so ging sie und öffnete eines der kleinen Fenster.

Julius Merk nickte und trat an das Bett mit dem Kind. »Erzähl mir, was du beobachtet hast, Johanna. Wie fing es an, ich muss alles wissen. Auch wenn es dir unwichtig erscheint.«

In den nächsten Minuten sprach Johanna von der Weigerung des Kleinen, seinen Brei zu sich zu nehmen und wie unwirsch er auf seine Umgebung reagiert hat. »Du kennst ihn ja, er ist sonst so ausgeglichen und friedfertig«, sagte sie erklärend.

Dann wäre ganz schnell das Fieber gekommen. Erst leicht und nicht beunruhigend, aber bald schon konnte man ihm die Hitze sogar ansehen. Seither war das Thermometer nicht mehr gefallen. »Seine Zunge ist geschwollen und er hat Mühe, entspannt zu atmen, seit gestern Nachmittag kamen die rosa Pusteln auf Brust und Rücken dazu. Das hat meine Mutter alarmiert dich zu rufen.«

Der Doktor untersuchte den schmächtigen Jungen und ging danach wieder zum Waschtisch hinüber. Wortlos schrubbte er sich ausdauernd die Hände.

Er war der einzige Hausarzt, den Johanna kannte, der so viel Wert auf Handhygiene legte. Schon bei ihrer ersten Begegnung hatte er ihr von Doktor Semmelweiss berichtet, dessen Erkenntnisse auf diesem Gebiet seit mehr als dreißig Jahren vielen Frauen das Kindbettfieber ersparte.

»Ich verehre Semmelweiss«, hatte er ihr damals erklärt.

»Seine Forschungen in Wien beweisen eindeutig, dass die hohe Sterblichkeit von Gebärenden auf die ungenügende Hygiene von Ärzten zurückzuführen ist. Stell dir nur vor, Johanna. Die jungen Assistenzärzte verbringen den Morgen beim Sezieren von Leichen und am Nachmittag helfen sie Babys auf die Welt zu bringen. Dabei kamen unweigerlich Schmutz- und Leichenteile in die Körper der Frauen und Kinder.« Johanna erinnerte sich, wie entsetzt sie bei diesem Vortrag gewesen war und wie gespannt sie seinen Ausführungen gelauscht hatte. »Nachdem Semmelweiss in Wien strikte Anweisungen zur Hand- und Instrumentenhygiene gegeben hatte, überlebten mehr Frauen die Geburt, das Kindbettfieber wurde eingedämmt. Und doch erhielt der Arzt nicht die entsprechende Unterstützung. Man mag sich das nicht vorstellen, aber es sollte weitere zwanzig Jahre dauern, bis ein englischer Arzt, die jetzigen Standards beweisen konnte und einführte.«

Sie erfuhr bei diesem Besuch mehr über Bakterien, als ihr lieb gewesen war und er hatte ihr damals die vielfältigen Möglichkeiten, sich anzustecken, erklärt. Sie war hingerissen von seiner Begeisterung für das Thema. Heute schoss ihr das alles durch den Kopf, als sie ihm zusah, wie er akribisch seine Hände an einem frischen, für diese Zwecke gebügelten Leintuch trocknete.

Da drehte er sich zu Johanna um und sagte leise: »Es ist Scharlach, wie befürchtet. Ich habe Dutzende Fälle in der Stadt. Wir können leider nicht viel dagegen tun ...« Er sah sie mit Resignation in den Augen traurig an und verriegelte sein kleines Köfferchen.

Johanna war wie gelähmt. Gerade hatte sie über andere nachgedacht und wie man sich infizieren konnte. Lobte im Geiste ihre Angestellten, die penibel darauf achteten, die Tücher im Krankenzimmer durch heißen Dampf zusätzlich sauber zu halten. Und nun? Merks Botschaft erreichte ihren Verstand nicht. Peinigend drang jedes Wort in ihr Bewusstsein und doch geschah alles mit einer gewissen Verzögerung. Ihre Zunge fühlte sich schwer an, als sie sprach. »Aber er wird doch überleben? Julius?« Ihre tonlose Stimme ging ihm durch Mark und Bein. Er sah Johanna auf einem alten Sessel vor dem Kamin sitzen und ahnte, sie wartete auf eine ehrliche Antwort. Ihre Schultern eingefallen und nicht aufrecht wie sonst, suchte ihr Blick den des Arztes.

»Wir müssen sein Fieber senken. Du weißt, was zu tun ist. Sobald er aufwacht, füttere ihn. Das wird nicht einfach. Die Schwellung im Rachen, der entzündete Hals, all das schmerzt ihn. Und die Pusteln kratzt er sich sicher auch bald auf, dann brauchen wir eine entzündungshemmende Salbe. Habt ihr jemanden in der Gutsküche, der sich damit auskennt? Kann ich dir die genaue Rezeptur aufschreiben? Habt ihr Holunderblüten im Haus? Bei dem Fieber rate ich zu leichten Essigumschlägen, am besten an den Beinen. Und du kannst ihm die Hände verbinden, gegen das Aufkratzen.«

Er spulte seine Anweisungen ab, doch sie unterbrach ihn. »Sie dürfen nicht zu kalt sein, die Umschläge. Ich weiß. Auf die Brust kommt ein Zwiebelumschlag und für die juckenden Pusteln etwas Honig. Den Tee nicht zu heiß aufgießen, sonst verfehlt er seine Wirkung. Ich weiß das alles, Julius.« Ihre Stimme klang verzagt. Auch er fand keinen gewohnt geschäftsmäßigen Tonfall, als er an sie herantrat. »Entschuldige Johanna, ich ...« Er legte ihr in einer Geste der Verbundenheit die Hand auf die Schulter. »Wir kennen uns schon so lange und es fällt mir schwer, dir das sagen zu müssen. Die Krankheit ist heimtückisch und ich habe in den letzten Tagen leider viele Kleinkinder an sie verloren. Ich werde dir nichts vormachen, die Ansteckungsgefahr für die anderen Kinder ist groß. Ihr solltet Esther und Selma unbedingt im Auge behalten. Auch du selbst bist hier bei ihm in Gefahr. Erwachsene sind zwar seltener betroffen, aber wir können nichts ausschließen.«

Er bemerkte, wie sie ihm nicht mehr zuhörte, als sie wie in Trance an das Bett herantrat. Behutsam strich sie ihrem Sohn eine nasse Haarsträhne aus dem Gesicht und nahm seine kleine Hand. Der Säugling atmete flach.

»Das ist mir egal, mir wird nichts passieren. Ich bleibe hier bei ihm, egal wie lange.« Sie hauchte die Worte und Merk nickte.

»Ist dein Gatte hier, kann er dir beistehen?«

»August ist nach England gereist. Eine bisher erbauliche und alte Geschäftsbeziehung steht auf dem Prüfstand und es bedurfte seiner persönlichen Anwesenheit. Es gab Probleme mit der Tülllieferung und er meinte, nur er selbst könne vor Ort alles klären. Als er wegfuhr, war ja alles in bester Ordnung. Ich kann ihm telegrafieren, doch schneller kommt er dadurch nicht heim. Wir erwarten ihn in einigen Tagen. Bis dahin schaffe ich es allein.« Sie schloss die Augen und schlug sich die Hände vors Gesicht, als sie offensichtlich mit den Tränen rang.

Doktor Julius Merk zog sich unauffällig zurück. Vor der Tür, im Halbdunkel, lehnte er sich an die kühle Lehmwand und brauchte ein paar tiefe Atemzüge, um die vergangenen vierundzwanzig Stunden und die letzten grausamen Minuten zu verarbeiten. Krankheit und Siechtum waren sein Geschäft, sein tägliches Brot.

Doch wenn die Kinder in der Stadt wie die Fliegen starben und er nichts dagegen tun konnte, fühlte er sich hilflos. So wie als kleiner Bub, als seine eigene Mutter die ewige Ruhe gefunden hatte. Auf dem Kindbett seines jüngsten Bruders ist sie von ihm gegangen und er würde diesen Anblick nie vergessen. *Vielleicht war auch sie den barbarischen Zuständen bei Geburten in dieser Zeit zum Opfer gefallen*, sinnierte er, wie schon so oft.

Die Scharlachepidemie in Plauen verlangte seine ganze Tüchtigkeit und doch konnte er in vielen Fällen nichts tun. Vor allem die Jüngsten und Ärmsten wurden Opfer der Purpurfrieseln. Er wusste, dass eine Mangelernährung guter Nährboden für den Krankheitserreger war. Beim kleinen Thomas war seine zurückgebliebene körperliche Konstitution ausschlaggebend. Er befürchtete, dass zu den offensichtlichen Symptomen Herz- und Nierenentzündungen kommen könnten, und dann wäre der Junge kaum zu retten. Das würde er nicht überleben.

Aus Johannas Zimmer hörte er leises Weinen und die Sorge der jungen Frau bereitete ihm fast körperliche Schmerzen. *Wenn sie doch nicht so allein wäre in dieser schweren Zeit*, grübelte er und löste sich von der Wand. Sie war für alle anderen da, hatte ihre eigene Verletzung damals heruntergespielt und weitergemacht. Auch Helene und ihre Mutter hatte sie unterstützt und von ihrem Mann, einem wahrhaft nicht immer bequemen Charakter, sprach sie mit Respekt und Achtung. Welch Kraft doch in ihr steckte. Dennoch würde sie Hilfe brauchen und er nahm sich vor, mit der Kinderfrau zu sprechen.

Als er nach einer schnellen Brotzeit wieder auf dem Kutschbock saß, mussten die beiden Männer nicht viel reden.

»Passen Sie gut auf Ihre Kleine auf und lassen Sie sie auf keinen Fall ins Gutshaus«, war alles, was Doktor Merk zu Conrad sagte.

August – zur gleichen Zeit in London

Die offen ausgesprochenen Drohungen von James Bristol klangen August noch immer in den Ohren, als er vergeblich versuchte, einen Termin in dessen Büro zu vereinbaren. Er war dafür extra nach England gereist und sprach nunmehr zum dritten Mal in Folge im Kontor vor. Der Bürovorsteher teilte ihm mit versteinerter Miene wiederholt mit, dass der gnädige Herr für ihn nicht zu sprechen sei.

»Sie sollten nicht wiederkommen. Unser Geschäftsführer ließ mir auftragen, er wünsche sie nicht mehr hier zu sehen.«

August war konsterniert. Bristol hatte ihm am Morgen nach ihrem gemeinsamen Umtrunk in Plauen einen kurzen, unangenehmen Besuch abgestattet. Seither hatte er sich weder erklärt noch einen Vorschlag zur gütlichen Einigung vorgebracht. Mehr als ein Monat war vergangen und August verstand nicht, worum es ging.

Durch die schmutzigen Fenster im kühlen Flur der Londoner Kontoretage sah er dicke graue Wolken, die sich unaufhörlich und schnell am englischen Himmel entlang schoben. Sie verhießen nichts Gutes und er hatte keinen Schirm dabei. Wieder einmal.

Beim letzten großen englischen Sauwetter, an das er sich lebhaft erinnerte, war er im Eingang des größten Spielwarengeschäftes der Welt, einer jungen Frau in die Arme gelaufen. Ob ihres Aufeinanderprallens stöhnte sie übertrieben spitz auf und er rief sich ihre Einladung zu *Scones and Tea* ins Gedächtnis. Eigentlich hatte er den Nachmittag damals zum Stöbern bei Hamleys reserviert, wollte sich von den überbordenden Angeboten an Puppentheatern, Holzzügen, Stoffpuppen und Kinderbüchern inspirieren lassen. Immerhin bräuchte er ein Geschenk, wenn er ins Vogtland zurückkam. Doch es war anders gekommen.

»Sie müssen Ihr ungehöriges Benehmen wiedergutmachen, my Lord«, hatte die Dame kess behauptet und mit einem umwerfenden Lächeln, aus einem makellosem Gesicht, hatte sie ihn sofort überredet. Er hatte sich nicht im Entferntesten um Etikette geschert oder darum, dass sich eine Frau bei ihm daheim nie und nimmer auf solche Weise mit einem unbekannten Mann unterhalten würde.

Er war vom ersten Moment an betört gewesen. Mit großer Gelassenheit hakte sie sich bei ihm unter und zog ihn hinaus auf die belebte Regent Street. Ein paar Geschäfte weiter deutete sie auf den Eingang zu einem Kaffeehaus, in dem es von Menschen nur so wimmelte. Mitten am Tag ging es drinnen zu wie in einem Bienenstock. Ihr schien das unangenehm. August jedoch drängte darauf, einzutreten, würde man doch inmitten all der Gäste nicht auffallen. Und so saßen sie damals für eine Stunde an einem kleinen Ecktisch und er war von ihrer aufregenden Grazie sofort gefangen.

Meine verdammte Eitelkeit bringt mich immer wieder in Schwierigkeiten, erinnerte er sich voller Missmut an die nicht zu übersehende Tändelei der jungen Frau. Doch er hatte sich ihr nicht widersetzt, fand ihre Schmeicheleien und amüsanten Geschichten unterhaltsam. Sie hatte etwas Mystisches, Aufregendes und war durchaus gebildet, mit einwandfreien Manieren. Sie sprach von ihrer Familie, die Einfluss hatte und Geld und schwärmte von ihrem Bruder. An dem müsste jeder Freier, den sie heimbrächte, vorbei und sein Wohlwollen erringen, hatte sie amüsiert berichtet.

»James ist ein Miesepeter, doch er liebt mich und nach dem Tod unseres geliebten Vaters ist er für alle verantwortlich. Die Last erdrückt ihn manchmal fast und dann will man nur weg, weil er mürrisch und übellaunig ist.«

August hatte der jungen Frau an diesem Nachmittag mit Erstaunen zugehört. Sie hatte viel zu erzählen, sprach von ihren Reisen nach Europa, der Mädchenschule in Paris, dem Leben auf dem Landgut in einer englischen Grafschaft und von der Klavierstunde, zu der sie dann eilte. Es waren angenehme Stunden, denen einige wenige Spaziergänge an der Themse und im St. James Park gefolgt waren und die unweigerlich in einer amourösen Nacht endeten.

Es hatte ihn verblüfft, als sie seiner halbherzig vorgetragenen Einladung auf eine Tasse Tee in sein Londoner Hotelzimmer folgte. Nie und nimmer hatte er vermutet, ein Fräulein aus der Oberschicht, würde sich dazu hinreißen lassen. Seine bisherigen illegitimen Treffen mit dem weiblichen Geschlecht hatte er meist in zwielichtigen Bars und Kneipen der Nebenstraßen begonnen und sich mit keiner je zweimal getroffen. Er machte sich nichts aus diesen Frauen, er wollte lediglich sein Vergnügen.

Doch mit Hailey war es anders. Sie gab sich unabhängig und da sie bereits in seinem Alter war, keinen Ehemann erwähnte und mehr als einmal von ihrer Pariser Zeit im Mädcheninternat und ihrer Freundschaft mit Emmeline Pankhurst schwärmte, wähnte er sie insgeheim den radikal demokratischen Frauen zugehörig. Er fragte nicht nach, warum auch? Was er wollte, gab sie ihm freiwillig und weshalb hätte er den Zauber zerstören sollen.

Sie schämte sich nach ihrer ersten Nacht nicht im Entferntesten. Entblößt hatte sie in seinem Bett gelegen, das Laken bis über ihre Scham geschoben und sich verführerisch über den flachen Bauch gestrichen, als er sie ansah. Sie tänzelte lasziv ins Bad und doch war alles, was sie tat, auch elegant. Höchst erotisch küsste sie ihn dann unaufgefordert, war wieder unter ihr Laken gekrochen und hatte begonnen, ihn zu massieren.

Rücksicht und Vorsicht konnte er bei ihr getrost beiseitelassen. Sie ließ sich in alle Verführungskünste einführen, die er kannte und beschied ihm selbst ungeahnte Höhepunkte. Er war wie in Trance, wenn sie den Raum betrat, es fehlte ihm an Atem, sein Mund wurde trocken und er erkannte sich kaum wieder. Er verstand sich als Frauenheld, doch diese Frau war unvergleichlich. Nie hatte er Derartiges erlebt. Der schiere Gedanke an sie verursachte ihm auch heute ein Ziehen in seinen Lenden.

Dann war sie von heute auf morgen aus seinem Leben verschwunden. Sie kam nicht mehr in sein Hotel, die Adresse, die sie ihm genannt hatte, war falsch und ihr Name ein Allerweltsname. Johns, Hailey Johns hatte sie sich vorgestellt. Wohin er auch ging, man kannte sie nicht. In den wenigen Cafés, in denen sie miteinander gewesen waren, hatte man sie vor ihren gemeinsamen Besuchen noch nie gesehen. Selbst die Schneiderin, vor deren Haus er sie einmal abgeholt hatte, schüttelte ahnungslos den Kopf. Hailey war untergetaucht und er verschwendete kaum zwei Tage an die Suche nach ihr.

Dann reiste er ab und das Kapitel hatte sich geschlossen.

Vor einer Woche, in seinem Büro im Plauener Kontor wurde er jäh an sie erinnert.

»Glaubst du, du kannst eigenen Tüll herstellen, meiner Lieber? Wage es nicht und bitte versuche gar nicht erst, einen Dritten damit zu beauftragen. Deine Tricks kenne ich zur Genüge. Außerdem würde es dir schwerfallen, passable Maschinen für die Tüllproduktion zu finden.« Bristol hatte atemlos auf ihn eingeredet, offensichtlich immer noch erbost über seinen weinseligen Vorschlag vom Vorabend. August hatte nicht bemerkt, wie sehr sich James darüber ärgerte und so war er erstaunt über dessen Ausbruch. Aber es kam noch ärger.

James Bristol war aufgeregt in seinem Büro umhergelaufen. Mit einem Ruck blieb er dann stehen und beugte sich über seinen Schreibtisch. Sein Gesicht nah an dem seinen, erinnerte er sich an die kleinen roten Äderchen auf dessen Wangen.

»Du willst dich aus deiner Verpflichtung stehlen, Bader?«, hatte Bristol ihm süffisant und wütend vorgeworfen.

»Du dachtest dir, du kannst mir ein paar Bier spendieren, einen Großauftrag abschließen und das wird dem dummen Bristol genügen? Er wird schon nichts wissen? Ich habe dir einen ganzen Tag gegeben, dich zu erklären, mir einen adäquaten Vorschlag zu machen, doch du bist in deiner eitlen kleinen Welt hier herumstolziert wie ein Pfau. Du besitzt keinerlei Scham, keinen Respekt! Es ist eine Schande. Jeder wird davon erfahren. Jeder, ich schwöre es dir.«

August hatte seinen alkoholschwangeren Atem gerochen und sich händeringend gefragt, was der alte Freund von ihm wollte. Vollkommen ahnungslos ging er damals um seinen Schreibtisch herum und versuchte, beschwichtigend auf James Bristol einzureden. Doch es war vergebens.

»In Ordnung, du willst verhandeln. Fangen wir mit einem kleinen Schritt an. Ich unterzeichne den Vertrag nicht. Entweder du zahlst das Doppelte oder ich lasse das Geschäft platzen. Besser kommst du nicht aus dem Dilemma heraus, nicht einmal dein Schwiegervater wird so etwas von deinen unrühmlichen Dummheiten erfahren.«

»James, lass uns in Ruhe reden. Wir haben eine Abmachung. Ich kann dir nicht das Doppelte zahlen. Und überhaupt? Welche Dummheiten?«

»Ich denke, ich bin sehr entgegenkommend.« Bristol lief rastlos herum, hatte sich die Jacke aufgerissen und an einem Halstuch genestelt, das er sich verwegen um den Hals geschlungen hatte. Ein wenig sah er damit wie ein aufgeblasener Pfau aus, hatte August gedacht.

»Aber du hast keine Unterschrift unter deinem verdammten Vertrag. Dachtest du, du kannst mich um den Finger wickeln, wie du es mit Hailey gemacht hast?«

Kurz, nur einen winzigen Augenblick, stand für August an jenem Morgen die Zeit still. Schrill hörte sich die Stimme der Direktrice an, die in den Raum getreten war und was sie gesagt hatte, war in den Sekunden versickert, die er fassungslos auf James starrte.

»Hast du jetzt kapiert, was ich meine«, hörte er ihn noch einmal fragen und doch schien das Ganze wie eine Farce. August erinnerte sich, Frau Stein unwirsch hinausbeordert zu haben, zu mehr war er damals nicht in der Lage gewesen. Verzweifelt hatte er versucht, sich zu sammeln, suchte nach dem verbindenden Element zwischen Bristol, Hailey, seiner Tüllorder und den sogenannten Dummheiten. Es wollte ihm nicht einfallen und er entschied sich für die Flucht nach vorn.

»Was weißt du von Hailey? Wo ist sie?«, stammelte er leise und hörte sofort, wie absurd seine Frage war. Doch er konnte sie nicht mehr zurücknehmen. Langsam strich er sich über seinen Bart, ohne den Blick von seinem Gegenüber zu nehmen.

James Bristol schien Oberwasser zu haben. Er saß arrogant zurückgelehnt mit den Armen über der Stuhllehne und der einzige winzige Hinweis auf seine Nervosität war sein wippender Fuß. Bristol taxierte ihn und August versuchte sich zu sammeln. Doch es fiel ihm schwer. Wenn jetzt der Schwiegervater in sein Büro platzte, konnte es richtig Ärger geben.

Die beiden Männer sprachen in den nächsten Minuten kein weiteres Wort. Jeder schien einen Schachzug vorzubereiten. Dabei wusste einzig James Bristol, worum es ging. August wollte sich keine Blöße geben, hielt es aber nicht mehr aus und preschte voran.

»Noch mal, James, was weißt du über Hailey und warum glaubst du, du kannst mich erpressen? Ich habe sie einzig ein paar Mal zum Essen ausgeführt. Sonst war da nichts. Ich habe sogar meiner Frau davon erzählt, sie ist auch eine von denen, die sich für mehr Frauenrechte interessieren.«

James hatte aufgehorcht. »Oh, du bringst mich da auf eine Idee. Ich sollte Hailey das nächste Mal mitbringen, wenn ich herkomme, um Tüll zu liefern. Was sagt deine Frau wohl zu Haileys kleiner Tochter, wenn sie erfährt, dass mein Schwager tote Lenden hat. Seit einer Maserninfektion vor vielen Jahren trägt er schwer an dieser Unzulänglichkeit. Und nicht nur das. Dem Mädchen fehlt auch ihr Erbe, das ihr beiden auf der Trabrennbahn gelassen habt.« August stand der Mund offen. James zog seine Weste glatt, erhob sich und verließ das Büro ohne ein weiteres Wort.

Alles war so schnell gegangen, dass August Mühe hatte, mit James aufzuschließen, als der die Treppen hinunterstieg. Unterwegs redete er auf ihn ein, doch als sie an der Pforte seinem Schwiegervater begegneten, lüftete James einzig seinen Hut und wandte sich gen Innenstadt. Kein Wort kam über seine Lippen und August hatte ihm schwerlich ohne Mantel und Hut einfach so hinterherlaufen können.

Eine Stunde später hatte Bristol aus dem Hotel ausgecheckt und war verschwunden. Vergeblich suchte August damals die einschlägigen Gasthäuser auf, doch er fand ihn nicht. Dann wartete er, darauf hoffend, dass eine Nachricht mit Details oder Forderungen bei ihm eintreffen würde. Er telegrafierte gar in das Londoner Büro und nach Somerset schickte er eine Depesche, doch es war keine Antwort gekommen.

Und so hatte er sich notgedrungen auf den Weg gemacht, nur um jetzt hier vor verschlossenen Türen zu stehen. August betrachtete den wolkenverhangenen Himmel, während er fast automatisch den Weg zum St. James Garden nahm. Er musste diesen Auftrag abschließen, die Firma brauchte den Tüll. Einen neuen Lieferanten zu finden, bei dem er sich auf Qualität und

Quantität ebenso verlassen konnte wie bei Bristols Unternehmen, war aussichtslos. Jeder vogtländische Fabrikant hatte seine eigenen Quellen, doch um neue zu erschließen, benötigte man Zeit, Kontakte und Geld, das er nicht zur Verfügung hatte.

Überhaupt: Geld. Anscheinend machte Bristol ihn für die enorme Summe verantwortlich, die er mit Hailey, zugegebenermaßen auf sein Drängen hin, in Ascot auf der Rennbahn gelassen hatte. Sie war spendabel gewesen und er in dem Glauben, Geld spielte für sie keine Rolle.

Immerhin hatte sie eifrig auf die Pferde gesetzt, die er vorschlug. Nach einem anfänglichen marginalen Gewinn hatten sie dann nur Verluste eingefahren. Bei genauem Nachdenken erinnerte er sich an einen kurzen Moment des Bedauerns, dann aber hatte sie perlend gelacht. Das verlorene Geld schien ihr nicht im Entferntesten wichtig, sie hatte nie wieder darüber gesprochen.

Die absurde Geschichte von einer schwangeren Hailey, die sein Kind ausgetragen haben soll, beunruhigte August mehr als das Geld aus dem Wetteinsatz. Bristol hatte davon gesprochen, dass sie verheiratet war. Hatte er wirklich einen Schwager erwähnt?

Und war Bristol der berühmte James, von dem sie ihm vorgeschwärmt hatte? Der Bruder, vor dem sie flüchtete, weil er missmutig war und kontrollierend? Sie war verheiratet? Und lebte doch in London das Leben einer ungebundenen Frau? Das ergab alles keinen Sinn. Was sollte das? War er einem Betrug aufgesessen? Hatten die beiden ihn gemeinsam hinters Licht geführt und wollten ihn jetzt mit einem ominösen Kind erpressen?

Ihm Wettschulden anhängen? Sie konnten ihm nicht nachweisen, dass er der Vater war. Und warum hatte sich James davongemacht? Ihm ging ja auch ein großer Vertrag durch die Lappen, obwohl sich August eingestand, dass Bristol diesen schneller kompensieren würde als er selbst.

Das alles war verwirrend, es schien keine klare Linie zu geben. August musste dem Ganzen auf den Grund gehen und so war er ihm nachgereist.

Im Hinterkopf die Schmach der Abweisung durch den Sekretär, lief August in Richtung seines Hotels. Dort wollte er den Concierge bitten, ihm die schnellste Verbindung nach Somerset herauszusuchen. Er vermutete Hailey und ihr vermeintliches Kind auf dem Familienanwesen und vielleicht war auch James zu ihr gereist.

Als er an den Hoteltresen herantrat, nickt man ihm beflissentlich zu und der Concierge griff hinter sich in eines der kleinen Fächer, zog einen Umschlag heraus und überreichte ihn. August war erleichtert, hoffte er doch insgeheim auf eine Nachricht von James Bristol.

Doch das Telegramm war aus Plauen:

Thomas schwer erkrankt. Komm auf schnellstem Wege nach Hause. Helene.

Der Boden schien unter ihm zu schwanken und August musste sich für einen Moment am Tresen festhalten. Sein Sohn war in Gefahr. *Wie schlimm konnte es sein*, fragte er sich, doch er ahnte, Helene würde ihn bei so wichtigen Geschäften nicht stören, wäre es nicht dringend.

»Unangenehme Nachrichten, Mister Bader?«, hörte er den Concierge fragen und hatte Mühe sich zu sammeln.

»Ja, mein Sohn ist erkrankt und ich muss noch einen Besuch in Somerset abstatten. Wären sie so nett und finden heraus, wie ich auf dem schnellsten Weg dorthin komme? Ich würde nach oben gehen, packen und mich dann sofort auf den Weg machen.« Er wartete eine Antwort nicht ab, sondern nahm die Treppe aus dem Foyer mit langen Schritten. Er würde das Problem ein für alle Mal aus der Welt schaffen und dann zu seiner Familie zurückkehren.

Wilhelm

»Lass dich umarmen, meine Liebe.« Wilhelm öffnete seine Arme und die sonst so beherrschte Johanna flog ohne Zögern hinein. Er hatte sich angekündigt, gar ein Kabel ans Gutshaus geschickt, um seiner Tochter mit seinem Kommen Mut zu machen. Allen Unkenrufen zum Trotz war er gefahren, um ihr beizustehen. Sowohl Doro als auch Helene rieten ihm von der Reise ab, aber er hatte keine Angst vor Scharlach, zu oft war ihm die Krankheit schon begegnet und nie hatte er nur einen Hauch von Unwohlsein gespürt. Geschweige denn, war er selbst je infiziert gewesen.

Und so war es ihm gleich, was geredet wurde, er mochte seine Tochter in diesen schweren Tagen nicht allein lassen. Von ihrem Mann gab es noch immer kein Lebenszeichen, sie hatten seit der Depesche nichts von ihm gehört.

»Ach Papa, das ist so großherzig von dir und so dumm.« Ihr Vorwurf klang halbherzig und seine Hand schloss sich um die ihre, als er abwimmelte.

»Ich werde mir von meinem kleinen Mädchen nicht sagen lassen, was zu tun ist. Nicht in diesem Fall. Vor mir hat sich Scharlach schon immer verzogen. Wenn nicht mit dem Jungen, so kann ich dir auf dem Gut behilflich sein und du dich auf die Genesung unseres lieben Thomas konzentrieren.« Allein seine Stimme und die Bestimmtheit, mit der er zu ihr sprach, schien Johanna zu beruhigen. Sie lehnte ihren Kopf noch einmal an seine Brust und führte ihn dann gemächlichen Schrittes in den Salon.

Dort schien seit Doros Abfahrt niemand gewesen zu sein. Die Luft war abgestanden und von dem adretten Ambiente, mit dem sich seine Frau umgab, war nichts zu spüren. Weder frische Blumen auf dem Tisch noch aufgeschlagene Magazine auf der Chaiselongue, auch keine obligatorische Kanne Tee erwartete sie. Selbst die Kissen waren seit ihrem überstürzten Aufbruch nicht aufgeschüttelt worden. Johanna bemerkte, was ihr Vater sah.

»Keine Sorge, Papa. Ich lasse das sofort in Ordnung bringen. Ich hatte wenig Zeit und war nie hier unten. Ich ging meist nur zwischen Küche und meinem Zimmer hin und her. Sonst ...«

»Du hast deine Mahlzeiten oben eingenommen?«, fragte Wilhelm zweifelnd.

»Ja, ich wollte niemanden in Gefahr bringen. Rosalia kümmert sich um das Essen, die Wäsche, aber ich bleibe bei Thomas, gehe jedem aus dem Weg. Es war einsam, um ehrlich zu sein.«

»Nun bin ja ich da. Lass uns überlegen, was wir tun können.« Johanna wies den Vater in alles ein. Berichtete von den Tagen, an denen das Fieber kurzzeitig sank und Thomas die Augen öffnete. Sprach von den Bemühungen, ihm etwas Milch einzuflößen und den herzzerreißenden Minuten, wenn er unter Krämpfen und Qualen einen leichten Brei zu schlucken versuchte.

»Er ist zu abgezehrt, um auch nur das Köpfchen zu heben, Vater. Ich fürchte, er entschläft mir nicht am Scharlach, aber an der Schwäche, die seinen ganzen Körper befallen hat. Selbst die Kinderlieder mag er nicht hören, früher hat er darauf immer mit einem Krächzen und Juchzen reagiert. Jetzt sind seine Augen glasig und fast bittend ...«

Ihre Stimme versagte ihr bei den Erklärungen zum Zustand ihres Jungen und sie schluchzte hemmungslos. Wilhelm konnte nichts weiter tun, als ihren bebenden Körper zu halten. Sanft strich er ihr über den schmalen Rücken und legte unaufgefordert das verrutschte Dreieckstuch um ihre Schulter. Dabei fiel ihm eine Rötung am Dekolleté auf, die ihn augenblicklich alarmierte.

Für den Moment war er erschrocken, hielt gar in seiner Bewegung inne und sah prüfend genauer hin. Schon erhob sie ihre Hand, zog das Tuch fester um sich und berührte dabei fast wie versehentlich die kleine rote Stelle.

Wusste sie davon, ignorierte Johanna das Offensichtliche? Wilhelm schauderte kurz und beschloss, offensiv zu sein. Denn deshalb war er ja hier. Um die Dinge anzupacken. Zu oft hatte er in den letzten Jahren weggesehen und wohin hatte es seine Familie gebracht? Lug und Trug und Unwahrheiten hatten sich wie eine Seuche in die Ehe seiner Ältesten geschlichen, die Verbindung seines Sohnes belastet und auch seine Jüngste ... Wilhelm schüttelte die Gedanken ab und machte sich daran, das Hier und Heute zu klären.

»Es ist nur ein Mückenstich Papa. Ich schwöre.« Johanna hatte seinen Blick bemerkt und kam ihm zuvor. Sie versuchte gar, zu lächeln, doch ihre müden Augen konnten ihre Angespanntheit nicht verbergen.

»Gut, das ist beruhigend. Wenn man bei Mücken davon sprechen kann, wo sie einem mit ihrem ewigen Surren den letzten Nerv rauben«, sagte er mit gespielter Fröhlichkeit. Doch auch sein Lächeln war angestrengt. Dennoch schien es ihm angebracht, ein wenig Leichtigkeit in dieses Haus zu bringen. Man würde es brauchen, um der Krankheit zu trotzen und allen auf dem Gut etwas Hoffnung zu geben.

»Nun denn, lass mich zu dem Kleinen. Ich werde ihn nicht wecken, möchte nur einen Eindruck bekommen.« Sie gingen schweigend die steinerne Treppe in den ersten Stock und liefen den im Halbdunkel liegenden Gang hinunter. Die Ruhe im Haus war gespenstig und Wilhelm erinnerte sich beim besten Willen nicht, hier je eine solch bedrückende Stimmung wahrgenommen zu haben.

Selbst nach dem Tode seines Vaters oder der Mutter hatte es wenigstens die dem Gut eigene Geschäftigkeit gegeben. Das Landleben forderte den Menschen täglich Beachtung ab. Egal wie man sich fühlte, was gerade im Leben passierte, das Vieh musste versorgt, die Felder bestellt werden. Ob es stürmte, regnete oder die Sonne vom Himmel brannte, der Hof war immer in ein für ihn beruhigendes Summen und eine lautere Betriebsamkeit getaucht gewesen.

Das ständige Kommen und Gehen von Bediensteten, Händlern und seiner großen Familie hatte eine wohltuende Lebendigkeit, die er im Stadthaus manchmal vermisste. Alles war distinguierter, weniger abhängig von den Gezeiten, dem Wetter und den Befindlichkeiten seiner Bewohner. Es fehlte das Brummen seines Bienenstockes, wie er das Landgut heimlich nannte und so war der heutige Gang fast unheimlich und schien ihm gar bedrohlich.

Wilhelm atmete tief ein, als er die Tür öffnete und seine Tochter zuerst in den Raum bat. Formvollendet wie immer trat er einen Schritt zurück und schloss dann hinter ihnen leise die Tür.

Das Zimmer war nach ihrer Hochzeit kaum verändert worden. Nur ein größeres Bett nahm dem Raum seine frühere Luftigkeit. Es stand präsent und überbordend unter den Fenstern, die in den Hof hinausführten. Selbst durch die geöffneten Fensterflügel hörte man kaum ein Geräusch heraufdringen. Es war ungewöhnlich und Wilhelm fragte sich, wer die Anweisung gegeben hatte, dass sich niemand im Innenhof aufhalten solle. Wie war das möglich, das Leben ging doch weiter.

An den Wänden sprang ihm eine Zeichnung entgegen. Es war ein Spitzenmuster, dass die Handschrift seiner Jüngsten trug, und er fragte sich, ob er es schon einmal an seinen Krägen oder Röcken gesehen hatte. Er trat darauf zu und betrachtete es genauer.

»Helene hat mir diese Schablone geschenkt und gesagt, so würde der Rocksaum ihres Hochzeitskleides aussehen, wenn sie sich denn je wieder an einen Mann binden könne. Das war kurz, nachdem sie Esther aus dem Weiher gefischt hatte. Sie gab es mir als Versprechen, dem Leben eine Chance zu geben.«

Wilhelm kräuselte die Stirn und strich sich verlegen den Backenbart. Solch intime Gespräche waren ihm seit jeher peinlich und die Erinnerung an den Gemütszustand Helenes vor einem Jahr löste eine Welle von Unwohlsein in ihm aus. Würde er seine Tochter noch einmal in die Schweiz schicken? Auf diese entwürdigende Reise voller Entbehrung und Leid?

Doch er musste sich konzentrieren, für trübe Gedanken würde in der Abenddämmerung genügend Zeit bleiben. Jetzt war er hier, um eine Stütze zu sein, etwas richtig zu machen. Vielleicht auch etwas gutzumachen.

Johanna hatte das Kind herangezogen, das in einer Babywiege aus dem Hause Thonet lag. Der neuesten Mode folgend wand sich ein gebogenes Stück Holz von der Wiege nach oben und hielt einen spitzenbesetzten Schal, der links und rechts wie ein Vorhang am Bettchen entlangfloß. Sie schob diesen beiseite und beugte sich über das Kind. Sanft strich sie dem Säugling eine verschwitzte Haarsträhne von der Wange. Das Haar seines Enkels erschien Wilhelm strähnig und eigenartig lang, so als ob er Thomas seit Wochen nicht gesehen hätte. Der kleine Körper verschwand fast unter dem mächtigen Duvet und das Antlitz des Buben war fahl und eingefallen. Eine spitze Nase ragte aus dem Gesichtchen.

Er musste schlucken und ihm fiel keine aufmunternde Bemerkung ein. Ein gesundes Kind von acht Monaten sah wahrlich anders aus. Er erinnerte sich an seine Töchter, die in diesem Alter proper und mit kleinen Speckwülsten ausgestattet in ihren Betten gestrampelt hatten. Nichts davon war hier auch nur zu erahnen.

Johanna wrang indes ein neues Leintuch in der Wasserschüssel auf ihrem Frisiertisch aus. Er bemerkte den besorgten Blick seiner Tochter im Spiegel der Kommode und wand sich ab. Sie sah schrecklich müde und verwirrt aus und Wilhelm war sich auf einmal nicht mehr sicher, ob sein Besuch helfen könnte.

Mittlerweile schob sie die Federdecke über dem Kind beiseite. Behutsam wickelte sie den gräulichen Stoff von Thomas Waden und ersetzte diesen sogleich mit dem neuen kühlenden Umschlag. Ein leichter Lavendelduft waberte durch den Raum und vertrieb die trübe Stimmung für einen winzigen Augenblick.

Da öffnete der Junge die Augen. Glasig und mit schwarzer großer Pupille sah er seine Mutter an und dann schweifte sein Blick hinüber zu Wilhelm. Der trat sofort näher ans Bett heran und nahm die Fingerchen seines Enkelsohnes.

»Ich bin gekommen, um dir vorzulesen, mein Lieber. Hast du eine bestimmte Geschichte, die du hören möchtest oder lassen wir uns wie immer von den Märchen verzaubern? Andersen, Grimm? Wen willst du heute?«

Wilhelm traf der Ton, der aus dem Mund des Jungen kam, mitten in die Magengrube. Er konnte kaum glauben, dass es sein Enkel war, der da krächzte. Alt und schabend hörte er sich an. Natürlich hatten sie noch nie ein Gespräch geführt, dafür war der Bub zu jung. Doch er hatte es sich schon im Frühling, als Thomas erst ein paar wenige Monate alt war, zur Gewohnheit gemacht, bei ihm zu sitzen und vorzulesen. Eine seltsame Ruhe hatte ihn jedes Mal geflutet, wenn er mit dem Kind und den Märchen seiner Kindheit allein war. Der Junge hatte zwar meist geschlafen, oder ihn aus riesigen Babyaugen angesehen, später aber hatte er gejuchzt, wenn sein Großvater den Raum betrat. Wilhelm hatte dies als eindeutiges Zeichen werten wollen, dass er ihn erkannte. Alle in der Familie hatten ihn ausgelacht, aber auch jetzt empfand er eine eigentümliche Verbindung zu dem kleinen, hilflosen Wesen vor sich.

Kurz und flach ging dessen Atem, als er anhob, zu schreien. Es währte nicht lange, denn schon schnappte Thomas wieder nach Luft und Johanna kam besorgt näher.

»Vielleicht ist er zu schwach, Vater«, sagte sie leise und legte eine Hand auf seinen Arm. Doch Wilhelm griff nach dem Buch mit dem schmucken Einband, aus dem schon seine Mutter immer vorgelesen hatte.

»Wir haben jetzt Märchenstunde, der Bub und ich. Geh du und bring uns Tee und ruh dich dann aus. Ich komme zu dir, wenn er eingeschlafen ist.«

»Vorher muss ich ihn wickeln, er soll sich wohlfühlen und keinesfalls wund liegen.« Zustimmend nickte Wilhelm und schickte sich selbst an, den Tee in der Küche zu bestellen.

***

In den kommenden fünf Tagen verbrachte er jede freie Minute mit Thomas. So gut es ging, erledigte er die Aufgaben auf dem Gut am frühen Morgen, um dann bei seinem Enkel sein zu können. Nachts wechselte er sich mit Johanna ab und gemeinsam versorgten sie das fiebrige Kind.

Einer seiner ersten Wege hatte ihn zum Gutsverwalter geführt.

»Was geht hier vor sich? Das Gut scheint im Dornröschenschlaf zu sein, mein Lieber. Ich wünsche nicht, dass alle Angestellten auf Zehenspitzen herumhuschen. Die Gänseschar wurde immer durch das große Tor getrieben. Wie soll sich Thomas denn erholen, wenn er so gar nichts vom Leben mitbekommt. Alles, was er kennt, scheint vorbei zu sein. Nicht einmal die vertrauten Geräusche dringen mehr an sein Ohr. Ich will, dass der Junge inspiriert wird, die Gänse hört, mit denen er und seine Mutter so oft im Garten waren. Auch die Pferdehufe auf dem Pflaster fehlen uns allen. Bitte veranlassen Sie das.« Der Mann hatte ihm nachdenklich nachgesehen, Wilhelm spürte seine Blicke im Rücken und doch drangen schon eine Stunde später die altbekannten wohltuenden Geräusche an sein Ohr. *So soll es sein*, hatte er sich zufrieden seiner Zeitungslektüre zugewandt.

Johanna

Thomas glühte, seine Körpertemperatur war in der letzten halben Stunde bedrohlich angestiegen. *Ich hätte nicht mit Vater essen dürfen*, warf sich Johanna verzweifelt vor und wusch sich sorgfältig die Hände, bevor sie ans Bett ihres Sohnes trat.

Sein hochrotes Gesicht versetzte sie in Alarmbereitschaft. Seit Tagen saß Johanna hier, nur selten ließ sie sich vom Vater helfen ließ. Sie kühlte die Stirn ihres

Sohnes, wechselte seine Windeln in stündlichem Abstand, nur um etwas tun zu können. Manchmal fiepte Thomas in krampfartigen Fieberschüben, dann schien er aufzuwachen, um im selben Moment wieder wegzudämmern.

Sie versuchte ihm mit mäßigem Erfolg etwas Milch einzuflößen. Doch das Meiste lief in feinen Rinnsalen aus seinen Mundwinkeln. Sie redete behutsam auf ihn ein, erzählte von den Gänsen und den Kühen, den Blümchen auf der Wiese und den zottigen Schafen, die sie bald gemeinsam besuchen würden. Dann wieder riss sie ihn aus dem Bett, weil sie fürchtete, er atmete nicht mehr und trug ihn Stunde um Stunde im Raum umher. Fest eingewickelt in seine Decke, schleppte sie ihren Jungen an die Brust gepresst vom Fenster zur Tür und zurück.

Gebannt folgte der gesamte Haushalt den Schritten auf den alten Holzdielen und verfiel wieder in gespenstige Ruhe, wie sie nur in einem Haus mit einem sterbenden Menschen vorkam.

In diesen Nächten wurde ihr klar, wie sehr sie Thomas liebte und wie anders dieses Gefühl war als ihre Liebe zu Esther. Die Angst vor einem frühen Ende, dem Abschiednehmen schnürte ihr die Kehle zu. Zu lange hatte sie auf ihn warten müssen, vor ihm andere Leben verloren, bevor sie als fertige kleine Menschen die Welt erblickten. Der damals empfundene Schmerz war nie vergangen, doch er war besänftigt durch die Ankunft von Thomas, ihrem Heilsbringer. Durch ihn versöhnte sie sich mit dem Schicksal, mit ihm erlebte sie das perfekte Mutterglück, die reinste Form von Liebe.

***

Am nächsten Tag wurde Johanna minütlich panischer, selbst Wilhelm hatte Mühe, seine Tochter zu beruhigen. Sie zu überreden, in der Küche etwas zu essen, oder wenigstens ein paar Stunden zu schlafen, war auch ihm unmöglich. Das höchste der Gefühle war ein Ausstrecken auf ihrem Bett. Mit der Hand an der Wiege dämmerte sie dahin, verfiel in traumgeplagte Minuten in völliger Erschöpfung, um schon beim geringsten Anzeichen einer Bewegung wieder wach zu sein und aufzuschrecken.

Am Abend stieg das Fieber noch einmal. Unablässig beobachteten Vater und Tochter die Brust des kleinen Thomas und hielten sich aneinander fest. Die Fingerknöchel ihrer Hände traten weiß hervor und Johanna fragte sich, woher der Vater die Kraft nahm, nun schon seit Tagen fast nicht zu schlafen. Er aß wenig und jedes leichte Dahindämmern wurde gefolgt von aufgeschrecktem Zucken, genau wie bei seiner Tochter.

Mitten in dieser Nacht ging Wilhelm in das verwaist liegende Zimmer seiner verstorbenen Mutter, um zu beten. Nichts hatte sich hier verändert. Ihr Morgenrock lag auf dem Bett, die Decken waren zurückgeschlagen, so als ob sie gleich hereinkäme. Er hatte das veranlasst, es war tröstlich, für einen winzigen Moment zu spüren, sie wäre noch hier.

Natürlich wusste Wilhelm, dass die Familie und sicher auch die Angestellten den Kopf über diese Marotte schüttelten und dass das Zimmer bald für die Enkel freigemacht werden musste. Doch noch wollte er ihren

Geist ein wenig erhalten. Ihren Duft nach Kölnisch Wasser erahnen, ihre Kleidung am Schrank hängend betrachten und sich erinnern. An heitere Tage, an Lachen und Vergnügtheit, an die Lebendigkeit der Mutter.

Er ging zum Fenster und entzündete die Kerze, die sie dort aufgestellt hatte. Nach altem Brauch hatte sie sie jeden Abend angezündet, nun tat er es für sie und kniete nieder. Wilhelm zu Hohenlinden betete inständig. Seine Bitte um Gnade flog in den Abendhimmel, wie eine Schar dunkler Raben. Laut, krächzend, verzweifelt schreiend.

Wie lange er so gekniet hatte, wusste er nach der intensiven Zwiesprache mit seinem Gott nicht mehr, doch seine schmerzenden Glieder ließen ihn ahnen, dass es weit nach Mitternacht sein musste. Er nahm den Kerzenhalter mit hinüber zu Johanna und Thomas, stellte ihn aufs Fensterbrett und ergriff Johannas Hände.

»Lass uns gemeinsam beten, mein Kind. Die Omama wacht heute über Thomas und wir müssen uns in die gnädigen Hände unseres Herrn begeben.« In den Augen seiner Tochter sah er nichts als Schmerz, Entsetzen und Unverständnis.

August – zur gleichen Zeit in Bath, England

Der Zug stand schon auf den Gleisen von Paddington bereit, obwohl seine Abfahrt nach Bath erst in zwanzig Minuten erfolgen würde. August war erleichtert, diesen zu erreichen, war es doch der letzte Zug, der am

heutigen Tage noch in die Grafschaft Somerset im Süd-
westen Englands fuhr. Von Bath Queen Square würde
er sich eine Kutsche nehmen, um zuerst in die Fabrik
und gegebenenfalls danach zu Bristol Manor, dem Her-
renhaus von James Bristols Familie zu gelangen. Wenn
er Glück hatte, wäre er morgen um die Mittagsstunde
mit der Midland-Railway zurück in London und
könnte endlich die Heimreise antreten.

Auf die kommenden Stunden hätte er sich früher gefreut, denn die Reise in einem der bequemen Erste-
Klasse-Waggons durch die sommerlich grünen Hügel
war nicht nur für die Sinne ein Fest. Meist traf er faszi-
nierende Menschen, die auf einer Fahrt in die Sommerfrische zu belebenden Gesprächen aufgelegt wären.
Heute jedoch wollte er nichts als ankommen.

Er hielt Ausschau nach den Wagen seiner Klasse und
spähte in die Abteile, an denen er vorbeikam. Es wäre
ihm recht, allein zu sein, und so ging er immer weiter,
in der Hoffnung, die anderen Gäste würden sich von
der Entfernung des Waggons von der Plattform ab-
schrecken lassen und er erhasche ein leeres Abteil.

Seine kleine Tuchtasche beherbergte nur das Nötigste
und doch wurde sie ihm von Schritt zu Schritt schwerer, so als ob er ein unsichtbares Gewicht mit sich trüge.
*Es sind die Probleme, die mir die Arme langwerden lassen
und an meinem Nacken ziehen*, dachte er missmutig und
bemerkte, wie sich die Tür eines Abteils vor ihm
schloss. Jemand hatte sie kraftvoll zugezogen und bedeutete damit, deren Mitfahrer wären vollzählig.

Mehr beiläufig warf er einen Blick in das Innere. Ein
großgewachsener Gentleman in tadelloser Reiseklei-

dung lüftete eben seinen Hut, legte ihn und einen kleinen Koffer auf die Ablage und trat an einen zweiten Mann heran, der mit dem Rücken zur Tür in den dunklen Polstern saß. Seinen Blick hatte er starr nach draußen gerichtet. Behutsam legte der eingetretene Herr seine grazile Hand auf dessen Schulter.

August stockte. Nichts von dem wäre ungewöhnlich gewesen und doch hatten die Bewegungen des Eintretenden etwas ungewöhnlich Sanftes, Vertrautes. Schon setzte sich der Jüngere auf die Bank gegenüber und griff mit schlanken Fingern die Hand des Mannes, der noch immer aus dem Fenster starrte. Dieser verwehrte sich der Berührung nicht, nein, er ließ es geschehen, beugte sich mit geneigtem Kopf der Geste entgegen und man sah am Beben seines Oberkörpers, dass er tief ein- und ausatmete. Stumm presste der junge Mann die ihm dargebotene Hand an seine Stirn und hauchte einen Kuss darauf. Da streifte August im Widerschein des Fensterglases ein bekannter Blick.

Sofort trat er einen Schritt zurück, dann einen zur Seite, um Luft zu schnappen und das Gesehene vollends zu verarbeiten. Er lehnte sich kurz an den Waggon, bevor er weitere Reisende wahrnahm, die sich auf ihn zu bewegten. Schnell stieg er in das Nachbarabteil. Auf keinen Fall wollte er die beiden beim Aussteigen verlieren und doch würde er vorsichtig sein müssen, damit sie ihn nicht bemerkten.

Wohin das Ganze führen könnte, war ihm noch nicht klar, was er gesehen hatte, ließ sich womöglich zu seinem Vorteil nutzen.

Kapitel 17,
August 1882, Plauen

Helene

»Nichts als Einladungen, Rechnungen und noch immer kein Wort von August«, bemerkte Helene mehr zu sich selbst als an ihren künftigen Ehegatten oder die Mutter gerichtet, als sie an einem verregneten Augustmorgen die Post durchsah. Sie hatte es sich zur Angewohnheit gemacht, die Briefe des Vaters durchzusehen, während er auf dem Gut weilte, auch wenn Gustav dies mit unwirschem Grummeln quittierte.

»Meinst du nicht, es obliegt dem Sohn, sich um die Angelegenheiten des Vaters zu kümmern?«, bemerkte der prompt, als er schlendernd den Frühstücksraum betrat.

»Du meinst, dem einzigen Sohn?« Helenes knappe und schnippische Antwort missfiel Gustav und auch Dorothea schüttelte leicht den Kopf.

»Ihr solltet euch nicht wegen solcher Kleinigkeiten in die Haare bekommen. Es gibt wahrlich Wichtigeres zu tun«, schalt sie ihre Kinder und fragte nach Post von ihrem Gatten.

»Nein, noch immer nichts. Johanna hat auch nicht geschrieben. Ich mache mir Sorgen um die drei. Und wo bleibt August, kommt er je heim? Ich finde sein Verhalten, gelinde gesagt ...« Helene atmete geräuschvoll aus, besann sich aber mit Blick auf ihre Mutter und lenkte ein. Haltsuchend griff sie nach dem Bernstein und prüfend betastete sie ihn. *Seine raue Rückseite scheint heute zu brennen*, dachte sie verstört und betrachtete den Stein für einen Moment.

Schon gestern Abend hatte sie so ein eigentümliches Gefühl befallen. Esther hatte wieder einmal in ihrem Schrank gesessen und sich erst nach einer langen Reise zu einem verwunschenen Kürbisbaum langsam beruhigt. Der Kürbisbaum war eine Erfindung von Nale, der Maus, die sich auf dem Baum mehrere Häuser bauen wollte. Alle von ihr persönlich ausgehöhlt und mit kleinen Fenstern geschmückt. Dem Küken war auf der wilden Fahrt übel geworden und so hatten sie abgebrochen, denn Esther übergab sich fast. Weinend hatte sie in ihren Armen gelegen und Helene musste ihr von Thomas erzählen. Die Kleine hatte wirklich ein fragiles Nervenkostüm, selbst die einfachsten Geschichten zogen sie in einen emotionalen Strudel. Sie schüttelte sich und raffte sich auf, wieder der Konversation am Esstisch zu folgen.

»Sicher kommt er bald, die Verbindungen sind im Sommer stabil, die Bahn verkehrt regelmäßig und es wird kein Problem für ihn sein, eine Schiffspassage von Dover zu bekommen. Wahrscheinlich dachte er, der Zwischenstopp in einem Postamt raubt ihm zu viel Zeit.« Helene glaubte selbst kaum, was sie sagte, doch erschien es ihr das einzig Richtige in diesem Moment der Anspannung. Sie umfasste den Bernstein noch fester und bat inständig, dass alles gut ausgehen möge.

Die letzten ungewissen Tage hatten ihnen zugesetzt. Jeder betete für sich allein, dass Thomas genesen möge und Johanna bald den Beistand ihres Ehemannes bekäme. Der Vater tat sicher, was er konnte, doch in solchem Moment der brutalsten Angst, die die Schwester gerade umfasste, bräuchte sie August dringender als je zuvor.

Helene wusste, wovon sie sprach, denn die Furcht war auch ihr in die Glieder gefahren, als sie schon bei der schieren Ahnung der schrecklichen Krankheit schnellstens den Hof in Richtung Oelsnitz verlassen hatten. Dort hatten sie drei Tage abgewartet, ob im Stadthaus in Plauen andere Fälle aufgetreten waren.

Ihre Schwiegermutter in spe hatte sie fürsorglich aufgenommen und die verschreckte kleine Esther sofort mit Leckereien aus der Küche und einer alten Puppenstube abgelenkt, die sie vom Dachboden holen ließ. Dass sie dann im dritten Stock weit weg von den anderen untergebracht wurden, war Helene nur recht gewesen. Die pragmatisch veranlagte Hannelore wusste ihre Familie zu schützen.

»Ihr drei bleibt bei mir, aber du, Robert, gehst hinüber in dein Haus und kommst erst wieder, wenn ich Entwarnung gebe.« Sie hatte ernst zwischen Helene und ihm hin und her gesehen und dann Dorothea angelächelt.

»Die jungen Leute werden sich eben beherrschen müssen«, hatte sie ihr zugeraunt, und ihren Sohn mit erhobenem Finger angesehen. Robert hatte kopfschüttelnd das Haus verlassen.

Nach drei Tagen war niemand erkrankt, auch aus dem Stadthaus und der Manufaktur gab es Entwarnung und so fuhren sie nach Plauen. Die Arbeit im Kontor musste erledigt werden, jetzt, da August in England, Vater und Johanna in Freiberg waren, konnte Helene unmöglich ihrem Bruder alles überlassen.

»Hast du eine Einladung für den Ball bei Schnorr und Söhne in der Post gefunden? Ich möchte dieses Ereignis nur ungern verpassen. So wie es jetzt aussieht, könnte es ja durchaus sein, dass ich den Vater vertreten muss.« Mit einem Seitenblick versuchte Gustav im Gesicht seiner Schwester zu lesen, die der Bemerkung aber nur wenig Aufmerksamkeit zollte.

»Diese Firma gibt es seit fünfundzwanzig Jahren und die Bekanntschaft der beiden Männer währt ebenso lang. Vater wird sich diesen Anlass nicht entgehen lassen und selbst gratulieren«, warf sie kühl ein und machte sich daran, die Umschläge genauer zu betrachten. Sie wurde fündig.

»Hier ist die Einladung für Vater und dich, Mama«, sagte sie dann mit einem Blick auf das erlesene Büttenpapier, auf dem Fedor & Otto Schnorr in schwungvollen Lettern für den 27. Oktober 1882 in den Garten an der Hofwiesenstraße geladen hatten.

»Ein Gartenfest so spät im Jahr«, warf Dorothea ein und sah ihre Tochter stirnrunzelnd an.

»Ja, ungewöhnlich, doch anscheinend möchte der Patriarch allen Gästen seine Manufaktur präsentieren und nicht nur in einem feudalen Wirtshaus zu Tische bitten. Das finde ich anständig und es zeigt, wie sehr er an seiner Firma hängt.«

»Helene, dieser Mann ist eine Legende. Er war es, der die ersten Stickmaschinen aus der Schweiz hat holen lassen. Der Albrechtsorden wurde ihm für seine Verdienste schon 1868 verliehen und wenn du mich fragst, sollte Plauen ihn endlich zum Ehrenbürger machen. Oder eine Straße nach ihm benennen. Er ist ein Tausendsassa mit jeder Menge Mut und Kreativität. Der hängt nicht nur an seiner Firma. Er ist die Firma«, schloss Gustav, als er sich den ersten Bissen einer verlockend duftenden Semmel in den Mund schob.

»An solch einem Tag kommen jede Menge Gratulanten«, meinte ihre Mutter und fügte hinzu: »Ich mag mir gar nicht vorstellen, wer da alles auftauchen wird. Die Familien, Angehörige, Mitarbeiter, Geschäftsfreunde. Von den Honoratioren der Stadt mal abgesehen. Wolle er die in ein Hotel einladen, würde selbst das größte Haus am Platz an seine Grenzen stoßen.«

»Du hast recht, Mama. Ein Gartenfest, an dem die Leute kommen und gehen können, ist das Richtige für solch einen Anlass. Ihr werdet doch eure Aufwartung machen?«

»Was für eine Frage. Wir alle sollten hingehen oder ist die Einladung explizit nur für euch beide?«, murmelte Gustav mit vollem Mund, was ihm einen tadelnden Seitenblick ihrer Mutter einbrachte.

»Lass mich nachsehen. Nein, sie ist an Vater gerichtet, doch ich glaube, man geht dort davon aus, dass er nicht allein kommen wird. Ich werde auch hingehen, Kontakte knüpfen, Neuigkeiten herauskitzeln. An so einem Tag lässt es sich vortrefflich mit den Innungsmitgliedern plaudern.« Robert sah sie fragend an.

»Natürlich nehme ich dich mit, mein Lieber und für den anderen Arm kommst sicher du infrage, Gustav. Dann wäre ich flankiert von der geballten männlichen Intelligenz unserer Familie.« Sie lachte und nahm sich eine Scheibe Brot, die sie dick mit Butter und Marillenmarmelade bestrich.

»Gut, meldest du uns an?«, fragte Gustav nebenbei und begann mit seinem Schwager in spe ein Gespräch über das anstehende Kellerfest des Aktienbrauvereins.

Nur mit halbem Ohr hatte Helene zugehört, doch sie fragte sich, was die Männer unter dem *„Bierfest des Jahres schlechthin"* verstanden und hakte nach.

»Liebstes Schwesterlein, da wird die ganze Stadt auf den Beinen sein, keiner wird sich das entgehen lassen, glaub mir«, schloss Gustav seine Ausführungen, bei denen es nur noch gefehlt hätte, dass er ihr die Hektoliter Bier aufrechnete, die die Brauerei umsetzte.

»Ihr meint, die ganze Stadt wird auf den Beinen sein?«

»Richtig, sicher gibt es ein Festbier und extra angefertigte Maßkrüge, das volle Programm eben.« Gustav griff nach der Leberwurst und schmierte reichlich auf seine Semmel.

»Ihr habt hoffentlich schon etwas unternommen, um dieses 25-jährige Jubiläum auch für unsere Angestellten zum Fest zu machen«, sagte sie und sah in erstaunte Gesichter.

»Was sollen wir da unternehmen, wer will, geht hin und ich vermute, es werden Tausende sein, die sich an diesem Tag Bier hinter die Binde gießen. Nicht nur unsere Arbeiter. Schmackhaft und süffig ist es, was willst du mehr?« *Gustav ist wenig kreativ*, dachte Helene und eine spontane Idee ließ sie nicht los.

»Was, wenn wir den Mitarbeitern einen Talon zu diesem Fest ausgeben. Damit kann sich jeder einen Humpen vom beliebten Gerstensaft abholen und wir bezahlen dafür.«

»Schwesterlein, du und dein Französisch. Talon ... Du meinst so etwas wie Freimarken? Für einen Humpen Bier? Für jeden?«

»Das klingt nach einer guten Idee, mein Kind. Ich denke, Vater wäre dafür. Es zeigt unsere Verbundenheit mit der Brauerei und die Arbeiter in der Manufaktur werden diese kleine Gabe wohlwollend dotieren.«

Dorothea nickte, als ob die Sache beschlossen wäre, und wandte sich ihrer Lektüre zu. Seit ihrer Bettlägerigkeit las sie allmorgendlich die Zeitung. Es hatte damit angefangen, dass Wilhelm ihr während ihrer Krankheit oft stundenlang Gesellschaft geleistet hatte und ihnen irgendwann der Gesprächsstoff ausgegangen war. Damals hatte er begonnen, ihr aus dem Plauenschen Sonntagsanzeiger vorzulesen. Schon nach kurzer Zeit kam auch der Vogtländische Anzeiger mit seinen täglichen Ausgaben dazu und so erfuhr sie mehr vom politischen Weltgeschehen.

Seit sie kräftiger war und zu den Mahlzeiten ins Speisezimmer kam, hatte sie gleich am ersten Morgen ihre Hand nach dem Feuilleton ausgestreckt und in ein stirnrunzelndes Gesicht gesehen. Nun teilte Wilhelm sein Tagblatt, reichte ihr den Gesellschaftsteil oder die Seiten mit den lokalen Annoncen. Sie hatten nie darüber gesprochen, sondern die schöne Angewohnheit weitergeführt. So viel erbaulicher waren jetzt ihre Gespräche am Nachmittag bei einem Glas Cherry oder am Abendbrottisch mit den Kindern. Endlich konnte Dorothea mitreden.

Die Familie plauderte indes ungezwungen weiter. Die Geschwister neckten sich, obwohl Helene manchmal nicht genau einschätzen konnte, ob Gustav wirklich Spaß machte, wie er es nannte, oder ein wenig Wahrheit in seiner offensichtlich gekränkten Eitelkeit steckte. Seit sie mehr Zeit in der Firma verbrachte und als Miteigentümerin anders behandelt wurde, schien der Bruder ihr scheele Seitenblicke zuzuwerfen. Sie würde nicht umhinkommen, ihn zu fragen, was los war, nahm sie sich vor.

Doch heute würde sie nicht in die Manufaktur gehen. Dieser Tag gehörte Esther. Kaum dachte sie an ihre Kleine, öffnete sich die Tür und das Mädchen stürmte in den Raum. Emma vertrat Rosalia und keuchte ein wenig, als sie hinter der Dreijährigen im Türrahmen auftauchte und sie zu beruhigen versuchte. Doch es gelang ihr nicht recht. Esther rannte auf ihre Großmutter zu und sprang ihr wild auf den Schoß. Die Zeitungsseiten flogen davon und der gute alte Hofstetter hatte Mühe, sie aufzufangen.

»So ein stürmisches Mädchen und was haben wir denn hier? Patschhändchen mit Marmeladenguss! Hmm, wie ich das liebe.« Helene sah dem Schauspiel am anderen Ende des Tisches grinsend zu. Noch immer war es ungewöhnlich für sie, ihre Mutter mit solchen Unzulänglichkeiten so entspannt umgehen zu sehen.

»Lass die gute Emma ihre Arbeit machen, mein Kind und geh deine Hände waschen, dann kommst du wieder«, meinte ihre Mutter beschwichtigend und hob den kleinen Wirbelwind von ihrem Schoß. Verwirrt sah das Mädchen von ihr zu den anderen am Tisch, schien zu überlegen, ob es sich lohnte zu schmollen und rief dann: »Bin gleich wieder da.«

»Von wem sie das nur hat, diese sorglose, ja fast freche Art?« Gustav nahm einen letzten Schluck von seinem Kaffee und sah zu Helene hinüber. »Kommst du gleich mit, wollen wir gemeinsam hinaufgehen?«

Helene spießte genüsslich ein Stück Käse auf ihre Gabel und schob es sich in den Mund, bevor sie nuschelnd antwortete.

»Nein, Bruderherz. Das Kontor muss heute ohne mich auskommen, Esther und ich haben wichtige Termine. Erst geht es in den Park. Tauben füttern ... ich geh jede Wette ein, die stehen drüben schon in Reih und Glied und warten auf uns.« Sie schmunzelte, um ihrer Familie dann den vollgestopften Plan ihres Vormittages zu erläutern.

»Lass gut sein, meine Liebe. Wir sehen schon, du bist ausgebucht und hast keine Zeit fürs Kontor. Wenn ihr beiden mögt, würde ich mich freuen, euch in den Tunnelsalon zu begleiten. Sicher hast du einen Tisch reserviert? Ich weiß, wie sehr es die Kleine dort liebt.«

»Famose Idee, Mama. Nach dem Mittagsmahl, für das ich nur eine Kleinigkeit bei Josefa geordert habe, gehen wir zur Schneiderin und dann kommen wir hier vorbei und holen dich ab. Abgemacht?« Helene warf ihre Serviette schwungvoll auf den Tisch und trat an Robert heran, dem sie etwas ins Ohr flüsterte. Er sah sie fragend an.

»Verstehst du, was ich meine? Ich lasse ein Kleid für unser Blumenkind schneidern. Ist das nicht aufregend?« Robert war erstaunt, hatte Helene doch bisher nur mäßig Interesse an der Organisation ihrer Hochzeit gezeigt. Er quittierte ihre Frage mit einem zustimmenden Nicken und zeigte auf den Stapel Umschläge, den er am Morgen auf die Anrichte gelegt hatte.

»Die Einladungen sind fast fertig, sie gehen morgen in die Post. Mach dich darauf gefasst, dass die Leute uns ansprechen werden.« Sie nickte lächelnd und verließ mit einem: »*Ich bin bereit*«, den Raum.

Für die Taubenfütterung wurden sie von Josefa bestens ausgerüstet und Helene und Esther verbrachten den Vormittag danach mit Spielen und Vorlesen. Ein frühes, leichtes Mittagessen aus Erdäpfeln und sauren Eiern, nahmen sie mit ihrer Mutter ein und eine Stunde später standen sie im Atelier von Helene Liebig in der Bahnhofstraße. Diese verhandelte bei ihrem Eintreffen mit einem Kolportage-Buchhändler. Drei Bücher hatte sich die Schneiderin ausgesucht und nun machte sie dem armen Mann das Leben schwer. Es war nicht leicht für ihn, mit ihr zu feilschen, denn sie war es gewohnt und sie liebte es.

»Mannsbilder, was versteht er schon von diesen Romanen?«, murmelte diese, nachdem sich die Tür endlich hinter ihm schloss.

»Warum gehen Sie nicht in ein Geschäft, zu Neupert oder Hohmann, auch bei Kell soll es ein anständiges

Angebot geben«, fragte Helene interessiert, als sie sich die Titel der Bücher genauer ansah.

»Ach herrje, das ist so eine alte Angewohnheit von mir. Schon meine Mutter hat Romane an der Haustüre gekauft, obwohl sie es sich damals nicht leisten konnte. Aber diese fliegenden Händler hatten auch Bücher aus zweiter Hand und überdies kann man mit ihnen handeln, das kann ich im Geschäft nicht.«

»Da haben Sie recht.« Helene legte den Jules Verne Roman *Das Dampfhaus* aus der Hand und fragte sich, worum es darin gehen möge. Auch ein Werk Theodor Fontanes erregte ihre Aufmerksamkeit.

»Auf dieses Buch bin ich schon gespannt«, hörte sie Frau Liebig verschwörerisch flüstern, die *L'Adultera* in die Höhe hielt.

»Meine Base väterlicherseits hatte das Vergnügen in der Zeitung *Nord und Süd* einen Vorabdruck zu lesen und hat mir davon erzählt. Nun frage ich mich, ob Fontane wirklich über eine Ehebrecherin schreibt? Das wäre nicht schicklich, um nicht zu sagen: skandalös. Aber wir sollten uns dem Kleid zuwenden.« Sie trat an Helene heran, nahm ihr die Bücher aus der Hand, stellte sie wie kleine Schätze vorsichtig in ein schmales Regal.

»Sehr wohl, natürlich. Lassen Sie doch zuerst sehen, wie das Kleidchen geworden ist. Konnten Sie die Spitze verwenden, die ich mitgebracht habe?« Helene war aufgeregt und Esther rutschte zappelig auf dem für sie zu großen Besucherstuhl hin und her. Frau Liebig legte das Kleid auf den Tisch und sie betrachteten es. Dann endlich durfte Esther es anprobieren und die Kleine drehte sich vor Freude wie ein Kreisel. Es wurde hier gezupft und dort abgesteckt und ein wenig diskutiert, ob genug Naht vorhanden wäre, um das Kleid später auslassen zu können. Bald war man sich einig, mit dem endgültigen Absteppen ein paar Wochen zu warten, denn das Kind wuchs derzeit jeden Tag.

An Esther gewandt, sagte Helene: »Nun müssen wir nur noch ein Hütchen für dich finden, ich glaube, das wäre sehr apart.« Die Kleine lächelte und trappelte ungeduldig von einem Fuß auf den anderen.

»Gehen wir dann bald zum Tunnel, ich möchte Erdbeerkuchen … du hast es versprochen.«

Frau Liebig schmunzelte und empfahl Helene einen Hutmacher. »Bei Weller Junior sind Sie bestens aufgehoben, er hat das Gewerbe von der Pike auf von seinem Vater gelernt und kann ihn auch immer noch um Rat fragen. Wie ich hörte, sitzt der alte Weller täglich im Geschäft und schnackt mit den Kundinnen.« Zwinkernd ersparte sie ihnen mit Blick auf die Kleine eine weitere Bemerkung dazu.

Schon wollte sich Helene zum Gehen wenden, da fiel ihr noch etwas ein. »Geben Sie mir Bescheid, wie es mit der Ehebrecherin ausgeht?«

Die Schneiderin lächelte vielsagend und öffnete ihnen die Tür. »Gern, Fräulein zu Hohenlinden. Das mache ich. Bis dahin, vergelts Gott und einen guten Tag.«

Es war ein sonniger Augusttag geworden, die ungemütliche morgendliche Kühle hatte sich verzogen und an einem hellblauen Himmel zogen in schneller Folge leichte Wolken hinfort. Esther ging zappelnd neben Helene die Bahnhofstraße hinunter. Sie plapperte, wies auf einen Vogel oder ein Blümchen, das sich zwischen den Kopfsteinpflastern den Weg in den Himmel bahnte. In den kleinen Vorgärten fand das aufgeweckte Mädchen so allerlei und Helene war fasziniert von ihrer Findigkeit, ihrem manchmal ungestümen Wesen und der kindlichen Neugier, die sie bald hierhin, bald dorthin trieb. Einmal riss sie sich fast von ihrer Hand, doch Helene war bei Esther auf alles vorbereitet und sie griff härter zu. Gemeinsam liefen sie dann hinüber zu den steinernen Stufen, die hinauf ins Restaurant führten. Da durchfuhr sie ein Gedanke. »Ach Gott, Esther, weißt du, was wir vergessen haben? Die Omama wartet unten in der Syrauer Straße darauf, dass wir sie abholen. Komm, lass uns schnell hinüberlaufen.« Sie nahmen die Abkürzung durch den Park und wollten eben die Brücke überqueren, als Helene der Atem stockte.

Gegenüber wartete eine Mietdroschke und ihr Vater zahlte gerade den Kutscher. Als die Pferde anzogen und der Wagen losfuhr, sah sie dahinter eine schmale Gestalt. Jemand beugte sich zu einem Koffer, als oben am Stadthaus die Tür aufgerissen wurde und Hofstetter und die Leonhard auftauchten. Fast simultan liefen sie die wenigen Stufen zum Trottoir hinunter und da erkannte Helene die junge Frau, die verloren im Sonnenlicht stand.

»Mama«, hörte man Esther und sie riss sich endgültig los. Mit schnellen Schritten flog sie über die Brücke, nahm die Straße, ohne auf den Verkehr zu achten, und rief immer wieder Johannas Namen. Der Moment schien ewig zu dauern. Der Stich, den sie spürte, als Esther Mama sagte, bohrte sich tief in sie. Sie war wie betäubt, dennoch setzte sie einen Fuß vor den anderen. Schon flog Esther in Johannas Arme.

»Du wirst mich umreißen, mein Kind«, hörte sie und Johanna hob ihren Kopf. Die dunklen Augenringe und der leere Blick zeugten von einer beschwerlichen Reise und doch sprach ihre Schwester pointiert und laut.

»Willst du mir auch dieses Kind nehmen? Kannst du nicht aufpassen, sie soll sich nicht losreißen, die Straße ist belebt. Ich kann mich anscheinend nicht auf dich verlassen.«

Helene blieb erschüttert auf dem Gehweg stehen und sah sich nach ihrem Vater um, der seine Arme ausbreitete und hinauf zum Haus wies.

»Lass uns hineingehen, sie ist verwirrt und traurig und ...« Er stockte und Helene verstand nicht, was passiert war. Suchend sah sie sich nach dem Baby um.

»Wo ist Thomas, habt ihr ihn nicht mitgebracht? Ist er schon oben bei Mama?«

Die Stunden danach verstrichen zäh und am liebsten hätte sie sich in ihrem Zimmer verkrochen. In Johannas Gesicht zu sehen, fiel ihr schwerer als alles, was sie bisher in ihrem Leben hatte durchstehen müssen.

Die Kraftlosigkeit, Verbitterung und Wut, die aus jedem ihrer gesagten und auch aus den nicht gesagten Worten strömte, ließ sie erschaudern. Welch grausames Schicksal durchlebte ihre Schwester jetzt. Dieses lang herbeigesehnte, ja herbeigeflehte Kind hatte der Ehe ihrer Schwester so gutgetan, noch nie vorher hatte sie die beiden so gelöst und im Einklang miteinander erlebt. Und nun das.

Johanna liebte Esther, doch tief in ihrem Herzen war sich Helene bewusst, dass ihre Schwester für das kleine Mädchen, das sie liebevoll aufgenommen hatte, nie dieselben Gefühle entwickelt hatte wie für Thomas. Ihn hatte sie schon vor der Geburt geliebt, ihn umsorgt, sich geschont und jede Rücksicht genommen, die eine werdende Mutter ihrem Kinde nur angedeihen konnte.

Als er dann klein und untergewichtig die Welt erblickt hatte, waren sie erschrocken. Doch Johanna hatte ihn bedingungslos ins Herz geschlossen, an ihren Busen gelegt und genährt, ihn gewickelt und gewiegt, ihm alle Liebe gegeben, die ein kleiner Junge sich nur wünschen konnte. Leider war es nicht genug gewesen, seine Abwehrkräfte nicht belastbar genug. Sein letzter Atemzug war dem Vater zufolge nur ein Hauch und er ging, kurz nachdem Johanna das Zimmer verlassen hatte, um sich auszuruhen.

»Es war, als ob er darauf gewartet hätte, dass sie geht. Der kleine Mann hatte in seinem letzten Moment so viel Kraft. Er griff nach meinem Daumen und drückte ihn und dann ...« Ihr Vater hatte den Kopf gesenkt und lautlos geweint. Noch nie hatte sie ihn so verzweifelt gesehen. Er saß regungslos neben ihr auf dem kleinen Sofa in seinem Büro, dessen Lichter fast alle gelöscht worden waren. Einzig um eine brennende Kerze hatte ihr Vater Hofstetter gebeten.

Helene legte ihre Arme um ihren Vater und wiegte ihn sachte hin und her. Sie murmelte etwas von Gnade und dass es gut war, dass Thomas erlöst sei. Doch sie ahnte, dass diese Worte keinen Trost bedeuten. Nichts würde ihn über diesen Verlust hinwegtrösten können.

Allein die Zeit, so wusste sie aus eigener Erfahrung, würde helfen.

Später am Abend schaute sie bei allen Familienmitgliedern in deren Zimmern vorbei.

Ihre Mutter saß wie versteinert seit Stunden in einem Sessel und umklammerte ihre kleine Bibel. Sie murmelte Verse und hatte sich dem Duft im Zimmer nach zu urteilen, etwas zu viel von ihrem Eau de Cologne aufgelegt. Sie schnupperte an ihrem Schal, der auch damit benetzt war und sah kaum auf, als Helene zu ihr trat.

»Geh schlafen, mein Kind. Wir werden die Kraft in den kommenden Tagen brauchen. Hast du nach Johanna gesehen? Ich weiß gar nicht, was ich ihr sagen soll.« Helene ließ sich auf den gepolsterten Schemel vor dem Sessel nieder und strich die Wolldecke glatt, die sich die Mutter über die Beine gelegt hatte. Dabei seufzte sie leicht.

»Ich durfte alle meine Kinder aufwachsen sehen, gesund und voller Leben wart ihr. Doch Johanna musste schon so viel Leid ertragen, die Fehlgeburten, das Warten, ihre Ehe eine einzige ...« Dorothea brach mitten im Satz ab und lehnte sich betrübt in ihren Sessel.

»Ach, Mama, ich habe es schon versucht, aber auch mir fehlen die Worte und sie ist wütend auf die Welt. Wer kann ihr das verdenken. Dieser verdammte Scharlach holt ihr Kind und sie ist allein, Gott weiß, wo sich August rumtreibt.«

»Habt ihr ihn noch immer nicht erreicht?« Dorothea schaute sie fragend an, doch Helene zuckte nur mit den Schultern.

Die kleine Esther war verstört. Keiner hatte dem Kind bisher die ganze Wahrheit gesagt, doch sie konnte die Trauer fassen, sah den Gram ihrer Mutter und die traurigen Augen ihres Großvaters. Es beängstigte sie. Helene wusste nicht, wie man es dem Mädchen sagen und wer es tun sollte. Sie erlaubte ihr, noch etwas zu spielen, und schickte die nervöse Kinderfrau weg.

In ihrem Zimmer öffnete sie die Fenster und eine sanfte Brise streifte ihre Haut. Der warme Sommertag war noch nicht zu Ende, würzige Luft zog vom Hradschin herüber und sie hörte entfernt ein Kind jauchzen. *Das muss die kleine Selma sein, die oben unterm Dach mit ihren Eltern spielt*, dachte sie und sah sich nach Esther um.

Das Mädchen hielt krampfhaft ihre Stoffpuppe unterm Arm geklemmt und stapelte einsilbig Holztürmchen, die sie monoton umwarf und wieder aufbaute, umwarf und wieder aufbaute. Als Helene herantrat und sie aufhob, erschrak sich Esther und sah sie mit großen Augen an.

Sie trug sie hinüber zu ihrem Bett, schlug das Duvet zur Seite und zog mehrere Kissen ans Kopfteil. Sie setzte das Mädchen davor und griff nach ihrem Schlafkleid. Ohne ein Wort ließ sie sich umkleiden. Dann schmiegte sie sich ungestüm an Helene und sie wiegte sie, strich über ihr dichtes Haar. Sie sang ihr vor und versuchte, so gut es ging, alle Fragen zu beantworten.

»Wo ist mein Brüderchen? Ist er allein? Warum hat Mama ihn nicht mitgebracht?« Quälende Minuten reihten sich zäh aneinander. *Nur gut, dass sie hier bei mir und nicht allein ist*, dachte sie und hasste den Gedanken, Esther könnte jetzt ohne sie sein. Obwohl sie selbst am liebsten einen großen Whiskey getrunken und mit brennenden Magen einen tiefen Schlaf gesucht hätte, nahm sie die Kleine wieder in die Arme und sie machten sich auf in die Welt des Küken Lulu, das wie immer auf Abenteuerreise ging. Sie hatten es gemeinsam geschaffen und Helene nahm sich vor, bald Bilder zu malen, die Lulu bei seinen Abenteuern zeigten.

Ihren Kopf auf Helenes Schmusekissen aus Kindertagen gebettet, hörte Esther gelangweilt zu, wie sich Lulu auf dem Rücken einer Schildkröte zum Pferdestall aufmachte. Sie fand keinen Halt, rutschte herunter und plumpste der rothaarigen Katze direkt vor die Pfoten. Schon sah sie sich im Maul der Katze um, als diese sie vorsichtig zwischen die Zähne nahm und dann unbeschadet wieder auf den Panzer setzte. Schaukelnd und wackelnd kamen sie endlich bei den Fohlen an. Da begann es unter dem Stroh zu rascheln. Helene kitzelte Esther am Fuß. Diese war von der Geschichte gefesselt und quiekte vor Vergnügen. Schon fragte sie, ob die Maus Geschwister habe. Kurz darauf waren sie im vollen Mäusefieber, betraten das Küken-Traumland.

Als Esther endlich eingeschlafen war, schlich Helene nach oben zu Johanna. Eingeschlossen in ihrer kleinen Zimmerflucht, ließ sie niemanden zu sich. Sie antwortete nicht auf ihr Klopfen und machte keinen einzigen Laut. Hinter der Tür war buchstäblich Totenstille. Kein Weinen, kein Schluchzen, kein Wutausbruch. Nichts. *Ich gebe ihr Zeit bis zum Morgen, dann verschaffe ich mir Zutritt*, entschied Helene.

***

Die Nacht verging traumlos. Immer wieder war sie aufgewacht, weil Esther ihr eine Hand oder einen Fuß ins Gesicht reckte. Auch hörte sie Stimmen im Haus, knarrte der Boden auf dem Flur. Als sie hinausschlich, hatte sie niemanden ausmachen können.

Zu gerne hätte sie sich gestern Abend an Robert geschmiegt. Er fehlte ihr. Sie wusste, es hätte sie beruhigt, ihm von ihren Gefühlen und Ängsten zu erzählen. Er war auch ihr bester Freund, seine liebevolle Art gab ihr Halt und ließ sie die Dinge oft aus einem anderen Blickwinkel sehen. Doch er hatte am Morgen nach dem Frühstück die Stadt verlassen und war zu einer längeren Geschäftsreise aufgebrochen. Kurzzeitig schob sich ein Lächeln in ihre Mundwinkel, als sie an Robert dachte. Wie froh war er gewesen, als sie ihm von den Änderungen erzählte, die sie für ihren Hochzeitstag plante. Jeder andere Mann hätte zornig die Augenbrauen gehoben. Er hatte sie auf die Wange geküsst und genickt. Froh, dass sie Interesse an den Vorbereitungen zeigte.

Es war ja nicht so, dass sie sich nicht auf diesen Tag freute. Nichts wollte sie mehr, als endlich mit ihm vereint sein. Allein und legal mit ihm ein Bett teilen, den Morgenkaffee genießen und Pläne schmieden. Der zeremonielle Prunk aber, den sie sich als junges Mädchen immer erträumt hatte, bedeutete ihr nichts mehr. Das Leben hatte ihr Prüfungen gegeben, die ihr klargemacht hatten, was wirklich wertvoll war. Und das waren seine Liebe, ihre Zuwendung, das Vertrauen, dass sie in ihn und ihre Bindung hatte. Allein das war ihr wichtig. Alle Kuchen und spitzenbesetzten Krägen, auf

Büttenpapier gedruckte Einladungen oder Blumende-
korationen waren für Helene zur Nebensache geworden. Was würde nun werden, würden sie heiraten können?

Als die Sonne am Horizont auftauchte und sich am
Boden erste Lichtstrahlen unter den dicken Vorhängen
aus teurem englischen Leinen abzeichneten, stand
Helene auf. Sie wusch sich, kämmte und frisierte sich
selbst, suchte sich ein doppelt zu schließendes Korsett
heraus, dass sie mühelos allein anlegen konnte und
komplettierte es mit einem schlichten Hauskleid.
Schon seit Langem hatte sie die Korsetts, bei denen sie
Hilfe brauchte, nicht mehr getragen. Dieses hier, bei
dem der Rücken einmal eingeschnürt, so verblieb und
das sie vorn unterm Busen allein schließen konnte, ließ
sie eigens für sich anfertigen. Sie waren bequemer und
machten sie unabhängiger. So gefiel es ihr.

Nebenbei hatte sie damit in der Fabrik der Tandells
einen neuen Trend geschaffen, ließen sich einige
Frauen aus Oelsnitz seither Korsetts nach ihrem Vorbild auf den Leib schneidern und priesen ihre Idee.

Das Hauskleid hatte bessere Tage gesehen, doch sie
hatte für diesen traurigen Anlass nichts Passendes in
ihrem Kleiderschrank und würde heute nach der
Schneiderin rufen lassen müssen. Als Tochter des angesehenen Spitzenfabrikanten legte sie mittlerweile
Wert darauf, ihrer Kleidung immer den entsprechenden Pfiff und eine gewisse Eleganz zu geben. Schwarz
und streng, ohne Schnörkel gehörte nicht dazu.

Zum Schluss legte sie die schwere Kette mit dem
Bernstein an. Sie hielt das braun güldene Harz fest in
der Hand und spürte eine seltsame Kühle. Etwas war

zwischen gestern und heute geschehen. Der Stein, der ihr sonst verlässlich half, ihre Gemütslage zu erkunden, blieb kalt, hart und ... *ja, er ist wie tot*, erschrak sie. Sie ließ die Kette mit dem Anhänger unter ihrem Unterkleid zwischen ihren Brüsten verschwinden und strich noch einmal über ihr Korsett.

Die kleine Esther rollte sich grunzend zur Seite, schlief aber weiter. Kein Grund, das Kind aufzuwecken. *Ich werde die Kinderfrau später hinaufschicken*, dachte Helene, als sie auf Zehenspitzen aus dem Zimmer schlich.

Eine Etage höher wäre sie im Gang fast in Emma hineingelaufen, die schon auf den Beinen war und Wäsche in das Obergeschoß trug.

»Guten Morgen, Helene. Ich ...« Das Hausmädchen, zugewandte Freundin aus Kindertagen, stockte und kam vor ihr zum Stehen.

»Es tut mir so leid für euch, der Kleine war so ein Sonnenschein. Wie geht es Johanna?«, wollte sie flüsternd wissen und schickte einen Blick ans Ende des Flures, an dem Johannas Zimmer lagen.

»Danke Emma, ich weiß, dass du mit uns fühlst. Johanna wollte gestern mit niemandem mehr sprechen, gegessen hat sie auch nichts und dann hat sie sich eingeschlossen. Sogar die Verbindungstür zum Kinderzimmer hat sie verriegelt.«

»Du machst dir Sorgen.« Es war keine Frage, mehr eine Feststellung und Helene nickte.

»Ich geh jetzt erst mal zu Josefa und schau, dass ich ein leckeres Frühstück für sie zubereite. Vielleicht lässt sie mich ja damit rein.«

»Lass mich Conrad holen, er ist flink mit dem Dietrich.« Helene schaute Emma entgeistert an. »Meinst du wirklich? Ich soll mir Zutritt verschaffen?«

»Du wirst schon die richtigen Worte finden und dann wird sie dich verstehen, ganz sicher. Ich würde es an deiner Stelle tun.« *Doch diese Aufgabe war etwas für die Schwester, die Seelenverwandte,* entschied Helene. Sie dankte Emma, bat sie nach Conrad zu schicken und lief die Treppe hinunter in die Küche. Die gute Josefa hatte schon gebacken und ein köstlicher vertrauter Duft waberte durch das Kellergeschoss.

August – zur gleichen Zeit in Bath, England

Der Tag entwickelte sich zu seinem Erstaunen völlig anders, als er angenommen hatte. Augusts Plan, den beiden Männern zu folgen, und herauszufinden, ob der Jüngere wirklich das amouröse Techtelmechtel von James war, schien ihm die logischste Vorgehensweise zu sein. Auf Bristol Manor würde er sein Wissen in eine Vertragsunterschrift umwandeln und sich sogleich auf den Heimweg machen. Doch es war wie verzwickt.

Der Unbekannte aus dem Nachbarabteil war verschwunden. Er musste schon vor Bath ausgestiegen sein. August hatte nicht darauf geachtet. Mehr noch, er verschlief fast die gesamte Reise. Als sie in den Bahnhof einfuhren, glaubte er beide Männer im Abteil nebenan und machte sich bei Halt des Zuges schnell daran auszusteigen, um dem Paar die Tür zu öffnen. Er hatte das Überraschungsmoment zigmal im Kopf durchgespielt. Dieser winzige Augenblick würde ihm den nötigen Spielraum eröffnen, um die Angelegenheit endgültig zu klären. Doch es kam anders. Vollkommen überrumpelt musste er zusehen, wie James Bristol seinen Koffer allein aus dem Abteil hob und ihn lächelnd begrüßte.

»Herzlich willkommen in Somerset, Mister Bader. Ich hatte gehofft, du folgst meiner Einladung zu unserem Sommerfest. Wie du weißt, haben wir ein Firmenjubiläum zu begehen und ich freue mich über dein Erscheinen. Fast schon hatte ich angenommen, du würdest dich drücken. Wo bist du untergekommen?« Das aufgesetzte Lächeln und der geschäftsmäßige Ton konnten nicht über die Überraschung hinwegtäuschen, die durch Bristols nervöses Augenzucken unterstrichen wurde.

August war sprachlos. Der Mann gab vor, sie wären nach wie vor gute Geschäftspartner, dabei bescherte seine Weigerung, den vereinbarten Vertrag zu unterzeichnen, dem Plauener Unternehmen größte Probleme. Und nicht nur das, nein, er hatte ihm gedroht und die unmöglichsten Anschuldigungen ausgestoßen. Ihn faktisch gezwungen, hierher zu kommen. Was sollte das also? Was hatte er vor und wohin war der junge Mann verschwunden? August beschlich ein Unwohlsein, eine ungute Ahnung, dennoch wagte er einen erneuten Vorstoß.

»Wohin ist dein Freund entschwunden, mein Bester?«, fragte er und konnte um die Augen von James Bristol ein weiteres kleines Zucken sehen. Sein Gegenüber malmte nervös mit den Zähnen. Doch eine Antwort bekam er nicht. Schon lief ein eifriger Kutscher hutschwenkend auf sie zu, nahm die bereitgestellten Koffer mit einer untergebenen Verbeugung auf und deutete ihnen zu folgen.

»Ich würde dir einen Platz in meinem Wagen anbieten, doch mein Schwager erwartet mich in seinem Landhaus zu einer kleinen privaten Soiree. Wir sehen uns später auf dem Fest auf Bristol Manor.« Er tippte sich an den Hut und ließ ihn stehen.

August sah ihm entgeistert nach und lief den Bahnsteig entlang. Das war weniger erfreulich abgelaufen als angenommen. Entmutigt trat er auf den Bahnhofsvorplatz, winkte eine Mietdroschke heran und ließ sich in ein nahe gelegenes Hotel fahren. Die Auswahl an verfügbaren Unterkünften war in den Sommermonaten begrenzt und auch in dem kleinen Bed and Breakfast, in dem schlussendlich ein Zimmer frei war, verfolgten ihn die Bristols. Sie schienen überall zu sein.

»Sie wollen später nach Bristol Manor?«, fragte ihn die gut aufgelegte Wirtin und hatte dabei ihren Sohn herangerufen. Fragend sah sie August an, bevor er widerwillig Auskunft gab.

»Ja, will ich. Ist das ein Problem?«, entgegnete er unwirsch und schalt sich seiner barschen Art. Die gute Frau konnte ja nichts für seine Laune.

»Nein, ganz im Gegenteil. Ich hätte Ihnen vorgeschlagen, die Kutsche mit einem meiner Gäste zu teilen. Vielleicht kennen sich die Herren ja sogar, da Sie beide zu dem Fest eingeladen sind.« Sie war nett und zuvorkommend und doch wäre er lieber allein hinaus nach Bristol Manor gefahren. Aber bis zu dem einsam gelegenen Anwesen war es weit und wer wusste, ob er noch eine andere Kutsche bekommen würde. Und so stimmte er dem Vorschlag zu.

Er bereute seine Entscheidung bereits nach fünf Minuten. Sein Gegenüber hatte sich ob seines beachtlichen Körperumfanges nur schwerfällig auf die schmale Sitzbank der leicht derangierten Kutsche fallenlassen. Schon nach dieser kleinen Anstrengung wischte sich der Herr ausgiebig mit einem weißen Taschentuch Stirn und Hals. Prustend folgten anzügliche Bemerkungen bezüglich der Art der Betätigung, wegen der er sonst so außer Puste gerate, doch August wollte sich den Herren beileibe nicht beim Liebesspiel mit einer Dame vorstellen.

»Diese Engländer, all ihre alten Häuser, diese Kästen aus der Vergangenheit mit Burggräben und Parkanlagen, die sie angeblich uns Franzosen abgeschaut haben wollen, langweilen mich. Seien Sie versichert mein Lieber«, schnurrte sein Begleiter mit unüberhörbarem französischem Timbre in seiner Sprechweise und führte sofort weiter aus: »Die Langeweile trieft ihnen aus den Gewändern, aus ihren Mündern ... ach, was sage ich. Es gibt nichts Langweiligeres als den englischen Hof. Sogar ihre Königin ist dröge, lässt sich kaum blicken, seit ihr Mann tot ist. Einzig dieser John Brown scheint Victoria täglich zu Gesicht zu bekommen. Kennen Sie die Gerüchte um den einstigen Stallknecht, der ihr Tag und Nacht zur Verfügung stehen soll?« Augusts Gegenüber lächelte süffisant, er jedoch verspürte keinerlei Lust an unappetitlichem Tratsch über das Königshaus und schwieg. »Schweigsamer Geselle, was? Oder stammen Sie der deutschen Linie der Königsfamilie ab und dürfen nicht lachen?« Brummend schlug er sich vor Freude über seinen Witz auf die Schenkel und hielt August die Hand hin.

»Francois Dantelle, Verleger aus Paris, kennen wir uns?«

Auch August stellte sich vor. Er überlegte einen Moment, musste dann lächeln, ob der Analogie des Namens mit dem Beruf des Mannes. »Man hat es Ihnen sicher schon oft gesagt, doch es ist wahrlich ein famoser Zufall, dass Ihr Name dem französischen Wort für Spitze so ähnlich ist. Hat Ihr Vater damit gehandelt?«

Der Mann lachte. »Nein, mein alter Herr handelte mit Leinen, Säcken, groben Strickwaren, Wolle aus den Highlands. Irgendwann bin ich als junger Bursche einem Spitzenhändler begegnet, und der brachte mich auf die Idee, den Namen zum Programm zu machen. Und so handeln wir zwar noch immer mit Sackleinen, dieser Bedarf wird nie abklingen, aber einen Großteil meiner Arbeitskraft stecke ich in feine Spitzen, und Sie?«

Die beiden Männer tauschten sich über ihre Geschäfte aus. Dantelle war weit gereist und wohlbekannt mit den meisten Eingeladenen. August machte sich das zunutze und ließ sich von ihm über die wichtigsten Gäste informieren. Insgeheim hofft er auf den einen Tüllhersteller, mit dem er einen Vertrag aushandeln konnte und der ihn damit aus seiner misslichen Lage befreite.

Auf Bristol Manor angekommen, musste er dem Besitzer dieses famosen Anwesens Respekt zollen. Kurz stieg der pure Neid in ihm auf, aber dann schüttelte er, Dantelle sei gedankt, jede Menge Hände und amüsierte sich sogar. Es war ein unterhaltsamer Abend, an dem er James nur von ferne sah. Einzig eine kurze Rede hatte der gehalten, von seinen Vorfahren gesprochen, die Mitarbeiter und Gäste für ihre Treue gehuldigt und allen einen angenehmen Abend gewünscht.

Das Anwesen war in den Schein hunderter Kerzen getaucht, sogar Terrasse, Balkone und ein Teil des Rasens und Pavillons auf dem Gelände strahlten im gelblichen Kerzenschein. An unzähligen Tischen waren ausgewählte Speisen aufgetürmt, Kanapees wurden von livrierten Dienern in historischen Kostümen gereicht.

Der Champagner floss buchstäblich in Strömen und am anschwellenden Geräuschpegel, der selbst die Tanzmusik übertönte, erkannte man, dass die Anwesenden dem Alkohol gut zusprachen. Von dem jungen Mann aus dem Zug oder von Hailey war weit und breit nichts zu sehen. Einzig das Geschwätz der Leute schien die Schwester des feiernden Fabrikanten lebendig zu halten.

»Es hieß ja für lange Zeit, der gute alte Sheldon kann keine Kinder zeugen, schießt leer, wenn sie wissen, was ich meine?«

August hörte Dantelle angewidert zu, doch schon mehrmals an diesem Abend, hatte der Franzose mit seinen Geschichten erheblich seinen Kenntnisstand über die Anwesenden verbessert. Das eine oder andere pikante Detail war sowohl amüsant als auch durchaus verwertbar. Geschäfte wurden nicht nur an Schreibtischen gemacht, wusste August. Mehr noch, oft basierten sie auf niederen Beweggründen, Abhängigkeiten. Und er liebte dieses Spiel.

Offensichtlich ging es in dieser Geschichte um Haileys Ehemann, dem musste er auf den Grund gehen. Da erfasste ein leichtes Raunen die Menge und er wurde abgelenkt. Am anderen Ende des Saales tauchte eine anmutige Frau auf. Die Menschenmenge merkte auf. Er erkannte sie sofort, es war Hailey. Gelenkt wie durch Geisterhand, traten die Menschen zurück und durch einen Korridor bewegte sie sich feenhaft in die Mitte des Saales. Aufrecht, grazil und anders, als er sie in Erinnerung hatte, schritt sie in ihrem glamourösen Seidenkleid fast majestätisch aus.

Hailey Johns ist in Wahrheit also Hailey Sheldon und es gab keinen Zweifel mehr. Sie war Bristols Schwester, kaum zu glauben. Sie war die Königin des Abends, verstand er amüsiert und beobachtete die Menschen um ihn herum. *Wenn die wüssten, wie sie sein konnte*, dachte er und folgte dem Geschehen erstaunt.

Die Hailey, die er kannte, war modisch nach dem letzten Pariser Schrei gekleidet gewesen, hatte immer etwas Gewagtes an sich getragen, provozierte mit ausladendem Kopfputz oder zu kurz drapierten Röcken. Heute war sie gewandet wie Marie Antoinette.

Die Gespräche waren verstummt. Die Gäste erwiesen Hailey Sheldon, der Schwester von James Bristol, eine fast untertänige Ehrerbietung. Am Arm ihres Mannes, der einige Jahrzehnte älter als sie selbst war, kam sie direkt auf ihn zu. Seine Augen suchten Halt bei ihr, doch sie sah durch die Menschen hindurch, hatte ihn nicht erkannt. Neben August schwafelte Dantelle. »Bader, hören Sie mich? Ich weihe Sie hier in die intimsten Geheimnisse der Bristols ein und Sie starren vor sich hin, als hätten Sie einen Geist gesehen. Drei Ehefrauen hatte Sheldon vor dieser da und keine davon wäre jemals in gewissen Umständen gewesen, erzählt man sich. Doch dann, mit Frau Nummer vier war da auf einmal dieses Kind. Sehen Sie dort, die kleine Lilibet! Ist sie ihm nicht zauberhaft gelungen? Die Natur war gütig zu ihr, nichts von der väterlichen Hakennase oder den krummen Beinen ist ihr vererbt worden.«

August schaute sich fragend um, als Dantelle ihn sanft an den Schultern packte, umdrehte und auf das kleine Mädchen zeigte, das auf den Armen einer älteren Dame sitzend, auf Hailey zutrat. Die löste sich vom Arm ihres Mannes und beugte sich zu dem Kind. Sie machte einen Scherz und schon begannen sie zu lachen, bevor die Kleine mit ausgestrecktem Arm auf ihren Onkel zeigte.

Johanna

Alles schien wie immer. Die Sonne ging auf, der Raum war geflutet mit gleißendem Licht und die Nacht war vorüber. So, als wäre sie nie da gewesen. Sie verschwand zwischen den schweren Vorhängen, kroch in die Parkettritzen und versteckte sich hinter Schränken und Truhen. Erst am Abend würde sie zurückkehren, kriechend, sich schleichend über mich legen wie ein Leichentuch.

Ich weiß nicht, ob ich eine weitere Nacht allein überlebe. Johanna richtete sich an jenem Morgen langsam in ihren Kissen auf und der nächste Gedanke galt ihrer Mutter. Dorothea hatte wie immer dafür gesorgt, dass Johannas Zimmer mit sauberer, gestärkter Wäsche ausgestattet wurde, sodass sie bei ihrer Rückkehr in frische Laken geschlüpft war. Die Teppiche waren sicher geklopft worden und in ihrem Schrank hingen neue Säckchen mit Lavendel vom Gut.

Vor Jahren hatte der Vater von einer Italienreise mehrere Lavendelpflanzen mitgebracht und diese im Rondell im Gutshof einpflanzen lassen. Die Hitze der Steine, der sonnige Platz, konsequentes Zurückschneiden, all das hatte begünstigt, dass sie zu mächtigen Büschen herangewachsen waren. Ihre Köchin Josefa schwor auf die entspannende Wirkung von Lavendelöl und Minerva Leonhard verjagte damit Motten. Jede nach ihrer Fasson.

Ein leises Schaben lenkte Johanna von ihren wohltuenden Gedanken ab. Sie setzte sich erstaunt in ihrem Bett auf und zog die Decke bis zur Brust, rutschte etwas tiefer in die Kissen und zog die Beine an. Metall kratzte auf Metall und schon sprang die Verbindungstür zum Kinderzimmer auf. Erschrocken zog sie sich das Duvet bis zum Kinn.

Sie riss die Augen auf und lächelte ungewollt leicht amüsiert, als ihre Schwester hinter dem Kutscher auftauchte, ihn beiseiteschob und mit einem Tablett bewaffnet ins Zimmer hastete. Beinahe wäre sie über den dicken Teppich gestolpert, die Tassen klirrten bedenklich und der hellbraune Hefezopf flutschte von einem Porzellanteller direkt auf ihre Bettdecke. Kurz schaute Helene verdutzt, dann stellte sie alles auf dem Tisch am Kamin ab und drehte sich zu Johanna um.

»Nun ja, was soll ich sagen, ähm. Das Gebäck ist eh für dich, Josefa hat frisch gebacken und ich soll mich zurückhalten, hat sie gesagt.« Helene stotterte herum, drehte eine Serviette in ihren Händen und wartete angespannt auf eine Reaktion. Doch Johanna sagte nichts. »Bitte schick mich nicht weg, ich weiß, es ist ungehörig, so bei dir einzudringen.« Abwartend schloss sie Tür.

Johanna hob das Federbett an, schob es beiseite und klopfte auf die Matratze neben sich. Helene zögerte nur kurz, glitt aus ihren Schuhen und schon lag sie bei der Schwester, die das schwere Duvet wieder über sie breitete. Leicht stupste sie sie an und dann legte Johanna eine Wange an die ihre, rutschte tiefer in die Kuhle an Helenes Schlüsselbein und blieb dort liegen.

Langsam entspannte sie sich und als Helene sie umfasste, ihr leicht den Arm streichelte, glitten die Tränen der Verzweiflung wie Perlen an Johannas makellosen Gesicht hinab. Kein Wort kam über ihre Lippen, kein Schluchzen. Wie viel Zeit verging, konnte später keiner mehr sagen, um sie herum einzig absolute Stille. Sie waren der Welt entrückt, nichts drang zu den Schwestern durch. Ihr Herzschlag eins, ihre Seelen miteinander verwoben.

Ohne ein Wort glitt Johanna später aus dem hohen Bett. Ihre Füße rutschten in seidige Pantoffeln, die sie selbst mit grazilen weißen Blumen bestickt hatte. Sie warf sich einen Morgenmantel über und griff nach dem süßen Gebäck auf ihrem Bett. Versonnen roch sie daran, als sie hinüber zu den beiden Sesseln ging. In deren Mitte stand der Tisch mit dem Tablett. Sie schenkte sich, ohne ein Wort zu sagen, Kaffee ein, goss Milch dazu und tat das Gleiche mit der zweiten Tasse. Dann trat sie ans Fenster und öffnete die Vorhänge.

Als das helle Sonnenlicht auf ihr Gesicht traf, erschrak Helene für einen Moment. Die Kälte, die sie schon gestern gesehen hatte, war über Nacht in Johannas sonst so liebliche Züge gemeißelt worden. Auf einmal hatte ihre große Schwester eine spitze Nase und einen verhärmten Ausdruck um den Mund. Ihre Haut schien fahl und durchscheinend. Das ungebändigt vom Kopf hängende Haar tat ein Übriges. Sie schluckte.

»Sieh mich nicht so an.« Wenn sie sprach, entbehrte dies all der Liebe und Zugewandtheit, die sie bis eben geteilt hatten. Helene sah sie mit großen Augen an und strich sich den Rock glatt, schlüpfte in ihre Schuhe.

»Johanna«, flüsterte sie und trat auf ihre Schwester zu, doch die wich aus und griff wieder nach dem Hefezopf. »Der ist schon kalt.« Mürrisch drehte sie sich zum Tisch und begann sitzend einige Scheiben von dem weichen Teilchen zu schneiden.

»Gut, dass du isst, du brauchst deine Kraft«, war alles, was Helene einfiel. Schweigend und kauend saßen sich die beiden für einige ewige Minuten gegenüber. Jede in ihre Gedanken versunken.

»Ich war nicht bei ihm, in seinem letzten Moment. Er starb in Vaters Armen, völlig entkräftet und gezeichnet von den roten Pusteln, diesem grässlichen Ausschlag. Es sah aus wie die Krätze. Was auch immer wir versucht haben, er konnte nichts mehr zu sich nehmen, trank nur winzige Schlückchen jeden Tag.« Sie sprach monoton wie zu sich selbst und doch empfand Helene die Schwere der Worte körperlich.

Johanna stopfte sich mehr und mehr von dem Hefezopf in den Mund, schneller und schneller kaute sie, würgte den teigigen Brei hinunter und sprach dabei. Die Brotkrumen flogen ihr aus dem Mundwinkel und überall um sie herum trafen winzige Speicheltröpfchen auf ihren Morgenrock und den Stuhl. Schon verlangte sie nach mehr und Helene lief hinaus auf den Gang, wo Emma wartete.

»Und, ist sie wach? Hat sie gegessen, sag schon.« Helene musste sich erst sammeln, dann bat sie um ein komplettes Frühstück mit Ei und Brötchen, Käse und Marmelade.

»Und mehr Kaffee bitte oder ein Glas Milch, das mag sie. Bring es nicht herein, klopf an die Tür. Ich hole das Tablett. Hat Rosalia nach Esther geschaut?« Kopfnickend verschwand Emma lautlos nach unten, wo man Bewegung im Haus hören konnte. Helene schaute über das Holzgeländer und sah ihren Vater zum Speisezimmer gehen. Schnell trat sie einen Schritt zurück. Sie wollte ihn jetzt nicht sprechen, sie huschte ungesehen in Johannas Zimmer.

»Hast du noch immer nichts von August gehört?« Johanna kannte die Antwort und doch hoffte sie auf eine gute Nachricht, als sie die Frage stellte. Helene schüttelte ihren Kopf. Bedrückt saßen sie beide für einen Augenblick starr da und spürten ihren Gedanken nach. Jeder Trost schien überflüssig. Selbst der unermessliche Fundus an Geschichten, den sie teilten, reichte nicht für diesen dunklen Moment.

Als das liebevoll hergerichtete Frühstück avisiert wurde, war Johanna schon zurück in ihr Bett gekrochen, hatte sich die Decke bis an die Nasenspitze gezogen und Helene gebeten, sie allein zu lassen.

Emma

Das ganze Haus war in wildem, emotionalem Aufruhr, es brodelte, sie konnte es fühlen. Und doch war es gespenstig leise, man hörte kaum einen einzigen Schritt. Selbst die Anlieferungen schienen heute in Zeitlupe und ohne jedes Geräusch vonstattenzugehen. Den Kohlehändler hatte Hofstetter gänzlich abbestellt und die zusätzlichen Wäscherinnen wurden von der Leonhard wieder nach Hause geschickt.

»Es wird alles an mir hängen bleiben, und dabei hätte ich morgen einen freien Tag gehabt«, murmelte Emma entnervt. Zeitgleich schalt sie sich, denn immerhin hatte Johanna den schwersten Verlust zu ertragen, den es gab. Was zählte da schon ihr freier Tag.

Und doch, sie wollte ihn wiedersehen, endlich wieder einmal ein leichtes Gespräch führen. Eines, bei dem sich nicht alles um die Herrschaft, das Haus, die Besorgungen, die Wäsche oder Kinder drehte.

Mit Conrad führte sie nur noch Unterhaltungen, in denen sie ihr Leben im Schatten dieser allmächtigen Familie besprachen. Alles hing davon ab, ob der gnädige Herr den Conrad brauchte, ob August ihn ins obere Vogtland auf Tour schickte oder Frau zu Hohenlinden zu einer Freundin kutschiert werden musste. Regnete es am Sonntag früh, dann fuhr er sie zum Gottesdienst, schien die Sonne, half ihr Mann dabei, die Fensterläden an der Straßenseite zu schließen. Immer gab es etwas, das wichtiger war als ein Spaziergang mit ihr. Geschweige denn fanden sie jemals Zeit, in ein Wirtshaus auszugehen oder gar den Zirkus zu besuchen. Sie hätten es sich leisten können, immerhin hatten sie zwei Gehälter zur Verfügung und freie Kost und Logis.

So hatte sie sich das Leben in der Stadt im großen Haus wahrlich nicht vorgestellt. Die einzige Vergnügung, die sich ihr Ehemann gönnte, waren Ausflüge mit den Kleinen in den Park oder einmal im Monat ein Vereinsabend, von dem er stets vor Mitternacht zurückkam und kaum Spannendes zu erzählen hatte.

Emma selbst besuchte einmal in der Woche an einem Nachmittag die Schule. Das war ihr großer Tag, den sie stets herbeisehnte und an dem sie die Freiheit hatte, ein wenig zu bummeln, die Auslagen in den Geschäften zu bestaunen. Die Ausbildung zur Kammerzofe war ihr Traum und den verwirklichte sie sich jetzt. Es hatte Überredungskunst bei der Herrschaft gebraucht, aber sie hatte es geschafft.

Die Gnädige konnte ihr nichts vormachen. Emma beobachtete, wie sie ihre Kleine manchmal ansah und taxierend die Züge des Schwiegersohnes, in denen von Emmas Tochter suchte. Sie schämte sich ihrer geheimen Vergleiche und wenn sie sie dabei ertappte, wurde Dorothea zu Hohenlinden fahrig. Einen solchen Moment hatte sie genutzt und prompt hatte man ihr erlaubt, die Schule vom Deutschen Frauen- und Hausmädchenverein zu besuchen.

Die Zusammenkünfte mit den anderen Frauen taten ihr gut. Sonst kannte sie außer Johanna und Helene, mit denen sie in ihrem Heimatdorf großgeworden war, kaum jemanden in ihrem Alter hier in der Stadt. Und so hatte sie sich der Gruppe sogar angeschlossen, als sie letzte Woche einen Abstecher in ein Kaffeehaus wagten. Die *Hutzenstubn* an der Bahnhofstraße war abends als Wein- und Likörstube, tagsüber aber als kultiviertes Café bekannt.

Bei Kaffee und Kuchen hatten sie gelacht und getratscht und die jungen Frauen hatten ihre Liebschaften zum Besten gegeben. Viele von ihnen unbekümmert und frei, wie Emma erfreut feststellte. Neben Martha, die sich gleich nach einer Tasse Kaffee auf den Heimweg gemacht hatte, war nur Elfie Barth, so wie sie, verheiratet. Doch ihr Mann war auf Reisen, als einer der Plauener Klavierstimmer musste er viel unterwegs sein.

»Keine Ahnung, wann der heute nach Hause kommt. Ich muss nur für frisches Brot und Butter, ein wenig Schmalz und Gurken sorgen. Er ist nicht anspruchsvoll, bekommt von den reichen Leuten immer anständig zu essen. Da kommt es daheim nicht so darauf an.« Elfie schmunzelte bei den Geschichten, die sich die jungen Frauen erzählten, und hatte selbst die eine oder andere Zote aus dem Haus ihrer Herrschaft vorgetragen.

»Und bei dir? Die Hohenlindens? Da geht es ja zu wie im Taubenschlag«, hörte Emma jetzt die stämmige Blonde sagen, die ihr gegenüber am Tisch saß. Sie war überrumpelt.

»Wie meinst du das? Es ist ein anständiges, ruhiges Haus, alles ist ...« Sie fand nicht die richtigen Worte, und wollte nichts Kompromittierendes erzählen, denn sie war ihrer Herrschaft zugetan. *Die Gnädige hat sich immer um mich gekümmert und die Mädchen sind wie Familie für mich*, besann sie sich. Doch das konnte sie hier kaum vortragen, man würde sie scheel ansehen und ihr nicht mehr vertrauen.

»Na, da hört man aber anderes. Die Jüngste schmust mit ihrem Zukünftigen jetzt schon im Hause der Eltern, der wohnt da, bevor sie heiraten. Erzähl mir nichts.« Sie schlägt sich lachend auf die Schenkel und sucht Beifall heischend den Blick der Mädchen. Doch damit nicht genug. »Dieser Arnstädt ist ja bei weitem kein unbeschriebenes Blatt. Erst macht er einer Landadeligen aus dem Norden den Hof und dann auf einmal kriecht er bei der besten Freundin seiner Mutter unter. Das ist doch eigenartig.«

»Wen meinst du?«, wundert sich Emma und fragt nach.

»Nun, die Freundin der jungen Frau Koch aus Oelsnitz«, kam es wie aus der Pistole und Emma musste zugeben, einigermaßen überrascht zu sein.

»Du meinst die Familie des Teppichfabrikanten?«, versicherte sich Emma und sah in die Runde. Die Frauen waren nicht verwundert, schienen alle im Bilde zu sein.

»Nun, du scheinst doch nicht ganz so ahnungslos zu sein«, resümierte Elsa, die derbe Blondine ihr gegenüber. Erschrocken hörte Emma, dass da noch mehr war, was Elsa loswerden wollte. »Euer junger, gnädiger Herr Gustav ist auch nicht von schlechten Eltern. Streunt monatelang mit einer Krankenschwester umher und nun, da er sie in den Tod getrieben hat, wildert er im ehemaligen Revier von Arnstädt. Da wäre ich gerne mal Mäuschen, wenn sich die feinen Herren, die Damen zuschustern.«

»Jetzt hör aber auf, das ist ja ...« Bestürzt sah sich Emma in der Runde um, doch Elsa hörte nicht auf, sich wichtigzumachen. »Was hat den Arnstädt wohl in die Arme deines Fräuleins Helene getrieben? Und mit wem trifft sich der alte Wilhelm jeden zweiten Tag um dieselbe Zeit im Kaffeehaus Trömel, hm?« Die Neideitel brüstete sich mit ihrem Wissen, schlug vor Freude mit der flachen Hand auf den Tisch und orderte einen weiteren Kaffee.

Emma schwirrte der Kopf und sie versuchte krampfhaft, sich alles zu merken. Doch wo kam nur all das Geschwätz her und wer brachte es in Umlauf? Hier wurde alles verdreht und verzerrt und sie konnte nicht glauben, was sie hörte. Sie musste dem Ganzen ein Ende bereiten. Wenn irgendetwas davon der gnädigen Frau zu Ohren käme, hätte sie Probleme zu erklären, wer all den Tratsch nach außen trägt. Sie überlegte kurz, doch es blieb ihr nicht allzu viel Zeit. Sie entschied sich, kühl zu bleiben. »Wilhelm zu Hohenlinden geht mit seiner Ehefrau ins Kaffeehaus, du Dummchen.« Ihr Blick war starr auf Elsa gerichtet. Sie versuchte, in deren Gesicht zu lesen, wie diese Information ankam, doch das Mädchen blieb unbeeindruckt. Sie schien nachzudenken. Sie sah Emma ausdruckslos an, dann auf einmal zeigte sich ein Lächeln um ihre Mundwinkel und sie lachte geradeheraus.

Emma saß stirnrunzelnd auf ihrem Stuhl und fragte sich, was folgen würde. Doch das Blatt wendete sich. Lächelnd ergriff Elsa ihre Hand über den Tisch und gab zu, etwas übertrieben zu haben. Das mit dem Kaffeehaus wäre gemein gewesen. Aber doch auffällig, meinte sie. Und dass sie ihr glaubte. Was den Arnstädt anging, da hätte sie eine vertrauenswürdige Quelle.

»Lass es gut sein, ich will gar nichts davon wissen, sag mir lieber, ob du den Amerikaner in letzter Zeit drüben in der Windmühlenstraße gesehen hast. Irgendwer erzählte, er hätte dort eine Wohnung gemietet und suche Personal. Ich kenne eine Wäscherin, die eine zweite

Anstellung sucht.« Emma hatte es geschafft, dass keiner mehr von den unsäglichen Anschuldigungen sprach, als sie das Gespräch auf den jungen Amerikaner brachte. Elsa konnte ihr nicht weiterhelfen, aber eine der anderen Frauen wusste Rat.

Und so bekam sie an jenem Nachmittag alle Informationen, die sie brauchte, um sich bald bei Solomon Guggenheim vorstellen zu können. Ganz offiziell könnte sie ihm dann begegnen und nicht nur hier und da für ein paar Minuten im Park, wenn neugierige Augenpaare ihnen folgten.

Sie hatte ihm nicht widerstehen können. Obwohl sie ihn an jenem Frühlingstag am Markt weggeschickt hatte, tauchte er immer wieder da auf, wo auch sie war. Nun gut, Plauen war keine Großstadt, aber die Wahrscheinlichkeit, einem Fremden mehrmals zu begegnen, war dennoch gering.

Bald schon hatte er herausgefunden, dass sie ihren Gang zum Markt fast jede Woche mit einem kurzen Besuch in St. Johannis begann. Sonntags schaffte sie es nicht immer zum Gottesdienst. Zwischen Frühstück und Mittagessen, das durch die Herrschaft zelebriert und wofür aufwendig gekocht und eingedeckt wurde, blieb ihr oftmals keine Zeit. Wenn sie frei hatte, fuhr sie mit Conrad und den Kleinen zu den Eltern, hinaus aufs Adorfer Land. Eine freie Minute für sich allein fand sie am besten in der Kirche.

Und so schlich sich *der junge Amerikaner*, wie sie ihn insgeheim nannte, oft hinter sie in eine Kirchenbank und sie flüsterten. Er sprach von seinem Tag, ließ sie von dem ihren erzählen und stellte ungewöhnliche Fragen wie: »Was wünschst du dir vom Leben?« oder »Hast du Träume?« Fragen, die ihr sonst niemand stellte und die sie sich selbst nur vage beantworten konnte. Zu vorhersehbar war alles bisher verlaufen und zu sehr war sie in ihrer Ehe gefangen, um sich Tagträumen hinzugeben.

»Für solche Hirngespinste hat unsereiner keine Zeit«, hatte ihre Mutter immer gesagt und sie tadelnd zurechtgewiesen, wenn sie als Kind wieder einmal von Prinzen und Feen geträumt hatte.

»Ich fühle mich gefangen«, hatte sie Solomon im Schutz der Kirchenwände offenbart. Und dann war sie erschrocken aufgefahren, hatte sich umgesehen und war weggelaufen. Weg von ihm, seinen verstörenden Fragen, den tiefgründigen Augen mit dem verschmitzten Lächeln, von denen sie nicht wusste, ob er sie an- oder auslachte. Wochenlang war sie ihm aus dem Weg gegangen, hatte die Küchengehilfin zum Einholen geschickt, mied die Kirche. Doch ihr Verhalten war aufgefallen. Sie, die sonst nichts lieber tat, als Besorgungen außer Haus zu erledigen, spielte den anderen das Hausmütterchen vor. Sie gab Kopfweh oder Rückenschmerzen an. Als selbst die Gnädige darauf aufmerksam wurde, nahm sie ihre alten Gewohnheiten Stück für Stück wieder auf. Doch es dauerte keinen Monat, bis er herausgefunden hatte, wann er sie allein abpassen konnte. Sie musste zugeben: Diese Beharrlichkeit schmeichelte ihr.

Seither war ihr Gang zur Schule jede Woche aufregend für sie. Denn er erwartete sie in dem einen oder anderen Hauseingang, würde sie hineinziehen und ungefragt küssen. Ohne Scheu hielt er sie, küsste sie auf

den Mund, wieder und wieder, bis ihr der Atem weg-
blieb. Seine Augen verengten sich dann zu Schlitzen
und seine Hände berührten ihre Taille. Diese Begegnungen waren flüchtig, dauerten meist nur ein paar Sekunden, denn sie durften nicht ertappt werden.

Irgendwann einmal sah sie ihn in einem Hauseingang nicht weit von seiner Wohnung stehen und sie ergriff die Gelegenheit, ihre Geschichte mit der Anstellung für eine Freundin weiterzuspinnen.

»Ach, schau Elfie, ist das nicht der Guggenheim? Du
weißt schon, der Amerikaner, der Personal sucht.
Warte hier auf mich.« Ohne eine Antwort abzuwarten,
ließ sie die Frau vor der *Hutznstubn* stehen, in der sie
sich mit den anderen trafen, und lief hinüber zu Solomon. Er war erstaunt und wandte sich zum Gehen, aber
sie gebot ihm Einhalt.

»So bleiben Sie doch bitte stehen, Sie sind Solomon
Guggenheim, richtig?« Emmas Herz pochte wie wild,
als sie auf ihn zutrat und hoffte, er verstünde, was sie
tat. »Entschuldigen Sie mein aufdringliches Gebaren,
aber man erzählt sich, dass Sie Personal suchen. Wann
kann man sich denn bei Ihnen vorstellen?« Auffordernd hob sie die Augenbrauen und ihre Augen bedeu-
teten ihm, sie nicht abzuweisen. Genauso laut wie sie
zuvor, antwortete er stockend: »Ja, Sie haben recht, ich
suche eine Wirtschafterin, doch woher ...« Wieder riss
sie die Augen auf und hob entgeistert die Brauen. Er
schien zu verstehen. »Gnädiges Fräulein, ich halte morgen um 18 Uhr eine kleine Vorstellungsrunde ab, es
werden mir Vorschläge von einer Agentur geschickt, einer Vermittlung, Sie dürfen sich gerne anschließen.
Windmühlenstraße ...« Bevor er ihr die Hausnummer

sagen konnte, bedankte sie sich förmlich, teilte ihm mit, dass sie für eine Freundin gefragt hatte, und lief hinüber auf die andere Straßenseite. Dort hakte sie sich bei Elfie unter und schob sie in die Wirtschaft.

»Das wird Liesbeth freuen, ich muss ihr gleich heute Abend Bescheid geben«, sagte sie leichthin und trat beschwingt auf die anderen Frauen zu.

August – zur gleichen Zeit in Bath, England

»Dein Auftritt gestern war überzeugend, mein lieber Freund. Du spielst ihn gut, den jovialen Geschäftsmann, umringt von all den jungen Frauen, die sich nichts sehnlicher wünschen, als an deiner Seite zu sein. Wann wirst du eine erwählen und ihr Leben zerstören? Du kannst diese Scharade nicht ewig aufrechterhalten.« August sprach leise, darauf bedacht, dass sie keiner auf der Terrasse hören konnte.

Er sah, wie sein Gegenüber die Augen zusammenkniff, und wähnte sich im Vorteil. Sein Wissen oder Erahnen der wirklichen Vorlieben von James, sollte ihm endlich den erwünschten Durchbruch bei seinen Verhandlungen bringen. James, der sich abwandte und ihn nicht zu beachten schien, ging in den Garten hinunter. August sah ihm nach, unschlüssig, ob er folgen sollte.

Wie gestern Abend stand er auf der Terrasse von Bristol Manor und bereute, nicht offen mit Hailey gesprochen zu haben. Sie war ihm ausgewichen, hatte immer genügend Abstand zwischen ihnen beiden gehalten und nach einer Weile war er es müde gewesen.

Unverrichteter Dinge hatte er sich kurz vor Mitternacht verabschiedet und war in dem kleinen Dachzimmer in einen unruhigen Schlaf gefallen. Auf dem Nachhauseweg hatte der Franzose ihn zur heutigen Soiree eingeladen, bei der ausschließlich Geschäftsmänner zugegen sein würden.

»Es wird sich für Sie lohnen. Die Spitzenindustrie hat einen riesigen Absatzmarkt und Kontakte dürften Ihnen sicher einen Nachmittag wert sein«, hatte ihm Dantelle geantwortet, als er mit Hinweis auf die Familie ablehnte. Und so war er geblieben.

August schüttelte bei der Erinnerung an den sinnlos verschwendeten Abend den Kopf. Er war gezwungen, endlich voranzukommen, der Vertrag wartete und die Familie zu Hause brauchte ihn. Schnellen Schrittes schloss er zu James auf, als dieser einen Pavillon betrat. Er räusperte sich und drehte sich zu ihm um. Die Nähe, die entstand, war unangenehm, selbst sein Gegenüber trat zu Boden blickend einen Schritt zurück, bevor er sein Glas erhob. »Auf die Schwätzer und die Gerüchte, die feinen Damen der Gesellschaft, die Halunken und die Trickdiebe.« James war zu so früher Stunde schon leicht angetrunken und kippte die Flüssigkeit in einem Zug hinunter, dabei schüttelte er sich, bevor er das Glas abstellte.

»Ich verstehe nicht ...« August war unschlüssig, wie er auf diesen eigenartigen Trinkspruch reagieren sollte, doch James nahm ihm eine Antwort ab. »Auf Festivitäten wie gestern Abend, werden Geschäfte abgeschlossen und Ehen arrangiert. Edle Doktoren degradiert man zu Scharlatanen, Frauen zu Kurtisanen und Schwestern werden als Huren verleumdet.« August blickte auf. Er zog die Brauen zusammen und seine Augen wurden zu Schlitzen. Doch er erwiderte nichts.

»Mein Schwager ist seit Jahr und Tag Zentrum von Klatsch. Keiner weiß, womit er sein Geld verdient, das lässt ihn zur Zielscheibe ominöser Anfeindungen werden. Dabei hat er es schlicht und einfach geerbt und immer gut darauf aufgepasst. Du würdest dich wundern, was ihm alles angedichtet wird. Das mit den Masern übrigens und deren Folgen habe ich ursprünglich von einer Klatschbase gehört. Ich glaubte ihr, habe ihn nie damit konfrontiert, so etwas tut ein Gentleman einem anderen nicht an und dann wurde meine Schwester Hailey, als die vierte Ehefrau, schwanger und die Leute überschlugen sich förmlich.«

August sah seine Chance gekommen. James Bristol war verstört, irgendetwas vermieste ihm gründlich die Laune. Er schien sich entschuldigen zu wollen, schwafelte von falschen Anschuldigungen. Meinte er ihn? So durfte er ihn nicht davonkommen lassen.

Wer wollte ihm, August Bader, beweisen, er sei der Vater von Lilibet? Würde Hailey ihre Affäre an die große Glocke hängen? Wohl kaum. Ihr Ruf wäre ruiniert, ihre Ehe wahrscheinlich auch. Selbst wenn die nur arrangiert war, blieb sie ja bei ihrem Mann, kehrte nach ihren Ausflügen brav zurück ins sichere Heim. Das Arrangement zwischen den Eheleuten ging ihn nichts an.

»Lass uns diese ominösen Andeutungen beenden. Komm doch auf den Punkt. Warum willst du unbedingt von mir hören, ich sei der Vater von Lilibet, damit machst du deine Schwester zur Hure. Es ist unsinnig und absolut unverständlich. Ich habe nichts mit all dem zu tun. Du kommst jetzt mit und unterzeichnest unseren Vertrag. Du hast deinen Spaß gehabt, mich tagelang hier durch die Landschaft geschickt, nur um dabei zuzusehen, wie mir der Angstschweiß auf der Stirn steht.« August war laut geworden, die ersten Köpfe wanden sich in ihre Richtung und James fasste ihn beruhigend am Arm.

»Sie hat mich in der Hand und sie schuldet mir etwas. Ich brauchte ein Druckmittel. Da kam mir euer Tete-a-Tete gerade recht. Dass das Kind von dir ist, steht für mich außerfrage. Ich glaube nicht daran, dass mein Schwager, der alte Zausel der Vater dieses unglaublichen Geschöpfes ist.«

»Druckmittel, was meinst du damit?« Noch immer war August nicht klar, worauf James hinauswollte.

»Ich brauche den Einfluss auf ihren Mann. Er sitzt auf seinem und ihrem Geld, dem Vermögen, das Hailey nach dem Tode unserer Mutter geerbt hat und das sie in die Firma hatte investieren sollen. Die neuen Hallen, die du in der Stadt gesehen hast, gehören allesamt zu meinem riesigen Imperium. Doch das steht auf tönernen Füßen.« Den letzten Satz hatte er geflüstert, so als ob er ihn nur zu sich selbst gesprochen hätte. Und August begann zu begreifen.

James wandte sich von ihm ab und strebte zielsicher dem Seitentrakt des Hauses zu, an dem es einen Zugang zu seinem Arbeitszimmer gab. Er schritt über ein kleines, perfekt angelegtes Rasenstück, streifte mit seinen Jackenschößen den riesigen Lavendel, der vor opulenten Hortensienbüschen in einen Kiesweg ragte. Er sah sich nicht nach ihm um, August folgte stillschweigend.

In seinem Kopf rasten die Gedanken. Wollte ihn James dafür nutzen, Druck auf Hailey auszuüben? Er verweigerte ihm den Vertrag, bis er sie überredete, Geld in die Firma zu investieren? Er erpresste seine eigene Schwester? Schaffte August nicht, sie zu überreden, gäbe er ihr Geheimnis preis? Geschäftlich war das waghalsig und machte keinen Sinn für August. Auf privater Ebene ein kläglicher Versuch, Druck auf Hailey auszuüben.

Die Männer traten nacheinander in den in dunklem Mahagoniholz getäfelten Raum mit deckenhohen Fenstern und Regalen. Aus dem Vestibül klangen aufgeregte Stimmen herüber. James bezeugte ihm mit einer Handbewegung still zu sein und zu warten, als er eine schwere Eichentür langsam öffnete und hinausspähte. Es kam August eigenartig vor, wie der Hausherr angestrengt versuchte zu lauschen.

Doch da hörte er die aufgebrachte Stimme einer Frau. Es war unverkennbar Hailey, die mit jemandem stritt. Nach wenigen Augenblicken, in denen von draußen nur vereinzelt Satzfetzen hereindrangen, gab sich James einen Ruck und lies ihn allein im Büro zurück.

Es schien eine Ewigkeit vergangen, bis sich die Tür wieder öffnete und er als Erstes einen Rocksaum, dann seine Trägerin sah.

»Hailey, ich glaubte, deine Stimme zu hören. Was geht da vor sich?«

»Nun, August, es scheint, wir verzichten heute auf alle Förmlichkeiten. Richtig?« Er fühlte sich ertappt und trat auf sie zu, reichte ihr seine Hand, und als sie daraufhin die ihre leicht erhob, ergriff er sie und hauchte einen Handkuss darauf. Es war ein Moment, der Erinnerungen aufleben ließ, eine Sekunde, in der die Zeit stillstand, die Unschicklichkeit seiner Gedanken auf ihn einstürmte wie eine Woge heißer Luft. Er atmete tief und wandte sich von ihr ab.

»Darf ich dir in Ermangelung des Hausherren etwas anbieten? Einen Cherry oder ...« Hailey schien angestrengt und blickte sich suchend um, als ob sie sich im Büro ihres Bruders nicht gut auskannte. Dann gab sie sich einen Ruck und deutete ihm sich zu setzen. Die kleine Sitzgruppe aus dunklem Samt stand rechts vom Fenster und gab den Blick frei auf die noch immer auf der Terrasse versammelte Gruppe illustrer Geschäftsmänner, die sich auch ohne den Gastgeber zu amüsieren schienen.

»Was geht hier vor sich, Hailey? Warum ist James so bedrückt und in einer geradezu fatalistischen Stimmung? Hat er nicht gestern Abend fleißig geflirtet und heute schon Geschäfte gemacht?« Es schien ihm angebracht, nicht mit der Tür ins Haus zu fallen.

»Es tut mir leid, dass mein Bruder dich in diese Familienangelegenheit hineinzieht. Er scheint am Ende zu sein. Er erwägt, gar einer der anbiedernden Damen von gestern Nacht nachzugeben, nur um das Unternehmen zu retten.« Hailey kam sofort auf den Punkt. August hörte erstaunt zu. »Ich will offen zu dir sein. James hat spekuliert. Das Geld, das er für den Bau der neuen Hallen brauchte, wollte er sich nicht von der Bank leihen. Er baute auf den Aktienmarkt und setzte fast sein gesamtes Vermögen ein. Und nun war Zahltag.«

Die lebendige und sonst übersprudelnde Hailey sprach leise und erschien ihm ungewöhnlich nachdenklich. Nichts war da mehr von der Leichtigkeit und der Raffinesse ihrer Verführung, ihrer stets wachen Libido. Streng zurückgekämmt war ihr Haar in einem Knoten am Kopf festgesteckt und gab ihr einen herrischen Ausdruck. Das schmucklose Kleid tat ein Übriges. So kannte er sie nicht, selbst ihr hagerer Gesichtsausdruck hatte nichts mehr mit der lebensfrohen Frau zu tun, mit der er lustvolle Stunden verbracht hatte.

»Nach diesem Fiasko besteht die Bank nun auf die Rückzahlung einiger bestehender Kredite. Lieferanten verwehren die Aufstellung neuer Maschinen und wenn er die nicht bekommt, kann er Aufträge nicht erfüllen, die ihm wiederum das Geld einbringen könnten, das er zur Tilgung benötigt. Es ist ein schrecklicher Kreislauf.« Sie hatte atemlos gesprochen, ihre Hände kneteten ein Tuch, das sie sich vom Hals gezogen hatte. Rote Flecken erschienen auf ihrem sonst makellosen Dekolleté.

»Verzeih, dass ich das so sage«, wagte August einen Vorstoß. »Es ist ein ganz normaler Kreislauf, wenn man sich gebührlich darin bewegt. Doch ich verstehe: Sobald ein Puzzleteil aus dem Spiel kippt, dann kommt das gesamte Konstrukt ins Wanken. Was ich nicht einordnen kann, ist die Weigerung, dein Geld einzusetzen. Ihr könntet beide davon profitieren.«

August hoffte auf ihre Offenheit. Gleichzeitig bangte er geradezu, die intime Atmosphäre herzustellen, die sie früher miteinander gehabt hatten. Die würde es Hailey erlauben, ihm einen kleinen Einblick in die Zwistigkeiten mit ihrem Bruder zu geben. Möglicherweise konnte er dieses Wissen nutzen. Wer weiß, vielleicht gab es eine Chance für seinen eigenen Vertrag, für den Tüll, den er so dringend brauchte, um das Plauener Puzzle am Laufen zu halten.

»Wenn mein Mann wüsste, dass ich hier mit dir sitze ...« Hailey schlug sich die Hände vors Gesicht, dann erhob sie sich und ging rastlos von einer Seite des Zimmers zur anderen. Die Worte sprudelten nur so aus ihr heraus. August traute sich weder, einen Einwurf zu machen, noch sich zu bewegen. Sie schien wie in Trance.

»Ich war noch ein junges Mädchen, als ich von einem Freund der Familie schwanger wurde. Er hat sich nach Shanghai abgesetzt, wurde nie wieder gesehen. Meine Familie suchte einen Ausweg und James und Mutter haben mich mit Sheldon verheiratet.

Er war ein guter, langjähriger Freund von Mama und gerade zum dritten Mal verwitwet. Er war einverstanden und ich dumm, jung und froh, der Schande entgehen zu können. Das war der Anfang vom Ende, danach brach alles zusammen. Meine Mama starb und ich verlor das Kind. Das Einzige, woran ich mich in seinem Haus, in dieser Ehe mit Sheldon hätte festhalten können, war mir genommen worden.« Sie sah sich nach August um, doch er schwieg, schlug die Lider nieder und lehnte sich im Sessel zurück.

»Das war lange, bevor wir uns kennenlernten?«, fragte er leise, doch sie antwortete nicht.

»Ein paar Monate später war ich in London zur Hochzeit einer Freundin eingeladen. Ich fuhr in Begleitung einer Cousine, mein Ehemann hasst London. Was sage ich, er verlässt Bath so gut wie nie. Wir haben uns prächtig amüsiert, waren nachts in einem etwas zwielichtigen Varieté unterwegs und da sah ich sie. James und diesen Mann, jünger als er, gut aussehend und es war offensichtlich, was die beiden verband. Ich war bestürzt und habe ihn angestarrt. Auch er hat mich bemerkt, jedoch so getan, als seien wir Fremde. Tags darauf, auf der Hochzeit, erwähnte er den Abend mit keinem Wort und auch ich schwieg. Nicht sicher, wie ich mich verhalten soll, ob sich dieses Wissen nutzen ließ.«

»Das klingt ziemlich abgefeimt, gefühlskalt, Hailey«, konnte August sich nicht verkneifen und hob die Augenbrauen, um zu einer anderen Frage anzusetzen.

Sie unterbrach ihn. »Zu der Zeit wollte ich nur weg, aus dieser Ehe ausbrechen. Ich dachte sogar daran, das Land zu verlassen und auf einen Dampfer nach Amerika zu steigen. Doch mein Ehemann saß auf meinem Geld.«

»Dann hast du Geld von James verlangt? Aber er brauchte selbst welches für die Erweiterung des Unternehmens?«

Sie schüttelte den Kopf. »Er wusste von meiner ersten Schwangerschaft, der arrangierten Ehe. Er vertuschte von nun an mein ausschweifendes Leben in London, ich schwieg über seine Männer und über kurz oder lang gerieten wir in diese fatale Abhängigkeit. Wir vergaßen, dass wir von einem Blut sind, früher gemeinsam spielten, uns Geheimnisse anvertrauten. Ich verlangte von James, bei Sheldon ein gutes Wort für meine regelmäßigen kleinen Auszeiten in London einzulegen. Im Gegenzug versprach ich für die Investitionen in der Firma zu sorgen.«

»Aber die hast du nie getätigt? Sonst wäre er jetzt nicht so verzweifelt.«

»Doch, das habe ich. Anfangs. Einmal ... eine eher unbedeutende Summe. Um für einen Kredit zu bürgen. Im Grunde wollte ich mein Geld nicht in die Firma stecken, ich träumte noch immer von einem freien Leben. Mit dem, was ich besitze, wäre ich in den USA eine angesehene und vor allem unabhängige Frau. Ich müsste mir nichts sagen lassen, aber wenn das Geld erst einmal in der Firma steckt, dann ist dieser Ausweg ... nun ja, es gäbe ihn nicht mehr. Allein der Gedanke daran, dass ich eines Tages auf und davon gehen kann, hielt mich damals am Leben. Doch wir beide verspielten diesen riesigen Batzen auf der Rennbahn und Sheldon war außer sich. Er drehte mir den Geldhahn gänzlich zu.«

August merkte auf, meinte zu begreifen. »Und dann wurdest du schwanger? Von mir? Das hat alles geändert? Oder gehörte das zu deinem Plan«, fragte er.

»O nein, mein Plan war Unabhängigkeit, die kleine Lilibet macht mich abhängig. Von ihr, dem Haus, ihrem Vater. Und das bist nicht du.«

August schluckte und atmete tief ein, dann stand er auf und trat auf sie zu. Warum ihr Bruder dann an seine Vaterschaft glaube, war seine erste Frage. Wie er von ihr erfahren hatte, die Zweite. Ohne ihre Indiskretion konnte James nichts von ihrer Liaison wissen.

»Katapultiert er den Preis für unseren Tüll in die Höhe, weil er mich für die Spielschulden zahlen lassen will? Das ist ja fast schon nett von ihm, so käme mein Schwiegervater nicht drauf, dass ich dir Geld schulde.« Er sagte dies fast zu sich selbst und Hailey sagte: »Die Spielschulden habe ich ganz allein verantwortet. Um ihm aus dem Fiasko zu helfen, ist der Betrag eh zu gering.«

»Aber es wäre ein Anfang«, murmelte August weiter und sah sie fragend an. Doch sie hob nur verzagt die Schultern.

»Als wir uns begegneten, hatten James, Sheldon und ich uns arrangiert. Ich verbrachte mehrmals im Jahr einige wenige Wochen in London oder Paris, lebte das Leben einer reichen unabhängigen Frau. Manchmal buchte ich mich sogar unter falschem Namen in die Hotels ein. Da gab es Liebhaber, aber ich wusste, wie man eine Schwangerschaft vermied. Als ich befürchtete, ein Kind zu tragen, fuhr ich in Panik sofort heim und bescherte meinem Ehemann Tage voller Wonne und liebevoller Hingabe. Seither glaubt er wirklich, der Vater zu sein, und fordert devote Stunden nach jedem Ausflug meinerseits.«

Es klang angeekelt, wie sie so über ihren Mann und ihre Zweisamkeit sprach. August schüttelte sich innerlich. Hailey sah ihn abschätzend an und fügte hinzu: »Lilibet muss nicht zwingend dein Kind sein, wenn es das ist, was du wissen willst. Es hat noch jemand anderen gegeben.« Erstaunt blickte er auf, ein mulmiges Rumpeln fuhr durch seinen Magen. Kurz flammte Eifersucht auf, doch er beherrschte sich.

»Aber James hat dir das nicht abgenommen, richtig? Er hat dich wegen des Wettverlustes unter Druck gesetzt und du hast mich ans Messer geliefert.« August war es leid, der Komödie von der gelangweilten Ehefrau zuzuhören, die Hailey hier aufführte. Er hatte diese Frau im Bett gehabt und wusste, wozu sie im Stande war. »Ich war nicht der Einzige, der infrage kommt?« August konnte es sich nicht verkneifen. Es nagte an ihm, ob er wollte oder nicht. Hailey starrte ihn an, versagte ihm aber eine Antwort und ging nicht auf seine Bemerkung ein. Es schauderte ihn bei dem Gedanken, doch nun machten all ihre Heimlichkeiten auf einmal Sinn.

»Ich habe deinen Namen im Zusammenhang mit den Pferdewetten erst genannt, als ich keinen anderen Ausweg mehr sah. Ich erzählte nichts von unserer Affäre, aber das musste ich auch nicht. James hat mir die lose Verbindung und nur ein paar Tage zusammen auf der Rennbahn mit dir nicht abgekauft. James versicherte mir, mein gehörnter Ehemann würde mich verlassen und ich stünde vor dem Ruin. Er seinerseits zeigte keinerlei Angst vor meinen Offenbarungen bezüglich seiner Vorliebe für Männer, sehr viel jüngeren Männern zudem. Dutzende Frauen würden sich über die Anschuldigungen kaputtlachen und genau das Gegenteil behaupten. Man würde mich ein Dummchen nennen, das den Bruder verunglimpft, weil sie selbst untreu war. Er führt seit Jahr und Tag ein Doppelleben, sorgsam kuratiert und mir würde keiner glauben.«

Hailey saß nun vor ihm und sie kämpfte mit sich, das konnte er sehen. Doch er hatte keinerlei Verständnis für das Spiel, das man hier mit seinem Leben, seiner Reputation spielte.

»Er war so von sich eingenommen, da ist mir der Kragen geplatzt und ich habe ihm gesagt, er soll sich seine Geschäftspartner eben besser aussuchen. Nicht dass ich noch einmal einen Bastard von einem von ihnen mit nach Hause bringe.«

August war einerseits amüsiert, andererseits nun wütend. »Das war ziemlich aufsässig, meine Liebe. Und dumm.«

»Ein Wort gab das andere und dein Name fiel. Ich könnte mich immer noch ohrfeigen. Danach hat er wochenlang kaum mit mir gesprochen, aber er hat Stillschweigen bewahrt. Mehr konnte ich nicht von ihm verlangen. Ich habe mehrmals versucht, ihn davon zu überzeugen, dass es Sheldons Kind ist, wir regelmäßig miteinander schliefen und ich ihn mit deinem Namen nur habe ärgern wollen. Es wäre nichts dran an der Sache. Aber er war und ist wütend. Nicht nur wegen der Gerüchte, sondern auch wegen des Geldes, das wir verspielt haben.«

»Das ergibt trotzdem keinen Sinn, Hailey. Du hast ein Ass im Ärmel, das ihn bloßstellt. Er könnte dich bei deinem Mann anschwärzen. Aber was soll das bringen? Warum legt ihr diesen dummen Streit nicht bei?«

Hailey war am Fenster stehen geblieben, sah hinüber zur Terrasse, auf der man sich um James scharte. August schien er vergessen zu haben.

»Hailey! Sieh mich an. Was soll ich jetzt tun? Er ist von dem Gedanken, dass ich seine Schwester beschmutzt habe, besessen. Und er will Spielschulden eintreiben, die keine sind. Du hast schließlich ganz allein entschieden, dein Vermögen zu verspielen. Er will Revanche, treibt den Preis für meinen Tüll in die Höhe, um endlich flüssig zu sein. Doch das kann nur ein Bruchteil dessen sein, was er braucht. Es geht um eine lächerlich kleine Summe, wenn ich mir die Fabrikhallen so anschaue. Das alles ist an den Haaren herbeigezogen. Wir drehen uns im Kreis. Er ist unvernünftig, außer sich.

Da schwelt noch etwas anderes.« Hailey sah August entgeistert an, so als ob er ihr auf den Fersen wäre. So als ob er dem Geheimnis auf die Spur käme. Es dauerte, bis sie weitersprach.

»Du hast recht, es gibt da noch etwas anderes. Etwas, das er so nicht geplant hatte. Lilibet hat ihm ganz schön die Suppe versalzen und er ist wütend auf die Welt. Das alles bricht ihm jetzt das Genick, oder er heiratet ...« Sie brach ab und setzte sich. Die Hände im Schoß verschränkt, sanken ihre Schultern nach vorn und die aufrechte, beherrschte Frau, die soeben noch mit erhobenem Kopf durchs Zimmer gelaufen war, erschien ihm wie ein Häufchen Elend.

Konnte das sein? Sah er Tränen auf ihren Wangen? August trat an ihren Sessel heran, doch sie wehrte ihn ab. Hielt ihren Arm weit von sich gestreckt, so als ob sie sicherzustellen suche, wie nahe er ihr kommen dürfe. Augenblicklich fiel ihm die unnatürliche Ruhe auf, die sie auf einmal umfing. Auch aus dem Haus drang kein Laut in das Büro. Die Luft schien abgestanden und vor dem Fenster legten sich erste Nebelschwaden auf den Garten. Er musste sich eilen, um den letzten Zug zu bekommen, doch diese Angelegenheit zog sich.

»Hailey.« Er sprach leise und doch schreckte sie auf. »Ich bin hergekommen, weil ich unter massivem Druck stehe. James hat unseren Vertrag nicht unterzeichnet, ich brauche eure Tülllieferung, dringend. Er wollte schon in Plauen unterzeichnen, doch dann waren wir aus, haben getrunken, gefeiert, er war fast bewusstlos, als ich ihn im Hotel ablieferte. Am Morgen danach kippte er mir diesen ganzen Mist vor die Füße und reiste ab, ohne eine Erklärung abzugeben.«

Sie sah ihn verständnislos an und öffnete mehrmals ihren Mund, ehe ein Wort daraus hervorkam. »Lass den Vertrag hier. Ich kümmere mich darum. Er wird auf deinem Schreibtisch liegen, wenn du zu Hause ankommst. Ich möchte nicht, dass du in all das hier verwickelt wirst. Es hat nichts mit dir zu tun. Du bist das Bauernopfer.« Sie hielt ihm die Balkontüre auf und drängte ihn, den Raum zu verlassen, Bristol Manor zu verlassen. Doch August konnte und wollte so nicht gehen. Er kam sich vor wie ein ungebetener Gast, dem man die Hintertüre wies. So würde er sich nicht abspeisen lassen. Nicht er. Nicht August Bader.

»Warum sollte ich dir glauben?« Er machte einen Schritt auf sie zu und packte sie unsanft am Oberarm. Sie zuckte kurz, sah ihn eiskalt und sehr energisch an und drängte ihn zum wiederholten Mal gen Türe.

»Weil ich bereue, dich in dieses Schlamassel hineingezogen zu haben. Diskretion um jeden Preis wäre angebrachter gewesen. Aber es lief aus dem Ruder, die Schwangerschaft war nicht geplant und James ist seitdem wütend auf die Welt. Und auf dich, weil er in dir den Vater wähnt. Sein Plan war, mich an einen zeugungsunfähigen alten Zausel zu verschachern, damit das Geld aus dem Erbe schön beisammenbleibt. Lilibet bringt alles durcheinander. Sie erbt mit Geburt zwei Drittel all meines Geldes. Mein Mann und ich sind die eingesetzten Verwalter des Vermögens und dürfen nur sehr limitiert und konservativ investieren. Ein Invest in die Firma von James ist ausgeschlossen. So hat es mein Vater verfügt. Und jetzt geh endlich.«

Ihre Worte waren wie Peitschenhiebe. Geflüstert zwar, doch sie durchtrennten die Zeit. Er ein Bauernopfer? Unerwartet spürte er einen scharfen Riss in sich, der durch die Klarheit ihrer Worte nur noch brennender wurde. Im Nebel seiner flirrenden Gedanken suchte er Halt, doch sie hatte ihn überrumpelt. Nichts ergab Sinn. Seine Eitelkeit, seine Sucht nach dem immer Neuen, den Frauen, dem Spiel hatte ihn hierhergebracht.

In der Kälte dieses Augenblickes schob sie ihn hinaus auf den Kiesweg und verriegelte ihm die Tür vor seiner Nase. Mit einem Ruck zog sie die Gardine vor das Fenster und er stand verloren in der schwindenden Sonne von Somerset.

Kapitel 18,
Anfang September 1882,
Plauen

Dorothea

Sie war allein im Stadthaus, als sich der Ehemann ihrer Tochter stürmisch und lachend durch die Tür in der Eingangshalle schob.

»Ich habe es vollbracht, liebste Schwiegermutter. Der Vertrag mit Bristol ist unterzeichnet. Sie beginnen schon diese Woche mit der Produktion und wir können unsere Aufträge alle abarbeiten. Die Reise hat sich gelohnt. Ja, es waren anstrengende Verhandlungen, aber ich habe es geschafft. Nun können wir feiern.«

Etwas Übertriebenes lag in seiner Stimme und sogar für Augusts Verhältnisse klang das alles aufgesetzt, doch Dorothea hatte andere Sorgen. Er hatte sich von ihr nicht aufhalten lassen und war erzählend noch in Reisemantel und Hut die Treppen in den ersten Stock hinaufgelaufen. Immer zwei Stufen auf einmal nehmend, zog er sich dabei den schweren Mantel aus und rief nach Esther und Johanna.

Frau Leonhard kam empört aus einem der Zimmer und sah ihn verständnislos an. Bevor sie etwas sagen konnte, bedeutete ihr Dorothea mit einem Finger vor den Lippen, Einhalt. Die Hausdame, sichtlich verstört, knickste nur vor August und begab sich ohne ein Wort in den dritten Stock.

»Was ist denn mit der los? Hat sie neuerdings die Sprache verloren?« Stirnrunzelnd beugte er sich über das Geländer und rief noch immer nach Frau und Kindern.

»Komm doch bitte herunter, mein Lieber. Sie sind alle ausgegangen, müssten aber gleich zurück sein.« Dorothea bugsierte ihren Schwiegersohn samt seiner nicht enden wollenden Erklärungen in ihren Salon und bot ihm zur Stärkung eine Erfrischung an. Er stimmte zu, doch sie bemerkte sein Unbehagen über diese ungewöhnliche Konstellation durchaus. Bisher hatte es August vermieden, allein mit seiner Schwiegermutter zu sein, sie beide wussten nicht, wie sie miteinander reden sollten. Und vor allem nicht worüber.

Bevor sie die Situation entspannen konnte, avisierte Hofstetter die Kutsche ihres Mannes. August senkte sein Glas und trat ans Fenster. Beim Anblick der schwarz gekleideten Menschen, die soeben der Familienkutsche entstiegen, taumelte er.

»Thomas«, war alles, was er sagen konnte. August strauchelte und selbst Hofstetter war nicht in der Lage, Dorotheas Schwiegersohn zu stützen. Dann umfing ihn Dunkelheit.

»Und wie geht es ihnen, gnädige Frau?« Doktor Julius Merk hatte seinen Besuch bei den zu Hohenlindens ausgedehnt, denn jeder im Haus benötigte heute seine

Hilfe. Nicht allein August Bader, wegen dessen kurzzeitiger Unpässlichkeit man ihn gerufen hatte, nein, auch die junge Frau Johanna hatte ihn konsultiert. Sie saß im Salon ihrer Mutter und war schrecklich bleich. Die ganze Familie trug Schwarz und es war ihm klar, dass sein Besuch in Adorf vor ein paar Wochen der letzte gewesen war, an dem er Thomas lebend gesehen hatte.

Dorothea blickte auf. »Ich glaube, wir sind Ihnen eine Erklärung schuldig, verehrter Herr Doktor. Wir sind seit unserer Rückkehr vom Gut kaum aus dem Haus gegangen, die letzte Woche war grausam für Johanna, uns alle. Aber krank in dem Sinne war niemand und Sie sind wahrscheinlich noch immer mit den Folgen dieser entsetzlichen Epidemie beschäftigt. Für Thomas hätten auch Sie nichts mehr tun können.«

»Seien Sie meines aufrichtigen Beileids versichert, verehrte Damen. Ich bin untröstlich. Was für ein Verlust.«

Johanna schluckte und Dorothea sah ihr an, wie viel Kraft es brauchte, nicht gleich hier und jetzt erneut in Tränen auszubrechen.

Merk war betroffen vom Schicksal der Familie. Selbst ihm, der Kummer gewiss gewohnt war, fehlten die Worte. Und so erhob sich Dorothea, legte ihm ihre Hand auf den Unterarm und begab sich an die Anrichte. Schweigend goss sie ihnen einen Cherry ein, den der Doktor mit hochgezogenen Brauen entgegennahm.

»Sie erlauben mir eine Frage?« Aufmerksam sahen ihn die beiden Frauen an, aber Dorothea wandte sich ab und nestelte an einem Vorhang, dessen schwere Quasten sich verheddert hatten.

»Sprechen Sie.« Warum nur musste ihre Tochter immer so offen und geradlinig sein, fragte sie sich jetzt und stellte sich auf eine Standpauke ein. Sie hatte recht mit ihrer Vorahnung, denn Merk machte sie ein weiteres Mal darauf aufmerksam, dass ihr Trinkverhalten und die Einnahme des morphinhaltigen Saftes keine gute Kombination seien. Außerdem drängte er, endlich die Kur anzutreten.

»Lieber Doktor Merk, wie in Gottes Namen stellen Sie sich das vor? Soll ich meine Familie allein lassen? Erst waren da die Hochzeitsvorbereitungen von Helene, dann die Epidemie, Augusts Abwesenheit und nun ... Verzeihen Sie, aber ich kann jetzt nicht weg. Meine Befindlichkeiten werden warten müssen.«

Sichtlich um Fassung ringend, nahm sie neben Johanna Platz und umfasste deren Schultern. Dann legte sie ihren Kopf leicht an den Oberarm ihrer Tochter. Die Geste schien selbst ihr ein wenig unbeholfen und so löste sie sich schnell daraus. Doch Merk wollte sich nicht mit Ausreden abspeisen lassen.

»Johanna, ist Ihnen bewusst, wie es um Ihre Mutter steht? Hat sie erzählt, dass sie ärztliche Hilfe braucht, dass ein Kuraufenthalt, eine Entgiftung, von größter Wichtigkeit wäre? Ich muss dringend dazu raten. Selbst wenn der Zeitpunkt unangebracht scheint, so wollen Sie doch für Ihre Familie da sein, oder? Auch im nächsten Jahr, mit voller Kraft für Ihre Töchter, den Sohn, die Enkelin gesund und munter sein?«

Dorothea war es leid. »Johanna hat jetzt wahrlich andere Sorgen, Herr Doktor Merk. Ich bitte Sie zu gehen und lassen Sie ihr etwas zur Stärkung da oder schreiben uns eine Empfehlung für die Apotheke.«

Sie hatte ihre Tochter aus den Augenwinkeln beobachtet und fürchtete, dass der Einwurf bei ihr nicht auf fruchtbaren Boden fiel. Sie wartete auf Johannas Einmischung, schien sie dem jungen Hausarzt doch immer voll und ganz zu vertrauen. Zu ihrer Überraschung nickte Johanna jedoch nur unmerklich und als sie sprach, fürchtete Dorothea, sie würde jeden Moment die Besinnung verlieren. »Etwas zur Stärkung würde mir guttun, damit ich den morgigen Tag überstehe und schlafen kann. Ja, das wäre das Wichtigste.« Noch immer schaute ihre Tochter bewegungslos auf ihre Fußspitzen, die sonst lebhaften Diskussionen mit Merk schienen aus einer anderen Zeit.

»Ich lasse gerne eine Rezeptur hier, ich verstehe Ihren Kummer und wie Sie sich fühlen.«

»Ach ja, wie fühle ich mich denn? Was glaubst du?«

Doktor Merk war verwirrt, das konnte Dorothea sehen. Doch ihre Johanna war auf einmal wach. Kerzengerade saß sie auf dem Sofa und sah den Arzt unumwunden an.

Der wand sich etwas, bevor er antwortete und dabei beständig zwischen den beiden Frauen hin und her sah. Er nutzte das förmliche Sie, auch wenn Johanna ihn geduzt hatte. »Nun ja, Sie wissen, was ich meine. Ein Kind zu verlieren ist eine Tragödie. Ich wollte lediglich vermitteln, dass ich mit Ihnen fühle, Sie unterstütze, wie ich nur kann und immer für Sie da bin, wenn Sie mich brauchen. Das ist alles.«

»Ja, mehr konnten auch Sie nicht für meinen Kleinen tun. Mit dem Latein am Ende, sagt man doch so, oder?«

Dorothea sah, wie sich die Tür langsam öffnete und erwartete Frau Leonhard mit ein paar Erfrischungen und Gebäck, doch es war August, der zögernd eintrat.

»Auch Ihnen mein tief empfundenes Beileid, Herr Bader. Der Tod Ihres Sohnes geht mir sehr nahe. Ich fühle mit Ihnen. Immer zu Diensten.« Doktor Merk deutete eine leichte Verbeugung an und trat auf August zu, streckte ihm die Hand entgegen. Doch Dorotheas Schwiegersohn sah ihn nur abschätzend an, drehte sich zu Johanna und half ihr, aufzustehen.

»Ich werde meine Frau jetzt auf ihr Zimmer bringen, oder wollen Sie noch eine unsinnige, nichts bringende Konsultation vorschlagen, Herr Doktor?« Er spie das *Doktor* nahezu aus und es war Dorothea unendlich peinlich, Zeuge von Augusts Abneigung gegenüber dem talentierten jungen Mann zu sein.

Doch heute wollte sie ihm vergeben, er war sich seiner verletzenden Art sicher nicht bewusst. Sie war erstaunt, dass sich Johanna ohne Widerworte von ihrem Gatten aus dem Raum führen ließ.

»Ihr Herr Schwiegersohn ist außer sich vor Trauer, ich würde mich empfehlen, gnädige Frau«, sagte Julius Merk und zog seinen Notizblock und einen Stift aus der Jackentasche. Er notierte eine Rezeptur und deutete erneut eine Verbeugung an.

»Bevor ich gehe, möchte ich nochmals an Ihre Vernunft appellieren.« Dorothea wollte nichts von all dem wissen. Sie unterbrach ihn rüde und unterstrich die Beendigung ihres Gespräches mit dem energischen Läuten ihrer Glocke. Sogleich erschien Hofstetter, der vor der Tür gewartet haben musste. Der geleitete den Arzt hinaus, half ihm in Hut und Mantel und öffnete formvollendet die Vordertür.

Dorothea schenkte sich nochmals von dem Cherry ein. Der rote Saft ergoss sich wie ein Schwall Blut aus der filigranen Karaffe aus böhmischem Kristall. Die schwere Süße rann ihr brennend die Kehle hinab und augenblicklich zog ein warmes Gefühl vom Magen aus in ihre Arme und Beine.

Kurz setzte sie sich auf ihre Chaiselongue, doch justament durchfuhr sie wieder diese Unruhe, die ihr neuerdings den Schlaf raubte und wegen der sie sich kaum auf etwas konzentrieren konnte. Seit Tagen schon hatte sie den Korb mit ihren Stickarbeiten nicht angefasst und auch ihre Lieblinge, die Bücher und Magazine, die Wilhelm für sie besorgte, verwaisten auf dem Beistelltisch.

Es zog sie hinaus, weg von der Enge dieser Wände, der Schwere der Last, die sie hier schier zu erdrücken schien. Wieder betätigte sie die Glocke und ersuchte um Minerva Leonhards Hilfe beim Ankleiden.

»Ich begleite Sie gern, gnädige Frau. Heute ist die Stadt mehr als sonst belebt und Sie sollten nicht allein ausgehen. Der Markt, die Händler, überall Baugerüste und Kutschen, unzählige Pferdegeschirre. Das ist nicht ungefährlich«, insistierte die schlanke, hochgewachsene Bedienstete, doch Dorothea winkte ab. Sie musste allein sein.

Es war ein ungewöhnlich warmer Spätsommertag, der sie auf der Treppe vor dem Stadthaus erwartete und sie hatte sogleich das Gefühl, besser atmen zu können. Es war keine ihrer regelmäßigen Gewohnheiten, allein aus dem Haus zu gehen, doch seit ihrem Schlag, hatte sie in Begleitung ihrer Töchter so manchen Spaziergang durch die Straßen der Stadt unternommen.

Anfangs widerwillig, spürte sie nun eine befreiende Wirkung, wenn sie ausschritt und die wiederkehrende Kraft ihres Körpers wahrnahm. Sie schalt sich selbst eine dumme Gans, doch das Gehen und dabei Staunen, auf einer Parkbank sitzen und dem Treiben zusehen, Menschen beobachten, wie sie ihrem Tagwerk nachgingen, war ihr schon nach kurzer Zeit wichtig geworden.

Es lenkte sie von den unangenehmen Gedanken ab. Unglaublich, wie leicht sie nach einer Stunde Bewegung in einen tiefen Mittagsschlaf sinken konnte. Kein Morphin gab ihr diese erquickliche Ruhe, damit hatte Merk recht gehabt. Das Mittelchen, das sie regelmäßig zu sich nahm, bescherte ihr wilde Träume, und sie fühlte sich selten ausgeruht.

Aus dem Park von gegenüber hörte sie Kinderlachen. Frohes Kreischen, das durch ermahnende Worte einer Gouvernante kaum gebändigt werden konnte. *Nun, dort hinüber werde ich dann nicht gehen*, dachte Dorothea.

Sie lenkte ihren Schritt an der Syra hinunter, lief an den hochaufragenden Gründerzeithäusern vorbei, die genau wie das ihrige durch auffälligen Außenstuck, Traufen, und Gesimse bestachen. Die Häuser beherbergten neben Wohnungen auch Geschäfte und kleine Werkstätten. Sie trat an ein Ladengeschäft heran und musste dann dem Bierkutscher ausweichen, der seine Kutsche in einen Hinterhof lenkte.

»Guten Tag, Frau zu Hohenlinden«, hörte sie neben sich eine wohlbekannte Stimme sagen und erkannte in der jungen Frau mit dem bleichen Gesicht, die Tochter der Familie Fickert. Im Hinterhaus der Familie, nur wenige Schritte von hier, hatte vor zwei Jahren ein Feuer gewütet. Ein Blick über die schmalen Schultern des Mädchens genügte Dorothea, um zu sehen, dass der Schaden mittlerweile behoben war.

»Ich bin erfreut, Ihnen zu begegnen, du bist ... ähm, Sie sind zu einer wahrhaft aparten jungen Frau herangewachsen, liebe Magda. Wie geht es Ihren Eltern?«, fragte sie, ohne jedoch wirkliches Interesse daran zu haben. Und sie hoffte inständig, das Mädchen würde verstehen. Dorothea war erleichtert, als sich Magdas blonder Schopf neigte, sie einen Knicks andeutete und sich anschickte, in Richtung Hinterhaus zu gehen. Doch natürlich konnte sie ihre Frage nicht unbeantwortet lassen.

»Ich danke Ihnen, Sie können ruhig weiter du sagen, ich habe ja immerhin mit Ihren Töchtern gespielt. Den Eltern geht es gut, die Mutter litt lange an der Rauchvergiftung, aber jetzt sind wir in die Brücken-Thor Vorstadt gezogen und das Haus hier ist vermietet. Dort draußen fühlt sich Mama wieder besser.«

Dorothea dachte einen Moment nach. Die Stadt explodierte derzeit und manchmal konnte sie sich die neuen Straßennamen gar nicht alle merken.

»Hilf mir auf die Sprünge. Ich kann mich erinnern, als der Rat vor zehn Jahren siebenunddreißig neue Straßen und Plätze benannte und Baugrundstücke dafür freigab, machten mein Gatte und ich uns lustig darüber. Wir konnten uns nicht vorstellen, dass die Stadt so schnell wachsen würde. Nun erscheinen siebenunddreißig neue Straßen fast lächerlich. Wo genau lebt deine Familie jetzt?«

Sie standen direkt vor der Turnhalle der Bürgerschule und sie ärgerte sich, keinen Sonnenschirm mitgenommen zu haben.

»Es ist die Stöckigter Straße, die Häuser gehören fast alle dem Herrn Sohn, Sie wissen schon, dem Sohn vom Vater Böhler.«

Diesen Ausdruck hatte Dorothea eine Weile nicht mehr gehört, immerhin war der verdienstvolle Patriarch Böhler seit fast zwanzig Jahren tot. Doch seine Firma, die Hand- und Maschinenstickerei F. L. Böhler & Sohn, ist seit 1795 ein außergewöhnliches Beispiel familiengeführter Unternehmen im Vogtland. *Wilhelm wäre stolz auf mich*, dachte Dorothea und sie war erstaunt, an welche Details sie sich erinnerte. Ihr Gatte sprach immer mit Achtung von den Lenkern dieser Manufaktur und auch sie selbst hatte sich auf gesellschaftlichen Ereignissen von deren Integrität und beachtenswertem Unternehmertum überzeugen können.

»Ach ja? Mittlerweile müssen ja schon Böhlers Enkel am Zuge sein, oder?«

Magda schien erstaunt, dass Dorothea solche Details kannte, und stellte ihren Korb ab, bevor sie sagte: »Ja, da haben Sie recht. Doktor Nietzsche, der unsere Hintergebäude gepachtet hat, betreibt eine Bleichanstalt, allerdings nicht hier in der Altstadt, das würde den Anwohnern nicht gefallen. Man findet ihn unten in der Elsteraue.« Sie lächelte wissend und bemerkte, wie sich Dorothea suchend umsah.

»Warten Sie auf jemanden? Ich hoffe, ich habe Sie nicht aufgehalten, gnädige Frau«, beeilte sich Magda zu sagen, und nahm hastig ihren Korb wieder auf. Dorothea verneinte, meinte aber, sie müsste nun dringend weiter und wünschte dem Mädchen alles Gute, richtete Grüße an die Eltern aus.

Kurz überlegte sie, ob sie den Hirtenweg hinauf zum Schloss nehmen sollte. Eigentlich wäre es an der Zeit, mit Doktor Overbeck in der Schlossapotheke ihren kleinen Vorrat an Husten- und Kopfwehmedizin zu erneuern. Der eifrige Apotheker versuchte ihr seit jeher das neuartige Aspirin aufzudrängen, doch Dorothea schwor auf den Sud, den Josefa aus Weidenrinden kochte und der noch immer geholfen hatte. In diesem Sommer hatte die Köchin keine Gelegenheit gehabt, ihren Vorrat in den Tälern rund um den Gutshof aufzustocken, und so würde sie zum ersten Mal zu dem fertigen Produkt greifen.

Doch ein Blick den Hang hinauf und in die stechende Sonne, ließ sie aufstöhnen und weiter in Richtung Neustadtplatz schlendern. Sie grüßte hier und da und schritt forscher aus als zuvor.

Aus einem Fenster der Bürgerschule klangen Töne, einer ihr vertrauen Bach Motette herüber. Sie glaubte, sich zu erinnern, dass sie genau dieses Stück vor fast zehn Jahren auf einem Konzert des Thomanerchores gehört hatte. Sie schmunzelte bei dem Gedanken an diesen Tag im September 1873. Oder war es 1874? Irgendein Jubiläum für sie und Wilhelm muss es gewesen sein, er hatte sie mit den Karten überrascht. Wie sehr hatte sie sich gefreut. Sie liebte Chorgesang und wünschte sich, öfter solchen Kunstgenuss zu erleben.

Wir nehmen uns zu wenig Zeit für so etwas, stellte sie fest und grübelte, zu welchem Anlass sie damals ausgegangen waren.

Ihr Blick schweifte über den Neustadtplatz, doch dann entschied sie, in Richtung Kirche zu gehen. Den beschwerlichen Weg am Komturhof vorbei, den Schulberg hinauf zu St. Johannis nahm sie nur widerwillig in Kauf. Aber es zog sie in den letzten Tagen immer wieder durch das gotische Kirchenportal hinein in die Kühle der Stadtkirche.

Sobald sich die schwere Eichentür hinter ihr schloss, empfing sie eine tiefe Ruhe und ihr Blick wanderte, wie von Geisterhand geleitet nach oben, zu dem Sterngewölbe, das sich majestätisch über ihr erhob.

»Ein wahrlich erhabener Anblick, nicht wahr?« Sie hatte erwartet, allein zu sein, wie so oft in den Mittagsstunden, und so ließ sie die weiche Stimme neben ihr aufhorchen.

»Ja, es ist, als schaue man geradewegs in den Himmel, wenn ich das so profan sagen darf. Wäre es doch nur so einfach.« Sie wollte sich von dem Mann im Talar abwenden, aber er griff nach ihrer Hand. Sie war erstaunt, fühlte sich ertappt. Doch wobei nur?

»Kann es denn schwer sein, in den Himmel zu blicken, wenn man reinen Herzens ist?«

Dorothea fragte sich, woher der Landdiakonus Karl Schmidt sein Urvertrauen nahm, und sah ihn an. »So viele Kinderseelen sind in den vergangenen Monaten von uns geschieden. Niemand kann über ihre Herzen richten, die mit großer Wahrscheinlichkeit allesamt rein und unschuldig gewesen sind, Herr Pfarrer. Die

Epidemie hat nicht gefragt, ob sie genügend Zeit hatten auf dieser Erde. Ich frage mich, ob sie alle aufgefahren sind, ob sie alle aufgenommen wurden, die sie unschuldig waren?«

Der Pfarrer drückte ihr wieder die Hand und führte sie zu einer Kirchenbank.

»Sie haben großes Leid erfahren, gnädige Frau und Ihre Fragen sind die aller Mütter, Großmütter und liebenden Verwandten in diesen Tagen. Gerade heute Morgen habe ich wieder einer kleinen Seele die Augen schließen müssen und sah den Kampf der Eltern. Vertrauen Sie in die Gerechtigkeit unseres Herren, er wird es richten, auch Ihrem Kind die Gnade ewigen Lebens erweisen.« Dorothea hörte seine Worte, aber sie konnten sie nicht trösten. Der Allmächtige hatte seine Weisheit anderswo eingesetzt, an dem Tag, als ihr Enkelsohn starb. Und ein wenig war damit Dorotheas Glaube gestorben, doch das vermochte sie dem Geistlichen nicht zu offenbaren.

Der hatte sich schon abgewandt und verließ schweren Schrittes durch den Mittelgang die Kirche.

Sie sprach ein kurzes Gebet, wischte sich verstohlen die Augen und tastete nach dem Brief in ihrer Rocktasche. Noch einmal würde sie Judiths Zeilen lesen, nachfühlen, was die Tochter ihrer Cousine umtrieb und versuchen, ihre Mitschuld am Herzeleid ihrer Cousine zu verdrängen. Sie las vom Schatz einer Familie, den Judith gestohlen hatte, den kruden Plänen einer tief getroffenen jungen Frau und ahnte, sie musste eine Entscheidung treffen.

Helene

Helene war in ein Gespräch mit der Köchin vertieft, als die Glocke der Eingangstüre läutete. Sie achtete nicht weiter darauf, besprach konzentriert mit Josefa den Speiseplan der kommenden Woche. Auch die Vorbereitungen für die Beisetzung musste sie mit ihr durchgehen. Hofstetter würde sich um den Besuch kümmern. So wie immer.

»Der gnädige Herr hat nichts zu sich genommen, dabei habe ich sein Leibgericht gekocht, aber ich glaube, er hat es nicht einmal angesehen«, klagte ihr Josefa Leinmüller ihr Leid. Die gute Seele der Küche schien verzweifelt.

Jetzt muss ich mich auch noch um die Befindlichkeiten des Hauspersonals kümmern, dachte Helene verzagt. Doch sie setzte eine entspannte Miene auf und lächelte Josefa zu. Es half nichts, sie musste ihre Mutter entlasten.

»Ihr Essen war vorzüglich, Josefa, aber in diesen Tagen haben wir keinen richtigen Appetit. Meinem Vater könnten Sie russischen Kaviar auf Austern vorsetzen und er würde es nicht bemerken. Nehmen Sie sich das nicht zu Herzen. Ich denke, wir sollten unkomplizierte Gerichte kochen, solche, die jeder mag. Und immer von ihrer köstlichen Hühnerbrühe auf dem Herd haben. Vor allem Johanna braucht etwas Stärkendes.«

»Ach was, solch Kokolores würde ich ihm nicht anbieten. Und das Mädel, ja, das muss essen! Aber was immer ich koche ...«

Helene hörte ein missmutiges Brummen aus der Gesindestube nebenan und trat in den Türrahmen. Dort, auf dem großen Tisch inmitten des Raumes, lag ein riesiger Schinken, an dem sich ihr Vater mit einem Tranchiermesser zu schaffen machte. Der Anblick hatte etwas Groteskes. Noch nie hatte sie ihn hier unten in der Küche gesehen. Dieses Messer nutze er eigens am ersten Weihnachtsfeiertag, um die Gans zu tranchieren, und dass er die abgeschnittenen Stücke Schinken mit den bloßen Fingern in seinen Mund schob, war geradezu absurd.

»Was zum Teufel, Papa, was tust du da? Hör sofort damit auf, was ist in dich gefahren? Du wirst dich verletzen.« Sie sprach beschwörend auf ihn ein, als sie auf ihn zutrat und nach dem Messer griff. Ein verstörender Gedanke schlich sich in Helenes Kopf: So muss ein völlig Verwirrter aussehen. Aber das war doch Wilhelm zu Hohenlinden, der immer alles unter Kontrolle hatte und nie auch nur die kleinsten Anzeichen von Schwäche zeigte. Er war der Mann, der vor Wochenfrist seinen Enkel auf dessen letzten Weg begleitet hatte, ganz bewusst und ohne Angst.

Dann jedoch erinnerte sie sich an seine Unentschlossenheit vor Jahresfrist, als es um die Erweiterung der Produktion gegangen war und wie er sich in Mutters Salon verkrochen hatte. Ihr und Johanna praktisch das Kontor überlassen hatte.

»Ihr Vater hat mir vorgeworfen, ich hätt kae Frühstück oegericht und verlangt, ich solle die Speisekammer aufschließen. Er saß do drinne, ganz allein. Es war zappenduster, dann kam er mit dem Schinken wieder raus.« Die Köchin stockte und ein leise herangetretener Hofstetter beendete den Satz. »Ich wies Josefa an, dem Drängen des gnädigen Herrn nachzugeben, und habe alle Angestellten der Küche verbannt. Es hat ihn so noch niemand gesehen. Ich glaube, er hat dem Alkohol zugesprochen und es wird nicht mehr lange dauern, bis ich ihn zu Bett bringen muss. Ich werde allerdings Hilfe dabei brauchen.« Der Majordomus des Hauses sprach wie immer besonnen, ohne den kleinsten Anfall von Hysterie in der Stimme. Er tat so, als sei diese Situation Alltag und man müsste sich nicht im Geringsten sorgen. Helene war ihm dankbar für seine Umsicht und bot sich an, ihm zur Hand zu gehen.

»Bei allem Respekt, Fräulein Helene, es werden zwei kräftige Arme gebraucht. Ich habe Conrad schon gerufen, er wird gleich hier sein. Sie wissen, wie verschwiegen und loyal er Ihrem Vater gegenüber ist. Sie könnten jetzt hinaufgehen und dafür sorgen, dass sich niemand auf den Fluren aufhält. Damit wäre uns schon sehr geholfen.« Helene nickte. Bevor sie die schmale Stiege betrat, fragte sie: »Wer war an der Tür?«

Hofstetter sah betroffen hoch. »Oh, ich vergaß. Ein Fräulein Schuster ist eingetroffen, sie sei auf der Durchreise und bittet, Ihre Mutter zu sehen. Ich wusste nichts von einer Verabredung und bat Frau Leonhard, ihr Gesellschaft zu leisten, solange ich Sie hole. Jetzt sollte ich eine Erfrischung hinaufbringen, die Dame ...«

»Schuster? Ich weiß von keiner Verabredung meiner Mutter. Sie hat nichts erwähnt, oder?« Hofstetter zuckte mit den Schultern und Helene entschied pragmatisch. »Ach was ... kümmern Sie sich um meinen Vater, ich werde sie begrüßen gehen.«

Im Spiegel der Diele richtete Helene ihre Haare, die wie immer aus der Schleife gerutscht waren, und sah prüfend auf ihre Garderobe. Sie hatte wenig Aufhebens gemacht, als sie sich am Morgen ankleidete. Sie besaß nur zwei in Eile angefertigte schwarze Kleider und so war ihr die Auswahl leichtgefallen. Zum Empfangen von Gästen reichte es allemal.

»Entschuldigen Sie bitte, dass Sie warten mussten. In diesen Tagen geht es bei uns ein wenig durcheinander zu. Helene zu Hohenlinden, die Tochter des Hauses.« Sie vernahm ein Nicken, dann eine kurze namentliche Vorstellung. Frau Leonhard empfahl sich und schloss leise die Tür.

»Judith Schuster.« Helene rückte sich einen Stuhl an den kleinen runden Tisch, an dem die Besucherin Platz genommen hatte, und nutzte den Moment, um sie genauer zu betrachten. Die junge Frau dürfte in ihrem Alter sein und hatte welliges kastanienbraunes Haar, das sie streng frisiert am Hinterkopf festgesteckt hatte. Ihre Augen haselnussbraun, müde und stumpf. Anscheinend hatte sie einen anstrengenden Tag hinter sich und auch ihrer Kleidung war das anzusehen. Für den Besuch bei ihrer Mutter sah sie nicht sorgsam herausgeputzt aus.

Bevor Helene Gelegenheit gehabt hätte, sie weiter zu mustern, hörte sie die Besucherin sagen: »Ich komme unangekündigt, es tut mir leid, wenn ich Umstände mache. Ich hatte gehofft, Ihre Mutter anzutreffen. Sie ist informiert, aber weiß nicht, dass ich heute ... wir haben uns so lange nicht gesehen.« Wiederholt stockte ihr die Stimme und Helene war noch immer nicht klar, wer die Frau war und was sie wollte. Sie erschien ihr fahrig, aber auf seltsame Weise voller Kraft und Entschlossenheit.

»Wie kann ich helfen?« Ohne Einleitung war Helene auf den Punkt gekommen und schämte sich augenblicklich ihrer rüden Manieren. »Es tut mir leid, so beginnt man keine Konversation. Wenn Mama wüsste, wie ungehobelt ich hier mit dir plaudere.« Die persönliche Ansprache war ihr herausgerutscht und sie entschuldigte sich sofort dafür.

»Nein, nein, Sie müssen sich nicht entschuldigen, das ist in Ordnung. Wir sind ja ein Alter und ich bin ...« Wieder stoppte sie ihre Ausführungen.

Helene war innerlich ungehalten. *Komm auf den Punkt*, schrie es in ihr. Der unangemeldete Besuch, der Vorfall in der Küche, die Abwesenheit ihrer Mutter und die Anspannung, die im ganzen Haus greifbar war, verunsicherten Helene.

Sie wollte nichts mehr, als sich jetzt um Johanna zu kümmern, doch dieser Besuch benötigte ihre Aufmerksamkeit. *Reiß dich zusammen*, sagte sie sich und lächelte die verstört dreinblickende Judith an.

»Es tut mir leid, wenn ich ungelegen komme, ich hatte deiner Mutter avisiert, dass ich mich auf den Weg machen würde. Doch ihr erwartet mich nicht, oder?«, fragte sie und zupfte an ihrem Kleid. Just in diesem Moment klopfte es und August trat ein. »Entschuldige Helene, hast du die Post heute schon durchgesehen«, platzte er wenig charmant in ihr Gespräch.

»Nein, das habe ich nicht. Darf ich vorstellen? Judith Schuster, eine Bekannte meiner Mutter«, sagte sie ausweichend und fügte hinzu: »Sie macht uns ihre Aufwartung und möchte der Familie kondolieren.« Helene sah in weit aufgerissene Augen und verstand in diesem Augenblick, dass die Besucherin nichts von dem tragischen Geschehen im Hause der zu Hohenlindens wusste. Das machte alles noch komplizierter.

»O mein Gott, ist es deine Mutter? Ich ahnte, dass etwas nicht stimmt, ich hätte erwartet, sie meldet sich. Es tut mir so leid.« Hastig beugte sich die junge Frau vor und griff nach Helenes Hand. Die entzog sie ihr unwirsch und sprang auf.

»Aber nein ...«, sagte sie, doch bevor sie die Situation aufklären konnte, ergriff August das Wort. »Es ist mein Sohn, er ist an Scharlach verstorben. Und jetzt entschuldigen Sie mich bitte«, sagte er und verließ grußlos den Raum. Als die Tür hinter ihm ins Schloss fiel, schlug sich Judith die Hände vors Gesicht.

»Wie schrecklich das alles ist. Ich hatte ja keine Ahnung, sonst wäre ich doch niemals ... Es tut mir leid, Helene, ich werde natürlich sofort gehen.« Sie strich sich den Rock glatt, griff nach der kleinen Tasche aus Tuch, die neben ihr stand und erhob sich.

»Unsinn, du hattest eine beschwerliche Anreise. Mama wird bald zurück sein und dann könnt ihr alles besprechen.« Sie vergaß den Gast nach ihrem eigentlichen Anliegen zu fragen und hatte auch keine Gelegenheit mehr dazu. Judith sah sie nicht an, als sie ins Vestibül lief, Hut und Mantel vom Haken nahm und durch die Vordertür verschwand. *Wie ein Wirbelwind, nein, eher wie eine Brise, kaum hier schon wieder weg*, dachte Helene verwirrt und hielt Hofstetter auf, der der jungen Frau nachlaufen wollte.

Als sie ihrer Mutter nur wenig später von der eigenartigen Begegnung erzählte, war diese nicht überrascht. Sie fragte lediglich zweimal nach dem Namen der jungen Frau und sagte dann: »Nein, eine Judith Schuster kenne ich nicht.«

Wilhelm

Wilhelm war es nicht gewohnt, mit Kopfschmerzen aufzuwachen. Er trank sonst nur mäßig und auch das Zigarrenrauchen bekam ihm nicht gut, und so hatte er es seit Längerem eingeschränkt. Heute Morgen pochte es unangenehm in seinen Schläfen und er wünschte sich nichts sehnlicher als ein großes Glas Wasser und dann einen belebenden Kaffee.

Wie großartig wäre es doch, könnte er nach Hofstetter läuten und sich all das ans Bett bringen lassen. So, wie in einem teuren Hotel. Er verwarf die Idee, denn er wollte sich weder die Blöße geben, so gesehen zu werden noch wie ein Dandy faul herumliegen. Es war schon hell und sicher gäbe es bald Frühstück.

Bei dem Gedanken daran drehte sich sein Magen und auf einmal stöhnte er leise auf. Er würde im Speisezimmer auf die ganze Familie treffen, und er konnte sich ihre fragenden Gesichter vorstellen. Er träfe auf Helene, die ihre Mutter mit fixen Ideen malträtierte.

Das Mädchen hatte eine neue Bekanntschaft gemacht und war wild entschlossen, Doros Salon in ein Frauenrechtlerinnen-Seminar umzuwandeln, erinnerte er sich brummend und rieb sich die Augen. Gut, er übertrieb, aber musste es wirklich Louise Otto Peters sein, die man zu einer Lesung lud. Würde es nicht reichen, sich den hübschen Illustrationen von Herman Vogel zu widmen, aus den Märchenbüchern zu vorzulesen, oder meinethalben sollten sie die Erzählungen der Droste-

Hülshoff verbreiten. Die war zwar katholisch und west-fälisch, aber alles, was sie geschrieben hatte, konnte sie selbst nicht mehr kommentieren. *Es ist en vogue gewor-den, sie zu zitieren, jedenfalls unter den Damen*, dachte Wilhelm.

Ein Gutes hatte Helenes spinnerter Einfall. Johanna vergaß wohl ein wenig den eigenen Gram und war am Gespräch während des Essens rege beteiligt gewesen. Nun denn, er selbst war in seinem Reich geblieben, lag seit gestern Nachmittag auf dem schmalen Bett im An-kleidezimmer und schlief seinen Kater aus.

Von nebenan drang ein Rumoren herüber und er mutmaßte, Dorothea summen zu hören. *Das bilde ich mir ein, zurzeit steht niemandem in der Familie der Sinn nach vergnüglichem Singen.* Und doch summte da je-mand. Vielleicht das Mädchen, die schon für Ordnung suchte? Dann erkannte er die Stimme seiner Frau, die sich gestern nicht hatte abweisen lassen.

Sie hatte sich müde auf die Bettkante im Ankleide-zimmer gesetzt, in das er sich ihr zuliebe zurückgezo-gen hatte und sofort losgesprudelt. Sein kleines eigenes Reich wurde sonst nur in jenen Nächten von ihm auf-gesucht, wenn er seiner Frau durch lautes Schnarchen die Nachtruhe vergällte und sie ihn unsanft in die Seite stupste. Gestern war er freiwillig hierhergekommen.

Dorothea war so beunruhigt gewesen, dass sie nicht einmal bemerkte, wie schlecht es ihm ging und er hatte seinen Brummschädel nicht erwähnt, ihr mit halb ge-schlossenen Lidern gelauscht.

»So sehr ich unsere Kleine liebe und es gut finde, dass sie unseren Lesezirkel beleben möchte, so ist es doch ein ganz und gar unpassender Zeitpunkt für ihre *famosen* Einfälle. Deshalb habe ich mich auch unter einem Vorwand auf mein Zimmer zurückgezogen. Wie halten wir sie nur im Zaum?«, hatte sie niedergeschlagen gefragt.

Der Gedanke an ihre verzagte Stimme ließ ihn aufstehen. Wilhelm warf sich seinen Morgenmantel über, knotete einen Seidenschal um seinen Hals und schlüpfte in seine Pantoffeln. Dann ging er hinüber zu seiner Frau.

»Da bist du ja, mein Lieber. Du siehst müde aus, war das denn wirklich nötig?« Er hatte mit einer längeren Standpauke gerechnet und winkte ab. Was genau sie über seinen gestrigen Tag in Erfahrung gebracht hatte, wusste er nicht und so früh am Tag mochte er es nicht herausfinden.

Er hatte ungebührlich dem Alkohol zugesprochen, Trost in der goldenen Flüssigkeit und dem Nebel gefunden, der sich dabei um Herz und Hirn ausbreitete. Eine Lösung war es nicht gewesen, Trauer und Ratlosigkeit waren heute Morgen schlimmer als zuvor.

Dorothea war schon zu dieser frühen Stunde perfekt frisiert, trug ein schwarzes, modisches Tageskleid und auf ihren Wangen sah er einen Glanz, der von der Creme herrühren musste, die sie neuerdings von der Apotheke am Schlossberg bezog.

Sie hütete sie wie einen Schatz und hatte ihn sogar gebeten, ihr eine Steindose aus Paris dafür mitzubringen. Es war nicht einfach gewesen, ihr diesen Wunsch zu erfüllen, doch er konnte Doro nichts abschlagen. Das kleine Gefäß aus hellem Marmor war durchzogen von dunklen Äderchen und wurde mit einem Deckel aus

Kork verschlossen. Der Inhalt sollte rein pflanzlich und gesund für die Haut der gnädigen Frau sein, hatte Apotheker Overbeck stolz ausgeführt. Das Olivenöl, das er laut seiner ausgeschmückten Erzählung eigens aus Italien herbringen und dort vorher getestet haben will, wäre das Beste, was man in Plauen bekommen könnte.

Wilhelm bezweifelte dies zwar, denn immerhin gab es nunmehr einige Delikatessenhändler in der Stadt und er persönlich vertraute bei exotischen Speisen auf Gottlob Wolff, dessen Kontakte buchstäblich in die ganze Welt reichten. *Aber genug dieser flüchtigen Gedanken*, ermahnte er sich und küsste Dorothea leicht auf die dargebotene Wange.

»Guten Morgen, erst einmal.« Sie sah ihn noch immer mit diesem prüfenden Blick an, während sie sich sorgsam einen Strang dunkelgrüner Jadeperlen umlegte.

»Doro, dich beschäftigt etwas ganz anderes als die törichte Sache mit dem Lesezirkel, oder? Was steht in dem Brief, den du seit Tagen hütest, wie einen Schatz?« Ertappt blickte sie ihn mit großen Augen an und ging langsam zu ihrem Sekretär hinüber. Der oberen Schublade entnahm sie einen Umschlag. Sie hielt ihn ihm entgegen, zog ihn aber sogleich zurück. Ihr unsteter Blick machte nun auch ihn nervös.

»Doro, bitte.« Wilhelm wartete, dass seine Frau etwas sagen würde, doch die zögerte und schien angestrengt nachzudenken.

»Der Brief, den ich wieder und wieder gelesen habe, ist nicht von meiner Cousine Anna Elise, wie du annahmst. Die schrieb mir lediglich, dass es einen Zwischenfall mit Judith gegeben habe und sie mich um Hilfe bittet. Was genau vorgefallen ist, wolle sie mir im neuen Jahr in einem persönlichen Gespräch mitteilen. Aber als ich den hier bekam ...« Sie hielt den Umschlag wieder hoch und diesmal genau vor sein Gesicht.

Wilhelm griff zu. »Muss ich selbst lesen oder lässt du mich an deinem Wissen teilhaben?«

Nachdem sich Doro tief atmend auf dem Sessel vor ihrem Sekretär niedergelassen hatte und aufmerksam ihre Handflächen betrachtete, forderte er sie ein weiteres Mal auf, endlich zu sprechen. »Schon gut, als dieser Brief ankam, schwante mir, es ist ernst. Der hier ist von Judith selbst.«

»Bin ich ihr je begegnet?«, fragte Wilhelm nach, öffnete das Blatt Papier und las.

»Du hast sie nie kennengelernt, oder doch? War sie nicht auf Johannas Hochzeit?« Dorothea versuchte, sich zu erinnern. »Weißt du noch, ob meine Cousine Anna ihre Ziehtochter damals mitgebracht hat?«

Wilhelm hatte die wenigen Zeilen gelesen und trat vor sie hin. »Gibt es dafür keine diskrete Lösung?« Er tippte mit dem Zeigefinger auf das Blatt Papier und legte es vor sie hin.

»Das Mädchen ist verschwunden, sie hat das Dorf verlassen und ist auf und davon«, hörte er seine Frau aufgeregt sagen. Tief in ihm drin wünschte er sich weit weg. An einen Ort ohne Probleme, Trauer und Familientragödien, die seiner Aufmerksamkeit bedurften.

»Meine Liebe, das kommt vor, was haben wir damit zu tun?«, fragte Wilhelm kleinlaut und hoffte inständig, seine Frau hätte eine diskrete Lösung parat. Früher war sie großartig im Umschiffen von Peinlichkeiten, aber er ahnte, dass diese Zeiten endgültig vorbei sind. Judith, die Gepriesene! Welch schöner Name, und doch, welch Tumult im Herzen seiner Frau. Er sah sie noch einmal die wenigen Zeilen lesen.

Dorothea stand am Fenster, das sie geöffnet hatte, um die frische Morgenluft hereinzulassen. Ein Ritual, dem sie frönte, seit sie ein kleines Mädchen war. Leise hörte man die erwachende Stadt, Pferdehufe schlugen am Hradschin hart auf die Straße und irgendwo bellte in der Neustadt ein Hund. Sie drehte sich um und ihr Antlitz hatte sich weiter verdüstert.

»Diskret war gestern, mein Lieber. Ich werde die Fehler meiner Mutter, meine eigenen und damit auch die deinen, nicht noch einmal begehen.«

»Was fällt dir ein? Wir haben mit all dem nichts zu tun. Du übertreibst.«

Dorothea lachte ihn aus und schüttelte ihren Kopf. Sie ließ sich auf ihrem Sessel nieder und deutete ihm Platz zu nehmen. Mit Schwung legte Wilhelm einen Scheit Holz im Kamin nach und sie mussten beide über die tanzenden Funken lachen, die sich gefährlich nahe an seinen Morgenrock heranwagten. Aufgeregt wedelte er mit den Händen, sprang zurück und sah sie an. Ein Lächeln hatte sich auf ihren rosigen Wangen ausgebreitet und er entschied: Dies war der richtige Morgen für ein Dandy-Frühstück in ihrer kleinen Suite. Was auch immer auf sie zukam, gemeinsam konnten sie es bewältigen.

Johanna

Johanna versteckte ihr aufgedunsenes Gesicht hinter der feinen Spitze, die ihr die Leonhard an ihren Hut geheftet hatte. *Darunter wird man mich kaum erkennen und ich könnte gar ungesehen in das Getümmel der Stadt eintauchen,* erwägte sie.

Am liebsten würde sie aus der Friedhofskapelle in den hellen Herbsttag hinauslaufen, zurück in die Stadt fahren und nie wieder an den heutigen Tag denken wollen. Aber das ging nicht. Sie musste durchhalten, das wurde von ihr erwartet und irgendwie war sie das ihrem Sohn schuldig.

Als die Totenmesse vorüber war, trat sie zaghaft in den grauen Tag hinaus. Die Anzahl der Stufen, die sie jetzt hinter Thomas' Sarg aus der Trauerhalle hinuntersteigen musste, würde ihr immer im Gedächtnis bleiben.

Die kleine Gruppe lief nun mechanisch den kurzen Kiesweg zur Grabstätte hinunter und sah dabei zu, wie man ihren Jungen ohne viele Worte in die kalte Erde hinabließ. Johanna weinte lautlos. Um Halt suchend hängte sie sich bei Helene ein und die stützte sie mitfühlend.

August stand reglos neben ihr. Seit seiner Rückkehr aus England hatten sie nur wenige Worte gewechselt. Er hatte sie weder nach der Krankheit noch der letzten Stunde ihres Sohnes gefragt. Genauso wenig schien ihn zu interessieren, was für die Beisetzung geplant war. Unfähig eine Regung zu zeigen, ging er allmorgendlich ins Kontor und kam erst spät nach Hause zurück. Was er den lieben langen Tag tat, wusste sie nicht und auch ihr Vater bekam ihn dort kaum zu sehen. Er schloss sich in seinem Büro ein.

Johanna selbst brachte die Kraft nicht auf, ihm hinterherzulaufen oder gar Vorwürfe anzubringen. Er war zu spät zu ihr und ihrem Sohn gekommen, sein Geschäftsabschluss war wichtiger als die Familie gewesen. Doch eigenartigerweise nahm sie es ihm nicht wirklich übel. Denn sie empfand nichts, nicht einmal Verärgerung.

Sie mühte sich nach Kräften, wenigstens der kleinen Esther ab und an einen liebevollen Blick zuzuwerfen. Doch wenn sie sich an sie drängte, aufforderte sie hochzunehmen oder auf ihren Schoß wollte, flutete sie eine Welle der Traurigkeit. Johanna schien darunter begraben zu sein, denn die Welt drehte sich ohne ihr Zutun, ohne ihr Verlangen und was immer man ihr sagte, es verflog ungehört in der Tiefe ihres Schmerzes.

Auf dem parkähnlichen Gelände an der Friedhofstraße, weit vom Trubel, ja fast am Rande der Stadt, lag der leblose Körper ihres kleinen Jungen, in kalter Erde. Sie hatte ihn so lange herbeigesehnt, unter Krämpfen geboren und trotz aller Widerstände genährt und gepflegt. Doch sie war nicht geeignet für diese Aufgabe, hatte ihn nicht behüten können. Ihre mütterlichen Instinkte reichten nicht, ihn vor der Krankheit zu schützen. Ihre Unzulänglichkeit hatte ihn umgebracht. Sie war nicht imstande gewesen, Thomas ordentlich aufzupäppeln, wie Josefa es ausdrücken würde.

Er war nach acht Monaten immer noch zu klein, zu schmal, nicht widerstandsfähig genug. Nicht gemacht für diese Welt, in der nur die Starken überleben. Nur die, die zu kämpfen vermochten.

Tief in Gedanken kreuzte ihr Blick den der kleinen Esther. Sie hatte sich schon heute Morgen an Helenes Rock gekrallt und ihre Hand in die der Schwester gelegt, als sie das Stadthaus verließen. Es schmerzte Johanna, zu sehen, wie sich ihre Tochter instinktiv an ihrer wirklichen Mutter festhielt, um bei ihr Schutz zu suchen. Aber was konnte sie ihr jetzt schon bieten? Trost bräuchte sie selbst und sie wusste, sie würde ihn nicht finden. Nicht hier, nicht an diesem feuchten Grab. Auch nicht bei ihrem Mann. Dieser Gedanke ließ sie frösteln und jagte ihr Angst ein.

Ihre Eltern standen links von August wie ein altes kränkliches Paar, vergrämt und geduckt unter der Last des Verlustes. Ihre Blicke waren leer, stumpf und ohne die sprühende Freude und Lebendigkeit, die vor allem der Vater den Kindern sonst immer gab. Mama war in Gedanken. Sie hielt des Vaters Hand fest umschlossen, gab ihn auch nicht frei, als er an das Grab herantrat und eine Schippe Erde auf den winzigen Sarg warf. Sie stand halb von ihm verdeckt und ließ ihn nicht eine Sekunde allein. Wie tröstend musste es sein, so geliebt zu werden, jemanden bedingungslos an seiner Seite zu wissen, sehnte sich Johanna nach gleicher Zugewandtheit und grub ihre Nägel tiefer in Helenes Handballen.

Als die Zeremonie am Grab ihrem Ende zuging, hatte Johanna weder auf die Worte des Pfarrers noch auf die Mitleidsbekundungen der Anwesenden geachtet. Sie verschanzte sich hinter ihrem Spitzenschleier und hoffte darauf, nicht angesprochen zu werden.

Da trat August zu ihr, hielt ihr die Hand hin und geleitete sie unter Bäumen und Büschen zum Ausgang. Hier, gleich hinter dem schmiedeeisernen Tor, an den weiß getünchten halbhohen Mauern hatten sie ihre Schirme abgestellt.

»Verzeih Johanna, ich bin ein lausiger Ehemann und ein noch schlimmerer Vater. Thomas hätte etwas Besseres verdient. Ich werde mir niemals vergeben, euch allein gelassen zu haben. Die ganze Bürde lag bei dir und Wilhelm, der es mir sicher nie nachsehen wird. Aber ich hoffe, du verzeihst eines Tages. Ich bin immer für dich da, für euch. Esther und dich. Lass es mich wissen, wenn ich etwas tun kann.«

Seine rauchige Stimme erstarb, sein Blick war leer. Johanna hatte ihm aufmerksam zugehört und war erleichtert, doch dann nahm er seinen Schirm, setzte seinen Hut auf und ging davon. Ohne eine Erklärung oder einen Gruß lief er schwerfällig die Straße hinauf, in Richtung Reissig. Sein Rücken gramgebeugt, die Hand schwer auf den Schirm gestützt, wehte sein dunkles Halstuch wie eine Fahne hinter ihm her. Doch er bemerkte es nicht.

Was tat er da, ließ er sie mit den Gästen allein? Wie sollte sie diesen Tag bestreiten? Ihr Herz krampfte in ihrer Brust und Wut stieg in ihr auf. Am liebsten hätte sie etwas zerschlagen. Schon biss sie sich auf die Lippen und ihr Mund verzog sich zu einem schmalen Strich. Ein eisiger Ring legte sich um sie und es kostete sie unendlich viel Kraft, nicht dem Verlangen nachzugeben, sich einfach fallenzulassen.

Da spürte sie sanft eine kleine Hand, die sich zögernd in die ihre schob und sie sah, wie sich Esther an ihre Beine schmiegte. Versonnen blickte ihre Tochter dem Vater nach und sagte ganz ruhig: »Er ist nur traurig, Mami. Er kommt sicher bald heim.«

In der Küche der Stadtvilla kochte und brodelte es indes aus vielen eisernen Töpfen und auf dem großen Gesindetisch wurden Kuchen angerichtet.

»Ohne gude Griegeniffte Kließ gehts heit ned, und an guten Kung, des brauchts an solch enem schrecklichen Doch«, hatte Josefa vor sich hingemurmelt und alle Küchengehilfen in ihre Arbeiten eingewiesen. Die grünen Klöße, die sie heute reichen würde, waren ihre Spezialität und sie steckte ihre ganze Leidenschaft in dieses Essen.

Das Hauspersonal wurde von Minerva Leonhard strengstens instruiert. Alles sollte laufen wie am Schnürchen. Keinen Laut bat sie sich aus und so wurden Tische gedeckt, Zimmer gelüftet und hergerichtet und die Böden der Eingangshalle poliert, bevor die Familie vom Gottesacker zurückkam.

»Als ob wir das nicht auch sonst jeden Tag ungefragt und ordentlich erledigen«, murmelte Emma und schloss die Tür zur Vorratskammer, aus der sie neue Karamellbonbons für die Bonbonniere der gnädigen Frau geholt hatte. Diese musste immer gut gefüllt sein und neuerdings schien Johannas Mutter einen gesunden Appetit darauf zu haben. Sie schnappte sich im Vorbeigehen ein Stück vom noch warmen Hefezopf und schob es sich lächelnd in den Mund.

»Gut, dass du dir das Renftel genommen hast, sonst hätte es Ärger gegeben«, bemerkte Conrad, der Zeitung lesend auf der Küchenbank saß. Seine erste große Runde bei den ortsansässigen Lohnstickern war er heute schon gefahren und er gönnte sich einen Kaffee, bevor er sich auf den Weg nach Zwoschwitz machte.

Dort sollte er frisches Fleisch von Bauer Valtin für Josefa abholen, die einen Sauerbraten ansetzen wollte.

Da hörte man sie wieder brabbeln. Mit ihrem Schopf über dem dampfenden Kochtopf, in dem sie herumrührte, als suche sie nach einem Schatz, schmeckte sie ab, schüttelte unwirsch den Kopf und salzte. Dann drehte sie sich zu Conrad um. Den Löffel in der Hand wie eine Waffe stützte sie die andere in die Hüften und wischte sich die Stirn. Bratensaft tropfte von dem Holzlöffel und sie murmelte: »Mir is ganz damisch im Kopf.« Zeitgleich wischte sie sich die Wange mit einem karierten Geschirrtuch und atmete schwer aus.

»Nimm auch zwei Handvoll von den Karamellbonbons mit zur Bäuerin, die Auguste wird sich freuen und sag ihr, im Dezember, wenn wir den Karpfen holen, dann komme ich wieder mit. Doch heute kann ich hier nicht weg.« Conrad kaute jetzt und nickte Josefa verstehend zu. Die murmelte schon wieder über ihrem Kochtopf: »Nu quatscher noch a weng, dann wird's gut«, hörte er sie zu ihrem Eintopf sagen und amüsierte sich.

»Bei einer Landwirtschaft wie der der Valtins bleibt nicht viel Zeit, um Süßkram zu rühren, sie wird sich freuen«, sagte Conrad, stand auf, drehte aus einem Stück Zeitungspapier eine Tüte und schritt gemächlich in die Vorratskammer. Die Tür war angelehnt, als er wieder seine Frau hörte.

»Ich kann es der Leonhard nie recht machen, selbst nach all diesen Jahren betet sie mir jeden Tag aufs Neue vor, was ich wie tun soll. Das muss doch irgendwann ein Ende haben, oder?« Josefa antwortete: »Sie is wie sie is. Neigscheit und a weng sehr von sich eigenomme. Aber du wirst wohl warten müssen, bis sie abdankt. Bis dahin, wird sie sich jeden Tag vergewissern, dass du alles zu ihrer Zufriedenheit erledigst. Besser, du gewöhnst dich endlich dro.«

Als Conrad aus der Kammer trat, sah ihn Emma fragend an, doch er ging nicht darauf ein. Es war ihm nicht entgangen, dass es Spannungen zwischen seiner Frau und der Hausdame gab. Meist lag es an seiner Frau, die sich in einer Sonderstellung wähnte und das der Leonhard immer wieder unter die Nase rieb.

Warum nur wollte sie nicht verstehen, dass sie sich selbst das Leben schwer machte? Sie war schon den ganzen Morgen verstimmt und mürrisch gewesen, hatte geschmollt, weil sie die Schule verpasste. Mit viel Trara weinte sie dem Zusatzlohn nach, den sie heute nicht verdienen konnte. So wie an jedem Schultag wäre sie noch putzen gegangen. Sie vertrat eine kranke Bekannte, die als Witwe mit zwei Kindern auf die Anstellung bei diesem Guggenheim angewiesen war. Seit Wochen war die nun schon bettlägerig, konnte die Stelle nicht wieder antreten.

Und seine Frau hatte nichts anderes im Kopf als auch noch diese Arbeit anzunehmen. Sie verdiene sich ein Taschengeld, sagte sie, das sie dann stante pede in neue Kleider für sich oder Selma ummünzte. *Als ob ich nicht genug für meine Familie ranschaffe*, dachte er mürrisch und nahm wieder am Tisch Platz.

»Sag, Conrad, hast du etwas mitbekommen? Wer war die junge Frau gestern? Kommt her und rennt wie vom Deiwel gejagt wieder weg?« Emma war auf die Bank gerutscht und sprach leise auf ihn ein. Dann sah sie ihn herausfordernd an. »Komm schon, du weißt doch sicher was.« Sie puffte ihn in die Seite und stampfte fast unmerklich mit dem Fuß auf. Nervös schickte sie immer wieder einen Blick gen Treppe, darauf bedacht, beim kleinsten Anzeichen der Leonhard, aufzuspringen.

»Ich habe nichts davon gehört, Emma. Wenn man den lieben langen Tag mit dem Zweispänner unterwegs ist, hat man außer den Geschichten von der Poststation kaum was zu erzählen. Den gnädigen Herren habe ich schon zwei Tage nicht gesehen und Frau zu Hohenlinden geht neuerdings zu Fuß, wie du weißt.«

Emma atmete hörbar aus, schien enttäuscht und schickte sich an, wieder nach oben zu laufen.

»Nimmst du die Kleine mit auf deine Fahrt? Ich bin sicher bis spät beschäftigt. Auskleiden, ankleiden, umkleiden.« Er nickte und freute sich schon auf den Nachmittag mit Selma. Sie würden von den Bonbons naschen, ein Liedchen trällern, sie würde ihm die Welt erklären und mit ihren Patschhändchen Wolken in die Luft malen.

Als Johanna gestützt von Helene und Robert die Treppe zum Stadthaus hinaufging, glaubte sie, nie wieder einen normalen Atemzug nehmen zu können. Ihr war die Brust wie zugeschnürt und sie sehnte sich danach, endlich das Korsett loszuwerden.

Vor ihren Augen flirrte es und der Gedanke an Konversation oder Essen, ließ sie erschaudern. Die kleine Gruppe schob sich in die Diele und Johanna streckte sogleich ihre Hand nach Emma aus. Die trat zögernd aus der Reihe der Angestellten, die die Herrschaft im Vestibül empfingen. Unwirsch griff sie noch einmal in die Luft, als sie aus dem Augenwinkel ein aufforderndes

Winken der Leonhard sah. Erst dann bot Emma ihr einen Arm an und trat auf sie zu.

»Jetzt bestimmt schon Frau Leonhard, wer mir helfen darf?«, flüstert sie Emma zu und schüttelt missbilligend den Kopf.

»Wenn du wüsstest …«, antwortet diese und nahm ihr den Mantel ab. »Der Hut ist mit mehreren Nadeln festgesteckt, den löse ich oben«, fuhr sie fort und sah in Johannas dankbares Gesicht.

»Aber du leistest uns doch Gesellschaft, Johanna? Wenn schon August euren Gästen keine Aufwartung macht?« Den Rest ließ Dorothea unausgesprochen und schalt sich, als sie sah, wie gramgebeugt ihre Tochter dreinblickte. *Das arme Kind*, dachte sie und trat auf sie zu. Behutsam sprach sie nun mit ihr. »Wenn du zu müde bist, dann ruhe dich erst aus, ich kann das allein regeln. Papa und ich werden sehen, dass die Gäste schnell das Haus verlassen.«

Dankbar nickte Johanna.

Kapitel 19,
Ende September 1882,
Plauen

August

August war froh, jemanden in der Buchbinderei und Papierwarenhandlung Männel anzutreffen. Schon seit Tagen lag ihm Esther in den Ohren, endlich neue Stifte haben zu wollen und er hatte mehrmals versprochen, diese zu besorgen.

Am heutigen Samstag lief er kurz vor dem Mittagessen in die Auenstraße hinüber und hoffte inständig, den Kartonagenverkäufer, bei dem es ein erkleckliches Angebot an Zeichenmaterialien gab, auch am Wochenende anzutreffen. Er fand die Ladentür verschlossen und klopfte zögerlich.

Erst als er ein Poltern hinter der Türe vernahm, wurde er etwas energischer. Dennoch hatte er kaum zu hoffen gewagt, dass man ihm öffnen würde. Doch dann hörte er Schritte, jemand machte sich am Schloss zu schaffen und ein leicht verwuschelter Blondschopf tauchte dahinter auf. Der junge Bursche strich sich sogleich über die sicher schwer zu bändigende Lockenpracht und nuschelte etwas Unverständliches.

Als August sein Anliegen vorgetragen hatte, schickte er sich an, in den angrenzenden Raum zu verschwinden, und er hörte ihn nach Herrn Männel höchstselbst rufen.

»Es tut mir leid, Sie zu stören, sieht schwer nach Inventur bei Ihnen aus, doch ich muss bei meiner Tochter etwas gutmachen.« Ein klein wenig zu flunkern, schien ihm angebracht und er erhoffte sich Sympathie. Esther hatte gestern Abend übersprudelnd vor Ideen auf ihrem Papier herumgekritzelt und ihn vorwurfsvoll angesehen, als wieder einmal einer der Stifte, die sie aus der Schreibstube der Hausdame stibitzt hatte, abbrach und er keine Anstalten machte, diesen neu anzuspitzen.

»Ja, das ist ja der Herr Bader, welch Glanz in meiner bescheidenen Hütte«, hörte er den herbeigeeilten Geschäftsinhaber rufen und war froh, die Beratung zu bekommen, die er brauchte. Er kannte sich mit Malstiften, Kreide, Bleistifthärten, Pinseln oder Aquarellfarben nicht aus. Und all das wollte er für die Kleine.

»Wie kann ich behilflich sein?« August erläuterte ihm, was er sich vorstellte und der herzliche Mann mittleren Alters, dessen Augen einen lebhaften Glanz versprühten, nickte wissend. Er drehte sich wortlos um und begann Schubladen zu öffnen, streckte sich zu Regalböden und türmte die verschiedensten Utensilien vor August auf den Tresen.

»Diese hier sind meine absoluten Favoriten und ich weiß, dass dieser hervorragende Farbstift den Ansprüchen Ihrer Tochter genügen wird. Hier sehen Sie die neue Farbpalette für die Buntstifte von Staedtler. Der

Creta Polycolor, wie wir ihn in der Fachsprache nennen, hat ausgezeichnete Spitzeigenschaften, ist mit den besten Farbpigmenten hergestellt und alle Inhaltsstoffe sind absolut unbedenklich für Kinderzungen«, sagte er stolz und auch ein wenig frotzelnd.

August sah sich die anderen Packungen an, die Herr Männel auf den Tresen gelegt hatte, und zeigte auf eine stilvoll ziselierte längliche Metalldose, dessen Wappen, das der Familie Faber trug. Er erinnerte sich, diese Stifte im Kontor zu verwenden. Wenn er richtig lag, so hatte der Unternehmer Faber Verdienste bei der Einführung des deutschen Markenschutzgesetzes erlangt. Wurde er deshalb nicht sogar in den Adelsstand berufen? *Wie weit man es mit simplen Stiften doch bringen kann,* resümierte er verzagt und kam auf die vor ihm liegende Dose zurück.

»Sie haben einen guten Geschmack, der Herr. Dieses Schmuckstück ...«, er klappte die Metalldose auf, »... beinhaltet eine kleine Auswahl an fünf verschiedenen Bleistiften. Unterschiedliche Härtegrade und sogar die Pigmentierungen können Sie wählen. Für eine junge Dame, die gerne Zeichnungen anfertigt zum Beispiel, wäre dies ein passendes Geschenk.« Auffordernd ließ er die Dose zuklappen und legte sie behutsam zurück auf den Tresen. Dann griff er hinter sich ins Regal und zog eine Kladde mit feinstem, aber durchaus festem Zeichenpapier heraus. Auch Büttenpapier und Umschläge erkannte August. Der Ladeninhaber breitete die Kartonagen vor ihm aus und meinte:

»Diese Karten und Briefbögen aus dem Mangfalltal von der Handpapiermühle Fichtner werden bevorzugt von Ihrer Schwiegermutter gekauft. Ich glaube, sie hat sich in den Gedanken verliebt, auf demselben Papier zu schreiben wie der bayerische König.«

»Wie der bayerische König?« August konnte ihm nicht folgen.

»Ja, gewiss. Ihr Herr Schwiegervater und seine Gattin besuchten vor Jahren die Neue Burg Hohenschwangau, freilich nur von außen, doch seither schwärmt sie davon.« Der Mann sah ihn an, als ob August das eigentlich wissen müsste.

»Und Sie sind ein guter Geschäftsmann und haben ihr von der Papiermühle erzählt, die sich als königlicher Hoflieferant für den jungen Ludwig etabliert hat. Chapeau.«

Der Mann verneigte sich und schmunzelte. »Man muss sehen, wo man bleibt, nicht wahr? Sie wissen das doch allzu gut, Herr Bader.« Mit seinen kleinen Knopfaugen sah er August offen an und präsentierte ihm sogleich die Farbauswahl für die Malstifte. Es war erstaunlich, was es da alles gab. Er entschied sich für die exotischen Farben, deren Namen allein Esther zum Träumen bringen würden.

»Acajougelb, Geranienrot, Kobaltblau und Seidengrün. Und vier andere Farben, die gerne Sie auswählen dürfen. Sie wissen am besten, was die kleinen Künstlerinnen so mögen«, sagte er zu dem eifrig lostrappelnden Mann und sah sich weiter um. Wenn er schon einmal hier war, könnte er gleich noch ein paar andere Geschenke kaufen. Johannas Geburtstag war übermorgen und er fragte sich, ob es irgendetwas gab, das ihr ein Lächeln ins Gesicht zaubern könnte. Er atmete tief, denn der Gedanke an seine Frau und den Gram, der ihr aus jeder Pore troff, machte ihn schwermütig. Und dennoch hatte sie nicht immer ausgewähltes Briefpapier auf ihrem kleinen Schreibtisch, trug sie nicht ihre Ideen in eine besondere Kladde ein? Schon entdeckte er das Richtige im Regal.

»Soll ich Papier dazu packen, für die Tochter, meine ich?«, hörte er den Mann und er nickte.

»Die Dose mit den Bleistiften nehme ich für meine Schwägerin und auch da bitte ich um eine Auswahl an verschiedenen Zeichenpapieren. Sie wissen, dass Sie unsere Muster zeichnet?«, fragte er Männel nicht ohne einen gewissen Stolz in der Stimme.

»Aber natürlich weiß ich das, die ganze Stadt sprach von ihren Fähigkeiten und nun ist die junge Frau gar Teilhaberin, wie man sich zuraunt.« Er senkte seine Stimme und was er dann hinzufügte, klang fast verschwörerisch. »Aber lange wird sie Ihnen ja nicht mehr dazwischenfunken, jetzt, wo sie in die Oelsnitzer Korsettfabrik einheiratet.« August hörte es und schalt sich sofort, die Rede auf seine Ach-so-großartige-Schwägerin gebracht zu haben. Ja, sie war Teilhaberin, das konnte er von sich leider nicht behaupten. Und es wurmte ihn. Er kräuselte die Stirn und strich sich abwesend seinen Backenbart. Antworten würde er darauf nicht.

»Vorzügliche Auswahl, der Herr. Das Tagebuch für die gnädige Frau ist in feinstes Leder gebunden und das kleine Lesezeichen aus Seide. Wenn Sie mir gestatten würden, einen weiteren Vorschlag zu machen?« Er sah August fast unterwürfig an und dem missfiel das. Bisher hatten sie ein Gespräch auf Augenhöhe geführt und auf einmal katzbuckelte der Mann. Er verstand nicht, warum und antwortete betont lässig. »Natürlich, es ist der Geburtstag meiner Frau und sie verdient etwas Apartes.« Der Ladenbesitzer kramte unter seinem Tresen und brachte eine bunte Schachtel zum Vorschein, nahm den samtenen Deckel ab und zauberte ein graziles Tablett aus Porzellan hervor. Oval und so groß wie ein Blatt Papier waren seine Ränder leicht geschwungen und vergoldet, den Boden zierten kunstvoll gemalte Blumenbouquets. Sorgsam wickelte Männel zwei Fässchen aus Seidenpapier und auch diese waren über und über mit Rosen, Astern, Lilien und gelben Margeriten bemalt.

»Wundervoll, nicht? Selbstverständlich ist das Handarbeit und von bester Meissner Qualität. In diesem Fass verwahrt man die Tinte und hier den Streusand. Auf dem Tablett lassen sich Wachs oder auch die Feder gut aufbewahren.« Er strich versonnen über das kühle Porzellan und sah August auffordernd an. Der nickte und machte eine ausladende Bewegung. »Das hat sich ja mal gelohnt, mein Lieber. Packen Sie alles ein. Die Malstifte, Kartonagen, das Tagebuch und das Meissner Porzellan.« Er fühlte sich großartig. Dieser Einkauf hatte ihn auf andere Gedanken gebracht. Für eine Stunde war er weit weg gewesen von Thomas oder dem ausstehenden Vertrag mit Bristol.

»Darf ich das königliche Hoflieferanten-Papier dazu geben? Und diese kleine Annehmlichkeit?« Männel schob ihm einen hölzernen Kegel zu, nahm ihn sogleich auf, steckte einen Bleistift in ein darin befindliches Loch und drehte daran. Heraus kam ein perfekt gespitzter Stift.

»Grandios! Was versteckt sich dort, eine Klinge? Wie einfallsreich, das muss ich meinem Schwiegervater zeigen. Er sprach doch neulich wahrlich von einer neuartigen Maschine zum Spitzen der Stifte, die um die vier Kilogramm wiegen soll. Und der junge Mann im Büro, der sich einen Großteil des Tages um diese Arbeit kümmert, war gleich ganz aufgebracht. Er hat Angst um seine Anstellung«, schickte er gut gelaunt hinterher, während er den kleinen Holzkegel begutachtete. »Packen Sie alles ein, inklusive dem da.« Er zeigte auf den Anspitzer und kramte seine Geldbörse hervor. Mit einem Seitenblick auf die Standuhr, die eine Wand des Geschäftes zierte, beeilte sich sein Gegenüber, alles einzupacken und abzurechnen. Denn nun wollte selbst der abschließen und sich in die Auen zum Gelände der Actienbrauerei aufmachen.

»Kommen Sie gleich mit mir, oder begleitet Sie ihre Frau?«, hatte Männel ihn gut gelaunt auf die große Feierlichkeit anlässlich des 25-jährigen Bestehens der Actienbrauerei angesprochen. Doch August brachte sein Paket zuerst an die Syra und er hoffte, nicht zu spät zum Fest zu kommen. Denn Gustav und Wilhelm würden sich trotz der Trauerzeit auf diesem Volksfest sehen lassen, das hatte sein Schwiegervater am Anfang der Woche schon verkündet.

Gustav

Eine geschlagene Stunde lang hatten Wilhelm, Gustav und August vor der Kellerei mit den Angestellten zusammengesessen. Auf ein Bier war ein zweites gefolgt und die Stimmung unter der Belegschaft wurde ausgelassen. Man frönte dem Gerstensaft, aß und tauschte sich aus. Zwar bemerkte Gustav, dass sich der eine oder andere nach dem obligatorischen, von seinem Vater ausgegebenen Bier, verabschiedete, aber die meisten waren sitzen geblieben und schienen sich gut zu unterhalten.

Sein alter Herr, wie er ihn in Gedanken manchmal nannte, vermochte den Menschen zuzuhören. Man hielt ihn für aufrichtig, glaubte ihm, dass das, was sie zu sagen hatten, für ihn zählte. Seine Angestellten schätzten diesen Wesenszug am Vater. Das hatte er schon öfter gehört und außerdem waren die Arbeiter stolz darauf, in ihrer Manufaktur zu schaffen.

Sie besaßen einen guten Ruf und die Sticker, Direktricen, Fädelmädchen oder Näherinnen einen sicheren, ganz gut bezahlten Job. Ein Auskommen für ihre Familien. Das war mehr, als so manch anderer vorweisen konnte.

Einzig August starrte heute melancholisch in sein Bier und Gustav fragte sich, warum der Schwager überhaupt hier war. Seit dem Tod des kleinen Thomas war er einsilbig und verschlossen. Zwar hielt er sich an die Tischzeiten im Stadthaus, aber sonst sah man ihn nie. Jeden Abend verschwand er in seinem Zimmer und am Morgen verließ er das Haus lange vor den anderen, um dann im Büro zu sitzen. Was er dort tat, wusste keiner und man scheute sich, dem auf den Grund zu gehen.

Selten hatte er seine Schwester an der Seite ihres Mannes gesehen, auch schienen die beiden kaum miteinander zu sprechen. Als August Johanna heute bat, ihn auf die Feier zu begleiten, war sie barsch geworden.

Ihr Kopf war herumgeflogen und die Worte spie sie fast aus. Er hatte sie noch nie so erlebt.

»Ich gehe sicher nicht zu einer Vergnügung, wo sich die ganze Stadt betrinkt und man hinter meinem Rücken lästert. Du kannst gerne gehen, wenn dir das bei deiner Trauer hilft«, hatte sie August angezischt.

Er fragte sich, warum die beiden in dieser höchst emotionalen Zeit nicht zueinanderfanden. Was war wohl vorgefallen? Doch er verstand, dass der Tod eines Kindes alles für immer verändern konnte.

Er selbst hatte Tabeas Dahinscheiden Anfang des Jahres noch nicht verwunden. Sie war so kühn und lebensfroh, so betörend gewesen und von einem Moment auf den anderen wurde ihr Leben ausgehaucht, sinnlos beendet. Er schüttelte sich bei dem Gedanken an die junge Frau, die gänzlich unvermutet in sein langweiliges Dasein geplatzt und deren Zuneigung so ehrlich wie nichts zuvor für ihn gewesen war.

Mit einem tiefen Atemzug versuchte er die Erinnerungen zu verscheuchen, denn noch immer quälte ihn seine Schuld an Tabeas Tod.

Mit einem Blick auf den Schwager ahnte er, dass der auf seine Schützenhilfe beim Heimweg angewiesen sein würde, und richtete das Wort an August. »Hast du Robert und Helene gesehen? Oder ist meine Schwester daheim bei deiner Frau geblieben?« August hob langsam den Kopf und sah ihn aus glasigen Augen an. Er schüttelte verneinend sein Haupt und führte sein Bierglas ein weiteres Mal an den Mund. Unflätig wischte er den Schaum am Ärmel ab und griff sich an die Schläfe.

Dann schien er abgelenkt zu sein und sah ihrem Kutscher entgegen, der mit Ehefrau Emma auf den Tisch zusteuerte.

»Ha, da kommt er ja, der Liebling von Wilhelm. Am Arm sein herausgeputztes Frauchen.« Mit einer abfälligen Geste unterstrich August seinen Missmut und Gustav fragte sich, was ihn geritten hatte, so über den beliebten Conrad Leitner zu sprechen. Der setzte sich auf einen freigewordenen Platz gegenüber der Köchin und hielt seiner Frau galant die Hand, als sie über die Bank kletterte. Nach einem kurzen Schwatz machte er sich auf, Getränke zu besorgen. Versonnen sah Gustav dem Mann nach und fragte seinen Schwager, welche Laus ihm über die Leber gelaufen war. Der jedoch winkte nur ab.

Der nicht abreißen wollende Zug von Menschen, die zu Fuß oder in Kutschen zum Gelände der Actienbrauerei strömten, ergoss sich noch immer auf die Festwiese und man hatte den Eindruck, kein Plauener war daheimgeblieben. Der sonnige Frühherbsttag zog die Leute aus den Stuben. Sie hatten sich ihren Sonntagsstaat angezogen, Hüte aufgesetzt und selbst die Kinder herausgeputzt. Die Kapelle spielte gegen ein beständiges Raunen und Stimmengewirr an und man sah einige wenige Paare schon jetzt tanzen. Ganz sicher würden sich am späteren Abend viele Menschen zu den Klängen der Musik auf der mit Holzbohlen belegten Tanzfläche einfinden.

»Kommst du mit, Gustav?«, hörte er August fragen, der etwas schwerfällig aufstand und sein Glas ergriff. »Ich möchte mich ein wenig umsehen, mal schauen, wer so unterwegs ist.«

Gustav nickte und erhob sich ebenfalls. Er gab seinem Vater Bescheid und machte sich mit August auf den Weg. An manchem Tisch grüßten sie, hielten einen kurzen Plausch, tauschten Höflichkeiten oder einen flachen Scherz aus. Die meisten Besucher waren gut aufgelegt und die Zungen von Bier und Wein gelöster als sonst. Und so war es nicht verwunderlich, dass sie hier und da aufgefordert wurden, sich dazuzugesellen. Sie wiegelten ab. An einem Tisch jedoch überlegte August einen Moment.

»Hallo Herr Bader, so schnell sieht man sich wieder. Setzen Sie sich doch zu uns.« Gustav erkannte mit einem Blick auf die illustre Gruppe, dass man hier richtig wäre und setzte sich, ohne zu zögern dazu. August, ebenso nicht abgeneigt, nickte allen Anwesenden zu und ließ sich ebenfalls nieder. Männel, bei dem er vor ein paar Stunden ausgiebig eingekauft hatte, machte sie untereinander bekannt: »Darf ich vorstellen: Herr Richard Hempel, sein Bruder Friedrich August und Herr Weisbach. Ich denke, Sie kennen sich, sind ja alle in einem Metier unterwegs.« Die beiden Inhaber der wohlbekannten Bleicherei und Appreturanstalt nickten freundlich und nahmen ihre Konversation wieder auf.

»Dann haben wir hier Bauverwaltungsinspizienten Thiele, nebst Weißwarenfabrikant Friedrich Merkel. Und zu unser aller Schutz ...« Und bei der Vorstellung des großen, etwas bärbeißig dreinschauenden Mannes am Kopfende des Tisches, musste Männel selber lachen. »Nun, hier haben wir Nachtwächter Pfeil.« Der schmunzelte bei der theatralischen Bekanntmachung und zeigte ein offenes Grinsen. Gustav entschied, in der

Gesellschaft dieser einflussreichen Plauener könnte es unterhaltsam werden und gab eine Runde Bier für alle aus.

Man diskutierte angeregt, wechselte beständig das Thema und nach einer Weile taute sogar August etwas auf. Er hatte seine grimmige Stimmung aufgegeben und war in eine lockere Diskussion mit Carl Bernhard Weisbach vertieft.

Der einzig noch lebende männliche Spross der berühmten Weisbach-Gösselschen Dynastie war seit ein paar Jahren mit einer schlesischen „Porzellanprinzessin" verheiratet und Vater von zwei strammen kleinen Buben. Er strahlte, wenn er von ihnen erzählte und schien seiner Frau Elise ehrlich zugetan. Er sprach mit Respekt von ihr und schwärmte vom gemeinsamen Leben in Schlesien, das sie nun hinter sich gelassen hatten.

»Einer weiteren Familienvergrößerung sehe ich mit Freuden entgegen, Kinder sind doch etwas sehr Belebendes, Einzigartiges«, schloss er seinen launigen Vortrag über seinen jungen Nachwuchs. Mit erschrockenem Gesicht sah er die Trauer in Augusts Miene und griff sich mit einer entschuldigenden Geste an die Stirn.

Der wiegelte ab. »Lassen Sie es gut sein, mein Bester, Sie können ja nichts dafür. Geben Sie acht auf die beiden, diese Epidemien holen sie uns einfach weg, stehlen sich in unsere Häuser, in die Lungen der Liebsten und schon sitzt man an einem Tag wie heute allein und verlassen da.«

Weisbach entschuldigte sich, sprach August sein tief empfundenes Beileid aus und knetete dabei unbewusst ein blütenweißes Taschentuch. Dann prostete er ihm zu.

Gustav wurde derweil von einem alten Schulfreund nebst Gattin angesprochen. Als er nach gefühlt nur wenigen Minuten wieder von deren Tisch zurückkam, hatte sich die Stimmung gedreht. Gerade noch hörte er den Kartonagenhändler mit schwerer Zunge zu August sagen: »Wer hätte gedacht, dass sich ihr Schwager in spe für eine Hiesige entscheidet, wo er doch sonst immer Liebschaften im Norden hatte. Soll ja ein ziemlicher Schwerenöter gewesen sein. Immerzu auf Reisen, keine Verbindlichkeiten und auf einmal heiratet er in die Hohenlinden-Dynastie ein.« Als er Gustav erblickte, verstummte er augenblicklich. Mit niedergeschlagenen Augenlidern nestelte er an seinem Portemonnaie und klaubte ein paar Münzen hervor.

Gustav fragte sich, was man in der gutbürgerlichen Gesellschaft dieser Kleinstadt noch so über Robert Arnstädt erzählte, schämte sich aber fast seiner Neugierde. Dass Helenes Auserwählter im weitentfernten Düren einige Jahre lang Freundschaften gepflegt hatte, wusste er. Er selbst hatte ihn eingeweiht, davon gesprochen, die Schwester eines Freundes mehrmals zum Tanz ausgeführt zu haben.

Lydia Clesen, eine Bekannte der nach Oelsnitz eingeheirateten Adele Koch, war auf einen Ring am Finger aus gewesen, Robert jedoch hatte das Ganze rechtzeitig beendet. Das musste mindestens zwei Jahre her sein. Und eines schrieb er Robert zugute. Er war immer diskret und hatte seine Liaison nie öffentlich herumposaunt.

Manchmal hatte er ihn im Geheimen beneidet. Als Witwe ließ ihm Tante Hannelore viele Freiheiten und auch nach dem Studium nahm sich Robert seine Auszeiten. Die führten ihn immer und ausschließlich weit weg vom vogtländischen Oelsnitz. Was er tat, mit wem er sich traf und vor allem mit welchen Damen er sich vergnügte, blieb ein gut gehütetes Geheimnis. Wie nur kamen dann diese Gerüchte aus dem entfernten Düren ins Vogtland?

Gustav setzte sich wieder gegenüber August auf die Bank und gab vor, nichts gehört zu haben. Auch die anderen mieden das Thema. Man sprach über die Sinnhaftigkeit einen Oberbürgermeisters neben einem bis jetzt dem Stadtgemeinderat vorstehenden Bürgermeisters einzusetzen und echauffierte sich über die Aufgabe des Löberingschen Theaters.

»Dieser unsägliche Brand im Wiener Ringtheater hat letztlich zur Schließung auch unseres Theaters geführt«, resümierte Bauinspizient Thiele, der die verstummten Herren am Tisch über die Tragödie in der österreichischen Hauptstadt informierte.

»Danach war man auch in Plauen gezwungen, ein kritisches Auge auf das Haus am Mühlgraben zu werfen. Man hat sich die Mühe gemacht und die alten Bauunterlagen hervorgekramt. Und was soll ich sagen, sogar bei Eröffnung vor über dreißig Jahren gab es schon massive Kritikpunkte bezügliches des Brandschutzes.«

»Doch man hat sie damals aus dem Weg geräumt, der Mann meiner Tante Caroline war ein aufrichtiger Geschäftsmann«, warf Carl Bernhard Weisbach ein und schien entrüstet ob der leise anklingenden Vorwürfe.

Er sah in fragende Gesichter. Einzig Gustav konnte erklärend einspringen.

»Keiner unterstellt dem alten Löbering unlauteres Verhalten. Soweit mein Vater erzählte, gab es Unstimmigkeiten mit der Bauausführung, aber letztlich hat sich ja alles zum Guten gewendet. Die Auflagen wurden damals umgesetzt und Plauen hatte als Provinzstadt über Jahrzehnte ein vortreffliches Theater. Ihr Herr Vater selbst hat es jahrelang geführt, die großen Theater-Companies hierhergeholt und damit das Erbe für Max Eugen verwaltet.« Er sah Carl Weisbach versöhnlich an.

»In meiner Familie«, nahm der die Erklärung wieder auf, »ranken sich um die Tage im Februar 1848 die wildesten Spekulationen. Immerhin verstarb Ernst Löbering kurz nach der Bekanntgabe der Auflagen und hat die Neueröffnung seines geliebten Theaters nie erlebt. Ein trauriges Kapitel.« Er sah in die Runde. Betrübt senkten die Männer ihren Blick. Doch dann schlich sich ein Lächeln auf Carl Weisbachs Gesicht und er ergoss sich in bildhaften Beschreibungen der opulenten Vorstellungen, die er mit seiner Frau Elise gern besucht hatte. Dabei wurde er von einem Hustenanfall heimgesucht, fing sich aber schnell wieder.

»Der vermaledeite Husten will nicht vergehen, seit Wochen schlage ich mich schon damit herum«, sagte er entschuldigend, bevor er weiter erklärte. »Mein Vater Carl Wilhelm hat dann die Leitung des Theaters übernommen, da haben sie völlig recht. Er hat es für unseren minderjährigen Cousin Max Eugen Löbering weitergeführt. Wie er das neben dem Geschäft alles bewerkstelligt hat, bleibt mir ein Rätsel, aber die schönen Künste waren immer seine Leidenschaft.«

Die Männer nickten zustimmend und einer der Brüder Hempel bemüßigte sich ebenfalls, in seinen Erinnerungen zu kramen. Sie sprachen über Schillerehrungen, die pompös aufgezogen, im Löberingschen Theater für Aufsehen gesorgt hatten. Sie kramten berühmte Dresdner Künstler aus den hintersten Ecken ihres Gedächtnisses und schwärmten von lauen Abenden, an denen man nach der Aufführung beisammensaß. Erinnerungen an weiß gedeckte Tafeln im Garten an der Elsteraue unter Mondlicht und mit Fackeln in den Wiesen waberten über den Tisch. Dass man eine Neueröffnung des Theaters nicht erhoffen konnte, stimmte die Männer nachdenklich.

»Es verwundert doch, dass die Stadt keine Mark investieren kann, um dieses Kleinod zu erhalten«, begann Friedrich Merkel das Offensichtliche anzusprechen.

»Will man überhaupt Geld in die Hand nehmen, ist für mich die Frage«, warf der Nachtwächter ein und strich seinen imposanten Bart. Gustav merkte auf. Was meinte der Hüne? Doch bevor er nachhaken konnte, kam die Antwort wieder vom Tischende. Den Weißwarenhändler Friedrich Merkel schien das Thema genau wie ihn zu beschäftigen.

»Die Mäzenen der Stadt haben fast ein Jahrhundert in dieses Haus investiert. Ein richtiges Theater mit Lüstern, Logen und sogar einem Wasserspiel entstand. Allein auf Wohltätigkeit gegründet und nun braucht es einmal die helfende Hand der Stadt und unser Herr

Oberbürgermeister Kuntze samt seiner Gefolgschaft verweigert sich.«

»Sind Ihnen die näheren Umstände bekannt?«, wandte sich Gustav an Carl Weisbach und fragte sich, was hinter der Abweisung der Stadt, sich an einem Teil der Renovierungskosten zu beteiligen, steckte. Doch man würde wohl an jenem Abend dafür keine Antwort finden.

»Nein, mein Cousin und meine Tante Caroline sind gelinde gesagt, enttäuscht. Jahrzehnte hat die Familie investiert, organisiert, der Stadt eine Kulturstätte sondergleichen geboten. Nun wird Plauen in düstere Zeiten verfallen, so ohne Theater. Doch wer weiß, vielleicht rafft sich das Bürgertum wieder auf, gründet, baut neu. Sollten wir alle dabei sein und dieses Kleinod retten?«

Es war keine Frage, die er da stellte, es war mehr eine Feststellung. Man sah, wie es hinter den Stirnen der Anwesenden arbeitete, doch keiner der Männer wollte näher darauf eingehen. Zu bierselig war der Abend und so hoben sie ihre Gläser, prosteten sich zu und wechselten das Thema.

Gustav nahm sich vor, seinen Vater zu fragen, ob er nicht einen Kontakt in die Stadtverwaltung hatte. Oft war der Senior erstaunlich gut informiert und schuf selbst Netzwerke, die man für solch ein Vorhaben nutzen konnte.

Bevor er der angeregten Unterhaltung weiter folgen konnte, entdeckte er seinen zukünftigen Schwager und verließ die Runde. Sie hakten einander unter und Robert verriet ihm, dass Helene schon seit einer Weile das dringende Bedürfnis hatte, dieses Spektakel wieder zu verlassen. Sie könnte nicht aufhören, an Johanna und die Mutter zu denken, die daheimgeblieben waren. Die beiden jungen Männer verstanden sie, entschieden jedoch, sie müsste von ihren Sorgen abgelenkt werden.

Leise traten sie an Helene heran. Gustav ergriff mit einem sanften, aber bestimmten Griff ihren Oberarm und zog sie herum. Schon schob sich auch Roberts Antlitz in ihr Gesichtsfeld und sie starrte in zwei Grimassen. Ohne sich abgesprochen zu haben, schauten sie Helene beide mit zu Fratzen verzogenen Gesichtern an und mussten sofort schallend auflachen, als sie sich bewusst waren, wie sie wirkten.

»Ein kleines Bierchen nur, Helenchen. Ich hatte nur ein Bierchen«, nuschelte Gustav wohlwissend, dass sie beide großzügig dem Bier zugesprochen hatten.

»Auf ein Tänzchen, Madame?« Gustav lächelte und hielt ihr seinen Arm hin, doch sie wiegelte ab.

»Not amused, das Fräulein Schwester«, platzte Robert heraus und fing sich einen Stoß in die Rippen ein.

»Ich möchte zurück an die Syra. Mama und Johanna sind daheimgeblieben. Vielleicht kann ich sie zu einem Spaziergang überreden, der Tag ist zu schön.« Sie stand auf und ging davon aus, dass einer der Männer sie begleiten würde.

Just in jenem Moment trat Emma an sie heran, ergriff ihren Unterarm, hakte sich bei ihr ein und zog sie mit sich fort. Überrascht sah Helene mit einem Schulterzucken zu ihrem Verlobten. Gustav hatte das Gefühl, dass der ganz froh war, nicht mitgehen zu müssen. Das Gespräch der jungen Frauen war schon nicht mehr zu hören und Gustav machte sich auf, ein Bier zu holen.

»Das ist ja eine Überraschung! Wohin willst du mich jetzt entführen?«, fragte Helene. Emma, die schon munter dabei war, ihr die neuesten Klatschgeschichten aus dem Souterrain aufzudrängen, hielt nur kurz inne. »Ich habe gehört, dass du zurückgehst und die Chance ergriffen, mal ein paar Minuten allein mit dir zu haben. Ich muss auch heim.« Die beiden jungen Frauen schlenderten Arm in Arm einer noch immer zur Kellerei strömenden Menschenmenge entgegen. Sie grüßten links und rechts, schritten schnell aus und erreichten schon bald ihr Zuhause an der Syra.

»Du musst mir mehr erzählen, Emma. Ich habe gar nicht gefragt, wie es in der Schule ist. Kommst du mit den anderen Frauen klar, hast du neue Freundschaften geknüpft? Wir sehen uns kaum.« Sie standen vor dem Haus, unschlüssig hineinzugehen und die vertraute Atmosphäre damit zu zerstören, doch da wurde schon die Tür geöffnet und Hofstetter erwartete sie mit einem Diener.

»Ich werde meine Mutter auf einen Spaziergang bitten, aber danach komme ich hinunter und wir setzen uns in den Hof. Hast du Lust? Du musst doch heute nicht mehr arbeiten. Soweit ich weiß, hat euch Vater für den ganzen Tag freigegeben. Und die Kleinen sind bei deinen Eltern. Nicht wahr?« Emma schaute sie erfreut an und nickte eifrig.

»Ich laufe schnell hinauf in unsere Mansarde, muss Selmas Puppe reparieren. Aber wenn du zurückkommst, dann melde dich. Ich würde mich sehr freuen. Ich habe dir unendlich viel zu erzählen.«

Johanna

Für Johanna hatte der Nachmittag wenig vergnüglich begonnen, als August sie fast anflehte, mit zum Brauereifest zu kommen. Später dann schlug Helene einen Spaziergang vor. Das Wetter war perfekt dafür. Selbst ihr entging die sanfte Brise nicht, die zwar den nahenden Herbst ankündigte, doch gepaart mit der Sonne ein angenehmes Gefühl hinterließ. Die Luft war samtig und gleichzeitig klar, der Himmel wolkenlos.

Ihre Schwester war gut gelaunt und nahm sie alle im Schlepptau mit hinüber in Richtung Schulberg und plapperte unaufhaltsam. Die Damen schlenderten langsam nebeneinander, Dorothea bewaffnet mit einem Schirm, Johanna in schwarz, mit verschleiertem Hut, und hinter Mutter und Tochter lief Hannelore. Ihre Besucherin trug einen leichten Umhang mit Innentaschen und einem aufwendig bestickten Saum. Ihr Haar hatte sie sorgfältig zurückgesteckt und ein imposanter Hut krönte das Ganze.

»Bei mir daheim trage ich solche Kreationen höchst selten, aber hier in der Weltstadt ...«, scherzte die Freundin ihrer Mutter.

»Nun, du bist auf jeden Fall weithin sichtbar, meine Liebe. Wir werden dich heute nicht verlieren«, hatte Dorothea leichthin geantwortet und alle waren froh um die zwanglose Unterhaltung.

Sie stapften gemächlich hinauf zur Kirche und über den Topfmarkt in Richtung Elsteraue. Überall auf den Straßen kamen ihnen wohlgelaunte Menschen zu Fuß oder in Kutschen entgegen. Allesamt schienen sie von der Festivität bei der Actienbrauerei zu kommen. Damen, die sich mit Schirmen aus feinster Spitze gegen die warme Septembersonne schützten, waren ebenso unterwegs wie Familien mit Kindern oder Gruppen junger Männer.

Im Fenster eines Wohnhauses spiegelte sich vor Johanna eine Szene, die ihr einen flüchtigen Seitenblick abrang. Die Person, die sie zu erkennen glaubte, war Minerva Leonhard. Sie traute sich nicht, sich vollends umzudrehen, aufdringlich wollte sie auf keinen Fall erscheinen. Doch ihre Hausdame war augenscheinlich in ein unangenehmes Gespräch verwickelt. Aufgebracht gestikulierte sie, während sie sich beklommen umsah. Bevor ihrer beider Blicke sich trafen, wandte sich Johanna um. Sie wollte die Angestellte nicht in Verlegenheit bringen.

Irgendetwas an der Szene, die ich beobachtet habe, ist eigenartig, wähnte sie noch, ehe sie weiter die Atmosphäre des frühen Abends in sich aufsog.

Die Stimmung war ausgelassen, die Menschen begrüßten sich freundlich und tauschten wohlmeinende Floskeln aus. Das beflügelte selbst Johanna ein wenig.

»Lasst uns noch etwas weiter gehen«, hörte sie sich sagen und hakte sich bei ihrer Mutter unter. Helene schlug den Weg zum alten Theater ein. Sie ging nun mit Hannelore voran und Dorothea und Johanna mussten sich sputen, deren flottem Schritt zu folgen.

Am Mühlbach angekommen, querten sie neben dem verlassenen Löberingschen Theater den Bach und dann vor der Gösselschen Fabrik, die vom ehemaligen Eigentümer errichtete, steinerne Brücke über die Elster. Johanna hatte jetzt das Gefühl, selbst beobachtet zu werden und drehte sich zu dem prächtigen barocken Gebäude um.

Schon hob sie ihre Hand und winkte verhalten. Dort hinten an einem geöffneten Fenster der Bleichstraße 5, stand eine junge Frau. Anfang dreißig, mit hochgestecktem Haar und in ein dunkles Kleid gehüllt. Johanna konnte nicht genau erkennen, ob sie lächelte, tat es aber ihrerseits und wandte sich dann ab.

Ihre Mutter hatte die flüchtige Geste beobachtet und wartete auf sie. Als sie auf sie zutrat, sagte Dorothea nachdenklich:

»Seit dem Tod ihres Vaters ist Ida Mammen oft im Hause Ihrer Kindheit. Sie versucht, mit ihrem Bruder und der Schwägerin den Nachlass zu bewältigen, doch scheint es sich schwierig zu gestalten. Carl Wilhelm Weisbach war ein viel beschäftigter Mann, er interessierte sich für Technik und Politik, war aktiv in den verschiedensten gemeinnützigen Vereinen.«

»Er widmete seine Zeit nicht nur der Spinnerei, sondern auch dem Theater. Ich weiß, Mama! Vater hat ihn verehrt.«

»Da hast du recht, mein Kind. Sein Büro muss ein wahrer Schatz an Stadtgeschichten sein.« Ihre Mutter schien darin aufzugehen, den Töchtern und Hannelore von dem Wirken des Plauener Geschäftsmannes zu erzählen. »Nun wird die alteingesessene ehemalige Gösselsche Spinnerei keinen Bestand mehr haben. Seit der Sohn den Maschinenpark verkauft und seine Zeit zwischen Plauen und Königszelt verbringt«, versuchte sie den Töchtern vom Schicksal hinter den Mauern des barocken Wohn- und Industriegebäudes zu erzählen. Sie vergaß nicht zu erwähnen, wie viel Verständnis sie für den jungen Herrn Weisbach hatte, der sich im Betrieb seines Schwiegervaters, weit weg von Plauen, selbst einen Namen erarbeitet hatte.

»Er wird entscheiden müssen, wo er wirken möchte. Man wird sehen«, sagte ihre Mutter eigentümlich in sich gekehrt. Die Töchter hatten ihr interessiert zugehört, ihre Nachdenklichkeit erstaunte sie.

»Worüber denkst du nach, Mama?« Dorothea blieb stehen und hakte ihre Freundin unter.

»Es ist immer traurig, wenn jemand geht, da wird einem die eigene Endlichkeit bewusst. In unserem Alter keine schöne Sache«, wehrte Hannelore weitere Nachfragen ab und drückte Doro leicht die Hand. Johanna nickte, ahnte, dass Nachbohren unsinnig wäre.

Die Mutter war ein wandelndes Lexikon, was die Geschichte der Stadt und insbesondere ihrer Persönlichkeiten betraf. Erst vergangene Woche hatten sie am Tuchmarkt gestanden und sie hatte so lebendig und anschaulich vom Stadtbrand 1844 erzählt, dass Johanna fast physisch die Hitze der umherfliegenden hölzernen Dachschindeln hatte spüren können. Unvorstellbar, dass ein Großteil der Häuser südlich des Altmarktes bis hinüber zur Syra und dem Hradschin diesem Brand zum Opfer gefallen waren.

Hunderte Gebäude standen damals in Flammen, doch glücklicherweise wurden alle Menschen rechtzeitig mit der Sturmglocke von St. Johannis gewarnt. Helene konnte sich kaum vorstellen, dass der Brand so riesig gewesen war, dass sogar Helfer aus dem entfernten Oelsnitz oder Weimar zu Hilfe eilten. Die Feuersäulen sollen weithin sichtbar in den Himmel geragt haben, hatte die Mutter erklärt. Und dann sprach sie vom

Großvater, der damals im Pausenraum der Manufaktur obdachlose Familien untergebracht hatte. Mitten in ihren Erinnerungen zupfte sie jemand auffordernd am Ärmel.

»Wo bist du denn mit deinen Gedanken? Ich habe dich gefragt, ob Ida mit ihrer Familie auch in der Bleichstraße lebt, in diesem schönen und geschichtsträchtigen Haus?« Johanna sah Helene mit großen Augen an und lächelte. »Entschuldige Lenchen, ich habe dich nicht gehört. Aber nein, ich glaube nicht.« Bevor sie Näheres sagen konnte, war es ihre Mutter, die für Aufklärung sorgte. Wie immer war sie bestens informiert.

»Ida Mammen ist bei ihrer Heirat natürlich zu ihrem Ehemann gezogen, du warst doch schon mit uns bei ihnen in der Äußeren Neundorfer Straße, oder nicht?« Helene erinnerte sich sehr lebendig an diverse Besuche mit ihrem Vater in der Manufaktur, die junge Ida Mammen hatte sie da aber nicht getroffen. Es muss eine weit zurückliegende Abendeinladung sein, an welche die Mutter dachte.

Die Damen plauderten ungezwungen, selbst Johanna war heute gelöster. Sie liefen an Böhlers Wohnhaus an der Elster vorbei, passierten die Appreturwerkstätten von Doktor Albrecht Nietzsche und kehrten über die Fabrikstraße in den kleinen Park an den Elsterauen ein. Von dort hatte man einen freien Blick auf die Fabrikgebäude von Schnorr & Söhne.

Nach einer kurzen Verschnaufpause, in der die Mutter mehr von ihrem Wissen über die Firmen in der Elsteraue zum Besten gab, nahmen sie den gleichen Weg zurück. Sie bogen diesmal aber in die Hofwiesenstraße ein. Gut gelaunt passierten sie das imposante Wohnhaus der Gebrüder Hempel und bestaunten die herrlichen Fassaden der gleichnamigen Appretur-Fabrik. Dann ging es linker Hand über die Pfortengasse zurück zum Kirchplatz hinauf.

Hier wiederum konnte die Mutter nicht umhin, die junge Clara Wieck zu erwähnen, auf deren Großpapa hinzuweisen, der in einem der Anrainerhäuser des Platzes gelebt hatte. Er war Kantor in St. Johannis gewesen.

»Clara hat ihre Begabung sicher von ihm. Schon in jungen Jahren hat sie Konzerte auf dem Flügel gegeben, wenn sie den Großvater besuchte. Sie war ein sogenanntes Wunderkind, eine so begabte Frau und dann heiratete sie diesen wahrlich begnadeten Schumann. Was für eine Fügung.«

»Mama, er wurde doch höchstens 40 Jahre alt, sie war noch sehr jung, als sie Witwe wurde ... das ist für mich eine eher schlechte Fügung«, konnte Helene nicht umhin, ihren Zweifel anzubringen.

»Das ist wohl so, mein Kind, doch wie sie zusammenpassten, durch ihre Begabungen, das ist es, was ich meinte.«

Bevor sie zum Stadthaus an der Syra zurückkehrten, schlug Johanna eine Verschnaufpause im Park gegenüber vor.

»Das nächste Mal suche ich die Route aus, Schwesterlein«, murrte sie und beschied dem heutigen Spaziergang eine dezente Abfuhr.

»Nichts als Schlote und Fabrikgebäude«, moserte sie lächelnd und fing den Handschuh, den Helene ihr voll gespieltem Zorn zuwarf, mit der linken Hand.

»Mal abgesehen von den prächtigen Villen, die da unten entstehen, oder?«, reagierte die sofort und schmunzelte. Wenigstens hatte sie es geschafft, alle von der Trauer abzulenken, darauf kam es an.

»Hier im Park fehlt auch etwas: Ein Café, eine Gartenrestauration, das wäre doch wundervoll«, hörte sich Johanna sagen, während sie sich abschätzend umsah. Schon entwarf sie in ausladenden Gesten und kühnen Beschreibungen ein solches Restaurant, schwärmte von Nachmittagen unter schattigen Baumkronen bei Kaffee, Törtchen und Fürst-Pückler-Eis und endete dann: »Ich werde die Idee der Hedwig Trömel vorschlagen. Ihr Bruder ist ein gewiefter Mann und backt die leckersten Kuchen und Torten der Stadt.« Die anderen stimmten ihr lachend zu.

»Na sicher, er baut dir bestimmt ein Caféhaus in den Park«, schloss ihre Mutter Dorothea mit einem vergnügten Lächeln auf den Lippen. Auch sie war froh, ihre Tochter gelöster zu sehen und nicht mit diesen von Gram geweiteten Augen, mit denen sie seit Wochen durchs Haus lief.

Helene

Am frühen Abend saßen Helene und Emma bei einem Glas Limonade im Hof hinter dem Haus. Die Stadt machte murmelnde Geräusche. Man hörte Pferdehufe auf Steine schlagen, Wagenräder rumpelten über festgetretenen Straßenschmutz, Kinder liefen rufend die Wege hinunter, weiter oben am Hang wurden Hühner in einen Stall getrieben. Es war kühl geworden. Zu dieser Tageszeit ließ sich der Herbst nicht mehr verleugnen, auch wenn die Stunden noch in Altweibersommer-Stimmung vergingen. Es war ein warmes Jahr gewesen und Helene wollte gar nicht daran denken, dass Schnee und Eis quasi um die Ecke darauf warteten, die Welt in kristallenes Weiß zu hüllen.

Hier hinter dem großen Wohnhaus, hatte sich die Köchin ein kleines Paradies geschaffen. Am Hang zum Hradschin hin waren Beete angelegt, hier wuchsen Küchenkräuter und Tees. Tagetes reckte ihre würzigen Blüten neben wild wuchernder Kapuzinerkresse, die noch immer in Gelb und Orange blühte. Einige wenige Weißkohlköpfe lagen auf der Erdkrume und ihre runden Leiber leuchteten im Abendlicht. Rosenkohl wartete an den Stängeln auf den ersten Frost. Die meisten Obst und Gemüsesorten für die Versorgung der Familie wurden freilich auf dem Gut angebaut, dort verarbeitet und dann ins Stadthaus hereingebracht. Aber hier gab es alles, was man zum täglichen Kochen brauchte.

Ein kleiner Tisch und zwei wackelige ausrangierte Stühle standen an der Hauswand und luden zum Verweilen ein. Manchmal putzte die Köchin hier draußen Pilze, schälte Kartoffeln und erfreute sich dabei am Grün der Bäume und Büsche.

Helene wusste, dass sich Josefa Leinmüller in den kommenden Tagen auf den Weg zum Gut nach Freiberg machen würde, um weitere Vorräte einzukochen. Sie würde sich mit ihrem Kochbuch im Gepäck in die Bahn setzen lassen, die Lautstärke der Lokomotive und den Rauch bejammern, den das Ungetüm ausstieß, und hinaus aufs Landgut fahren.

Dort schätzte man ihre altbewährten Rezepte zum Fermentieren von Kraut und Haltbarmachen der Gemüsesorten. Es würde gepökelt und geschmort werden, kunstvoll geflochtene Zwiebelzöpfe und riesige Büschel an Pfefferminze fanden dann ihren Trockenplatz an den Balken unter dem Dach. Die Kinder der Nachbarschaft lockte sie sicher wieder mit Karamellbonbons zum Hagebuttensammeln, die dann ebenfalls auf dem trockenen Oberboden ausgelegt wurden.

Wenn alles getan war, würde Josefa die Mägde anhalten, den Lavendel im Rondell des Hofes zu schneiden, in kleine Säckchen zu verpacken, und sie später mit Stolz an Minerva Leonhard weitergeben. Die wiederum tauschte die unzähligen duftenden Spitzensäckchen in allen Kleiderschränken der Familie aus.

Noch immer waren sie als Stadtbewohner daran gewohnt, zum Teil Selbstversorger zu sein. Selbst die angesehenen, reichen Fabrikantenfamilien besaßen große Ländereien nahe der Stadt gelegen, auf denen sie Kartoffeln und Getreide anbauten. Manch gut betuchten Manufakturbesitzer hatte sie im Sommer bei der Heuernte beobachtet. Heu fuhren sie ebenso selbstverständlich mit ein, wie sie filigrane Spitzen an ihren Stickmaschinen produzierten, oder sich in noblen Karossen durch die Stadt chauffieren ließen. Das Ackerbaustädtchen mauserte sich, doch manches blieb althergebracht.

Auch wenn es mittlerweile über 70 Bäckereien, Dutzende Kolonialwarenläden und sechs Delikatessengeschäfte gab, die gute alte Vorratswirtschaft spielte noch immer eine große Rolle. Helene sehnte sich nach dem Duft gehackter Kräuter, der in der Gutsküche hängen würde. Doch man brauchte sie im Stadthaus dringender. Ihr Platz war hier.

»Du bist in Gedanken weit weg, oder?«, fragte Emma und legte sich eine Decke über die Beine. Die Abendluft war empfindlich kühl, sie kroch auch Helene unter den leichten Rock.

»Obwohl ich es in Plauen liebe und meine Arbeit vermissen würde, sehne ich mich dennoch hinaus aufs Gut. Zu gerne würde ich ausreiten, oder mit deinem Bruder auf Perlenfang gehen. Durchs eiskalte Wasser waten und danach in der Gutsküche helfen. Oder bei der Apfelernte, so wie in Kindertagen.

Seit letztem Jahr ist alles anders. Ich weiß jetzt, wohin ich gehöre. Das Gut ist Sommer und schöne Erinnerung, doch ich lebe hier in der Stadt. Und das gerne. Aber manchmal ist alles noch so verwirrend. All die Fragen, die ich zum Geschäft habe. Die Entscheidungen, die wir treffen müssen. Unsere Probleme mit dem Tüllnachschub bescheren mir schlaflose Nächte. Ganz zu schweigen vom Tod des kleinen Thomas. Und der Absage meiner Hochzeit. Ich frage mich, wie lange Robert warten wird. Manchmal denke ich darüber nach, trotzdem zu heiraten. Im engen Familienkreis, ohne großes Brimborium, ich brauche das ganze Gespraaz nicht.« Sie sah Emma mit fragenden Augen an. Die hörte ihr nur zu und es tat Helene gut, sich der Freundin anzuvertrauen. »Und dann denk ich wieder, das kann ich nicht tun. Einfach so heiraten, als ob nichts passiert wäre.«

»Warum sprichst du nicht mit deiner Mutter darüber? Sie ist doch viel zugänglicher als früher.«

»Ich glaube, meine Mutter hat noch immer gesundheitliche Probleme, der Vater ist angeschlagen und Johanna ... Das muss ich dir nicht erklären.« Helene starrte in die aufziehende Dunkelheit.

»Ich weiß ja, dass eine Menge vorgefallen ist, Helene. Aber dein Leben hört ja deshalb nicht auf.« Emma sah sie an und reichte ihr die Hand über den Tisch. Die Freundin lächelte, doch in dem Moment wurde im Obergeschoss ein Fenster geöffnet. Minerva Leonhard schaute herunter und die Blicke der Frauen trafen sich.

»Oje«, flüsterte Emma, bevor sie nochmals hinaufsah. Doch sie konnte die Hausdame nicht mehr sehen. »Ob sie sich daran erinnert, dass wir heute frei haben, oder steht sie jetzt gleich hier in der Tür und hat irgendeine wirklich wichtige Aufgabe für mich, die keinesfalls warten kann?«

Helene sah Emma schmunzelnd an und holte tief Luft. »Du kannst sie noch immer nicht ausstehen, oder? Sie wird uns schon in Ruhe lassen. Erzähl mir doch bitte von dir. Ich bin ehrlich, es ist unangenehm, zu jammern, jeder kann uns hören«, sagte sie fast vorwurfsvoll und reckte sich. Emma saß wie auf dem Sprung und drehte eine Locke zwischen ihren Fingern, als sie genüsslich von der Limonade trank.

»Du bist gut. Jeder kann uns hören, aber ich soll dir meine Geheimnisse anvertrauen?«

Helene horchte auf. Was gab es in Emmas Leben, dass man nicht wissen durfte? Sie war alarmiert und hakte nach. »Es gibt also doch Heimlichkeiten! Bist du wieder schwanger oder ...?« Es fiel ihr beim besten Willen nichts anderes ein, das dem Leben der Hausangestellten eine dramatische Wendung hätte geben können und sogleich fühlte sie sich schlecht, weil sie meinte, Emma damit zu verletzen. Und so setzte sie nochmals zu einer Erklärung an. »Ich höre mich dumm an, natürlich ist dein Leben aufregend. Du gehst zur Schule, hast neue Freundinnen gefunden, darum beneide ich dich übrigens. Euer Frauenstammtisch, von dem du erzählt hast, ist bestimmt unterhaltsam und die Putzstelle ... na ja, Mutter fände das nicht gut und du musst dich hüten, dass sie jemals davon erfährt ... aber was du da alles so hörst, ist sicher aufregend.« Sie verhaspelte sich, glaubte dennoch, den richtigen Nerv bei ihrer Jugendfreundin getroffen zu haben. Doch Emma antwortete noch immer nicht. »Oder ist es Jacob? Hat dein Bruder endlich wieder eine Frau gefunden? Den Betrieb übernommen? Eine Riesenperle aus dem Totherweinbach gefischt? Komm schon Emma, es ist doch was.« Langsam gingen ihr die Fragen aus. Sie hatte sogar die althergebrachte Bezeichnung des Tetterweinbaches benutzt, um Emma etwas anzuspitzen. Sie antwortete nicht. Helene fühlte, wie sie unwirsch wurde, als Emma noch immer den Blick abgewandt auf dem Stuhl saß und nichts sagte. Sie entschied, ebenso zu schweigen und abzuwarten.

Da kam es leise von der anderen Seite des Tisches. »Weißt du noch, als wir an der Ostsee waren und du unbedingt reiten wolltest und Johanna es verboten hatte? Oder als dir nicht auszureden war, am Abend die Pension zu verlassen, um am Strand spazieren zu gehen? Im Mondlicht? Und wie ich die Briefe an diesen unsäglichen Blasewitz an deiner Schwester vorbei zur Poststelle schmuggelte?«

Helene sah sie betreten an. Auf einmal war all das sehr präsent, sie schluckte kurz und nickte. »Ich erinnere mich, auch wenn ich manches davon vergessen möchte.«

»Länger als dich Helene, kenne ich nur meinen Bruder, oder die Eltern. Ich habe immer zu dir gehalten, nie etwas verraten. Aber du warst nicht immer ehrlich zu mir. Ich weiß also nicht, ob ich dir wirklich vertrauen kann.« Sie sah die junge Frau neben sich an und im Halbdunkel des Abends schlich sich ein beklemmendes Gefühl in Helenes Magengrube.

Auf einmal fragte sie sich, ob Emma von ihrer Schwangerschaft gewusst hatte, sie von Johanna in ihrer beider Geheimnis eingeweiht worden war und ihr wurde schwer ums Herz. Auch wenn das alles so weit weg schien, hörte es wohl nie auf, das Lügen und die Heimlichkeiten. Sie war ratlos und schwieg.

»Ich habe Anfang des Jahres mitbekommen, dass Blasewitz wieder aufgetaucht war. Er trieb sich hier am Stadthaus herum, hat mit deinem Vater gesprochen und dann war er von einem Tag auf den anderen weg. Du hast wochenlang nur ungern das Haus verlassen, bist nie allein ausgegangen, hast immerzu aus dem Fenster gespäht. Das war auffällig, Helene. Da habe ich mir meinen Reim darauf gemacht.« Noch immer sprach Emma verhalten und leise, spähte nach oben zu den Schlafgemächern der Familie.

Helene konnte kaum glauben, was sie hörte. Der Vater hatte mit Blasewitz gesprochen? Ist er deshalb nie wieder aufgetaucht, wie er ihr angedroht hatte? »Jetzt bin ich verwirrt, Emma. Hast du gehört, was besprochen wurde? Zwischen Vater und Blasewitz? Ich glaubte, er wäre betrunken gewesen, als er mich auf dem Silvesterball bedrohte, und hat sein Vorhaben am nächsten Tag bereut. Dieser Überfall hat mich erschreckt und ich wusste mir keinen Rat. Als er nach ein paar Wochen nicht auftauchte, habe ich mich langsam entspannt. Und jetzt sagst du mir, dass Vater seine Hände im Spiel hatte?« Helene flüsterte nicht mehr und Emma presste verschwörerisch den Zeigefinger auf die Lippen, bevor sie antwortete. »Er hat dich bedroht und das erzählst du mir so nebenbei? Also wirklich, Helene. Glaubst du, dass ich nicht ahnte, warum du für Monate in die Schweiz verschwunden bist? Nach diesem Dilemma um Curt? Ich will dich nicht drängen, aber ...« Sie führte den Satz nicht zu Ende. Die beiden jungen Frauen saßen im Schutze der aufziehenden Dunkelheit und schwiegen.

»Emma, es tut mir leid, aber ich kann dir nicht mehr erzählen. So wie es nun aussieht hat sich mein Vater der Sache angenommen und ich bin ihm dankbar dafür. Aber du darfst mir nicht böse sein, ja?« Sie beugte sich vor, um Emma ins Gesicht sehen zu können. Die nickte und sagte: »Ich bin dir nicht böse. Nur etwas traurig. Jede von uns hat wohl ihr Päckchen zu tragen. Und manches muss man mit sich allein ausmachen, das verstehe ich.« Um dem Ganzen die Schwere zu nehmen, wich Helene auf ein anderes Thema aus. »Nun musst du mir aber verraten, was bei dir los ist! Jacob? Oder hast du dich einem Verein der Frauenrechtlerinnen angeschlossen und Ärger mit Conrad?« Es sollte leicht klingen und sie hoffte auf eine ausgebuffte Antwort. Doch das Gesicht der Freundin verfinsterte sich.

»Es mag einen Gesellenverein geben, Helene. Eine Fleischerinnung oder Dutzende Gesangsvereine, aber Frauenrechtlerinnen? Hier bei uns? Obwohl ...«, sagte sie tief atmend und schloss: »Damit könnte Conrad leben, aber mich hat es schrecklich erwischt.«

Helene horchte auf. Konnte das wahr sein? Emma und ein anderer Mann? Das war unmöglich. Sie musste sie falsch verstanden haben, deshalb fragte sie nach. »Was meinst du? Das kann doch nicht dein Ernst sein. Conrad ist so ein lieber Vater, ein durch und durch guter Mann. Ich kenne keinen, der so viel Zeit mit seinem Kind verbringt. Und dir im Haushalt helfen würde.« Fassungslos sah sie ihr Gegenüber an.

Emma war aufgestanden und vor sie hingetreten. Sie erzählte ihr von ihrer Begegnung mit Solomon Guggenheim. Seinem Auftauchen, wo auch immer sie war, seinen eindeutigen Avancen und von der folgenschweren Entscheidung, die sie getroffen hatte, als sie die Putzstelle bei ihm angenommen hatte.

»Er ist so anders, er hat so viel zu erzählen, so viel erlebt und teilt seine Gedanken mit mir. Er hört zu und lebt jeden Tag, ohne sich an Konventionen abzuarbeiten. Wie selbstverständlich hat er mir die Stelle angeboten, als ich nachfragte, und anfangs wollte ich wirklich nur etwas dazuverdienen. Mit leichter Arbeit für etwas mehr Abwechslung in meiner Garderobe sorgen.«

»Aber Emma, du bekommst fast alle Kleider von Johanna, dir fehlt es doch an nichts. Du machst dir etwas vor.« Sie hatte mit Nachdruck gesprochen und ihre

Stimme dabei gesenkt, nicht auszudenken, was passieren würde, wenn man sie belauschte.

Emma senkte den Blick und starrte auf ihre Hände. Mit ihrer Schuhspitze stupste sie Laub an, das sich am Haus angesammelt hatte. Nun atmete sie schwer, suchte Halt am Tisch und setzte sich wieder. Dann hörte man ein leises Weinen. Helene war schockiert, so kannte sie Emma nicht, so emotional und gefühlsduselig. Sie ging hinüber und hockte sich vor sie hin. Leicht umfasste sie die Knie der Freundin und spürte, wie sie bebte.

»Was immer das ist, Emma. Du musst damit aufhören.« Flüsternd fügte sie hinzu: »Das nimmt kein gutes Ende.«

Als Helene und Emma zurück ins Vestibül kamen, läutete Hofstetter zum Abendessen. Es würde ein einfaches Dinner, die Köchin hatte genauso freibekommen wie alle anderen Angestellten. Sicher gab es kalten Braten, frisches Brot mit Schmalz, etwas Kartoffelsalat und Gürkchen, vielleicht auch von der Rohkost, die ihre Mutter neuerdings von Josefa zubereiten ließ. Die Männer waren noch immer unterwegs, wie sie mit einem Blick in Mutters Salon begriff und da wusste sie, das Essen wäre den Damen vorbehalten.

Helene war zwar hungrig, hatte aber wenig Lust auf Konversation. Zu sehr beschäftigte sie Emmas Enthüllung. Sollte Vater ihr aus der Patsche geholfen haben? Warum in Gottes Namen hatte er nie etwas verlauten lassen? Sie hatte solche Ängste ausgestanden, sich monatelang eingeigelt, Robert vernachlässigt. Kaum, dass sie ordentlich hatte arbeiten können. Und dabei war alles schon Anfang Januar durch Papa geklärt gewesen?

Conrad

Der Nachmittag auf der Festwiese der Brauerei war für Conrad launig gewesen. Er hatte ihn sichtlich genossen, denn es passierte nicht oft, dass man so ungezwungen zusammensaß und nicht durch ein Klingeln, eine Anlieferung oder andere Aufgaben im Gespräch unterbrochen wurde.

Waren die Herrschaften an der Syra auch anständige Arbeitgeber, so gab es doch sowohl im Stadthaus als auch in den beiden Manufakturgebäuden immer etwas zu tun. Es riss nie ab und er, Conrad, verschloss sich dem nicht. Er sah, wo man anpacken musste, und fragte nicht. Dass er selbst abends nach Dienstschluss mit einsprang, war für ihn das Normalste der Welt.

Nur mit Emma bekam er dann Probleme. Sie liebte ihre freien Stunden und würde liebend gerne öfter mit ihm ausgehen oder wenigstens an den Wochenenden mit ihm in die umliegenden Täler wandern. Sie dürstete es nach Ausflügen zum Bierausschank im Pfaffengut und wenn es nach ihr ging, würden sie an allen freien Tagen ständig in Gasthäusern oder Schenken einkehren.

Auch Tanzvergnügungen im Prater oder dem Goldenen Löwen hatten es ihr angetan. Wenn er denn mal mit ihr hinging, war sie für Tage glücklich und beseelt. Ja, sie schien gar besänftigt mit ihrem Schicksal.

Und doch schielte sie immer hinüber zu den hellbeleuchteten Fenstern der *Erholungsgesellschaft*, wo sich die honorige Gesellschaft der Stadt traf. Sie hatte es nie ausgesprochen, ihr sehnsuchtsvoller Blick jedoch, wenn sie herausgeputzte Damen in elegante Kaleschen einsteigen sah, verriet, was in ihr vorging. Und ihn beschlich das Gefühl, dass er ihr nicht genügte. Ihr gemeinsames Leben für sie nur ein Kompromiss war.

Umso schwerer tat er sich, Wilhelm zu Hohenlindens sicher gut gemeinten, aber auch altmodischen Rat umzusetzen. Nachdem Emma nun, wie der Patron es ihm angeboten hatte, mehr mit den Kindern arbeitete, und dennoch keine Ruhe gab, hatte er erneut mit ihm gesprochen. Der erfahrene Mann hatte wie ein Vater zugehört und dann anders reagiert, als Gustav es erwartete.

»Frauen muss man wertschätzen, ich tue das mit den meinen, doch in manchen Situationen bedarf es einer strengen Hand«, hatte der gesagt. Conrad war erstaunt, denn so viel Offenheit war er als Bediensteter nicht gewohnt. Ja, er hatte es sogar abgetan und den Alten belächelt.

»Sie haben da kein Kind von Traurigkeit als Frau. Das Mädchen weiß, was sie will und lassen Sie es sich von mir gesagt sein, der ich sie ein Leben lang kenne. Sie wird sich nehmen, was sie möchte. Sie sollten ihr ihren Platz zuweisen, Conrad. Ich kann Ihnen dabei behilflich sein, Emma mit den Kindern zurück aufs Landgut schicken. Es wird nicht leicht, denn sie hat Verbündete in meinen Töchtern, aber ich kann es versuchen. Doch Sie müssen das wollen.«

Conrad hatte genickt und sich Bedenkzeit ausgedungen, war aber nie auf das Angebot eingegangen. Zu sehr liebte er seine manchmal wilde kleine Frau. Er wollte sie glücklich sehen.

Und doch war ihr Alltag kompliziert. Für Conrad war es schwierig, die kleine Selma bei der Köchin zu lassen oder gar die herrschaftliche Kinderfrau zu bitten, ein Auge auf das Mädchen zu haben, wenn sie ausgingen. Emma nutzte ihre gute Beziehung zu den Töchtern schlicht und einfach aus. Sie hatte kein Problem damit. Rosalia, die Kinderfrau, war zu nett und schüchtern, um jemals Nein zu sagen. Und so legte sie Selma und Jonas meist mit Esther in ein Bett, las den Kindern vor und hatte ein Auge auf sie, während er seine Frau ausführte.

Er hatte das Gefühl, Emma wandte sich von ihm ab, verbrachte ihre wenige Zeit lieber mit ihren Freundinnen. Doch mit fester Hand durchgreifen, ihre Wünsche missachten? Die Worte von Hohenlinden klangen höhnisch in seinem Kopf.

Heute hatte Emma den Festplatz vorzeitig verlassen, um mit Helene nach Hause zu gehen. Sie hatte etwas von einer Näharbeit gemurmelt. Das war gelinde gesagt ungewöhnlich, doch die Gespräche mit den anderen hatten ihn abgelenkt und bald schon verschwendete er keinen Gedanken mehr an seine Frau. Sie würde zurückkommen, denn er erwartete, sie heute Abend ausgelassen tanzen zu sehen. Doch sie erschien nicht und so verließ er gegen neun das Fest. Er hatte ein klein wenig Breitseite, musste er feststellen, als er sich erhob und dann langsam vom Tisch wegging.

Als er am Ausschank vorbeikam, packte ihn eine harte Pranke an der Schulter. Gleichzeitig hörte er den jungen Herrn Gustav beschwörend auf August Bader einreden. Er sah wie er ihn am Sakko zerrte, als er selbst herumgerissen wurde. Nun brabbelte Bader in sein Ohr.

»Da sind wir an solch einem Tag, nun also allein. Du und ich. Kein Weib in Sicht«, sagte er und grinste dümmlich. »Einsam und verlassen, wir zwei Trottel«, brummte Bader und hörte nicht auf, sich ungehemmt auszulassen: »Man fragt sich, was die Weiber wollen, oder? Hach, ich kann es dir sagen, worauf sie alle aus sind, wenn sie etwas mit dir anfangen. Ich könnte dir ein Lied davon singen ...« Conrad befreite sich aus dem Griff des Angetrunkenen und ging ohne ein Wort davon. Eine Auseinandersetzung mit dem Schwiegersohn war das Letzte, was er heute brauchte. Er sah noch, wie Bier aus Augusts Maßkrug auf dessen Schwagers Joppe schwappte. Dann lief er auf den Ausgang zu.

»Lass gut sein, Alter, du hast schon zwei zu viel«, beschwor ihn Gustav, aber August gab keine Ruhe. Leise brabbelte er etwas, doch Conrad verstand nur noch Wortfetzen.

»Lass ihn nicht davonkommen ... Ich werde sie mir zurückholen. Ich schwöre, ich werde sie mir zurückholen.«

»August, was soll das? Wen willst du holen? Du bist durcheinander. Du bist betrunken. Ich sollte dich nach Hause bringen.«

Der junge Herr würde den Teufel tun und mit Bader zurück an den Tisch der Plauener Fabrikanten zurückgehen, dachte Conrad und trat endgültig den Heimweg an.

Doch August Bader gab keine Ruhe. Er stapfte schwankend über den Platz, während er mit einem

Arm vor sich hin ruderte. Schon war er wieder bei Conrad.

»Ich spreche von ihm hier«, sagte er, als sich seine Hand schwer auf dessen Schulter legte.

»Der gute Conrad hier erzieht meine Tochter. Und ich soll zusehen?«

Er war entsetzt. Doch so verdattert Conrad auch war, entschied er rechtzeitig genug, sich der Pranke des Betrunkenen zu entziehen. Auch der Sohn vom Alten schien nüchtern genug, um seinen Schwager am Arm zu packen und ihn wegzuziehen.

»Lassen Sie mich in Ruhe, Herr Bader, was soll das Geschwafel?«, hörte sich Conrad sagen und zog brüskiert seine Jacke glatt. Sein markantes Gesicht war von der Sonne gerötet und sein unsteter Blick zeigte, dass auch er schon ein paar Biere intus hatte.

»Entschuldige Conrad, er ist ...«, hörte er Gustav jetzt sagen. »Ich bringe ihn nach Hause. Er schwatzt sich um Kopf und Kragen.« Und an August gewandt: »Du solltest froh sein, dass sich Conrad auch um dein Mädchen kümmert. Sie liebt die Ausfahrten auf dem Kutschbock, du Einfaltspinsel.« An Conrad gerichtet schob er ein: »Alles in bester Ordnung« hinterher und die beiden trollten sich.

Conrad wusste nicht, was schlimmer wäre, der wütende Bader auf der Festwiese, oder das Gesicht von Frau Johanna, wenn sie ihn so nach Haus brachten. Dennoch entschied er zu helfen und fasste gemeinsam mit Gustav fest zu, sie legten sich Augusts Arme um die Schulter und versuchten, ihn wegzuführen. Doch er war ihnen körperlich überlegen, einen guten Kopf größer, stämmiger und gegen seine bierselige Kraft kamen sie kaum an.

Frustriert musste Conrad aushalten, wie er sich erneut vor ihm aufbaute und sein Gesicht ganz nah vor das seine schob. Sein Gegenüber leckte sich mit der Zunge über die Lippen, sein alkoholschwangerer Atem war abstoßend und nur mühsam hielt sich Conrad zurück. Zwar versuchte er, ihm auszuweichen, doch er stand gegen den Zaun gelehnt, der das Festgelände begrenzte. Schon begann sein Gegenüber ohne Einhalt auf ihn einzuschwatzen. »Du glaubst, du bist der Größte, oder? Vom Alten zu Hohenlinden protegiert und strotzend vor Manneskraft. Dabei hast du dich vorführen lassen, mein Lieber. Deine flotte Ehefrau lag bei mir, bevor sie dich auch nur angesehen hat.«

Bevor Gustav ihn unterbrechen konnte, flogen schon die Fäuste. Conrad hatte zu seinem Erstaunen als erster zugeschlagen, massierte sich nun die Handknöchel und sah verwundert dabei zu, wie der Hüne vor ihm taumelte. Er erschrak über sein ungestümes Handeln, plusterte tief durchatmend die Nasenflügel auf und griff dem strauchelnden August unter die Arme. Als der vornübergebeugt seinen Halt wieder fand und mit einem schwungvollen Haken zurückschlug, entspann sich sogleich eine handfeste Keilerei.

Die Männer fielen sich gegenseitig in die Arme, jeder versuchte die Oberhand zu erlangen und einen vernünftigen Schlag zu platzieren, doch sie waren beide vom Alkohol angeschlagen. Schlussendlich fanden sie sich ringend am Boden wieder, bis ein beherzter Gustav und der hinzugeeilte Robert die Männer auseinander-riss.

Es dauerte eine Weile, bis sie sich beruhigten und sie am Zaun gelehnt, hechelnd zu Atem kamen. Gustav reichte beiden einen Krug mit Bier und sie nahmen einen großzügigen Schluck.

»Ich werde das hier schnell vergessen, Herr Bader, aber kommen Sie mir nie wieder zu nahe, verstanden?« Conrad rappelte sich als Erster auf und ließ die Männer kopfschüttelnd auf der Festwiese zurück. Er stapfte wütend in Richtung Innenstadt aus und war auf einmal stocknüchtern. Seine Hand schmerzte und er suchte sich nach Blessuren ab, doch außer einem völlig verdreckten Sakko und Hosen, die gelinde gesagt, mitgenommen aussahen, war er in Ordnung.

Die Gedanken in seinem Kopf jedoch überschlugen sich. Er versuchte, sich zu erinnern, wie das Gespräch angefangen hatte. Womit hatte er Bader so gereizt, dass er so irrsinnige Anschuldigungen ausstieß? Was glaubte dieser Mensch, wer er war und was er sich herausnehmen durfte? Alkohol hin oder her, so etwas sagte man auch nicht im Suff. Oder gerade dann?

Er war verwirrt, Erinnerungen an Augusts Vorschlag, mit ihm Geschäfte am gnädigen Herrn vorbeizumachen, kamen hoch. Damals hatte er ihm eine Abfuhr erteilt, sich nicht dazu hinreißen lassen. Doch das konnte unmöglich der Grund für seine unverhohlen gezeigte Abneigung sein. Er behandelt ihn schon immer herablassend. Conrad hat sich ein dickes Fell zugelegt, ging nie darauf ein, sondern machte seine Arbeit und der Rest der Familie war ihm gewogen. Das war es, was wirklich für ihn zählte.

Doch nun griff der Schwiegersohn seines Arbeitgebers seine kleine Familie an, beschmutzte Emma, sein Allerheiligstes. Was sollte er tun? Seine Frau fragen, warum Bader das tat? Hatte sie ihn vielleicht mal abgewiesen und er war deshalb gekränkt?

Vorstellbar war das.

Im Halbdunkel setzte er sich auf ein kleines Mäuerchen. Er musste nachdenken, bevor er zu Hause ankam. Langsam kroch Sorge in ihm hoch. Was, wenn Bader und Gustav zu Hohenlinden ihn verantwortlich machen würden? Hatte er provoziert? Nein, das hatte er nicht. Aber konnte er es beweisen? Es ging ihm durch und durch. Die Ungewissheit, worauf das alles hinauslaufen würde, ängstigte ihn fast ein wenig. Immerhin hatte er zuerst zugeschlagen. Er war ein friedfertiger Mann, kam gut mit allen aus, hielt sich aus Tratsch und Klatsch raus. Selbst seine Stammkneipe verließ er, wenn er merkte, da braute sich etwas zusammen.

Sollte er den Alten zu Hohenlinden ins Vertrauen ziehen? Der hatte ihm schon so manchen guten Rat gegeben. Aber bei dem, was hier im Raum stand, erschien ihm das nicht vernünftig. Dann erinnerte er sich an einen Ausspruch seines Vaters. *Keine Suppe wird so heiß gegessen, wie sie gekocht wird*, hatte der immer gesagt, wenn es mal Probleme gab, und an diesen Spruch hatte sich Conrad sein Leben lang gehalten. Er würde abwarten, auch wenn ihm das der eine oder andere als Schwäche auslegte, hatte es ihm doch so manchen Zwist erspart.

Wenn sich Bader ruhig verhielt, würde auch er die Sache auf sich beruhen lassen. Einzig Emma würde er davon erzählen müssen, sehen, wie sie reagierte. Am

Stadthaus angekommen, entschied er Bader und Emma im Auge zu behalten.

Kapitel 20,
Oktober 1882,
Oelsnitz im Vogtland

Helene & Robert

Sein Kutscher war seit ein paar Tagen auffallend verschlossen und darauf angesprochen, hatte Conrad Leitner lediglich über Rückenschmerzen geklagt. Dennoch fand Wilhelm zu Hohenlinden das Verhalten des Mannes mehr als eigenartig. Seit Neuestem war er erpicht darauf pünktlich in den Feierabend zu kommen, holte seine Frau von der Schule ab, ging abends mit ihr ständig aus. Er nahm die Tochter auf diverse Fahrten mit und überließ sie kaum mehr der Köchin. Bei der Kinderfrau war sie nur dann, wenn auch Emma den Tag mit den Kindern verbrachte.

Wilhelm fragte sich, was vorgefallen war, doch das Grübeln wurde von einer leichten Berührung seiner Frau unterbrochen. Dorothea strich ihm übers Bein, um seine Aufmerksamkeit zu erlangen, und zeigte auf Schloss Voigtsberg, dass gerade am Kutschenfenster vorbeizog.

»Die Vorstellung, dass in dieser imposanten Burg arme Frauen ihr Dasein fristen, lässt mich frösteln. Im wahrsten Sinne des Wortes, mein Lieber. Warum nur werden in all diesen herrlichen Schlössern Haftanstalten eingerichtet, meist mitten in der Stadt?« Wilhelm hatte keine Antwort parat, die seiner Frau genügt hätte, und so schwieg er. Auch Doro wollte dieses Gespräch nicht wirklich führen, hatte ihn wohl nur aus seinen Gedanken holen wollen.

Neben ihr saß Helene, die heute Abend bezaubernd aussah. Seine Tochter hatte große Mühe auf ihr Äußeres verwendet, gestand er sich ein und er wusste dies zu schätzen. Sie kleidete sich sonst eher einfach, zwar immer raffiniert, aber nie aufdringlich oder gar pompös. Ihr Stil war zurückhaltend, eklektisch, mit dem gewissen Etwas.

Dem heutigen Anlass geboten, umschmeichelten sie die feinsten Spitzen aus seiner Manufaktur und der Hausball bei ihren zukünftigen Schwiegereltern würde damit so ganz nebenbei zu einer brillanten Werbeplattform werden. Das Kind wusste, wie man sich benahm, kleidete und repräsentierte. Seine Jüngste hatte sich gemausert. Mit Verwunderung dachte er manchmal an das Mädchen zurück, dass er vor ein paar Jahren in die Schweiz hatte schicken müssen und betrachtete beeindruckt die junge Frau, die nun entscheidende Impulse in seinem Unternehmen gab. Die sich einmischte, auf Konventionen pfiff und ihre zugegeben vertrackte Situation inzwischen mit Contenance und Kraft bewältigte. Das Schicksal, das er und Doro ihr aufzwangen, hatte sie letztendlich zäh gemacht. Das verdiente seinen Respekt.

Schon sah er das hell erleuchtete Anwesen der Familie Arnstädt/Tandell vor dem Hannelore und ihr Mann

Moritz die zahlreich anreisenden Gäste begrüßten. Vor ihnen waren zwei andere Kutschen in den großzügigen Platz vor dem Wohnhaus eingebogen und dies gab Wilhelm und Dorothea genügend Zeit, um sich umzusehen.

Wie bei vielen Unternehmen der Neuzeit baute man die Wohnhäuser in der Nähe der Fabrikhallen, um immer nahe am Geschehen zu sein. Genau wie sie früher in den oberen Etagen ihres Manufakturgebäudes gewohnt hatten, lebten in der Korsettfabrik Eigentümer und einige Angestellte auf dem Gelände der Fabrik. Man erreichte fußläufig das Kontor, konnte nach Geschäftsschluss Lieferungen annehmen und hatte immer ein Auge auf seinen Besitz.

Wilhelm gefiel diese Aufteilung, die auch in Plauen in der Elsteraue Einzug gehalten hatte, musste sich aber eingestehen, dass sein Leben in ruhigeren Bahnen lief, seit er Wohnen und Arbeit strikt trennte.

Er verbrachte die Abende öfter mit der Familie, ließ sich weit weniger dazu hinreißen, noch dies oder das schnell im Kontor zu erledigen. Obwohl er durch die Entfernung zum Stadthaus manchmal ein Mittagessen ausließ, schien ihm das Dorothea eher zu verzeihen als seine Abwesenheit am Abend. Er war zufrieden mit seiner häuslichen Situation.

Nun waren sie fast an der Reihe. Vor ihnen entstieg einem neuen und sehr vornehmen Zweispänner ein Mann Ende zwanzig, den er als Carl Koch erkannte. Seines Zeichens Inhaber der gleichnamigen Teppichwarenfabrik Koch & te Kock in Oelsnitz. Dieser ließ hier im Elstergrund seit Monaten Fertigungshallen mit beachtlichen dreitausend Quadratmetern Nutzfläche errichten und man mag es sich kaum vorstellen, aber binnen Jahresfrist beschäftigte er schon über einhundert Angestellte. Dabei hatte er erst vor zwei Jahren in Oelsnitz gegründet. Seine Teppiche exportiert der agile, gutaussehende Mann schon nach Schweden und in die Schweiz, nach Frankreich und will künftig bis ins ferne Russland reisen, um seine exzellenten Waren anzubieten. Sein imposanter Expansionskurs und die vortreffliche Qualität seiner Erzeugnisse waren in den letzten Wochen nicht nur einmal Gegenstand hitziger Diskussionen im Rauchsalon der *Erholung* in Plauen gewesen. Wilhelm erinnert sich all dieser Einzelheiten genau, denn sie rangen ihm beachtlichen Respekt ab.

Nach Koch stieg eine junge Frau aus, der er galant die Hand hinhielt und die Helene als die Ehefrau erkennen wollte. Doch sie kamen nicht dazu, sich über das schillernde Paar zu unterhalten, denn Conrad Leitner stoppte ihre Kutsche.

Schon trat Robert heran, öffnete die Tür und hielt zuerst Dorothea seine Hand zum Geleit. Dann entstieg Helene mit einem breiten Lächeln der Kalesche und Wilhelm folgte sogleich hinterdrein. Er schwenkte vergnügt seinen Gehstock, den er seit ein paar Wochen immer bei sich führte und lüftete den Zylinder zeitgleich mit einer tiefen Verbeugung vor Hannelore und Moritz.

»Es ist uns eine Freude, euch zu sehen«, sagte Dorotheas älteste Freundin und die Damen küssten sich links und rechts auf die Wangen. Die Männer beließen es bei einem festen Händedruck.

»Lasst uns hineingehen, es sind fast alle da und wir werden gleich die Gäste begrüßen. Da drüben könnt ihr ablegen. Robert, bist du bitte behilflich«, sprach sie ihren Sohn an und nickte ihren Freunden zu, bevor sie am Arm ihres Mannes durch das Speisezimmer in den imposanten Wintergarten trat, der leicht um die fünfzig Gäste aufnehmen konnte.

Helene liebte diesen großzügigen Raum, in dem es verschiedenste Sitzgruppen aus Rattan gab. Sofas mit weichen Polstern standen um niedrige Tische gruppiert und im Sommer luden Chaiselongues zum Ausruhen ein. Durch die großflächigen Sprossenfenster sah man auf einen parkähnlich angelegten Garten. Er war nicht zu groß, aber für die Privatsphäre straßenseitig mit hohen Bäumen und Büschen bepflanzt. Wenn wie am heutigen Abend jeder Platz besetzt und außerdem Stehtische aufgestellt waren, meinte man, sich in einem Kaffeehaus in den Kaiserbädern zu befinden.

Wäre da nicht die Ecke mit den Bücherregalen, dachte Helene und machte sich auf, nachzusehen, welche neuen Exemplare sich dort eingefunden hatten. Tante Hannelore, wie sie ihre zukünftige Schwiegermutter im Geiste noch immer nannte, war genauso in Literatur verliebt wie sie selbst. Sie hatte ein Händchen für die neuesten und angesagtesten Bücher. Ihre Finger waren mit denen Roberts verwoben, als sie ihn hinter sich herzog und auf die Regale zustrebte.

»Liebling, können wir bitte erst die Gäste begrüßen und uns später oder morgen den Büchern meiner Mutter widmen?« Er zog Helene sanft zu sich heran und strich ihr mit dem Daumen über den Handrücken. Eine verlegene Geste, die er immer dann machte, wenn er ihr vor Publikum nicht zu nahekommen konnte.

Sein schmales Gesicht schien im Schein der vielen Kerzen müde, doch seine Augen funkelten, als sie ihn durchdringend ansah. Sie liebte sein verschmitztes Lächeln, mit dem er in ihr jedes Mal aufs Neue ein Feuer entfachen konnte. Tief in ihrer Magengrube tanzten dann tausende Schmetterlinge und hätte es nicht zu kitschig geklungen, würde sie darauf bestehen, dass ihr fast die Knie nachgaben, wenn er sie so ansah. Sie lächelte und hauchte ein: »Natürlich, Liebster« in sein Ohr.

Robert war zufrieden und sie schlugen den Weg ins Vestibül ein, das man als Tanzboden hergerichtet hatte. Aus dem Herrenzimmer klangen die Stimmen mehrerer älterer Gäste, die sich in ein politisches Thema vertieft hatten. Helene glaubte, den Bariton ihres Vaters auszumachen. Der Salon ihrer Schwiegermutter hingegen, diente zwei Handvoll Damen dazu, sich bei einem Cherry angeregt über Kinder und Mode zu unterhalten.

Die Dienstboten liefen eilfertig umher, boten Getränke, erfüllten Sonderwünsche, hatten appetitliche Kanapees auf schimmernden Tablets angerichtet. Die Stimmung war ausgelassen und Helene trat an Roberts Arm den Rundgang zwischen den Gruppen an, die sich gebildet hatten. Man kannte sich in der Kleinstadt und die Korsettfabrikanten hatten alles eingeladen, was Rang und Namen hatte. Einschließlich ihrer lokalen Lieferanten.

Und so war Helene hocherfreut, Jacob und seinen Vater zu sehen. Mit ihm verband sie ihre Kindertage auf dem Gut. Emmas Bruder hatte ihr gezeigt, wie man mit den Zehen eine Muschel aus dem Bach klaubte und nur ihm hatte sie es zu verdanken, dass sie schwimmen konnte. Seinen Strubbelkopf hatte er auch heute kaum bändigen können. Obwohl man sah, dass einiges an Pomade in seinem Haar gelandet war, standen ihm die etwas zu langen Locken wild vom Kopf ab. Sie musste schmunzeln. Denn eines war für sie sicher, niemals sollte dieses, sein Markenzeichen, jemals gezähmt werden. Von niemanden.

»Fräulein Helene«, hörte sie ihn sagen und vor Verwunderung blieb ihr der Mund offenstehen.

»Wen meinst du? Mich? Das ist lächerlich, Jacob. Fräulein Helene ...«, sagte sie langgezogen, mit glucksender Stimme und versuchte, ihn zu imitieren.

»Wir kennen uns ein Leben lang, du wirst doch jetzt nicht anfangen, mich Fräulein zu nennen. Da wäre ich beleidigt.« Sie trat auf die Männer zu und reichte seinem Vater die Hand. Der begrüßte sie formvollendet und dankte Robert für die Einladung.

»Leider wird es Herr Schmidt nicht schaffen, heute Abend herzukommen, er ist geschäftlich auf Reisen und bat mich, ihn zu vertreten. Doch sein Sohn ist dort drüben.« Er zeigte auf den schlanken Louis Nicolai, der als Muschelwarenfabrikant bekannt geworden war.

»Der Absatz unserer Perlmuttwaren läuft gut und wir haben mit Schmidt einen engagierten und gutvernetzten Partner, der nicht nur in Leipzig für uns ausstellt, oder Bad Elster beliefert. Nein, er hat große Ambitionen in die ganze Welt.« Man hörte den Stolz in der Stimme des älteren Mannes, dessen Haut wettergegerbt war und dessen Händen man die Arbeit ansah, die sie täglich verrichteten.

Roberts Interesse war geweckt und Helene hörte aufmerksam zu, als Jacobs Vater von den erfreulichen neuen Geschäftszweigen sprach, die bei den vogtländischen Perlenfischern Einzug gehalten hatten.

»Unser Jacob hier hat sich als geschickter Muschelschleifer herausgestellt. Er vermag es vorzüglich, die Schalen der abgestorbenen Tiere zu beizen und solange zu schleifen, bis die Kalkschichten verschwinden und der samtige Lüster zum Vorschein kommt. Man verkauft jetzt nicht nur an Sie, Herr Arnstädt, sondern gewinnbringend nach Markneukirchen. So manche Geige wird damit bei den Instrumentenbauern verschönert«, berichtete Jacobs Vater nicht ohne Stolz in der Stimme.

»Es freut mich, dass sich das Geschäft noch immer ausweiten lässt«, sagte Robert an die Männer gewandt und fügte dann hinzu: »Hauptsache Sie haben immer genug für die Verschönerung unserer Korsetts übrig. Die Damenwelt liebt diese neuen Akzente!« Er war ernst geworden und auch die anderen bemerkten einen kalten Zug um seine Lippen. Doch Jacob konnte ihn beruhigen und sprach dann Helene an: »Wir haben von der Tragödie um deinen Neffen gehört. Es tut uns sehr leid und ich würde mich freuen, wenn du Johanna mein Mitgefühl übermitteln könntest«, sagte er mit leiser Stimme und faste sie in einer vertrauten Geste am Arm. Diese blieb Robert nicht verborgen, aber er rügte sich. *Welch kindische Eifersüchtelei*, tadelte er sich und nutzte die Gelegenheit, mit dem Adorfer Perlmutter noch ein wenig übers Geschäft zu parlieren.

»Gerne Jacob, ich werde es ihr ausrichten. Wie du dir vorstellen kannst, ist sie unendlich traurig und ihr Mann seither nicht mehr er selbst.« Es fiel ihr schwer, darüber zu sprechen, zumal Jacob seine Frau an Kindbettfieber verloren hatte. Vorsichtig fragte sie ihn trotzdem nach seinem Leben aus. Nachdem sie ausgiebig über die Freunde aus Kindertagen geplaudert hatten, sie von ihrer Reise nach Dresden berichtete, schwärmte er von seinem neuesten Projekt.

»Ich renoviere wieder an unserem kleinen Umgebindehaus. Nach dem Tod meiner Frau hatte ich mich nicht aufraffen können, diesen Traum weiter zu verfolgen. Doch mit etwas Abstand verstehe ich nun, dass sie es so gewollt hätte. Und nun bin ich ganz glücklich über diese Aufgabe.« Helene lächelte, froh über diese Wendung und dann schlenderten sie vertraut und im Gespräch vertieft, Arm in Arm zum Büfett. Tante Hannelore hatte sich nicht lumpen lassen und Jacob und sie schauten sich erstaunt an.

»Das ist sehr opulent, oder? Ich bin ja selten auf solchen Festen, aber selbst für deine Schwiegereltern ist das hier außergewöhnlich.« Sie bestaunten Pasteten, kunstvoll angerichtete Kanapees mit Wurst und Schweizer Käse, gebratene Hühnerschenkel und seitlich davon drapierte Törtchen und Kuchen für den Nachtisch und langten kräftig zu.

»Ich bin so satt, ich kann mich kaum noch bewegen«, flüsterte Helene wenig später mit einem Seitenblick auf Jacob und lachte. Der kaute an einem Stück Kuchen und bemerkte dann: »Gut, dass sich manches nie ändert, einem leckeren Happen warst du schon immer zugetan, obwohl man es dir nicht mehr ansieht.« Verschämt lächelte er sie an und sie wusste seine Bemerkung als Kompliment zu nehmen.

In diesem Moment sah sie Robert aus dem Augenwinkel. Er löste sich unwirsch von der Seite einer jungen Frau und ließ sie zu ihrer Verwunderung einfach stehen. Die blonde Schönheit hielt ein halb volles Glas Champagner in der Hand und hob an, daraus zu trinken. Dabei verfolgte sie mit zugekniffenen Augen den aufgebracht scheinenden Robert mit einem abschätzenden Blick und dann flog ihr Kopf herum.

Sie sah Helene geradewegs an und prostete ihr zu. Dann stellte sie das hochstielige Glas abrupt auf einem Tisch ab und verließ hinter Robert den Wintergarten.

Helene war sich sicher, niemand außer ihr hatte diesen kurzen Moment bemerkt. Alle schienen in ihre Gespräche vertieft, die ersten Paare drehten Runden nach der leisen Musik im Vestibül und der laue Abend hatte so manchen in den Garten gezogen. Würzige Herbstluft waberte von dort herein und sie fragte sich, was zu tun sei. Was hatte sie da gesehen? Oder interpretierte sie zu viel in einen unschuldigen Blick hinein?

»Was war das, Helene?« *Die befremdliche Szene war also doch nicht unbemerkt geblieben*, dachte sie und zuckte mit den Schultern. »Ich weiß es nicht, aber ich werde dem Ganzen mal auf den Grund gehen.«

Doch Jacob hielt sie zurück. »Bist du sicher? Ich meine, was auch immer da zwischen den beiden steht, sollten sie vielleicht ohne dich ausräumen, oder?«

Helene stutzte. »Kennst du die Frau?«, fragte sie ihn und schaute wieder hinüber zur Tür. Doch sie konnte Robert nicht sehen, auch ihre Schwiegereltern waren nirgendwo. Bevor Jacob antworten konnte, trat ihr Bruder Gustav auf sie zu, der gerade erst angekommen war. Er hatte die letzten Tage auf Gut Hohenlinden verbracht und einige Umbauarbeiten an den Stallungen beaufsichtigt.

Nun spürte sie seine zupackende Hand am Unterarm, hörte ihn Jacob eine flüchtige Begrüßung zuwerfen und schon führte er sie von den anderen fort in den Garten. Es gelang ihr nicht, sich freizumachen, im Gegenteil, er fasste fester zu.

»Lass das bitte, Helene, du willst kein Aufsehen erregen, oder?« Sie wusste selbst, dass sie ein seltsames Paar abgaben, wie sie hier in den Garten stolperten und sie sich vehement wehrte, mit ihm zu gehen. Doch sie hasste es seit jeher, wenn ihr Bruder so tat, als wüsste er genau, was gut für sie sei.

»Kannst du mir bitte sagen, was das soll?«, flüsterte sie aufgebracht.

»Das wollte ich gerade dich fragen, Schwesterlein. Aber nein, ich sollte herausfinden, ob du dir darüber im Klaren bist, was diese Frau hier will. Und ob du gewappnet bist für diesen ungleichen Kampf?«

»Bitte Gustav, spann mich nicht auf die Folter. Von welchem Kampf redest du und wer ist diese Frau?«

Ihr Bruder rieb sich die Nasenwurzel und sie griff automatisch nach ihrem Bernstein, der warm und glitzernd auf ihrer Brust lag. *Der Stein scheint zu brennen*, dachte sie alarmiert und betrachtete ihn.

»Das war Lydia Clesen, eine Bekannte von Adele Koch.«

Sie reagierte nicht.

»Die Fabrikantengattin?« Er sprach eindringlich und bemüßigte sich, sie mit noch mehr Informationen zu versorgen.

»Sie hat gerade einen umwerfenden Auftritt hingelegt und dich dabei kompromittiert, meine Liebe. Warum bist du nicht an der Seite deines Verlobten?« Helene erschrak und verstand noch immer kein Wort. »Lass uns sofort Robert suchen, jetzt.« Gustav sah sie auffordernd an und drehte sich um. Er war drauf und dran, die wenigen Stufen zum Wintergarten in Eile zu nehmen.

Doch sie stoppte ihn. »Warte Gustav, worüber hat man gesprochen, was hast du gehört? Warum bist du so aufgebracht?«, bombardierte sie ihren Bruder mit Fragen und blieb dabei störrisch im nebelfeuchten Gras stehen.

»Man erzählt sich, Robert hätte eine Affäre mit der schönen Lydia.«

Sie spürte Peitschenhiebe. Seine Worte hinterließen blutige Striemen auf ihrem Bild von Robert Arnstädt. Dem Mann, dem sie das Jawort geben würde, dem Mann, der ihr Geheimnis kannte. Helene wurde flau im Magen, ihr schwirrte der Kopf. Sie konnte keinen klaren Gedanken fassen und auf einmal wurde ihr schlagartig bewusst, dass sie es bisher vermieden hatte, über Roberts Vergangenheit nachzudenken. Er war nicht von ungefähr ein Sorgenkind für Tante Hannelore gewesen, erinnerte sie sich jetzt. Wie nur hatte sie verdrängen können, dass auch er ein Leben vor ihr gehabt hatte? Weshalb war sie so darauf erpicht, nur ihr eigenes Vorleben zu betrachten und sich nie mit dem ihres Verlobten zu beschäftigen?

Da fiel es ihr wie Schuppen von den Augen. Auch Robert hatte immer von der Gegenwart gesprochen, nie von der Vergangenheit. Wieder griff sie nach ihrem Bernstein, wie um Halt zu suchen. Noch vor ein paar Jahren wäre sie in einer solchen Situation davongelaufen, hätte die Zeit die Probleme richten lassen. Doch diese Helene gab es nicht mehr. Sie würde den Dingen auf den Grund gehen. Jetzt sofort.

Als sie Sekunden später durch den Wintergarten ins Vestibül trat, sah sie Lydia in der Nähe ihres Verlobten stehen. Die blonde Schönheit stand in einer kleinen Gruppe von Frauen, die angeregt plauderten, beteiligte sich aber nicht, sondern suchte mit den Augen nach Roberts Blick. Helene trat geradewegs auf sie zu, schlängelte sich so zwischen den Damen hindurch, dass sie sie anrempeln musste und bemerkte leichthin: »Oh, wie ungeschickt von mir, Lydia. Ich lasse dir ein neues Glas bringen.« Schon war sie an der jungen Frau vorbei, hakte sich bei ihrem Verlobten ein und zog ihn mit sich fort.

»Du kennst sie?«, fragte der verwirrt, fing sich jedoch schnell. »Es tut mir leid, Helene, du hast sicher etwas falsch verstanden. Was auch immer du gehört hast, es ist nicht wahr.« Sie legte ihren Zeigefinger auf ihre Lippen und deutete ihm zu schweigen. Ein umwerfendes Lächeln machte sich in ihrem blassen Gesicht breit und kaum jemand würde etwas von ihrer Aufgewühltheit ahnen. Sie schlenderten am Büfett vorbei, griffen nach weiteren Köstlichkeiten, die sie lachend auf einem Teller aufschichtete und dann begannen sie entspannt davon zu probieren. Aufreizend langsam schob sie ihm ein Stückchen Camembert zwischen die Lippen, eine

Geste, die er sonst schätzte. Heute jedoch verschloss ihm der breiige Käse den Mund und er konnte nichts sagen. Doch das war es wohl, was Helene beabsichtigte.

»Du kannst mir alles erklären, wenn wir allein sind. Jetzt wird es jedenfalls keinen Skandal geben.« Sie hielt sein Handgelenk unter der Serviette fest umschlossen und drückte es nochmals, als sie hinzufügte: »Ab jetzt bleiben wir Seite an Seite, für den Rest des Abends, dann wird sich die Dame hoffentlich geschlagen geben.« Er schien unendlich dankbar.

»Wie schlau und großmütig du doch bist«, sagte er.

In Helene brodelte es.

Als Stunden später der letzte Gast das Haus ihrer Schwiegereltern verließ und sich ihre Eltern zurückgezogen hatten, ließ sich Helene im Wintergarten auf ein Sofa fallen. Sie streifte ihre Schuhe ab, entledigte sich der Handschuhe und griff sich eine Decke aus Mohair von der Lehne, die sie sich über die angezogenen Beine schob. Robert kam mit zwei Gläsern Champagner auf sie zu und zog einen Stuhl heran. Sie prosteten sich lautlos zu. »Ich bin dir eine Erklärung schuldig«, sagte er.

Helene nickte. »Das bist du wohl«, war alles, was sie sagen wollte.

»Glaube mir, es ist peinlich, dass sich Lydia so aufgeführt hat. Ja, ich kenne sie, da gab es eine Einladung zu einem Hausball, bei dem ich mit ihr bekannt gemacht wurde, und später habe ich sie einige Male zum Tanzen ausgeführt. Bin durch ihren Bruder bei ihren Eltern quasi ein- und ausgegangen. Die Nähe meiner Mutter zur Familie Koch, der Unternehmerstammtisch, du weißt, man kennt sich ...« Er schien sich nicht weiter erklären zu wollen, doch das war Helene zu vage. Sie würde sich nicht in ein Leben mit ihm begeben, ohne alles zu wissen.

»Ein Hausball also, hier in Oelsnitz? Und was dann? Ihr hattet eine Affäre erzählt man sich und dass du ihr Versprechungen gemacht hast. Immer schön dezent, hieß es, wärst du gewesen. Oben im Norden, weit weg von deinem normalen Leben. Und jetzt heiraten wir und sie ist nicht amüsiert, wie es scheint.«

Helene wusste nicht, wie sie das, was sie von ihrem Bruder gehört hatte, zusammenfassen sollte, doch sie versuchte es und ja, sie schien einen wunden Punkt bei ihm zu treffen. Das erschrak sie. Gab es etwas, was ihn an diese zugegebenermaßen aufreizende Frau band?

»Ja, ich habe ihre Familie hier in Oelsnitz im Hause Koch kennengelernt. Ich fand sie nett, attraktiv, gebildet und unterhaltsam. Auf einer meiner Reisen nach Antwerpen und Brüssel bot es sich an und ich stattete ihrem Bruder einen Besuch ab. Auf dem Rückweg von Amsterdam legte ich einen weiteren Zwischenstopp in Düren ein. Die Abende im Herrenclub ihres Bruders waren zerstreuend, voller Leben und amüsant. Zwischen unseren Begegnungen vergingen immer Monate und anfangs schien sie lediglich erfreut über die Abwechslung, die mein Auftauchen bot. Doch mit meinem dritten Besuch dann, erwartete mich eine völlig veränderte junge Frau. Sie wich mir nicht mehr von der Seite, stellte mich überall vor, es war fast unmöglich, ihrem Ansinnen, mich als ihren ständigen Begleiter zu präsentieren, zu entkommen. Es wäre unhöflich gewesen und so habe ich weiter Zeit mit ihr verbracht. Aber mir war sehr schnell klar, dass das keine Zukunft hat.«

Robert sah Helene ins Gesicht, ergriff ihre Hand und strich wieder sanft über ihren Handrücken. Er schien nachzudenken und sie wollte ihm die Gelegenheit geben, sich so zu erklären, wie er es für adäquat hielt. Fragen konnte sie ihm später genug stellen.

»Lass es mich so sagen: Lydia hat ehrgeizige Ziele und mir schnell klargemacht, dass es ihr auf ihre Stellung im Leben ankommt. Sie sucht einen Mann, der wie sie von Ambitionen getrieben ist. In mir meinte sie den Richtigen gefunden zu haben. Mein, wie soll ich sagen, nicht ganz makelloser Ruf, hatte auch sie erreicht. Mit ein paar wohlplatzierten Fehlinformationen unter ihren Freunden und bei ihrem Bruder meinte sie, mich dazu zu bringen, sich ihr zu erklären.«

»Was meinst du mit wohlplatzierten Fehlinformationen? Das klingt ausgebufft, fast wie Erpressung.« Helene mochte sich nicht vorstellen, wie man einen Mann dazu bringen könne, sich zu erklären. Das klang abgedroschen, wie aus Erzählungen längst vergangener Tage.

»Nun, da hast du den Nagel auf den Kopf getroffen. Es ist Erpressung und sie dachte, es würde funktionieren. Sie schmückte den Grad unserer Vertrautheit etwas aus, machte hier eine Bemerkung, da ließ sie sich wegen Liebeskummer nicht mehr sehen und schon zog man falsche Schlüsse. Es gelang mir nur mit Mühe, das Vertrauen ihres Bruders wieder zu erlangen.«

Robert rieb sich die Schläfen und lockerte den oberen Knopf an seinem Kragen. Er wollte ihr ja alles erzählen, fühlte sich jedoch schäbig, weil er damit gewartet hatte. Helene schüttelte fassungslos den Kopf, zog die Beine näher an sich heran und klopfte auf den Platz neben ihr. Gleichzeitig streckte sie die Hand nach ihm aus.

»Komm her, setz dich zu mir.« Ihre Stimme war warm und ihr Blick liebevoll, das machte ihm Mut.

»Ich hätte dich einweihen müssen, Helene. Um ehrlich zu sein, war ich einfach zu naiv. Für mich war das alles lange vorbei. Dass eine Frau so berechnend ist, hatte ich gehört, doch nie selbst erlebt. Dass sie so nachtragend ist, hätte ich auch nicht gedacht. Ich komme mir vor wie ein absoluter Dummkopf.« Er rieb sich die Stirn und griff sich mit beiden Händen in den Nacken. »Von lieblich zu eiskalt ist es bei Lydia nur ein winziger Schritt. Das war auch der Grund für meinen Rückzug. Sie war damals auf einmal so steif, berechnend, ihr fehlte die Lebendigkeit, die Leichtigkeit, die ich an dir so liebe. Deshalb bin ich nicht mehr hingefahren, habe ihre Post zurückgesandt und seit über einem Jahr nichts gehört. Nachdem mir klar wurde, dass du die einzig Richtige für mich bist, habe ich jeglichen Kontakt abgebrochen. Warum sie heute hier erscheint und wie dein Bruder auf einmal in dieses Bild passt, weiß ich nicht. Ehrenwort.«

»Ich weiß nicht, woher Gustav die Familie Koch kennt. Wahrscheinlich über unser beider Eltern.« Helene war es nicht wichtig. Sie sah Robert liebevoll in die Augen und erkannte sein aufrichtiges Bedauern. Sie erinnerte sich der Schwüre, die sie ausgetauscht hatten, als sie hier in seinem Elternhaus all ihre Ängste mit ihm geteilt hatte.

Die Momente der Innigkeit und tiefen Verbundenheit kamen in ihr hoch, wenn sie daran dachte, wie sie an der Kapelle am Gut gesessen hatten und davon sprachen, sich immer zu vertrauen. Sich nie wieder allein zu lassen, keine Heimlichkeiten mehr zu haben. Doch es galt ein ganzes Leben voreinander auszubreiten und sie fühlte nur im Ansatz, wie schwer das sein konnte. Doch sie wollte es schaffen, sich den Gefahren stellen, die dies barg.

»Ich vertraue dir, Robert. Ganz so, wie wir es uns versprochen haben, und weißt du was?« Ihre Stimme schien nicht mehr nachdenklich und getragen, nein, sie klang jetzt herausfordernd, frisch und ließ ihn aufhorchen.

»Wir sollten die Hochzeit nicht weiter verschieben. Thomas wird davon nicht mehr aufwachen. Aber wir können natürlich keinen rauschenden Ball feiern. Lass uns im Kleinen heiraten, ohne großes Brimborium. Du, ich und unsere Eltern in der Kirche. Ein nettes Essen und dann ... Ja, irgendwann im Sommer laden wir zu einem Fest.« Fast war sie selbst ein wenig überrascht von ihrer spontanen Idee, doch es fühlte sich richtig an und das Lächeln auf seinem Gesicht bestätigte sie.

Robert erhob sich und zog sie von der Couch. Sie stand auf Zehenspitzen, als er sie innig küsste und sie kaum von ihm lassen wollte.

»Du und ich, wir beide gehören zusammen, was auch immer in der Vergangenheit war. Ist es nicht das, worauf wir uns geeinigt hatten?« Robert wusste, dass Helene ihm zustimmte.

**

Lydia Clesen lag indes schnaubend und fluchend in ihrem Bett.

Oh, wie ich es hasse, sie zusammen zu sehen. Helene zu Hohenlinden an seinem Arm wie eine Trophäe, dabei wäre ich doch die richtige Frau an seiner Seite, nicht dieses unscheinbare Provinzkind! Er verdiente eine Frau wie sie. Schön, mit Verstand, Witz und Esprit, klug, ambitioniert und belesen. In Lydias Kopf drehte sich alles, wild flatterten die Gedanken durcheinander, als sie über den Abend sinnierte. Hässliche Worte lagen ihr auf der Zunge. Doch wie so oft hörte ihr niemand zu.

Wenn sie an Robert dachte, entspannten sich ihre Züge und sie war sich sicher: Er wäre der Richtige für sie, nicht einer der öden Landgrafen, mit denen Ihr Vater sie verehelichen wollte. Und so war Robert Arnstädt im richtigen Moment in ihr Leben getreten. Mit ihm wollte sie ihrer kleinen Welt entfliehen.

Anfangs hielt sie sich zurück. Doch dann spann sie unablässig ihr Netz. Er gab vor Düren nur als notwendigen Zwischenstopp auf seinen Reisen zu nutzen. Wer hätte ihm das geglaubt? Lydia sicher nicht. Sie führte ihn in ihre kleine Welt, gab erst die huldvolle Bekannte, dann die devote Freundin, umschmeichelte, streute Anekdoten ihrer angeblichen Vertrautheit. Weinte sich beim Bruder aus, wenn Robert auf Reisen war.

»Er ist ein geheimnisvoller Mann, verwegen und umtriebig, immer in Geschäften unterwegs, aber vor allem liebevoll, mysteriös und aufregend«, hatte sie damals ihren Freundinnen erzählt und die Beziehung schamlos ausgeschmückt. Sein abrupter Rückzug hatte sie überrascht und sie hasste das Tuscheln hinter ihrem

Rücken. *Ich werde ihn nicht aufgeben, er gehört zu mir,* murmelte sie schlaftrunken und rollte sich ein wie ein Kind.

Vorerst wollte sie in seiner Nähe bleiben, darauf achten, dass es ihm gut geht und immer zur Stelle sein. *Er wird schon noch ein Einsehen haben.*

Kapitel 21,
27. Oktober 1882,
Plauen im Vogtland

Die Familie

Die Schlange der wartenden Kutschen an der Hofwiesenstraße 3, vor dem Anwesen der Familie Schnorr wollte nicht abreißen. Der 27. Oktober 1882 war ein besonderer Tag. Fedor und Otto Schnorr feierten an der Elsteraue Plauen ihr Firmenjubiläum. Die Einladung gab vielen Fabrikanten der Stadt die Gelegenheit, einem Pionier der mechanischen Stickereiindustrie ihre Aufwartung zu machen. Sie huldigten einem Mann, dem man die ersten Schweizer Stickmaschinen im Vogtland zu verdanken hatte.

Sein Spürsinn und auch seine Beharrlichkeit hatten ihn wagemutig an dem illegalen Import der Maschinen arbeiten lassen. Durch ihn hielt die Industrialisierung Einzug in den Plauener Sticksälen, und danach war alles gekommen, wie es kommen musste. Die kreativen Köpfe des einstigen Ackerbaustädtchens schufen Imperien, machten die Stadt am westlichen Rand Sachsens in der ganzen Welt bekannt.

Sie veränderten, wie man produzierte, hielten Arbeit für Tausende bereit, und bestanden den Wandel, der sie stetig herausforderte. Fedor Schnorr folgte diesem Wandel ebenso, blieb Änderungen und Neuerungen gegenüber immer offen und schaffte mit seiner Integrität, was nur wenigen Menschen gelingt. Man sprach mit Ehrfurcht von seinem Lebenswerk.

»Ich vermisse Hedwig«, hörte Wilhelm seine Frau sagen, als sie auf den Patriarchen Schnorr und dessen Sohn zuschritten, die sich im Garten unter ihre Gäste gemischt hatten. Fedor Schnorrs Gattin, Tochter aus alteingesessener Plauener Familie, war zu früh verstorben und Dorothea wurde an solch einem Tag schmerzlich daran erinnert. Und so konnte sie nicht umhin zu ihm zu sagen: »Ich gratuliere, mein Lieber, welch ein wundervolles Fest! Hedwig wäre so stolz auf dich.« Sie drückte die Hand des untersetzt wirkenden Mannes, der unter seinem Schnurrbart verlegen lächelte. Sogleich schalt sich Dorothea, den Jubilar an solch einem wichtigen Tag mit der Vergangenheit belastet zu haben. Und so schob sie Helene heran und stellte sie vor.

»Eine erstaunliche junge Frau ist aus dir geworden, liebe Helene«, sagte der erfolgreiche Textilunternehmer und musterte sie. »Es ist eine Weile her, seit du mir als kleines Mädchen auf eurem Gut deine Gänseschar vorführtest«, schickte er schmunzelnd hinterher. Helene erinnerte sich, doch eine spontane Antwort wollte ihr nicht einfallen.

»Ich bin gespannt, welche Muster in diesem Jahr aus deiner Feder kommen und ob sie der rasanten Entwicklung standhalten werden. Ich hoffe, du überraschst mich.« Sie sah erstaunt auf und er zwinkerte ihr zu.

Helene spürte eine warme Wertschätzung, die sie nicht oft erfuhr. Meist wurde ihre Arbeit belächelt, auch wenn die Fabrikanten insgeheim zugaben, dass sie Großes geleistet hatte, würden sie es offen nie sagen. Anders Fedor Schnorr.

Sein Schaffen hatte ihn über die Stadtgrenzen hinaus bekanntgemacht, wusste Helene. Ihr Vater hatte ihr davon erzählt, dass der Albrechtsorden an seiner Brust schon seit 1868 dort hing, er aber darum kein Aufheben machte. Genauso wenig wie er sich jetzt über die anderen erhob, als ihn Oberbürgermeister Kuntze mit einer zugegebenermaßen ziemlich langen Laudatio würdigte und unter dem Applaus Dutzender zum ersten Königlich Sächsischen Kommerzienrat des Vogtlandes ernannte.

»Angeblich hat das König Albert höchstselbst veranlasst«, hörte sie ihren Nachbarn raunen, dessen weiterer Einwurf aber vom Klatschen Dutzender Hände übertönt wurde.

Später am Abend kam Helene an einem Tisch vorbei, auf dem Grußkarten und Geschenkkörbe standen und wie zufällig hingeworfen eine imposante Urkunde. Erstaunt hielt sie sie hoch.

König Albert, von Gottes Gnaden und König von Sachsen,

haben uns auf Vortrag unseres Ministeriums des Inneren in Gnaden bewogen gefunden den Textilunternehmer Fedor Schnorr aus Plauen den Titel Kommerzienrat im Range ...

Weiter kam sie nicht. Ein dienstbeflissener livrierter Herr nahm ihr das Papier aus der Hand und brachte es in einem Nebenzimmer in Sicherheit. *Das ist wohl die offizielle Urkunde des Königs gewesen,* dachte sie anerkennend.

In Hof und Garten der Anwesen an der Hofwiesenstraße ging es indes hoch her. Wie Dorothea richtig angenommen hatte, traf sich an diesem späten Herbsttag alles, was in Plauen Rang und Namen hatte. Neben Angestellten und Mitarbeitern sah man Nachbarn wie Hempel und Weisbach, Nietzsche und die Hartensteins, Trögers und Wolffs fehlten ebenfalls nicht. Die Familien Löbering und Mammen gaben sich die Klinke in die Hand, Rudolf und Julius Böhler standen einträchtig neben ihren direkten Konkurrenten und schienen sich prächtig zu unterhalten.

Wenn alle über 100 Stickereifabrikanten der Stadt heute ihre Aufwartung machten, würde das den Rahmen selbst dieser Feier sprengen, dachte Wilhelm und grüßte eifrig links und rechts. Als Wilhelm an vier abseitsstehenden Männern vorbeischritt, schnappte er einen Gesprächsfetzen auf.

»Du kannst davon ausgehen, dass wir über kurz oder lang ohne die Trägerstoffe auskommen müssen. Der Markt wünscht sich so etwas. Die Tüllspitze ist nicht das Ende der Entwicklung«, sagte Doktor Nietzsche, der Enkel des alten Böhler und flüsterte verschwörerisch von vielversprechenden Testverfahren bei Falke und Neubauer. Noch fehlt die Expertise der Bleicherei- und Appretur-Anstalten, um den Trägerstoff gänzlich wegzuätzen, doch wenn erst einmal die richtige Sticktechnik und die neuen Luftschablonen funktionierten, würde der nächste, der letzte Schritt bald folgen.

Davon war Wilhelm überzeugt und erinnerte sich daran, wie Helene schon seit Monaten drauf drang, mehr an diesen Schablonen zu forschen. Er würde dafür sorgen.

Sie würden ihren Kontakt zu Kolmar aufleben lassen und sehen, wie weit die Bleich-und Appretur-Anstalt Münzing in der Angelegenheit gekommen war.

Doch nun wurde er abgelenkt, man schob unter Applaus einen mannshohen Turm an Petit Four und Küchlein, Hefeteilchen und sächsischer Eierschecke herein. Ein Raunen ging durch die Menschen, erfreute Gesichter im ganzen Raum und sofort bildete sich eine Menschentraube um die vortrefflich angerichteten Süßigkeiten. Alle griffen zu kleinen Tellern und zierlichen Gabeln. Mit Anspannung erwartete man den Gastgeber, der das Nachtischbüfett freigeben wollte. Mit erhobener Gabel und zusammengekniffenen Augen hinter seiner kreisrunden Brille zelebrierte Fedor Schnorr diesen Moment schmunzelnd.

»Ihr Lieben, ich gebe es nur ungern zu, doch mit einem guten Stück Zuckerkuchen, natürlich mit viel Butter, lässt es sich am besten in die Küche meiner hochverehrten Frau Mama zurückträumen. Und ich kann in eueren Gesichtern sehen, dass es euch ebenso geht. Also genießt Trömels Köstlichkeiten.« Den aus dem Garten hereinströmenden Gästen rief er launisch zu: »Auch an euch ist gedacht, für euer leibliches Wohl baut die Konditorei soeben draußen einen großen Tisch mit Nachtisch auf. Also bitte nicht drängeln.«

Der über Siebzigjährige war unglaublich lebendig an diesem Abend. Er schlängelte sich zwischen seinen Gästen hindurch, parlierte mit den Vertretern der Stadt und Innungen, hatte einen Scherz für die Damen links und rechts und wusste, wie man den Leuten ein wohliges Gefühl gab. Helene bewunderte ihn und stupste Robert an.

»So möchte ich auch mal sein, wenn ich alt bin. So agil und lebendig, so weltgewandt und wissend. Er erscheint mir so in sich selbst zu ruhen. Dabei geht ihm doch ständig etwas durch den Kopf, ist er immer auf der Suche nach dem nächsten großen Durchbruch. Bewundernswert«, sagte sie und griff nach einem Stück Kuchen.

Auch Solomon Guggenheim hatte es sich nicht nehmen lassen und war der Einladung gefolgt. Solch ein Tag war vortrefflich, um sich mit den Entscheidungsträgern und kreativen Tüftlern der Stadt zu besprechen.

Außerdem hoffte er inständig, Emma zu sehen. Vielleicht begleitete sie die jungen Damen? Sie war diese Woche nicht zu ihm gekommen, hatte keine Nachricht für ihn hinterlassen und er wähnte sie krank. Seitdem er wusste, dass sie keine Tochter des Hauses zu Hohenlinden war, wie er anfangs angenommen hatte, hatte er sich vorsichtiger verhalten. Er wollte Emma nicht kompromittieren, erwog jedoch auch nicht, sich gänzlich zurückzuziehen. Sie war eine erwachsene Frau und durfte wohl selbst entscheiden, mit wem sie Umgang pflegte. Der verstaubte Standesdünkel in dieser Kleinstadt kam ihm bei seinen Aktivitäten immer wieder in den Weg und erinnerte ihn nur entfernt an sein Zuhause in Philadelphia. Doch er wusste sich zu arrangieren. Da erkannte er Gustav zu Hohenlinden im Gewühl und steuerte direkt auf ihn zu.

Der junge Mann, den er auf einer Reise in England kennen und schätzen gelernt hatte, war in ein Gespräch mit Maschinenfabrikant Hornbogen vertieft. Ob er stören konnte? Zögerlich trat er an die Männer heran.

»Ach, verehrter Guggenheim, dich habe ich schon vermisst. Darf ich vorstellen. Herr Hornbogen von der gleichnamigen Fabrik, du hast sicher schon von ihm gehört. Seine Stickmaschinen gehören zum Besten, was man sich leisten sollte. Und das ist Herr Solomon Guggenheim aus Philadelphia. Der junge Mann reiht sich in die lange Liste der Schleierherren ein. Aber das wissen sie wahrscheinlich«, schloss Gustav und trat einen Schritt zurück, damit sich die Männer mit Handschlag begrüßen konnten. Der Amerikaner war ob des alten Begriffes *Schleierherren* ein wenig irritiert, fragte aber nicht nach. Sogleich entspann sich ein lebhaftes Gespräch über den vortrefflichen Abend, Preise, Lieferzeiten und technische Neuerungen.

Als Gottlieb Hornbogen gerade anhob, die 200ste Stickmaschine zu preisen, die er in diesem Jahr ausliefern würde, wurde er von einer attraktiven Frau angesprochen. Sie schienen vertraut und der Fabrikant beendete die Unterhaltung entschuldigend.

Somit hatten Gustav und Solomon Gelegenheit, sich auszutauschen. In letzter Zeit waren ihre Gespräche immer wieder in erhitzte Debatten verfallen, denn die direkte Konkurrenz störte Gustav. Er konnte nicht aufhören, den Amerikaner auszuhorchen, ihm Fragen zu stellen, die sein Gegenüber nicht beantworten wollte. Heute umschiffte Solomon diese manchmal hochnotpeinliche Situation mit einer unverfänglichen Frage.

»Sag mein Bester, willst du mich nicht endlich deinen Schwestern vorstellen? Ist da noch eine im heiratsfähigen Alter? Das wäre eine nette Verbindung.« Solomon Guggenheim schmunzelte und schlug dem verdattert dreinblickenden Gustav offen lachend auf sein Kreuz.

»Keine Angst, mein Lieber. Ich bin im Bilde und werde keine Avancen starten. Außerdem hat sich mein Herz schon vergaloppiert in deiner schönen Stadt. Aber im Ernst, wo sind die Schwestern?«

Gustav erwähnte den Tod seines Neffen nur ungern, er hatte keine Lust auf betretene Gesichter, doch es musste sein.

»Und Helene steckt irgendwo da drüben am Büfett, wie ich sie kenne, oder sie steht inmitten der hochrangigen Stickereifabrikanten und horcht sie über die neuesten Trends aus.«

»Deine Schwester scheint mit allen Wassern gewaschen zu sein. Eine Frau in der Kontoretage, Anteilseignerin ... nicht übel. Und ihr Verlobter ist auch hier? Habe ich vielleicht doch noch eine Chance?« Solomon schmunzelte.

»Welche Chance möchten sie, Herr Guggenheim?« Helene war hinter ihrem Bruder herangetreten und zog Robert mit in die kleine Runde. Einen kurzen Augenblick nur taxierten sich die jungen Leute, wägten ab, entschieden freundlich miteinander umzugehen. Wieder übernahm Gustav die Vorstellungsrunde und man tauschte ein paar Höflichkeiten aus.

»Sie werden es nicht glauben, gnädiges Fräulein, aber ich habe doch tatsächlich eine Ihrer Angestellten irrtümlich für Ihre Schwester gehalten. Haben Sie schon davon gehört?« Helene wusste instinktiv, worauf er sich bezog und spielte mit. Mal sehen, was man dem Lebemann von der anderen Seite des großen Wassers so entlocken konnte.

»Oh, da sind Sie nicht der Einzige, dem das passiert. Seit Kindertagen schon ist Emma unsere ständige Begleitung. Sie reiste mit uns, trägt die Kleider meiner Schwester, liest wohl auch die dieselben Bücher wie sie.«

»Und sie genoss die Erziehung unserer Mutter«, schob Gustav lächelnd und Beifall heischend hinterher.

Ein lang gezogenes »Ooooh, na dann«, entwand sich übertrieben spöttisch Solomons Mund und dann sagte Helene: »Sicher konnten Sie das Missverständnis ausräumen, seit sie bei Ihnen in Diensten steht?« Helene hatte vor, auf Angriff zu gehen. Mal sehen, wie er sich rausredete. Doch Solomon Guggenheim ließ sich nicht so einfach ins Boxhorn jagen. Er parlierte mit genau dem, was Emma und er abgesprochen hatten. Sie sei nur für eine kranke Freundin eingesprungen und die wird bald schon wieder arbeiten können.

»Gut, gut, meine Mutter darf davon nichts erfahren, sonst gäbe es Ärger in ihrem gut sortierten Haushalt«, warf Gustav ein und fragte sich, warum sein Bekannter diesen Hauch von Anspannung verströmte, als er scheinbar leichtfüßig auf die Fragen seiner Schwester antwortete.

Nun wechselte er das Thema. Die jungen Leute sprachen von einem bevorstehenden Tanzabend in der *Erholungsgesellschaft*, den Helene dem Fabrikanten ans Herz legte und Robert erwähnte beiläufig ihre nun doch stattfindende Hochzeit.

»Im kleinen Kreis, versteht sich. Vielleicht holen wir die Feier im Sommer mit einem Fest auf dem Landgut meiner Schwiegereltern nach. Vorerst ist das Haus in Trauer und wir werden uns ganz dezent das Jawort geben.« Robert drückte Helenes Hand und sie griff nach dem Amulett, spürte nach, doch es tat sich nichts. Warm lag der Stein auf ihrer Haut und sie sah es als gutes Zeichen, dass er heute weder brannte noch kalt und stumpf war. Sie spürte Roberts Daumen, der ihren Handrücken massierte und ließ es zu. Am liebsten hätte sie sich an ihn geschmiegt, versonnen seiner Stimme gelauscht, doch dies war nicht der richtige Moment dafür.

»Schau dir das an, Solomon. Die ganze Familie Koch walzt in den Raum. Was für ein Auftritt.« Verwundert sah nicht nur Helene hinüber zu der kleinen Armada, die soeben zielstrebig in der Veranda verschwand. Sie hatte Lydia sofort erkannt und war erschrocken über den Fluchtgedanken, der ihr durch den Kopf schoss. Sie schaute Robert an und dessen Augen funkten Beruhigung. Er zog sie mit sich auf die Tanzfläche und dort sollten sie den restlichen Abend verbringen. Unbehelligt von seinen alten Geschichten, ihren traurigen Momenten und dem Tratsch, der mit später Stunde in heftiger Woge durch die Räume waberte.

Gustav hingegen gesellte sich mit Solomon Guggenheim zu einer illustren Runde angesehener Fabrikanten, in der sein Vater gerade Anekdoten zum Besten gab.

»Könnt ihr euch nicht mehr erinnern, wie sich dort drüben im Gösselschen Salon vor vierzig Jahren der alte Gössel an einem Abend scheiden ließ und gleich darauf seine junge Ex-Ehefrau neu verheiratete? Um zu verhindern, dass sein Lebenswerk auf der Strecke bleibt?« *Die Geschichte ist ungewöhnlich und wie aus der Zeit gefallen, egal aus welcher,* dachte Gustav und klopfte dem Vater auf die Schulter.

»Oh, hier ist ja mein Sohnemann. Darf ich vorstellen, die Herren. Gustav zu Hohenlinden, Absolvent der Technischen Hochschule Dresden in den Fächern Volkswirtschaftslehre und Recht. Nach seinem Praktika in Glashütte gibt er nun endlich dem väterlichen Betrieb die Ehre.« Anerkennend nickend begrüßten die Herren den jungen Mann. Er fühlte sich unbedeutend in der Gegenwart dieser erfolgreichen Unternehmer, die Dynastien begründet hatten, und bemüßigte sich dennoch, den Ausführungen seines Vaters etwas nachzuschicken.

»Sehr erfreut Sie alle kennenzulernen. Ich habe mich gut vorbereitet und bei den bekannten Uhrenfabrikanten so einiges gelernt, was uns jetzt hoffentlich bald zugutekommt.« *Was hätte ich sonst sagen sollen,* dachte Gustav verzweifelt und wünschte sich ganz weit weg.

»Ja, ja, mein Sohn. Allerdings lässt sich ein Uhrenrädchen kaum mit hunderten Ballen feinster Tüllspitze vergleichen, die wir von hier aus in die ganze Welt verschicken, ohne uns auch nur aus der Stadt bewegen zu müssen.« Beifall heischend sah sich Wilhelm zu Hohenlinden unter den Männern um, die sich entweder nicht äußerten oder langsam andere Gespräche aufnahmen. Sein Vater klopfte Gustav jovial auf die Schulter und er wähnte einen Hauch Alkohol zu riechen. Dann drehte ihn sein Vater an der Schulter von den anderen weg und sagte nur an ihn gerichtet: »Du musst noch eine Menge lernen, mein Junge. Allein dein Vorstoß auf der ersten Reise, Aufträge abschließend, die wir nicht bewerkstelligen können, war gelinde gesagt fast geschäftsschädigend. Wenn deine Schwestern nicht gewesen wären ... Und dann heißt du sie einfach so als Teilhaberin willkommen, ohne auch nur im Entferntesten für deine eigenen Interessen zu kämpfen ...« Wilhelm klopfte seinem Sohn resigniert auf die Schulter. Dann sah er sich nach seiner Frau um.

»Hast du Mutter gesehen?«, fragte er ihn, ohne zu bemerken, wie fassungslos und enttäuscht Gustav vor ihm stand. Er schüttelte abwesend den Kopf und ließ seinen überraschten Vater stehen. Diesen Angriff musste er erst einmal verdauen. Dass er ihn so einschätzte, verletzte Gustav und auf einmal sah er seinen Platz im Unternehmen mit anderen Augen.

Helene nutzte indes eine Tanzpause, um Solomon Guggenheim nochmals anzusprechen. Sie wusste, dass sie sich in etwas einmischte, was sie nichts anging, doch sie war sich sicher, dass Emma in ihr Verderben lief. Und das konnte sie nicht zulassen.

Hätte mir nur damals jemand den Kopf gewaschen, dachte sie verdrossen und schalt sich, als sich das liebliche Gesicht ihrer Tochter vor ihr inneres Auge schob. Wie kann ich nur, war der nächste Gedanke. Und doch, es war etwas Wahres dran und deshalb würde sie sich einmischen.

»Halt. Laufen Sie doch nicht vor mir weg«, rief sie dem jungen Amerikaner hinterher, der sich offensichtlich auf dem Nachhauseweg befand. Schon war er auf das Trottoir getreten, an dessen Seiten reihenweise Kutschen standen. Er drehte sich erstaunt nach ihr um.

»Fräulein Helene, welche eine Freude«, sagte er mit fragendem Unterton und blieb stehen. Dann wartete er ab, bemühte keine weitere Floskel, keinen Allgemeinplatz, schien einzig auf ihr Anliegen zu warten. Helene erkannte seine Reserviertheit und kam ohne Umschweife auf ihr Ansinnen zu sprechen.

»Ich bin weit davon entfernt, mich in das Leben Anderer einzumischen, in der Regel ist es bei mir aufregend genug. Doch wenn es um Emma geht, kann ich nicht umhin, wenn Sie verstehen, was ich meine?«

Sie sah ihn auffordernd an, doch der schlanke, gut gekleidete Mann reagierte nicht. Keine noch so kleine Regung war in seinem Gesicht zu erkennen. Die Straßenbeleuchtung war dürftig, nur von den Kutschen schien hier und da ein kleiner Strahl warmes Licht herüber. Darin konnte sie seinen stechenden Blick sehen. Es sprühte eiskalte Ablehnung aus seinen Augen, nichts mehr war zu sehen, von dem eleganten, empathischen Mann, den sie heute Nachmittag getroffen hatte.

Auf einmal fühlte sie sich deplatziert, hier im Halbdunkel mit einem Fremden. Es war eine fast kompromittierende Situation, in die sie sich gebracht hatte und würde jemand das Fest jetzt verlassen, käme sie in Erklärungsnot. Schon sah sie ein Paar auf sich zukommen. Nun glaubte sie, er könne ihre Gedanken lesen, als er gut hörbar für die anderen sagte: »Ich geleite Sie gerne wieder hinein und werde sehen, ob ich Ihren Kutscher hier finde. Augenscheinlich steht er etwas weiter hinten, gnädiges Fräulein. Lassen Sie mich Ihnen behilflich sein.« Helene war überrumpelt, schluckte und griff dennoch nach seinem dargebotenen Arm.

Der Mann, der im Inneren der Kutsche saß, neben der sich dieser Wortwechsel abgespielt hatte, schlug sich die flache Hand vor den Mund. Entgeistert starrte er auf das ungleiche Paar, das wieder dem Garten zustrebte. Sie klein und eher untersetzt, er groß, schlank und eloquent, hatten sie vor ihm einen Tanz aufgeführt, den er nicht deuten konnte. Ihm schwirrte der Kopf.

Was um Himmels willen, brachte Helene dazu, sich im Dämmerlicht in solch unbequeme Lage zu bringen? Und das, wegen seiner Frau? Und was hatte dieser Mann damit zu tun?

Kapitel 22,
November 1882, Plauen

Gustav

Gustav ging seinem Vater in den kommenden Tagen aus dem Weg. Wenn es sich vermeiden ließ, blieb er den gemeinsamen Essen fern und im Kontor beschränkte er sich auf das Notwendigste. Es erstaunte ihn, als sein Vater am Morgen nach der Feier einfach so zur Tagesordnung übergegangen war. Mit keinem Wort erwähnte er die unschönen Anschuldigungen, die sich Gustav zu Herzen nahm.

Er war verärgert, wütend gar und restlos überrascht. Als sein männlicher Nachfahre war er bisher davon ausgegangen, dass er Alleinerbe sein würde. So, wie es seit Jahrhunderten in der Familie Tradition war. Egal, ob eine der Schwestern ein paar Anteile an der Manufaktur hielt. Warum hatte er ihn nicht aufgefordert, etwas gegen Helenes Ambitionen zu tun? Sich der Überschreibung vor über einem Jahr nicht im Mindesten verweigert?

Der Vater würde nicht allen Ernstes die Erbfolge ändern, nur weil die Mädchen, seit er denken konnte, Kontor spielten. Das hatten sie schon immer getan, seit sie klein waren, folgten sie ihm in die Manufaktur, hatten an seinen Rockschößen geklebt, weil sie von Mutters Anstandsgetue wegwollten. Und dann hatte sich das Ganze verselbstständigt.

Eines musste er zugeben. Seine Studienjahre hatten sie offensichtlich genutzt, um beim Vater zu punkten. Und das mehr, als ihm, Gustav, lieb sein konnte. Sie schienen in manchen Vorgängen bewanderter als er selbst. Hatten Einblicke in Zahlen und Kalkulationen, in die technischen Abläufe und schöpferischen Prozesse, die ihm fast völlig fremd waren. Nur langsam erschlossen sich ihm die Interna und selbst da wähnte er die Direktricen mit mehr Macht ausstaffiert, als er hatte. Wenn er nicht explizit nachfragte, bekäme er gar nichts mit.

Selbiges war ihm schlagartig klar geworden, als er am späten Abend auf dem Fest in der Hofwiesenstraße mit Lydia Clesen ins Gespräch gekommen war. Sie hatte auf einmal neben ihm gestanden, ihm ihre leere Sektflöte hingehalten und auffordernd gelächelt. Die blonde Schönheit musste nichts sagen, er wusste, was sich gehörte.

Später fragte sie ihn nach seiner Arbeit aus, war versessen auf jedes einzelne Detail. Und er ließ sich nicht lange bitten. Endlich hörte ihm jemand zu. Sie nahm ihn ernst, bekräftigte mit einem Nicken, bestärkte ihn, weiterzusprechen, während sie sich in seine Armbeuge einhängte. Er erzählte, schmückte aus, erläuterte ihr seine Rolle im Kontor, fabulierte über seine Pläne, er erlaubte sich gar, ihr von dem anbahnenden Zerwürfnis mit seinem Vater zu erzählen.

Es war wie ein Rausch gewesen. Inmitten all dieser Menschen, dem ständigen Stimmengewirr, entfernt spielender Walzermusik schien sie eine Insel um sie herum zu erschaffen. Und er stand zwischen seinem Ärger über den Vater und diesen hellblauen Augen, die sich nicht von ihm abwandten. Und fühlte sich gehört. Sie bestärkte ihn, in der Zukunft mehr auf die Schwestern einzuwirken, ihnen Verantwortungen abzunehmen.

»Es geht ja schließlich um dein Erbe, in das sie sich ungefragt einmischen«, hatte sie gesagt und er stimmte ihr insgeheim zu.

Lydias schmale, etherische Erscheinung schien auf einmal kraftvoll und gar nicht mehr zerbrechlich, wie er sie noch gestern beschrieben hätte. Ihre Wangen glühten, während sie genau wusste, was in ihm vorging. Jede ihrer Fragen hatte exakt auf seine Befindlichkeiten abgezielt, war nicht im Entferntesten vage oder diffus gewesen. Nein, sie hatte ihn einer sehr klug orchestrierten Befragung unterzogen, musste er sich eingestehen.

Und dabei hatte sie hinreißend ausgesehen. Wenn Sie ihn mit diesen klaren blauen Augen ansah, die Lider leicht niederschlug und eine Frage formulierte, dann hatte er gebannt zugehört. Selbst ihr gurrendes Lachen hatte er gemocht. Lydia hatte sehr nah, fast unanständig nah, bei ihm gestanden.

Er hatte ihren Duft riechen können. Da war ein angenehmer Wohlgeruch nach Marille gewesen, erinnerte er sich. Wer riecht schon nach Marille? War da nicht auch Patschuli und ein Hauch von Kirsche? Welche verwegene Komposition musste er zugeben. Aber es war ein samtiger Geruch gewesen, leicht, unterschwellig und dennoch verführerisch süß. So wie sie. Noch immer spürte er ihre Wärme auf seiner Haut. Gedankenverloren strich er sich über die Stelle am Arm, wo sie ihn berührt hatte.

Seine Erinnerung verblasste mit der sich öffnenden Haustür. Zuerst stürmte der Hund, dann der Bursche herein, der sich eilfertig die Schiebermütze vom Kopf zog, nickte und in den Küchentrakt verschwand. Hinter ihm fiel tosend die Tür ins Schloss und Gustav bekam eine Ahnung von den stürmischen Winden, die heute durch die Stadt fuhren. Es fröstelte ihn ein wenig und er ging schneller hinüber zum Esszimmer. Sicher wartete man schon auf ihn.

»Für wie einfältig hält er uns?«, hörte er Helene aufgeregt fragen und sah sich nach dem Vater um, der verwundert die Augenbrauen gehoben hatte.

»Du solltest nicht so über deinen Schwager sprechen, mein Kind«, antwortete der und Gustav setzte sich mit einem kurzen Nicken seiner Mutter gegenüber. Sie musterte ihn mit geneigtem Kopf, blieb aber stumm. Ihm war nicht entgangen, dass sie ihn mit Lydia beobachtet hatte. Sein Fernbleiben zu Tisch und die vielen Abende, die er seither auswärts verbracht hatte, waren ihr auch nicht verborgen geblieben. Er wusste, ihr brannten tausend Fragen unter den Nägeln. Doch die Unterhaltung seiner Schwester mit dem Vater bekam alle Aufmerksamkeit.

»Deine Mutter mag zu Tisch keine Gespräche über das Geschäft, lass uns später reden, Helene«, wiegelte der wieder einmal ab und sah zu seiner Gattin.

»Wegen mir könnt ihr ruhig reden, mein Lieber. Ich verstehe auch nicht, warum du nicht mit August sprichst. Immerhin braucht ihr den Tüll, den er versprach zu besorgen. Deshalb ist er extra nach England gereist. Wegen diesem Stoff war er nicht hier, als Thomas starb und nun ...« Dorothea schüttelte den Kopf und ihr Mund verzog sich zu einem Strich. *Untrügliches Zeichen ihrer Missbilligung*, dachte Gustav. Die Mutter sah ihren Gatten geradewegs in die Augen, doch der wiegelte ab.

»Der Junge hat andere Sorgen und außerdem ist bald Ersatz da.« Er nuschelte und Helene fuhr auf.

»Ersatz? Was meinst du? Die Nachfrage nach englischem Tüll ist auf dem Kontinent höher als alles, was die Engländer derzeit liefern können. Wo soll der denn herkommen?« Seine Schwester war aufgebracht.

Just in diesem Moment öffnete Hofstetter die Tür und August trat ein. Wie es schien, hatte er Helenes Frage mitbekommen. Mit einem gezwungenen Lachen und verkniffenem Gesicht setzte er sich schwerfällig an den Tisch und schüttelte umständlich die schwere Serviette aus.

»Wenn ich korrekt informiert bin, will euer Vater einen beachtlichen Batzen Geld in eine Maschine stecken, die Tüll unzulänglicher Qualität herstellt.« August blickte prüfend in die Runde und sah jede Reaktion von Erschrecken über Neugier, bis zu schierem Entsetzen. Es waren nur Sekunden verstrichen, zwischen seinem Eintreten und der Bombe, die er platzen ließ. Er schien die Anspannung zu genießen.

»Er hat es nicht für nötig befunden, sich mit einem von uns zu konsultieren. Jeder weiß, dass die deutschen

Fabrikate für diese Maschinen keineswegs das halten, was sie versprechen. Niemand kann bisher mit den englischen Webstühlen mithalten. Weder die der Firma Hornbogen und auch kein Dietrich, der als bedeutendster Schüler der Stickmaschinenfabrik aus Kappeln gelten dürfte. Auch er kann uns keine Maschine bieten, die Gleichwertiges produziert. Die Qualität, die von den deutschen Apparaten kommt, ist für unsere feinen Tüllspitzen nicht nutzbar. Unmöglich.«

Seine jüngere Schwester sah zwischen August und dem Vater hin und her. Sprachlos und zutiefst verstört über diese Information, schob sie den Stuhl vom Tisch weg und stand auf. Seltsam beherrscht trat sie an den Büfettschrank, auf dem Teller und Mokkatassen angerichtet waren. Sie strich mit den Fingern an den Schnitzereien der Schublade entlang und versuchte, sich zu beruhigen. Erstaunt über die äußerliche Ruhe, die ihr Vater ausstrahlte, sah sie zwischen den Männern hin und her. Man konnte deren Anspannung fühlen und doch schien August mehr zu wissen. Was hatte er vor? Es war der Vater, der auflöste.

»Ihr könntet recht haben, die ersten Proben, die ich gestern erhielt, sind nicht von der Qualität, die wir gewöhnt sind. Im Gegenteil, sie sind weit davon entfernt. Wenn ihr aber denkt, der Alte hat einen Batzen Geld in den Sand gesetzt, so irrt ihr euch. Die Maschinen wurden noch nicht geliefert, ich habe auf Materialproben bestanden und einen entsprechenden Paragrafen in den Kaufvertrag aufgenommen.« Fast feindselig sieht er hinüber zu August und schließt: »Dieses Geschäft wird nicht zustande kommen, keine Angst.« Man konnte ein Aufatmen hören, Gustav sah, wie Helene nach ihrem Talisman griff.

»Du hast wenigstens versucht, uns aus dieser misslichen Lage zu befreien, Papa. Wenn uns nicht bald etwas einfällt ...«, sagte Gustav. Helene kam zurück zum Tisch und griff nach der Stuhllehne, während sie ihn nachdenklich ansah. Wer sie näher kannte, sah in ihrem jugendlichen Gesicht Frustration und eine gewisse Hilflosigkeit. Verzagt wischte sie sich mit dem Handrücken über die Stirn, als August einschob: »Das Puzzleteilchen, das wir für unseren Erfolg brauchen, ist und bleibt englischer Tüll und ich kann euch verkünden, dass der Nachschub aus Somerset bereits auf dem Schiff ist. Die Ladung wird wahrscheinlich zur Stunde im Hafen gelöscht und es kann nur Tage dauern, bis er bei uns ankommt. Heute Morgen kam der Vertrag, und die Avise unserer Waren.« Beifall brandete auf, hektisches Stühle scharren war zu vernehmen und Gustav war erstaunt, wie sein Vater vor Freude seine Kaffeetasse hob.

»Das ist ja eine freudige Nachricht! Danke, August, für deine Bemühungen. Ich weiß, wie viel dich das gekostet hat.«

Auch Helene und Gustav dankten ihm und schoben seine eigenartige Zurückhaltung seiner anhaltenden Trauer zu. Normalerweise würde sich Johannas Mann für solch einen Sieg, einen derartig guten Geschäftsabschluss, feiern lassen. Er würde sich beherzt in die Brust werfen und sie alle in seine glorreichen Verhandlungskünste einweihen. Heute jedoch saß er zusammengesunken und seltsam still in seinem Stuhl und schien nicht einmal mitzubekommen, wie froh und erleichtert alle waren.

Gustav verschwendete keine Energie auf den längst avisierten Tüllnachschub, sondern dachte über Lydia nach. Ihr nächstes Treffen hatte offizielleren Charakter, sie würde ihn auf die Michaelismesse in Leipzig begleiten. Fern von den abschätzenden Augen ihrer Familie konnten sie sich dort besser kennenlernen und ausgehen. Dass sie dabei seinen Freunden und Geschäftspartnern begegnen würden, nahm er billigend in Kauf. Bei dem Gedanken, damit den Vater zu übergehen und ihn vor vollendete Tatsachen zu stellen, wurde ihm kurz mulmig.

Doch ehe er sich versah, war er wieder bei dem elfengleichen Geschöpf, das ihm so unmissverständlich signalisierte, wie wohl es sich bei ihm fühlte. Dieses Mal würde er nichts falsch machen, diese Frau würde seinetwegen nicht in den Abgrund stürzen.

August

August nahm die Stufen in den zweiten Stock der Stadtvilla mit Schwung, immer zwei auf einmal und lief den Flur in ihre Gemächer hinunter. Er würde leere Räume vorfinden, denn Johanna war ausgegangen. Wahrscheinlich saß sie wie so oft in diesen Wochen vor der kleinen Plakette am Friedhof, die man für die Opfer der Epidemien aufgestellt hatte, und weinte sich vor der halben Stadt die Augen aus. Niemand vermochte ihr das auszureden und er selbst hatte nach dem zweiten Gang hinüber zum Gottesacker abgelehnt, sie weiter zu begleiten. Diese öffentliche Zurschaustellung seiner Gefühle fand er deprimierend und erniedrigend.

Ihr Familiengrab ist draußen auf dem neuen Friedhof, abgeschieden, an einer Mauer, unter Büschen. Nun, dorthin würde er mitkommen. Doch drüben am städtischen Gottesacker war ja nicht einmal die Hecke hoch genug, um ein klein wenig Privatsphäre zu geben. Laufend schlurften Passanten vorbei, hatten sie ungewollte Zuschauer gehabt, die sich an ihrem Unglück weideten. Er hatte sich gefühlt wie ein Kamel im Zirkus, vorgeführt, begafft und bemitleidet. Darauf konnte er verzichten. Johanna fuhr nur einmal die Woche hinüber zur Friedhofstraße und jeden anderen Tag verbrachte sie entweder in der Kirche am Gottesacker oder auf einer Bank neben der kleinen Tafel. Gott allein wusste, warum.

Heute war er froh, Johanna nicht anzutreffen, denn er musste den Begleitbrief aus England noch einmal in Ruhe lesen, den er in der Hektik im Kontor nur überflogen hatte.

Lieber August,

ich hoffe sehr, dass dich dieser Brief rechtzeitig vor der Abreise zur Michaelismesse in Leipzig erreicht. Zwar hatte ich versprochen, du hättest alle Unterlagen auf deinem Sekretär, gleich wenn du nach Hause kommst, doch dies war nur ein frommer Wunsch von mir. Eine Hoffnung, die sich so nicht erfüllen sollte. Verzeih. Ihr müsst in heller Aufregung sein, denn ich weiß, wie wichtig dieser Vertrag für euch ist.

Daher dürfte es dich erfreuen, zu hören, dass der erste Teil
eurer Tülllieferung heute Morgen verschifft wurde. Eine
weitere Charge verlässt in den kommenden Tagen unsere
Hallen. James lässt grüßen und schickt den unterzeichne-
ten Vertrag anbei. Es sind die alten, von euch besproche-
nen Konditionen eingetragen, keine Angst.
Ich ließ dich auf diesen Brief lange warten, entschuldige.
Doch ich wollte, nein, ich musste sicher sein, dass sich Ja-
mes an unsere Abmachung halten würde. Das tut er. Er
wird dir nie wieder Ärger machen. Seine Probleme haben
wir aus der Welt geschafft. Unkonventionell, wie du dir
vorstellen kannst ...
Auch wenn ich dir vielleicht eine Erklärung schuldig bin,
so habe ich entschieden, dass ich sie dir nicht geben kann.

Verzeih, noch einmal. Hailey.

August faltete den Brief und steckte ihn in seine Jackentasche. Für einen Moment nur war er versucht,
ihn den Flammen des Kamins zu überlassen, hoffend,
dass sich mit der Asche und dem aufsteigenden Rauch
auch seine Gedanken verflüchtigen würden. Doch er
konnte nicht umhin, an die Zukunft zu denken.

Würden sie zu normalem Geschäftsgebaren zurück-
finden, war das möglich? Würde nicht immer etwas
zwischen ihnen stehen, eine Unsicherheit bestehen
bleiben, wenn er mit Bristol zu tun hatte? Der Mann
war eindeutig auf dem Kriegspfad, seine finanziellen
Probleme hatten ihm so zugesetzt, dass er irrational sogar seine langjährigen Geschäftsbeziehungen aufs
Spiel gesetzt hatte. Und nun diese ominöse Andeutung?
Was Hailey wohl meint? Nun, über kurz oder lang wird

er es erfahren, die Welt ist klein geworden. Was für eine Farce!

Bei dem Wort Farce dachte er an das Mädchen, das er auf der Party gesehen hatte und die wie ein Unterpfand gehandelt wurde. Selbst ihm war das zuwider.

Doch Hailey hatte ihm eine endgültige Erklärung für all diese Verwicklungen verwehrt. Das blond gelockte Geschöpf, dessen Existenz ihre Mutter zur Bittstellerin machte, konnte nichts für all den Gram, den ihre eigene Verwandtschaft über sie brachte. Dieses arme Kind war ein Unterpfand. Was er damit zu tun hatte, blieb ein Rätsel. Es war mühsam, über die Familiengeheimnisse anderer zu grübeln und doch hielt ihn das von seinen Problemen ab.

Kapitel 23,
3. Advent,
Dezember 1882, Plauen

Helene

Als Helene am Samstag des 3. Advent 1882 die Fenster öffnete, hüpfte ihr Herz. Nicht nur wegen des Anlasses, sondern der Schneepracht geschuldet, die Wege und Wiesen in eine Welt aus Watte packte.

Alle Geräusche, störenden Rufe, selbst den leise durch die Bäume fahrenden Wind, schluckten die weißen Flocken. Die Nacht hatte den Schnee gebracht und vor ihr lag Plauen in bezaubernder Frische und Sauberkeit. Fort waren die grauen Schwaden stickiger Luft, die aus den Schloten der Gerbereibetriebe krochen und alle Bäume reckten keine dunklen Arme in den Himmel, sondern glitzerten wie von Sternen überzogen im Tageslicht. Über einem nebelverhangenen Morgen spann sich nun ein blauer sonnenverwöhnter Wintertag.

Hinter ihr vernahm sie ein leichtes Quieken und bei genauerem Hinsehen, hörte sie Esther mit über sich gestülptem Duvet und Spitzmund die Stimme der kleinen Maus Nale imitieren, die hier manchmal des Nachts ihr Unwesen trieb. Esther imitierte auch Lulu, das Küken und es entspann sich ein wirres Geplapper zwischen einem Küken und einer Maus, die auf einem großen Gutshof lebten.

Die Gespräche der beiden hatten sich zu einem festen Ritual zwischen Esther und ihr entwickelt, normalerweise sprühten sie nur so vor Verrücktheiten. Doch was sie heute hörte, wollte sie kaum glauben. Es schickte ihr einen Schauder durch die Eingeweide.

»Wieso sagst du so was, die Lene geht nie weg, sie wird immer mit uns zu den Fohlen und den Gänsen gehen, ich glaube dir kein Wort«, vernahm sie Küken Lulu. Esther verschwand unter dem Duvet und schrie mit verstellter Stimme durch das dicke Federbett: »Esthers Papa sagt, Lene geht bald weg, wenn der Robert mit ihr heute in die große Kirche geht. Sie wird nie wieder mit uns auf den Zauberfohlen durch die Nacht reiten. Und Kürbiseis gibt es dann auch keins mehr.«

Helene hatte erstarrt zugehört und ging nun langsam, um Mäuschen oder Küken nicht zu erschrecken, vor dem Bett auf die Knie. Sie legte ihr Kinn auf der Matratze ab und begann mit verstellter Stimme zu antworten. Ihre Zunge berührte dabei immer wieder die Zähne, und das Zischen und Lispeln stand in krassem Gegensatz zu dem sonoren Grundton, den sie mühsam ganz hinten im Hals formte.

»Da hat Nale etwas falsch verstanden, hatschi, ach die Federn kitzeln in meiner Nase. Wo seid ihr beiden nur?«, lockte sie Esther, doch unter der Bettdecke bewegte sich nichts.

»Keiner mehr hier? Oje, die sind schon auf dem Weg in die Kirche zu Lenes Hochzeit. Dann muss ich mich sputen, schnell, schnell hinterher, der Robert verspricht der Lene heute sie immer zu lieben. Und das heißt, er liebt alle und jeden, den sie auch gerne hat. Einschließlich Kürbiseis.«

»Woher willst du das wissen«, fragte Esther mit Lulus Stimme und hob die Decke ein wenig an.

»Du kennst doch Lene, die hat dich aus dem Weiher gezogen und reitet auf Golden mit dir und sie kann magische Dinge. Sterne tanzen und Flöhe husten lassen ... alleine hätte sie ja nie so viel Spaß wie mit dir«, beteuerte Helene unter Aufbringung ihrer letzten Kraft für die lispelnde Figur und lockte klein Esther unter dem Duvet hervor. Noch immer hatte das Kind die Lider gesenkt und zog eine gefährliche Schnute, doch sie ließ sich hervorziehen und sprang beherzt in Helenes Arme.

Die Tränen liefen, Esther war kaum zu beruhigen. Doch dann hüpfte sie zurück in den Berg aus Federbetten, rollte sich und jauchzte übermütig. Wie immer, wenn sich die Stimmung bei der Kleinen so abrupt änderte, schüttelte Helene innerlich den Kopf und freute sich der Unbeschwertheit. Sie wollte alles vergessen, was sie gehört hatte, mit August würde sie später abrechnen.

Helene lächelte, denn dies war ihr Tag. Robert und sie würden heiraten. Mit ihren Familien gehen sie den Schritt in eine gemeinsame Zukunft und sie freute sich unbändig, dass sogar Johanna an ihrer Seite sein würde.

»Ich werde dich an deinem Hochzeitstag nicht allein lassen, liebstes Schwesterherz. Niemals«, hatte sie gestern Abend bei Tisch verkündet. Zum Erstaunen der gesamten Familie erbot sie sich ausdrücklich auch die Anwesenheit ihres Mannes und Bruders aus. Man könne schließlich nicht aufhören, glücklich zu sein, nur weil sie sich in einem Tal voller Tränen befände, hatte Johanna gesagt. Und Helene waren dieselben aus den Augen gekrochen. Es sollten nicht die Letzten gewesen sein.

Den Tag zu beschreiben, fällt nicht schwer, denn es waren Stunden, wie man sie aus Romanen kannte, die vor Wärme, Herzlichkeit und Liebe nur so strotzten. Bei genauem Hinsehen erkannte man, es war eine zurückhaltende, leise und doch innige Glückseligkeit, die alle einhüllte.

Gedanken an die Ereignisse der letzten Jahre, dem wohl gehüteten Geheimnis, hingen in der Luft und Helenes Familie war vereint in der Hoffnung auf ihr Glück mit Robert.

Die pure Lebensfreude, die Helene früher an solchen Feierlichkeiten empfunden hatte, war verschwunden. Selbst die fröhlichen Gesichter ihrer Lieben konnten nicht darüber hinweghelfen. Zu viel war in den letzten Jahren geschehen.

Dennoch stieg eine strahlende Braut aus der Kutsche und mischte sich unter ihre Familienmitglieder, die vor der Kirche auf sie warteten.

»Hast du die Taschentücher eingesteckt?«, fragte Wilhelm seine Frau mit belegter Stimme und erhielt ein freundliches Nicken.

»Natürlich, mein Lieber. Aber wer wird denn an so einem Tag weinen«, kokettierte sie mit einem Augenzwinkern und drehte sich zu den anderen um.

»Lasst uns hineingehen, sonst denkt Robert noch, wir erscheinen nicht und der Pfarrer ist sicher auch pünktlich.« Die Familie betrat die Kirche und nahm in den vorderen Bänken Platz. Die kleine Gruppe sah in dem großen Kirchenschiff verloren aus.

Wilhelm und Helene blieben zurück und ein Blick reichte, um den Vater aus der Fassung zu bringen. Nervös und verlegen ergriff er ihre Hand und drückte sie, bis aus dem Innern der Stadtkirche Orgelmusik ertönte. Dann hielt Wilhelm ihr den Arm hin und Helene hakte sich ein.

»Noch einmal tief einatmen, mein Kind. Wenn wir wieder herauskommen, bist du Frau Arnstädt und hoffentlich überglücklich.« Er lächelte sie an und dann führte er seine Tochter hinter dem entzückenden Blumenmädchen durch den Mittelgang zum Altar, wo ihr Bräutigam auf sie wartete. Robert lächelte sie an und nahm ihre Hand von Wilhelm entgegen, der neben der Mutter in der ersten Bank Platz nahm.

Langsam verklang das Orgelspiel und der Pfarrer begrüßte sie. Nach einem weiteren Lied und dem Verlesen eines Gebetes, lauschten sie ihrer Traupredigt. Das hohe Lied der Liebe, jedem bekannt und tausendfach gehört, kam ihr heute tragender und bedeutender vor.

Helene war tief berührt, auf eine sehr erwachsene Art dankbar und konnte nicht aufhören zu lächeln. Selbst als der Pfarrer sie an die Ernsthaftigkeit dieser Zeremonie erinnerte, während er ihre Gelübde verlas, zog sich ihre Freude bis hinauf zu ihren Augenwinkeln.

Mit Robert fühlte sie sich sicher, ihm konnte und wollte sie vertrauen und er behandelte sie nicht wie das junge Mädchen, das sie war, sondern wie eine ebenbürtige Partnerin. Mit ihm würde die Ehe so sein, wie sie es für lange Zeit nicht für möglich gehalten hatte.

Nach dem Gottesdienst kehrte die Hochzeitsgesellschaft zurück in die Stadtvilla. Im Speisezimmer war ein festlich gedeckter Tisch für alle vorbereitet. Mutters gutes Meissner Porzellan stand neben blankem Silberbesteck, wurde von blitzenden Gläsern und Kerzenständern flankiert. Beim Eintreten erhielt jeder Gast eine Flöte mit Sekt und sie stießen auf das frischvermählte Paar an.

Als große Platten mit Fleisch, Gemüse und Terrinen voller grüner Klöße aufgetragen wurden, musste man niemanden lange bitten, ordentlich zuzugreifen.

»Greifen Sie zu, Herr Pfarrer, so gute Griegeniffte finden Sie nirgends im Stadtviertel«, animierte Wilhelm seinen Tischnachbarn und prahlte mit Josefas Kochkünsten. Helene erkannte an seinen rot gefärbten Wangen, wie gut es ihm schmeckte und musste abermals lächeln. Josefas Essen fand großen Beifall, der Nachtisch wurde bis aufs letzte Fitzelchen verputzt.

Später würde sie ihren Kindern erzählen, dass auch an ihrer Hochzeit die Törtchen aus dem Café Trömel geholt wurden und die Delikatessen am abendlichen Büfett von Wilhelms Hoflieferanten stammten. Die

Brauerei hatte ein Fässchen Bier schicken lassen, das man in der Gesindestube aufstellte und von den Spitzen- und Gardinenfabrikanten bekamen sie die schönsten Exemplare an Tischwäsche und Fensterputz, die sich eine junge Braut nur vorstellen kann.

Spät am Abend fiel sie in ihrem Zimmer, noch immer in Spitze und Seide gehüllt, in den Armen ihres Mannes in einen festen und traumlosen Schlaf.

Die blonde junge Frau, die sich während der Zeremonie hinter einem der großen Pfeiler im Kirchenschiff von St. Johannis verborgen hielt, hatten sie nicht bemerkt.

Kapitel 24, Weihnachten 1882 & Januar 1883

Die Familie

Im Stadthaus an der Syra war Ruhe eingezogen. Man zelebrierte Weihnachten weniger pompös, denn Johanna hatte sich ein einfaches Fest und stilles Gedenken gewünscht. Um nicht unablässig von Freunden und Bekannten in der Kirche angesprochen zu werden, suchte die Familie am Heiligen Abend nicht wie üblich St. Johannis auf, sondern begab sich in die Gottesackerkirche St. Bartholomäus.

Dort hielt man seit einigen Wochen regelmäßig Gottesdienste ab, da die Stadtkirche durch den rasanten Zuzug nach Plauen seit langem nicht mehr für alle Platz bot. Plauen war die größte Parochie Sachsens geworden und eine zweite Kirche unabdingbar. Man sprach sogar davon, eine dritte zu erbauen, um der wachsenden Anzahl katholischer Familien Rechnung zu tragen.

Wilhelm hatte die Seinen hinauf in die Empore geführt und sie saßen dicht gedrängt in den just im selben

Jahr dort erbauten Sitzbänken. Der erst vor kurzem ernannte Stadtdiakon Julius Vogel hielt eine bewegende Predigt, man sang *Stille Nacht, Heilige Nacht* und *Sei uns willkommen, Herre Christ* und danach fassten sie sich an den Händen, als sie den Heimweg antraten. Josefa Leinmüller hatte auch in diesem Jahr für all die Köstlichkeiten gesorgt, die der Gnädige mag und gemurmelt:

»Die Lamentiererei macht hungrig, da werd' ich was Ordentliches ausbaldowern, damit die Herrschaft auf andere Gedanken kommt. Mit Worschtbrie und Bähschnitz wird es nicht getan sein.« Und so hatte sie unermüdlich gekocht und gebacken und wie immer genau den Geschmack der Familie getroffen.

Gustav und Wilhelm nutzten die stade Zeit zwischen den Jahren und brüteten weiter nächtelang über den Plänen für die Erweiterung ihrer Geschäftsbeziehungen. Denn um die Produktion der Manufaktur zu Hohenlinden alsbald auf die neuen vollautomatischen Maschinen umstellen zu können, braucht die Firma frisches Kapital. Entweder aus Aufträgen mit guten Erträgen oder aus ausländischen Krediten.

Wilhelms Idee zur eigenen Tüllherstellung hatten sie nach einem erfolglosen dritten Versuch verworfen. Die deutschen Maschinen sind noch unausgereift und hinken mit ihrer Qualität den englischen um Meilen hinterher. Kurz hatte Wilhelm über die Einfuhr einer solchen nachgedacht, sich dann aber an den 14000 Mark Kosten und 3000 Mark Zoll gestoßen. Bei intensiven Gesprächen mit den ortsansässigen Engländern kam er außerdem darauf, dass man auf diesen Maschinen mit englischem Garn arbeiten müsse, um die gewünschte

Qualität zu erreichen. Und wer würde ihm das liefern? Er gab auf, denn die Konkurrenz von der Insel war übermächtig. Er war ein Mann klarer Entscheidungen und wusste, wann er verloren hatte.

Fieberhaft arbeiteten sie daher an den Details zu den geschäftlichen Allianzen in den Vereinigten Staaten, die Gustav in seiner Praktikumszeit sorgfältig angebahnt hatte. Sein Kontakt ins Bankhaus J. P. Morgan & Co. – und durch diesen zum Konsumtempel Macys in New York – schien erfolgversprechend und so hatte er ihn seit dem Herbst aktiviert. Unzählige Briefe und Kabel hatten den Ozean gekreuzt und nun wurde es sehr schnell sehr konkret.

Gustav war willens und fest entschlossen, dem Vater zu beweisen, dass er der einzig richtige Nachfolger ist, wenn der sich in den kommenden Jahren zurückzieht. Und so bemühte er sich, ihm alles recht zu machen. Zwar kalkuliert, aber doch fortschrittlich zu handeln. Er verlor auch nicht aus dem Auge, dass seine Schwestern vielleicht nicht in jedes Detail eingeweiht sein mussten.

Sein Glück war Helenes Abgelenktheit. Mit der Hochzeit stellte sich ein, worauf er insgeheim gehofft hatte. Zwar gingen die beiden Turteltäubchen, sehr zu seinem Missfallen, nicht sofort auf Hochzeitsreise, doch die neue Frau Arnstädt war beschäftigt. Seine Schwester koordinierte zwei Haushalte, richtete sich in Oelsnitz ein, suchte Geschirr aus und Tischwäsche, begann Roberts Haus neu zu dekorieren. Ihr schienen die Tage um Weihnachten und Neujahr herum dafür ideal, denn die Geschäfte liefen ruhig. Jeder lehnte sich etwas zurück, empfand die stade Zeit als Tage der Sammlung und des In-sich-gehens. Der Familie wurde gehuldigt.

Für Wilhelm stellt sich nicht die Frage, ob man mit den Amerikanern zusammenarbeiten wolle, sondern einzig, wann der geeignete Zeitpunkt dafür wäre. Frisches Kapital käme ihm zu Pass und wenn Gustav Handelsbeziehungen zu Macys direkt anbahnen könnte, schlüge man zwei Fliegen mit einer Klappe. Man sparte die Zwischenhändler, die einen Batzen Geld für sich behielten.

»Warum also warten, Dorothea? Wir haben Aufträge, die uns für die nächsten Jahre gut beschäftigt halten. Doch die Fortschritte bei den Maschinen können wir nicht wegdiskutieren. Unsere Abnehmer werden über kurz oder lang zu den Herstellern wechseln, die schnell, viel und in ganz anderen Dimensionen liefern können. Um da mitzuhalten, brauchen wir Geld.«

»Um in die vollautomatischen Stickmaschinen zu investieren, wenn ich dich recht verstehe«, hatte seine Frau gefragt und die Eheleute waren in ein angeregtes Gespräch verfallen. Eine neue Vertrautheit hatte sich im Laufe des Jahres zwischen ihnen angebahnt, seit Dorothea ihre schnippische und unterkühlte Art aufgegeben und Wilhelm sie mehr in seine Gedanken einband. Sie besprachen die Vor- und Nachteile einer solchen Investition. Er verhehlte die Abhängigkeit von Banken nicht, in die sie sich begeben würden. Doch er erläuterte auch die Vorteile.

»Wenn ich dich richtig verstehe, mein Lieber, dann wäre eine solche Allianz für unsere Zukunft wichtig. Damit die Firma auf der Höhe der Zeit agieren kann und die Enkel ein Unternehmen erben, mit dem man die Familie ernährt.« Wilhelm lächelte zufrieden. Das war die Dorothea, die er kennengelernt hatte. Nicht nur ein hübscher Kopf, sondern auch ein kluger, der analysiert, entscheidet und mit ihm dann den Weg geht. Wann hatten sie sich verloren, und warum? Egal, dachte er, nun habe ich sie ja wieder.

»Bravo, das ist gut zusammengefasst, Dorothea. Wenn wir nicht irgendwann in der Belanglosigkeit untergehen wollen, müssen wir jetzt die richtigen Schritte unternehmen. Und wir sind gut aufgestellt. Der Junge hat exzellente Kontakte, kann uns womöglich den Kredit verschaffen. August ist an neuen Aufträgen dran, Helene wird die Musterschablonen für die Vollautomaten in null Komma nichts angepasst haben und das Spektrum, das wir dann anbieten können, ist selbst für mich noch nicht fassbar. Am liebsten würde ich nach Amerika reisen.«

Da blickte Dorothea etwas angestrengt und schüttelte verneinend den Kopf.

»Schon gut, ich weiß, meine Gesundheit. Ich habe versprochen, dich im März nach Bad Elster zu begleiten.« Wilhelm grinste schelmisch und wusste, dass sie das liebte.

Es war beschlossene Sache. Gustav geht auf die weite Reise nach New York. Gleich in den ersten Tagen des neuen Jahres buchten sie bei Ernst Petzoldt in der Herrenstraße 10 eine Schiffspassage auf dem Passagierdampfer Cimbria für ihn. Der Agent mit der einzigen Konzession im Vogtland für die Hamburger Hapag beriet Vater und Sohn ausführlich und man war sich bald einig, dass auch Fracht hinzugebucht würde.

Dorothea war glücklich, dass sie auf die kleine Esther aufpassen durfte. Deren Eltern würden von Eibenstock, wohin sie der alljährliche Weihnachtsbesuch gebracht hatte, weiter nach Dresden reisen, wo Johanna hoffentlich von ihrem Gram abgelenkt wurde.

Die Stunden mit dem Mädchen hielten sie von ihren Gedanken an Judith und an den geplanten Kuraufenthalt ab. Dieser war nun wohl nicht mehr zu umgehen, wo selbst ihr Gatte angeboten hatte, sie zu begleiten. Wilhelm hatte sich schweren Herzens entschlossen, sich in die Hände eines bekannten Badearztes zu begeben und seinem Magenleiden den Kampf anzusagen. Was sollte sie dagegen haben? Anfang März würden sie aufbrechen.

Zu Ostern träfen sie sich mit der Familie auf dem Gut und danach ging die Kur bis Pfingsten. Fast drei Monate nur mit ihrem Wilhelm, nur sie und er. Das wäre dann fast so, wie am Anfang ihrer Ehe, als die Kinder und das Geschäft, das Gut, die Ernte, der Tüllpreis noch nicht jedes Quäntchen Aufmerksamkeit von ihm forderte, dass er besaß.

Hoffentlich ist Gustav bis dahin von seiner Amerikatour zurück. Diese Atlantikreise in den stürmischen Wintertagen beunruhigte Dorothea etwas. Der Transatlantikliner, mit dem ihr Sohn die Reise antrat, war den Männern zufolge zwar ein solides Dampfschiff, nahm 600 Passagiere auf und bestach neben der kraftvollen Maschine auch mit zwei Masten und je drei Segeln, dennoch machte sie sich Sorgen.

Seit ein paar Tagen war er nun schon unterwegs, leider wird er ihnen, bevor er das Schiff bestieg, nicht telegrafieren können, denn ein eisiger Oststurm hatte das Vogtland und weite Teile Frankens im Griff. Umgestürzte Bäume, verschneite Straßen und Schienen, abgeknickte Telegrafenmasten. Kurzum, nach Gustavs Abreise war ein Winter sibirischen Ausmaßes über sie hereingebrochen.

Johanna genoss die Tage in Eibenstock und Dresden, der Abstand zu ihrem normalen tagein-tagaus tat ihr gut. Sie sah weder das leere Bett ihres Sohnes, noch musste sie die traurigen und prüfenden Blicke ihrer Familie ignorieren.

Im Hause ihrer Schwiegereltern war man nach einer steifen Begrüßung schnell zur Normalität übergegangen. Die Kinder hatten Esther umringt und sie in ihre neue Schlafstube gezogen. Die Schwägerin, selbst Mutter einer Handvoll kaum zu bändigender Rabauken, hatte alle Hände voll zu tun und keine Zeit für Sentimentalitäten.

Auch ihr war schon ein Kind an Scharlach verstorben, sie zeigte ihr eine Zeichnung von dem Neugeborenen, die sie in einer Metalldose ganz hinten auf einem Küchenregal aufbewahrte, und strich ihr sanft über den Arm.

»Unsere kleinen Engel«, war alles, was sie sagte, doch ihr Blick und der vertraute Händedruck war genug. Johanna verstand und packte mit an, als die Schwägerin sie darum bat. Sie buken Sauerteigbrot, Aschkuchen und rührten für die Kinder viel Kakao in einen süßen Pudding.

»Das wird sie etwas besänftigen, sie lieben Pudding und morgen mache ich Ihnen ein Semmelgeräusch von den übrig gebliebenen Brötchen«, sagte die stämmige Frau, der Haushalt und Kinder augenscheinlich mühelos gelangen. Johanna war beeindruckt. Sie hatte früher nie viel mit Augusts Schwägerin anfangen können, irgendwie hatte sie sie ständig mit einem Säugling an der Brust in Erinnerung. Doch in diesem Dezember gab sie ihr Halt, etwas zu tun, eine sinnvolle Beschäftigung und die Tage verflogen nur so.

In Eibenstock hatte sie Augusts Anwesenheit ausblenden können. Der Trubel mit den Kindern, die Besuche von Freunden und Verwandten, sie war nie versucht gewesen, ihm sehr nahezukommen.

Einzig nachts, wenn sie sich das schmale Bett teilen mussten, überkam sie der alte Schmerz. Die Ungewissheit, Enttäuschung und auch die Aussichtslosigkeit raubten ihr den Schlaf. Dann war sie durchs Haus gewandert, hatte den Kamin im Wohnzimmer am Laufen gehalten und sich davor in eine Decke gehüllt. Einmal war sie sogar dort eingeschlafen und Augusts Mutter hatte sie so gefunden.

»Geh nach oben, Johanna«, hatte sie gesagt. »Der Tag ist noch jung, du kannst noch ein Stündchen schlafen, bevor die Kinder ihre warme Milch möchten und alle aufwecken. Geh schon, sonst vermisst er dich.« Sie hatte sie angestupst, keine Fragen gestellt und in ihrer pragmatischen und hemdsärmeligen Art alles gesagt, was an diesem Morgen wichtig war.

Als sie abreisten, war Johanna erfrischt, wie nach einem Kuraufenthalt. Niemals hätte sie erwartet, dass diese wenigen Tage ihr so viel Kraft geben konnten. August und sie fuhren direkt weiter in die königliche Residenzstadt Dresden.

Im Hotel würde sie seiner Nähe nicht entkommen können. Und so griff sie zu einer fadenscheinigen Ausrede. Sie wolle ihre Ruhe vor seinem nächtlichen Schnarchen, den Nebelschwaden, die er seiner neuerdings ständig dampfenden Pfeife entlockte und bestand auf zwei Zimmer mit Verbindungstür. Nichts Ungewöhnliches in einem Hotel der Spitzenklasse. Doch ihr Ehemann war verwundert. Sie verstand nicht, warum.

»Nur weil wir bei deinen Eltern gezwungenermaßen in einem Bett schlafen mussten, heißt das doch nicht, das zwischen uns alles normal wäre.« Unverblümt sprach sie aus, was sie dachte und war erstaunt. Denn August nickte und gab sich verständnisvoll. Für zwei lange Wochen vermied er das Thema und Johanna entspannte sich. Ihre Besuche in Museen und Theater brachten sie auf andere Gedanken, die Einkäufe, die sie tätigten, lenkten sie ab. Aber dann kam er wieder darauf zurück.

»Ich dachte, wir wären uns nähergekommen. Esther braucht uns, wir sind ihre Eltern und ...« August sah sie mit großen Augen an, er war ratlos, das konnte sie sehen. Doch sie hatte keine Antwort für ihn.

Es klopfte an der Tür. Froh über die Unterbrechung, öffnete sie und nahm die Tageszeitungen entgegen, die August bestellt hatte. Wortlos legte sie sie ihm auf den kleinen Sekretär und ging hinüber in ihr Schlafzimmer, nahm ein Buch zur Hand. Stille legte sich über ihre Räume.

Nach einer Weile hörte sie August brummeln, dann laut lesen:

»Über die Katastrophe selbst ist nach Aussage der in Cuxhaven gelandeten Mannschaft und Passagiere zu berichten, dass zu der Zeit, als die Cimbria bei Borkum von dem englischen Dampfschiff Sultan angerammt und zum Sinken gebracht wurde, ein dichter Nebel herrschte. Der verhängnisvolle Zusammenstoß erfolgte in der Nacht vom Donnerstag auf Freitag.« Nach diesen knappen Sätzen, von denen Johanna nur wenige Worte vernommen hatte, trat wieder Stille ein. Was sie gehört hatte, alarmierte sie. Sie hielt den Atem an, schwang ihre Beine vom Bett und lief barfüßig hinüber. Ohne zu fragen, riss sie ihm die *Berliner Börsen-Zeitung* vom 23. Januar 1883 aus den Händen.

Ihre Augen suchten den Artikel, konnten ihn aber nicht sofort finden. Dann glitt ihr Blick schnell von links nach rechts über die Zeilen.

»Der Nebel hatte sich erst ...« Sie suchte atemlos nach der einen wichtigen Information. »... Da diese Neigung sich mit der anhaltenden einströmenden Wassermasse von Sekunde zu Sekunde vermehrte, das Ausschwingen der an Steuerbordseite befindlichen vier großen Rettungsboote erschwert und die an der Backbordseite befindlichen Boote ... unmöglich gemacht wurde.« Ihr versagte die Stimme und die Beine rutschten ihr weg. Johanna glitt an Augusts Sessel auf den Teppich. Mit angewinkelten Beinen und leerem Blick blieb sie dort sitzen.

»Die Cimbria ist gesunken, August. Wir müssen nach Hause«, flüsterte sie.

ENDE von Band 2

Nachwort

Am Ende von Band 2 der Spitzen-Saga hat sich das Glück endlich in Helenes Herz geschlichen. Mit einem Mann an ihrer Seite, der sie nicht nur liebt, sondern auch unterstützt, ihrer Kreativität Raum gibt, dürfen wir auf die kommenden Jahre gespannt sein. Das sich für die junge Anteilseignerin im väterlichen Geschäft jede Menge Bewährungsproben auftun, erahnen wir. Auch Johanna muss nach einem Schicksalsschlag ihren Platz neu finden, kann sich dabei aber der Unterstützung ihrer Schwester sicher sein.

Die Spitzenmanufaktur zu Hohenlinden ist auch in den 80er-Jahren des ausgehenden 19. Jahrhunderts alles andere als eine sichere Bank. Man musste mit der Zeit, mit der Mode gehen, um erfolgreich zu bleiben, und ohne Investitionen in die neusten Maschinen, können die zu Hohenlindens nicht überleben.

Es ist die Zeit, in der man an der Tüllspitze tüftelt, das Gewebe, auf dem die schönen Spitzen gestickt werden, immer feiner, durchsichtiger wird. Man entwickelt nicht nur neue Maschinen, auch die Stickvorlagen werden komplizierter und präziser. Am Ende waren es die neuartigen Veredlungsformen, die den nächsten Schritt einläuteten. Einem Konglomerat aus verwegenen Tüftlern gelang es schließlich, die Plauener Weltneuheit herzustellen. Die Ätzspitze wird entwickelt werden. Unter dem weitaus gefälligeren Namen Luftspitze wird sie die Welt erobern. Als es so weit war, mussten sich die Spitzenproduzenten in Plauen sputen, in neue automatische Maschinen investieren, um nicht der Konkurrenz das Geschäft zu überlassen.

Neben den Fabrikanten der Weißwarenindustrie entwickelten sich viele andere Geschäftszweige in Plauen, die sich alle gegenseitig halfen, schnell und profitabel zu wachsen. Maschinenbau und Druckereien, Kartonagenfabriken und Ziegeleien, bis hin zu Bäckereien und Schustern, schossen wie Pilze aus dem Boden.

Wer sich über die Gewerbetreibenden aus dieser Zeit in Plauen informieren möchte, dem lege ich die digitalisierten Adressbücher im Stadtarchiv ans Herz. Man kann sie unter https://www.plauen.de/Verwaltung-und-Stadtrat/Verwaltung-A-Z/Stadtarchiv/ einsehen. Sie sind ein großartiger Fundus und gaben mir nicht nur Inspiration, sondern vor allem Auskunft über das ein oder andere Detail in der Geschichte der Stadt. Neben den Wohn- und Geschäftsadressen der Bürger, Eigentumsinformationen sämtlicher Gebäude, erfährt man allerlei Interessantes zu Vereinen und öffentlichen Anstalten. Polizeiliche Verordnungen sind ebenso Bestandteil wie Topografisches, Statistisches und Lokalnachrichten. In den zur Finanzierung geschalteten Annoncen lässt sich ablesen, wo man Kohle kaufte, Bilder rahmte oder Klaviere stimmen lassen konnte. Das gesamte Leben der Stadt blättert sich dem interessierten Leser auf.

Mit all diesen Informationen gerüstet, hat die Stadt Plauen in Band 2 der Spitzen-Saga wieder ihren großen Auftritt. Meine Hauptprotagonistin, wie ich sie gerne

nenne, mausert sich. Berühmt geworden durch Weißwaren jeglicher Art, setzt man in den letzten zwei Jahrzehnten des 19. Jahrhunderts auf Innovationen.
Die kreativen Köpfe sind nicht nur technisch begabt,
sie geben ihrer Stadt mannigfaltige Impulse für Kultur
und Stadtentwicklung. Ohne Männer wie Gössel, Weisbach oder Löbering hätte es zum Beispiel das Theater in
der Elsteraue nicht gegeben. Wurde es wirklich wegen
Baumängel geschlossen? Leider, ja. Haben die Stadtlen-
ker Mittel freigemacht, um das Kleinod zu retten? Nein.
Fragen Sie sich, ob es am Schloss eine Apotheke gab? Ja.
Wurden dort Salben für die verwöhnte Frau hergestellt
und das Öl aus Italien eingeführt? Vielleicht.
Wie sie lesen konnten, vermischen sich auch in „Der
Stoff der Hoffnung" wieder Fakten mit Fantasie und
zeichnen ein lebendiges Bild des Lebens in der schönen
Vogtlandstadt. Dafür bevölkern viele Nebenfiguren,
die ebenfalls gelebt haben, den Roman. Libby Schlagk
zum Beispiel, eine der ersten examinierten Hebammen
Plauens hilft im Hause Hohenlinden einem Baby auf
die Welt. Die Schneiderin Helene Liebig zaubert Esthers Kleider und empfiehlt Romane von Fontane.
Johann Christian Kolmar und seine Frau Antonie lebten um 1881 in der Jössnitzer Straße 37. Er wird als
Handarbeiter im Adressverzeichnis geführt, in unserem Familienstammbuch steht, er wäre Gerbeigehilfe
gewesen und so lasse ich meinen Ururgroßvater bei der
Bleicherei Münzing arbeiten und an der Luftspitze tüfteln.
Ein Bild des vogtländischen Malers Rudolf Schuster
habe ich im Stadthaus aufgehängt. Die Liste derer, die

ich in das Geschehen einband, ließe sich noch fortführen. Ihr Leben und Wirken aufzuzeigen, ihr Andenken zu bewahren, war mir ein Anliegen.

Die Handlung der Spitzensaga lehnt sich an historische Ereignisse an, weicht aber in einigen Aspekten von den tatsächlichen Geschehnissen ab. Dieses Buch erhebt keinen Anspruch auf geschichtliche Authentizität.

Die Familie zu Hohenlinden, deren Freunde und Bedienstete entspringen meiner Fantasie. Sie haben keinen Bezug zu damals lebenden Personen.

Ich freue mich, wenn Sie den Schwestern treu bleiben und sie auch in Band 3 begleiten.